BASTEI
LÜBBE

Elizabeth Moon

Gegen jede Chance

Roman

Ins Deutsche übertragen
von Thomas Schichtel

BASTEI
LÜBBE

BASTEI LÜBBE TASCHENBUCH
Band 23 267

1. Auflage: November 2003

Vollständige Taschenbuchausgabe

Bastei Lübbe Taschenbücher ist ein Imprint
der Verlagsgruppe Lübbe

Deutsche Erstveröffentlichung
Titel der amerikanischen Originalausgabe: Against The Odds

Lektorat: Uwe Vöhl/Stefan Bauer
Titelillustration: Gary Ruddell/Agentur Schlück
Umschlaggestaltung: QuadroGrafik, Bensberg
Satz: Heinrich Fanslau, Communication/EDV, Düsseldorf
Druck und Verarbeitung: Maury Imprimeur, Frankreich
Printed in France
ISBN 3-404-23267-4

Für Kathleen und David
Non omnis moriar

Danksagung

Wie üblich, muss ich vielen Menschen für ihre Hilfe danken, einschließlich mancher, die nicht genannt werden möchten; ihr wisst selbst, wer ihr seid, und ihr wisst, dass ich eure Hilfe zu schätzen weiß. David Watson und Kathleen Jones sei für Stunden des Brainstormings gedankt wie auch für ihre Sammlung nützlicher Quellen, vor allem jedoch, weil sie diese Erzählung so dringend lesen wollten, dass sie meine Fähigkeit wiederherstellten, sie zu erzählen. Der wöchentlichen Fechtgruppe (Allen, Andrew, Beth, Connor, Sean, Susan, Tony, Brian u. a.) gilt mein Dank für ihre Sachkenntnis auf verschiedenen Gebieten, darunter Schadensbehebung auf einem Flugzeugträger und die Eigenschaften großer Kabel unter Spannung, für einen Abend redaktioneller Kommentare und besonders für ihr Einverständnis, meine Spannung abzuarbeiten, indem ich sie mit Schwertern piekste. Clive Smith und Christine Joannidi bin ich für Physikbrocken verbunden, für die Geschichte einer englisch-griechischen Kaufmannsfamilie und den besten Yorkshire-Pudding in Mitteltexas. Dank den Teilnehmern an meiner SFFnet-Newsgroup für Fakten, Ideen und allgemeine Hilfestellungen (in diesem Fall eine doppelte Dankesdosis für Cecil, Howard, Julia, Rachel, Tom und Susan); Carrie Richerson für ihre Fähigkeit, schwache Stellen in Charakterzeichnungen aufzudecken; meinem Ehemann Richard für das schlimmste Wortspiel im ganzen Buch; unserem Sohn Michael für seine Geduld mit einer schreibenden Mutter; Michael Fossel, Doktor der Medizin und der Philosophie, für anregende Gespräche über Verjüngung; Ruta Duhon für wöchentliche Dosen gesunden

Menschenverstands, wann immer die Schreiberei außer Kontrolle geriet.

Fehler und Irrtümer gehen allesamt auf mein Konto, nicht auf das dieser Menschen.

Hinweis für Leser

Leser, die mit dem Roman *Wachablösung* vertraut sind, werden feststellen, dass eine zeitliche Überlappung besteht zwischen seinem letzten Teil und dem ersten Teil des vorliegenden Werks, dessen erstes Kapitel zwischen Ausbruch der Meuterei und dem zweiten Attentat anfängt.

Neulinge wünschen vielleicht eine kurze Einführung ins Geschehen:

Die Regierenden Familias sind eine politische Verbindung großer Familien, inzwischen über Hunderte von Sonnensystemen verbreitet. Vor Jahrhunderten fassten sie ihre einzelnen Familienmilizen zur Raumflotte des Regular Space Service zusammen, die den zweifachen Auftrag hat, die Raumfahrtwege zu sichern und die Familias vor äußeren Angriffen zu schützen.

Im vorangegangenen Roman, *Wachablösung,* kam es zum akuten Ausbruch langjähriger Differenzen und Unruhe im RSS, und Teile der Flotte meuterten.

Die Meuterer griffen zunächst Copper Mountain an, einen Ausbildungsplaneten der Raumflotte, und befreiten dort einen Teil der Häftlinge, die im Hochsicherheitsgefängnis auf einer abgelegenen Insel saßen. Die übrigen Gefangenen wurden massakriert. Ursprünglich war auch die Inbesitznahme einer Waffenforschungsbasis geplant, aber Loyalisten konnten das verhindern – zumindest vorläufig. Leider waren die Meuterer in der Lage, die Flugzeuge der Loyalisten zu zerstören, sodass sie nun festsitzen.

Kapitel eins

Copper Mountain, Waffen-Forschungsbasis der Raumflotte

Ein kalter Wind fegte über die öde Fläche von Stack Two; Ensign Margiu Pardalt taten die Augen weh vom Hineinstarren. Inzwischen war heller Tag; der Wind hatte den bitteren Gestank der brennenden Wasserflugzeuge längst beseitigt. Wo steckten die Meuterer? Sicherlich war mit ihrer Landung zu rechnen, denn sie wollten sich die Waffensysteme aneignen, die, wie sie wussten, hier entwickelt worden waren. Hatte die Nachricht, die Margiu mit Hilfe einer veralteten Technik gesandt hatte, wirklich jemanden erreicht, oder kamen die Meuterer mit ihrem ganzen Plan durch? Und wann war mit ihnen zu rechnen ... wann würden sie auftauchen, um Margiu umzubringen?

»Das ist dumm«, fand Professor Gustav Aidersson. Eingewickelt in seine gelbe Lederjacke über der Persönlichen Schutzmontur, der PPU, und mit einem eigenartigen, grauen Pelzhut auf dem Kopf, glich er eher einem rundlichen Landstreicher als einem brillanten Wissenschaftler. »Als ich noch ein Junge war, habe ich mir solche Sachen ausgemalt – auf einer Insel zu stranden und mir zu überlegen, wie ich wieder nach Hause kam. Ich hatte Tausende von Plänen, einer verrückter als der andere: mir ein Boot aus Großmutters Verandaschaukel zu basteln, aus der Solarzellenanlage ein Flugzeug zu bauen, den Entsafter und einen Strang Garn zu nehmen sowie zwei Tassen und eine

Stricknadel und daraus ein Funkgerät zu konstruieren.«

Margiu fragte sich, ob sie etwas sagen sollte; sie spürte die Ohren nicht mehr.

»Und hier sind wir nun auf der perfekten Insel, mit einer ganzen Fülle von Aufgaben. Ich sollte eigentlich eine Kletterausrüstung improvisieren, mit der wir an den Klippen hinabsteigen können, und dazu ein Segelboot ... Ich habe sogar mal ein richtiges Boot gebaut, wissen Sie, aber mit Holz aus einem Holzlager. Und ich bin damit ausgefahren, und es ist nicht gesunken. Natürlich wäre es nicht groß genug für uns alle gewesen.«

»Sir«, sagte Margiu, »denken Sie nicht, wir sollten lieber wieder hineingehen?«

»Wahrscheinlich.« Er rührte sich nicht. »Und man findet nichts auf dieser verdammten Insel, um daraus ein Boot oder Flugzeug zu bauen.« Er warf einen letzten Blick auf den schwarzen Fleck, der ihr Transportmittel gewesen war. Dann sah er Margiu an und verzog die Lippen zu einem lausbübischen Grinsen. »Man kann nur eins tun, wenn die Bösewichter sämtliche Verkehrsmittel in der Hand haben ...«

»Sir?«

»Man bringt sie dazu, sie einem zu übergeben«, erklärte er und kehrte so rasch zum Gebäude zurück, dass Margiu zurückblieb. Sie holte ihn ein, als er gerade durch die Tür ging.

»Sie dazu bringen ...?«

»Es ist eine Verzweiflungstat ... aber bei Gott, es wird Spaß machen, wenn es funktioniert!«, sagte er. Er blickte sich in dem Zimmer unter den Wissenschaftlern und Militärs um, die ebenfalls hier gestrandet waren. »Hören Sie – ich habe eine Idee!«

»Du hast doch immer eine Idee, Gussie«, behauptete einer der Wissenschaftler. Margiu hatte sie immer noch nicht alle nach Namen sortiert. Alle wirkten müde und mürrisch. »Wahrscheinlich sollen wir aus Bettfedern oder so was ein Flugzeug bauen ...«

»Nein. Daran dachte ich auch, aber wir haben nicht genug Bettfedern. Ich möchte, dass die Meuterer uns ein Flugzeug bringen und es uns übergeben.«

»Was?«

Der Professor ließ eine enthusiastische Erklärung vom Stapel. In den wenigen Sekunden des Weges von draußen hier herein hatte seine Idee bereits komplizierte Erweiterungen erfahren. Die anderen starrten ihn verständnislos an.

Major Garson nickte als Erster. »Yeah – wir können nur dadurch an ein Flugzeug kommen, dass sie uns eins geben. Aber es wird nicht leicht sein. Sie haben viel mehr Soldaten als wir ... und eigentlich können sie uns mit den Shuttle-Geschützen wegbrennen.«

»Also müssen wir sie zunächst davon überzeugen, dass wir gar nicht so gefährlich sind«, entgegnete der Professor. Er hatte den Hut abgesetzt und in die Tasche gestopft; die schon teilweise abgeschabte graue Krempe ragte unordentlich daraus hervor.

»Wissen sie überhaupt, wie viele wir sind?«, fragte Margiu. »Sie können nicht wissen, dass die Flugzeuge voll besetzt waren, nicht wahr? Vinet konnte ihnen keine Nachricht schicken ...«

»Nein ... Sie haben Recht! Und abgesehen von dem Feuergefecht von letzter Nacht waren wir meist in Deckung. Trotzdem wäre es dumm von ihnen, wenn sie völlig sorglos anrauschen würden«, fand Major Garson. »Man sollte sich nie darauf verlassen, dass der Feind sorglos ist.«

»Aber ...« Der Professor hob für einen Augenblick die Hand und nickte dann. »Aber mal angenommen, wir benutzen Margius Funkapparat, um ihnen scheinbar versehentlich Hinweise zu liefern. Wir versuchen

Kontakt herzustellen und tun dabei so, als wären wir Meuterer, die mit Wissenschaftlern kämpfen ...«

»Nein, warte!« Das war der dürre Mann mit dem wilden schwarzen Haar. Ty, erinnerte sich Margiu. »Sieh mal, sie wissen jetzt, dass die Loyalisten wieder über Funk verfügen. Mal angenommen, wir schicken eine Nachricht, als hofften wir, sie würde schließlich bis zum Kontinent durchdringen, und bitten darin um Hilfe. Und dann brechen wir sie ab. Und eine Stunde später erfolgt eine Nachricht an sie von einigen Militärs, die sich als Meuterer ausgeben, und dann ...«

»Woher sollten Meuterer wissen, wie sie mit dieser Anlage umgehen sollen?«, fragte Garson. »Das ist keine Technik, mit der bei der Raumflotte ausgebildete Menschen sich auskennen, es sei denn, sie sind zufällig auf anderem Wege daran gekommen wie Ensign Pardalt. Und außerdem ist die Anlage zu verwundbar. Sie könnte bei einem Schusswechsel zerstört werden.«

»Vorschlag: Wir behaupten, die Loyalisten hätten diese Funkanlage«, warf Margiu ein. Die anderen sahen sie an. »Und wir betteln um Hilfe vom Kontinent, wie er schon sagte.« Sie deutete mit dem Kopf auf Ty. »Aber natürlich kommt keine Hilfe. Wir klingen immer verzweifelter ... sprechen davon, wie wir von Meuterern gejagt werden, über die Menschen, die bei der Explosion der Flugzeuge umgekommen wären, über die Lebensmittelknappheit... Die Meuterer verfügen über sämtliche Vorräte ...«

»Ja, das ist gut!«, pflichtete ihr der Professor bei. »Und wir verlagern das Funkgerät ständig, sodass sie, falls sie das Signal aufspüren, den Eindruck gewinnen, jemand versuchte, sich zu verstecken ... und dann bringen wir es unter die Erde ...«

»Wir brauchen auch eine erkennbare Truppe von Bösewichtern«, sagte der Major. »Eine Korporalschaft wird ausreichen. Lokale Uniformen ... und PPUs können mit der richtigen Einstellung ein schier beliebiges Aussehen annehmen. Wir haben die Helmfunkgeräte für diesen Stützpunkt, und wir müssen unsere Leute davon überzeugen, auch rollengerecht zu reden.«

»Und ... was machen wir, wenn wir erst mal das Shuttle haben? Sie können uns jederzeit abschießen, ehe wir irgendwohin gelangen.«

»Wird gar nicht so einfach, falls sie eines der militärischen Landungsboote schicken, Sir«, warf einer der neuroverstärkten Marinesoldaten ein. »Sie sind gepanzert und sehr wendig.«

»Was die Frage aufwirft: Wer soll es steuern?«

»Ich bin für ein Shuttle qualifiziert«, sagte einer der Piloten. »Bernie auch, aber Ken nicht.«

»Falls Sie für Landungsboote in Frage kommen, wieso fliegen Sie dann hier unten Wasserflugzeuge?«

»Die Flotte hat viel mehr Shuttlepiloten als solche für Wasserflugzeuge«, erklärte der Pilot und breitete die Hände aus. »Nur wenige von uns hantieren mit solch altmodischem Zeug.«

»Bob ... wie steht es mit Zed?«

»Auf einem Shuttle vom Format eines Landungsbootes? Kein Problem, Gussie. Er wird passen, und wir können ihn einsetzen. Wie ich schon sagte: Er könnte sogar diese Insel tarnen, ganz zu schweigen von einem Shuttle.«

Der Professor blickte zu Garson hinüber. »Falls Sie uns dann in Loyalisten und Meuterer aufteilen würden, Major ... und geben Sie mir die technisch versierten Leute ... und arrangieren Sie ein Szenario für unser Schauspiel ...«

»Wir müssen etwas bezüglich der Leichen unternehmen ...«, sagte Garson und gab einigen seiner Leute einen Wink.

Margiu hatte nie zuvor in engem Kontakt zu Wissenschaftlern gestanden, und falls sie überhaupt mal an sie dachte, dann stand ihr dabei ein Bild wie aus einem Abenteuerwürfel vor Augen: Gewaltige Intelligenz wurde Schritt für Schritt auf irgendein obskures Problem angewandt. Diese Menschen waren Einzelgänger, damit sie sich konzentrieren konnten; sicher waren sie ernst, nüchtern, entrückt.

Zum Beispiel vergeudeten sie keinesfalls auch nur einen Augenblick kostbarer Vorbereitungszeit auf irgendein unverständliches Spiel, bei dem es um Singsang, Wortspiele und kindische Beleidigungen ging und das sich alle paar Sekunden in Gelächter auflöste.

»Dein Seestern frisst *Dreck«*, schloss der Professor.

»Oh, das ist uralt, Gussie!« Trotzdem lächelten die Übrigen entspannt.

»Also ... wir bringen sie dazu, uns ein Shuttle auszuliefern und uns dann damit wegfliegen zu lassen?«

»Wir werden Zed eingeschaltet haben, sodass man uns nicht sieht.«

»Sie werden das sich fortbewegende Loch sehen, wo wir vorher waren«, wandte jemand ein. »In einer planetaren Atmosphäre fällt es viel schwerer, Dinge zu tarnen.«

»Nicht bei Zed«, erwiderte Helmut Swearingen. »Wir haben dieses Problem gelöst, zumindest weitgehend. Die Sache ist nur: Die Meuterer brauchen nicht mehr zu tun, als unseren Kurs fortzuschreiben und unter Feuer zu nehmen – und da wir gezwungen sind, zum Kontinent zu fliegen ...«

»Warum?«, fragte der Professor; er hatte einen Vorrat an Süßigkeiten ausfindig gemacht und drückte das Wort an einem Bissen Schokolade vorbei nach draußen. »Es wäre natürlich das Naheliegende, aber das Naheliegende hilft uns in dieser Lage nicht weiter. Zumindest können wir im Zickzack fliegen ...«

»Nicht für immer ... irgendwo müssen wir schließlich landen.«

»Vielleicht«, räumte der Professor ein, »vielleicht aber auch nicht. Mal angenommen, sie denken, wir wären explodiert oder so was. Wir könnten Feuerwerkskörper am Heck ausstoßen ...«

»Ach, komm schon, Gussie! Die vorgetäuschte Explosion, während das echte Flugzeug davonkommt, ist der älteste Trick im Gewerbe überhaupt.« Swearingen wirkte empört.

»Weil er funktioniert«, sagte der Professor. »Der Trick muss ja auch nur so lange Wirkung zeitigen, bis wir den Kurs geändert haben. Zwei Punkte definieren eine Gerade; der Gegner kann mit dem Startpunkt und dem Ort der Explosion arbeiten. Falls wir uns aber nicht mehr auf der dadurch definierten Gerade befinden, hat er keine Ahnung, wo er uns findet.«

»Das ist lächerlich! Das stammt doch direkt aus einem Roman. Ich muss Helmut beipflichten ...«

»Es hat schon Gründe, warum Romane so aufgebaut werden«, stellte der Professor fest.

»Ja, damit sie von den Dummen und Ungebildeten gelesen werden und sie uns nicht in die Quere kommen, während wir die Arbeit tun«, behauptete Swearingen. »Kannst du auch nur ein Beispiel aus dem wirklichen Leben nennen – nicht aus deiner Pseudohistorie –, in dem jemand eine Explosion vortäuschte und mit einem Verkehrsmittel entkam, das der Feind für vernichtet hielt?«

Der Professor blinzelte in rascher Folge, als betrachtete er nacheinander mehrere Seiten. »Die Militärgeschichte kennt zahlreiche Fälle, in denen eine List ...«

»Es geht mir nicht um Listen, Gussie, sondern um dieses uralte Klischee von der vorgetäuschten Explosion einer Maschine oder eines Schiffes oder ...«

»Commander Heris Serrano«, sagte Margiu und überraschte sich damit selbst. »Damals, als sie noch

Lieutenant war: Sie schoss eine Geschützkapsel an einer fest installierten Abwehrstellung vorbei, und als die Kapsel explodierte, blendete es die Sensoren lange genug, damit Heris ihr Schiff sicher vorbeiführen konnte. Oder Brun Thornbuckle, als sie bei ihrer Rettung das Shuttle als Köder losschickte, nachdem sie auf der Orbitalstation gelandet war.«

»Siehst du?«, fragte der Professor und breitete die Hände aus. »Ein uraltes Klischee funktioniert immer noch.«

»Es funktioniert am besten, wenn man den Gegner dazu bringt, sich über andere Dinge Gedanken zu machen«, erklärte Margiu.

»Zum Beispiel?«, fragte einer der anderen.

»Irgendwas. Weil Sie auch Recht haben: Falls der Gegner sieht, wie das Shuttle startet und dann verschwindet und dann irgendwas hochgeht, wird er mit Argwohn reagieren.«

»Also verschwinden wir erst unmittelbar vor der Explosion.«

»Die Steuerung von Zed ist nicht präzise genug. Noch nicht.«

Es blieb lange still. Dann sagte einer der Piloten: »Sehen Sie mal – das Shuttle wird doch eine einsatzfähige Funkanlage haben, nicht wahr? Die Bösewichter möchten schließlich mit der Shuttlebesatzung in Kontakt bleiben.«

»Ja ...«

»Also führen wir unsere kleine Farce an Bord der Maschine fort. Mal angenommen ... mal angenommen, wir sprechen über die Waffen, die wir geborgen haben. Wir probieren sie aus, um zu sehen, wie sie funktionieren ...«

»Sie werden nicht glauben, dass *ihre* eigenen Leute so was Dummes tun.«

»Nein?«

»Aber ...« Alle wandten sich Margiu zu. Sie spürte, wie Ideen in ihr hochsprudelten wie Blasen in kochendem Wasser. »Mal angenommen, die Bösewichter – unsere vorgetäuschten Bösewichter, meine ich – sagten, sie hätten die Wissenschaftler in die Hand bekommen und würden sie ausfragen, und sie hätten erfahren, einer der Apparate wäre eine Tarnvorrichtung. Und sie wollten sie ausprobieren, mal sehen, ob sie auch funktioniert ...«

»Das würde erklären, wieso die Maschine verschwindet. Gut, Margiu!«

»Ich denke trotzdem, dass der Gegner Verdacht schöpfen wird.«

»Spielverderber.« Der Professor seufzte und rieb sich die zunehmende Glatze. »Aber du hast wohl Recht. Mal sehen! Unsere Pseudobösewichter verhören die Wissenschaftler ...« Er schlug einen schrillen Ton an: »*Bitte* tun Sie mir nich' weh – ich sach Ihnen ja alles!«

»Himmel, Gussie, was für ein altertümlicher Akzent ist das denn?«

»Ich habe keine Ahnung – ich habe das mal vor Jahren in einem Film gehört. Unterbrich mich nicht ... Die Wissenschaftler verhalten sich also wie erschreckte Opfer, und vielleicht kann das jemand mithören. Und dann schalten sie Zed ein, und er funktioniert ...«

»Es ist immer noch durchsichtig wie Glas«, fand Bob.

»Also verkratze ich es mal ein bisschen ... JA!« Der Professor sprang auf und tanzte im Kreis herum. »Ja, ja, ja! Brillant! Verkratzt wie alte Aufnahmen, Radio aus alter Zeit – dann löst es sich ganz auf ...«

»Was?! Verdammt, Gussie, das ist ernst ..!«

»Ich meine es auch ernst, nur reißt mich die eigene Brillanz gerade mit. Und deine und die unserer Margiu.« Er beruhigte sich wieder, holte Luft und fuhr fort: »Es geht so: der normale Start, die Drohungen der Bösewichter, das Grauen der Wissenschaftler. Aber dann, wenn sie – wir – Zed einschalten, funktioniert er nicht *richtig*. Er ...« Er wackelte mit der Hand. »... flackert irgendwie. Der Gegner bekommt einen Streit mit – mehr Drohungen, mehr Mitleid erregendes Flehen, Flüche über irgendeinen Idioten, der... Ich weiß nicht, der über das Stromkabel stolpert oder so was. Das Shuttle ist mal da, mal wieder nicht ... aber immer auf demselben Kurs. Jemand brüllt im Hintergrund etwas: seid vorsichtig, seid vorsichtig, überladet den Apparat nicht, dafür wurde er nicht konstruiert...! Und *dann* erfolgt die Explosion, und wir ändern den Kurs.«

Es blieb lange still, während alle die Ausführungen des Professors verdauten. Er wischte sich das Gesicht ab und den Schädel und stopfte das zerknitterte, fleckige Taschentuch in die Tasche zurück.

»Das erklärt alles«, sagte Swearingen. »Es bringt den Gegner dazu, sich über mehr Schwierigkeiten den Kopf zu zerbrechen.«

»Es gibt ihm scheinbar mehr Informationen«, ergänzte Bob. »Aber diese Informationen sind alle falsch. Es könnte klappen.«

»Was wir also brauchen: Etwas, das einen ausreichend großen Knall erzeugt und auf den Scannern der Bösewichter da oben aussieht wie ein explodierendes Shuttle ... und wovon wir rechtzeitig weit genug wegkommen, um nicht mit in die Luft zu fliegen ...«

»Irgendwas, ja.«

Die Gruppe löste sich auf, und die Wissenschaftler spazierten davon. Margiu, die an direkte Befehle und klare Anweisungen gewöhnt war, fühlte sich im Stich gelassen, während sie dem Professor durch einen Flur nach dem anderen folgte. Ob sich diese Leute jemals an die Arbeit machten? Und was hielt Major Garson wohl davon, dass sie selbst einfach untätig herumlief und auf jemanden Acht gab, der kaum eine Vorstellung davon zu haben schien, was er eigentlich tat?

Das war jedoch, wie sie bald herausfand, ein trügerischer Eindruck. Nach einer raschen Tour durch die Erdgeschosse der Stützpunktgebäude fand der Professor Major Garson und äußerte Vorschläge, was wohin zu packen war. Garson arbeitete inzwischen an der eigenen Rolle in dem Täuschungsmanöver. Er hatte seine Truppen aufgeteilt und die Neurosoldaten ausgesucht, die Meuterer zu spielen hatten.

»Falls der Gegner die Neurosoldaten für Meuterer hält«, sagte er, »dann glaubt er auch, dass die Loyalisten in ernsten Schwierigkeiten stecken. Außerdem sind die Neurosoldaten so groß und massig, dass man kaum Details ihrer Gesichter ausmachen kann, sobald sie in den PPUs mit den Kopfsignalgebern stecken. Deshalb kann ich sie auch verschiedenen Positionen zuweisen und ihnen verschiedene Rollen geben.«

Margiu sah die ringsum sitzenden Neurosoldaten an, von denen die Hälfte seltsam geformte Sticker an ihren P-Anzügen befestigte. Einer grinste sie an. »Die Bösewichter sind alte Spießgesellen Lepescus«, erklärte er. »Sie schneiden getöteten Opfern die Ohren ab. Also haben wir uns überlegt, offen ein Ohrensymbol als Erkennungszeichen zu tragen. Niemand sonst würde das tun.« Er steckte die Tube Klebstoff in eine Tasche zurück.

»Kommen Sie, Ensign«, sagte der Professor; Margiu folgte ihm und warf einen Blick auf die Neurosoldaten zurück, die dort versammelt waren. Sie hoffte, dass sie alle auch Loyalisten *waren*.

Zwölf Stunden später kam ihr die ganze Lage noch unwirklicher vor. In regelmäßigen Abständen schlossen sie und der Professor sich Garson und einem Soldaten an und huschten mit ihnen von einem Haus zum nächsten, um nach Garsons Plan vorzutäuschen, dass die

Loyalisten den »Meuterern« aus dem Weg zu gehen versuchten. Die Neurosoldaten, die sich als Meuterer ausgaben, schossen für Margius Geschmack viel zu knapp vorbei und zertrümmerten dabei sämtliche Erdgeschossfenster. Tief unter der Erde, hinter Türen, die die heftigen Windstöße von oben aussperrten, hatten die Wissenschaftler und restlichen Soldaten inzwischen eine Sammlung von Kisten, Zylindern, Kabeln und scheinbarem Abfall auf Paletten gepackt.

Auf einem ihrer Gänge durch die Arbeitsbereiche schüttelte der Professor den Kopf angesichts der Planen, mit denen die Lasten abgedeckt wurden, ehe man sie festzurrte. »Zu schade, dass die Wasserflugzeuge zerstört wurden«, fand er. »Sehen Sie – das könnten wundervolle Segel sein, und wir hätten aus den Rümpfen der Flugzeuge ein Schiff bauen können.«

»Nein, hätten wir *nicht«,* erwiderte Swearingen. »Ich kann mir richtig vorstellen, Gussie, wie wir mit etwas lossegeln, was du mit Klebestreifen und Haaren aus deinem Bart zusammengeschustert hast. Die nicht lang genug sind für Taue, nur für den Fall, dass dir das noch nicht aufgefallen ist.«

»Taue …«, überlegte der Professor; seine Augen verschleierten sich, worin Margiu inzwischen ein Zeichen des Nachdenkens erkannte. »Wir werden ein richtig gutes Kabel brauchen, damit alles funktioniert …«

»Wir hatten Kabel an Bord der Maschinen«, sagte einer der Piloten. »Aber jetzt …«

»Ersatzkabel«, bemerkte der andere. »Hier müssen irgendwo Ersatzkabel lagern …« Er blickte sich in dem Raum um, wo sie gerade waren; hier war alles kahl bis zu den Wänden, mal abgesehen von den Paletten.

»Ich weiß«, mischte sich einer der Wissenschaftler ein. »Wozu brauchen wir das Kabel, Gussie?«

»Um den Sprengstoff hinterherzuziehen«, erklärte dieser. »Wir können ihn nicht einfach hinauswerfen …

denn dann müssten wie die Zündung verzögern, und sie würde unterhalb unserer letzten erkennbaren Position erfolgen. Also müssen wir den Sprengsatz ins Schlepptau nehmen ...«

»Am Heck eines Truppentransporters«, sagte der erste Pilot und blinzelte. »Langsam wünschte ich, ich hätte keinen Shuttle-Schein.«

»Es ist machbar«, fand der andere. »Ich habe mal einen Materialabwurf geübt, und die Besatzung hat das Zeug mit einer festen Stange hinten hinausgeschoben – ein Ruck erfolgt, und es ist weg ...«

»Prima; dann kannst du dabei am Steuer sitzen«, versetzte der Erste.

»Was mir Kummer bereitet«, stellte ein weiterer Wissenschaftler fest, »ist eine mögliche Scanner-Analyse der Explosion. Falls sie dort oben jemanden haben, der gut ist – und davon gehen wir lieber mal aus –, dann werden sie damit rechnen, Shuttletrümmer aus der Explosion herausfliegen zu sehen. Du hast vorgeschlagen, Teile der hier entwickelten Waffensysteme dafür heranzuziehen, und das erzeugt sicherlich einen ausreichend großen Knall. Nichts davon weist jedoch irgendeine shuttle-spezifische Identität auf. Sobald der Gegner das erst mal erkennt, weiß er, dass wir immer noch da sind.«

»Was brauchen wir für eine wirksamere Täuschung?«, erkundigte sich Garson. »Können wir nicht einfach die Rettungsflöße oder so was hinauswerfen?«

»Nein, das Problem ist die eigentliche Explosion. Der Gegner wird einige Abweichungen erwarten, denn er weiß, dass exotische neue Apparaturen an Bord sind – aber das Shuttle selbst müsste bei der Explosion erkennbare chemische Signaturen erzeugen. Die Shuttle-Geschütze müssten zum Beispiel mit hochgehen.«

»Warum fügen wir nicht die Geschützmagazine der

Schlepplast hinzu?«, fragte Margiu. Alle brachen ab und sahen sie an.

»Natürlich!« Es konnte nicht überraschen, dass der Professor als Erster die Stimme wiederfand. Er strahlte sie an. »Habe ich nicht gesagt, dass Rotschöpfe von Natur aus brillant sind?«

»Aber dann haben wir keine Geschütze mehr!«, wandte Garson ein.

»Wir wollten uns mit dem Shuttle nicht den Weg freikämpfen«, erwiderte der Professor. »Wir benutzen es nur als Transportmittel. Wir wissen doch, dass wir es darin nicht mit einem echten Raumschiff aufnehmen können.«

Garson kaute einen langen Augenblick darauf herum. Endlich nickte er. »In Ordnung. Das ergibt Sinn, nur ... gefällt es mir halt nicht, auf Geschütze zu verzichten. Aber wie Sie sagten: Sie nützen uns mehr, wenn sie uns vorzutäuschen helfen, wir wären nicht mehr da. Ich setze das auf unsere Liste der Prioritäten für den Fall, dass wir endlich an Bord sind. Sorgen Sie jedoch dafür, dass wir zusätzliche Sicherungsriemen und Paletten erhalten!«

Der Truppentransporter umkreiste die Insel vorsichtig; die bordeigenen Scanner funktionierten auf eine Entfernung, über die leichte Waffen nutzlos waren. Die Neurosoldaten drängten sich auf der Laufbahn und hielten die kleine Gruppe Wissenschaftler scheinbar unter Bewachung, daneben die in Planen gehüllten Lasten. Das Shuttle setzte zu einem weiteren Anflug an und warf diesmal das Bündel mit der Funkanlage ab. Der Kommandeur der Neurosoldaten schnappte sie sich und schaltete sie ein. Margiu hörte, was er sagte, nicht jedoch die Antworten der Shuttle-Besatzung.

»Nein ... Wir waren auf dem Kontinent stationiert ...

auf Big Tree ... haben abgewartet, wurden dann jedoch für diesen Einsatz abkommandiert ... yeah ... nein. Nein, er ist beim ersten Schusswechsel gefallen. Haben seine Leiche hier, falls Sie sie möchten. Ich hab mir seine Ohren genommen ...«

Das Shuttle schwenkte erneut zum Anflug ein, langsamer diesmal, und ging auf die Landebahn nieder. Margiu hatte gar nicht gewusst, wie *laut* solche Shuttles waren, falls sich niemand die Mühe machte, den Gasausstoß zu drosseln. Sie hörte nichts anderes mehr als dieses jaulende Tosen. Die große Heckluke schwenkte herab und bildete eine Rampe. Fünf Personen kamen hervor, die Waffen schussbereit. Sicherlich waren es mehr als fünf ... und klar doch, weitere fünf traten hervor und bildeten einen Sicherungskreis.

Die Neurosoldaten winkten ihnen zu; die Neuankömmlinge winkten zurück, während sie vortraten. Margiu spürte richtig den Augenblick, als sie entschieden, alles wäre in Ordnung, und ihre Aufmerksamkeit von den »Meuterern« ab- und den Wissenschaftlern und ihrer Ausrüstung zuwandten. Margiu suchte die Kanäle ihres Helmfunks ab und fand den aktiven.

»Habt sie alle geschnappt, was?«

»Mal abgesehen von den Toten«, antwortete einer der Neurosoldaten. »Hört mal, wir müssen all das an Bord schaffen – und eine weitere Fuhre wartet fertig gepackt dort drin. Wie viele Leute habt ihr mitgebracht?«

»Achtzehn. Man möchte, dass wir uns beeilen ...«

»Dann los.« Die Hälfte der Neurosoldaten drehte sich um, als wollten sie wieder in die Gebäude zurückkehren; die anderen erweckten weiter den Anschein, die Wissenschaftler zu bewachen.

»Barhide – kommen Sie raus«, sagte einer der Neuankömmlinge. Acht weitere Bewaffnete schritten die Rampe herab.

Sie legten viel weniger Vorsicht an den Tag und trugen die Waffen am Schulterriemen.

»Wir gehen rein und holen die restliche Fracht«, hörte Margiu einen von ihnen sagen, und jemand an Bord des Shuttles – ein Pilot, hoffte sie – trug ihnen auf, sich zu beeilen.

Da ihre Hauptaufgabe nach wie vor darin bestand, das Leben des Professors zu schützen, war sie an dem kurzen, heftigen Kampf, der sich anschloss, nicht beteiligt; die Neurosoldaten und die übrigen loyalistischen Soldaten griffen die Meuterer überraschend an und töteten sie, während die vorgeblich aufständischen Neuros die Wissenschaftler zum Shuttle trieben und dabei laut in die offenen Mikrofone redeten. Der Kampf dauerte keine zwei Minuten und fand größtenteils außer Sicht der Orbitalsensoren statt. Margiu wechselte hastig aus ihrem Druckanzug in den grauen Schiffsoverall eines toten Feindes, wälzte dessen Leiche in den Druckanzug und überließ es einem der Neuros, ihn an den Beinen wegzuschleifen. Sie setzte sich den Helm auf, stopfte die verräterischen roten Haare darunter und trat auf die Startbahn hinaus, als gehörte sie dorthin.

Die Fracht wanderte langsam die Rampe hinauf, während die schuftenden Wissenschaftler sich lautstark darüber beschwerten, dass es gefährlich war, dass das Zeug sie alle in die Luft jagen konnte, dass man gefälligst *vorsichtig* sein sollte. Die Neurosoldaten schwenkten bedrohlich ihre Waffen; Wissenschaftler duckten sich; Margiu fiel es schwer zu glauben, dass das alles nicht real war. Erst die unwirklichen Stunden Wartezeit, dann das hier – der Umschwung verwirrte sie, aber sie ertappte sich dabei, wie sie trotzdem die eigene Rolle spielte.

Sie gingen alle an Bord, und Margiu und die anderen zurrten unter Anleitung der Wissenschaftler die

Ladung fest. Im Augenwinkel sah sie, wie ein Mitglied der Flugbesatzung – die zu den echten Meuterern gehörte – vom Flugdeck her einen Blick in den Laderaum riskierte.

»Wie lange noch?«, rief er.

»Sie haben gesagt, das Zeug könnte uns hochjagen, wenn es während des Fluges wackelt«, erklärte der Neuro-Sergeant. »Und es ist schwer – Sie möchten bestimmt nicht, dass etwas verrutscht.«

Der andere grinste. »Okay, okay. Versuchen Sie nur, es möglichst schnell hinzukriegen. Der Admiral möchte zügig aus diesem System verschwinden, nachdem man uns hier entdeckt hat …«

Margiu wandte das Gesicht ab, denn sie fürchtete, ihre Miene könnte sie verraten. Also hatte ihre aus dem Gedächtnis gekramte Konstruktion funktioniert, nicht wahr? Und irgendwo und irgendwann, in naher Zukunft, würde die Flotte erfahren – falls sie es noch nicht wusste –, was auf Copper Mountain geschah. Zumindest so weit war Margiu erfolgreich gewesen, und sollte sie heute umkommen, hatte sie immerhin etwas geschafft, was zählte.

Als die letzte Ladung an Bord war, gab einer der Neuros den Shuttle-Piloten ein Signal … Margiu verstand die Worte nicht, aber als die Maschine plötzlich losruckte, war klar, dass sie unterwegs waren. Die eigenen Piloten in den Uniformen toter Meuterer standen ganz vorne und hielten sich bereit, die Maschine zu übernehmen, sobald sie ausreichend Flughöhe hatte und die Tarnvorrichtung einsatzbereit war.

Sie waren vielleicht gerade zehn Minuten in der Luft, und die wellige blaue See war zu einem dunstigen blauen Teppich tief unter ihnen geworden, als Major Garson sich einen Weg an den Paletten und Sicherungstauen vorbei nach vorn suchte. Er redete mit dem

Neuro-Sergeant und dann mit den wartenden Piloten. Margius Magen verkrampfte sich. Sie sah den Professor an, der lächelte. Sie fragte sich, ob er überhaupt jemals Angst hatte oder ihn eine fortlaufene Gärung verrückter Ideen vor jeder Furcht schützte.

Nur ein Neurosoldat passte auf das Flugdeck, aber in seiner Panzerung müsste der Sergeant eigentlich vor den meisten Waffen sicher sein, die die Piloten vielleicht mitführten. Und sie hatten bislang keinerlei Sorgen bezüglich ihrer Passagiere gezeigt.

Der Sergeant stieg durch die Luke aufs Flugdeck, dicht gefolgt vom ersten Piloten. Margiu hielt sich am Stützpfeiler fest; man hatte sie alle gemahnt, sich festen Halt zu verschaffen, nur für den Fall. Für welchen Fall?, fragte sie sich.

Das Shuttle kippte so stark nach vorn, dass Margiu schlecht wurde und ihr der Magen bis in den Hals stieg. Was passierte da vorn? Sie wurde nach unten gedrückt, als die Maschine wieder hochzog, und verlor Gewicht, als es aufs Neue abwärts ging. Margiu schluckte und schluckte und konnte mit knapper Not vermeiden zu kotzen. Jemand anderes hatte weniger Glück. Ihre Vorstellungskraft erzeugte eine rasende Folge von Bildern: wie die aufständischen Piloten versuchten, das Shuttle zum Absturz zu bringen; wie die loyalistischen Piloten versuchten, sie daran zu hindern; wie die Sensorenmannschaften auf der Orbitalstation Informationen anforderten, als sie sahen, wie unregelmäßig sich das Shuttle bewegte. Die Maschine ging vom Sturzflug allmählich wieder in eine konstante Flugbahn über; das Gewicht kehrte zurück und stabilisierte sich.

Die Tür zum Flugdeck ging auf, und einer der eigenen Leute blickte hervor. »Er war zum Selbstmord entschlossen«, sagte er mit zittriger Stimme, »aber wir haben die Maschine jetzt unter Kontrolle.«

»Auf die Plätze!«, kommandierte der Professor. Margiu ging zum Heck des Shuttles und hatte von dieser Position aus einen guten Blick auf die Schauspieler, die ihr Stück weiter aufführten.

Margiu stellte fest, dass sich dieses Erlebnis sehr davon unterschied, sich einen Abenteuerwürfel anzusehen, obwohl sie die Handlung verstand; denn obschon sie wusste, dass die Konversation an einem Ende ein Täuschungsmanöver war, konnte sie nicht umhin, sich zu sorgen, es könnte am anderen Ende genauso sein.

Sicherlich fielen die Meuterer doch nicht auf diese Farce herein? Sicherlich würde ihnen rasch deutlich werden, dass die Wortwechsel zwischen den angeblich rebellischen Neurosoldaten und den vor ihnen kuschenden Wissenschaftlern zu künstlich waren, um sie ernst zu nehmen? Dass der unregelmäßige Wechsel zwischen Verschwinden und Wiederauftauchen auf dem Scannerbild ein Trick sein musste? Sicherlich fiel ihnen alles spätestens dann auf, wenn das Shuttle ein letztes Mal verschwand und anschließend die Explosion erfolgte... Margiu blickte zum Professor hinüber, der den »Schauspielern« zunickte und Grimassen schnitt.

Was, falls die Meuterer ein Videobild aus der Maschine empfingen? Der Professor hatte viel zu viel Spaß, um als echter Wissenschaftler durchzugehen, den die Meuterer entführt und gezwungen hatten, seine Seite zu verraten. Womöglich fielen die dort oben auf der Raumstation vor Lachen fast vom Stuhl und warteten nur auf die beste Gelegenheit, sie hier unten alle wegzupusten.

Aber das Stück nahm ohne Unterbrechung seinen Fortgang, und die Kommentare aus dem Orbit erweckten den Anschein, dass das Publikum jedes anfängliche Misstrauen inzwischen abgelegt hatte. Zwei Wissenschaftler hatten derweil die Apparatur von den Planen befreit und eine Art Steuerkonsole daran montiert. Als der Professor ihnen zunickte, taten sie das, was den Apparat ein- und wieder ausschaltete, was immer es war. Angeblich verschwand das Shuttle, wurde teilweise wieder erkennbar, verschwand aufs Neue, tauchte auf, alles das mehrfach. Margiu versuchte sich zu entspannen, als der Höhepunkt näher rückte. Sie hatte einen eigenen Auftrag und sollte das Signal geben, wann die Schlepplast mit den Geschützmagazinen und diversen Schrottteilen abzuwerfen war.

»Zed läuft – abwerfen!« Margiu tippte dem Crew Chief auf den Rücken und hielt sich an der Verstrebung fest, als er die Rampe öffnete und den Hebel zog. Der Bug der Maschine ruckte erneut etwas hoch, als die Last hinten hinausrutschte und sich das markierte Kabel entrollte, bis es eine straffe Linie bildete.

»Und Zed läuft?«, fragte Garson.

»Das tut er«, bestätigte Swearingen. »Wir sind völlig unsichtbar – oder sollten es zumindest sein, wobei computererzeugte Scannerdaten das Loch fortlaufend auffüllen.«

Licht flammte hinter ihnen auf – die erste Explosion. Dann, etwa zu dem Zeitpunkt, an dem die Trümmer im Meer aufschlagen müssten, die zweite. Ihre Schockwelle rüttelte die Maschine durch.

»Damit ist sein Monitorbild mindestens weitere dreißig Sekunden verwischt«, sagte einer der übrigen Wissenschaftler.

Das Shuttle flog weiter über dem offenen Meer dahin, wo das Schema der erzeugten Füllsignale nach Ansicht der Wissenschaftler wohl am besten funktionierte. Die Maschine hatte genug Treibstoff für eine Weltumrundung, aber Garson wies darauf hin, dass sämtliche Flugplätze bemannt sein würden und womöglich noch über intakte Funkanlagen verfügten. Ob nun ein Stützpunkt loyaler Kräfte oder Meuterer, irgendjemand würde gewiss Bemerkungen über die Ankunft eines Truppentransporters machen, und falls man vom Shuttle aus selbst versuchte, Kontakt aufzunehmen, konnte man das vom Orbit aus anmessen.

»Wir müssen davon ausgehen, dass der Gegner die Überwachungssatelliten benutzt – falls wir Zed ausschalten oder eine Funklücke darin öffnen, werden wir sofort sichtbar. Und verwundbar. Wir können aber mit dieser Kiste so gut wie überall landen – dazu ist ein Kampfshuttle schließlich da.«

Eine halbe Welt von der Hauptbasis bei Copper Mountain entfernt, ragte eine lockere Gruppe felsiger Inseln aus dem blauen Meer auf. Es waren teils große, teils kleine Inseln, alle relativ uneben, bedeckt von Gras und Bäumen, und man hatte sie noch nie für etwas anderes benutzt als gelegentliche Landungsübungen mit Shuttle-Maschinen. Die Piloten zogen im Tiefflug über mehrere davon hinweg, bis sie die helle Spiegelung von etwas entdeckten, was womöglich ein Süßwasserfluss war. Diese Insel war viel größer als jede der Stack Islands und wies ein flaches grasbewachsenes Becken oberhalb niedriger Klippen auf. Die Piloten senkten die Maschine senkrecht ab, bis sie endlich auf dem Boden stand.

Die Schatten von Felsvorsprüngen lagen über der ausgedehnten Grasfläche. Am Himmel zog eine langsam ausfransende Wolke dahin, glatt an der Windseite, zerrupft nach Lee. Dahinter trieben Reihen von Kumuli dahin, weit draußen über dem Meer, das aus dem Becken heraus nicht zu sehen war.

»Es ist eine große Insel, aber trotzdem eine Insel«, stellte der Professor fest. »Zumindest sind wir hier vor jedem ordentlichen Sturm sicher.«

Jetzt, wo sie das ihnen unvertraute Shuttle gerade nicht fliegen mussten, fanden die Piloten Zeit, um sich mit den Instrumenten zu beschäftigen und zu prüfen, womit man Zeds Tarnmantel nach außen durchdringen konnte – falls überhaupt.

Nach ungefähr einer Stunde stieg einer der Piloten aus und rief den anderen zu:

»Sie ziehen ab! Sie ziehen ab, der ganze Haufen!« Die anderen drängten sich um ihn.

»Sind Sie sicher?«, fragte Garson.

»Na ja, sofern dieses Tarndings kein sehr seltsames falsches Bild erzeugt, das nur den Anschein erweckt, ein Haufen Schiffe würde sich in Formation dem Sprungpunkt nähern.«

»Zeit bis zum Sprung?«

»Noch Stunden vom sicheren Radius für einen Mikrosprung – danach kommt es darauf an, ob sie sich für einen Mikrosprung bis zum Sprungpunkt entscheiden oder nicht.« Der Pilot grinste. »Aber sie sind in wenigen Minuten hinter dem Planeten außerhalb des Nahbereichs der Sensoren.«

»Das bringt mich doch glatt auf die Frage, warum sie den Planeten vor dem Abflug nicht einfach eingeäschert haben«, sagte der Professor.

»Sie haben ja solch heitere Ideen!«, sagte Garson. »Vielleicht weil sie wissen, dass sie hier unten noch Bundesgenossen haben?«

»Möglich«, räumte der Professor ein. »Obwohl ich nicht weiß, wie viel sie sich aus den eigenen Bundesgenossen machen. Findet man hier Ressourcen, auf die sie immer noch scharf sind, obwohl sie denken, die Sachen aus der Waffenforschung wären vernichtet? Möchten sie den Planeten später noch als Stützpunkt nutzen?«

»Sobald sie fort sind, können wir doch einfach zur Hauptbasis zurückfliegen, oder?«, fragte Swearingen.

»Falls wir ein Schiff aus Holz bauten«, überlegte der Professor, »wäre es mit konventionellen Mitteln weniger leicht zu orten, und wir könnten damit zurücksegeln ...«

»Gussie, ich habe nicht vor, deinem Geschmack für historische Aufführungen nachzugeben und den Versuch zu machen, aus diesen Bäumen ein Segelschiff zu bauen«, sagte Swearingen. »Sie sind nicht mal gerade.«

»Genau deshalb wäre es ja möglich. Sieh sie dir nur an – sie sind schon geformt wie Kiele und Rippen und was nicht alles. Ich bin sicher, dass Margiu es für eine gute Idee hält ...« Der Professor schenkte ihr ein breites Lächeln; es fiel ihr schwer, dem zu widerstehen, aber der Gedanke, in einem selbst gebauten Schiff auf das Meer hinauszufahren, erschreckte sie.

»Sieh sie dir nur an«, wandte jemand ein. »Du hast ihr Angst gemacht, Gussie.«

»Wir haben einen perfekten Truppentransporter«, sagte Garson. »Es wäre verrückt, ihn nicht zu benutzen.«

»In Ordnung«, gab der Professor nach und zog absichtlich einen Schmollmund, »aber ihr raubt uns damit den ganzen Spaß.«

»Wir starten, sobald die Meuterer aus dem Nahbereich der Sensoren sind, und kehren zur Hauptbasis zurück«, sagte Garson. »Wir haben getan, wozu wir gekommen sind, und dort braucht man uns womöglich.«

»Ich schätze, Sie wären nicht damit einverstanden, dass wir einen Zwischenstopp auf einer tropischen Insel einlegen und uns ein bisschen erholen?«

»Tropischer als hier bekommen Sie es nicht mehr, Professor. Genießen Sie es, solange Sie noch Gelegenheit dazu haben.«

»Sie sind ein Spielverderber.« Er wirkte jedoch nicht wirklich verärgert. Er spazierte davon, um sich die krummen Bäume anzusehen.

»Wir brechen lieber bald auf«, sagte Garson, »oder er bringt uns noch dazu, Speere und Armbrüste aus diesen Bäumen herzustellen.«

»Nichts, was so einfach wäre«, widersprach ihm Swearingen. »Er würde schwere Katapulte und Ballisten und ein paar Drachenflieger vorschlagen.«

Kapitel zwei

Favored-of-God,
Kurierschiff von Terakian & Söhne

Goonar Terakian betrachtete das Nachrichtenfax, und ihm stockte fast der Atem. Meuterei, überall zusammenbrechende Märkte ... und er wünschte sich doch nichts mehr, als sich weiter hinaufzuarbeiten und Kapitän eines Terakian-Schiffes zu werden!

»Wir sind Freihändler«, sagte er, halb zu sich selbst. »Wir sind neutral.«

»Nicht ganz.« Basil Terakian-Junos lümmelte an der Wand gegenüber. »Ich wäre zum Beispiel nicht scharf darauf, zur Neutex-Miliz überzulaufen. Hazel sagt ...«

»Und das ist auch so eine Sache«, unterbrach ihn Goonar. »Hazel. Wir haben uns in die Belange ihrer Familie eingemischt, die mit uns eigentlich nichts zu tun haben möchte.«

»Welchen Ausgang wünschen wir uns eigentlich bei all dem?«

»Na ja, wir möchten keinen Krieg haben, das ist mal sicher«, antwortete Goonar. »Wir möchten eine Chance haben, unseren Lebensunterhalt zu verdienen – wie jeder andere auch.«

»Nicht wie jeder andere – wir wollen gut verdienen. Und Kriege nützen Händlern manchmal.«

»Nun ... ja. Wenn sie sie nicht direkt umbringen. Wir brauchen Schutz für unseren Besitz. Gelegenheiten. Wirtschaftliche Stabilität, damit wir uns auf Kreditwesen und Währungen verlassen können.«

»›Profite sind in schwierigen Zeiten am höchsten‹«, zitierte Basil.

»Ja, die Verluste aber auch.«

»Die Frage lautet: welche Seite bietet uns das beste Geschäft?«

»Die Frage lautet: Wie definieren wir das beste Geschäft.«

»Das ist nicht unsere Entscheidung, Goonar. Unsere Väter ...«

»... müssen nicht mit dem Ausgang leben. Wir müssen es. Ich habe nicht vor zuzusehen, wie sie uns ruinieren.«

»Kaim ist einer von uns ...«

»Kaim ist verrückt. Das wissen wir beide. Yeah, die Meuterer sind jetzt stark, aber sie sind nicht von einem Schlag, mit dem wir langfristig Geschäfte werden tätigen wollen.«

»Was ist mit ...« Basis deutete mit dem Daumen auf die Wand hinter sich.

»Dem Schwarzen Teufel? Du würdest versuchen, Geschäfte mit dem Schwarzen Teufel zu machen?«

»Vielleicht ganz vorsichtig.«

»Ich nicht.« Goonar blies sich ausdrucksstark auf die Finger. »Die Zange ist mir nicht lang genug.«

»Falls die Familias zerfallen ...«

»Das werden sie nicht, falls wir nicht den Kopf verlieren.«

»Wir?«

»Jeder, auf den es ankommt – die Händler, die Transportunternehmer, die normalen Leute.«

Goonar fand es auf einmal lächerlich, dass er die Terakian & Söhne GmbH als »normale Leute« bezeichnet hatte, aber er zeigte das innere Lachen nicht im Gesicht. Besser, wenn Basil darüber nicht zu lange nachdachte.

»In diesem Augenblick«, sagte er und tippte auf das

Display mit der Ladeliste, »müssen wir uns Gedanken über unsere Ladung machen und über Kunden, die wir zu bedienen haben. Die Lage wird dadurch nicht besser, dass wir anfangen, die Untergangspropheten zu spielen.«

»Gesprochen wie jemand, der Kapitän werden möchte«, fand Basil, und es war nur halb im Scherz.

»Du vielleicht nicht?« Goonar sah ihn von der Seite an. Ihre letzten Empfehlungen hatten zu soliden Profiten geführt; er und Basil hatten ihre Boni erhalten, und Goonar hatte seine zum ersten Mal in den Kapitänspool gegeben.

»Doch, aber – Kapitäne müssen immer langfristig denken, und du weißt ja, Vetter, dass ich mich manchmal eher auf das Naheliegende konzentriere.«

Das stimmte, aber gerade hatte Basil es zum ersten Mal eingeräumt.

»Ich bleibe lieber dein Stellvertreter und Partner; du hältst mich auf dem Teppich, und ich bewahre dich davor, langweilig zu werden.«

»Ich bin nicht langweilig«, sagte Goonar und bemühte sich dabei um einen langweiligen Ton, um die innere Freude über Basils Eingeständnis zu verbergen, dass sie nicht im Wettbewerb über die nächste freie Kapitänsstelle standen.

»Du wärst es aber«, fand Basil, »falls ich nicht wäre, um dir zuzeiten einen Tritt zu geben. Ich habe es den Vätern vor zwei Tagen mitgeteilt.«

Was bedeutete, dass Goonar mindestens auf den dritten Platz im Pool stieg, und sein Bonusgeld einzuschicken war noch klüger gewesen, als er gedacht hatte. Kapitänskandidaten mussten erst Schiffsanteile erwerben, ehe sie für die Auswahl in Frage kamen; er sparte bereits seit Jahren darauf und hatte sorgfältig investiert.

»Wir werden ein gutes Team sein«, sagte Goonar und

akzeptierte Basil damit so formell, wie es bei der Terakian-Familie überhaupt ging.

»Das sind wir schon«, sagte Basil.

Als sie sich wieder dem Ladedisplay zuwandten, klopfte einer der Angestellten an die Tür. »Goonar – da ist eine Nachricht von den Vätern.«

»Danke«, sagte Goonar. Er nahm das versiegelte Päckchen entgegen – zwei Sicherheitsstufen unter der höchsten – und hielt den Daumen darauf, bis das Siegel aufklappte. Er starrte auf die erste Zeile und spürte, wie er rot anlief. »Basil ..!«

»Was ist los? Dein erstes Schiff?«

»Du wusstest es!«

»Ich wusste es nicht ... aber Onkel hat angedeutet, dass etwas Nettes auf dich zukäme, und er wollte wissen, ob ich an deinen Rockschößen hängen oder auf eigene Faust losziehen wollte.«

»Es ist die *Fortune.«* Die alte *Fortune,* eines der echten Schmuckstücke im Fuhrpark von Terakian & Söhne, kam dicht an die ideale Kombination von Frachtkapazität und Manövrierfähigkeit heran, und sie hatte auch einen großen Shuttlehangar und zwei ferngesteuerte Frachtshuttles. Goonar las weiter. »Es ist wegen Miro ... er hat irgendein neurologisches Problem, und sie möchten in der gegenwärtigen politischen Krise nicht Kapitäne von ihren Schiffen abziehen; sie sollen mit Besatzungen arbeiten, die sie kennen, und auf Routen, die ihnen vertraut sind ...«

»Miro ...«, überlegte Basil. »Hat er sich je verjüngen lassen?«

»Ich habe keinen Schimmer. Lass das Thema, ja? Die Leute litten schon an Tatterich und schlechtem Gedächtnis, lange bevor die Verjüngung erfunden wurde. Aber – was für ein Mordsschiff!« Er las weiter. »Wir übernehmen die regulären Routen der *Fortune,* aber es steht mir frei, sie zu erweitern oder zu verkürzen, wie ich es für richtig halte … soll Annahme oder Weigerung auf dem schnellsten abhörsicheren Weg melden … Als ob irgendjemand, der bei Verstand ist, das ablehnen würde!« Er brach ab und sah Basil an. »Schließe die Prüfung der Ladeliste für mich ab, Bas; ich werde das hier beantworten.«

Die *Terakian Fortune* war alles, was sich Goonar erträumt hatte, und mehr als das. Miros Besatzung akzeptierte ihn ohne Vorbehalte; die Ladung konnte gar nicht besser ausgewählt sein – unmöglich, damit Geld zu verlieren, es sei denn, er warf sie zur Luke hinaus –, und die ersten beiden Haltepunkte liefen so glatt, dass er sich von Basil überreden ließ, beim nächsten Halt mehrere Tage auf dem Planeten zu verbringen, auf Falletta, um Repräsentanten von Terakian zu treffen, mit örtlichen Bankern zu speisen und Ware zu begutachten, ehe sie verpackt wurde. Er fand ein passendes Dankesgeschenk für die Väter und einen Anhänger für Basils Frau. Basil kehrte von eigenen Raubzügen auf die örtlichen Märkte zurück und schlug einen Theaterabend vor.

»Ich werde mir keines dieser akrobatischen Radautücke ansehen«, lehnte Goonar ab.

»Es ist ein anderes Stück. Eins, das dir gefallen wird.«

»Ach wirklich.«

»*Bräute der Berge.* Und es ist auch ein gutes Ensemble.«

»Hier draußen in der hintersten Provinz?«

»Komm schon, Goonar; besser, als im Hotel herumzusitzen und nichts zu tun.«

Der Vorhang ging auf und gab den Blick frei auf das Bühnenbild für das traditionelle Drama *Bräute der Berge* … ein Bauerndorf, wo die Bauern herumstanden und so taten, als hielten sie landwirtschaftliches Gerät in den Händen und wüssten, was damit zu tun sei. Der Hintergrund war mit Purpurbergen bemalt, die nach nichts aussahen, was Goonar von hundert Planeten kannte.

Goonar stieß seinen Vetter an. »Sogar ich weiß mehr über eine Sense als dieser Kerl da links.«

»Psst!« Basil warf ihm kurz einen finsteren Blick zu. »Warte ab.«

Die Ouvertüre schwoll an, und die Bauern holten Luft. Zu einem Fanfarenstoß von Blasinstrumenten traten die Bäuerinnen auf, leuchtende Tücher um die Schultern, und die Männer brachen in Gesang aus.

Reizend wie der Morgenstern
süße Mädchen, sich uns zu verloben

Goonar musste einräumen, dass sie singen konnten. Zumindest laut. Er ertappte sich, wie er anfing mitzusummen, und brach ab, ehe Basil ihm einen Stoß an den Arm versetzen konnte.

Der Chor der Frauen antwortete, als die Musik die Tonart wechselte.

Stark wie Bäume, trotzig hochgereckt
tapf're Burschen, uns zu freien

Dann fächerten sie aus und gaben den Blick frei auf die schönste Frau, die Goonar je gesehen hatte.

Und doch, ihr Lieben, erwählen wir euch nicht
bis ihr bewiesen treue Liebe ...

Prächtige rotbraune Haare – es konnte natürlich eine Perücke sein, aber sie bewegten sich so natürlich ... Üppige Figur, obwohl sie natürlich vom Kostüm betont sein konnte. Die weiche Stimme der Frau füllte den Saal aus, und ihre Augen schienen direkt auf Goonar zu ruhen. Sein Atem ging schneller. Er war zu alt für eine solche Reaktion – aber der Körper scherte sich nicht um den Verstand.

Den ganzen ersten Akt hindurch stritt Goonar mit sich selbst – während die Männer zu einer gefährlichen Suche aufbrachen und die Frauen eines Nachbardorfs zu Besuch kamen.

Im zweiten Akt wechselten die Frauen der beiden Dörfer die Plätze, um ihren jeweiligen Freiern zu folgen und sie auf die Probe zu stellen; Goonar glaubte sich jetzt wieder gefangen zu haben. Betharnya Vi Negaro – er hatte in der kurzen Pause einen Blick ins Programmheft geworfen – war eine bekannte Schauspielerin und Sängerin, und natürlich sah sie ihn nicht an. Nicht ihn speziell. Wahrscheinlich hatte jeder Mann hier das Gefühl, dass sie mit ihm allein flirtete. Vielleicht tat sie es sogar. Während der Tanzeinlage bemühte sich Goonar, einen Fehler in ihrer Darbietung zu entdecken. Diese Blonde war gelenkiger ... diese Brünette zeigte das breitere Lächeln.

In der langen Pause zwischen dem zweiten und dritten Akt war er schweigsam. Er spürte Basils Blick, weigerte sich aber, ihn zu erwidern.

»Was hältst du von ihr?«

»Wem?«

Basil packte ihn am Ellbogen. »Von *ihr,* du Idiot. Bethya. Ist sie nicht umwerfend?«

»Sie ist Schauspielerin«, sagte Goonar. »Sie muss es sein. Hast du Durst?«

Basil seufzte dramatisch; Goonar ging zu den Erfrischungsständen. Als sie beide Getränke in der Hand hielten, drängte Basil ihn in eine Ecke.

»Sie kommt mit uns«, erklärte er. »Das ganze Ensemble sogar. Sie sind besorgt wegen der Lage an der Grenze.«

»Eine Schauspielertruppe?«

»Sie treten lieber hier als dort auf«, sagte Basil und deutete mit dem Kopf in die Richtung, wo, wie Goonar vermutete, Basil schon die Lage der Benignität ausgemacht hatte.

»Also – hast du mich als einen Terakian vorgestellt.« Was bedeutete, dass die Dame Geld und Einfluss und vielleicht Tüchtigkeit erblickt hatte ... diese Blicke waren auf seine Stellung gerichtet gewesen, nicht auf seine Person.

»Nein. Aber sie kennt mein Gesicht. Wieso – hast du vielleicht gedacht, sie würde dich ansehen?« Basils nachgiebiger Ton tat weh, was womöglich geplant war.

»Nein«, erwiderte Goonar. Und sich selbst gegenüber setzte er lautlos hinzu: *Ich weiß.*

Im dritten Akt mit seinen Wortgefechten zwischen treuen und untreuen Liebhabern und ihren diversen Versucherinnen nahm Goonar sein eigensinniges Herz wieder an die Kandare und beschäftigte sich mit der Frage, wie das Ensemble mitsamt Gepäck am besten auf dem Schiff untergebracht wurde. Er griff einmal sogar nach seinem Handcomputer, fing sich aber noch, ehe er ihn aufklappte. Aber der Höhepunkt, wenn der geheimnisvolle Fremde das Herz der Dorfschönheit gewinnt, wenn ihr vorheriger Freier den Fremden angreift und von ihm getötet wird und sich das Mädchen dann entscheiden muss, ob sie geht oder bleibt ... an diesem Punkt hielt ihn die Geschichte, die er seit Kindertagen kannte, in ihrem Bann. Welche Wahl sie wohl traf? Erneut schien sie ihn anzusehen – tatsächlich aber Basil, erinnerte er sich –, und erneut konnte er eine Reaktion nicht unterdrücken. Sie war eine Frau, um die sich zu kämpfen lohnte, für die es zu töten lohnte.

Nach der Show spazierte Goonar die Straße entlang

und sonnte sich in der Erinnerung an diesen Blick. Er konnte jederzeit so tun, als hätte er ihm gegolten.

»Komm schon«, sagte Basil. »Wir müssen uns beeilen.«

»Warum?«, fragte Goonar. »Wir haben noch zwei Tage bis zum Start.«

»Inzwischen nicht mehr«, erklärte Basil. »Ich habe uns auf die kürzere Liste gesetzt.«

Goonar blieb abrupt stehen, ohne der Passanten zu achten. »Was? *Du* hast uns darauf gesetzt? Wer ist denn Kapitän des Schiffes?«

»Goonar, bitte! Nicht hier. Ich erkläre es dir ja, aber als die Entscheidung anfiel, blieb mir keine Zeit. Ernsthaft!« Dieses eine Mal wirkte Basil eher besorgt als aufsässig.

Goonar ging weiter und machte längere Schritte, um Basil folgen zu können. »Also, wie viel Zeit haben wir genau?«

»Gerade, bis sie an Bord sind. Ich habe angeboten zu helfen, aber sie sagten, sie würden lieber ... ausreißen, war, denke ich, ihr Ausdruck. Ist weniger auffällig.«

Mit einer Willensanstrengung konnte Goonar verhindern, dass er wiederum stehen blieb; er hätte Basil am liebsten kräftig durchgeschüttelt. »Mit anderen Worten: wir befördern Flüchtlinge.« Terakian & Söhne beförderten keine Flüchtlinge; das war eine Regel, die vor langer Zeit aus guten Gründen eingeführt worden war.

»Nicht ... offiziell.«

»Was tun wir offiziell nicht – sie befördern oder sie als Flüchtlinge an Bord nehmen?«

»Goonar ... bitte, sehen wir zu, dass wir von der Straße herunterkommen.«

Das klang allmählich nach einer wirklich guten Idee. Goonar blickte die Straße hinauf zur Anzeigetafel für die Raumhafenbahn der Stadt und legte einen Zahn zu.

Die Bahn setzte sie am Hauptterminal ab, wo sie die erste Sicherheitsschwelle hinter sich brachten und die Hafenbahn bestiegen, die sie zu den privaten Liegeplätzen brachte. Sobald sie auf Terakian-Gelände waren, ging Goonar auf Basil los.

»Bringen wir sie mit einem Familienshuttle hinauf?«

»Nein, sie nehmen eine größere Maschine – eines von den Dualshuttles –, aber ich denke mir, dass wir uns vorbereiten müssen.«

»Basil ...«

»Ich weiß, ich weiß.« Basil breitete die Hände aus und bemühte sich um einen zerknirschten Ausdruck, was nicht richtig in sein Gesicht passte. »Terakian & Söhne befördert keine Flüchtlinge, mischt sich nicht in die örtliche Politik ein, nicht in juristische Maßnahmen ...«

»Dann erkläre es mir.« Goonar tippte den Code für die Shuttleluke ein, und der Pilot meldete sich über Interkom.

»Ja, Sir?«

»Es geht vorzeitig rauf, Jas. Goonar und Basil ...« Er setzte die Familiencodes hinzu.

»Ich mach auf.« Der Pilot öffnete die Luke, und Goonar stieg ein. Basil folgte, sagte aber nichts weiter, bis sie beide angeschnallt auf ihren Plätzen saßen. »Fünf Minuten bis Startfreigabe«, meldete der Pilot. »Ein Diplomatenshuttle der Benignität ist im Anflug, und das bringt die Starttermine etwas durcheinander.«

Goonar starrte Basil an, der rot wurde.

»Ein Diplomatenshuttle der *Benignität!* Hat das irgendetwas mit der Tatsache zu tun, dass wir mit einer Truppe von Sängern und Tänzern durchbrennen, die von ... woher stammen sie?«

»Diversen Orten«, antwortete Basil. »Es sind Talente, weißt du ... sie kommen von überall her.«

»Und?«, hakte Goonar nach.

»Na ja ... es sind keine Flüchtlinge. Im Grunde nicht. Sie wollen nur nicht mehr hier anzutreffen sein. Falls sie nicht mehr im Theater sind, dann ... gibt es auch kein Problem.«

»Und falls doch?«

»Ich weiß nicht«, sagte Basil. »Keiner von ihnen ist Bürger der Benignität, und keiner hat ein Verbrechen begangen. Es sind nur ... vielleicht ... Leute, die die Benignität gern hier behalten möchte.«

»Als Gefangene?«

»So etwas Ähnliches. Vielleicht. Ich weiß es nicht. Ich weiß nur, dass sie von hier fort wollten, ehe die diplomatische Mission der Benignität landet.«

»Und sie wussten, dass eine kommt?«, fragte Goonar.

»Offenkundig«, antwortete Basil. Er wirkte immer noch verlegen, und Goonar wusste aus Erfahrung, was das hieß: Er hatte nach wie vor nicht alles gesagt, was er wusste. Goonar fühlte sich müde; Basil Fakten zu entlocken, das hatte schon bessere Männer als ihn erschöpft.

»Bitte, Basil«, sagte er. »Ich bin jetzt der Kapitän; ich muss informiert sein. Werden uns Kriegsschiffe der Benignität verfolgen? Kriegsschiffe der Familias? Befördern wir Diebesgut? Staatsgeheimnisse?«

Während das Shuttle langsam losfuhr, blickte Basil zum Fenster hinaus und spitzte die Lippen. »Ich denke nicht, dass uns irgendjemand verfolgen wird – ganz gewiss nicht, ehe wir gesprungen sind.« Goonar war nicht der Meinung, dass man »nicht, ehe wir gesprungen sind« mit »nicht verfolgt werden« gleichsetzen konnte, aber er wartete erst auf den Rest. »Soweit ich weiß, haben wir es nicht mit Diebesgut zu tun. Ich war in diesem Punkt bestimmt, und sie sagte, darum ginge es nicht«, sagte Basil. »Nach Staatsgeheimnissen habe ich nicht gefragt, denn falls sie mit Daten auf der Flucht wären, hätte sie es mir ohnehin nicht gesagt.«

»So – und denkst du, sie können das Theater verlassen, ehe die Benignität eintrifft?«

»Ich denke ja.« Basil beugte sich vor. »Falls alles gut gegangen ist, sind sie nicht weit hinter uns; sie sagte, sie würden bereits packen, während das Stück lief.«

»Ich vermute, mit ›sie‹ meinst du Betharnya«, sagte Goonar. »Ist sie ... na ja, die Inhaberin des Ensembles oder so was? Ich dachte, sie wäre nur die Primadonna.«

»Sie ist die Managerin, ja. Wie auch die führende Darstellerin. Dem Manager, den sie vorher hatten, ist etwas zugestoßen.«

»Wann?«, wollte Goonar wissen. »Wo?«

»Ich denke ... auf der Tour durch Vorhoft.«

»Was zufällig in der Benignität liegt ... Basil, falls du nicht mein Vetter und Partner wärst, würde ich dir mit Freuden den Schädel einschlagen.«

»Ich weiß.«

»Eine Verzögerung«, meldete der Pilot über Interkom. »Dieses beschissene Shuttle der Benignität hat die Verkehrsleitung aus irgendeinem Grund um ein generelles Startverbot ersucht.«

Basil erzeugte einen Laut, den Goonar mühelos deuten konnte, und ihm ging der gleiche Gedanke durch den Kopf. Er klappte den Funkmonitor des Sitzes auf und stellte eine Verbindung zu den Daten her, die der Pilot aus dem örtlichen Netz heruntergeladen hatte. Schiffe an der Raumstation: sieben. Eine Glückszahl, die Sieben – manchmal. Aber als die *Terakian Fortune* vor vier Tagen angelegt hatte, waren es mehr gewesen. Schiffe im Sonnensystem, im Anflug: drei. Er entspannte sich etwas. Abgehende Schiffe: elf. Er runzelte die Stirn und prüfte die Startzeitpunkte.

»Hast du das bemerkt?«, fragte er Basil und deutete auf den Bildschirm.

»Was? Nein ... warte ... dort oben müssten mehr Schiffe liegen.«

»Richtig. Und sieh dir die Startzeitpunkte an ... und vergleiche sie mit der ersten Sensorenmeldung vom Diplomatenshuttle der Benignität.«

»Autsch!« Basil beugte sich vor. »Hühner, die vor einem Falken auseinander laufen.«

»Und dank dir sitzen wir am Boden fest – fern vom Schiff – ein hübsches fettes Huhn, während der Falke bereits zum Sturzflug ansetzt.« Goonar wusste, wem man die Schuld geben würde, falls Terakian & Söhne dieses Schiff verlor – er war schließlich der Kapitän, und von ihm erwartet man, alles unter Kontrolle zu haben. Aber ehe sein Onkel ihn zu Hackfleisch verarbeitete – falls er lange genug überlebte, um zu Hackfleisch verarbeitet zu werden –, konnte er noch ein paar Fetzen aus Basil herausrupfen.

»Tut mir Leid«, sagte Basil. »Wusstest du schon, dass der Stationsmeister da oben ein Conselline-Agent ist?«

»Nein – und falls du denkst, du könntest mich mit dieser Information ablenken ...«

»Die gestarteten Schiffe – sie fahren alle unter der Flagge des Conselline-Clans.«

Goonar tadelte sich dafür, dass ihm das nicht als Erster aufgefallen war. »Du hast Recht. Und heißt das, dass die Consellines irgendein Spiel mit der Benignität machen oder was?«

»Ich habe keine Ahnung, aber vielleicht weiß Betharnya etwas darüber. Falls es uns gelingt, sie in Sicherheit zu bringen.«

»Kaum noch eine Chance jetzt«, fand Goonar. In diesem Augenblick meldete der Pilot jedoch: »Das Startverbot wurde aufgehoben. Man hat uns einen Platz vor einem planmäßigen Shuttle zugewiesen, für das irgendein Rotsignal gilt. Bereit zum sofortigen Start?«

»Ja«, antwortete Goonar. Die Maschine holperte über die Leitstreifen der Rollbahn und schwenkte auf eine andere Zufahrt zur Hauptstartbahn. Weit rechts erblickte Goonar das Hauptterminal, umgeben von den blinkenden Lampen anderer Shuttles und Langstrecken-Frachtflugzeuge. Als sie erneut schwenkten, sah er etwas hinter ihnen und sagte dem Piloten: »Etwas ist uns auf den Fersen, Jas ...«

»Ich weiß«, antwortete Jas und wandte sich an die Flugleitung: »Orbitalshuttle zum Start, Terakian & Söhne, zwei Fluggäste, ID 328Y. Automatisches Shuttle zum Start, Terakian & Söhne, freigegebene Ladung, Manifest 235AX7.«

»Check, 328Y. Startfreigabe erteilt.«

Das Interkom in der Kabine wurde abgeschaltet. Goonar sah Basil an, der sich abwandte und zum Fenster hinausblickte.

»Basil ... was weißt du über ein Automatikshuttle, das uns folgt?«

»Ich hoffe«, antwortete Basil und betrachtete seine Fingernägel, »dass es eine Frachtmaschine ist.«

»Das Versäumnis, Fluggäste zu deklarieren, ist ein Verstoß gegen örtliches und Familias-Recht, Basil«, erklärte Goonar. Das eigene Shuttle rollte weiter und folgte dabei dem rechten Rand der Startbahn. Goonar beugte sich zur Seite, um einen Blick durch die Fenster links zu werfen. Und klar doch, die andere Maschine war neben sie gezogen, die sicherste Startposition für einen Autopilotschatten. Und vom Hauptterminal viel weniger leicht zu sehen.

»Ich weiß.«

»Und sind Fluggäste in dem Shuttle da drüben, Basil?«

»Ich weiß nicht. Vielleicht.«

Sinnlos, eine Auseinandersetzung zu führen, ehe sie auf der Station eintrafen. Falls sie es überhaupt bis dorthin schafften. Jas zog beide Maschinen in einer steilen Bahn hoch, sobald sie abgehoben hatten, und lenkte das unbeleuchtete und fast unsichtbare Frachtshuttle dann auf eine sichere Distanz.

Sie verließen die Atmosphäre, ohne in Schwierigkeiten zu geraten, die Goonar mitbekommen hätte – und er war in den Funkverkehr das Piloten eingeschaltet. Beim Anflug auf die Orbitalstation hörte er Jas' nüchterne Erklärungen für die Verkehrsleitung mit.

»Der Boss hat uns auf die kurze Startliste gesetzt, also dachte ich mir, ich nehme das Frachtshuttle per Fernsteuerung mit. Ansonsten hätte ich Reuben hinunterschicken müssen, um es zu holen ...«

»Eines Tages wird einer von euch Jungs noch eines dieser automatischen Shuttles zum Absturz bringen und uns alle das Leben kosten.«

»Nicht heute«, erwiderte Jas. »Ich docke es direkt an der *Fortune* an. Keine Gefahr für die Station.«

»Was ist mit den Papieren für die Maschine?«

Jas leierte dieselbe Ladelisten-Nummer und die Freigabe-Codes herunter.

»In Ordnung. Seien Sie aber vorsichtig.«

»Sie werden nichts davon mitkriegen.«

Sobald er an Bord der *Fortune* war, ging Goonar direkt auf die Brücke. Wie erwartet, wollte die Stationssicherheit das ferngesteuerte Shuttle und seine Ladung inspizieren. Das war üblich und hatte wahrscheinlich nichts mit der diplomatischen Mission der Benignität zu tun oder auch nur mit dem Fahrgastschiff aus der Benignität, das gegenüber an der Station festgemacht hatte. Goonar äußerte die Proteste, die ohnehin erwartet wurden: sie hatten schon die Zollkontrolle auf dem Planeten durchlaufen; es kostete ihn zu viel Zeit und Geld;

ihm entging vielleicht der zugeteilte Startzeitpunkt. Auch das war üblich. Falls er nicht zumindest ein bisschen protestierte, wäre die Verhaltensänderung aufgefallen. Sobald er fand, dass der richtige Zeitpunkt gekommen war, gab er halbwegs liebenswürdig nach.

Das Sicherheitsteam der Station kam zuerst auf die Brücke, wo er den Leuten einen Ausdruck der Ladeliste überreichte und einen Junioroffizier damit beauftragte, sie zu dem Frachtshuttle zu führen, das jetzt in seinem Hangar saß. »Und nicht bummeln!«, schärfte er der jungen Frau ein. »Wir müssen eine Startzeit einhalten.«

Er verbrachte die nächste Stunde mit Papierkram, wie er einer Abfahrt vorausging – ein Ladearbeiter hatte eine Reparaturrechnung nicht bezahlt, und Goonar musste die nötige Überweisung genehmigen. Ein weiterer Ladearbeiter war noch nicht an Bord zurückgekehrt... Georg, wie üblich. Was bedeutete, dass er irgendwo tief in eine philosophische Diskussion vertieft war; Georg kam mit dem Trinken und den Frauen klar, aber nicht mit dem Nervenkitzel, den es ihm bot, wenn er mal mit jemandem über den freien Willen und die Überseele diskutieren konnte. Goonar wusste aus Erfahrung, dass der Sicherheitsdienst der Station keinen Schimmer haben würde, wo eine solche Diskussion womöglich stattfand; er musste es selbst herausfinden. Universitäten waren immer eine gute Wahl, aber auf dieser Station fand man nur ein Polytechnikum und eine gerade zwei Jahre alte Kunstschule. Und klar doch, Georg steckte in einer Espressobar neben der Kunstschule. Goonar wandte sich an einen Streifengänger des Sicherheitsdienstes und bat ihn, Georg an Bord zu schicken.

»Kapitän Terakian?« Das war der Leiter des Stationsteams, der gerade auf die Brücke zurückkehrte.

»Ja?«

»Ähm ... wir haben nichts gefunden, was nicht in Ordnung wäre, Sir, aber der Stationsmeister sagt, es läge der Antrag eines Benignitätsschiffes vor, eine genaue Suche nach geraubtem Gut durchzuführen.« Der Mann wirkte verlegen. »Ich weiß, Sir, dass Terakian & Söhne ein zuverlässiges Handelsunternehmen sind; ich bin sicher, dass kein Eigentum der Benignität an Bord ist. Allerdings ...«

»Und warum macht der Stationsmeister hier im Raum der Familias einen Kotau vor der Benignität?«, wollte Goonar wissen. Er würde Basil definitiv erwürgen, sobald er eine Gelegenheit sah. »Oder hat diese Person aus der Benignität, wer immer es ist, eine förmliche Anschuldigung gegen mich erhoben?«

Der Mann lief noch dunkler an. »Er ... ich kann es nicht sagen, Sir.«

»Gewiss nicht.« Goonar kaute auf der Unterlippe. »Dann reiche ich offiziell Protest ein, sowohl bei Ihrem Stationsmeister als auch beim RSS-Oberkommando von Sektor Drei und beim zuständigen Gericht.« Er wandte sich dem Tischcomputer zu und rief die umfassenden Rechtsdateien auf. Mit ein paar Strichen seines Datenstabs gab er die Details des Falls ein und übermittelte die erste Datei dem Stationsmeister.

Nach nur ein oder zwei Minuten leuchtete der Funkmonitor auf, und das finstere Gesicht des Stationsmeisters blickte Goonar an. »Was glauben Sie eigentlich, was Sie da tun, Terakian?«

»Ich schütze meine Rechte«, antwortete Goonar. »Sie fordern mich auf, mich einer unzumutbaren Durchsuchung auf Ansinnen einer fremden Macht auszuliefern, die nicht den Schatten eines Beweises vorgelegt hat, dass mein Schiff oder meine Besatzung irgendetwas mit irgendwelchem Eigentum zu tun hat, von dem *behauptet* wird, es fehlte. Sie haben mir keinerlei Grund genannt, warum ich damit kooperieren sollte, sondern mir einfach Ihre Bewaffneten auf die Brücke geschickt.«

»Seien Sie nicht eingeschnappt«, sagte der Mann; er blickte kurz zur Seite, wie zu jemandem außerhalb des Aufnahmebereichs.

»Sie haben mich noch gar nicht eingeschnappt erlebt«, versetzte Goonar. »Wir sind ein seriöses Unternehmen; wir treiben seit über vierzig Jahren hier Handel. Wir sind ausnahmslos Bürger der Familias, und angeblich liegen wir hier in einem Familias-Hafen. Falls Sie jetzt doch zur Benignität gehören, bin ich davon überzeugt, dass die Raumflotte gern davon erführe, ebenso Ihre eigenen Bürger, die nach wie vor den Eindruck haben, sie würden Bürgerrechte genießen.«

»Ich bemühe mich nur darum, freundschaftliche Beziehungen zu pflegen ...«, legte der Stationsmeister los.

»Indem Sie uns beschuldigen, wir wären Diebe?«, hielt ihm Goonar entgegen. »Das ist nicht der richtige Weg, um freundschaftliche Beziehungen zu Terakian & Söhnen zu pflegen. Und mir ist aufgefallen, dass sämtliche Conselline-Schiffe abgefahren sind – haben Sie *dort* umfassende Durchsuchungen vorgenommen, oder betreiben Sie hier Günstlingswirtschaft?«

»Sie sind gestartet, ehe uns der Antrag erreichte«, antwortete der Stationsmeister. »Und wir denken ja nicht, Sie hätten sich etwas zu Schulden kommen lassen. Sie zeigen hier eine viel zu abwehrende Haltung ...«

»Meinem Schiff und dem guten Namen meiner Familie zuliebe verhalte ich mich verdammt abwehrend, und das mit gutem Grund!«, erwiderte Goonar.

»Es ist nur so, dass man mich gebeten hat, jedes Schiff zu kontrollieren, das Fracht vom Planeten an Bord genommen hat. Und man hat dabei Hilfe angeboten.«

Alarmglocken schrillten überall in Goonars Kopf. »Die Benignität hat Hilfe angeboten? Wie wollen ihre Leute das anstellen?«

»Sie haben uns den Einsatz ihrer eigenen Sicherheitsleute angeboten, die ja genau wissen, wonach sie suchen ...«

Goonar sagte: »Sie fordern uns auf, *ausländischen Truppen* Zutritt an Bord zu gewähren, damit sie uns durchsuchen? Was für eine Art Verräter sind Sie überhaupt?«

»Es sind keine Truppen, eher ... so etwas wie Polizisten.«

Goonar grunzte. »Es sind Ausländer, wie immer Sie sie auch bezeichnen. Nein. Kein auswärtiges Personal wird einen Fuß auf ein Terakian-Schiff setzen, damit sie erkunden können, wie sie uns später am besten entern. Niemals!«

»Ich bestehe darauf.«

»Sie können darauf bestehen, bis die Sterne erkalten. Nein. Falls Sie möchten, dass Ihre eigene Stationssicherheit herumpirscht und nach Gott weiß was sucht – und ich werde kontrollieren, ob diese Leute Familias-Staatsbürger sind –, dann ist das eine Sache. Aber keine Vertreter der Benignität werden bei mir an Deck geduldet, und das ist mein letztes Wort.«

»Das ist unklug, Kapitän.« Jetzt trat die Person in den Aufnahmebereich, die der Stationsmeister zuvor angeblickt hatte. Ein Offizier irgendeiner Art, in einer Uniform, die Goonar nicht kannte. Jedenfalls nicht die übliche Flottenuniform der Benignität, mit der er vertraut war. »Sie ersparen sich und uns – und anderen – viel Ärger, falls Sie diese Durchsuchung jetzt akzeptieren. Andernfalls ...«

»Sie bedrohen Familias-Bürger auf ihrem eigenen

Territorium?« Goonar brauchte seinen Zorn nicht zu simulieren. »Was – haben Sie eine Invasionsflotte am Rand des Systems versteckt oder so was?«

»Wir sind nicht auf solch primitive Methoden angewiesen«, sagte der Mann. »Sie werden diese Station nie lebend verlassen, falls Sie uns nicht an Bord lassen.«

»Heh, warten Sie mal!« Der Stationsmeister streckte die Hand nach dem Mann aus, sank aber plötzlich zusammen. Goonar hatte keine Waffe gesehen, aber gesehen hatte er trotzdem genug. Er warf einen Blick über die Schulter auf den Chef des Sicherheitsteams, der so erschrocken wirkte wie er selbst. »Tut mir Leid«, sagte Goonar und gab das Terakian-Signal.

Noch während er das tat, dachte er an Georg, den armen Georg, der bald erfahren würde, ob die Überseele realer war als die eigene Vorstellungskraft.

Terakian-Besatzungen verfügten nur über die übliche Ausbildung zur Aufruhrbekämpfung, aber die Leute waren mehr als tauglich, um das Durchsuchungsteam außer Gefecht zu setzen, das schließlich keinen Angriff erwartet hatte. Wie Goonar gesagt hatte: das Team sah nicht zum ersten Mal ein Terakian-Schiff, und Terakians bereiteten normalerweise keine Schwierigkeiten.

»Das können Sie nicht *tun!«,* beschwerte sich der Leiter des Durchsuchungsteams, während er mit Klebeband gefesselt wurde.

»Verzeihung«, sagte Goonar, »aber ich habe nicht vor, einem Team der Benignität Zutritt auf mein Schiff zu gewähren. Es sind Ausländer, und sie haben vor gar nicht langer Zeit eine Invasion auf Xavier versucht. Ich dulde nicht, dass sie mein Schiff übernehmen und damit in den Raum der Familias eindringen. Jeder kennt Terakian-Schiffe ...«

Der Teamleiter bekam große Augen. »Denken Sie, dass so der Plan aussieht?«

Diese Begründung war Goonar so plötzlich eingefallen wie der Zufallstreffer eines Stücks Weltraumschrott, aber Goonar erkannte eine gute Idee, wenn er sie sah. »Warum sonst eine so genannte diplomatische Mission zu einem Provinzplaneten wie diesem? Warum sonst ein Startverbot für Schiffe und der Wunsch, jedes Schiff zu durchsuchen? Sie suchen nach dem richtigen! Wir sind ein unabhängiges Handelsunternehmen – wir haben reichlich Ladevolumen, und sie könnten einfach unsere Fracht vor dem Sprung über Bord werfen und damit mehr Platz für sich schaffen ...«

»Aber ...«

»Wir waren nie in der Nähe von Benignitätsraum, also woher sollten wir etwas haben, was ihnen gehört? Nein. Sie möchten dieses Schiff oder ein ähnliches. Sie können mich ruhig wegpusten, es schert mich nicht ...« Es scherte ihn sogar sehr, aber er entdeckte in den Augen des Teamleiters die wachsende Überzeugung, dass Goonar die Wahrheit sagte. Ausschmückungen im Dienste der Wahrheit waren keine Lüge – so ein Leitsatz der Familie. »Ich erlaube nicht, dass sie mein Schiff dafür benutzen ...«

»Ich ... verstehe. Ich hatte mich schon gefragt ...«

»Natürlich haben Sie das.« Jetzt, wo auch das restliche Sicherheitsteam entwaffnet und gefesselt war, trat Basil neben Goonar. Er hatte gewartet, bis er genug von dessen Verkaufstrick gehört hatte, um ihn nicht zu verpfuschen. »Hier bekommen Sie nicht häufig Schiffe aus der Benignität zu sehen, nicht wahr? Noch dazu ein Diplomatenschiff, das dem Stationsmeister Befehle erteilt?«

»Sie behaupteten, in den letzten vier Wochen wären einige flüchtige Personen mit einem Transport hergekommen, und sie wüssten nicht genau, von woher. Ein Haufen Schauspieler aus der Benignität wäre mit Diebesgut geflohen, und man wüsste lediglich, dass die Spur hierherführte.«

»Eine Schauspieltruppe?« Basil runzelte die Stirn, als nähme er das ernst. »Was könnte eine Schauspieltruppe stehlen, das sich eine solche Hatz lohnen würde?«

»Das haben sie nicht gesagt. Ich selbst kann mir auch nicht denken, dass Schauspieler Zugang zu etwas so Wertvollem haben.«

»Es sei denn ...«, sagte Basil und dehnte die Worte. »Mal angenommen ... ein anderer Flüchtling, ein politischer Flüchtling, hätte versucht, bei den Schauspielern Unterschlupf zu finden, und sie hätten ihn herausgeschmuggelt – oder die Benignität glaubt, sie hätten es getan.«

»Lächerlich!«, entgegnete Goonar. »Warum sollten Schauspieler einen politischen Flüchtling aufnehmen – oder überhaupt irgendjemanden, den sie nicht kennen? Das wäre ja vergleichbar damit, dass ein Terakian-Schiff irgendwelches Gesindel von den Docks aufliest. Wir wissen es besser; die Schauspieler sicherlich auch. Außerdem denke ich nicht, dass etwas anderes hinter dieser Sache steckt als der Versuch der Benignität, mit einem Schiff verdeckt in den Raum der Familias einzudringen.«

»Ja, aber es würde trotzdem Sinn ergeben«, beharrte Basil. »Betrachte es mal vom Standpunkt der Benignität aus ...«

»Das tue ich«, sagte Goonar. »Und was ich sehe, ist ihr Wunsch nach meinem Schiff. Und ich sage nein.«

»Lassen Sie mich doch mal«, mischte sich der Sicherheitsleiter ein, »mit dem Stationsmeister reden. Ich bin sicher, dass Sie keinerlei Schmuggelware an Bord haben – und vielleicht ist ihm nicht klar, was die Benignität im Schilde führt ...«

»Da müsste er schon ein Idiot sein«, sagte Goonar und widersprach damit Basils Äußerung: »Er hat wahrscheinlich geglaubt, sie würden ihm die Wahrheit sagen, und vielleicht tun sie es ja auch ...«

»Lassen Sie mich einfach mit ihm reden. Sie möchten doch bestimmt nicht mein Team entführen ... das gibt Ärger.«

»Ich möchte nicht riskieren, mein Schiff zu verlieren«, stellte Goonar fest. Aber er nickte seiner Mannschaft zu, und man löste die Fesseln, damit der Sicherheitsleiter neben Goonar treten konnte. Der Mann wandte sich dem Bildschirm zu.

»Sehen Sie mal ... Sir, Kapitän Terakian ist überzeugt, dass die Benignität ihm das Schiff stehlen möchte. Er denkt, dass sie deshalb darauf besteht, die Schiffe vor der Abfahrt zu durchsuchen – weil sie nach einem geeigneten Transportmittel suchen, um die Familias zu infiltrieren.«

»Das ist lächerlich«, wandte der Commander aus der Benignität ein. »Nur ein Schuldiger könnte sich ein solches Lügen-Allerlei ausdenken ...«

Goonar beugte sich in den Aufnahmebereich. »Es ist nicht gelogen, dass Ihre Leute eine Invasion auf Xavier durchgeführt haben. So weit es mich angeht, sind Sie die Schuldigen. Das Schlimmste, was ich je angestellt habe, war mich zu betrinken und einen Ensign der Raumflotte zu verprügeln – damals, als ich noch grüner als Gras hinter den Ohren war.«

Der Commander funkelte ihn an, und Goonar erwiderte seinen Blick auf gleiche Weise. Ihn hatten schon Experten auf diesem Gebiet angefunkelt – darunter sein Vater und Basils Vater –, und er war nicht eingeschüchtert. Tatsächlich gelang es ihm sogar jetzt, wo er sich von der eigenen Geschichte überzeugt hatte, patriotischen Grimm auszustrahlen. Schließlich seufzte der Commander aus der Benignität. Sein Blick wanderte zum Sicherheitsleiter. »Haben Sie wirklich jede Kabine durchsucht?«

»Nein ... nur die Shuttlehangars und die angrenzenden Laderäume.«

»Und das in nur dreißig Minuten ... Was war an Bord des automatischen Shuttles?«

»Das, was auch die Ladeliste enthielt ... versiegelte Container, markiert mit den Codes der Frachtmakler ...«

»Haben Sie sie geöffnet?«

»Nein, nicht alle.« Dem Sicherheitsleiter, der im Verlauf des Wortwechsels immer mürrischer geklungen hatte, platzte jetzt der Kragen. »Hören Sie mal – Sie sind nicht *mein* Befehlshaber, und ich kenne die Terakians! Soweit es mich angeht, könnten sie mit ihrem Vorwurf durchaus Recht haben, und ich sehe keinen Grund, warum ich für Sie die Drecksarbeit tun sollte!«

Es blieb lange still, und Goonar nutzte die Zeit, um seinen Groll auf Basil, der sie in diesen Schlamassel geführt hatte, in sichtbaren Zorn auf die Benignität umzuwandeln. Anscheinend gelang es ihm, denn nach einem letzten finsteren Blick entspannte sich der Commander etwas.

»In Ordnung, Kapitän Terakian. Sie können starten. Ich denke, Sie werden diese ziemlich nutzlosen Exemplare von Sicherheitsleuten mitnehmen ...«

»Nicht, falls sie es nicht möchten«, erwiderte Goonar. »Aber da Sie das Kommando über eine zivile Raumstation übernommen zu haben scheinen, kommen die Leute vielleicht sogar gern mit.« Er warf einen Blick auf den Sicherheitsleiter, dessen Gesicht bleich geworden war, als ihm klar wurde, was das hieß.

»Wir führen nichts gegen die Zivilbevölkerung im Schilde«, sagte der Commander aus der Benignität.

»Ganz wie auf Xavier«, bemerkte Goonar.

»Können wir bleiben?«, fragte ihn der Sicherheitsleiter.

»Ich habe nicht vor, Bürger der Familias der Benignität auszuliefern, wenn sie das lieber nicht möchten«, antwortete Goonar. Es klang schwülstig, fast theatralisch, und er hoffte, dass der Commander aus der Benignität einfach nur dachte, Goonar wäre von Natur aus so gestrickt. Vielleicht war er das ja. Seine Familie beharrte darauf, dass der wahre Charakter in solchen Zeiten ans Licht kam. »Fragen Sie Ihre Leute.«

Kapitel drei

Handelsschiffe wurden stets von Schleppern aus dem Dock gezogen, aber Goonar traute dem Commander aus der Benignität nicht; er hatte seiner Besatzung das Signal gegeben, das Schiff startklar zu machen, sobald der Commander auf dem Bildschirm aufgetaucht war. Goonar wusste, dass die einzige echte Gefahr von den Verteidigungsanlagen der Station ausging, und damit auch, dass sein systeminterner Unterlichtantrieb die einzig reale Gegendrohung darstellte. Ja, die Station konnte sein Schiff wegpusten ... aber bei laufendem Unterlichtantrieb war das Selbstmord für die Station und jedes weitere dort im Dock liegende Schiff. Jetzt befahl er seinem Piloten, auf Distanz zu gehen, dabei aber so langsam zu bleiben, wie es die Fluglagetriebwerke nur ermöglichten.

So bald wie möglich – die Zeit kam ihm länger vor, als die Uhr anzeigte – erhöhte er die Energie und legte den Kurs zum Sprungpunkt an. Sobald es den Anschein hatte, als würde die Station doch nichts von ihrem spärlichen Raketenvorrat auf ihn abfeuern, drehte er sich um und bedachte Basil mit finsterem Blick.

»Komm, Basil, wir müssen uns unterhalten.«

In der Privatsphäre der abgeschirmten Kapitänskajüte attackierte Goonar seinen Vetter. »Ich sollte mir deine Nieren zum Frühstück braten!«, schimpfte er. »Von allen dummen Intrigen, in die du uns hättest verwickeln können ...«

Basil bemühte sich diesmal gar nicht um eine unschuldige Miene. »Es war wichtig.«

»Und du hast dir nicht mal die Mühe gemacht, mich zu informieren ...«

»Wir hatten keine Zeit, Vetter. Wirklich, ich hätte es dir ja gesagt ...«

»Aber du hast es nicht getan.« Goonar verschränkte die Hände ineinander anstatt um Basils Hals. »Bas, wir sind seit Jahren Partner. Du kennst mich, und ich dachte, ich würde dich kennen; Du hast dich entschieden, dich nicht selbst um eine Kapitänsstelle zu bewerben; du wolltest mit mir zusammenarbeiten ...«

»Natürlich wollte ich das!«

»Warte! Du weißt, dass sich ein Kapitän auf seinen Stellvertreter verlassen können muss; es müsste dir eigentlich klar sein. Du hättest irgendeine Möglichkeit finden müssen, mich zu warnen ...«

Basil brummte etwas und wandte den Blick ab.

Goonar spürte, wie ihm der Hals steif wurde. »Basil«, sagte er. »Was hast du gerade gesagt?«

»Ich sagte: Ich dachte, du würdest unschuldiger wirken, falls du es wirklich wärst.« Basil war rot geworden. »Und so war es ja auch.«

Aus irgendeinem Grund fand Goonar das komisch. Er war immer noch wütend und wollte eigentlich nicht lachen, aber er konnte doch nicht anders. »Ich hätte es besser mimen können, falls ich informiert gewesen wäre, mein Vetter ...«

»Es tut mir Leid«, sagte Basil, diesmal ernst. »Ich hätte einen Weg finden müssen. Nächstes Mal werde ich es auch.«

»Wird es denn ein nächstes Mal geben?«, fragte Goonar.

»Nicht, dass ich es absehen könnte, aber falls doch«, antwortete Basil.

»Na dann. Welches große Geheimnis befördern wir nun? Haben sie dir verraten, warum die Benignität sie jagt? Oder hast du dich einfach von einer schönen Frau in Not um den Finger wickeln lassen?«

»Es geht um einen der Bühnenarbeiter, haben sie gesagt. Er wäre kein Verbrecher, sondern ein Flüchtling.«

»›Ich habe mir nichts zu Schulden kommen lassen, aber neidische Gerüchte verbreiten Lügen, wohin immer ich komme‹«, sang Goonar. »Zweiter Akt, vierte Szene. Haben wir es mit so was zu tun?«

»Ich weiß nicht«, sagte Basil und breitete die Hände aus. »Ich habe gefragt, aber sie beharrten nur darauf, er wäre kein Dieb oder Mörder, und baten um Zuflucht.«

Goonar richtete sich auf. »Zuflucht. Das ist ein religiöser Begriff. Hast du direkt mit dieser Person gesprochen?«

»Nun ... ja. Ich wollte ihn einschätzen. Es ist ein ruhiger Bursche ... älterer Mann, freundliche Stimme.«

»Ein Schwindler«, behauptete Goonar.

»Nein ... das denke ich nicht. Er gibt sich nicht einnehmend und überzeugend; ich hatte eher den Eindruck von vielleicht einem Gelehrten. Seine Ruhe war nicht Ausdruck von Angst oder Schüchternheit, sondern eher eine gewohnte Haltung.«

»Ein Professor auf der Flucht? Jemand mit bestimmten technischen Informationen?«

»Das denke ich nicht«, antwortete Basil. »Ich weiß, dass solche Experten manchmal im Alltag als Trottel gelten, aber dieser Mann ist kein Trottel dieses Typs. Er kommt mir nicht zerstreut oder entrückt vor oder wie immer man das nennt – er ist wirklich präsent, wenn er mit einem redet, und er versucht nicht, das Gespräch zu einer Lieblingstheorie zu lenken.«

»Seltsam«, fand Goonar. »Und hat er das Wort Zuflucht benutzt, oder war es die Frau?«

»Er war es. Es klang aber gar nicht dramatisch oder

so.« Jetzt, wo Basil mit allem herausrückte, was er wusste, schien er sich fast selbst darüber zu ärgern, dass es so wenig war. »Ich habe ihn gefragt, ob er ein Verbrechen begangen hätte, und er überlegte kurz, ehe er sagte: nein, kein Verbrechen, aber er hätte eine mächtige Person gegen sich aufgebracht.«

»Und du hast natürlich nach Einzelheiten gefragt ...«, half ihm Goonar auf die Sprünge.

»Ja. Und er hat nichts erzählt. Er sagte, sein Bestreben wäre es, eine Zuflucht zu finden, nicht Gerüchte zu verbreiten.«

»Klar. Hier haben wir also ein Diplomatenschiff der Benignität, das einer Raumstation der Familias Befehle erteilt ... und er denkt, es gäbe keine Gerüchte.«

»Ich habe nicht mehr mit ihm gesprochen, seit wir an Bord kamen«, sagte Basil. »Soll ich?«

»Nein, ich möchte ihn selbst sehen«, entgegnete Goonar. »Aber nicht jetzt. Auf uns warten andere Aufgaben. Zunächst möchte ich die Sicherheitsleute nicht darüber informiert haben, dass die Schauspieltruppe an Bord ist. Wozu sind es Schauspieler – da können sie ruhig so tun, als gehörten sie zur Besatzung. Instruiere sie entsprechend.«

Basil lächelte. »Das ist eine tolle Idee.«

»Was bedeutet: du hattest sie schon vorher. Prima. Sorge nur dafür, dass es auch gründlich gemacht wird. Gleichzeitig möchte ich nicht, dass die Truppe Zugriff auf kritische Informationen erhält – mache unser Mannschaft das klar. Und sobald du das geklärt hast, sieh mal zu, welche Aufgaben du den Sicherheitsleuten übertragen kannst. Nicht nur die ganze Schmutzarbeit – sie haben nicht darum gebeten, an Bord zu sein, und wir können nicht gebrauchen, sie wütend zu machen.«

»Klar«, sagte Basil und machte sich Notizen auf dem Compad.

»Ich rede dann mit ... wie heißt er gleich?«

»Simon. Mehr hat er nicht gesagt.«

»Klar. Ich rede in drei oder vier Tagen mit Simon. Zum jetzigen Zeitpunkt möchte ich noch nicht, dass er ins Rampenlicht gerät.« Er seufzte und trommelte auf dem Schreibtisch. »Ich weiß nicht, was mit der Station Falletta los ist ... ich halte nicht viel von einem Sicherheitsdienst, dem ein ganzer Haufen Schauspieler und Schauspielerinnen nicht aufgefallen ist, dazu ein kompletter Satz Bühnenbilder ...«

»Na ja ... es sah im Grunde gar nicht nach Schauspielern und Bühnenbildern aus ... denk daran, wir hatten fast zwei Stunden Zeit«, wandte Basil ein. »Ich wäre nicht der Frachtmeister, der ich nun mal bin, falls ich nicht fähig wäre, große Frachten zu zerlegen und wieder zusammenzusetzen, um den verfügbaren Platz auszunutzen.«

»Also ... hast du die Kulissen auseinander genommen ...«

»Nein, das hätte nicht funktioniert. Wir haben sie genommen, wie sie sind.«

»Nämlich wie?«

»Na ja ... du kennst doch die Freizeitsektion für die Mannschaft?«

»Natürlich«, sagte Goonar.

»Sie hat doch diesen erhöhten Abschnitt – im Grunde für die Querverbindungen der Luftrohre gedacht, aber so entsteht eine kleine Bühne ...«

»Ja, das weiß ich ... warte mal ... du meinst, du hast dort eine richtige *Bühne* aufbauen lassen?«

»Yeah ... sie haben die Szenen für mehr als ein Stück, also haben wir einen Teil aufgebaut und den Rest ganz offen in den Lagerraum der Besatzung gepackt. Das schied natürlich aus für die Kostüme oder die ganzen Requisiten oder die Steuerpulte der Beleuchter ...«

»Warte mal – ich dachte, Theaterhäuser verfügten über eigene Beleuchtungsanlagen!«

»Eigentlich schon, aber viele reisende Ensembles bringen eigenes Zubehör mit. Es sind teure Sachen, und ...«

»Also – was hast du mit der Beleuchtung angestellt?« Basil starb fast vor Sehnsucht, es ihm zu erklären, und Goonar hielt es für besser, davon zu erfahren – nur für alle Fälle.

»Ich zeige es dir.«

Die sich anschließende Besichtigung überzeugte Goonar davon, dass die Talente seines Vetters im Familiengeschäft der Terakians vergeudet waren. Die Bühnenbeleuchtung des Ensembles gab dem Shuttlehangar mehr Licht als je zuvor, seit die alte *Fortune* aus der Werft gekommen war ... und nur, wenn man zur Decke hinaufkletterte, konnte man erkennen, dass es nachträgliche Einbauten waren.

»Sie haben uns zu der guten Beleuchtung gratuliert, die zur Sicherheit beiträgt«, sagte Basil und meinte damit eindeutig die Sicherheitsleute der Station. »Sie sagten, auf vielen Schiffen versuchte man, Dinge in halbdunklen Räumen zu verstecken.«

Die unförmigen Paillettenkostüme wurden von den programmierbaren Mannequins getragen, deren Transport ein berühmtes Modeunternehmen in Auftrag gegeben hatte, und der Datenwürfel im Container enthielt die entsprechenden Bilder. »Es ist nur eine Kopie«, erklärte Basil. »Wir haben das Original noch, sodass der Kunde nie etwas davon erfährt. Und die Sicherheitsleute wussten nicht, dass man die Mannequins normalerweise ohne Kleider befördert. Sie haben zwar gesagt, ihrer Meinung nach sähen die Kostüme gebraucht aus, und ich habe darauf hingewiesen, dass sie schon mehrfach im Einsatz gewesen wären – dass die großen Transportfirmen die neuen Sachen beförderten und wir uns damit zufrieden geben müssten, den Abfall vom vergangenen Jahr in abgelegene Sonnensysteme zu bringen.«

»Ich verstehe«, sagte Goonar. Er war gar nicht überrascht, als Basil ihm eine überarbeitete Besatzungsliste reichte, worauf eine erstaunliche Anzahl von Terakian-Familienmitgliedern verzeichnet stand, von denen er noch nie gehört hatte.

Fünf Tage später beschleunigte die *Terakian Fortune* nach wie vor in Richtung des kartografierten Sprungpunkts, und Goonar machte sich nach wie vor Sorgen. Sie waren am Leben. Niemand hatte auf sie geschossen. Niemand verfolgte sie. Niemand, den sie *orten* konnten, verfolgte sie, erinnerte er sich. Die Sicherheitsleute hatten sich in das Leben an Bord eingefunden und leisteten die ihnen übertragenen Arbeitsschichten Hand in Hand mit der Besatzung. Der erweiterten Besatzung.

Eines musste man Schauspielern lassen: sie verstanden sich darauf, eine Rolle zu spielen, und sie lernten schnell. Die Sicherheitsleute verstanden kaum etwas von der Arbeit einer Besatzung auf einem Freihändler und akzeptierten, dass die *Fortune* eine unwahrscheinliche Menge Familienmitglieder an Bord hatte. Ehefrauen, Schwestern, Kusinen ... alles angeblich gelernte und geübte Raummatrosen, abgesehen von der alten Garderobenchefin; sie hatte jede Menge Spaß an ihrer Rolle als gealterte Großtante, die sich Illusionen darüber hingab, was sie als Ehestifterin erreichen konnte. Sie hatte sogar schon die Sicherheitsleute nach ihrem Familienstand und ihren Aussichten gefragt.

Goonar war bislang einem Gespräch mit der Leiterin des Ensembles aus dem Weg gegangen – und hatte dabei seinen gewachsenen Arbeitsaufwand vorgeschützt –, aber schließlich konnte er es nicht länger hinausschieben.

Betharnya sah aus der Nähe so gut aus wie auf der Bühne. Goonar war sich seiner Rolle als seriöser Handelskapitän bewusst und bemühte sich, den Blick in ihr Gesicht gerichtet zu halten, aber ihre üppigen Formen und ihr feiner Duft entgingen ihm keineswegs.

»Ich möchte Ihnen danken, Kapitän Terakian«, sagte sie. »Das war sehr mutig von Ihnen ...«

»Basil hatte mir bis nach der Vorstellung gar nichts davon erzählt«, sagte er. »Dann war es zu spät – aber ich muss sagen, dass ich Sie zwar als Schauspielerin bewundere, aber nicht glücklich darüber bin, dass man mich getäuscht hat. Sie haben womöglich nicht nur meinen Ruf, sondern den unserer Familie unwiderruflich geschädigt. Wir engagieren uns gewöhnlich nicht politisch.«

»Ich verstehe«, sagte sie. »Ich wäre auch zornig, falls es mein Schiff wäre. Aber als ich an Basil – Ihren Vetter – herantrat, wusste ich von all dem nichts.«

»Also – stammen Sie aus der Benignität?«

»Nein, aber die Stücke, die wir am liebsten aufführen, kommen dort besser an. Traditionelles, wissen Sie? Wie die *Bräute.*«

»Mir hat es gefallen«, sagte Goonar. »Ich hatte es schon auf Caskadar gesehen ...«

»Wir sind nie auf Caskadar aufgetreten, aber ich habe davon gehört. Jedenfalls – ich denke, Sie möchten gern erfahren, was geschehen ist?«

»Es spielt jetzt keine Rolle mehr, Sera. Wir sind schon dabei, gegen das Gesetz zu verstoßen, ob nun aus einem guten Grund oder einem schlechten. Sie werden mir hoffentlich helfen, es den Behördern im nächsten Hafen zu erklären?«

»Natürlich, Kapitän. Es tut mir sehr Leid, dass ich Ihnen Schwierigkeiten bereite. Möchten Sie jetzt gern unsere Pässe sehen?«

»Sobald wir im nächsten System sind. Ahm ... ich muss sagen, Ihre Leute machen als Besatzungsmitglieder einen überzeugenden Eindruck.«

»Danke«, sagte sie. »In diesem Fall mache ich mich lieber wieder an die Arbeit.«

Er wünschte sich, sie hätte bleiben und weiter mit ihm reden können, aber ihm fiel nichts mehr ein. Wäre sie doch nur keine Schauspielerin gewesen ... Nachdem sie gegangen war, hing er Fantasien darüber nach, jemandem wie ihr auf einer Terakian-Versammlung und nicht im Theater zu begegnen.

»Wir müssen die Raumflotte informieren«, sagte Goonar, als sie im Corrigan-System aus der Überlichtfahrt austraten. Die wenigen Tage in Überlichtfahrt waren ereignislos verlaufen, ganz so, wie er es gern hatte. »Nur so können wir die Familie vor den Anklagen schützen, die man gegen uns vorbringen wird.«

Basil verdrehte die Augen. »Ich kann mir gut vorstellen, was sie sagen werden ... sie werden uns monatelang festhalten, während sie uns bis auf die Nieten inspizieren.«

»Wir haben keine Nieten«, stellte Goonar fest. »Das weißt du doch.«

»Du weißt, was ich meine«, sagte Basil. »Bis auf die monomolekularen Abdichtungen, falls du es technisch präzise haben möchtest. Nicht, dass wir irgendwas zu verbergen hätten ...«

»Nichts bis auf illegale Ausländer, ein entführtes Sicherheitsteam und ein sehr unglückliches Suchteam der Benignität«, wandte Goonar ein. »Davon abgesehen sind wir so sauber wie immer.«

Basil senkte den Blick.

»Oder nicht?«

»Na ja ... hier und da könnte irgendein kleiner privater Vorrat lagern ...«

»Das reicht. Wir stellen uns bei erster Gelegenheit und erklären, so gut wir können, wie wir in diesen Schlamassel geraten sind.«

Goonar schickte eine Nachricht über die Lage auf Falletta los. Die Flottenpatrouille, die im hiesigen System mit drei Schiffen vertreten war, wandte sich per Richtstrahl an die *Fortune.*

»Was für eine Art Schiff hat die Benignität geschickt?«

»Eine diplomatische Mission, hieß es. Ich habe das Schiff selbst nie gesehen – wir lagen auf der anderen Seite der Station im Dock. Meine Sensoren haben jedoch keine aktiven Geschütze gemeldet.«

»Haben Sie irgendwelche Daten über den Kommandanten?«

»Ein Videobild«, sagte Goonar. »Wir zeichnen eingehende Sendungen vollständig auf, und ich habe davon eine Kopie sicher abgespeichert, nur für alle Fälle.«

»Wurden Sie bedroht? Von der Benignität oder der Raumstation?«

»Ein Offizier der Benignität war in der Kommandozentrale des Stationsmeisters und hat uns bedroht. Sagte, wir würden das System nie mehr lebend verlassen, falls wir ihm nicht gestatteten, unser Schiff zu durchsuchen. Ich schätze, er wollte ein in den Familias registriertes unabhängiges Schiff kapern, um auf Spionage loszuziehen.«

»Aber schließlich hat er sie ziehen lassen?«

»Ja... war nicht allzu glücklich darüber, aber er hat es getan. Das Sicherheitsteam der Station war bei uns an Bord...«

»Warum?«

»Na ja, ehe mir klar wurde, was da passierte, hatte man darum gebeten, eines unserer ferngesteuerten Shuttles kontrollieren zu dürfen, und ich war natürlich einverstanden.«

»Natürlich. Na ja, wir möchten diese Kopie der Übermittlung – und zwar vorzugsweise persönlich überbracht, nicht gesendet ...«

»Ginge mir nicht anders«, sagte Goonar. »Wer weiß schon, wer hier draußen auf der Lauer liegt?«

»Derzeit niemand«, antwortete der Kommandant. »Aber nur für alle Fälle.«

Auf Station Corrigan übergab Goonar den Datenwürfel an den uniformierten Offizier, der in der Ladezone auf ihn wartete. Das Sicherheitsteam von Falletta begleitete ihn; sie sollten alle befragt werden. Basil stand zum Glück nicht auf der Liste der Personen, mit denen man bei der Raumflotte sprechen wollte.

Der Flottenoffizier, der Goonar befragte, forderte ihn auf, ihm den Ablauf der Ereignisse zu schildern, und lehnte sich dann zurück, um zuzuhören. »Es fing alles damit an«, berichtete Goonar, »dass mein Frachtmeister, mein Vetter Basil, mir erzählte, er hätte für das Schiff einen vorzeitigen Starttermin vereinbart. Ich fragte ihn nach dem Grund, und er wollte zuerst nichts sagen. Nach einem Abend in der Stadt waren wir auf dem Rückweg zum Schiff, und ich freute mich bereits darauf, am nächsten Morgen auszuschlafen.«

»Ein Abend in der Stadt?«

»Im Theater. Basil plagt mich schon seit mehreren Fahrten, ich müsste mal lockerer werden ... er findet, ich wäre zu missmutig. Meine Frau und meine Kinder sind vor ein paar Jahren gestorben, wissen Sie; er versucht ständig, mich mit schönen Frauen wieder aufzumuntern.«

»Ah ...« Der Offizier zeigte ein mitfühlendes Gesicht, dem Goonar etwa so weit traute, wie er von dem Befrager erwartete, seiner Miene Glauben zu schenken.

»Er sorgt sich um mich«, erklärte Goonar. »Wir sind

schließlich zusammen aufgewachsen; seit zehn Jahren sind wir Partner. Seine Tochter ist mein Patenkind; er war Patenonkel meiner Kinder. Aber er begreift es einfach nicht ... ich *möchte* keine neue Frau und Familie. Ich hatte die beste, und ich habe sie verloren. Warum sollte ich erneut riskieren, noch mal so viel für andere Menschen zu empfinden und sie wieder zu verlieren?«

»Es ist ein hartes Leben, allein«, murmelte der Offizier.

»Im Grunde nicht.« Goonar lehnte sich zurück und kratzte sich am Kopf. »Ich bin gut in meiner Arbeit. Ich verdiene gut genug, um in Wohlstand zu leben. Ich habe eine gute Stellung in der Familie. Ich brauche keine Frau.« Aber er brauchte vielleicht Bethya, erklärte ihm der eigene Körper. Er wollte nicht darüber nachdenken.

»Also: Ihr Vetter hat versucht, Sie aufzumuntern, und Sie hatten nicht wirklich Freude daran ...«, gab ihm der Offizier ein Stichwort.

»Doch, eigentlich schon. Ich mag Theater, besonders Musikdramen, nicht weniger als jeder andere. Es war ein schöner Abend, aber ich war schläfrig und hätte gern eine weitere Nacht auf dem Planeten im Hotel verbracht. Basil bestand darauf, wir müssten an Bord zurück. Als wir im Shuttle saßen und unterwegs waren, berichtete er mir, er hätte etwas an Bord genommen – ein Theaterensemble.«

Die Augenlider des Befragers zuckten kurz, dann zeigte sein Gesicht schon wieder die geschulte Neutralität. »War es das, was Sie den Behörden auf Falletta mitgeteilt haben?«

»Nein, natürlich nicht.« Goonar blies die Backen auf. »Es war folgendermaßen: Basil hatte uns mitsamt bescheinigter Ladung auf die Startliste gesetzt, und hätte ich Stunk gemacht, dann hätten wir vielleicht monatelang dort festgesessen; dabei hatte ich Terminfrachten unter anderem für das hiesige System, und bei verspäteter Lieferung wäre eine saftige Vertragsstrafe fällig geworden. Hätten wir nicht schon auf der Liste gestanden, wäre alles nicht so schlimm gewesen, aber wir taten es nun mal. Ich hätte Basil mit Wonne umbringen können, aber auch das hätte nichts genützt.«

»Sie haben also wissentlich verbotene Ladung angenommen und illegale Fahrgäste …«

»Man könnte es so ausdrücken. Derweil setzten die Vertreter der Benignität die örtlichen Behörden unter Druck, um Shuttleflüge in den Orbit und Starts von der Raumstation zu verzögern. Sie sagten etwas von gestohlenem Eigentum und Flüchtlingen – äußerten sich aber nicht genau über das Was und Warum. Mir fiel auf, dass zahlreiche Schiffe abgefahren waren, sobald die diplomatische Mission der Benignität im System eingetroffen war – und die Besatzungen hätten eigentlich nichts davon erfahren dürfen, bis die Mission angedockt hatte, es sei denn, sie wurden vom Stationsmeister informiert. Und er ist ein Conselline … wie auch die gestarteten Schiffe: sie fuhren alle unter der Flagge dieses Clans. Ich wusste nicht, was da ablief, aber auf mich wirkte es nicht wie die normale Suche nach gestohlenem Gut. So grün bin ich nicht hinter den Ohren; soweit mir bekannt ist, wendet sich bei grenzüberschreitenden Diebstählen deren Polizei an unsere.«

»Und wie lautet nun die wahre Geschichte?«

»Ich kenne nicht alles. Ich sagte der Chefin des Ensembles, ich wollte gar nicht alles erfahren – sie könnte ihre Geschichte ja Ihnen erzählen, und ich würde lediglich die Sache melden, sobald wir an einem sicheren Ort eingetroffen wären.«

»Äh … wie viel davon ist den Sicherheitsleuten von Falletta bekannt?«

»Von der Ladung wissen sie gar nichts«, antwortete Goonar. »Ich fand: je weniger Menschen davon wussten, desto besser.«

»Ich verstehe«, sagte der Offizier. »Und wann haben Sie vor, die Flüchtlinge zu übergeben – falls es sich um Flüchtlinge handelt?«

»Wann Sie möchten. Jedenfalls fahre ich nicht mit ihnen an Bord hier ab.«

»Oh doch, das werden Sie«, entgegnete der Offizier. »Zumindest lautet so meine erste Empfehlung. Was immer die Benignität von diesen Menschen möchte, wir können nicht gebrauchen, dass das Problem hier draußen herumgondelt. Wir haben schon genug Schwierigkeiten. Wo ist Ihr nächster planmäßiger Halt?«

»Trinidad. Dann kommen Zenebra und Castle Rock ...«

»Schön. Sie behalten diese Leute bis Castle Rock an Bord und liefern sie dort dem Oberkommando der Raumflotte aus.«

»Das kann ich nicht machen!« Goonar brauchte seine Bestürzung nicht vorzutäuschen. »Das geht nicht ... Terakian führt keine Aufträge der Raumflotte aus. Wir sind neutral!«

»Niemand ist jetzt mehr neutral.« Der Mann beugte sich vor. »Hören Sie, Kapitän – wären Sie wirklich neutral, hätten Sie diese Leute nicht mitgenommen. Wäre Ihnen wirklich egal, wer den nächsten Krieg gewinnt, hätten Sie sich der Benignität nicht widersetzt. Sie sind nicht neutral; Sie sind aufrichtig. Das ist ein Unterschied. Ich vertraue Ihnen in diesem Punkt. Ich denke wie Sie, dass etwas, worauf die Benignität so scharf ist, für unsere Seite vorteilhaft sein muss. Ich verlasse mich darauf, dass Sie es zum Oberkommando bringen, denn ich denke nicht, dass irgendjemand besser dafür geeignet wäre.«

»Aber ... falls man in der Benignität glaubt, das

Gesuchte wäre ihnen entwischt, dann kann man dort nicht umhin zu glauben, dass wir es an Bord haben. Wir wären gezeichnet …«

»Dafür gibt es eine Lösung – mehr oder weniger. Man kann den Gegner zu überzeugen versuchen, Sie hätten sich des Problems hier entledigt. Zum Beispiel können Sie die Sicherheitsleute von Falletta hier absetzen. Solange die nichts von den Schauspielern erfahren …«

»Sie halten sie für legitime Terakian-Besatzungsmitglieder.«

»Also dann?«

»Nach allem, was ich weiß, ist man in der Benignität darüber informiert, wie viele Besatzungsmitglieder ein Terakian-Schiff normalerweise an Bord hat.«

»Das bezweifle ich. Ich jedenfalls weiß es nicht. Der RSS und die meisten politischen Institutionen haben sich nie den Kopf darüber zerbrochen, wie viele Mann Besatzung auf einem Schiff fahren; man interessiert sich lediglich für die Identität aller Mannschaftsangehörigen, die eine Station oder einen Planeten betreten.«

Auf dem Weg von Corrigan nach Trinidad nahm sich Goonar die Zeit, um mit Simon zu reden, der Ursache des ganzen Problems. Simon der Bühnenarbeiter – oder Flüchtling – sah genauso aus, wie Basil ihn geschildert hatte: spät in den mittleren Jahren, kurzes silbergraues Haar, das auf dem Schädel langsam ausging, unauffälliges Gesicht, mittlere, nicht einprägsame Statur … und sehr helle, sehr intelligent wirkende braune Augen.

»Ich bin Goonar Terakian«, stellte sich Goonar vor, »der Kapitän dieses Schiffes. Können Sie mir einen Grund nennen, warum ich Sie nicht für all die Schwierigkeiten, die Sie uns bereitet haben, in den Weltraum stoßen sollte?« Er hatte nicht vor, diese Drohung in die

Tat umzusetzen, aber er dachte sich, den Mann damit ausreichend zu erschrecken, dass er mit ein paar Informationen herausrückte. Simon hatte schon viel zu selbstbeherrscht ausgesehen, als Goonar eintrat.

»Das wäre eine Sünde«, antwortete Simon langsam. »Obwohl ich nicht weiß, welchen Glauben Sie haben ... halten Sie es für falsch, Menschen in den Weltraum zu stoßen?« Er schien völlig unbeeindruckt von dieser Möglichkeit; glaubte er nicht, dass Goonar irgendjemanden ins Vakuum schubste, oder war ihm egal, ob es ihm selbst widerfuhr?

Goonar blinzelte und versuchte es auf anderem Weg. »Natürlich. Ich halte es aber auch für falsch, wenn sich jemand auf Schiffe schleicht und der Besatzung Probleme bei den Behörden einträgt.«

»Unhöflich sicherlich«, sagte der Mann. »Ich bin mir nicht sicher, was das ›falsch‹ angeht; zumindest denke ich nicht, dass es vom gleichen Niveau ist, wie jemanden in den Weltraum zu stoßen.«

Das versprach, nicht einfach zu werden. Goonar spürte, wie ihm hinter den Ohren heiß wurde – ein schlechtes Zeichen. Er holte langsam Luft und bemühte sich darum, ruhig zu bleiben und nicht an das zu denken, was er am liebsten mit Basil gemacht hätte. »Simon, Terakian & Söhne hat stets sorgfältig vermieden, Flüchtlinge zu befördern ...«

»Warum haben Sie dann nicht zugelassen, dass man mich auf Falletta von Bord holte?«

»Sobald Sie an Bord waren, trug ich die Verantwortung für Sie. Ich war nicht bereit, eine fremde Macht an Bord zu lassen. Wir können jedoch nicht dulden, dass Sie einen Ruf ruinieren, den wir über Generationen aufgebaut haben ... Ich muss den Grund für Ihre Flucht erfahren, und ich muss Ihnen mitteilen, dass ich Sie den Behörden überstellen werde, sobald wir Castle Rock erreicht haben.«

»Ich bin ein Ketzer«, sagte Simon. »Wenigstens nennen sie mich so. Ich bezeichne mich eigentlich als aufgeklärten Theologen.«

»Es geht ... um einen Religionsstreit?« Simon nickte. Goonar runzelte die Stirn. »Ich wusste gar nicht, dass man sich in der Benignität so viel aus Religion macht.«

Simon machte große Augen. »Sie ... aber ... aber wissen Sie denn nicht, dass wir der einzige Ort sind, wo der wahre Glaube überlebt hat?«

Goonar blinzelte. »Welcher wahre Glaube? Ich kenne ein Dutzend Sekten ... zwei Dutzend ... von denen jede behauptet, der einzig wahre Glaube zu sein.«

»Das ist ja der große Fehler der Regierenden Familias«, sagte Simon ernst. »Zu viele Sekten, zu viele unterschiedliche Glaubenssysteme, die nicht auf der Wahrheit beruhen.«

»Und in der Benignität findet man nur eine Religion?«, fragte Goonar.

»Ja, natürlich. Zumindest offiziell. Ich schätze, man trifft hier und da Nester von Andersgläubigen an – Menschen sind so abergläubisch, wissen Sie?«

»Also ... falls man Sie für einen Ketzer hält, kann man dem entnehmen, dass Sie von der Wahrheit abgewichen sind?«

»Das denken sie dort«, antwortete Simon. »Aber eigentlich bin ich das nicht. Sie sind es.«

Noch so ein religiöser Irrer. Goonar hatte den jungen Säufer in der Kneipe auf Station Zenebra nicht vergessen, und obwohl der Typ viel unausstehlicher gewesen war als Simon, stufte er Simon in die gleiche Kategorie ein. Zumindest vorläufig.

»Also ... warum ist man dort so scharf darauf, einen Ketzer zu fangen?«, wollte Goonar wissen, der entschieden hatte, dass das ein Punkt war, über den er unbedingt informiert sein musste. Sowohl das als auch die Frage, *wie* scharf man war ... schwebte die *Fortune* womöglich noch in Gefahr, nachdem er Simon auf Castle Rock abgeliefert hatte.

»Weil ich Beichtvater des Präsidenten war«, antwortete Simon. »Jedenfalls sein letzter Beichtvater.«

Goonar suchte im Gedächtnis nach dem Begriff, musste aber schließlich fragen: »Was ist ein Beichtvater?«

»Ein Priester, dem die Leute ihre Sünden gestehen. Unter vier Augen. Unterm Beichtgeheimnis, was bedeutet, dass der Priester niemals jemandem erzählen darf, was ihm gebeichtet wurde. Normalerweise übte ich dieses Amt ja nicht für den Präsidenten aus, aber ich war im Palast, und der übliche Beichtvater wurde krank. Und ein Priester ist in Zeiten wie diesen nun mal Priester, also ...« Er breitete die Hände aus.

»Ein Ketzer ...«, überlegte Goonar. Für ihn klang das nicht einsichtig.

»Man hatte mich noch nicht dazu erklärt. Ich war in die Stadt gekommen, um mit meinen Vorgesetzten zu reden, sehen Sie. Um ihnen zu erläutern, wo sie – oder ihre Vorgänger – die relevanten Textabschnitte falsch gedeutet hatten; das lag zu dem Zeitpunkt allerdings noch vor mir.«

»Ich verstehe«, sagte Goonar, der es keineswegs verstand, aber er wollte, dass Simon erst seine Geschichte zu Ende erzählte.

»Na ja, ich nahm dem Präsidenten die letzte Beichte ab, und er wurde hingerichtet ...«

»Warten Sie! Hingerichtet?« Goonar hatte ihn eigentlich nicht unterbrechen wollen, aber es entfuhr ihm einfach.

»Ja. Ich darf Ihnen den Grund nicht verraten, weil er ihn mir bei seiner Beichte erklärte. Jedenfalls haben sie ihn getötet, und das war es dann, außer dass die Kirche ein paar Tage später entschied – nachdem sie meine Stellungnahme und Argumente gehört hatte –, ich wäre ein Ketzer. Und das seit mindestens zwei Jahren schon, dem Zeitraum, in dem ich an der These gearbeitet hatte. Daraus folgte wiederum, dass der dahingeschiedene Präsident einem Ketzer gebeichtet hatte – mehr als nur eine kleine Unregelmäßigkeit. Sie hatten Angst, ich könnte diese Tatsache verbreiten, wissen Sie? Weil ich ein Ketzer bin.«

»Ahm. Man denkt also, der Präsident hätte Ihnen Geheimnisse verraten, die zu bewahren man Ihnen zugetraut hätte, wären Sie kein Ketzer; jetzt jedoch befürchtet man, Sie würden alles hinausposaunen?«

»Ja. Man *weiß* dort, dass ich über Informationen verfüge, die niemand sonst kennt oder kennen sollte; man geht selbstverständlich davon aus, dass der dahingegangene Präsident eine vollständige und umfassende Beichte abgelegt hat und dazu natürlich zahlreiche Details über die internen Vorgänge der Regierung gehören.«

»Und hat er eine vollständige und umfassende Beichte abgelegt?«, wollte Goonar wissen, von der ganzen Idee fasziniert. »Und woher wollen Sie wissen, ob das so war?«

»Gott allein weiß es«, antwortete Simon. »Gott weiß es, und ein erfahrener Priester bemerkt es gewöhnlich. Ich habe zu Protokoll gegeben, dass der Präsident eine entsprechende Beichte abgelegt hat.«

Womit die Frage im Grunde nicht präzise beantwortet war, aber Goonar ließ es dabei bewenden. Etwas anderes nagte an ihm. »Also ... dort hat man Ihrer Verschwiegenheit nicht getraut, und Sie ergreifen sofort die Flucht zum Feind?«

»Nicht sofort«, entgegnete Simon. »Ich habe zu erklären versucht, dass ich meine Schwüre ernst nehme, dass ich das Beichtgeheimnis niemals brechen würde. Aber ich konnte klar sehen, dass sie mir nicht glaubten; besonders der neue Präsident glaubte mir nicht. Ich ... ich bin bereit, für meinen Glauben zu sterben, Kapitän Terakian, aber nicht für ein Missverständnis. Also bin ich geflohen. Als Gelehrter bin ich weit gereist und habe an vielen Stellen gelehrt und geforscht, sodass ich mich darauf verstand, meinen Weg diskret zu nehmen. Meist jedenfalls. Ich hatte ursprünglich vor, mich zur Guerni Republik durchzuschlagen, die in ihrer Haltung zur Religion schockierend liberal ist, aber wundervolle Archive hat, wo ich weiteres Material zu finden glaubte, um meine These zu belegen. Aber dann hat die Benignität meine Spur gefunden.«

»Und wie sind Sie dann bei der Theatertruppe gelandet?«, fragte Goonar.

»Gott hat mich geleitet«, sagte Simon. Goonar blinzelte, überlegte sich, weitere Fragen zu stellen, und entschied schließlich, dass sie noch einen Tag warten konnten.

Station Trinidad

In der Empfangszone des Flottensektors von Station Trinidad wimmelte es von eiligen, besorgten Flottenangehörigen, die ihre Schiffe zu erreichen versuchten, und von gleichermaßen eiligen, besorgten Flottenangehörigen, die versuchten, über die anderen auf dem Laufenden zu bleiben.

Esmay Suiza-Serrano trat in die ID-Kabine und wartete auf das *Ping,* das anzeigte, dass die Werte passten. Stattdessen hörte sie, wie die Tür hinter ihr abschloss; die kleine Lampe, die gleichmäßig grün hätte leuchten sollen, blinkte stattdessen rot. Eine mechanische Stimme sagte: »Versuchen Sie nicht, die Kabine zu verlassen; bleiben Sie an Ort und Stelle, bis das Sicherheitspersonal das Schloss öffnet. Versuchen Sie nicht, die Kabine zu verlassen; bleiben Sie an Ort und Stelle ...«

Ein leises Rauschen ertönte neben ihr, und die Stimme brach ab. Esmay drehte den Kopf und blickte in den bedrohlichen Schlund einer Waffe, dahinter ein sehr angespannter Sicherheitsmann.

»Hände auf den Kopf und heraustreten.«

Angesichts der Waffe erhob Esmay keine Einwände. Sie wusste, dass sie war, wer sie zu sein behauptete; sie wusste, dass sie kein Verbrechen verübt hatte, aber jetzt war nicht die Zeit dafür, es auszusprechen. Sie legte die Hände auf den Kopf und verließ die Kabine.

Draußen erwarteten sie zwei weitere Wachleute mit gezogenen Waffen. Der erste Wachmann packte ihre Reisetasche, die sie in der Kabine abgestellt hatte, und die beiden anderen gaben ihr mit einem Wink zu verstehen, dass sie vor ihnen durch einen Flur gehen sollte, in dem es viel ruhiger war als in der Empfangshalle draußen.

»Hier herein.« *Hier* war eine kleine Kabine, in der eine Sicherheitsbeamtin Esmay gründlich durchsuchte – unter den wachsamen Augen der Kollegen und den klar erkennbaren Sensoren in den Ecken der Kabine.

»Sie können sich setzen«, sagte die Beamtin. Esmay setzte sich; sie war stärker beunruhigt, als sie sich gern eingestand.

»Stimmt irgendwas nicht mit dem ID-Scan?«, fragte sie.

»Damit ist alles klar«, sagte die Beamtin. »Warten Sie.« Sie ging hinaus, und die Wachleute blieben zurück. Der mit ihrer Reisetasche war hingegen verschwunden.

Die Zeit verging. Esmay fiel all das ein, was man in einer solchen Lage offenkundig sagte – es liegt ein Irrtum vor, was ist los, warum halten Sie mich fest –, schwieg aber. Was immer hier im Argen lag, sie konnte genauso gut warten, bis sie jemanden fand, der etwas zu sagen hatte.

Mehr Zeit verging. Sie unterdrückte ein tiefes Seufzen und fragte sich, ob ihre alten Feinde, die Freunde Casea Ferradis, ihr irgendein Verbrechen angehängt hatten. Endlich betrat ein sehr zornig wirkender Commander die Kabine und knallte eine Aktenmappe auf den Tisch.

»Ich habe den Befehl, Sie mit Wirkung vom heutigen Tag aus dem Regular Space Service auszustoßen.«

»Was? Was geht hier vor?«

»Ich denke, das wissen Sie sehr gut, Lieutenant Suiza.« Er sprach ihren Namen wie einen Fluch aus. »Und es wäre das Beste, wenn Sie die Gnade dieser Trennung ohne weitere Einwände akzeptierten.«

Unwillkürlich stieg ihre Stimme in eine höhere Lage. »Verzeihen Sie, Commander, aber nach dem Gesetz habe ich das Recht zu erfahren, was man mir vorwirft, und darauf, mich verteidigen zu können.«

»In Kriegszeiten können, wie Sie genau wissen, Schnellverfahren an die Stelle von Kriegsgerichten treten. Obwohl: falls Sie darauf bestehen, so ungefähr ein Jahr lang in einer Arrestzelle der Flotte zu sitzen, bis wir Zeit finden, ein Gericht einzuberufen, dann informiere ich den Admiral von Ihrem Ansinnen.«

»Ich möchte die Anklageschrift sehen«, sagte Esmay. »Ich habe nichts getan.«

»Ach ja? Und wie nennen Sie die Verführung von Admiral Serranos Enkel unter direkter Verletzung der Bestimmungen, die jede Beziehung zwischen Flottenoffizieren und Suiza-Landbräuten untersagen? Und was das angeht: Sie haben die Flotte über ihren Status als Landbraut erst informiert, als Sie das Amt schon mehr als ein Jahr lang bekleideten – ebenfalls ein Bruch der Bestimmungen ...«

»Aber das lag an der Neutex-Krise ...«

»Und die politische Bedeutung Ihrer Familie verschweigen Sie schon seit Ihrer Bewerbung um einen Platz auf der Akademie ...«

»Das stimmt nicht!«

»Und dann haben Sie diesen Jungen gezwungen, Sie zu heiraten.«

An diesem Satz war so vieles falsch, dass Esmay gar nicht wusste, wo sie anfangen sollte. »Er ist kein Junge mehr – und ich habe ihn nicht gezwungen ...«

»Und wenn Sie mich fragen: die so genannte Rettung von Lord Thornbuckles Tochter war ein offenkundiger Trick, um politischen Einfluss auf diese Familie zu erlangen ...«

»Was – hätte ich sie sterben lassen sollen?«

»Sie hätten auf Ihrem dummen Dreckball von Planet bleiben und Kartoffeln pflanzen sollen wie alle anderen rückständigen Bauern dort ... in der Raumflotte ist kein Platz für Leute wie Sie.« Er beugte sich vor und funkelte ihr direkt in die Augen. »Sie erhalten Ihre Entlassungspapiere, was mehr ist, als Sie verdient haben. Mir ist egal, ob Sie es nach Hause schaffen oder nicht. Mir ist egal, ob Sie die nächste Stunde überleben oder nicht. Aber sollten Sie auch nur die allerkleinsten Schwierigkeiten auf dieser Station machen – irgendwas –, dann stopfe ich Sie persönlich in die Luftschleuse und öffne sie zum Vakuum. Ich spreche in diesem Punkt für meinen Kommandeur und für Admiral Serrano. Ist das klar?«

Klar war immerhin, dass jeder Einwand sinnlos gewesen wäre. Esmay nahm den Kreditwürfel zur Hand – wenigstens hatten sie ihr den zurückgegeben – und hoffte, dass sie auf dem Weg nach draußen weniger erschüttert wirkte, als sie es tatsächlich war. Die Blicke von den Leuten hier waren weniger vernichtend, als sie befürchtet hatte. Entweder glaubten sie es nicht oder hatten es noch gar nicht gehört.

Auf der zivilen Seite der Station duckte sie sich in eine abhörsichere Funkkabine, um erst mal nachzudenken. Admiral Serrano. Es musste Vida Serrano sein, aber … Kommandant Atherton von der *Rosa Gloria* hatte gesagt, sie hätte die Ehe akzeptiert. Hatte sie es sich anders überlegt? Warum? Esmay tadelte sich selbst: Sie stand vor dringlicheren Problemen als einer Antwort auf diese Frage. Sie überprüfte ihren Kontostand im Kreditwürfel und rief die aktuellen Preise für eine Fahrt nach Hause ab. Sie konnte es knapp schaffen – auf einer Billigroute voller Umwege, die Monate in Anspruch nehmen und ihr keine Gelegenheit geben würde, sich reinzuwaschen. Sie sah sich die Fahrpreise nach Castle Rock an. Kein direkter Fahrgastverkehr für die nächsten drei Wochen. Und sie traute sich nicht, drei Wochen lang hier zu bleiben, wo die hohen Tiere nur auf eine Ausrede lauerten, um sie festzunehmen.

Sie ging die Liste der Schiffe im Hafen durch und hoffte auf irgendeine Eingebung. Der einzige Name, der ihr entfernt vertraut erschien, war Terakian. Dieses Mädchen, diese Hazel, die zusammen mit Brun entführt worden war, hatte einen ähnlichen Namen getragen. Terakian? Takeris? Selbst wenn sie sich irrte, wusste man dort womöglich etwas. Sie konnte jedenfalls fragen.

Kapitel vier

Der Mann, der den Anruf entgegennahm, sah so verwegen und gut aus wie ein Pirat in einem Abenteuerwürfel. »Hier *Terakian Fortune,* Basil Terakian-Junos.«

»Ich suche die junge Frau namens Hazel, die zusammen mit Brun Meager aus den Händen der Neutex-Miliz befreit wurde ... Ich denke, ihr Nachname war Terakian ...?«

Seine Miene veränderte sich leicht. »Hazel – woher kennen Sie Hazel?«

»Ich gehöre ... gehörte der Einsatzgruppe an.«

»Und Sie heißen?«

»L ...« Sie schluckte den Rang hinunter, den sie nicht mehr hatte. »Esmay Suiza.«

»Sie sind Lieutenant Suiza?« Jetzt wirkte er wachsam und erfreut. »Verzeihung, dass ich Sie nicht erkannt habe, Lieutenant. Wie kann ich Ihnen helfen?«

Am besten brachte sie es hinter sich. »Ich bin kein Offizier der Raumflotte mehr.«

»Aber ich dachte ... Na ja, Sera, was können wir dann für Sie tun?«

»Ich suche ein Schiff, um von hier abzureisen, Richtung Castle Rock. Ich weiß, dass in drei Wochen ein Passagierschiff diesen Kurs nimmt, aber ich muss früher reisen, falls es möglich ist.«

»Ich kann erkennen, dass sich dahinter eine Geschichte verbirgt. Sie sitzen in einer abhörsicheren Kabine, nicht wahr?«

»Ja.«

»B-Promenade?«

»Ja.«

»Warum kommen Sie nicht zu den Docks, Sera? Es klingt ganz so, als müssten wir ein Gespräch führen.« Und er traute auch einer abhörsicheren Funkkabine nicht, das war deutlich. »Promenade D, Ebene 2, Nummer 38. Wir haben dort ein Hafenbüro; ich erwarte Sie.«

»Ich komme sofort«, sagte Esmay. Sie rief einen Plan der Station auf das Display der Funkkabine und legte dann den Verkehrsplan darüber.

Von der B-Promenade führte eine Transgrav-Bahn hinüber nach D; Esmay warf einen Blick auf den Fahrplan und verließ eilig die Kabine. Dort hinunter – ja; sie stieg in den mit D markierten Wagen, als das Warnzeichen für die Tür ertönte. Jemand, der ihr nachgeeilt war, versuchte, sich an der Sicherheitsbarriere vorbeizudrängen, aber ein Bahnwachmann hielt ihn auf. Esmay klappte den Sicherheitsriegel vor ihrem Platz herab und machte es sich bequem. Der D-Wagen war nur halb besetzt; durch die Rückfenster sah sie, dass der C-Wagen rappelvoll war.

Die Bahn hatte noch zwei Haltestellen in B; als dann ein lauter Warnton für den Schwerkraftübergang ertönt war, glitt sie durch die Barrieren der Gravo-Schleuse. Esmays Magen beharrte darauf, sie würde stürzen, aber draußen erblickte sie die großen Hangars der Schwerlastsektion. Die Bahn stoppte, und ein paar uniformierte Ladearbeiter sprangen auf und stiegen in den D-Wagen. An der nächsten Gravo-Barriere kehrte die normale Schwerkraft zurück, und am darauf folgenden Linienknotenpunkt bogen mehrere Wagen in andere Sektionen ab. Der D-Wagen setzte seine Fahrt durch einen weiteren Abschnitt mit geringer Schwerkraft fort, und Esmay stieg am zweiten D-Haltepunkt aus.

Sie war auf Ebene 2. Rechts von ihr lag eine Reihe von Geschäften und Dienstleistungsbetrieben für Kauffahrer-Besatzungen – von Kneipen über Postdienste bis hin zu Stundenhotels, mit oder ohne Partner. Links erblickte sie in Abständen die Hafeneinrichtungen für die Schiffe. In jeder dieser Anlagen fand man Platz, um befristet ein Büro einzurichten, so luxuriös ausgestattet, wie es die Schiffseigner haben wollten. Das Boros-Consortium schien die Nummern 32, 33 und 34 dauerhaft belegt zu haben und dort ein durchgehendes Büro zu unterhalten – mit Eingängen für Kunden, Servicepersonal und Besatzungen, und uniformierte, aber unbewaffnete Boros-Wachleute behielten die Passanten im Auge. Nummer 35 war ein Skelettbau mit offenkundig einem »Faltbüro« aus Fertigbauteilen inmitten des kahlen Raumes, der hier zur Verfügung stand, darüber ein kleines Schild, demzufolge dieser Komplex für die *Mercedes R.* diente, Eigner und Kapitän Caleb Montoya. Nummer 36 war von einem weiteren Freihändler belegt, aber einem, der über mehr Mittel verfügte: die Ganeshi Shipping Company hatte hier eine Anzeigetafel in Betrieb, die Passanten darüber informierte, dass das Büro geöffnet war.

Nummer 37 schien etwa das gleiche Niveau zu haben, einfach gestaltet, aber von bescheidenem Wohlstand kündend. Der Clan Orange hatte Türrahmen und Bürofenster mit orangefarbenen Streifen behängt, ein Stoffbanner aufgehängt und eine Anzeigetafel montiert, der man unter anderem entnehmen konnte, wie viel Prozent der Ladekapazität noch für Transportaufträge zur Verfügung standen. Keine Passagiere, wie Esmay bemerkte.

Nummer 38 hatte die Selbstdarstellung zur Kunstform entwickelt; Esmay wusste nicht, ob sie lachen oder voller Bewunderung nach Luft schnappen sollte, als sie den bunten Teppich mit den lebhaften Blumenmustern erreichte, die an Rohrgestellen aufgehängten Wandbehänge, die Topfpalme in dem riesigen Korb. Ein Schild verkündete »Terakian & Söhne GmbH, Standard- und Expresstransporte« und enthielt auch eine sehr dramatische aufgemalte Hand, die zum Büro wies. Im Gegensatz zu den anderen ringsum war das kein schlichter Kasten, sondern eine Konstruktion mit Spitzen und geschwungenen Formen und mit einem Muster bemalt, neben dem der Teppich lahm wirkte.

Esmay durchquerte den Eingangstorbogen und fand sich in einem erstaunlich ruhigen Raum vor dem kleinen Büro wieder. War hier wirklich nur Stoff aufgehängt, oder hatten die Terakians eine Geräuschabschirmung installiert? Esmay zuckte in Gedanken die Achseln und ging zum Büro hinüber. Die Tür glitt auf, ehe sie sie berührte. Sie gelangte in einen luxuriösen Aufenthaltsraum; wieder ein Teppich mit einem nur leicht abgemilderten Blumenmuster und großen dicken Ledersitzen ringsum. An einer Wand zog sich ein Schalter entlang, und dahinter erwartete sie ein junger Mann mit strahlenden Augen.

»Sera Suiza?«, fragte er. Esmay nickte. »Ich sage Basil Bescheid ...« Und er murmelte etwas in ein Kehlkopfmikro.

Sofort ging eine Tür auf, und zwei Männer kamen hindurch. Den einen kannte sie vom Monitor der Funkkabine, und er wirkte hier so dramatisch wie auf Video. Der andere war älter und eine viel weniger lebhafte Erscheinung, strahlte aber eindeutig Befehlsgewalt aus.

»Ich bin Goonar Terakian«, stellte er sich vor und reichte ihr die Hand. Esmay schüttelte sie. »Kapitän der *Terakian Fortune* und Juniorpartner der Terakian & Söhne GmbH. Unser Basil hier ist mein Vetter, stellvertretender Kommandant und Frachtmeister. Sie sind Esmay Suiza, früher bei der Raumflotte, nicht wahr?«

»Ja. Bis heute Morgen ...« Sie hatte einen Kloß im Hals. Bislang hatte sie sich nicht erlaubt, dem Gefühl des Verlustes nachzuhängen, und sie hatte es in diesem Augenblick auch nicht vor. Sie schluckte schwer.

»Sera, Basil berichtete mir, Sie wollten von dieser Station abreisen und hätten es eilig damit?«

»Ich würde nicht von Eile sprechen«, wandte Esmay ein. »Ich möchte nur nicht auf das nächste Fahrgastschiff nach Castle Rock warten.«

»Sera, eins muss ich Ihnen offen sagen, trotz unserer Dankbarkeit für Ihre Mitwirkung an Hazel Takeris' Rettung: Falls Sie auf der Flucht vor der Raumflotte sind, können wir Ihnen nicht helfen.«

»Das bin ich nicht«, sagte Esmay. Sie spürte, wie ihr Hitze ins Gesicht stieg. »Ich ... sie haben mich heute Morgen entlassen, und ich verstehe den Grund immer noch nicht ganz. Aber sie möchten, dass ich von dieser Station verschwinde – haben sogar gedroht, mich in den Weltraum zu stoßen –, und ich möchte ein Ziel ansteuern, wo ich mir in Ruhe überlegen kann, was hier vorgeht, um dagegen zu kämpfen.«

»Hm. Wir wissen jedoch, dass man Sie verfolgt.«

»Was?« Esmay erinnerte sich an den Mann an der Haltestelle. »Aber – vielleicht möchte sich der Admiral nur der Tatsache vergewissern, dass ich wirklich abreise.«

»Oder vielleicht möchte er herausfinden, mit wem Sie sich treffen, und vielleicht geraten wir so in Verdacht.« Das sagte der junge Mann am Schalter, und Goonar warf ihm einen scharfen Blick zu.

»Flaci, hat dich jemand gefragt?«

»Nein, ich wollte nur ...«

»Geh und mach Kaffee«, befahl Goonar. Der junge Mann verschwand durch die Tür hinter dem Schalter. Basil zog einen Zylinder aus der Tasche; das Gerät sah genauso aus wie seine Gegenstücke bei der Raumflotte, die dazu dienten, Lauschversuche zu unterbinden; er drehte den Zylinder und legte ihn auf den Tisch.

»Setzen Sie sich doch, Sera«, lud Goonar sie ein. Esmay versank in den Polstern und fragte sich, ob es ihr gelingen würde, sich wieder daraus zu erheben. Die kleine Statuslampe des Sicherheitszylinders leuchtete: angeblich waren sie jetzt vor Lauschern sicher. Goonar setzte sich rechts von Esmay, Basil ihr gegenüber.

»Die jungen Leute«, sagte Basil und deutete zum Schalter. »Sie wissen nie, wann sie den Mund zu halten haben.«

»Und du weißt es?«, fragte ihn Goonar, aber mit einem Lächeln, das der Frage den größten Teil ihrer Schärfe nahm. Er wandte sich Esmay zu. »Sera, haben Sie auch nur die leiseste Vorstellung, warum die Flotte Sie hinausgeworfen hat, während eine Meuterei läuft und sie, wie ich denke, jeden loyalen Offizier gebrauchen kann?«

»Na ja ... irgendwie schon.« Esmay spürte, wie ihre Wangen noch heißer wurden. »Admiral Serrano – damit meine ich Vida Serrano – ist wütend auf meine Familie, und ... und ... ich habe gerade ihren Enkel geheiratet.«

»Sie haben *was?«*, fragte Basil. Goonar gab einen erstickten Laut von sich, in dem Esmay unterdrücktes Lachen erkannte.

»Ich habe ihren Enkel geheiratet – oder er hat mich geheiratet – jedenfalls sind wir verheiratet. Er – wir – haben schon lange versucht, mit unseren Familien zu reden, und endlich haben wir eine Möglichkeit gefunden, seine Eltern zu treffen. Nur waren dann alle Serranos dort, wie es schien, und seine Großmutter, Admiral Vida, wartete mit einer Geschichte über die Vergangenheit meiner Familie auf ... und sie hat sich *geirrt!«* Esmay holte Luft; sie stand auf einmal kurz davor, in Tränen auszubrechen. »Das kann so nicht passiert sein; es ist einfach nicht möglich. Aber sie hat es geglaubt. Und sie sagte, wir könnten niemals heiraten, und dann traf die Meldung von der Meuterei ein, und wir alle mussten wieder unseren Dienst antreten und … und …«

»Und Sie und er haben sich davongeschlichen und geheiratet«, sagte Basil.

»Wir haben uns nicht *davongeschlichen!«,* entgegnete Esmay. »Aber wir haben niemandem vorher Bescheid gesagt – das konnten wir gar nicht, weil die Zeit fehlte.«

»Also weder Ihrer noch seiner Familie«, stellte Goonar fest. Er hatte sein Gesicht weitgehend unter Kontrolle, aber ein Zucken im Mundwinkel verriet, dass er die Geschichte nach wie vor komisch fand.

Basil fand das nicht; er schnitt inzwischen ein finsteres Gesicht. »Man hat Sie hinausgeworfen, weil Sie den kleinen Serrano geheiratet haben? Obwohl Sie eine Heldin sind?«

»Ich bin auch Landbraut auf Altiplano …«

»Sie haben zwei Ehemänner?« Basil sah Goonar an. »Ich schätze, das hat wohl gereicht. Ein Junge in jedem Hafen?«

»Nein, so ist es nicht!« Esmay blickte ihn böse an. »So jemand bin ich nicht. Landbraut ist … etwas Familiäres und Religiöses. Das ist die Frau einer Familie, die sich um das Land kümmert und darauf achtet, dass es gehegt wird.«

»Oh. Und das hat denen bei der Raumflotte Kopfzerbrechen bereitet? Hatten Sie vor, nach Hause zurückzukehren und Ihren Mann mitzunehmen?«

»Nein, ich hatte vor, als Landbraut zurückzutreten – zugunsten meiner Kusine Luci – und in der Raumflotte zu bleiben. Aber dann ist etwas dazwischengekommen …«

»Wie immer.« Das kam von Goonar, dem Ruhigen, weniger gut aussehend als Basil, aber solider wirkend. Er hatte traurige Augen, fand Esmay.

»Als dann die Nachricht von der Meuterei eintraf, fuhren wir gemeinsam zu den uns zugewiesenen Posten, und ... wir haben einfach geheiratet. Wir hatten so lange gewartet, und so viel ist immer passiert ...«

»Ohne den richtigen Papierkram, vermute ich«, sagte Goonar. »Und ohne Erlaubnis der Familien?«

Esmay spürte, wie sie rot wurde. »Eindeutig ohne.«

»Kein Wunder, dass man dort verärgert ist«, warf Basil ein. Er lehnte sich zurück und zog eine Braue hoch. Theatralisch.

»Hör auf damit, Bas«, verlangte Goonar. »Du übernimmst schlechte Angewohnheiten von unseren Passagieren.«

»Ich muss einen Weg finden, wie ich nach Hause komme«, sagte Esmay. »Ich dachte, falls ich mit Hazel reden könnte, dann ... Ich dachte, sie wäre vielleicht auf dem Schiff und könnte mir helfen.«

»Warum wenden Sie sich nicht an das Thornbuckle-Mädchen? Sie ist reich genug, um Ihnen ein eigenes Schiff zu kaufen.«

»Ich möchte ihr keine Schwierigkeiten machen«, wandte Esmay ein. »Das hat sie nicht verdient.«

»Und Sie schon?« Goonars Brauen stiegen, alle beide. »Wir haben nur Gutes von Ihnen gehört, sei es aus den Nachrichten oder von Hazel. Die Heldin von Xavier. Die Heldin, die die *Kos* gerettet hat. Und dann die Tochter des Sprechers.«

»Ich habe es nicht allein geschafft«, sagte Esmay. »Nichts davon. Und woher haben Sie von der *Kos* erfahren?«

»Es gibt nicht viel, wovon die unabhängigen Handelsfahrer nichts hören«, sagte Basil.

»Schluss damit, Bas. Du hörst dich an wie ein drittklassiger Schauspieler in einem Spionagethriller. Im Ernst, Lieutenant ... Sera, wir schnappen eine Menge von dem auf, was sich die Leute auf den Docks erzählen und was meistens nicht stimmt. So, ich finde, unsere Familie schuldet Ihnen etwas für Ihre Beteiligung an Hazels Rettung. Aber wir sind kein Passagierliner. Wir befördern Frachten aller Art.«

»Aber Sie sagten, Sie hätten Passagiere ...« Als seine Miene plötzlich umschlug, brach Esmay ab.

»Na ja, da haben wir den Salat«, sagte Basil, diesmal ohne jeden Ausdruck im Gesicht. »Und das von dir, dem sonst so Vorsichtigen.«

»Was?«

»Manchmal befördern wir schon Passagiere. Normalerweise nicht. Wir ... ähm ... hatten kürzlich welche.«

»Dann könnte ich doch ... Ich meine natürlich gegen Geld. Ich weiß nicht viel darüber ...«

»Wir schulden Ihnen etwas, wie ich schon sagte, aber wir haben wirklich keine Unterkunft, die Ihnen gerecht würde.«

»Ich bin nicht an Luxus gewöhnt«, wandte Esmay ein.

»Ich denke, nein.« Er kaute auf der Unterlippe. »Na ja ... falls Sie mit jemandem eine kleine Kabine teilen und abwechselnd mit ihm schlafen möchten, können wir Sie mitnehmen. Aber wohin möchten Sie?«

»Castle Rock«, antwortete Esmay. Sie war sich ziemlich sicher, fast ganz sicher, Brun dort anzutreffen. Sie konnte sie dann privat sprechen, ohne dass die Flotte beteiligt war. Und vielleicht fand Brun heraus, wie es Esmay gelingen könnte, in die Flotte zurückzukehren, dem mächtigen Admiral Serrano zum Trotz.

»Nicht Altiplano?«

»Noch nicht«, sagte Esmay. *Niemals wieder,* hoffte sie. Goonar nickte.

»Na dann – wahrscheinlich kennen Sie die zivilen Beförderungsbestimmungen nicht, aber wir müssen Sie auf dem Manifest als Passagier führen. Haben Sie einen zivilen Ausweis?«

»So was Ähnliches«, antwortete Esmay. »Falls Entlassungschips reichen.«

»Zeigen Sie sie mal.« Goonar streckte die Hand aus, und Esmay reichte ihm die flache, einer Karte ähnliche Entlassungsbescheinigung, die man ihr gegeben hatte. Goonar griff unter den niedrigen Tisch und holte einen ID-Scanner hervor. Er fuhr damit über die Karte. »Ja ... dort steht alles, was nötig ist: Name, Netzhautmuster und Fingerabdrücke, Herkunftsplanet, Beschäftigungsverzeichnis. Sie sind jung von zu Hause fort, nicht wahr?«

»Ja«, sagte Esmay. »Der Weltraum hat mich früh gepackt.«

»Unsere Kinder fangen auch früh an, tatsächlich sogar noch früher als Sie, aber natürlich haben sie auch die Familie im Weltraum dabei.« Er gab ihr den Chip zurück. »Hier. Sie möchten doch unter eigenem Namen reisen, nicht wahr?«

»Ja, meinem Mädchennamen; ich hatte noch keine Zeit, ihn zu ändern.«

»Schön. Ich habe Sie im Logbuch eingetragen. Was jetzt Ihr Gepäck angeht ...«

»Ich habe nicht viel«, sagte sie. »Es hieß, man würde mir meine restlichen Sachen schicken ... sie sind irgendwo zwischen meinem früheren Schiff aus der Zeit vor dem Urlaub und dem Schiff unterwegs, dem ich neu zugeteilt werden sollte.«

»Haben Sie alles, was Sie brauchen? Wir können jemanden losschicken, der fehlende Sachen kauft ...«

»Ich komme klar«, lehnte Esmay ab. Sie hatte nur ein paar zivile Kleidergarnituren, aber sie wollte hier nicht einkaufen gehen und auch nicht jemand anderen dazu losschicken.

»Gut. Dann können Sie gleich an Bord gehen, da Sie ja nicht auf der Station gesehen werden möchten. Wir sind noch nicht ganz so weit, unsere Zelte abzubrechen;

unser Starttermin ist in zwei Tagen, und ich ziehe es vor ...« Er unterbrach sich und sah nicht Esmay, sondern Basil an. »... keine Blitzstarts aus Häfen vorzunehmen, solange es nicht unbedingt nötig ist.«

»Es war nötig«, brummte Basil. Esmay spürte, dass es hier um einen alten Streit ging.

»Ist das für Sie in Ordnung, Sera?«

»Ich bin Ihnen sehr dankbar«, sagte Esmay. »Was den Fahrpreis angeht ...«

Goonar winkte ab. »Vergessen Sie den Fahrpreis. Ich informiere den Stationsmeister, dass wir zwar kein Passagierschiff sind, aber auch nicht bereit sind, die Heldin von Xavier im Stich zu lassen ... oder ihr eine Beförderung in Rechnung zu stellen. Das wahrt in jeder Beziehung unsere Ehre.«

Esmay verstand nicht alles, was er sagte, aber Kapitän und stellvertretender Kommandant der *Terakian Fortune* schienen wegen irgendetwas sehr mit sich zufrieden. Basil, der Frachtmeister, führte Esmay in ein anderes Zimmer, vollgestopft mit elektronischer Ausrüstung, und dann durch den Andockschlauch des Schiffes.

Auf einem zivilen Handelsschiff wurden, wie Esmay feststellte, eigene Zeremonien gepflegt, so sehr sie sich auch von den strengen Formen des Regular Space Service unterschieden. Ein adretter Jüngling in grüner Uniformjacke führte sie zu einer winzigen Kabine, die sie zum Schlafen benutzen würde, und zeigte ihr das winzige Kämmerchen, wo sie ein paar Toilettenartikel verstauen konnte. Ihre Kleider musste sie auf der anderen Seite des Korridors in einem Spind unterbringen, der bereits mit Reisetaschen vollgestopft war. Der Junge kam ihr viel zu jung vor, um schon auf einem Schiff zu arbeiten, und sie machte sich ein paar Gedanken über Kindesraub, bis ihr wieder einfiel, dass auch Hazel sehr jung gewesen war. Anscheinend nahmen zivile Handelsfahrer ihre Kinder mit.

»Bist du der Sohn des Kapitäns?«, fragte sie.

Er sah sie erschrocken an. »Ich, Sera? Kapitän Goonars ...? Nein, Sera. Goonar hat keine Kinder; sie sind alle gestorben. Ich bin Kosta Terakian-Cibo, und meine Mutter ist die Schwester von Ser Basils Mutter. Das ist meine erste Fahrt als Vollmitglied der Besatzung, Sera. Deshalb bekomme ich die volle Heuer, obwohl ich immer noch zum Unterricht muss.« Er lächelte stolz. Esmay beglückwünschte ihn, und er nickte. »Das Problem ist nur: die Väter bestehen darauf, dass wir Juniormatrosen nicht die ganze Heuer ausbezahlt bekommen, um sie auszugeben. Ich muss die ganze Fahrt über auf den neuen Würfelspieler sparen, den ich haben möchte ...«

»Was auch gut so ist.« Basil tauchte aus einem Quergang auf und musterte den Jungen finster. »Wir müssten das Gerät ohnehin konfiszieren, damit du nicht alle an Bord taub machst. Geh schon, Kosta, und lass die Dame in Frieden. Bist du schon mit deiner Rotationsanalyse fertig?«

»Ja, Ser Basil.« Der Junge zückte ein Taschendisplay und schaltete es ein. »Das Gepäck der Sera hier und das Moment hier, und ...«

»Gut. Und hast du ihr auch die Schiffsbücher gegeben?«

»Nein ... ich wusste nicht recht ...«

»Ja, natürlich braucht sie sie.« Basil sah Esmay an. »Warum kommen Sie nicht mit zum Zahlmeister, damit Sie anfangen können? Leider haben wir nicht in allen Kabinen Würfelleser, sodass Sie den Ausdruck werden lesen müssen ...«

»Schön«, sagte Esmay. Sie folgte ihm durch einen Korridor, dann einen weiteren, und bemühte sich dabei automatisch, die Orientierung zu behalten. Das Büro des Zahlmeisters war eine mittelgroße Kabine voller Schreibtische und Akten und Büromaschinen an den Wänden.

Basil wandte sich einem Regal zu und zog zwei abgenutzte Handbücher hervor, von denen eines die Baupläne des Schiffes enthielt und das andere Notfallmaßnahmen erläuterte.

Die Tonnage der *Terakian Fortune* entsprach, wie Esmay feststellte, ungefähr der eines eher kleinen Kreuzers, aber der Aufbau unterschied sich grundlegend davon. Anders als bei den großen kugelförmigen Containerschiffen waren hier die Laderäume für die Besatzung zugänglich; alles wurde durch den Shuttlehangar ein- und ausgeladen, obwohl dieser groß genug war sowohl für die üblichen Boden-Orbit-Container als auch die Frachtshuttles selbst. Der Platz, den auf einem Kreuzer die Geschütze und Munitionslager beanspruchten, konnte hier mit Ladung vollgestopft werden – und das Gleiche galt für den Platz, den die viel größeren Militärbesatzungen beanspruchten. Nur zwanzig Mann bildeten hier eine Wache; Esmay fand es kaum vorstellbar, dass man mit so wenig Leuten ein Schiff führen konnte, und doch waren, wie sie beim Lesen der Handbücher feststellte, alle wichtigen Aufgaben abgedeckt, und das mit genügend Reserven.

Hoffte sie jedenfalls. Zu wissen, dass die *Fortune* über keinerlei ernst zu nehmende Offensivbewaffnung verfügte und ihre Abwehrschirme nur unwesentlich stärker waren als die einer Privatyacht, vermittelte ihr ein Gefühl der Verletzlichkeit. Das einzelne Geschütz diente eindeutig nur dazu, minimal bewaffnete Piraten abzuschrecken ... und jemand hatte eine Doppelverkabelung vorgenommen, die schlechteren Sensoren eine stärkere Geschützbestückung vorgaukeln sollte.

Jemand klopfte an; sie öffnete die Tür und sah denselben Jungen vor sich, der sie hergeführt hatte. Kosta, nicht wahr? »Die Sera ist vorübergehend für die zweite Rotation eingeteilt, was heute die dritte Essgruppe ist«, erklärte er. »Onkel – Kapitän Terakian speist an Land, solange wir im Hafen liegen. Die zweite Essgruppe wird gerade mit dem Mittagstisch fertig; ich bringe Sie zur Messe.«

»Danke ... Kosta?«

»Ja, Sera.« Sein Lächeln wurde breiter. »Terakian-Cibo, aber den Teil brauchen Sie sich nicht zu merken. Nennen Sie mich einfach Kosta; das tun alle.«

Die Begriffe Rotation und Essgruppe sagten ihr nichts; war die zweite Rotation so etwas wie die zweite Wache? Statt zu fragen, folgte sie dem Jungen zum Messesaal. Dieser ähnelte auf einem zivilen Kauffahrer weder der Mannschafts- noch der Offiziersmesse eines Kriegsschiffes ... eher einem kleinen Restaurant an irgendeiner Einkaufspromenade. Die Kabine war gerade groß genug für acht Vier-Personen-Tische: also zweiunddreißig pro Essgruppe? Warum dann aber der Bedarf nach mehr als einer Essgruppe pro Rotation?

»Die Plätze sind im Grunde nicht fest eingeteilt«, erklärte Kosta. »Sie könnten sich zu uns setzen ...« Er deutete auf einen Tisch, wo zwei andere junge Leute sich gerade setzten und ihre Tabletts abstellten. »Falls Sie möchten«, ergänzte er in einem Ton, der sich vergeblich bemühte, eine Einladung zu übermitteln.

Sie war ohnehin nicht scharf darauf, sich zu einer Gruppe Jugendlicher zu setzen. »Danke, aber es sieht so aus, als gäbe es reichlich freie Plätze«, sagte Esmay. »Falls es dir nichts ausmacht ...«

»Nein, Sera ... Ich könnte die Zeit nutzen, um noch mal den Stoff für die Prüfung heute Nachmittag durchzusehen, falls es recht ist. Denken Sie, Sie finden den Rückweg?«

»Ich hoffe es«, sagte Esmay. »Ich schätze, zur Not muss ich einfach jemanden fragen.«

»Jeder wird Ihnen helfen«, sagte Kosta. »Vergessen

Sie nur nicht die C-23; das ist Ihre Kabinennummer.« Esmay ging zur Essensausgabe an der Rückwand hinüber. Die Speisen rochen würzig und gut; sie nahm sich einen Teller mit einer Art Eintopf und zwei warme Brötchen. Sie stellte das Tablett auf einen leeren Tisch und setzte sich. Der Gewürzständer enthielt Dinge, von denen sie noch nie gehört hatte, abgesehen von Salz und Pfeffer. Ein paar Etiketten waren sogar in Sprachen beschriftet, die sie nicht beherrschte.

»Dieses Goolgi schmeckt gut mit Khungi-Sauce«, sagte jemand. Esmay blickte auf. Eine kurvenreiche Frau mit rotbraunem Haar deutete mit dem Kopf auf den Tisch. »Darf ich?«

»Natürlich«, sagte Esmay. »Ich bin Esmay Suiza.«

»Ah. Und ich bin Betharnya Vi Negaro. Sie müssen ein Passagier sein.«

»Das bin ich, ja. Und Sie? Sie sind keine Terakian?«

»Nicht jeder ist ein Terakian«, gab die Frau zu bedenken. Sie hatte ebenfalls einen Teller Eintopf mitgebracht; sie öffnete die Flasche mit dem Bild galoppierender Stiere auf dem Etikett und schüttete einen ordentlichen Schlag dicker, leicht klumpiger brauner Sauce in die Suppe. »Mögen Sie keine Khungi-Sauce?«

»Ich habe sie noch nie probiert. Ich hatte auch noch nie diese Art Eintopf – Goolgi?« Esmay probierte einen Löffel Goolgi, und ein warmes Glühen breitete sich im Mund aus. Pfeffer. Da musste eine ordentliche Beigabe Pfeffer drin sein …

»So, wie sie es hier machen, ist es für mich zu fade«, sagte die Frau. »Khungi verleiht ihm etwas Lebendigkeit …«

Das warme Glühen verwandelte sich in einen kleinen Hochofen; Esmay war schon lange mit diesem Symptom vertraut und griff nach ihrem Wasserglas. »Ich denke, es ist lebhaft genug«, sagte sie nach einem Schluck.

»Khungi macht es nicht heißer«, sagte Betharnya. »Nur – vielleicht robuster. Sie sollten wenigstens einen Klacks probieren.«

Sie konnte der Sache genauso gut auf den Grund gehen. Esmay schüttelte einen dicken Tropfen der braunen Sauce in die Suppe und rührte sie durch. Der resultierende Mund voll riss ihr beinahe die Schädeldecke herunter, aber einen Augenblick später zeitigte der Frontalzusammenstoß der Geschmackselemente Wirkung. Beides allein wäre zu stark gewesen; gemeinsam erzeugten sie eine Art aromatische Gegenströmung.

»Könnten Sie mir diese Rotations- und Essgruppengeschichte erklären?«, bat Esmay.

»Natürlich.« Betharnya nahm einen letzten Löffel Goolgi zu sich und wischte sich den Mund ab. »Es ist so: Wir haben derzeit zu viele Personen an Bord, und die Leute müssen ständig von hier nach dort umziehen. Deshalb hat die im Dienst befindliche Besatzung immer das vorrangige Recht, sich zu einer Mahlzeit zu setzen – um sicherzustellen, dass sie rasch essen und wieder an die Arbeit gehen kann. Die Besatzung, die gerade frei hat, bildet die zweite Essgruppe – sie sitzt an den Konsolen, während die arbeitende Crew speist. Die Besatzung auf Schlafenszeit kann essen kommen, wenn sie möchte – falls sie wach ist und Hunger hat –, aber erst als dritte Gruppe. Das ist besonders im Hafen wichtig, wo die meisten Besatzungsmitglieder ohnehin nicht im Dienst sind.«

»Klingt sinnvoll«, fand Esmay. »Ich war noch nie auf einem Handelsschiff.«

»Bei uns funktioniert es«, sagte Betharnya. »Ich habe keine Ahnung, wie andere Handelsfahrer das machen.«

»Wie lange sehen Sie gewöhnlich Ihren Heimatplaneten nicht? Oder leben Sie weitgehend im Weltraum?«

»Unterschiedlich ... Ich war seit drei oder vier Standardjahren nicht mehr auf meiner Heimatwelt, aber manche Leute fahren jährlich nach Hause. Und wir nehmen gewöhnlich kleine Kinder nicht mit auf die Fahrt; unsere Schiffe sind zu klein, um hier herumzutollen.« Sie lächelte. »Ich frage mich manchmal, was die jungen Leute unter den beengten Bedingungen tun. Sie können ganz schön wild werden.« Sie legte den Kopf schief. »Jetzt sind Sie an der Reihe. Erzählen Sie von sich.«

»Ich war Offizier des Regular Space Service – habe meine Heimatwelt verlassen und bin auf die Vorbereitungsschule gegangen und später auf die Akademie; anschließend habe ich den Dienst bei der Flotte aufgenommen. Seitdem war ich erst zweimal zu Hause.«

»Fahren Sie nach Hause, jetzt, wo Sie aus der Flotte ausgeschieden sind?«

»Ich ... weiß nicht recht.« Sie wollte nicht mit jedem an Bord darüber reden. »Derzeit bin ich unterwegs nach Castle Rock.«

»Ah, wir auch. Auf Umwegen, aber wir kommen dorthin.« Betharnya wandte den Blick zur Seite, und ihre Miene wechselte. »Ah – falls Sie mich jetzt entschuldigen, Sera, ich muss wieder zurück ...«

Esmay folgte ihrem Blick und sah eine gut aussehende blonde Frau und einen noch besser aussehenden Mann an der Tür zur Messe stehen. Erstaunlich, wie viele gut aussehende Leute zu dieser Mannschaft gehörten ... Esmay hätte gar nicht erwartet, dass sie alle wie Schauspieler aussehen.

Sirialis

Lady Cecelia de Marktos wurde früh wach und ging zu den Stallungen, obwohl jetzt keine Jagdsaison war. Das beste Heilmittel für unruhige Gedanken – zumindest für ihre unruhigen Gedanken – waren ein paar Stunden in Gesellschaft von Tieren, die nicht lügen konnten. Sie fühlte sich mit jedem Schritt besser, den sie sich von dem Haus entfernte, in dem Miranda Pedar Orregiemos getötet hatte – vielleicht versehentlich.

Neil, der die Stallungen seit mindestens dreißig Jahren leitete, lächelte, als er Cecelia unter dem Torbogen hindurchkommen sah.

»Ich hatte schon von Ihrer Ankunft gehört, Lady Cecelia«, sagte er. »Wie geht es ihrer Ladyschaft?«

»Es war eine Tragödie«, sagte Cecelia. Er verzog keine Miene. Das hatte sie auch nicht erwartet.

»Reist sie bald wieder ab?«, fragte er. »Um sich mit dem Erbe zu befassen?«

»Nein, das denke ich nicht«, antwortete sie. »Harlis ... hat andere Probleme.« Sie wusste nicht recht, wie viel sie sagen sollte. Sirialis hatte seine eigenen Bräuche und seine eigenen Verbindungsnetze.

»Na gut. Sagen Sie ihr nur, wir hätten diese Gebissstange repariert, an der sie gearbeitet hat.«

»Gebissstange?«

»Ja ... die Lady war vor wenigen Tagen hier unten und hat dort drüben in der alten Schmiede an einer zerbrochenen Gebissstange gearbeitet.«

Ein kalter Schauer lief Cecelia über den Rücken. Sie konnte sich Miranda einfach nicht dabei vorstellen, wie sie persönlich eine Gebissstange reparierte.

»Ich habe die alte Schmiede noch nie gesehen«, sagte sie lässig. »Wo ist sie?«

»Dort hinten.« Er zeigte es ihr. Lag da eine Spannung in seinem Hals? »Heute ist es nur noch ein Werkraum. Ich vermute, sie ist einfach nur hergekommen, um etwas Frieden zu finden – von diesem Kerl im Haus.«

Frieden, dachte Cecelia, war genau das, wonach Miranda gestrebt hatte.

Als sie einen Blick in die alte Schmiede warf, bot sich

ihr der ordentliche Anblick einer gut geführten Metallwerkstatt. Werkzeug in geordneten Reihen, ein paar kleine Lötlampen, ein Regal mit beschrifteten Flaschen. Cecelia beugte sich vor, um die Etiketten zu lesen ... Chemie. Die meisten Stoffe kannte sie nicht. Sie warf einen Blick auf die Werkbank – jemand arbeitete gerade an einem Paar Sporen, die in einem Schraubstock steckten; daneben entdeckte sie eine Blechkanne mit zungenlosen Schnallen in verschiedenen Größen und daneben eine Kanne mit geraden Zungenrohlingen. Dazu schwereres, rundes Rohmaterial, zu Hufräumern geformt, und ein Kübel mit Griffrohlingen. Eine Schüssel voller Reste von diesem und jenem ... Cecelia rührte mit dem Finger darin, nicht ganz sicher, was sie eigentlich suchte. Eine raue Kante weckte ihre Aufmerksamkeit; sie betrachtete den Gegenstand ... ein kleines, gebogenes Stück durchstanzter Metallschrott, das irgendwie älter aussah als die übrigen Gegenstände.

Cecelia fragte sich, was das mal gewesen war. Es sah nicht nach einem Metallteil von Sattel oder Zaumzeug aus. Etwas rührte sich im Gedächtnis und verschwand wieder. Das Ding ähnelte einem durchlöcherten Schalenstück von einem sehr großen Ei ... ein Sieb für Mengfutter? Sie steckte es in die Tasche und ging wieder hinaus auf den Übungsplatz, wo zwei Jagdpferde gerade an der Longe trainiert wurden. Neil sah zu und betrachtete mit schmalen Augen besonders den dunklen Fuchs. Cecelia sah ebenfalls zu und entdeckte dieselbe ungleichmäßige Streckung der Vorderbeine. Neil gab dem Stallknecht einen Wink, und als das Pferd stehen blieb, bückte er sich und untersuchte ein Vorderbein. Cecelia betrachtete derweil den Braunen, wie immer beruhigt vom Anblick eines guten Pferdes mit ebenmäßigen Bewegungen.

»Da bist du ja!« Miranda ging unter dem Torbogen

hindurch, angetan mit einer pikobello Reithose und blassblauem Hemd. In der kühlen Morgenluft zeigten ihre Wangen wieder Farbe, und sie sah ganz nach der selbstsicheren, eleganten Dame des Hauses aus. »Ich hätte wissen müssen, dass du schon vor dem Frühstück hier heruntergehen würdest.«

»Gewohnheit«, erklärte Cecelia. »Aber natürlich ist jetzt keine Saison, und niemand hat erwartet, ich würde so früh ausreiten ...«

»Ah«, sagte Miranda. »Also ... spazierst du nur herum und streichelst Pferde, oder möchtest du etwas essen?«

»Ich war ... Neil sagte, du wärst vor ein paar Tagen in der alten Schmiede gewesen ...«

»Ach wirklich?« Mirandas Blick ruhte auf dem Fuchs.

»Ich hatte sie noch nie gesehen«, erzählte Cecelia. Sie erblickte die plötzlich aufgetretene Spannung in Mirandas Hals. »Eine hübsche kleine Werkstatt.«

»Ja, das ist sie«, bestätigte Miranda. »Wir reparieren dort heutzutage Sattel und Zaumzeug.«

»Das hat Neil auch gesagt. Ich habe das noch nie selbst gemacht ... na ja, abgesehen von Lederteilen. Er sagte, du hättest an einer Gebissstange gearbeitet, und sie hätten sie fertig gemacht. Ich habe nur das hier gefunden ...« Sie hielt das Metallstück hoch.

»Ach ... ich frage mich, was das ist.« Miranda klang atemlos. »Sieht ziemlich alt aus.«

»Sieht nicht nach Zaumzeug aus«, fand Cecelia. »Vielleicht eine Art Sieb.« Sie steckte es in die Tasche zurück. »Wie geht es dir heute Morgen?«

»Noch wackelig«, antwortete Miranda. »Ich kann nicht ... es war einfach zu viel und es ist alles zu schnell gekommen. Ich kann gar nicht glauben, dass es wirklich passiert ist.«

Das Frühstück mit dem obligatorischen Smalltalk war

grässlich. Cecelia stocherte an Rührei und Schinken herum; Miranda knabberte an einer gemischten Schale Cornflakes und Haferflocken. Endlich räumte das Zimmermädchen den Tisch ab.

»Ich muss noch einmal diesen Milizoffizier sprechen«, sagte Miranda. »Ich habe keine Idee, was jetzt zu tun ist, und ohne Kevils tatkräftige Hilfe ...«

»Miranda ... du musst damit fertig werden.«

»Wie?« Die blauen Augen überzogen sich mit Tränen. »Wie soll ich damit fertig werden, dass Häschen umgekommen ist, dass Harlis uns zu betrügen versucht, dass Pedar ...«

Sag die Wahrheit, dachte Cecelia, sprach es aber nicht aus. Das bewahrte sie sich für später auf. Sie folgte Miranda durch den langen Flur, die Wände voller Bilder, vorbei an der Vitrine, aus der die antiken Waffen stammten – und blieb abrupt stehen. Die Vitrine war jetzt natürlich nicht mehr ganz gefüllt – die Waffen und Masken, die Miranda und Pedar benutzt hatten, fehlten. Aber angesichts der Umrisse aus schwachen Verfärbungen, wo sie gelegen hatten, konnte sie sich Cecelia so lebhaft vorstellen, als lägen sie noch dort.

Der massive Metallhelm. Die Metallsiebmaske. Durchgestanzt wie das Stück in ihrer Tasche – ihre Faust schloss sich darum.

»Was?«, fragte Miranda zwei Schritt weiter. »Was ist?«

Cecelia hatte es gewusst und doch nicht gewusst – hatte es nicht wissen wollen. Sie hatte es nicht für möglich halten wollen, damit sie nichts tun musste, keine Verantwortung zu übernehmen brauchte.

»Miranda, ich bin überzeugt, dass das hier ...« Sie streckte das Metallfragment aus. »... von dieser Maske stammt. Dass du etwas mit der Maske angestellt hast. Falls ich die nötigen Fertigkeiten hätte und die Chemikalien in der alten Schmiede untersuchte ...«

Miranda schwieg.

»Du kannst nicht erwarten, dass ich das auf sich beruhen lasse …«

»Nein.« Miranda klang heiser, als hätte sie geweint. »Ich kann vielmehr damit rechnen, dich mittendrin anzutreffen, fest in die unbequemste aller Wahrheiten verbissen.«

Es war trotzdem ein Schock. »Du meinst, du hast …«

Miranda schlug mit der flachen Hand auf den Tisch. »Natürlich habe ich! Verdammt und zugenäht, Cecelia, dieser Mann hat meinen Gatten ermorden lassen und uns alle – einschließlich meiner Kinder – als Außenminister mit seinen idiotischen Intrigen in Gefahr gebracht. Und er hat mich unter Druck gesetzt, ihn zu heiraten. Er war ein widerwärtiger, öliger Mistkerl von einem Schürzenjäger …«

»Und jetzt bist du eine Mörderin«, sagte Cecelia.

»Eine Killerin«, entgegnete Miranda. »Mord ist ein juristischer Begriff.«

»Mir ist egal, wie du es nennst«, erklärte Cecelia. »Wir wissen beide, dass du damit nicht einfach durchkommst – nicht in unserer Gesellschaft.«

»Oh prima! Pedar kann meinen Mann ermorden lassen und ein Ministerium erhalten, während ich …«

»Jetzt mal langsam.« Cecelia verschränkte die großen Hände und gab sich keine Mühe, die Verachtung in ihrem Ton nicht durchklingen zu lassen. »Du hattest Material gegen Harlis in der Hand; du hättest warten und Pedar auf rechtlichem Wege …«

»Ich war anderer Meinung«, sagte Miranda. »Ich dachte, er würde damit durchkommen.«

»Du kannst dich nicht durchmogeln. Das kannst du einfach nicht. Es hat Auswirkungen auf deine Kinder, deine Enkel, ihre Stellung in den Familias … Du musst an Brun auf Castle Rock denken; falls du sie nur sehen könntest, Miranda! Sie erweckt den Eindruck …« Sie verkniff sich das *als wäre Häschen zurückgekehrt.* »Sie ist erwachsen geworden, wirklich erwachsen geworden. Sie hat echtes Talent …«

»Natürlich hat sie das«, sagte Miranda und wandte den Blick ab. »Sie ist meine Tochter … und Häschens Tochter. Wäre sie nur früher zu Verstand gekommen und hätte geheiratet …«

»Sie braucht nicht zu heiraten«, wandte Cecelia ein. »Sie kommt ganz gut auf eigenen Beinen zurecht. Was sie jedoch nicht gebrauchen kann, das ist eine Mutter, die ihr als Mörderin wie ein Stein am Hals hängt, ein leichtes Ziel für ihre Feinde.«

»Buttons wird …«

»Buttons«, unterbrach Cecelia sie, »hat ein eigenes Leben zu leben. Und er hat zwar viele von deinen und Häschens bewundernswerten Eigenschaften, aber nicht Bruns Flair. Und nein, er kann nicht verhindern, dass andere deine Tat als Waffe gegen Brun schwingen.« Mirandas sture Miene ärgerte sie so sehr, dass sie herausplatzte: »Lieber Gott, Miranda, ich weiß wirklich, von wem Brun diese rücksichtslose, sture Entschlossenheit hat, ohne Rücksicht auf die Folgen ihren Weg zu gehen, und das war nicht Häschen.«

»Ich habe nie …«

»Doch, hast du, und das hier war nicht das erste Mal.« Vorfälle, die Cecelia schon vor Jahrzehnten vergessen hatte, sprudelten unter dem Druck des Zorns wieder aus dem Gedächtnis hervor. »Ehe du kühl und berechnend wurdest, warst du hitzköpfig genug … zum Beispiel auf dieser Geburtstagsfeier, als du Lorrie in den Springbrunnen gestoßen hast, und damals auf der Schule, als du … Berenice hat mir davon erzählt …«

»Oh, hör auf.« Miranda war zornrot geworden und wirkte lebendiger als je seit Häschens Tod. »Ich war wie alle Kinder, übereilt und gedankenlos. Ja. Aber ich bin darüber hinweggekommen.«

»Bis du Pedar ein Schwert durchs Auge gestoßen hast. Da würde ich nicht von *hinwegkommen* sprechen.« Cecelia holte tief Luft. »Hör mal – falls du hier bleibst, werden sie wahrscheinlich nicht kommen und dich holen, aber was ist mit den anderen Menschen hier auf Sirialis? Was ist mit deinen Kindern? Du wolltest diesen Planeten für sie bewahren, weißt du noch?«

»Was dann? Falls du so viel weißt, dann sag mir, was ich tun soll.«

»Exil. Verlasse die Familias. Fahre in ... oh, ich weiß nicht, vielleicht die Guerni Republik. Lass dich behandeln, von dem heilen, was immer dich auf die Idee gebracht hat, du könntest ihn straflos umbringen. Bleib für lange Zeit weg ...«

»Um unterwegs verhaftet zu werden – sei doch vernünftig, Cecelia.«

Cecelia stand schon wieder im Begriff, es zu tun, aber sie entwickelte allmählich ein Pflichtgefühl, vor dem sie sich nicht zu drücken wagte. »Ich bringe dich hin.«

»Du! Du hasst mich ... du bestehst darauf, mich als Mörderin zu betrachten. Und außerdem hast du nicht genug Platz in der kleinen Kiste, die du heute fliegst ...«

»Ich hasse dich nicht«, erwiderte Cecelia. »Und ich habe keine Angst vor dir – du wirst mich nicht umbringen, jedenfalls nicht, wenn du mit dem Exil einverstanden bist. Was das Schiff angeht, so habe ich festgestellt, dass es mir nicht gefällt, ständig ganz allein zu sein. Es ist immer noch klein, aber ausreichend für zwei Personen.«

»Und was gedenkst du unserem Milizhauptmann zu sagen?«

»Ich werde jede Frage präzise beantworten, die er mir

stellt. Was er mit den Antworten anfängt, das ist seine Sache.«

Die Befragung deckte weitgehend den gleichen Grund ab wie tags zuvor. Wann war sie eingetroffen, was hatte sie gesehen, was hatte Miranda gesagt und getan? Cecelia erkannte in dem Milizhauptmann jemanden, der nicht gern darüber nachdachte, was womöglich geschehen war, falls eine ausreichend gute Erklärung für andere Alternativen auftauchte. Trotzdem gestattete er sich nicht, die Fragen auszulassen. Cecelia beantwortete sie wahrheitsgemäß, ohne ergänzende Erklärungen hinzuzufügen.

»Und kannten Sie das Opfer?«

»Flüchtig.« Cecelia gestattete sich, die Lippen zu kräuseln. »Mein Pferd hat seines bei den Wherrin Trials geschlagen, direkt nachdem Häschen – Lord Thornbuckle – ermordet worden war.«

»War er dort?«

»Pedar? Oh ja. Er dachte, er könnte gewinnen …«

»Ist er selbst geritten?«

»Nein, er hatte einen Reiter. Pedar war nie … besonders daran interessiert, selbst Risiken einzugehen.«

»Und doch hat Lady Thornbuckle ausgesagt, er hätte gezielt um die altertümliche Fechtausrüstung gebeten …« Der Milizhauptmann bedachte sie plötzlich mit einem Blick, als wollte er sie überführen.

Cecelia zuckte die Achseln. »Ich weiß nicht, wie er auf der Fechtbahn aufgetreten ist. Ich fechte nicht; ich reite.« Der Milizionär lächelte und nickte; alle Welt war so weit über Cecelia im Bilde.

»Ser Orregiemos war Wettkampffechter, Mylady; Lady Thornbuckle zufolge hat er in jüngeren Jahren zahlreiche Meisterschaften gewonnen. Sie wusste nicht recht, wie lange sein letzter Wettkampf zurücklag, aber in Anbetracht seiner mehrfachen Verjüngung kann das noch in jüngster Vergangenheit gewesen sein – wie in Ihrem Fall.« Er legte eine Pause ein. »Lady Thornbuckle sagte bei ihrer Ankunft, sie wäre hergekommen, um Privatsphäre zu finden; wir alle waren sehr überrascht, als Ser Orregiemos auftauchte.«

»Na ja, war ich auch, als ich davon erfuhr, dass er hier war. Was für eine entsetzliche kleine Zecke!«

»Sie mögen ... mochten ihn nicht.« Es war keine Frage.

»Nein. Niemand von uns – den Pferdeleuten, meine ich – hielt ihn für ganz ehrlich.«

»Ah. Aber Sie wissen auch nicht, warum... Ich meine... War die Stimmung zwischen ihm und Lady Thornbuckle schlecht?«

»Nicht, dass ich wüsste. Er mochte sie wohl mehr als sie ihn, würde ich sagen, aber es war Häschen – Lord Thornbuckle –, der ihn wirklich verabscheute. Das reichte bis auf eine Jagd vor ungefähr zwanzig Jahren zurück. Pedar bestand auf einem schnellen Pferd, und dann hat er Hunde niedergeritten ...«

»Oh.« Er verlor das Interesse. Ein Streit im Jagdrevier vor zwanzig Jahren konnte keinen Mord durch die Witwe des anderen begründen.

»Es ist schwierig«, sagte er und tippte mit dem Stift auf den Recorder. »Das hier ist ein Privatplanet und all das. Ich vertrete das Gesetz, aber Gesetz war hier immer das, was die Thornbuckles wollten.«

»Miranda würde sich wünschen, dass Sie das Richtige tun«, sagte Cecelia.

»Ermittler der Familias haben auf Privatbesitz nicht einmal Rechtsvollmachten. Das Problem ist nur ... er war Minister, sehen Sie? Jemand mit einem öffentlichen Amt. Ich ...« Er räusperte sich. »Darf ich fragen, welche Pläne Sie haben?«

»Lady Thornbuckle und ich planen eine Reise in die Guerni Republik. Sie macht sich Sorgen, irgendeine

Gesundheitsstörung könnte es erschwert haben, den Stoß rechtzeitig zu stoppen, als die Klinge zerbrach – sie könnte in gewissem Maße für den Tod von Ser Orregiemos verantwortlich sein. Sorgen über gescheiterte Verjüngungen bestanden schon immer ... sie möchte sich in einer der dortigen Kliniken untersuchen lassen.«

»Ah.« Er tippte sich mit dem Stift ans Kinn. »Natürlich. Daran hatte ich gar nicht gedacht, aber sogar hier haben wir Gerüchte gehört. So könnte es tatsächlich am besten sein, Mylady.«

»Aber nur, falls es für Sie akzeptabel ist«, sagte Cecelia.

»Ich denke, das ist es. Ja. Wir verfügen über die Scannerdaten und Ihre beeidigte Aussage. Falls ich darf, Mylady, schlage ich eine zeitige Abreise vor.« Ehe die Nachricht zum Rest der Familias durchsickerte, ehe Pedars Verwandte oder Mitstreiter aus eigenem Antrieb eine unbequeme Untersuchung forderten.

Kapitel fünf

Sektor fünf HQ

Heris Serrano und ihre Großtante Vida – jetzt wieder Admiral im aktiven Dienst – begegneten sich in der Unterkunft für Offiziere auf Durchreise, beide unterwegs zu ihren neuen Posten. Heris, die wütend gewesen war über die Tirade des Admirals beim Familientreffen, verlor keine Zeit und attackierte sie diesbezüglich sofort.

»Ich möchte mit dir über Barin und Esmay reden«, begann sie.

»Und ich möchte jetzt nicht mit dir darüber reden. Sie sind verheiratet, und es ist ein verdammtes Durcheinander …«

»Du liegst falsch«, fand Heris. »Ich weiß nicht, ob es an der Verjüngung liegt oder was, aber du benimmst dich wie eine Idiotin.«

»Commander …«

»Ich meine es ernst. Admiral, ich litt schon an Heldenverehrung für dich, ehe ich auf die Akademie ging, aber heute nicht mehr. Zuerst hast du verhindert, dass ich nach Lepescus Drohung gegen mich die Unterstützung erhielt, die ich erwartete, und jetzt versuchst du, einen feinen jungen Offizier zu ruinieren, jemanden, der Fähigkeiten und Mut bewiesen hat. Ich muss mich fragen, ob Lepescu der einzige Verräter war …«

»Du! Du *wagst* es!«

Heris verschränkte die Arme. »Ja, ich wage es. Denkst du, eine Serrano lässt sich davon einschüchtern, dass jemand sie anbrüllt? Halte ich dich ernsthaft für eine

Verräterin? Nein, im Grunde nicht. Aber so, wie du dich benimmst, kann man diese Möglichkeit auch nicht ausschließen.« In dem Winkel ihres Verstandes, der sich nicht auf die ältere Frau ihr gegenüber konzentrierte, staunte Heris über die eigene Gelassenheit. »Mir ist klar, dass Admirale Dinge tun müssen, die nicht in Lehrbüchern stehen und für die jüngere Offiziere womöglich nicht das richtige Verständnis aufbringen. Aber ich weiß auch, dass Admirale zu Schurken werden können – Lepescu ist nur ein Beispiel; wir beide könnten weitere nennen. Ich weiß, dass Admirale keine perfekten kleinen Goldstatuen an der Spitze der Flottenhierarchie sind. Sie sind, wie du, auch nur Menschen und machen Fehler.«

»Und du denkst, ich hätte einen begangen.«

»Ich weiß, dass du es hast. Und ich habe es auch.« Heris holte Luft. »Sieh mal – das, was ich auf Patchcock tat, war in taktischer Hinsicht das Richtige. Ich bedaure nichts davon. Danach hätte ich mich einem Kriegsgericht stellen sollen, hätte es gar verlangen sollen, ob mich nun irgendein Serrano unterstützte oder nicht. Es war falsch, dass ich aus der Flotte ausschied und meine Besatzung der Gnade Lepescus auslieferte. Es war falsch, dass ich erwartete, von der Familie Hilfe zu erhalten, und dass ich mich von dieser Erwartung zu meinen nächsten Schritten leiten ließ. Später beging ich den Fehler, mich bei der Einschätzung von Menschen auf Personalakten der Flotte zu verlassen – mir hätte klar sein müssen, dass Sirkin nicht das Problem war, sondern Iklind. Aber die Gewohnheit, der Flotte zu vertrauen, und die, der Familie zu vertrauen, behinderten meinen Verstand. Durch meine Fehler sind Menschen umgekommen – Menschen, aus denen ich mir etwas gemacht habe, und Menschen, die ich nicht einmal kannte. Einen solchen Fehler möchte ich nicht wieder machen.«

»Und was glaubst du, welchen Gewohnheiten ich vertraue, welche Gewohnheiten mich zu Fehlern provozieren?« Vida klang täuschend nachsichtig, aber Heris ließ sich nicht in die Irre führen.

»Ich kenne deine Gedanken nicht«, sagte Heris. »Du allein kennst die Grundlage für deine Entscheidungen. Aber wenn die Entscheidungen falsch sind, kann es jeder erkennen.«

»Und du grollst mir immer noch, weil ich dir damals nicht zu Hilfe gekommen bin?«

Heris winkte ab. »Groll ist nicht der Punkt. Wir sprechen nicht von meinem mutmaßlichen Groll oder Zorn, sondern von dem, was du tust. Es hatte ernste Folgen, dass du nicht mal meinen Eltern ermöglicht hast, vor oder nach meinem Ausscheiden aus dem Dienst mit mir Verbindung aufzunehmen. Und du hast zweimal Esmay Suiza geschadet – als du Gerüchten glaubtest, sie wäre in Bruns Entführung verwickelt, und jetzt aufgrund irgendeines alten Buches über ihre Ahnen, aufgrund versteinerter Erinnerungen. Sieh dir einfach die Fakten an, Admiral.«

Vida wandte den finsteren Blick jetzt der Wand zu, und Heris war doch ein wenig überrascht, dass die Farbe nicht sofort nachdunkelte. »Ich weiß durchaus, dass der erste Fall, als ich Lieutenant Suiza mit Missfallen bedachte, ungerechtfertigt war. Ich ließ mich von anderen Erwägungen irreführen. Würde unser jetziges Gespräch von Fremden geführt, von Figuren einer Erzählung, müsste ich einsehen, dass jemand in meinem Alter wohl wirklich der senile alte Admiral ist, der lieber gescheiten jungen Offizieren Platz machen sollte.« Sie sah wieder Heris an. »Aber ich halte mich nicht für senil, egal was du denkst. Ich mache mir die Mühe, mich regelmäßig testen zu lassen, und meine Reflexe und meine Wahrnehmungsfähigkeit erreichen nach wie vor das geforderte Niveau. Die Tests sind allerdings nicht dafür ausgelegt zu erkennen, inwieweit zunehmendes Alter das auf Erfahrungen gegründete Urteilsvermögen verändert. Gewöhnlich betrachtet man diesen Prozess als vorteilhaft.«

»Gewöhnlich ist er das auch«, sagte Heris. »Jedenfalls bis zu einem gewissen Punkt. Niemand weiß jedoch, wie das Bewusstsein der eigenen Unsterblichkeit das Urteilsvermögen beeinflusst – besonders bei der Analyse von Risiko und Gewinn.«

»Unsterblichkeit! Als ob die Verjüngung ... oh.« Vida dachte ein paar Augenblicke lang darüber nach. »So habe ich es nie betrachtet. Natürlich: falls sich jemand immer wieder verjüngt, könnte es darauf hinauslaufen.«

»Langfristige Planungen«, erklärte Heris. »Sehr langfristig. Bis zu einem gewissen Punkt sehr wertvoll. Zumindest in meinem Fall hast du, glaube ich, in einem Zeitmaßstab agiert, der über mein Verständnis geht – und ohne Rücksicht auf die Folgen.«

»Ich verstehe.« Vida bildete mit den Fingern ein Dach. »Ich schätze, das könnte zutreffen. Seither ist so viel geschehen, dass es mir schwer fällt, mich zu erinnern, was ich damals selbst dachte. Begrenzung des Schadens für Flotte und Familie, aber du hast Recht – ich habe mich nicht besonders dafür interessiert, was aus deinen Leuten wurde.«

»Was ich bei vielen Verjüngten erkenne, im Militär wie in der Zivilgesellschaft«, sagte Heris, »ist eine Art Absonderung von der Gegenwart und besonders den nicht verjüngten Menschen. Letztgenannte sind flüchtige Erscheinungen; sie haben im Grunde keine Bedeutung, solang sie sich nicht in einen Plan einmischen, in welchem Fall sie entbehrlich werden.«

Vida runzelte die Stirn. »Ich denke nicht, dass ich eine solche Einstellung habe, aber ... ich kann erkennen, wodurch der Eindruck entsteht.«

»Wenn so die Auswirkung ist, welche Bedeutung hat die Absicht?« Der alte Spruch ging Heris leicht von den Lippen; Vidas finstere Miene vertiefte sich.

»Du weißt, welche Gefahren es mit sich bringt, wenn man die Absicht aus der Wirkung herleitet...«

»Ich weiß auch, wie gefährlich es ist, das zu unterlassen. Aber wir betreiben jetzt Spiegelfechterei, und ich muss wissen, ob du deine Vorurteile gegen Suiza noch einmal prüfen und erkennen wirst, wie wichtig sie jetzt für uns ist.«

»Unter Missachtung der langfristigen Perspektive?«

»Nein. Unter Setzung einer Priorität. Wir sind mit einer anhaltenden Meuterei konfrontiert; wir haben äußere Feinde. Wir brauchen jeden guten Offizier, den wir haben, und sie ist einer davon.«

»War einer«, versetzte Vida. Sie lehnte sich in ihrem Sessel zurück. »Heris, sie steht nicht mehr auf der Liste; sie denkt, man hätte sie auf meinen Befehl hin entlassen, und ist verschwunden. Unserer letzten Information zufolge ist sie an Bord des Freihändlers *Terakian Fortune* gegangen. Obwohl dieses Schiff einen Flugplan eingereicht hat, ist nicht gewiss, ob es ihn einhalten wird.«

Heris presste zwischen den Zähnen hindurch: »Du hast sie entlassen?«

»Nein, sie *denkt,* ich hätte es getan. Ihr wurde gesagt, der Befehl ginge auf Admiral Serrano zurück. Und sie denkt, der wäre ich.«

»Und du behauptest, es wäre nicht so?«, fragte Heris.

»Es ist nicht so. Dank der kompletten Idiotie Hobart Consellines haben wir jetzt einen Wirrwarr an Serrano-Admiralen: die vom Dienst suspendierten, die im Anschluss daran beförderten und jetzt, nachdem wir Älteren in den Dienst zurückgekehrt sind, die Summe aus beiden. Wir Serranos haben zwar nicht so viele Sterne geerntet wie andere Familien – die Consellines waren uns noch nie wohl gesonnen –, aber wir haben jetzt mindestens sechs und womöglich gar acht Admirale. Vielleicht noch mehr. Ich hatte keinen Grund, eine vollständige Liste anzufordern, ehe jemand Suiza aus der Flotte warf, und angesichts der Meuterei und des Chaos im Oberkommando habe ich noch nichts von der Personalabteilung gehört. Ich vermute, einer der Serrano-Admirale, der von meinem Streit mit Suiza hörte, wollte sich bei mir einschmeicheln, indem er sie feuerte.«

»Oder jemand hat den Namen gefälscht, und die Sache war glaubwürdig, weil der Streit bekannt geworden ist«, sagte Heris. Sie betrachtete ihre Tante. »Verdammt – ich war bereit, für lange Zeit wirklich sauer auf dich zu sein!«

»Ich weiß.« Vida seufzte. »Falls wir nicht unterbrochen worden wären ... falls wir Zeit gehabt hätten, die Sache gründlich zu diskutieren, dann hätte Suiza mich wahrscheinlich dafür gewinnen können, ihre Ausführungen wenigstens ernsthaft zu bedenken. Ich weiß – objektiv weiß ich es –, dass sie keine karrieregeile Intrigantin ist. Mir ist klar, dass mein damaliger Zorn heute ohnehin keinen Sinn mehr ergibt. Falls Verrat wirklich erblich wäre, fällt mir niemand ein, dem ich noch trauen könnte, mich eingeschlossen. Deshalb habe ich nach ihrer Hochzeit mit Barin Kontakt zu ihrer Familie aufgenommen ...«

»Du hast was getan?«

»Ich habe sie über die Hochzeit informiert. Ich weiß nicht, was Suiza selbst ihrer Familie über den Streit mitgeteilt hat, also erwähnte ich diese Tatsache und sagte, ich wäre überzeugt, wie immer die Sachlage sich darstellte, dass wir die Sache ausräumen könnten.«

»Und?«

»Und ... sie sehen es ganz und gar nicht so.«

»Was – dass sie dieser Gräueltaten schuldig sind oder dass man die Sache ausräumen kann?«

Vida nahm einen Datenwürfel vom Gestell neben ihrem Schreibtisch und steckte ihn in den Würfelleser. »Sieh dir das mal an. Ihre Familie hat ihn geschickt.«

Heris betrachtete das Bild einer jungen Frau in einem leuchtend bunten Kostüm.

»Das ist die Landbraut«, erklärte Vida. »Sieh sie dir mal genau an.« Sie stellte etwas an dem Gerät ein, und das Gesicht erschien in Großaufnahme.

»Esmay Suiza?«, fragte Heris.

»Ja. Und jetzt weiß ich auch, was eine Landbraut ist.« Vida nahm erneut eine Einstellung vor, und zwei Fenster gingen auf, von denen eines eindeutig ein altes Dokument zeigte – verblasste Tinte auf irgendeinem verfärbten Material –, das andere scharfe Schrift auf weißem Grund. »Du siehst die Charta der Landbraut rechts, eines der ältesten noch erhaltenen Dokumente auf Altiplano. Suizas Familie hat die Übersetzung und Transkription mitgeliefert. Du weißt ja, dass unsere Vorschriften, die der Raumflotte, Beziehungen und Eheschließungen mit Landbräuten von Altiplano untersagen, nicht wahr?«

»Nein«, antwortete Heris, während sie die eng betippten Seiten durchging. Die Formulierungen wirkten sogar in der Übersetzung archaisch und gestelzt: »... *und für die Ehre des Landes und die Gesundheit des Landes soll sie dem nicht fremd werden, was ihr Eigen ist, nicht aus irgendeinem Anlass* ...«

»Ehe ich das las, habe ich die Gründe im Altiplano-Aufstand gesucht ... und vielleicht war das auch ursprünglich so ... aber die Pflichten einer Landbraut lassen sich einfach nicht mit denen eines Flottenoffiziers vereinbaren.«

»Es ist – primitiv«, fand Heris schließlich. Vida spitzte die Lippen.

»Ich denke nicht, dass ›primitiv‹ es richtig beschreibt, obwohl es alt ist. Es ist viel komplexer, als ich dachte, und beruht auf einer hoch entwickelten – wenn auch mir sehr seltsam anmutenden – Theologie. Und es ist eine Theologie, denn sie glauben ernsthaft an die Existenz eines oder mehrerer Götter. Ich bin mir nicht ganz sicher, ob die Invokationen nun einer Mehrzahl von Göttern gelten oder nicht. Diese Leute sind allerdings strenge Generationisten, obwohl sie diesen Begriff nicht verwenden.«

»Sie lehnen Verjüngung ab?«

»Ja. In jeder Form, aus egal welchem Grund. Einige derer, die man bei ihnen Altgläubige nennt, lehnten sogar die Verwendung von Regenerationstanks ab, um Knochenbrüche zu heilen, und ein paar fanden, niemand sollte noch medizinisch versorgt werden, sobald er die sechzig überschritten hatte – nach ihrer Zeitrechnung, wahrscheinlich siebzig Standardjahre. Sie schwören auch auf Geburtenkontrolle und betrachten die Haltung von Freigeburtlern als unmoralisch.«

»Also ... hältst du die Suizas jetzt nicht mehr für Schurken?«

»Ich denke nicht, dass Esmay Suiza oder ihr Vater direkt für das Massaker an unserer Patronsfamilie verantwortlich sind. Ich halte allerdings ihre Ehe mit Barin für problematisch, auch ohne die historischen Ereignisse heranzuziehen. Sie ist als Landbraut auf ein religiöses Amt eingeschworen, und dieses Amt fordert von ihr, das Wohlergehen des Landes – genauer gesagt des Suiza-Landes – über jede andere Erwägung zu stellen.«

»Aber sie würde doch nie ...«

»Es ist ein Konflikt, Heris, egal wie du es betrachtest. Ihr Eid als Offizier des Regular Space Service verlangt von ihr, das Wohl der Raumflotte über alle anderen Gesichtspunkte zu stellen. Ihrer Familie und mir ist klar, dass ihr Landbraut-Eid damit im Widerstreit liegt. Ihre Familie sieht sich sogar der Kritik ausgesetzt, weil sie ihrer Landbraut gestattet hat, den Planeten zu verlassen.«

»Warum hat sie das Amt dann übernommen?«

»Es geht durch persönliche Ernennung von einer Landbraut auf die andere über – ihre Urgroßmutter hat sie aus irgendeinem Grund ausgewählt und diese Wahl auch dann nicht mehr geändert, als Esmay zur Raumflotte ging. Als die Urgroßmutter starb, wurde Esmay automatisch designierte Landbraut. Und da sie zu diesem Zeitpunkt bei der Flotte in Ungnade stand, hat sie das Amt übernommen und das Ritual absolviert.«

»Hat sie selbst eine Nachfolgerin benannt?«

»Ihr Vater denkt, sie wollte eine ihrer Kusinen berufen, eine jüngere Frau. Aber für die Übertragung der Aufgaben von einer lebenden Landbraut auf die nächste müssen beide anwesend sein. Und Esmay ist jetzt verschwunden ... zwar sind Terakian & Söhne ein angesehenes Unternehmen, und ich bin sicher, dass Esmay wieder irgendwo auftauchen wird, aber ich habe keine Ahnung, wo.«

Heris dachte einen Augenblick lang nach. »Warte mal – ich sehe zwar ein, warum sich die Positionen als Landbraut und Offizier gegenseitig ausschließen, aber ich erkenne nicht, warum sie nicht Barins Frau sein sollte.«

»Die Vorschriften«, sagte Vida. »Weißt du noch?«

Heris verkniff sich ein *zur Hölle mit den idiotischen Vorschriften* und nickte. »Die könnte man doch gewiss ändern?«

»Sobald wir die Meuterei niedergeschlagen und sichergestellt haben, dass weder die Benignität über die

Grenze gestürmt kommt noch die Piraten von der Bluthorde die Schifffahrtswege heimsuchen, dann sicherlich. Bis dahin … ist damit zu rechnen, dass die Flotte die Eheschließung annullieren wird und Barin einen Verweis in die Personalakte eingetragen bekommt. Was Suiza angeht … sie würde auch eine erhalten, falls sie noch dazugehörte.«

»Und falls sie keine Landbraut mehr wäre?«

»Du meinst, falls sie den Job dieser Kusine übergäbe? Dann bestünde kein Einwand mehr gegen die Ehe mit Barin, obwohl sie nach erfolgter Annullierung erst neu geschlossen werden müsste. Was die Wiederaufnahme in die Raumflotte angeht … ich weiß nicht recht.« Vida hob die Hand, als Heris etwas einwerfen wollte. »Nein, gib mir nicht die Schuld! Derzeit empfinde ich keinerlei Neigung, Suiza irgendwelche Hindernisse in den Weg zu stellen, aber du musst einsehen, dass andere es sehr wohl täten.«

»Wir brauchen sie. Wir brauchen sie jetzt … kannst du nicht feststellen, wer sie hinausgeworfen hat?«

»Während ich mich noch im Transit befinde? Falls du so freundlich bist zu warten, bis ich das eigene Büro mit dem eigenen Personal erreicht habe, dann ja … dann kann ich es in Erfahrung bringen. Aber nicht von hier aus.«

»Es ist nicht fair«, fand Heris, die nur wenig nachgiebiger wurde. »Barin wird sich Sorgen machen; er könnte nachlässig werden …«

»Das wird er nicht«, sagte seine Großmutter. »Und ich rechne auch nicht damit, dass Suiza irgendwas Dummes anstellt. Oder du. Ich denke nicht, dass man dich wieder auf das eigene Schiff geschickt hat?«

»Nein. Auf die *Indefatigable.* Wird derzeit neu ausgerüstet. Und die Besatzung besteht wahrscheinlich aus dem, was man auf den Docks zusammenkratzen konnte.«

»Dann ist nur gut, dass sie dich als Kommandantin erhalten.«

Das kam einer Entlassung gleich, und Heris wusste das; sie verließ ihre Tante, den Admiral, und machte sich auf die Suche nach einer Möglichkeit, entweder Esmay oder Barin eine Nachricht zu übermitteln und sie darüber zu informieren, dass Vida nicht hinter dem Rauswurf steckte. Aber ein schlichter Commander auf Durchreise genoss keinerlei Respekt beim Funkpersonal.

RSS *Rosa Maior*

Barin Serrano rief in der Datenbank der Raumflotte die Personal-Suchfunktion auf und sah nach Esmay. Er hatte dies auf jeder Station getan und so ihren Weg seit ihrer Trennung verfolgt. Er fragte sich, ob sie umgekehrt das Gleiche tat. Er wusste immer noch nicht, warum sie neue Befehle erhalten hatte und bis ganz hinüber in Sektor Drei geschickt worden war. Zum Glück war Suiza ein so ungewöhnlicher Nachname, dass man ihn leicht fand...

Eintrag nicht gefunden. Nachname SUIZA keiner Person zuzuordnen. Schreibweise prüfen und Suche neu starten?

Das ergab keinen Sinn. Sie war erst zwei Wochen vorher noch im System enthalten gewesen. Er ging die verfügbaren Optionen erneut durch, aber jede Suche führte nur immer wieder zum gleichen Ergebnis, bis er es mit »Entlassen oder im Ruhestand« versuchte.

SUIZA, Esmay, letzter Rang O-3, jüngster Dienstauftrag: aus dem Dienst entlassen auf Befehl von Admiral Serrano, durchgeführt auf Trinidad...

Barin starrte aufs Datum. Vor neun Tagen. Quer durch die halben Familias.

Der Zorn machte ihn blind für den Rest des Bildschirms. Admiral Serrano, *die eigene Großmutter,* hatte sich an Esmay gerächt, sie aus dem Dienst geworfen, den Esmay liebte, und das in einer Zeit, in der man jeden guten Offizier brauchte. Seine Großmutter! Sie hatte mit ihm und seiner Frau ein doppeltes Spiel getrieben, war ihnen in den Rücken gefallen, und er würde ... würde ...

Seine Gedanken beruhigten sich wieder. Er war ein Jig, ein Juniorleutnant, und seine Großmutter Admiral major. Er konnte wütend auf sie sein; er konnte sie so sehr hassen, wie er wollte, aber er war Flottenoffizier, während Krieg herrschte, und ein Streit mit Admiral Serrano half weder ihm noch Esmay.

Wo steckte Esmay? Er hatte keine Ahnung. Was tat sie gerade? Er konnte sich vorstellen, dass sie nach ihm suchte, um ihn zu informieren ... oder dass sie irgendwohin fuhr – wohin? –, um irgendwas zu tun ... aber was? Er wusste es nicht. Nach Rockhouse Major, um beim Oberkommando der Flotte Protest einzulegen? Nach Altiplano, um sich als Landbraut niederzulassen? Nein, das sicher nicht. Vielleicht, um Beweise dafür zu finden, dass die Anschuldigungen seiner Großmutter über Suiza-Verrat nicht stimmten.

Derweil musste er seine Pflicht tun, und selbst wenn seine Großmutter ihre Pflichten so weit vergessen konnte, dass sie in einer echten Notlage der persönlichen Rache huldigte – er war dazu nicht fähig. Als Jig an Bord eines Schiffes, das unterwegs zur Schlacht war, hatte er reichlich zu tun, mehr als genug, um bis über beide Ohren beschäftigt zu sein.

In der Messe der Junioroffiziere blickten die Ensigns und die übrigen Jigs auf, als er eintrat. Sie hatten sicher nichts von Esmay gehört; ihre Blicke mussten eine andere Bedeutung haben.

»Hast du irgendwas gehört, Barin?« Diese Frage äußerte Cossy Forlin, der auf der Akademie einen halben Ausbildungsgang hinter ihm gelegen hatte.

»Über die Meuterei?«, fragte Barin und setzte sich. »Nein.«

»Ich dachte nur – bei all deinen Verwandten ...«

»Ich frage mich ...« Luca Tavernos blickte zur Tür und senkte die Stimme. »Ich habe mich wegen der anderen gefragt – es ist Furcht erregend, nicht zu wissen, wem man trauen kann.«

»Wie auf der *Despite*«, fand Cossy. »Woher wissen wir ...« Er brach plötzlich ab, als drei Lieutenants eintraten und sich Lt. Marcion ans Kopfende des Tisches setzte.

Marcion betrachtete die Junioroffiziere mit undeutbarer Miene. Dann deutete er mit der Gabel auf Cossy: »Wenigstens wissen wir, dass *Sie* nicht an einer Verschwörung beteiligt sind, Jig Forlin ... Verschwörer wissen es besser, als Dinge zu äußern, wenn die Türen offen stehen. Seien Sie nur froh, dass Ihr Spezialgebiet nicht der Geheimdienst ist.«

Cossy wurde rot und widmete sich ganz seiner Mahlzeit.

»Also, Barin, sind Ihnen über Ihre Familienverbindungen irgendwelche nützlichen Informationen zu Ohren gekommen?«

»Nein, Sir«, antwortete Barin. »Sie wissen ja, dass die Funkverbindungen nicht wirklich offen stehen.«

»Und hegen Sie irgendwelche Zweifel an der Loyalität von Personen bei uns an Bord?«

»Nein, Sir, aber falls ich es täte, würde ich es an zuständiger Stelle melden.«

Marcion lachte. »Davon bin ich überzeugt – die Serranos sind schließlich Vollblüter. Was denken Sie, welche Taktik die Meuterer wohl anwenden werden?«

»Auf Grundlage der wenigen Daten, die mir bekannt sind, Sir, vermute ich, dass sie ihre Leute für den Angriff auf Copper Mountain auf den gestohlenen Schiffen zusammengezogen haben. Ich wäre überrascht, falls noch viele von ihnen auf weiteren Schiffen verstreut wären.«

»Sie denken also, dass es von Anfang an relativ wenige waren.«

»Weniger als die loyalen Kräfte, ja, Sir.«

»Interessant. Ich kenne eine Menge Leute, die sich wirklich aufgeregt haben über die von Conselline durchgedrückten Veränderungen und damit schon mal gleich über den neuen Verteidigungsminister.«

»Ja, Sir, empört sicher, aber keine Meuterer«, wandte Barin ein. Er zitierte seine Großmutter: »›Politiker kommen und gehen, aber die Flotte bleibt.‹«

»So habe ich es auch verstanden, aber ich wollte die legendäre Serrano-Meinung hören.«

Barin ignorierte die Stichelei. »Was denken Sie, welche Ziele die Meuterer tatsächlich verfolgen?«, fragte er. »Denken Sie, Consellines Führung hätte sie so weit getrieben oder was?«

»Ich weiß es nicht«, antwortete Marcion. »Ich gehöre schließlich nicht zu ihnen, und es ist eine riskante Sache, wenn man dem Feind Motive unterstellt. Ich neige zu der Auffassung, dass er einfach die Gelegenheit beim Schopf ergriffen hat, als viele Senioroffiziere wegen der Probleme mit der Verjüngung vom aktiven Dienst suspendiert waren. Ihre Großmutter war doch ebenfalls davon betroffen, nicht wahr, Barin?«

»Ja, Sir.«

»Also schätze ich: Bei all der Konfusion, die sich aus der Entfernung von mindestens der Hälfte aller Flaggenoffiziere ergab, konnte der Gegner Maßnahmen ergreifen, die unter anderen Bedingungen viel länger gedauert hätten. Die Leute von der Personalabteilung flippten richtig aus, als sie versuchten, Kandidaten für die plötzlich offen stehenden Dienstposten zu finden; Beförderungsausschüsse tagten rund um die Uhr.«

»Woher wissen Sie das?«, erkundigte sich Cossy.

»Ich war im Rahmen der Stabsrotation beim Oberkommando stationiert. Zunächst bei Admiral Stearns, und als man sie suspendierte, bei ihrem Ersatz, Admiral Rollinby. Ich wäre immer noch dort, wäre das Personalkarussel durch die Meuterei nicht erneut in Fahrt gekommen. Haben Sie Admiral Stearns je kennen gelernt, Barin? Sie sagte, sie würde Ihre Großmutter kennen.«

»Nein, Sir«, sagte Barin. »Der ... Admiral hat viele Freunde im Oberkommando ...«

»Das habe ich auch gehört. Anscheinend hat sie auch ganz persönlich die Nase in das Verjüngungsproblem gesteckt – sie und Admiral Stearns gehörten irgendeiner Studiengruppe an.«

»Haben Sie gehört, was daraus geworden ist, Lieutenant?«, fragte ein Ensign weiter unten an der Tafel.

»Conselline hat alle Untersuchungen zum Thema abgeschossen. Sie warfen natürlich ein schlechtes Licht auf seinen Clan, weil es mit großer Wahrscheinlichkeit Conselline-Medikamente waren, die das Problem verursacht haben. Ohne Finanzmittel für Forschung oder Behandlung fanden sich viele Leute in einer ganz schön hoffnungslosen Lage wieder.« Marcion legte eine Pause ein. »Zuzeiten fällt es mir schwer, so unpolitisch zu bleiben, wie es die Vorschriften verlangen.«

Damit war das Tischgespräch beendet, und Barin aß ohne weitere Äußerungen zu Ende, die über eine höfliche Bitte hinausgegangen wären, die Brötchen weiterzureichen. Andere unterhielten sich leise über Sportergebnisse oder anstehende Prüfungen.

Nach dem Essen stellte Barin fest, dass seine Überlegungen nun ruhiger liefen. Warum hatte jemand Esmay gerade jetzt aus der Flotte geworfen? Die erste Nachricht, die sie von ihren Familien erhielten, war zwar missbilligend ausgefallen, aber nicht explosiv. Waren mehr Beweise über Suiza-Niedertracht aufgetaucht? Das glaubte er nicht. Serranos gingen leicht das Temperament durch, aber sie beruhigten sich fast ebenso rasch wieder, wenn es nicht zu weiteren feindseligen Aktionen kam. Seine Großmutter zeichnete sich durch die ganze Arroganz eines Admirals aus, hatte sich aber stets fair verhalten.

Soweit er wusste. Und er musste sich eingestehen, dass er sie weniger gut kannte, als möglich gewesen wäre. Und im Eintrag war Admiral Serrano erwähnt worden.

Aber seine Großmutter war nicht der einzige Admiral Serrano. Das war sie noch nicht einmal gewesen, bevor die aktuelle Krise alle Flaggenränge wieder in den Dienst gerufen hatte. Hatte der Eintrag genau angegeben, welcher Admiral Serrano? Er hatte nicht richtig darauf geachtet...

Und jetzt konnte er es nicht nachholen. Alarmsirenen heulten, und er hoffte, dass es nur einer der Drills war, wie der Kommandant sie gern durchführte. Barin rannte durch einen Flur, glitt eine Leiter hinab und erreichte ein gutes Stück innerhalb des Zeitlimits seinen Posten. Ein Seniormatrose übergab ihm den Computer, und er rief die Namensliste auf: »Ackman ... Averre ... Betenkin ...« Als der Seniorleutnant auftauchte, war Barins Truppe bereit zur Inspektion, die Spinde geöffnet und die Druckanzüge in der Hand. Der Lieutenant nahm Barins Meldung entgegen und untersuchte die Druckanzüge so gründlich, als hätte er es nicht gestern schon getan.

Barin war gerade auf halbem Weg durch die Sektion, als eine weitere Sirene losheulte.

Tief in den Innereien eines Kreuzers war eine Raumschlacht entweder langweilig oder tödlich. Seit der Akademie hatte man ihm das immer wieder erklärt. Er hoffte inbrünstig auf die langweilige Variante. Barin trug nominell die Verantwortung für ein Team, das mit Schadensbehebung beauftragt war – und es war seine Aufgabe dank des Mangels an erfahrenen Unteroffizieren, der wiederum auf die Meuterei und die gescheiterten Verjüngungsbehandlungen zurückging. Da man ihm von Kindesbeinen an eingetrichtert hatte, dass Junioroffiziere unausweichlich weniger sachkundig waren als die Uffze unter ihrem Kommando, pflegte er eine gute Beziehung zum Petty Officer seiner Sektion, einem Mann mit solider Qualifikation in der Beurteilung und Behebung von Schäden.

In den nächsten drei Stunden hatte das Team keine Schäden zu beurteilen. Sie prüften und meldeten Sektionstemperaturen, Durchflussraten diverser Leitungen und einen Schwarm weiterer Werte, deren Wichtigkeit Barin klar war, die aber keinerlei Hinweise darauf gaben, was draußen geschah. Die künstliche Schwerkraft schwankte nicht, die Lampen flackerten nicht – es geschah überhaupt nichts.

Als der Alarm aufgehoben wurde, machte Barin abschließend Meldung beim Offizier für Schadensbehebung und kehrte zu seinen regulären Aufgaben zurück. Er versuchte, sich durch Lektüre besser über die Beurteilung und Behebung von Schäden zu informieren; der Kurs für Junioroffiziere der Kommandolaufbahn hatte das Thema nicht behandelt, und er fand den Stoff schwer.

»Es ist gar nicht so schwierig, Sir«, erklärte ihm einer der wenigen verbliebenen Master Chiefs. »Im Grunde haben Sie einfach Zeug in Rohren und Zeug in Kabeln, dazu natürlich Ihre Luft und Schwerkraft.«

»Es sind die verschiedenen Arten von Zeug in den

Rohren«, sagte Barin. »Und hier steht, dass Schiffssektionen vielleicht mit Rauch oder Dampf gefüllt werden oder ...«

»Am ehesten mit Wasserdampf, falls irgendwo Druckverlust eingetreten ist«, erklärte der Chief.

»Woher sollen wir wissen, welches Rohr betroffen ist, wenn wir es optisch nicht erkennen?«

»Na ja, deshalb müssen Sie Ihre Sektion vom Grundgerüst auf kennen. Falls man Sie natürlich woanders braucht ...«

»Chief, waren Sie je an Bord eines Schiffes, das schwer beschädigt wurde?«

»Einmal nach einer Feindaktion – damals beim ersten Patchcock-Zwischenfall – und einmal durch einen Idioten, der aus dem Urlaub zurückkehrte und angab. Er schaffte es, ein Loch in einer Hydraulikleitung unten im Shuttle-Hangar zu erzeugen; er hätte mit disziplinarischen Maßnahmen rechnen müssen, wäre das Leck nicht direkt durch ihn hindurchgegangen.«

»Ein Leck?«

»Ein Hochdruckschlauch, mein Junge. Sehen Sie, er brachte einen Nadler mit, das Geschenk eines Vetters aus Anlass irgendeines Feiertags – was natürlich gegen die Vorschriften verstieß. Und er hatte nicht kontrolliert, welche Munition in dem Ding steckte – und das war, wie sich zeigte, die schwerste, die sich sein Vetter nur hatte leisten können. Der Vetter hatte sich anscheinend überlegt, irgendjemand an Bord eines Kreuzers bräuchte etwas, womit er Löcher in den Schiffsrumpf stanzen könnte – na ja, nicht direkt Rumpflöcher, aber beinahe. Jedenfalls musste dieser Idiot das Ding einfach einem Kumpel zeigen, und dann spielten sie damit herum, und klar doch – PENG! Mitten durch den Liftschlauch. Und ein Strahl schoss heraus, direkt durch den Mann; das Shuttle ging zu Boden, ein gutes Stück härter, als es eigentlich hätte sein dürfen, und zwei Reifen platzten; ein Fetzen davon erwischte einen anderen Typ am Kopf, und ein weiteres Stück traf einen Burschen, der gerade einen Schweißbrenner führte. Man kann ihm nicht vorwerfen, dass er ihn fallen ließ, als ihm der Arm gebrochen wurde, aber der Schweißbrenner hat dann irgendwas – ich weiß nicht mehr was – in Brand gesetzt. Wir hatten also ein Feuer und ein Leck in der Hydraulik, und da die Hydraulikflüssigkeit verdampfte, als sie mit solchem Druck hervorschoss, was denken Sie, ist dann passiert?«

»Sie ist explodiert«, sagte Barin.

»Richtig, das ist sie. Die alte *Harkness,* die zwei ausgewachsene Schlachten gegen Kampfgruppen der Benignität überstanden hatte – und ein einzelner dummer Idiot verwandelte sie in Schrott. Explosion in der Shuttlewartung. Aber das war erst der Anfang. Auf diesen Kreuzern – und die *Harkness* ist einer der Gründe, warum man sie heute anders baut – waren die Wartungsfunktionen konzentriert, der Effizienz halber. Dazu gehörte ein Labyrinth aus Werkstätten und Ersatzteillagern und – wiederum aus Gründen der Effizienz, wie man es damals sah – die wichtigsten Schaltstellen für die elektrischen Leitungen. Wir erlebten nicht nur *einen* Brand oder *eine* Explosion; der Kommandant befahl schließlich, die Geschützspeicher zu kappen und abzuwerfen, denn er fürchtete, der Brand könnte uns jede Minute erreichen und uns hochjagen, wie es anderen schon ergangen war. Wir haben über achtundzwanzig Stunden lang gegen das Feuer gekämpft, und am Ende hatten wir kaum noch ausreichende Lebenserhaltung für die verbliebene Besatzung. Über dreihundert Tote, das Schiff Totalschaden ... man musste uns in Druckanzügen auf ein anderes Schiff bringen ...«

»Hydraulikflüssigkeit«, überlegte Barin. »Ich dachte nicht, dass sie brennbar ist.«

»Man hat immer wieder probiert, etwas zu entwickeln, was besser funktioniert und weniger brennbar ist, aber bislang ... falls man das Zeug verdampft und entzündet, geht es hoch. Und vergessen Sie nicht: es durchschneidet Sie wie ein Laserskalpell.« Der Master Chief saugte kurz die Backen ein. »Jetzt die andere Geschichte. Das war nicht so schlimm. Ein Rumpfbruch, aber ein kalter – eine schwere Rakete schlug ein, ging aber nicht hoch. War ein bisschen kitzlig, sie wieder hinauszubefördern, und die armen Burschen in der getroffenen Sektion waren tot, aber alles in allem lief es nicht so schlimm. Das einzige echte Problem war ein Grünschnabel, der ein Souvenir wollte und an der Zündklappe herumsägte, damit er sie entfernen und im Spind verstecken konnte, ehe wir eintrafen. Der alte Master Chief Meharry hätte ihm damals fast an Ort und Stelle den Kopf abgerissen. Hätte uns alle hochjagen können, der Bursche.«

Barin fragte sich, ob dieser Meharry mit Methlin Meharry verwandt war, einem Besatzungsmitglied seiner Tante.

»Hier – das ist der beste Datenwürfel-Kurs, den wir haben«, sagte der Master Chief und reichte ihn Barin. »Am meisten lernt man aus den Schwierigkeiten, die man erlebt, aber dieser Würfel führt Sie immerhin ein bisschen weiter als die anderen.«

»Danke«, sagte Barin und beschloss, jeden freien Augenblick damit zu verbringen. Er würde jedes Detail über das Truppendeck lernen, vom Rumpf bis zu den Installationen.

Was in der Schlacht tatsächlich passiert war, wurde erst später am nächsten Tag deutlich, als der Kommandant sich mit einer Durchsage an die Besatzung wandte: »Als wir aus dem Sprung hervortraten, trafen wir auf ein paar Meuterer – der Admiral hatte damit gerechnet, sodass wir alle Rohre heiß hatten. Sie waren gerade dabei, den Sprungpunkt zu verminen, aber wir haben den ersten Kordon durchbrochen, ohne beschädigt zu werden, und sämtliche Feindschiffe wurden vernichtet. Unserem Schiff wird der halbe Verdienst an einem Abschuss zugeschrieben.«

Barin fragte sich, woher sie gewusst hatten, dass die anderen Schiffe zu den Meuterern gehörten – hätten sie erst Fragen gestellt, wären die Kräfte womöglich eher ausgeglichen gewesen und der Ablauf für ihn selbst weit gefährlicher.

Die Kampfgruppe plante, lange genug im System zu bleiben, bis die ausgesetzten Minen eingesammelt waren und man den Sprungpunkt selbst vermint hatte – wobei die Minen darauf programmiert waren, die veränderten Flotten-IDs zu akzeptieren, die die Meuterer nicht haben dürften.

Kapitel sechs

Castle Rock, Appledale

Brun Meager kraulte der Länge nach durchs Becken und spritzte Wasser auf die Frau, die am Beckenrand lümmelte. »Kate – komm herein. Du bist faul.«

»Das Wasser ist kalt«, fand Kate Briarly. »Da kriege ich die Krämpfe.« Der Ranger aus der Lone Star Konföderation war in einen Badeanzug gewechselt, hatte sich jedoch einen Frotteebademantel umgelegt. Datenpad und Funkgerät hatte sie neben sich liegen, dazu eine ihrer zahlreichen Waffen – in diesem Fall ein mattschwarzer Nadler.

»Du bekämst Bewegung«, entgegnete Brun. »Euer Planet kann ja auch nicht komplett warm sein.« Kate lächelte, schüttelte aber den Kopf. Brun wälzte sich herum und schwamm erneut durchs Becken. Das Wasser war nicht kalt; es hatte genau die richtige Temperatur, solange sie in Bewegung blieb. Auf dem Rückweg sah sie, wie Kate sich aufrichtete und dabei ins Kom-Gerät sprach. Brun ignorierte sie und wendete für eine erneute Bahndurchquerung. Sie musste ohnehin die Spannungen abarbeiten. Bald – in ein oder zwei Tagen – musste sie etwas im Hinblick auf ihre Mutter unternehmen. Und sie hatte keine Ahnung, was. Sie streckte sich, genoss das Gefühl der eigenen Kraft und Beweglichkeit, den Fluss des kühlen Wassers über Schultern, Hüften, Beine.

Als sie erneut die Gegenrichtung einschlug, diesmal seitenschwimmend, sah sie Kevil Mahoney aus dem Haus kommen. Er konnte inzwischen besser gehen und brauchte keine Hilfen mehr: Er bewegte sich aber unsicher. Ob eine Verjüngung da helfen konnte? Er hatte nicht die Mittel dafür, solange es ihnen allen nicht gelungen war, seine finanzielle Lage zu ordnen, aber Brun könnte ihn unterstützen. Sie nahm sich vor, mit den Gesundheitsberatern der Familie darüber zu reden, als sie zum Kraulen überging und kraftvoll die letzten fünfzehn Meter zurücklegte, um sich am Ende rauschend aus dem Wasser zu erheben.

»Frühstück hier draußen?«, fragte sie. Sie blinzelte sich das Wasser aus den Augen und sah, was für Gesichter die anderen machten. »Was ist los?«

»Hobart ist tot.«

»Was?«

»Hobart Conselline ist tot. Getötet von einem Fechtmeister auf Besuch, falls man das glauben kann.«

Brun schnappte sich ein Handtuch vom Stapel und rubbelte sich den Kopf ab. Sie ließ es fallen, griff nach einem weiteren und wickelte es sich um die Schultern. »Wann ist es passiert?«

»Gestern Nachmittag.«

»Und wir erfahren erst jetzt davon?«

»Sein Clan hatte eine Nachrichtensperre verhängt, um sämtliche Barraclough-Abgeordneten ausfindig zu machen, ehe man es bekannt gab.«

»Sein Clan ..!« Brun presste einen Augenblick lang die Kiefer zusammen. »Ich verstehe.« Sie streckte die Hand nach dem Tisch aus, der bereits fürs Frühstück aufgestellt worden war, und drückte eine Taste am Pad. »Hauspersonal – neue Pläne: Wir essen im Haus, in der Bibliothek. Ich fahre in die Stadt, sobald ich mich angezogen und gegessen habe.«

»Bist du sicher, dass das eine gute Idee ist?«, fragte Kate.

»Ich bin sicher, dass es nötig ist.« Brun sah Kevil an. Er sagte nichts – was bei ihm auch nicht zu erwarten war, hier im Freien, ohne Schutz vor Lauschern –, aber seine Miene vertrieb die letzten Zweifel, die sie womöglich noch gehegt hatte.

Nach wie vor fand sie es seltsam, dieses Gefühl von Herrschaft, das sie zum ersten Mal bei der ersten Sitzung des Großen Rates nach dem Tod ihres Vaters empfunden hatte. Sie fühlte sich immer noch komisch, wenn sie Appledale betrat, als gehörte ihr das Anwesen, obwohl das tatsächlich der Fall war, und sie fand es seltsam, keinerlei Schuldgefühl zu hegen, wenn sie beim Ersteigen der Treppe nasse Fußabdrücke auf den Issai-Teppichen zurückließ. »Ich brauche eine abhörsichere Sprechverbindung mit Buttons«, erklärte sie dem Wachtposten, der in der Eingangshalle Dienst hatte – eine Erfindung von Kate, die sie inzwischen als nötig erkannte.

In ihrem altvertrauten Zimmer im Obergeschoss trocknete sie sich ab und musterte einen Augenblick lang finster ihre Garderobe. Die Schwangerschaft hatte ihre Formen so verändert, dass viele alte Sachen nicht mehr passten. Düsteres Trauern hatte sie mit dem Anschein von Krankheit gezeichnet, dabei musste sie gesund und tüchtig wirken. Schließlich entschied sie sich für ein klassisches Kostüm in Stahlgrau und stopfte sich ein Halstuch mit blauen Mustern in den Ausschnitt.

Als sie wieder im Erdgeschoss eintraf, saßen Kevil und Kate bereits in der Bibliothek und füllten sich die Teller mit Speisen von einem Servierwagen. Kate war vom roten Badeanzug in eines der weniger extravaganten Kostüme gewechselt, die man in der Lone-Star-Konföderation trug, diesmal ein blassblaues. Die hochhackigen Fransenstiefelchen standen neben dem Stuhl; die bestrumpften Füße wirkten auf dem dicken Teppich absurd.

»Es ist sauber«, sagte Kate und schloss mit einem

Wink das ganze Zimmer ein. Brun kontrollierte trotzdem selbst die Sensoren und Abschirmfelder und sah, wie Kate beifällig nickte.

»Also – ein Fechtmeister ist übergeschnappt und hat Hobart umgebracht. Was noch?«

»Die Consellines behaupten, es wäre eine Verschwörung. Eine Verschwörung der Barracloughs – genauer gesagt, von dir.«

»Was? Als Vergeltung für den Mord an meinem Vater?«

»Nur, dass sie nicht zugeben, ihn umgebracht zu haben.« Kevil stupste ein Stück Wurst an und seufzte. »Ich soll davon nichts essen.«

»Oh, lebe gefährlich«, sagte Kate mit dem Mund voller Speck. Brun sah sie an. Kate war noch nie schwanger gewesen; vielleicht konnte sie deshalb dermaßen viel essen und herumlungern, ohne ein Gramm zuzulegen, während Brun, um das zu erreichen, trainieren musste.

»Das habe ich«, sagte Kevil lächelnd. »Dadurch bin ich ja in diese Bredouille geraten.« Er gabelte eine Wurstscheibe auf.

»Da ich weiß, dass ich keinen Fechtmeister angemietet habe, um Hobart den Kopf abzuschlagen ...« An diesem Punkt fiel ihr auf, dass die anderen keinen Mucks machten. »Was ist?«

»Genau so ist es passiert. Er wurde geköpft.«

Brun blickte von einem zum anderen. »Meint ihr das ernst? Sein Kopf...? Ja, wie ich sehe, meint ihr es ernst. Also wurde er geköpft, und da ich es erwähnte, denkt ihr ...«

»Nein«, erwiderte Kevil. »Ich denke das nicht. Es ist nicht dein Stil, jemand anderen anzumieten. Aber wir haben es mit einer weiteren Komplikation zu tun.«

»Welcher?«

»Deiner Mutter.«

»Oh, sei nicht albern, Kevil! Sie ist auf Sirialis; sie kann nicht zurückgekommen sein, um Hobart zu köpfen.«

»Nein, aber sie ist Häschens Witwe, und was wir an Beweisen über die Machenschaften deines Onkels mit den Consellines ausgegraben haben – daraus könnte man ein Motiv konstruieren. Schon die Tatsache, dass sie sich derzeit auf Sirialis aufhält, könnte man als verdächtig einschätzen.«

Brun schüttelte den Kopf. »Nicht Mutter! Natürlich hat sie tiefe Gefühle, und hätten wir Dads Killer geschnappt, dann hätte sie ihn womöglich rechts und links geohrfeigt, aber ich kann mir einfach nicht vorstellen, dass sie ein Attentat arrangiert.«

Kevil schüttelte seinerseits den Kopf. »Ich eigentlich auch nicht, und doch – deine Mutter ist viel komplizierter, als du ahnst, Brun. Als wir noch jung waren, war sie eng mit meiner Frau befreundet, und ich habe über die junge Miranda mehr gehört als die meisten Menschen.«

Brun fragte sich auf einmal, was aus Kevils Frau geworden war, aber sie schwieg ... was immer da geschehen war, jetzt war nicht der richtige Zeitpunkt, es zur Sprache zu bringen. »Trotzdem – hätte sie irgendjemanden umbringen wollen, dann hätte ich auf Onkel Harlis als geplantes Opfer gesetzt ...«

»Mach keine Witze, Brun«, mahnte Kevil. »Derzeit kannst du im Interesse deines Clans nur hoffen, dass dein Onkel gesund bleibt.«

»Was mich angeht, kann er das auch«, sagte Brun und schaufelte Marmelade auf eine Scheibe Brot. »Nachdem wir dafür gesorgt haben, dass seine klebrigen Finger nicht mehr auf Dads Erbe ruhen – oder zumindest seine Pläne gestört haben ...« Sie warf Kevil einen fragenden Blick zu.

»Sicherlich gestört. Ich fürchte jedoch, dass der

Mord an Hobart deinen Fall schwächt – es sei denn, das Motiv wird geklärt. Und wenn du mit Buttons sprichst, dann vergiss auf keinen Fall, ihn zu besonderer Wachsamkeit zu ermahnen, was ungeklärte Anteilsverschiebungen bei Randunternehmen angeht, ja?«

»Natürlich.« Brun blickte sich um. »Wo ist George? Ich könnte ihn in die Stadt mitnehmen ...«

Kevil deutete mit dem Kopf auf einen Teller voller Krümel. »Er ist vor einer Stunde gegangen.«

»Ihre abhörsichere Verbindung zu Lord Felix, Mylady.« Der Sicherheitstech gab ihr von der Tür aus einen Wink. Brun stand auf und schloss sich in der Funkkabine der Familie ein. Sie gab ihren persönlichen Code ein und berührte das Display mit dem Datenstab, wodurch sowohl ihre ID als auch der Code bestätigt wurden. Buttons' Gesicht tauchte auf; er ähnelte dem Vater heute noch mehr als beim letzten Mal.

»Ich freue mich, dass du anrufst«, sagte er. »Schlechte Nachrichten ...«

»Ich weiß«, sagte Brun. »Wir haben es vor gerade einer Stunde erfahren ... aber ich dachte nicht, dass du es auch schon weißt.«

»Warum nicht?«, fragte Buttons. »Ich bin viel näher dran ...«

»Was? Doch nicht an Castle Rock – oder sprichst du von etwas anderem als Hobart Consellines Tod?«

»Conselline ist tot?« Buttons sah erschrocken aus und dann noch ernster denn je. »Seit wann?«

»Gestern Nachmittag; die Nachricht wurde erst heute Morgen Ortszeit freigegeben. Du wusstest es noch nicht? Welche schlechte Nachricht hast du dann auf Lager?«

»Pedar Orregiemos – Consellines Außenminister. Er ist auch tot.« Buttons wurde erst rot und dann wieder blass. »Mutter. Sie ... ähm ... hat ihn umgebracht. Natürlich aus Versehen ...«

»Mutter hat einen Minister der Krone umgebracht?« Brun hörte die eigenen Worte kaum. Ihr erschien das wie ein plötzlicher Riss in den Fundamenten des Familienturms ... die Mauer sackte weg ... sie riss die Gedanken davon los. »Mutter ... persönlich?«

»Ja.« Buttons kaute auf der Unterlippe. »Anscheinend hatte sich dieser Bursche selbst nach Sirialis eingeladen. Die Diener sagen, er hätte Mutter den Hof gemacht. Sie war oben in der Skihütte gewesen, und er kündigte sich an, während sie nicht da war ... Sie war gerade ins Haupthaus zurückgekehrt, als er eintraf. Jedenfalls ... er wollte mit ihr fechten. Anscheinend hatte er das schon vor langer Zeit mal getan, ehe sie Dad heiratete. Er bestand darauf, diese alten Waffen aus der Vitrine in der Halle zu benutzen.«

Diese Äußerung beschwor für Brun eine Erinnerung an den Vater herauf, wie er sich neben genau dieser Vitrine an die Wand lehnte und mit Kevil Mahoney sprach. Brun selbst war – was? elf Jahre oder so gewesen? – und der Vater sagte gerade: »Was man zu Miranda sagen muss, Kev: die Menschen erkennen einfach nicht, wer sie wirklich ist. Sie erblicken die elegante Porzellanfigur, die Schönheit, das kultivierte Auftreten ... und erkennen nicht, dass sie so tödlich ist wie jedes dieser Schwerter.« Er deutete mit dem Kopf auf die Vitrine. »Ich bin im Grunde nur die Fassade für ihren Ehrgeiz ... wie der Schwertkämpfer nur ein Instrument des Stahls ist, um zuzuschlagen. Sie setzt mich geschickt ein, so geschickt, dass es niemand bemerkt.«

Kevil schüttelte den Kopf, lächelte dabei aber und sagte: »Ich hoffe bei Gott, dass du die Haussensoren abgeschaltet hast, Häschen.«

»Nun, ich bin ebenfalls kein Dummkopf«, sagte der Vater und wandte sich Brun zu: »Und was dich angeht, Brun: es wird Zeit, dass du dich davonmachst und ins Bett schlüpfst.«

Sie hatte, wie sie sich erinnerte, Einwände erhoben, jedoch vergebens; sie hörte noch eine letzte Bemerkung von Kevil, als sie zur Treppe stolzierte: »... deine Instinkte oder die Mirandas?« Und die Antwort des Vaters, für die Brun direkt hinter der Treppenecke stehen blieb, um mitzuhören: »Beides, Kev. Obwohl sie im Augenblick nur flüchtige Bläschen im Kopf zu haben scheint, hat sie dort echten Grips.«

»Mutter hat ihn umgebracht?«, fragte sie jetzt Buttons. »Persönlich?«

»Anscheinend war es ein Unfall«, erklärte Buttons. »Das alte Schwert ist zerbrochen, und Pedar trug außerdem eine antike Maske – deren Metall brüchig war.«

»Es wurde nicht vorher geprüft? Nein, natürlich nicht.« Brun bemühte sich, die chaotischen Gedanken an die Kandare zu nehmen. »Wann ist das passiert, Buttons?«

»Nach Sirialis-Zeit – vielleicht vor vier oder fünf Tagen. Lady Cecelia war übrigens auch dort. Sie war zu Besuch gekommen – ich habe keine Ahnung warum, denn wir haben in nächster Zeit wirklich keine Jagdsaison. Mutter ist mit ihr zusammen in die Guerni Republik abgereist.«

Lady Cecelia, die sich für nichts als Pferde zu interessieren schien, aber der gleiche Katalysator für Ereignisse war wie sie selbst, dachte Brun. Lady Cecelia, die im ungünstigsten Augenblick durch massive Wände blicken konnte. Zumindest war sie ebenfalls eine Barraclough.

»Das wird einen schlechten Eindruck machen«, erklärte sie ihrem Bruder. »Schon allein der Fall Hobart hätte schlecht ausgesehen, aber das ...«

»Es war ein Unfall«, beharrte Buttons. »Alte Waffen, brüchiges Metall ...«

»Es sieht trotzdem schlecht aus«, sagte Brun.

»Aber du denkst doch nicht …« Buttons brach ab; sein Gesicht wirkte angespannt.

»Ich denke nicht, dass unsere Mutter es geschafft hat, den Tod des Sprechers und eines seiner Minister zur gleichen Zeit zu arrangieren, und falls doch, wäre sie sicherlich nicht mit einem der beiden auf die Fechtbahn gegangen, schadhafte Ausrüstung in der Hand.«

Das schien ihn zufrieden zu stellen; seine Miene entspannte sich etwas. Brun stellte es nicht zufrieden.

»Was tun wir jetzt?«, fragte Buttons fast wehleidig. »Ich kann eigentlich nicht zurückkehren – wir stecken mitten in heiklen Verhandlungen –, und falls ich es doch täte, würde es Wochen dauern, bis ich wieder auf Castle Rock einträfe.«

»Bleib dort«, sagte Brun. »Ich kümmere mich um das, was hier geschieht. Hat Mutter um Hilfe gebeten?«

»Nein …«

»Dann gehen wir davon aus, dass sie die Dinge auf Sirialis geklärt hat.«

»Aber Brun … schaffst du das alles allein?«

»Wir finden es heraus«, sagte Brun fröhlicher, als sie geplant gehabt hatte. »Eine Ratsversammlung ist anberaumt worden, um irgendwas durchzudrücken. Ich weiß nicht, worum es geht. Ich muss jetzt hingehen.«

»Na ja … ich schätze, von hier aus kann ich nichts unternehmen. Ich werde mich ans Komitee wenden und mal sehen, ob du stellvertretend für mich abstimmen darfst, aber falls sie dort überzeugt sind, wir steckten dahinter, werden sie natürlich nicht …«

»Das wird helfen, Buttons, danke. Ich gehe jetzt lieber.«

Brun entriegelte die Funkkabine, setzte die Steuerung zurück und begab sich wieder ins Frühstückszimmer.

»Noch mehr Probleme?«, erkundigte sich Kevil nach einem kurzen Blick in ihr Gesicht.

»Ich habe mit Buttons gesprochen«, sagte sie. »Erinnerst du dich an Pedar Orregiemos? Hobart hat ihn zum Minister berufen.«

»Ein Schwächling«, fand Kevil. »Dein Vater konnte ihn überhaupt nicht leiden.«

»Na ja, meine Mutter hat ihn vor kurzem umgebracht.« Sie konnte sich nicht verkneifen, eine kurze Pause einzulegen und die Reaktion auf diese Bemerkung zu betrachten. Der Lone-Star-Ranger würgte an ihrem Pfannkuchen; Kevil blinzelte bedächtig, und die Lippen wurden straffer. »Versehentlich«, ergänzte Brun jetzt.

»Das hoffe ich auch«, sagte Kevil. Sein Blick glitt kurz zu der anderen Frau hinüber. »Hat Buttons irgendwelche Einzelheiten erwähnt?«

»Nur, dass sie mit sehr alter Fechtausrüstung herumgespielt hätten und etwas schief gegangen sei«, antwortete Brun. Sie hätte jetzt gern geschwatzt; sie durfte aber nicht schwatzen. Um sich abzulenken, nahm sie einen Pfannkuchen zur Hand, bestrich ihn mit Butter und gab einen Klacks Apfelblütenhonig hinzu. Den Mund voller Krümel und süßem Aufstrich, setzte sie dann hinzu: »Lady Cecelia war auch dort.«

»Warum?«, fragte Kate, ehe Kevil, den Mund bereits offen, die gleiche Frage stellte.

»Ich weiß nicht.« Brun biss erneut in den Pfannkuchen, um sich zu bremsen. Sie spürte, wie ihre Gedanken immer schneller rotierten und außer Kontrolle zu geraten drohten. »Ich denke nicht, dass Buttons es weiß; er sagte, es hätte ihn überrascht, da die Jagdsaison nicht vor der Tür steht.«

»Vielleicht wollte sie sich mal euer Zuchtmaterial ansehen«, sagte Kate. »Sie ist doch die mit dem Pferdetick, nicht wahr?«

»Ja ... ich schätze, das könnte der Grund gewesen sein.« Brun fing einen warnenden Blick von Kevil auf und biss erneut ein Stück Pfannkuchen ab.

»Nebenbei: Ich begleite dich in die Stadt.«

»Das brauchst du nicht ...«, legte Brun los, aber Kate gab ihr mit einem Wink zu verstehen, dass sie still sein sollte.

»Ich komme mit, weil du vielleicht in Gefahr schwebst. Falls diese Consellines wirklich glauben, du hättest die Ermordung Hobarts arrangiert ...«

»Ich habe doch Sicherheitsleute«, wandte Brun ein.

»Ja, aber es sind nur Sicherheitsleute.« Kate zeigte wieder mal dieses breite unbekümmerte Lächeln, mit dem sie so harmlos wirkte. »Ich bin ein Ranger, vergiss das nicht.«

»Ich schätze, du trägst deine Marke?«, fragte Kevil.

»Zu diesem Anlass schon.«

»Ich denke, ich komme auch mit«, sagte Kevil. »Ich war nicht mehr dort seit ...« Seit sie ihn nach Appledale geholt hatten, aus seiner Armut und den Klauen dieses äußerst verdächtigen Krankenpflegers heraus.

»In dein Haus?«, fragte Brun. Sie wischte sich den Mund ab und klingelte nach Personal; den ersten Diener schickte sie, ihr den Aktenkoffer zu holen, den zweiten, das Auto vorzufahren.

»Nein – um persönlich auf der Bank vorzusprechen. Vielleicht bringt das deren Gedächtnis auf Trab. Ich kann mich auch erkundigen, wann mein neuer Arm aus dem Tank kommt. Sie sagten, nächste Woche, aber vielleicht habe ich Glück ...«

»Also schön. Brechen wir auf.«

Auf der Fahrt in die Stadt diskutierten sie diverse Möglichkeiten. Brun sah im Computer nach, wo die Abgeordneten des Rates steckten, und speicherte die Daten; sie war überzeugt, dass eine Eilsitzung des Großen Rates am gleichen oder am nächsten Tag bevorstand.

Castle Rock, Großer Rat

Brun konnte sich nicht entsinnen, den Botschafter der Benignität je zuvor gesehen zu haben. Sie wusste, dass man hier einen fand – sie wusste, welches Haus in der Straße der Gesandtschaften der Benignität der Wohltätigen Hand gehörte, ein großer grauer Steinklotz wie so viele in der Stadt. Jetzt starrte Brun wie alle anderen im Saal des Großen Rates auf den mittelgroßen Mann mit den dunklen Haaren und grünen Augen, der einen völlig konventionellen dunklen Anzug trug. Brun war sich nicht darüber klar, was sie eigentlich erwartet hatte, aber Sr. Vadis Unser-Marz – wie sein Name auf dem Monitor eingeblendet stand – wirkte viel zu alltäglich für einen Vertreter dieses Staates von sagenhafter Niedertracht, der Benignität der Wohltätigen Hand.

Bislang hatte die Nachricht vom Tod Pedar Orregiemos' nicht die Nachrichtensender erreicht; Reporter vor dem Ratssaal fragten nur nach Reaktionen auf die Ermordung Hobart Consellines, und Brun brachte Entsetzen und ihr Beileid für die Familie zum Ausdruck. »Ich weiß, wie man sich fühlt, wenn man den Vater verliert«, sagte sie, und die Reporter suchten sich ein anderes Opfer.

Brun wusste, dass die Leitung der Debatte beim Oberhaupt einer kleinen Familie lag, Jon-Irene Pearsall, so neutral wie nur irgendjemand. Sie fragte sich, wie lange er wohl durchhielt; er wirkte nicht besonders kraftvoll. Er heischte mit dem Hammer Ordnung.

»Am heutigen Trauertag haben wir nur einen Punkt auf der Tagesordnung; Botschafter Unser-Marz überbringt eine dringende Nachricht seiner Regierung, die wir uns anhören werden.«

Krieg. Brun spürte, wie das Beben der Besorgnis durch den Saal lief. Der Botschafter stieg mit zeremonieller Würde aufs Podium.

»Abgeordnete, ich bin dafür verantwortlich, Ihnen die folgende dringende Mitteilung meiner Regierung vorzulesen und Ihnen zu versichern, dass wir die Gründe für diese Mitteilung ernsthaft bedauern.«

Das klang bedrohlich, aber warum sollte sich irgendjemand für eine Kriegserklärung entschuldigen?

»Ich schicke den Text auf Ihre individuellen Displays, aber ich lese ihn zugleich vor.« Er begann damit; Brun blickte aufs Display. Der Akzent des Botschafters war nicht schwer zu verstehen, aber sie wollte sichergehen, dass ihr kein Wort entging. »Mit ernstem Bedauern muss die Benignität der Wohltätigen Hand die Verantwortung für den unprovozierten Angriff des Schwertmeisters Hostite Fieddi auf das Staatsoberhaupt der Regierenden Familias übernehmen. Dieser Angriff wurde vom früheren Präsidenten des Ministerrats der Benignität angeordnet, und zwar ohne Kenntnis oder Zustimmung des Ministerrats. Der frühere Präsident wurde eines politischen Mordanschlags für schuldig befunden und bestraft.«

Brun bemerkte, dass sie den Atem angehalten hatte, und stieß ihn wieder hervor. Sie blickte sich um und begegnete erschrockenen Blicken. Sie wandte sich erneut dem Display zu. Dort sah sie den gedruckten Text – und dann die scharfen Bilder eines Videoclips, der einen viel älteren Mann zeigte, fast kahl: Pietro Rossa-Votari, der Präsident. Dazu die gegen ihn erhobenen Anklagen. Zum Tode verurteilt, stand da. Dann sprang der Cursor im Text wieder nach oben, und der Botschafter las weiter.

»Und obwohl die Benignität der Wohltätigen Hand

den Befehl des früheren Präsidenten zur Ermordung Hobart Consellines weder offen noch stillschweigend befürwortete, finden wir, dass der Große Rat der Regierenden Familias über die Gründe für diese Entscheidung informiert werden sollte, so bedauerlich sie auch war.«

Gemurmel breitete sich aus, als die Abgeordneten Luft holten und sich gegenseitig anblickten. Brun sagte nichts, sondern versuchte, aus diesen Äußerungen schlau zu werden. Hobart war ein machthungriger Mistkerl gewesen, aber warum sollte die Benignität seinen Tod gewünscht haben?

»Für Sie ist wichtig zu erfahren, dass keine Kräfte von innerhalb der Regierenden Familias beteiligt waren. Kein Clan, keine Familie, keine Einzelperson. Präsident Rossa-Votari hat allein gehandelt. Er ließ die nachfolgende gespeicherte Nachricht zurück, damit sie Ihnen übermittelt würde.«

»Es ist eine Fälschung!«, platzte jemand rechts von Brun hervor. Brun sah auf ihrem Display nach; die Worte stammten von Kasdar Morrelline, Ottalas älterem Bruder.

»Nein, es ist keine Fälschung«, erwiderte der Botschafter. »Ich bitte darum, es sich erst mal höflich anzuhören – außerdem erscheint der Text auf Ihren Monitoren, da der Präsident einen stärkeren Akzent hatte als ich.«

Die Stimme von der Aufnahme war etwas höher und klang älter; Brun las den Text und versuchte, Worte und Laute in Einklang zu bringen. »Mit tiefem Bedauern habe ich den Tod eines Staatsoberhauptes angeordnet. Eine solche Entscheidung trifft man in meiner Position niemals leichtfertig, denn damit habe ich gleichzeitig den eigenen Tod angeordnet. Und doch muss ich aus Sorge um meine Familie so handeln, und es entspricht dem Willen Gottes, dass sich ein Vater zuzeiten für seine Kinder opfern muss. Ich bin überzeugt, dass die Sicherheit meines Volkes – vielleicht aller Menschen überall – den Tod Hobart Consellines verlangt.

Mir ist klar geworden, dass Ser Conselline und seine Regierung den unbeschränkten Einsatz der Verjüngungstechnik befürworten, um Menschenleben ins Grenzenlose zu verlängern. Die Implikationen einer solchen Politik und auch einer Freigeburtspolitik sind klar: Die Regierenden Familias werden ihr Territorium unausweichlich auf Kosten ihrer Nachbarn vergrößern. Das bringt uns in Konflikt, womöglich in einen ausgewachsenen Krieg. Wir wollen das nicht.

Ich bitte die Nachfolger Ser Consellines dringend, über die Vorteile nachzudenken, die in der Akzeptanz natürlicher und rechtlicher Grenzen der Expansion liegen. Die Guerni Republik setzt die Verjüngung ebenfalls ein, wahrt aber strikt eine konstante Bevölkerung und blickt auf eine lange Geschichte der Einhaltung ihrer gegenwärtigen Grenzen zurück. Im Gegensatz dazu expandieren die Familias seit zweihundert Jahren langsam, aber stetig, und diese Entwicklung hat sich in den zurückliegenden fünfzig Jahren beschleunigt.«

»Als ob ihr anders handelt«, brummte jemand in Bruns Nähe. Genau das, was sie selbst dachte: Die Benignität hatte eine Invasion ins Xavier-System durchgeführt.

»Ich hege die Hoffnung, dass mein Nachfolger und die Regierung der Regierenden Familias zu einer dauerhaften Einigung über die Grenze zwischen uns gelangen und dass die Expansion der Familias entsprechend gesteuert wird.« Der Botschafter legte eine Pause ein und fuhr dann fort: »Damit endet die Nachricht des früheren Präsidenten, Abgeordnete. Ich stehe Ihnen für Ihre Fragen zur Verfügung.«

Brun drückte den Schalter, um ihre Frage anzumelden.

»Botschafter, mir ist ein Punkt unklar: erwartet Ihre Regierung von uns, die Technik der Verjüngung gänzlich zu stoppen, oder erwartet sie eine Garantie, dass wir nicht in Ihr Territorium expandieren?«

»Sera, wir sind sehr besorgt über die Verjüngung an sich. Unser Präsident war überzeugt, dass schnelles Bevölkerungswachstum und eingeschränkte Chancen für jüngere Menschen zu politischer Unruhe führen, die entweder in Bürgerkrieg kulminiert oder in einer Expansion auf das Gebiet benachbarter Staaten. Wir haben nicht den Wunsch, von Ihnen überrannt zu werden, und wir möchten auch einen Krieg gern vermeiden.«

»Sie denken also, dass wiederholte Verjüngungen das Bevölkerungswachstum beschleunigen und uns zu einem expansionistischen Staat machen?«, fragte einer der Dunlearies auf der anderen Seite des Saals.

»Oder mindestens zu einem sehr instabilen Nachbarn«, sagte der Botschafter. »Wir möchten Sie drängen, einige Beschränkungen für wiederholte Verjüngungen einzuführen ...«

»Nein!«, schrie Oskar Morrelline, aber der Hammer brachte ihn zur Ordnung.

»Oder eine andere Form verlässlicher Steuerung des Bevölkerungswachstums«, fuhr der Botschafter fort. »Was wir möchten, das ist eine sichere Grenze ...«

»Sie sind gerade vor ein paar Jahren bei *uns* eingefallen, auf Xavier«, erinnerte jemand anderes.

Der Botschafter saugte die Lippen ein, schüttelte den Kopf und sagte: »Ser ... mein Auftrag besteht nicht darin, über die möglichen Gründe des verstorbenen Präsidenten für eine Invasion in Ihr Territorium zu diskutieren. Dafür war er verantwortlich, und er kann Ihre Fragen nicht mehr beantworten. Mein Auftrag lautet,

Sie über diese Fakten zu informieren: Ihr Sprecher Hobart Conselline wurde auf Befehl des verstorbenen Präsidenten exekutiert; der Präsident hat für diesen Befehl mit dem eigenen Leben bezahlt; der Grund lag in seiner Sorge – die von der aktuellen Regierung geteilt wird –, unbegrenzte Verjüngung könnte sowohl Ihre interne Lage als auch die Beziehung zu uns destabilisieren.«

»Aber es geht Sie doch gar nichts an, was wir innerhalb unserer Grenzen tun«, wandte jemand ein.

»Sera, wir sind Nachbarn. Ein Brand in Ihrem Haus könnte Funken erzeugen, die auf unseres überspringen.«

»Aber Sie können nicht erwarten, dass wir uns einfach von einem medizinischen Verfahren verabschieden, das so vielen ...«

»Sera, ich erwarte nichts weiter, als angehört zu werden. Es ist nicht meine Aufgabe, Ihnen Vorschriften zu machen; vielmehr möchte ich Ihnen mitteilen, was meine Regierung von dem hält, was Sie tun, und was sie womöglich als Reaktion darauf unternimmt.«

»Ist das eine Drohung?«, wollte Brun wissen.

Der Botschafter breitete die Hände aus. »Ich hoffe doch, dass wir weit davon entfernt sind, über Drohungen zu diskutieren.«

»Und doch haben Sie Hobart Conselline umgebracht.«

»Der verstorbene Präsident hat seine Exekutierung angeordnet, ja. Das ist nicht ganz dasselbe. Die neue Regierung missbilligt diese Entscheidung und wünschte sich von Herzen, der verstorbene Präsident hätte eine weniger ... schlagende ... Möglichkeit gefunden, seiner Sorge Ausdruck zu verleihen.«

»Vermutlich, indem er eine Meuterei anstachelte.« Das kam von Viktor Barraclough.

»Nein, Ser. Wir haben keine Meuterei angestachelt.

Wir missbilligen die Meuterei und halten sie für eine ernste Bedrohung der friedlichen Beziehungen zwischen unseren Regierungen. Obwohl – falls Sie unsere Meinung dazu hören möchten ...«

»Oh, aber unbedingt – bringen Sie uns die zu Gehör!« Viktors Sarkasmus erzeugte ein nervöses Lachen, das durch die Reihen der Abgeordneten lief. Sogar der Botschafter lächelte.

»Sie kann sehr gut auch auf die Verjüngung zurückgehen. Der Mangel an Chancen für junge Leute führt natürlich am ehesten in einem hierarchischen und streng reglementierten Segment der Gesellschaft zu Verwerfungen. Und haben sich nicht Probleme bei Verjüngungen im Militär gezeigt?«

Brun hatte das Gefühl, dass der Botschafter die meisten Dinge unausgesprochen ließ. Wie sie sich erinnerte, war ein Agent der Benignität auf Patchcock in die Produktion von Verjüngungsmedikamenten minderer Qualität verwickelt gewesen, obwohl sie nicht wusste, ob man hatte beweisen können, dass er verantwortlich gewesen war. Falls die Benignität über Expansion besorgt war ... dann war es nur natürlich, wenn sie das Militär vorzeitig zu verkrüppeln versuchte, wenn sie es unmöglich zu gestalten versuchte, eine starke, erfahrene Streitmacht zu unterhalten, die zu einer Invasion fähig war. Oder dazu, eine zu verhindern.

»Haben Sie weitere Informationen für uns, Ser Unser-Marz?«, fragte sie.

»Nein, keine.«

»Dann schlage ich vor, dass wir dem Botschafter für die übermittelten Informationen danken und ihn auffordern, sich für weitere Fragen bereit zu halten.«

»Versuchen Sie, die Debatte zu beenden?«, fragte der Botschafter.

»Nein, aber bei allem gebührenden Respekt sehe ich

keinen Vorteil für die Familias darin, vor Ihnen über diese Dinge zu debattieren.«

»Einverstanden«, warf Viktor Barraclough ein. »Ich unterstütze den Vorschlag.«

»Darf ich noch etwas hinzufügen?«, fragte der Botschafter.

»Ja?« Der Sprecher des Hauses schien verwirrt.

»Ich möchte dem Rat versichern, dass mein Stab oder ich persönlich jederzeit greifbar sind, um Ihre Fragen zu beantworten, und ich pflichte der These völlig bei, dass meine Anwesenheit nicht nötig ist, solange Sie Ihrer Tagesordnung nachgehen. Falls ich mich nun entschuldigen darf?«

»Selbstverständlich, Botschafter.«

Nachdem er gegangen war, fiel Brun auf, dass niemand eine ganz entscheidende Frage gestellt hatte: War der Botschafter vorher informiert gewesen? Aber Auseinandersetzungen tobten rings um sie, wie es auch nach dem Tod ihres Vaters geschehen war. Die meisten glaubten der Stellungnahme, dass die Benignität für Hobarts Tod verantwortlich war, und die Nachricht von Pedars Ableben hatte sie noch nicht erreicht. Brun war sich ziemlich sicher, dass sich danach die Lage wieder ganz anders darstellen würde. Ein Todesfall, den die Benignität eingestand, war eine Sache – aber zwei Todesfälle, die so unmittelbar miteinander zu tun hatten, einer davon zweifellos die Tat ihrer Mutter?

Falls die Familias ohne ausgewachsenen Bürgerkrieg aus der Sache hervorgingen, war das ein Wunder.

Kapitel sieben

RSS *Indefatigable*

Heris Serrano ging an Bord ihres neuen Kommandos, des RSS-Kreuzers *Indefatigable*; während sie Kurs auf die Brücke nahm, war sie nur mit halbem Herzen bei den Begrüßungsritualen. Sie steckte den Kommandostab in den Stecker am Kommandantenplatz und gab ihren Code ein. Der Computermonitor zeigte mit Grün, dass der Code akzeptiert war, und ein ganzes Arsenal von Bedienungspads wurde hell. Der Computer war also weiterhin durch die Befehlscodes der Flotte ansprechbar. Jetzt zu den Menschen.

Während Heris sich einlas, zeigten die Personen auf der Brücke die üblichen Gesichter, die man bei einem Kommandowechsel sah. Die Junioroffiziere behielten starr Haltung, waren ganz auf Heris konzentriert; die Senioroffiziere hielten immer ein Auge auf den Schiffsbetrieb gerichtet.

Heris hatte nicht genug Zeit, um sich die Personaldateien der Besatzung anzusehen, und keines der Gesichter war ihr vertraut. Ohne die eigene Mannschaft kam sie sich nackt vor ... aber das hier war jetzt ihre Mannschaft. Und wo immer Petris war, wo immer Oblo und Meharry und die anderen steckten, sie würden ihre Pflicht tun wie Heris hier.

Nach dem Einlesen rief sie die Statusmeldungen auf ihre Konsole. Die Schiffssysteme meldeten allesamt Nennwerte, aber die Vorräte an Bord erwiesen sich als begrenzt. Nicht überraschend, wenn man an das von der Meuterei angerichtete Chaos dachte; die *Indefati-*

gable hatte für eine größere Überholung im Dock gelegen, und die übliche Besatzung war für längere Zeit in Urlaub gefahren.

»Kommandant, hier ist ein Stapel Meldungen aus dem HQ; soll ich sie in Ihr Büro oder hier auf die Konsole überspielen?« Das war ein Major ... Suspiro, las sie sein Namensschild ab.

»Hierher, bitte«, sagte Heris. Sie hatte beschlossen, auf der Brücke zu bleiben, wo sie in dieser heiklen Übergangsphase für mehr Besatzungsmitglieder sichtbar war.

»Ja, Sir. Die vertraulichen Meldungen erfordern Ihre Chiffrenschlüssel eins bis sieben.«

Heris führte den Kommandostab erneut ein, wiederum vom Autorisierungscode gefolgt, wodurch die im Stab gespeicherten Schlüssel entsichert wurden. Aus der Konsole vor ihr klappte ein Monitor aus, und seine Abschirmklappen gingen in Stellung, um allen anderen Personen auf der Brücke den Einblick zu verwehren. Vertrauliche Mitteilungen waren auf Schiffen dieser Art, wo man keine abhörsicheren Funkkabinen hatte, ein echtes Ärgernis. Heris fischte in der Schublade unterhalb des Bildschirms nach dem Sichtfilter, der die Entschlüsselung ganz allein für sie vervollständigte, und rief die erste Meldung auf.

Die Meldung war zeitlich befristet, und das Limit war abgelaufen. Heris löschte sie, nachdem sie sie kurz durchgesehen hatte: Vorschlag einer neuen Befehlsstruktur, sobald Ermittlungsergebnisse vorlagen. Die zweite Mitteilung brachte die neue Kommandostruktur unter Dach und Fach, und die dritte setzte Heris davon in Kenntnis, dass sie nicht nur die *Indefatigable* befehligen würde, sondern eine kleine Einsatzgruppe: zwei Kreuzer, vier Patrouillenschiffe, drei Geleitschiffe und die üblichen Versorgungsschiffe. Die vierte Meldung versorgte sie mit kurzen Personalinformationen inklusive der aktuellen Sicherheitsdaten; sie speicherte das als gesicherte Datei ab, um sich später darüber Gedanken zu machen. Endlich fand sie die Zeit, ihre neuen Offiziere kennen zu lernen und mehr über sie zu erfahren.

Die neue Besatzung der *Indefatigable* war auf Grundlage des Prinzips zusammengestellt worden: wer zuerst kommt, mahlt zuerst. Da sie als Flaggschiff der aktuell im Hafen liegenden Fahrzeuge vorgesehen war, konnte der Commodore einzelne Personen auf Wunsch austauschen, aber das war alles. Heris brauchte zumindest ein paar Leute, die sich an Bord auskannten, oder sie mussten erst eine Woche im Hafen verbringen.

Heris trommelte die Führungsoffiziere zu einer Konferenz in ihrem Büro zusammen. Commander Seabolt, der aussah, als hätte man ihn mit scharfer Klinge aus einem Werbeplakat der Raumflotte ausgeschnitten, faltete sich vorsichtig auf einem Stuhl links von ihr zusammen, und Heris stufte ihn sofort als regelbesessen ein. Lt. Commander Winsloe, die Geschützkommandantin, hätte vom gleichen Schlag sein können, wäre dieser Eindruck nicht durch den Schalk abgemildert worden, der ihr aus den Augen blitzte. Major Suspiro vom Funkdienst verbreitete den leicht zerknitterten, nervösen Eindruck, wie ihn Heris auch mit wirklich guten Komtechs in Verbindung brachte. Major Vondon von den Sensoren wirkte ganz ähnlich, war aber größer. Von der Technik hatte sie Major Foxson vor sich, still und grauhaarig. Der kommandierende Offizier der Umwelttechnik war Lt. Commander Donnehy, eine fröhliche stämmige Frau, die Minuten nach allen anderen kam und sich dafür einen missbilligenden Blick von Seabolt einhandelte.

»Verzeihung, Kommandant«, sagte Donnehy. »Gerade wurde ein weiterer Schwung potenzieller Maulwürfe heruntergeschickt, und ich war gerade dabei, sie zu sortieren ...«

»Setzen Sie sich«, forderte Heris sie auf und wandte sich Seabolt zu. »Commander Seabolt, erzählen Sie mir von Ihrem vorherigen Dienstposten.«

Er richtete sich zu einer noch steiferen Haltung auf, falls das möglich war. »Ich war Adjutant von Admiral Markham, der in den zurückliegenden vier Jahren stellvertretender Kommandeur von Sektor Vier war.«

»Und Ihr letzter Schiffsposten?«

»Das war dann wohl vor acht Jahren, Kommandant, auf der *Picardy Rose* von Kommandant Graham.« Die Namen sagten Heris nichts, obwohl sie ziemlich sicher war, dass es sich bei der *Picardy Rose* um ein Patrouillenschiff handelte. »Kommandolaufbahn? Technische?«

»Kommandolaufbahn; ich war vierter Offizier.« Als ihm dann langsam klar wurde, welche Information für sie wohl am nützlichsten war, setzte er hinzu: »Die *Picardy Rose* war ein Patrouillenschiff im Dienst an der Grenze.«

»Kampfeinsätze erlebt?«

»Nein, Sir, aber Kommandant Graham führte das Schiff sehr strikt, und wir erhielten bei den Jahresinspektionen stets eine lobende Erwähnung für den erreichten Standard.«

Lieber hätte sie einen schlampigen Kampfveteranen gehabt, aber sie nickte ihm dankend zu und richtete den Blick auf Eugenie Winsloe. »Und Sie, Commander?«

»Ich war gerade unterwegs zu meinem neuen Schiff, der *Summerwine,* nachdem ich eine Dienstzeit als Ausbilderin auf der Artillerieschule absolviert hatte. Zuvor diente ich auf der *Rose of Glory* und davor auf der *Alerte.* Kampfeinsätze habe ich nicht erlebt, aber die *Rose* hat die Sektor-Geschützmedaille gewonnen. Seit meiner Zeit als Jig war ich nicht mehr auf einem Kreuzer, aber ich versichere dem Kommandanten, dass ich mit Kreuzergeschützen absolut vertraut bin.«

»Sehr gut.« Es war überhaupt nicht gut, aber zumindest kam ihr Winsloe einsatzwillig und ein bisschen cleverer vor als Seabolt. »Sind Sie mit der Kompetenz ihrer Junioroffiziere zufrieden, Commander?«

Sie schüttelte den Kopf. »Kommandant, ich könnte nicht eine einzige Wache mit erfahrenen Geschützleuten besetzen. Man hat wirklich den Eindruck, als hätten die da oben sich jeden in Reichweite gegriffen, nur um auf die nötigen Zahlen zu kommen. Der erfahrenste Uffz hat mir allerdings erklärt, dass wir nach ein paar Wochen Ausbildung einigermaßen gut dastehen dürften.«

Als ob die Zeit einfach stillstehen würde, bis sie so weit waren.

»Treiben Sie sie kräftig an«, befahl Heris. »Wir haben womöglich keine paar Wochen Zeit. Und falls Sie jemanden an Bord finden, der mehr Geschützausbildung hat und falsch eingeteilt wurde, sagen Sie mir Bescheid. Vielleicht müssen wir Personal intern umschichten.«

»Wir sind auch knapp an Ersatzteilen«, sagte Winsloe. »Wir wären noch knapper dran, hätte ich nicht die letzte Fuhre geschnappt, die von Bord gebracht wurde, als ich gerade eintraf. Der Ausstatter behauptet, es wären seine Sachen, aber ich habe mir die Freiheit genommen, sie zu beschlagnahmen.«

»Gute Arbeit, Commander«, fand Heris.

Ihr Blick schweifte weiter zu Lt. Commander deFries, dem Seniornavigator.

»Ich war schon länger auf Kreuzern, zuletzt der *Royal Reef,* aber ein Gefecht habe ich zuletzt mit der *Clarion* erlebt, während der Patchcock-Krise.«

»Hatten Sie in letzter Zeit Drills in Zielerfassung bei Mikrosprüngen?«

»Nein, Sir. Und ich war bei Patchcock nur dritter Nav-Offizier. Ich habe allerdings einen kompletten Satz Ausbildungs-Sims mit an Bord gebracht, und vier der mir unterstellten Mannschaftsdienstgrade haben frischere Kampferfahrungen als ich.«

Das war immerhin etwas, und er hatte schon Initiative gezeigt, die in die richtige Richtung wies. »Gut ... ich werde einige Trockenübungen in Kooperation mit den anderen Schiffen anordnen. Hatten Sie schon Kontakt zu deren Navigationsoffizieren?«

»Nein, Sir. Man hatte uns nicht darüber informiert, dass wir einen Verband bilden.«

Verdammte Geheimniskrämerei! »Wir führen eine kleine Gruppe – die Namen der Fahrzeuge finden Sie auf der Kommandotafel, sodass Sie sich mit deren Navigationsoffizieren in Verbindung setzen können, sobald wir hier fertig sind.«

»Ja, Sir.«

»Major Foxson ... erzählen Sie jetzt von sich.«

»Kommandant, ich habe bisher nur auf Kreuzern dieser Klasse gedient; zuletzt war ich auf der *Imperator* und wurde hierher versetzt, weil ich auf der *Imp* eine komplette Neuinstallation der Triebwerke mitgemacht habe und sie mich für den richtigen Mann hielten, um die neuen Maschinen der *Indy* zu übernehmen.«

Heris hatte sich nie mit der Mode anfreunden können, Schiffsnamen abzukürzen, aber es reichte nicht, um sie gegen ihren technischen Führungsoffizier einzunehmen. »Und was halten Sie von ihnen?«

»Eindeutig eine Verbesserung gegenüber den alten Maschinen, Kommandant, aber in Anbetracht der Meuterei wurde gegen Ende hin etwas überstürzt gearbeitet. Der systeminterne Antrieb ist okay, aber die Überlichtmaschinen sind nicht richtig ausbalanciert. Wir erreichen zwar unser Ziel, hinterlassen aber eine deutliche Signatur. Und ich vermute, dass es mit der Zeit schlimmer wird. Nach einem Dutzend langer Sprünge müssten wir ein ganz schönes Flattern verzeichnen.«

»Warum haben Sie die Arbeit dann abgenommen?«

»Sir, ich bin an Bord gekommen, als die Arbeitstrupps schon zwei Tage fort waren, oder ich hätte es nicht abgezeichnet. Und ich kann nicht behaupten, dass der Betrieb nicht sicher läuft – auf der *Imp* hatten wir die gleichen Umbauten. Obwohl die Testläufe eine Sensorenspur zeigten wie bei einem Kurzhüpfer, war das Schiff so stabil wie ein Fels und verzeichnete nie einen Ausfall. Das war vor zwei Standardjahren, und inzwischen wurde alles in Ordnung gebracht, aber was uns angeht – in Anbetracht der Meuterei und all dessen – wird man wohl jede Verzögerung ablehnen.«

Er hatte wahrscheinlich Recht. Und schließlich kam er ja mit; falls das Triebwerk versagte und sie in irgendeiner seltsamen Ecke des Universums strandeten, war er bei ihnen.

Damit blieb noch Elise Donnehy, die bis vor sechs Jahren auf einem Kreuzer tätig gewesen war, seitdem aber mit den Umweltsystemen von Tiefraum-Reparaturschiffen gearbeitet hatte. Sie gestand fröhlich ein, dass sie sich nicht mehr daran erinnerte, wohin welche Leitung auf einem Kreuzer führte, aber sie beharrte darauf, es sich rasch wieder aneignen zu können.

Heris hätte aus schierer Frustration am liebsten mit der Faust auf den Tisch gehauen, aber sie wusste es besser. Die Menschenleben an Bord der kleinen Flottille hingen von ihrer Fähigkeit ab, Frustration zu ertragen und aus sehr schlechtem Blei Gold zu machen. Mit ihrer alten Besatzung hätte sie es schaffen können, oder was das anging, mit jeder tüchtigen, eingespielten Mannschaft. Sie schüttelte den Kopf. Sinnlos, sich zu überlegen, was hätte sein können; ihr standen nun mal ausschließlich die gegebenen Mittel zur Verfügung, so kläglich sie auch ausfielen.

Auf den übrigen Schiffen der Gruppe schien es weniger schlecht organisiert zuzugehen, was wenigstens bedeutete, dass Heris die größten Probleme in ihrer Nähe hatte, wo sie sich ihnen unmittelbar widmen konnte.

–

Eine Stunde vor Halbzeit der dritten Schicht ging Heris' Wecker los und riss sie aus einem schönen Traum, in dem sie und Petris einander einen Strand entlangjagten, mal in das warme klare Wasser hinein, mal wieder hinaus ... die Umgebung schien aus einem Touristikplakat in blauen, türkisen und weißen Schattierungen zu stammen. Sie ächzte und drückte für einen Augenblick wieder das Gesicht ins Kopfkissen. Aber sie war jetzt wach ... und da sie wach war, fiel ihr auch wieder ein, warum sie den Wecker gestellt hatte. Die Rahmendaten des Umweltsystems waren zu Beginn der ersten Schicht immer aus dem Takt, obwohl die Unterlagen sauber mit den perfekten Werten abgespeichert wurden, wie sie scheinbar die ganze dritte Schicht über anfielen.

Heris spritzte sich aus einer Karaffe Eiswasser, die sie neben dem Bett stehen hatte, kühles Nass ins Gesicht und zog eine saubere Uniform an. Wenn man plante, wie der Zorn der Götter über eine nachlässige dritte Wache hereinzubrechen, steigerte eine saubere Uniform den Effekt. Seabolts wie angeboren sitzende Bügelfalten hätten zwar gereicht, aber Seabolt war fest davon überzeugt, dass die eingetragenen Daten auf einen Fehler der Technik hindeuteten.

Heris klemmte sich Positionsmelder und Kom-Gerät an den Gürtel – schließlich musste man auf der Brücke stets wissen, wo die Kommandantin war – und zog sich ein paar Filzpantoffeln über die Uniformschuhe. Die meisten Angehörigen der dritten Wache trugen sie, um die Schrittgeräusche zu dämpfen, und sicherlich erleichterten sie es, sich an Übeltäter heranzuschleichen. Sie ging nach achtern und traf um diese Zeit, wie erwartet, auf den Fluren der Offiziersunterkünfte niemanden an. Es ging die nächste Leiter hinunter, ein Deck, zwei Decks, und dann in den Backbordgang der Umweltsteuerung, wo das ferne rhythmische Klopfen der Pumpen hörbar wurde.

Sie blieb einen Augenblick lang stehen und lauschte, spürte die Vibrationen mit den Fußsohlen und einem Finger am Schott, ein Trick, den sie als Jig von einem grauhaarigen Master Chief gelernt hatte. Öffne den Mund ... drehe den Kopf zu den Seiten ... und Unregelmäßigkeiten in der Arbeit der Pumpen konnten so erkannt werden. Alles klang jedoch normal.

Sie wandte sich nach links und sah, dass die Luke zur Personenschleuse offen stand, die die Hauptkorridore an Backbord und Steuerbord trennte. Heris blickte auf die Anzeigen; alle vier standen auf Grün. Das war nicht gut; jemand hatte aus Bequemlichkeit die Schleuse offen stehen lassen ... ein krasser Risikofaktor. Heris betrachtete die Schleusenmechanismen; sie hätten das Luk automatisch schließen müssen, aber jemand hatte einen Schreibstift dazwischengesteckt. Und ... jemand hatte einen Klebestreifen über den Sensor gepappt, der die verräterischen Lampen hätte erkennen müssen.

Seabolt wäre von Sabotage und Verschwörung ausgegangen, aber Heris wusste, dass Faulheit viel wahrscheinlicher war. Jemand wollte einfach nicht den kompletten Schleusenzyklus abwarten, um von einer Seite auf die andere zu gelangen – zweifellos fand sie auch die Vorderschleuse offen und blockiert vor. Anstatt die komplette Runde zu absolvieren und die nötigen Prüfungen vorzunehmen, huschte jemand nur mal schnell hindurch, um das Log auf der anderen Seite abzuzeichnen.

Heris kehrte in den Backbordkorridor zurück, holte eine Rolle Klebeband hervor und pappte einen Streifen an jede der fünf untersten Leitersprossen sowie an die Unterseiten der Handgriffe, genau dort, wo die Finger zupacken würden. Dann kehrte sie in die Schleuse zurück, entfernte den Stift, schloss die Luke und schloss hinter sich ab. Vorsichtig befestigte sie einen Klebestreifen am Handrad. Das Pflaster über dem Sensor ließ sie in Ruhe. Dann verschloss sie auch die zweite Luke und markierte das Handrad mit Klebestreifen.

Auf der Steuerbordseite konnte sie die Luken nicht hinter sich abschließen, aber sie pappte einen Klebestreifen unter jeden Griff und schloss die Luken, damit jeder andere Passant sie aufziehen musste.

Es war reine Spekulation, in welchem Korridor sie die nachlässige Umweltcrew antreffen würde, aber in jedem Fall müsste sie sie vor der Mittschichtglocke finden ... und falls nicht, würden sie auf dieses Signal mit der üblichen Meldung reagieren. Sie öffnete die Wartungsluke am Ende der Steuerbordsektion und fand – erwartungsgemäß – nichts außer der großen runden Silhouette eines der Ablagerungstanks vor. Sie schloss die Luke vorsichtig und ging so leise wie möglich zurück, wobei sie auf irgendwelche anderen Laute lauschte als den schweren Herzschlag der Pumpen, das Rauschen und Gurgeln der Flüssigkeiten, das Zischen und Sprudeln der Gastauscher.

An der Außenbordwand rechts von ihr erblickte sie durchsichtige Rohre und Behälter, in denen die unterschiedlichen Kulturen grün oder blau oder gelb leuchteten ... vor dem hellen Hintergrund der Lampen, die das Wachstum beschleunigten. Dahinter breiteten sich die glänzenden Biegungen weiterer Rohre, Pumpen und Gegenstrom-Wechselkammern aus. Dahinter wiederum – und von hier aus nicht sichtbar – lag die Honigwabe der Berieselungsbeete. Achtern Ablagerungstanks, bugwärts Mischtanks.

Zum Schiffsinneren hin war der Raum vom Deck bis zur Decke mit dem sekundären Luftversorgungssystem ausgefüllt ... Behälter und Rohre – und der Nährstoffverarbeitung, ordentliche Rechtecke aus hydroponischen Beeten.

Heris schnupperte. Die Umweltsteuerung war wohl der am stärksten riechende Platz an Bord. Ein gesundes System roch nach einem Frühlingstag auf dem Land eines gut terrageformten Planeten: eine intensive Geruchsmischung, die vom Moschusduft bis zum Beißenden reichte, aber nichts wirklich Unangenehmes zu bieten hatte. Die besten Umwelttechs, die Heris kannte, vermochten ein Problem zu diagnostizierten, indem sie mal kurz schnupperten; und schon wussten sie, welche Schlammkammer oder welche Bakterienkultur nicht mehr in Ordnung war.

Hier entdeckte sie jetzt – und rümpfte unwillkürlich die Nase – einen sauren Beigeschmack in den scharfen Gerüchen von Hefe und Humus, einen Brandgeruch, als hätte der Koch nicht nur ein Steak versengt, sondern gleich auch den eigenen Bart. Mit der Nase suchte sich Heris den Weg und fühlte sich dadurch unpassenderweise an Häschen Thornbuckles Fuchshunde erinnert – fühlten sie sich auch so, wenn sie einem Fuchs nachspürten?

Sauer ja – und leicht metallisch. Jetzt hörte sie ein neues Geräusch, ein Zischen, gefolgt von einem leichten Brausen. In Gedanken durchstöberte sie ihr Verzeichnis von Gerüchen und Geräuschen; sie konnte dem Gedächtnis fast bei der Arbeit zusehen ... und dann fiel es ihr ein. Lötete hier jemand? Eine kleine Lötlampe und jede Menge Schläuche. So etwas geschah normalerweise nie in der Umweltsteuerung, weil ... sie zerbrach sich den Kopf nach dem Text, den sie gelesen hatte ...

Jetzt hörte sie Stimmen: »Aber Sir, im Handbuch steht ...«

»Corporal, sehen Sie diese Streifen hier?«

»Ja, Sir.« Ein sehr unglücklicher Corporal. Ein Corporal, der das Handbuch kannte. »Aber Sir, falls der Metalldampf in Kontakt mit ...«

»Tun Sie es einfach!«, verlangte die zornige ältere Stimme.

Heris ging jetzt schneller und entdeckte sie, zwei Gestalten an einem der Rohre, die jeweils zwei Kammern verbanden. »Halt!«, rief sie. »Rühren Sie sich nicht«, setzte sie leiser hinzu.

»Wer ist da?«, wollte die ältere Stimme wissen. »Was suchen Sie hier unten? Hier haben Unbefugte keinen Zutritt.«

»Ich schon«, entgegnete Heris. Zufrieden stellte sie fest, dass sich die Augen des Mannes weiteten und er blass wurde. Ein Petty Major ... Dorson, wie das Namensschild verriet.

»Comman ... ähm, Kommandant. Verzeihung, Sir. Ich dachte, einer der Matrosen würde hier herumschleichen ...«

»Schalten Sie die Lötlampe aus, Corporal Acer«, befahl Heris dem nicht minder bleichen jungen Mann. Er gehorchte und warf dabei einen kurzen Blick auf den Petty Major.

»Jetzt erklären Sie mir doch mal, warum Sie im Begriff standen, die Lötlampe an diesen Anlagen einzusetzen«, wandte sich Heris an Dorson.

»Na ja ...« Ein giftiger Blick auf den Corporal. »... dieser Mann hat eine tropfende Stelle an der Leitung entdeckt. Sie hatte schon während der letzten Schicht getropft, und ich hatte ihn angewiesen, etwas Kleister darauf zu tun, aber sie tropfte weiter. Also habe ich angeordnet, die Lötlampe zu holen und die Stelle richtig zu flicken.«

»Ich verstehe. Corporal, erklären Sie mir, welche Einwände Sie dagegen haben.«

»Kommandant, dies ist ein neues Verbindungsstück, direkt nach der Umrüstung installiert. Neuinstallationen machen immer ein paar Probleme und tropfen ein wenig, aber Chief Kostans hat mir in solchen Fällen beigebracht, sie zu verkleben, bis das Sediment eine Chance hatte, sich anzusammeln. Das polstert die Leitungen auch gegen Spitzenwerte der Pumpen, was ein starrer Flicken nicht täte. Darüber hinaus sollte man dieses Zeug nicht mit Metalldampf in Berührung bringen – dadurch korrodiert die Leitung nur, und man hat größere Probleme als zuvor.«

»Petty Major Dorson, wie lange dienen Sie schon in Schiffs-Umweltsteuerung?«

»Auf Schiffen, Kommandant? Eigentlich noch nie. Meine Spezialgebiete sind Verwaltung und Aufzeichnungen; ich schätze, ich habe diesen Posten erhalten, weil ich bislang im regionalen Oberkommando die Daten zu Umweltthemen geführt habe.«

Das erklärte vieles. »Und auf der Grundlage dieser fehlenden Erfahrungen hielten Sie es für richtig, die Entscheidung eines Mannes umzustoßen, der tatsächlich schon auf diesem Gebiet gearbeitet hat?«

Dorson wurde rot. »Ich dachte nicht, dass es in irgendeiner Form schaden würde ...«

»Petty Major Dorson, können Sie mir erklären, warum die Achter-Personalschleusen offen arretiert und die Sensoren abgedeckt wurden?«

Er sperrte den Mund auf. »Ich ... ich ... warum denn nicht? Solange sowohl Achter- als auch Vorderschleuse offen stehen, gleicht sich der Druck aus ...«

Im Augenwinkel sah Heris den nicht ganz erfolgreichen Versuch des Corporals, seine Reaktion darauf zu verhehlen.

»Der ganze Sinn der Schleusen«, gab Heris zu bedenken, »besteht in der Verhinderung eines Druckausgleichs – damit ein Problem auf einer Seite nicht auf die andere durchschlägt.«

»Aber wir sind doch nicht im Gefecht; man schließt die Sektionsluken doch nur im Gefecht ...«

Heris holte tief Luft und wandte sich Acer zu. »Corporal, stellen Sie diese Lötlampe wieder dorthin, wo sie hingehört, und sichern Sie die vordere Personenschleuse; die Achterschleuse habe ich bereits gesichert. Falls Sie andere Besatzungsmitglieder treffen, sagen Sie ihnen nichts. Nehmen Sie das vordere Logbuch an sich. Dann kommen Sie hierher zurück.«

»Ja, Sir!« Er rannte praktisch los und strahlte dabei Tugendhaftigkeit aus.

Heris widmete sich nun wieder dem unglücklichen Petty Officer. »Petty Major Dorson, Sie verstehen nichts von Umweltsystemen. Sie werden es lernen müssen. Da Sie jedoch beinahe großen Schaden angerichtet haben, der womöglich tödliche Folgen gezeitigt hätte, sind Sie von Ihren Aufgaben in dieser Sektion entbunden. Sie beginnen Ihr Studium der Umweltsysteme mit dem Einführungskurs, und Sie werden die ersten beiden Kapitel bis zum Ende dieser Schicht durchgearbeitet haben – ich erwarte, dass Sie Prüfungsnoten von über neunzig Prozent erzielen, falls Sie Ihre Streifen behalten möchten.«

»Ja, Sir.« Er wirkte eher benommen als reuig, aber zumindest erhob er keine Einwände.

»Sobald Sie den Einführungskurs absolviert haben,

melden Sie sich als technischer Auszubildender wieder bei der Mannschaft der Umweltsteuerung – und das auch nur, weil wir knapp sind an echten Techs –, und Sie werden den Befehlen jeder Person Folge leisten, die mehr Erfahrung hat. Ist das klar?«

»Ja, Sir.«

»Gut.« Sie blickte Corporal Acer entgegen, der gerade zurückkam. »Corporal, wie lauten die letzten Ablesewerte?«

Jetzt wirkte er verlegen. »Die letzten? Ich schätze, das sind wohl ...«

»Ich möchte keine Schätzungen hören, Corporal. Sehen wir uns mal dieses Logbuch an.« Sie warf einen kurzen Blick auf die letzte Seite. »Ist das Ihre Unterschrift, Corporal?«

»Ja, Kommandant.«

»Wie ich sehe, haben Sie für alle Werte den Nominalstandard eingetragen – ich vermute, weil Sie jedes einzelne Instrument geprüft haben ...«

»Äh ... nein, Sir. Nicht alle.«

»Mit anderen Worten: Sie haben das Log gefälscht?« Er sah kurz den Petty Officer an, schluckte und antwortete: »Ja, Sir; ich habe den Eintrag initialisiert, und ja, Sir, ich habe Prüfungen abgezeichnet, die ich nicht vorgenommen habe.«

Heris klappte das Logbuch zu und klopfte sich damit ans Bein. Beide Männer machten den Eindruck, als hätten sie lieber vor einer offenen Luftschleuse gestanden als vor ihr, und es war genau Heris' Absicht, dass sie sich so fühlten.

»Wir haben hier zwei Probleme«, stellte sie schließlich fest. »Einmal liegt Inkompetenz vor, die sich auf schieren Rang stützt, um Autorität vorzugeben, und im andern Fall liegt Kompetenz vor, die sich zur Unehrlichkeit entschlossen hat. Offen gesagt habe ich für beides keine Verwendung, aber wir sind im Krieg, und ich muss mich mit Ihnen abfinden. Wir können vor dem Kommandantengericht damit umgehen oder gleich hier an Ort und Stelle. Es liegt bei Ihnen.«

»Hier, falls es dem Kommandanten recht ist«, sagte der Corporal; der Petty Officer nickte nur.

Heris wandte sich dem Corporal zu. »Ich weiß nicht, warum Sie dieses Logbuch gefälscht haben. Vielleicht denken Sie, Sie hätten einen guten Grund dazu gehabt ...« Sie legte eine Pause ein, um ihm Gelegenheit zu einer Ausrede zu geben, aber er schwieg. Umso besser. »Nach meiner Vorstellung rechtfertigt nichts – überhaupt nichts –, seinen Kommandanten anzulügen, und das ist es, was Sie getan haben. Ich bin äußerst verstimmt darüber, und Ihre fachliche Tüchtigkeit ändert daran nichts. Ich degradiere Sie zum Pivot; Sie melden sich zur ersten Schicht beim Ersten Offizier und lassen Ihre Akte ändern.« Erneut wartete sie.

»Ja, Sir«, sagte er schließlich.

»Petty Major Dorson, ich dulde es nicht, dass jemand seinen formellen Rang ausnutzt, um Unwissenheit und Inkompetenz zu vertuschen. Es ist nicht Ihre Schuld, dass man Ihnen eine Arbeit übertragen hat, auf die Sie sich nicht verstehen. Es ist jedoch Ihre Schuld, dass Sie nicht auf jemanden gehört haben, der sich auskennt. Es ist eine Form der Unehrlichkeit, nur wenig krasser als die des Corporals – oder Pivots –, wenn Sie Kenntnisse vorgeben, an denen es Ihnen mangelt. Ich degradiere Sie zum Sergeant; Sie melden sich ebenfalls zu Beginn der ersten Schicht, um Ihre Personaldatei ändern zu lassen.«

»Ja, Sir.«

»Sie werden feststellen, dass ich ebenso leicht befördere wie degradiere, falls die gezeigten Leistungen es rechtfertigen«, sagte Heris. »Werfen Sie Ihre Streifen also nicht weg. So, Dorson, gehen Sie jetzt nach oben und widmen Sie sich Ihrem Studium –

benutzen Sie die Leiter mittschiffs. Pivot, Sie begleiten mich.«

Sie durchquerten schweigend die vordere Schleuse, und schweigend gingen sie nach achtern; Heris hielt dabei Ausschau nach der restlichen Wachmannschaft. Sie ertappte sie, im Kreis sitzend, beim Kartenspiel: drei Pivots, einen Pivot Major und einen weiteren Corporal. Mit einem einzigen sengenden Blitz degradierte sie jeden zum Pivot, der es nicht schon war, und brummte ihnen ausnahmslos zusätzliche Arbeiten auf – was bei denen, die noch keine Erfahrung mit Umweltanlagen hatten, ganze Schichten vor dem Würfelleser bedeutete, um sich zu qualifizieren. Als sie damit fertig war, wandte sie sich an Pivot Acer. »Sie übernehmen das Kommando dieser Schicht. Sie sorgen dafür, dass die erste Schicht alle Werte im Nennbereich vorfindet – und Sie führen ein akkurates Logbuch. Ist das klar?«

»Ja, Sir!« Seine Augen leuchteten inzwischen wieder.

»Falls ich weiteres qualifiziertes Personal finde, schicke ich die Leute herunter; bis dahin ist es Ihre Aufgabe, diesen Haufen in Form zu bringen. Ich glaube, Sie schaffen das.«

Sie war schon wieder in der eigenen Kabine, als ihr einfiel, dass Sie die Klebestreifen nicht entfernt hatte, die ihr verrieten, ob sich jemand davongeschlichen hatte. Sie blickte auf die Uhr ... nur noch zwei Stunden Schlaf, ehe sie wach und frisch für den Dienst in der ersten Schicht sein musste. Schläfrige Kommandanten treffen falsche Entscheidungen, sagte sie sich und kroch wieder unter die Decke. Schließlich war in der nächsten Nacht die Triebwerksmannschaft damit an der Reihe, eine herumstreifende Kommandantin in ihrer Mitte anzutreffen. Dann konnte sie die Klebestreifen immer noch entfernen.

RSS Bonar Tighe

Solomon Drizh, früher Admiral Minor im Regular Space Service und inzwischen Oberbefehlshaber der Meutererflotte, berechnete auf seinem Display die neueste Ankunft. Auf Copper Mountain hatten sie kein Glück gehabt; hätten sie die von ihm eingeplanten drei Wochen Zeit gefunden, dann wäre es möglich gewesen, sämtliche Meutererschiffe dort zusammenzuziehen und damit die nötige Stärke zu erreichen, um den Planeten und seine Ressourcen in ihre Gewalt zu bringen. Kriegsglück – sinnlos, sich zu beklagen. Wenigstens am jetzigen Standort dürfte nicht damit zu rechnen sein, dass jemand zufällig des Weges kam und sie entdeckte. Hier konnte er seine Meutererkollegen zusammenziehen, sie ausbilden und eine Streitmacht schaffen, die die Regierung nicht mehr ignorieren konnte.

Wir sind Jäger, und wir jagen die gefährlichste Beute überhaupt – andere, die so sind wie wir. Das waren Lepescus Worte. *Krieg ist die beste Probe des Menschen, und Menschenjagd die nächstbeste.* Auch von Lepescu.

Drizh lächelte vor sich hin. Die Raumflotte war verweichlicht, weil die Regierung verweichlicht war: immer um Frieden bemüht, immer auf der Suche nach einem Ausweg. Er hatte Hoffnungen gehegt, als Thornbuckle die Flotte in Marsch setzte, um seine Tochter zu retten – jede Ausrede für einen Krieg war besser als kein Krieg –, aber dann war Thornbuckle umgekommen, niedergeschossen von einem besseren Jäger. *Die Jagd beweist, wer du wirklich bist, ob Beute oder Jäger.* Und der neue Sprecher, Hobart Conselline ... ihn interessierten lediglich Profit und ein langes Leben.

»Er denkt wie eine Kuh«, sagte Drizh laut.

»Sir?« Das war sein Flaggkommandant, Jerard Montague.

»Conselline«, antwortete Drizh. »Besteht nur aus Bauch. Aber er lernt es noch; sie alle lernen es noch.« Letztlich würde sich die Regierung beugen; ihr würde keine andere Wahl bleiben, sobald die Zahl toter Zivilisten nur hoch genug stieg. Dann würde er, Drizh, nicht mehr nur die Meuterer befehligen, sondern die komplette Raumflotte, und die Raumflotte herrschte dann über die Regierung. Kein Betteln mehr um den billigsten Nachschub: sie würden das Beste bekommen, und das ohne Widerrede.

»Sie haben immer noch einige gute Kommandanten«, fand Montague. »Und mehr Schiffe.«

»Stimmt, aber sie haben nicht unseren Biss. Schiff gegen Schiff sind wir überlegen. Das Überleben des Siegreichen – es ist der einzige Weg. Außerdem sind es nur Wenige, über die wir uns wirklich Gedanken machen müssen.«

»Serrano?«

»Ja, Serrano.« Einen Augenblick lang gestattete sich Drizh, es zu bedauern, dass Heris Serrano nicht zu seinen Leuten gehörte. Sie besaß die richtigen Instinkte; sie wäre eine machtvolle und wertvolle Bundesgenossin gewesen. Sie hatte jedoch seinen Mentor vernichtet, Lepescu vor aller Welt als brutalen Killer entlarvt und die gebrandmarkt, die ihm folgten. Sie war eine Feindin, und er würde sie vernichten und über ihren Sturz jubeln.

Erneut betrachtete er die Diagramme und verfluchte die Feiglinge, die bislang nicht erschienen waren, wie sie es versprochen hatten. Er brauchte mehr Schiffe, brauchte sie jetzt, ehe die Loyalisten Zeit fanden, eine effektive Verteidigung aufzubauen.

Aber während er auf das Eintreffen der anderen wartete, konnte er seine Kerntruppe schulen.

»Richtfunk an alle Schiffe«, befahl er. »Aufschließen zum Drill.« Ein paar Tage Präzisionsdrill, die Schiffe so dicht beieinander wie nur möglich, und die Reaktionszeiten der Besatzungen würden sich immens steigern. Dann Geschützdrill, dann Mikrosprung-Geschützdrill …

Anschließend der Krieg und der Sieg.

Kapitel acht

RSS *Rosa Maior*

Barin war gerade auf halbem Weg durch seine Mittschichtsmahlzeit, als die Alarmsirenen erneut losheulten. Die Einsatzgruppe sammelte immer noch freie Minen ein – was sogar mit dem spezialisierten Minensucher eine heikle Aufgabe war. Die Speisenden schienen für einen Moment zu erstarren – und warteten, wie Barin erkannte, auf die Durchsage, dass es sich hierbei um eine weitere Übung handelte; dann jedoch gingen alle ruckartig in Aktivität über. Lieutenant Marcion hob den Teller an, schluckte den Rest der Suppe hinunter, schnappte sich zwei Brötchen und stürmte zur Tür. Barin betrachtete bedauernd den restlichen Eintopf, griff sich selbst ein paar Brötchen und ein Stück Kuchen vom Desserttisch und folgte Marcion mit Höchstgeschwindigkeit.

Er hatte beinahe seinen Posten erreicht, als er taumelte – die künstliche Schwerkraft schwankte einen Augenblick lang. Das war kein gutes Zeichen ... er lief um die Ecke und fand Petty Officer O'Neil bereits an Ort und Stelle vor. Barin nahm die Liste zur Hand und rief die Namen auf, froh darüber, dass er weder zittrig noch schrill klang. Alle hatten es auf ihre Posten geschafft; Wahn kam gerade angetrabt, als sein Name aufgerufen wurde. Barin gab die Anwesenheitsmeldung seiner kompletten Truppe nach oben weiter und empfing eine knappe Bestätigung; er hätte am liebsten gefragt, was los war, wusste es jedoch besser.

Ein schrilles Pfeifen ertönte, der Warnlaut für die gegenseitige Abschottung der Sektionen.

»Müssen irgendwelche Schäden an den Abschirmfeldern erlitten haben«, meinte ein Pivot und lächelte nervös.

»Nicht schwatzen«, mahnte O'Neil.

Barin hörte, wie jemandes Füße übers Deck scharrten, und dahinter das leise Surren der Ventilation ... und dann plötzlich die dumpfen Schläge und das Ächzen der Sektionsverschlüsse, als sie entriegelt wurden und sich in ihren tiefen Fassungen bewegten. Ein letztes, widerhallendes Rumpeln schloss ihn und seine Leute dann von den Geräuschen im restlichen Schiff ab. »Kontrollieren Sie die Verschlüsse«, befahl er. Petty Officer O'Neil stellte zwei Teammitglieder für diese Arbeit ab und wies die Übrigen an, die Startwerte für Luftdruck, Temperatur, künstliche Schwerkraft und andere Faktoren abzulesen. »Paarweise in die Raumanzüge«, ordnete Barin an, als die Verschlüsse als intakt gemeldet worden waren. Das schien ewig zu dauern, obwohl er wusste, dass sich der dahinkriechende zweite Zeiger auf der Uhr tatsächlich mit normaler Geschwindigkeit bewegte und die verlangte Zeit für das Anlegen der Raumanzüge um ein gutes Stück unterboten wurde.

Endlich war er an der Reihe; er stieg in den Druckanzug und stellte fest, dass ihm eine Frage wieder einfiel, die er sich vor sehr langer Zeit schon mal gestellt hatte. Warum, hätte er gern gewusst, waren Raumschiffe für Katastrophenfälle nicht mit Fluchtkapseln ausgestattet? Alle Welt wusste, dass Druckanzüge keinen wirklichen Schutz boten, nicht wenn man in einen schäumenden Mahlstrom aus Trümmerstücken hinausgepustet wurde. Die Marineinfanterie verfügte über gepanzerte Gefechtsanzüge, aber die restliche Besatzung ... Er fuhr damit fort, den Anzug abzudichten und mit Zusatzpacks auszustatten, während er an die damalige Antwort des Ausbilders dachte. Es war unmöglich, bei großen Schiffen Fluchtkapseln für alle an Bord bereitzuhalten, und die sperrigen Gefechtsanzüge nahmen zu viel Platz weg; außerdem sollte man nicht darüber nachdenken, wie man aus dem Schiff entkam, sondern wie man es rettete, wie man es funktionsfähig hielt.

Barin drehte sich um, damit sein Partner die Rückenmontage prüfen konnte – den Sitz der Luftzylinder, die Fassungen von Schlauch und Kabel –, was er anschließend bei dem Partner wiederholte. Vorläufig mussten sie nicht auf den Luftvorrat der Anzüge zurückgreifen. Vorläufig hatten sie noch Luft in ihrer Schiffssektion. Falls alles gut ging, gingen sie zwar überhitzt, verschwitzt und stinkend aus der Sache hervor, aber mit immer noch vollen Tanks. Falls nicht – dann blieb ihnen diese kleine Zusatzchance. Barin wies alle an, den Stand ihrer Luftvorratsanzeigen durchzugeben; als Einziger war Pivot Ghormley unter 100 Prozent, und klar doch, er hatte einfach vergessen, dass er die Luftzufuhr erst einschalten durfte, falls das wirklich nötig wurde. Barin überließ es dem Petty Officer, Ghormley zur Schnecke zu machen und ihm zu sagen, er solle seinen Tankvorrat am Nachfüllstutzen ergänzen.

Bei abgeschotteter Sektion war das Team dafür verantwortlich, Schäden einzuschätzen und zu beheben, die in dieser Steuerbord-Achterkammer des Truppendecks auftraten: zwei offene Räume für Korporalschaften; vier beengte und kompliziert aufgebaute Vier-Mann-Kabinen für Unteroffiziere, rings um wesentliche Schiffsanlagen angeordnet; der Duschraum; die Toiletten; eine Mannschaftsmesse mit ramponierten Couchen und Würfellesern; und – was fast das halbe Raumvolumen dieser Schiffskammer ausfüllte – die Hälfte der Turnhalle, deren andere Hälfte hinter dem geschlossenen Sektionssiegel lag. Barin schickte das Team los, um in jeder Kabine die Messwerte abzulesen, während er an der Kommandokonsole blieb, über die er Ergebnisse weitergeben oder Befehle erhalten konnte.

Er spürte, wie sein Magen schlingerte – wieder die Schwerkraftgeneratoren? –, und warf einen Blick auf das nächste Messgerät. Und klar doch, ein zweiprozentiger Spannungsabfall ... die Beleuchtung wurde matter und wieder heller. Das Team meldete die ersten Zahlen, und Barin gab sie über die Konsole weiter. Ein mächtiges Beben lief durchs Deck ... Raketenstarts. Dann erneut eine Salve.

»Stecken wir Treffer ein, Sir?«, fragte Betenkin, und seine Stimme lag zwei Töne über der sonstigen Tonhöhe.

Barin antwortete: »Raketenstarts«, fast im Chor mit Petty Officer O'Neil; ihre Blicke begegneten sich, und er bemerkte, dass O'Neil ihn im Auge hatte wie er die Übrigen. Der Petty Officer nickte kurz. In diesem Augenblick bäumte sich das Deck unter ihnen auf und gab eine gewaltige Erschütterung weiter. Barin schluckte und sagte: »*Das* war ein Treffer.« O'Neil grinste kurz. »Zuerst die Siegel prüfen«, befahl Barin. Der Druck musste stimmen; er hätte es gespürt, wäre es nicht der Fall gewesen. Er blickte auf die Konsole hinab. Zwei Decks tiefer breitete sich ein roter Schleier über den Bauplan des Schiffes aus. Schon während ihm klar wurde, was hier geschehen war, erfolgte der Zuruf über Interkom: »Rumpfbruch – Rumpfbruch – alle Steuerbord-Achterteams, Meldung machen!«

Barin drückte seine Codetaste und las die aktuellen Werte ab. Über Helmfunk hörte er den Befehlshaber der Schadensbehebung: »Serrano – gehen Sie mit Ihrem Team in die Umweltsteuerung und nehmen Sie den Backbordzugang nach unten. Behalten Sie auf dem

Weg nach unten Ihre Helmdisplays im Auge, für den Fall, dass die Achterschleusen nicht halten.«

Er versuchte, sich zu erinnern, was er über Rumpfbrüche gelernt hatte. Alles wollte ins Vakuum hinaus: die Luft und alles andere, was bei explosivem Druckverlust in Bewegung geriet. Damit war die Schadenszone normalerweise frei von den schädlichen Gasen und dem dicken Rauch, wie sie die Besatzung gefährdeten, wenn das Schiff zwar nach außen noch intakt war, wohl aber irgendeine Anlage etwas abbekommen hatte. Die nächsten Kammern, dort, wo vielleicht ein Druckverlust eingetreten war, versprachen kalt, dunkel und verwirrend zu werden.

Im Backbordgang achtern trafen Barin und sein Team den zuständigen Offizier. Der Major las Barins Namensschild, berührte sein Funkpad und sagte: »Serrano – gut. Wir möchten, dass Sie nach SE-14 gehen. Der Druck fällt dort, aber so langsam, dass wir es vermutlich mit einem recht kleinen Leck zu tun haben – wohl aber groß genug, dass es bislang von keinem Gegenstand verstopft wurde. Ihr Meldungskanal ist elf. Gehen Sie jeweils zu zweit durch die Schleuse und seien Sie vorsichtig. Das Druckgefälle dürfte ausreichen, um Sie von den Beinen zu holen. Sie steigen über die Vier ein, verstanden?«

Barin ging voraus durch die Schleuse. Als sie sich auf der anderen Seite öffnete, sah er sich dem Steuerbordkorridor gegenüber, jetzt nur noch von der Notbeleuchtung erhellt; das lange Notschott trennte den Gang von den »Installationen« der Umweltsteuerung. Entlang dieses Notschotts waren etliche vorgefertigte Teildruckschleusen angebracht, jede deutlich beschriftet. Barin machte Nr. 4 ausfindig, und während der Rest seines Teams durch die Hauptschleuse kam, öffnete er den Nr.-4-Notfallspind und gab die Bauteile der Einpersonen-Druckschleuse aus. Das war etwas, was sie ausreichend geübt hatten: montiere den Rahmen am festen Durchstiegsrahmen und seiner Dichtung, klappe die Vorrichtung auf und prüfe, ob die andere Seite der Schleuse auch dicht ist. Die erste Person, die diese Teilschleuse benutzte, durchlief keinen ordentlichen Schleusenaustausch, sondern wurde einfach hindurchgesaugt, wenn das Druckgefälle die Schleuse in die Unterdruckkammer saugte und dort festhielt, bis der zweite Mann den Rahmen ordentlich montiert hatte.

Barin kontrollierte, ob alles vorbereitet war, las seine Anzugsmesswerte erneut ab, packte die Haltestange an der künftigen Unterdruckseite der Innenluke und öffnete den vorgefertigten Schottdurchstieg.

Die Notschleuse, die mit aller Kraft des Druckunterschieds durch die Öffnung gesaugt wurde, hämmerte ihm wie ein Lastwagen in den Rücken, und er konnte sich kaum an der Sicherungsstange festhalten. Um ihn tobte ein dunkler, dichter, kalter Wirbelwind ... er sah nichts, spürte aber, wie die Luftströmung an ihm rüttelte und die Temperatur der Umgebung jetzt rasch auf den Gefrierpunkt des Wassers absackte. Er rutschte auf etwas unglaublich Schlüpfrigem aus ... schon Eisbildung?

Die Luft fegte heulend durch die Ritzen, was selbst im Raumanzug zu hören war. Barin schaltete die Helmlampe ein und erblickte wirbelnden Nebel und Dampfbänder, die von links nach rechts an ihm vorbeiströmten. Die Umweltsteuerung war der feuchteste Ort auf dem Schiff, abgesehen nur von der Wasserreserve oder einer laufenden Dusche; die Luft war hier feuchter als überall sonst, und der Druckverlust kühlte sie jetzt so stark ab, dass sie das Wasser nicht mehr als unsichtbaren Dampf halten konnte.

»Die Schleuse ist eingerichtet, Sir«, hörte er über Helmfunk.

»Kommen Sie hindurch, aber seien Sie vorsichtig – es ist hier rutschig, dunkel und windig.«

»Sicherheitsleinen festmachen«, befahl O'Neil.

Warum hatte Barin nicht selbst daran gedacht? Alle Befestigungen an seinem Raumanzug waren dafür bereit. Es gelang ihm, den Primärhaken aus der Fassung zu ziehen und an der Sicherungsstange der Schleuse festzumachen. Jetzt konnte er ein wenig weiter vordringen ... und nach weiteren Ansatzpunkten für die Leine Ausschau halten. Er probierte einen vorsichtigen Schritt von der Luke weg, rutschte auf dem nassen Deck aus und schlitterte gegen etwas Rundes und Festes. Ein Zuchttank? Im Licht der Helmlampe konnte er nichts weiter erkennen als den dicken glänzenden Huckel irgendeines Metalltanks. Das Ding schien stärker zu glänzen, als es hätte tun sollen, und er rieb mit dem Handschuh daran herum und wischte anschließend mit dem Handschuh über den Chemosensor. Im Helmdisplay tauchte eine Formel auf, die er nicht kannte. Also war das nicht nur Wasser. Sie enthielt eine Menge C und H und O und irgendwelches Cl. Ein Kohlenwasserstoff, erinnerte er sich, und jetzt benötigte er keine Merkliste mehr, um an Hydraulikflüssigkeit zu denken.

Rutschig, brennbar und – falls aus einem Hochdruckleck stammend – eine tödliche Umgebung.

Er schaltete den Helmfunk auf Kanal 11 und meldete die Hydraulikflüssigkeit; dann wechselte er wieder auf den Kanal des eigenen Teams.

»Sir?«

»Ich bin hier drüben ...« Er drehte den Kopf und schickte so das Licht aus dem Helmscheinwerfer in alle Richtungen. »Ich bin hier herübergerutscht – wir haben es sowohl mit Hydraulikflüssigkeit als auch mit Wasserdampf zu tun. Zeigen Sie mir Ihr Scheinwerferlicht.«

Ein dreifaches schwaches Glühen, dessen Entfernung unbestimmbar blieb. »Klar, Sir. Fünf müssen erst noch durch die Schleuse kommen – drei sind an derselben Sicherungsstange festgemacht. Haben Sie weitere Haltepunkte für die Leinen gefunden?«

»Nein«, antwortete Barin, »noch nicht.« Er hatte nur drei Meter Leine am Primärhaken, und sie konnten sich nicht alle an derselben Stange festmachen – dazu reichte der Platz nicht. Sie konnten sich untereinander verbinden, aber sie benötigten trotzdem weitere Befestigungspunkte. Vorsichtig suchte er sich den Weg an dem Metalltank vorbei und fand eine Art Griff. Als er daran zog, blieb der Griff stabil; er beugte sich heran und stellte im Schein der Helmlampe fest, dass man den Griff durch Drehung öffnen konnte und er durch einen Sicherungsriegel gehalten wurde. Das reichte. »Befestigungspunkt gefunden. Wer ist inzwischen drin?«

»Wahn, Telleen, Prestin.«

»Wahn, haken Sie sich an meiner Leine ein, führen Sie eine Leine zur Schleuse und kommen Sie zu mir.«

Er spürte die Vibration in der eigenen Sicherungsleine, als jemand sich bewegte – und auf einmal neben ihm auftauchte.

»Es sind nur etwa zwei Meter, Sir, aber man sieht halt nichts in dieser Düsternis.«

»Wohl wahr. Nehmen wir mal diese Leine ...« Barin benutzte einen Laufhaken, um die von Wahn nachgezogene Leine an dem Griff zu befestigen, den er gefunden hatte. Jetzt konnte sich jeder hierhin vorarbeiten. »Haken Sie sich jetzt ein.« Wahn tat wie geheißen und hielt sich an Barins Leine fest, während er die eigene löste und am Tankgriff neu festmachte. »Telleen, suchen Sie meine Leine und ziehen Sie mal daran.« Als er den Ruck spürte, sagte er: »Lösen Sie jetzt meine Leine dort hinten und klemmen Sie sie an die nachgezogene.«

Es erwies sich als mühseliger Vorgang, alle sicher durch die Notschleuse zu bringen und darauf zu achten, dass sie durch Leinen gesichert waren, um sich dann durch die schmierige Düsternis bis zum eigentlichen Leck vorzukämpfen. Da zumindest teilweise bekannt war, worin das Problem bestand, schleppten vier der letzten Teammitglieder eine große, schwierig zu befördernde Rolle aus Schottmaterial mit, das man über einen Riss spannen und ausschäumen konnte, sodass eine luftdichte Versiegelung mit einer gewissen strukturellen Festigkeit entstand.

Barin, der vorausging, rutschte von einem Hindernis zum nächsten und stieß sich Schienbeine und Rippen an Gegenständen, die er nicht klar sehen konnte, bis er über eines fiel. Das war nur fair so, dachte er, da er weniger reale Erfahrungen hatte als die meisten Teammitglieder. Er wusste, dass er in die richtige Richtung ging, denn die Fetzen und Fäden aus Dampf wehten an ihm vorbei, und er brauchte ihnen lediglich zu folgen. In Abständen gab er Meldungen durch, wenn das Helmdisplay ihm Anlass dazu gab.

Plötzlich erweckte die Helmlampe ein helles Funkeln zum Leben … eine vereiste Leitung und Formen, bei denen es sich um eine Reihe von Gasreinigern handeln konnte. Dahinter machte er eine unregelmäßige weiße Form neben einer gezackten schwarzen Linie aus. War das womöglich …

Er rutschte erneut auf dem eisig-verschmierten Deck aus, denn der stärker werdende Strom aus entweichender Luft und Dampf peitschte an ihm vorbei und saugte ihn zur Lücke hin. Er konnte einen Aufschrei unterdrücken und spürte den Ruck, als sich die Sicherungsleine spannte.

»Keine Sorge, Sir, wir halten Sie fest.«

Er versuchte, auf irgendeine lässige Bemerkung zu kommen, schaffte es aber nicht. Dieser schwarze Spalt

… wie groß war er tatsächlich? Sicherlich nicht groß genug, damit Barin komplett hindurchgepasst hätte … aber vielleicht ein Arm? Eine Hand? »Das ganze Eis«, war schließlich alles, was ihm einfiel. »Wir sollten eigentlich auf einer trockenen, sauberen Fläche arbeiten.«

»Wir können es jederzeit abfackeln«, meinte jemand.

»Nein! Der Dampf könnte explosiv sein!«, wies ihn Barin zurecht. »Da ist Hydraulikflüssigkeit mit drin, erinnern Sie sich?«

»Na ja, dann könnten wir …« Ein Fächer aus grellem Licht, heller als der hellste Tag, schnitt vom Spalt aus durch die Kammer, vermittelte dem wogenden Dampf für einen Augenblick Struktur und Substanz und spiegelte sich blendend auf dem Eis.

»Was war das?«, schrie jemand erschrocken. Barin schnappte nach Luft und versuchte zu überlegen.

»Der Krieg ist noch nicht vorbei«, stellte der Petty Officer fest. »Die Schlacht geht weiter, und es wird Zeit, dass wir damit aufhören, nur die Sehenswürdigkeiten zu bestaunen.«

Barin hätte das selbst sagen sollen, aber ihm fiel dieses Glühen auf … es war nicht sofort erstorben. Ein zweiter Blitz leuchtete auf.

»Die Schilde werden getroffen«, sagte der Petty Officer. »Hoffentlich halten sie.« Er klang so unbekümmert, als wäre es ohne Belang. Vielleicht war es das ja auch.

Barin meldete, dass sie einen Riss gefunden hatten und dessen Ränder mit Eis überzogen waren.

»Ackman, Sie und Wahn schlagen es herunter.«

»Bildet es sich nicht einfach neu?« Barin war froh, dass jemand anderes diese Frage gestellt hatte. Der Petty Officer grunzte.

»Schon aufgefallen, dass der Nebel nachlässt? Der meiste Wasserdampf ist inzwischen entwichen, und

Druck und Temperatur sind kräftig gefallen. Bald werden wir recht klar sehen können.«

Und so war es auch, wie Barin feststellte, als er die Umgebung mit der Lampe ausleuchtete. Der Nebel lag jetzt unter Hüfthöhe, und der Scheinwerferstrahl reichte bis zurück zur tragbaren Luftschleuse. Etwas glitzerte in der Dunkelheit, ein dünner Draht … nein … das Hydraulikleck, das nach wie vor einen dünnen Strom Flüssigkeit ausstieß. Er gab weiter, wo seiner Einschätzung nach der Ausgangspunkt war. Eine weitere Lichtsense schoss flammend durch den Spalt. Barin kümmerte sich nicht darum.

Nach wie vor blieb das Leck zu flicken. Ganz vorsichtig und mit knappen Bewegungen, da jeder durch die Sicherungsleine behindert war, näherten sie sich dem Spalt. Ackman und Wahn schlugen das Eis von dessen Rändern. »Vorsichtig!«, mahnte sie der Petty Officer. »Wir möchten keine weiteren Schäden anrichten – bearbeiten Sie es praktisch in der Horizontalen.« Sie hämmerten von außerhalb des Spalts auf das Eis ein; Barin und die anderen entrollten das Flickenmaterial und schnitten Streifen heraus, die als unterstützende Flächen dienen sollten. Sobald ein Stück vom Eis befreit war, brachte jemand einen Tropfen Klebstoff an und setzte einen Streifen Flickenmaterial darauf.

Auf den Flicken, die anschließend den Spalt umrahmten, bildete sich kein weiteres Eis. Barin versah diesen neuen Rand mit weiterem Klebstoff und rollte von unten nach oben mehr Flickenmaterial über den Spalt, wobei er die eine Spaltseite bearbeitete und Averre die andere. Der Luftzug ließ jetzt nach, zog aber das Flickenmaterial noch immer fest an die Spalte heran. Jemand – Barin konnte nicht sehen, wer – pumpte die Schaumkanone und sprühte Schaum auf den Flickenstoff, der sich sofort verfestigte.

Ein Leck erledigt. Gab es weitere? Barin kontrollierte

den Druck in der Kammer und stellte einen so niedrigen Wert fest, dass sie eine ganze Weile würden warten müssen, um sicherzugehen. Er meldete das an den Kommandeur der Reparaturteams.

»Sie müssen eine Prüfung der Umweltsteuerung vornehmen«, erfuhr er von diesem.

»Wir haben keine Maulwürfe im Team«, erinnerte ihn Barin.

»Ist schon okay. Sie brauchen die Anlagen ja nicht zu bedienen, sondern nur zu melden, was Sie feststellen. Ich habe eine Checkliste für Sie – ich schicke sie an Ihren Anzugscomputer.«

»Ja, Sir.« So weit er die Liste deuten konnte, die in seinem Helmdisplay aufleuchtete, schien es eine recht einfache Aufgabe zu sein. Alle Tanks auf undichte Stellen prüfen, die Leitungen kontrollieren, auf bestimmte Verunreinigungen prüfen – Barin kannte einige der Stoffe, andere nicht.

»Machen Sie Meldung auf Kanal sechs, wo sie den Umweltoffizier der aktiven Schicht erreichen, aber belästigen Sie ihn nicht, solang es nicht nötig wird. Er ist mit seinen Leuten gerade dabei, die Reste der Steuerbordanlagen oberhalb von Ihnen mit den chemischen Reserveanlagen zu verbinden.«

Die Begriffe sagten Barin nichts, der die Umweltabteilung von jeher für das langweiligste aller Fachgebiete gehalten hatte. Natürlich war es wichtig – schließlich atmete jeder gern –, aber hier fand man nichts von dem Glanz, den Triebwerke oder Geschütze verbreiteten. Durch pflichtbewusstes Auswendiglernen hatte er die geforderten Kurse bestanden, aber den größten Teil des Stoffs unmittelbar nach der Prüfung wieder aus dem Gedächtnis verbannt.

Die Checkliste war lang und detailliert. Jeder Bottich, jede Kammer, Pumpe, Verbindung, alle Rohre und

Schläuche … und die Sektion war voll damit. Barin kontrollierte die Uhrzeit und den eigenen Luftvorrat und kam zu dem Schluss, dass sie wenigstens einmal durch die Schleuse würden gehen müssen, um den Luftvorrat zu erneuern. Er wollte einen Sicherheitsspielraum einhalten und das halbe Team hinausschicken, sobald sie noch für eine Stunde Luft hatten, anschließend gefolgt von der zweiten Hälfte. Er stellte den Anzugwecker so ein, dass er daran erinnert wurde, sich mit dem Petty Officer zu besprechen, und führte dann das halbe Team zum Bugende der Schiffskammer.

Hier hatte sich weniger Eis auf dem Deck gebildet. Barin leuchtete die Umgebung mit der Helmlampe aus und fragte sich, ob man hier gefahrlos Lampen installieren konnte – das würde die Einschätzung der Lage beschleunigen. Er schaltete den Funk ein und hörte eine temperamentvolle Auseinandersetzung darüber, ob man mit irgendeiner unaussprechlichen Verbindung etwas gleichermaßen schwer Auszusprechendes mit etwas Drittem anstellen konnte, von dem er noch nie gehört hatte. Als er zweimal schnalzte, brach der Streit ab und eine verärgerte Stimme fragte: »Ja?«

»Serrano mit der Schadenskontrolle in SE-14. Kann man hier gefahrlos Lampen installieren?«

»Wie sieht es bei Ihnen mit den Gasen aus?«

Er rief Wahn heran, der den Chemosensor mitführte, und wies ihn an, die Werte vorzulesen.

»Das hört sich gefahrlos genug an. Kein Methan? Kein Schwefelwasserstoff? Irgendwelche großen Lecks?«

»Kein Methan, kein Schwefelwasserstoff«, sagte Wahn. »Ich bin mir jedoch nicht sicher, ob mein Chemosensor all das Zeug auf dieser Liste gespeichert hat …«

»Keine sichtbaren Lecks, seit diese Hydraulikverbindung abgetrennt wurde«, sagte Barin. »Aber bislang können wir hier nicht viel sehen.«

»Also okay. Montieren Sie Ihre Lampen, aber achten Sie auf den Druck. Wir setzen diese Kammer erst unter Druck, wenn sie gesichert wurde; jeder Druckanstieg bedeutet derzeit also, dass Sie irgendwo eine undichte Stelle haben, durch die etwas eindringt. Und manches von dem Zeug ist übel.«

»Ja, Sir.« Barin schaltete ab und informierte O'Neil, dass sie Lampen montieren durften und wahrscheinlich auch Geräte holen sollten, um das brennbare Material vom Deck aufzusaugen.

Wenige Minuten später kehrten zwei Teammitglieder zurück und schleppten ganze Schnüre mit Lampen und einen Sack Bindemittel fürs Deck heran.

Als die Lampen so gut wie möglich montiert waren, zeigten sich die Schäden ganz gewiss in hellerem Licht. Schottmaterial war in einem breiten Kegel abgesplittert, der sich über die Achterwand der Kammer zog; hier wiesen die meisten Tanks und Bottiche Dellen auf und ein Behälter auch ein Loch, durch das eine jetzt gefrorene Masse einer faserigen Substanz ausgetreten war. Algenfasern? Würmer? Barin hatte keine Ahnung; jedenfalls klebte das Zeug fest an der Seite des Tanks und am Deck. Brocken des Schottmaterials lagen wie große Obsidianflocken dort, wo sie heruntergefallen waren. Barin machte die Runde und sah sich an, welche Tanks beschädigt waren und in welchem Ausmaß. Als er wieder am vorderen Schott eintraf, kontrollierte er die Druckanzeige. Achtundsiebzig. Sie war gestiegen, aber nur ganz leicht.

»Wahn – wie sieht unsere Gasmischung aus?«

»Sauerstoff einen Punkt erhöht, Sir. Aber bei diesem geringen Druck ...«

Sauerstoff, dachte Barin, war noch das geringste seiner Probleme. Er entdeckte die grünen O2-Leitungen und machte sich daran, sie zu überprüfen. Sauerstoff war atembar; er vergiftete niemanden, selbst wenn er irgendwo austrat, und bei sehr geringem Druck und niedriger Temperatur trug er wohl auch nicht zur Brandgefahr bei.

»Sonst noch etwas?«

»Nein, Sir, nichts, was ich identifizieren könnte. Aber die meisten Stoffe auf der Liste, die Sie mir übermittelt haben, stehen nicht im Auswahlmenü dieses Chemosensors.«

»Nein?« Ein leiser kalter Schauer lief Barin über den Rücken. »Was erkennen Sie dann?«

»Na ja, das, was man am meisten braucht – Sauerstoff, Kohlendioxid, Kohlenmonoxid, Schwefelwasserstoff, Schwefeldioxid, Stickstoff. Aber nichts von all diesem speziellen Umweltkram.«

»Mal sehen.« Barin sah sich die Sache an; er maß Sauerstoff, Kohlendioxid und Stickstoff, aber alles in sehr geringen Mengen. »Was ist mit einer Breitbandmessung – haben Sie das probiert?«

»Ja, Sir, aber ich weiß nicht, was alle diese kleinen Spitzen bedeuten. Keine davon ist rot markiert.«

Wahrscheinlich maß das Gerät Spuren der Substanzen in den undichten Behältern. Vielleicht auch Gasabsonderungen des Flickenklebstoffs. Barin las persönlich die Sensorenanzeige ab, aber obwohl das Zeug ein Molekulargewicht von circa 16 hatte, wusste er nicht, was es sein konnte. Er versuchte sich das Periodensystem der Elemente vorzustellen, aber das meiste davon entzog sich ihm. Sauerstoff? Nein, das war das Atomgewicht; sein Molekulargewicht betrug 32.

Er sah sich um und erblickte ein Gewirr grüner Leitungen – der Code für Sauerstoff –, die sich um eine Reihe langer Tanks schlängelten. Das war eine nahe liegende Stelle, um nach einem Sauerstoffleck zu suchen. Obwohl man das Zeug atmen konnte, sollte es doch eigentlich nirgendwo einfach heraussickern. Barin fing mit dem nächsten Tank an und klopfte jede Verbindung mit seiner Spritzkanne ab. Beim zweiten Versuch erzeugte er kleine Blasen – und sicher doch, irgendwas trat dort aus. Bei einer grün codierten Leitung war es am ehesten Sauerstoff. Er rief die Checkliste und das Protokoll auf und fand heraus, dass er einen Spezialflicken benötigte. In welche Tasche hatte er den gesteckt? Da. Er zog die Rückwand ab und freute sich darüber, wie klar den Designern dieser Taschen bewusst war, dass man sie mit Handschuhen bedienen musste – und diese lange Zuglasche half.

Er sah sich erneut um, wollte diesmal feststellen, wo sein Team steckte. O'Neil und seine Gruppe arbeiteten am schwer beschädigten Achterende; die anderen waren überall in der Kammer verstreut und untersuchten alle Leitungen nach undichten Stellen.

Diese undeutbare Spitze auf der Ablesung machte ihm Kummer. Er rief erneut zum Umweltoffizier durch.

»Sir, wir messen hier Spitzen, die unser Chemosensor nicht deuten kann. Etwas mit einem Molekulargewicht von sechzehn ...« Er übertrug dem UO die Messwerte.

»Was meinen Sie damit, Ihr Chemosensor könne nicht ... *sechzehn?* Lieutenant, hatte ich Sie nicht angewiesen, auf Methan zu achten? Wie sieht die Anzeige aus?«

Barin wurde kalt. Methan. Das war jenes Gas, das hochging, wenn es mit freiem Sauerstoff in Kontakt geriet ... »Sir, wir haben keine Anzeige für Methan an unserem Gerät.«

»O mein Gott ... Sie haben keinen Umwelt-Chemosensor. Lieutenant, schaffen Sie Ihre Leute sofort hinaus. Sie sitzen auf einer Bombe.« Das hatte er sich inzwischen ausgerechnet; er erstickte beinahe an Entsetzen und Schuldgefühl. Er unterdrückte beides. Später. Zunächst musste er seine Leute in Sicherheit bringen. »Warten Sie – sagen Sie ihnen, sie sollen sich *langsam* bewegen. Wenn sie durch eine Pfütze von dem Zeug laufen und es durchmischen, dann wird es hochgehen. Schalten Sie die Lampen aus, die Sie montiert haben. Können Sie alle Gase ins Vakuum ablassen?«

»Wir haben gerade ...« Barin brach ab, wechselte den Kanal und rief sein Team. »Ein Notfall ...« Köpfe wandten sich ihm zu. »Wir haben es hier mit einer potenziell explosiven Gasmischung zu tun. Laufen Sie nicht – wir sollten das Zeug nicht stärker in Bewegung bringen als nötig. Wer der Schleuse gerade am nächsten steht ... machen Sie das Licht aus.« Die Schleuse. Die tragbare Luftschleuse ... ob sie den Druck hielt, wenn eine Explosion erfolgte? Er stellte die Verbindung zum UO wieder her. »Sir, wir sind durch eine tragbare Luftschleuse in SE-14 eingestiegen; falls diese Kammer hochgeht, hält sie vielleicht nicht.«

»Ich habe die Warnung schon durchgegeben, Lieutenant. Schaffen Sie Ihre Leute hinaus. Lassen Sie die Luft in den Weltraum, wenn Sie können.«

War das möglich? Falls sie den Flicken wieder entfernten ... zumindest erfolgte eine Explosion dann nicht im geschlossenen Raum. »Wir könnten versuchen, den Flicken zu entfernen ...« Er hoffte, dass der UO das für unmöglich hielt und das Risiko nicht wert.

»Tun Sie es«, sagte der UO. »Falls es in dieser Kammer zu einer Explosion kommt, verlieren wir womöglich das ganze Schiff.«

Und es wäre Barins Schuld, weil er nicht dafür gesorgt hatte, dass sie einen Chemosensor mitnahmen, der auch für die Belange der Umweltsteuerung geeignet war. Ihn schauderte, wenn er daran dachte, was der Kommandant oder seine Großmutter sagen würden. Erneut verbannte er die Gedanken. Keine Zeit dafür.

Er schaltete erneut auf den Teamkanal um. Wer stand ihm am nächsten? Telleen und O'Neil.

»Petty Officer O'Neil ...« Er sah, wie dieser sich weiter unten in der Kammer zu ihm umdrehte. »Wir müssen die Kammer sofort dem Vakuum öffnen. Der UO hat genehmigt, den Flicken herunterzureißen. Sie vier dort ...« Ihm fielen die Namen nicht ein, aber es waren die Leute, die der Luftschleuse am nächsten waren. »Sie dort an der Luftschleuse. Gehen Sie sofort hinaus. Hat irgendjemand ein Methanleck gefunden?«

Der UO meldete sich auf dem anderen Kanal. »Falls das Methan aus einem Tank strömt, dann ist es einer in der Steuerbordreihe, etwa ein Drittel des Weges nach achtern in Ihrer Kammer; falls es aus einer Leitung strömt, kann es überall sein.«

Barin blickte hinüber und sah Pivot Ghormley unweit der angegebenen Stelle, etwa sieben Meter davon entfernt. »Was haben Sie gefunden, Ghormley?«

»Eine Beule in der Gärungskammer, Sir. Dort ist – eine Art Riss in diesem kleinen Rohr, das von hier aus zu einer Art Sammeltank führt ... Ich könnte ihn abdichten.«

»Zu spät«, warf der UO ein. »Sie stehen wahrscheinlich in einer Methanpfütze ... Falls Sie sie aufrühren ...«

»Ghormley, bleiben Sie, wo Sie sind. Rühren Sie sich nicht!«, befahl Barin. Dann wandte er sich an den UO: »Ich stehe neben der Fotosynthesekammer. Und ich habe hier einen Spalt in der Sauerstoffleitung.« Er blickte hinunter, und in diesem Augenblick schaltete jemand die Lampen aus.

»Lieutenant?« Das war O'Neil.

»Ich stehe mitten im Sauerstoff«, sagte Barin. »Falls ich ihn nicht verbreite, kommt es vielleicht gar nicht zur Explosion. Entfernen Sie diesen Flicken. Wer nicht bei Ihnen ist, sieht zu, dass er aus der Kammer kommt –

außer Ghormley und mir; aber rennen Sie nicht!« Er sah, wie die Helmlampen in Bewegung gerieten und wie die Leute nacheinander durch die Schleuse gingen. Bestimmt fanden sie auf dem Korridor mehr Sicherheit; bestimmt führte jemand sie durch die Detonations-Schutztore auf die andere Seite des Schiffes. Er ertappte sich dabei, wie er die verschwindenden Lampen zählte. Einer in Sicherheit. Zwei. Dann eine Pause – und drei, vier …

»Sir, ich habe Angst …« Das war Ghormley. Das Kid, der Neue in der Gruppe. Und er, Barin, hatte diesen Jungen womöglich zum Tode verurteilt.

»Na ja«, sagte Barin, »ich fühle mich selbst nicht allzu wohl, aber falls wir hier nicht herumtanzen, kommen wir immer noch intakt hinaus.«

»Denken Sie wirklich?« Ghormley klang schrill und angespannt.

Natürlich dachte er das nicht, aber was hätte es genützt, wenn er es dem Jungen verriet? »Falls sie diesen Flicken herunternehmen können«, sagte Barin, »strömen die restlichen Gase hier drin ins Vakuum hinaus. Es ist schon kalt; es wird danach noch kälter sein, und man braucht Wärme …« Nicht viel jedoch, wie er wusste, nicht bei Methan und Sauerstoff. Grubengas, der Feind aller Bergleute. Schier jeder Funke zündete es. »Und selbst wenn es hochgeht, wird es nicht mehr durch die Schotten eingedämmt …«

»Mir gefällt das nicht«, sagte Ghormley. »Ich kann nicht einfach hier stehen bleiben …«

»Klar können Sie das«, entgegnete Barin. »Das Cleverste, was Sie tun können.« Erneut verschwand eine Lampe durch die Schleuse, dann noch eine. Vier blieben an der Achterwand zurück und bemühten sich, den Flicken zu entfernen, den sie zuvor mit so viel Mühe angebracht hatten. »Falls wir die beiden Gase nicht verrühren, gehen sie auch nicht hoch.«

»Aber Sir, wir sind doch die ganze Zeit hier herumgelaufen; sie müssen sich schon vermischt haben.«

Was für einen Zeitpunkt sich Ghormley ausgesucht hatte, um Denkfähigkeit zu demonstrieren! »Sie sind noch nicht explodiert«, wandte Barin ein. »Ich verspreche auch, meinen Sauerstoff nicht in Ihre Richtung zu treten, wenn Sie mir mit Ihrem Methan von der Pelle bleiben ...«

»Fürchten Sie sich, Sir?«

Natürlich fürchtete er sich, aber musste Ghormley das jetzt unbedingt erfahren? O'Neils Stimme rettete ihn.

»Wir haben ein Leck geöffnet.« O'Neils Helmlampe bewegte sich auf und ab. »Wir verbreitern die Stelle jetzt noch ein bisschen ...« Barin spürte durch die Sohlen, wie O'Neils Schläge auf die Ränder der Spalte einprasselten. »Von unserem Schiff ist ganz schön was abgesplittert ... wir müssten eigentlich ... ein größeres ... Loch hinkriegen.«

Barin wollte schon fragen, ob die Männer die Sicherungsleinen eingehakt hatten, aber ihm wurde klar, dass dieser Aspekt derzeit wohl nicht die höchste Priorität genoss. Sollte er sich die Mühe machen und sich am Tank neben ihm sichern? Falls eine Explosion erfolgte, half es ihm nicht besonders. Es könnte ihm sogar den Raumanzug aufreißen.

»Erkennen Sie von Ihrer Position aus die Druckanzeige, Sir?«

»Nein ...«

»Der Druck fällt«, warf der UO ein. »Wir überwachen Sie inzwischen gänzlich. Noch ist die Lage gefährlich.« Fantastisch! Sie konnten sogar miterleben, wie er weggepustet wurde.

»Brauchen wir ein noch größeres Loch?«, wollte Barin wissen.

»Kann nicht schaden«, antwortete der UO.

»Machen wir, Sir«, sagte O'Neil. Er klang ziemlich ruhig. Weitere Schwingungen pflanzten sich durchs Deck fort... Barin bemühte sich, nicht daran zu denken, welche Wirkung solche Vibrationen auf eine Pfütze aus kaltem Gas hatten – wie sie es erschütterten, es rascher verteilten, als das von allein geschehen wäre, wie sie es vermischten... Er hielt den Blick auf das Schott achtern gerichtet, wo sich auf einmal ein großer Abschnitt scheinbar wie Papier faltete, und er blickte hinaus in eine Schwärze, die mit Lichtern gesprenkelt war, ob nun Sterne oder die Arbeitslampen von an Außenbord tätigen Reparaturmannschaften.

»Geschafft«, meldete O'Neil.

»Sehen Sie zu, dass Sie hinauskommen«, befahl Barin. »Die Gase werden jetzt auf Sie zufließen.«

»Was ist mit Ihnen?«

»Oh, ich denke, Ghormley und ich bleiben noch ein Weilchen hier stehen und warten, bis sich die Dinge nach draußen verflüchtigt haben – und jetzt raus mit Ihnen!«

Die Lichter wanderten durch die Kammer, näherten sich der Luftschleuse, langsamer jedoch, als ihm lieb war. Wahrscheinlich sorgte O'Neil dafür, dass die Leute an der Sicherungsleine blieben; zwar war der Luftstrom durch ein Loch dieser Größe nicht besonders stark, aber das Deck war dort glitschig. Zwei Mann erreichten die Luftschleuse, öffneten sie und gingen hindurch; die anderen waren auch fast dort.

Barin drehte den Kopf, um sie im Auge zu behalten, als sie sich am inneren Wandschott hinaufarbeiteten, und der Bogen seines Helmscheinwerfers schwenkte durch die Kammer.

»Nein! Lasst mich nicht zurück!« Ghormley versagte fast die Stimme; Barin sah hin, als Ghormley gerade losstürzte.

»Nein! Tun Sie ..!« Er wusste, schon während er das

rief, dass der Junge nicht mehr anhalten würde, nachdem er erst mal in Bewegung war; und er wusste, dass er sich eine weitere Fehleinschätzung geleistet hatte, diesmal in der menschlichen Natur.

Er fand noch Zeit für einen Augenblick des Bedauerns, für einen Gedanken an Esmay, und dann leuchtete der Blitz auf, zu hell, um ihn zu sehen.

Kapitel neun

Terakian Fortune

Esmay starrte auf dieselbe Seite, die sie schon viele Male gelesen hatte. Sie hatte nichts zu tun; da die Mannschaft ohnehin zu groß war, brauchte niemand ihre Hilfe. Stunden und Tage liefen ineinander; sie bemühte sich, nicht daran zu denken, wie lange die Etappen der Fahrt jeweils dauerten, wie viel Zeit verstrich, in der alles Mögliche passieren konnte. Die letzte Datensendung, die die *Fortune* vor Eintritt in den Sprung empfangen hatte, enthielt nichts Bedeutsames über die Meuterei, nur Spekulationen über ihre Auswirkungen auf die Preise.

Barin war irgendwo da draußen, vielleicht im Gefecht, und hier saß sie, Esmay, auf einem Schiff fest, aus dessen Transponder genauso gut ständig der Begriff LEICHTES ZIEL hätte hervorplärren können. Sie debattierte in Gedanken mit Barins Großmutter, und sie konnte diese Auseinandersetzung gewinnen, weil sie selbst beide Rollen spielte. Im wirklichen Leben ... im wirklichen Leben hatten Admirale die Macht.

Mitten in ihrer Schlafenszeit wälzte sich Esmay auf die andere Seite und verhedderte die Beine erneut in der Bettdecke. Mit einem gedämpften Fluch zog sie sie glatt. So ging das einfach nicht! Was geschehen ist, ist geschehen. Was vorbei ist, ist vorbei. Sie kniff die Augen fest zu, bis Lichtsprenkel und -flecken durch die Dunkelheit zogen, holte tief Luft und ... spürte Barins Hand auf dem Gesicht, dem Hals, dem Rumpf. Sie roch ihn, schmeckte ihn … er rief nach ihr, sowohl Sehnsucht als auch Angst im Ton, und verschwand dann in einem gewaltigen Blitz. Esmay richtete sich plötzlich auf, ohne an die Geometrie der Kabine zu denken, und schlug sich den Kopf heftig am Schrank über dem Bett an.

Ob sie Barin je wiedersah? Dachte er an sie? Lebte er überhaupt noch? Heftig schaltete sie das Licht ein, blinzelte, um die Augen von heißen Tränen zu befreien, presste die Kiefer zusammen und griff nach einem Bademantel. Sie konnte wenigstens duschen gehen.

Sie öffnete die Tür und sah sich direkt Betharnya gegenüber.

»Ich habe einen Schlag gehört«, sagte diese Frau in ihrem komischen Akzent. »Ich wollte nachsehen, ob es Ihnen gut geht.«

»Mir geht es prima«, sagte Esmay. »Ich gehe duschen.«

»Hat niemand Sie geschlagen?«

»Nein.«

»Sie haben eine Schwellung am Kopf, am Haaransatz«, stellte Betharnya mit professioneller Distanz fest.

»Niemand hat mich geschlagen!«, erwiderte Esmay, die auf einmal wütend wurde. »Sie können ja nachsehen, wenn Sie möchten.« Sie versetzte der Tür einen heftigen Stoß, aber die Frau hielt diese einfach fest und warf einen sehr gründlichen Blick in die Kabine.

»Ah.«

»Sehen Sie, dass ich keinen Liebhaber verstecke?«, wollte Esmay wissen.

»Ja. Und dass es Ihnen schlecht geht.« Betharnya schloss die Kabinentür leise.

»Das geht Sie nichts an«, entgegnete Esmay und

nahm Kurs auf den Duschraum, aber die andere Frau hielt mit ihr Schritt.

»Es könnte mich durchaus etwas angehen, falls Sie uns in Gefahr bringen. Leiden Sie an Albträumen?«

»Haben Sie vor meiner Kabine gestanden und mich ausspioniert?«

»Nein, habe ich nicht. Ich bin gerade vorbeigegangen, habe jemanden murmeln gehört und dann einen lauten Knall, als würde jemand geschlagen, gefolgt von einem Fluch, dem Klicken des Lichtschalters und dem Rascheln von Kleidung. Und dann sind Sie herausgekommen ...«

»Das konnten Sie nicht alles hören«, behauptete Esmay.

»Ich habe ein sehr gutes Gehör. Es ist ein Fluch.«

»Es ist vorgetäuscht.«

»Sie sind nicht mehr so höflich wie zu den Mahlzeiten, Sera.«

»Es ist für mich mitten in der Nacht; ich habe schlecht geträumt und mir den Kopf am Schrank angeschlagen, und ja, Sie haben Recht, ich bin durcheinander. Und fühle mich entsetzlich.«

»Dann ist Duschen eine sehr gute Idee«, fand Betharnya. Sie hatten die Tür zum Duschraum erreicht. Betharnya wandte sich ab. »Drehen Sie das Wasser nicht zu heiß auf«, sagte sie über die Schulter.

»Und Sie gehen einfach so weg?«, fragte Esmay. Die andere Frau winkte, eine Geste, die alles Mögliche bedeuten konnte, und setzte ihren Weg fort.

Esmay betrat den Duschraum und erblickte sich selbst in den Spiegeln über den Waschbecken. Die rasch dunkel anlaufende Schwellung war allzu deutlich zu sehen. Und einfach zu viel: Esmay brach in Tränen aus und hämmerte mit den Fäusten auf den glatten, kalten Rand eines Beckens. Barin, Barin, Barin! Niemand kam herein; soweit sie wusste, hörte sie auch niemand. Sie stieg in eine Duschkabine und spülte den Schweiß und die Tränen ihres Kummers herunter. Als sie wieder in der Unterkunft war, schlief sie ein und wurde erst wach, als der Wecker klingelte.

»Wer hat Sie geschlagen?«, fragte Basil beim Frühstück. Sie wusste schon, wie sie aussah; sie hatte sich beim Anziehen im Spiegel gesehen.

»Niemand – ich bin mitten in der Nacht plötzlich wach geworden und habe mich am Schrank gestoßen.«

»Haben Sie Eis draufgetan?«

»Nein – daran habe ich nicht gedacht.«

»Man sollte immer Eis auf so was packen«, erklärte Basil völlig ernst. »Wenn meine Tochter hinfällt und sich einen blauen Fleck holt, legt meine Frau immer Eis darauf.«

Betharnya kam hereingeschlendert. »Ah, Sie sind verheiratet?«

»Das wissen Sie doch.« Aber sein Nacken lief langsam dunkelrot an; Esmay sah fasziniert zu.

»Und wie geht es Ihnen, Sera? Hat sich der Kopf gebessert?«

»Sehr«, antwortete Esmay. »Falls irgendjemand Hilfe braucht, bin ich absolut fähig, heute Wachdienst zu leisten.« Sie unterbreitete dieses Angebot täglich.

»Nein, nein«, sagte Goonar, der gerade mit einem Teller eintrat, dessen Inhalt köstlich duftete. »Sie werden keinen Wachdienst leisten; Sie sind unser Gast.«

»Na ja, ich sollte mich nützlich machen«, fand Esmay.

»Hmm. Womit Sie sich am nützlichsten machen könnten, ist wahrscheinlich nichts, was Sie gern täten«, sagte Goonar. »Wir könnten zum Beispiel Informationen über diese Meutereigeschichte gebrauchen.«

»Ich weiß nichts darüber«, sagte Esmay. Ein kalter Schauer lief ihr über den Rücken.

»Ah. Nun, ich habe auch nicht damit gerechnet – oder damit, dass Sie es uns erzählten, falls Sie etwas wüssten. Loyalität ist eine feine Sache, sogar zu etwas, wovon man sich entfremdet hat. Familien ändern auch mal ihre Meinung.«

»Ich denke nicht, dass es die Raumflotte tut«, entgegnete Esmay.

»Man weiß nie. Und Ihre Talente sind ja auch nicht auf Gefechtseinsätze beschränkt. Ein taktisches Gespür ist in vielerlei Hinsicht nützlich.«

»Aber ...« *Aber ich habe es geliebt,* das war das Falsche, wie Esmay wusste.

»Wie dem auch sei«, fuhr Goonar fort. »Falls es Dinge gibt, die nicht geheim sind, von denen Sie uns berichten dürfen – womit wir als Handelsfahrer in dieser Lage seitens der Flotte zu rechnen haben – oder was die Meuterer womöglich unternehmen ...«

»Man hat mich nicht unterrichtet«, wandte Esmay ein. »Ich war unterwegs zu meinem neuen Dienstposten. Ich weiß nur, was auch in den Nachrichten gemeldet wurde, und das war es auch so ziemlich. Aber falls ich eine Spekulation wagen soll, dann denke ich, dass wir es mit einem ernsthaften Versuch zu tun haben, die Macht zu ergreifen – einem Militärputsch. Manche in der Raumflotte halten die zivile Regierung für schwach und finden, dass sie das Militär nicht genug unterstützt.«

»Das klingt ganz nach unserem Vetter Kaim«, sagte Basil. Er beugte sich vor und bedachte sie mit einem Blick, der eindeutig besonderes Vertrauen übermitteln sollte. »Kaim ist auch bei der Flotte, ein Senior-Unteroffizier, aber er war schon immer ein bisschen komisch – und bei seinem letzten Besuch zu Hause äußerst komisch. Wir wissen nicht, ob er schließlich senil geworden ist – seinem Vater ging es so –, oder was wir sonst denken sollen.«

»Denken Sie, er ist in die Meuterei verwickelt?«

»Ich weiß nicht ... ich hoffe nicht ...«

»Er schwafelt immer über Intrigen und all so was«, erklärte Basil. »Meist hören wir ihm gar nicht zu – nicht, dass wir ihn besonders häufig sehen –, es sei denn, um etwas von den Auswirkungen auf den Handel zu erfahren. Beim letzten Mal redete er über Probleme mit Verjüngungen und seine Auffassung, die Flotte würde Uffze als Laborratten benutzen, wie er es ausdrückte. Deshalb hätte sie auch die Untersuchung von gescheiterten Verjüngungen gestoppt.«

Esmay schüttelte den Kopf. »Jeder hatte eine Lieferung schlechter Medikamente aus den Fabriken auf Patchcock, und nach dem, was ich gehört habe, war es Hobart Conselline, der die Untersuchungen stoppte.« In diesem Augenblick fiel ihr auf, dass die Meuterei wahrscheinlich nicht von den Consellines unterstützt wurde, falls sie irgendetwas mit Verjüngung zu tun hatte.

»Ah. Das ergibt Sinn. Diese ganze Geschichte mit der Verjüngung – das wird noch Probleme schaffen, auf die eine oder andere Art. Nehmen Sie meinen Fall; unser Unternehmen ist so strukturiert, dass die Alten den Jungen Platz machen, sobald diese reif werden. Was soll werden, falls die Alten das nicht mehr tun – falls sie selbst jung bleiben? Die Auswirkungen wären gering, solange es nur um ein paar reiche Leute geht; aber was, wenn mein Onkel und Vater noch immer Schiffskapitäne wären? Wo wäre ich dann?«

»Ich habe keine Ahnung«, gestand Esmay.

»Denken Sie, dass die Meuterer zivile Schiffe angreifen werden, Handelsfahrer? Oder andere zivile Ziele?«

»Womöglich«, sagte Esmay. »Um Druck auf die Regierung auszuüben, müssen sie entweder die loyalen Streitkräfte besiegen oder demonstrieren, dass diese Sie nicht schützen können. Oder beides. Ich fürchte, Sie können mit Schwierigkeiten rechnen, und zwar bald.«

Goonar schüttelte den Kopf und schwieg lange. Dann sagte er: »Ich sollte Ihnen gestehen, Sera, dass wir einen Flüchtling nach Castle Rock bringen. Einen Priester aus der Benignität.«

»Einen Priester?«

»Ja. Er sagt, man hielte ihn dort für einen Ketzer, der ein Geheimnis kennen würde. Die Flotte weiß über ihn Bescheid; sie übernimmt auf Castle Rock die Verantwortung für ihn.«

»Was könnte die Flotte denn mit einem Priester anfangen?«, fragte Esmay.

»Ich weiß nicht«, antwortete Goonar. »Ich möchte ihn jedenfalls loswerden.« Er blickte auf die Uhr. »Ich gehe jetzt lieber.«

RSS *Rosa Maior*

Er hatte gar nicht mehr erwartet, wieder wach zu werden; er hatte schon tut mir Leid und auf Wiedersehen gesagt und all das.

Die Lichter machten ihm Angst; er hörte jemanden immer wieder sagen *schaltet sie aus!*, aber er erkannte die eigene Stimme nicht. Dann trat eine dunkle Gestalt zwischen ihn und das Licht und redete mit ihm. Einen Augenblick lang glaubte er, die Gestalt würde wegfliegen, sah ihre Silhouette vor dem Licht, aber dann wurde sie als Person erkennbar, die am Bett stand.

»Immer mit der Ruhe, Serrano«, sagte die Stimme.

Serrano. Er blinzelte und konnte deutlicher sehen. Er war ein Serrano, aber er wusste nicht recht, welcher. Serrano bedeutete Pflicht, Erwartungen, die an einen gestellt wurden, bedeutete ... jemand war umgekommen, und es war seine Schuld.

»Wie viele?«, fragte er mit einer Zunge, die sich wie eine schmutzige Socke anfühlte.

»Wissen Sie, wie Sie heißen?«, fragte die Person.

»Serrano«, sagte er und wiederholte damit, was er gehört hatte.

»Und der volle Name?«

Er blinzelte wieder. Er war sich ganz sicher, keiner der weiblichen Serranos zu sein, aber welcher von den Männern? »Sabado«, sagte er.

»Immer noch verwirrt«, stellte die Stimme fest. »Also wird weitergeschlafen, Junge.«

Junge? War das sein Vater? Er war sich ziemlich sicher, dass er es nicht mit seinem Vater zu tun hatte. Die Dunkelheit schloss sich über ihm, während er immer noch über diese Frage rätselte.

Beim nächsten Mal erwachte er zu brutaler Klarsicht und wusste ganz genau, wer er war – Lieutenant Junior Grade Barin Serrano – und was geschehen war: Er hatte es verpfuscht, und Menschen waren umgekommen. Er war auch nicht nützlicher als damals auf der *Koskiusko*, wo man ihn gefangen genommen hatte. Und er hatte das Gefühl, als bearbeitete jemand seinen Schädel mit dem Hammer, und er wusste, dass es so nur richtig und gerecht war.

»Kennen Sie Ihren Namen?«, fragte jemand. Er blickte zu der Person im grünen Kittel hinüber und erkannte sie als zur Krankenstation gehörig.

»Ja. Barin Serrano, Lieutenant Junior Grade ...«

»Wissen Sie, wo Sie sind?«

»Krankenstation«, antwortete Barin. »Auf der *Rosa Maior.*«

»Richtig. Wissen Sie, welches Datum wir haben?«

»Nein ... wurde ich bewusstlos geschlagen?«

»Man könnte es so ausdrücken. Man könnte

auch sagen, dass Sie verdammt knapp am Tod vorbeigeschrammt sind. Erinnern Sie sich an irgendwas?«

»Nein«, gestand Barin. Er entsann sich wirklich nicht, obwohl ihm ein paar Bilder regelrecht eingebrannt waren: eine dunkle Gestalt, die durch Flammen geschleudert wurde, ein großes schwarzes Loch, hinter dem die Sterne leuchteten ... »Jemand ist umgekommen«, sagte er.

»Yeah, aber verdammt viel weniger, als es ohne Sie erwischt hätte.«

»Wie viele?«

»Zwei. Der Idiot, der in Panik geraten ist, und jemand, der durch das Rumpfloch hinausgeschleudert wurde und dabei an dessen Kante knallte. Drei von Ihrem Team wurden verletzt: Verbrennungen, Knochenbrüche. Ihnen selbst geht es noch am schlimmsten – Sie steckten mittendrin, soweit ich es es verstanden habe. Aber Sie leben. Beantworten Sie mir jetzt noch ein paar Fragen, Junge, damit ich mit meiner Arbeit fortfahren kann.«

»Sicher«, sagte Barin.

»Wer ist Sprecher des Großen Rates?«

»Ah ... Hobart Conselline.«

»Grand Admiral?«

»Savanche.«

»Wer ist Kommandant dieses Schiffes?«

»Ich ... weiß es nicht mehr.«

»Ist schon okay. Wie viel sind zwei und zwei?«

»Vier«, antwortete Barin leicht verärgert.

»Gut. Was tut Ihnen weh?«

»Der Kopf«, sagte Barin. Er stellte sich die Frage, was sonst noch wehtat, aber der Kopf war eindeutig vorn.

»Na ja, wir können Sie leider nicht in einen Regenerationstank stecken, bis sich die Gehirnerschütterung wieder gelegt hat. Der Druck ist gesunken ... Wir haben allerdings chirurgisch einiges gerichtet, weshalb Sie auch weitgehend fixiert sind.«

Es war ihm noch gar nicht aufgefallen, aber jetzt bemerkte er, dass er sich nicht bewegen konnte.

Am nächsten Tag fielen seine Vorgesetzten geballt über ihn her. Er wappnete sich für einen Verriss, aber stattdessen erklärten sie ihm, er wäre eine Zierde der Raumflotte.

Das kapierte er nicht. Warum lobten sie ihn, wo er es doch von Anfang an falsch gemacht hatte? Hätte er als Ensign besser aufgepasst, als er in der Umweltsteuerung diente, dann hätte er gewusst, dass man dort einen speziellen Chemosensor benutzte. Er hätte nicht Wahns Klage ignoriert, dass sein Gerät all diese seltsamen Namen nicht gespeichert hatte. Hätte er in Chemie besser aufgepasst, dann hätte er gewusst, dass Methan ein Molekulargewicht von sechzehn hatte. Er hätte gewusst, dass Sauerstoff und Methan selbst bei geringem Druck und niedriger Temperatur ein explosives Gemisch bildeten, und das in einer großen Bandbreite von Konzentrationen. Hätte er Ghormley besser gekannt, hätte er überzeugender gewirkt und mehr Autorität ausgestrahlt, dann wäre der Junge nicht in Panik geraten und dermaßen ausgebrochen. Hätte Barin gewusst, was er eigentlich hätte wissen sollen, und hätte er sichergestellt, dass sie die richtige Ausrüstung mitnahmen, dann wäre es nie zur Explosion gekommen.

Ghormley wäre immer noch am Leben. Betenkin wäre noch am Leben. O'Neil und Averre und Telleen wären nicht verletzt worden. Es gäbe kein Loch im Schott, und dem Schiff würde nicht die Hälfte der Umweltanlagen fehlen.

Die Kopfschmerzen ließen nach, aber der Kummer im Herzen nicht. Als O'Neil ein paar Tage später kam und ihm dankte, wurde es noch schlimmer.

»Tut mir Leid«, sagte Barin. »Ich hätte ...«

O'Neil schüttelte den Kopf. »Sie haben Ihr Bestes getan, Sir. Um Ihnen die Wahrheit zu sagen: Als Sie das Wort ›Methan‹ aussprachen, bin ich sozusagen erstarrt. Konnte nicht mehr nachdenken, wäre am liebsten weggerannt wie Ghormley. Aber Sie hatten einen Plan ...«

»War wohl nicht besonders gut«, sagte Barin.

»Der Umweltoffizier ist anderer Meinung. Er sagte, es wäre ein gottverdammtes Wunder, dass überhaupt jemand lebend herausgekommen und das Schiff nicht auseinander geflogen ist, und er hätte nicht gern so dagestanden wie Sie.«

Falls er jetzt Einwände erhob, dachten sie bestimmt, er wollte noch mehr Lob einheimsen. »Um die Wahrheit zu sagen: Ich erinnere mich nicht mehr an vieles«, sagte er.

»Wahrscheinlich besser so«, sagte O'Neil. »Averre und Telleen waren gerade in der Schleuse; Betenkin und ich waren als Nächste an der Reihe, und Betenkin hatte sich gerade von der Sicherungsleine gelöst, um hindurchzugehen, als der Blitz einschlug. Der Überdruck hat die Schleuse auf den Korridor hinausgerammt – wobei Averre und Telleen verletzt wurden; sie sind dort ans Wandschott geknallt – und dann zurückgesaugt, Betenkin gleich mit. Hätte ich mich nicht an die Sicherungsstange geklammert, wäre ich auch aus dem Schiff gesaugt worden. Ich habe nicht genau gesehen, was mit Ihnen passierte, aber man hat Sie zwischen Rohren eingeklemmt gefunden; Ihr Bein hing dort fest, und man glaubt, dass Sie deshalb nicht hinausgerissen wurden. Ghormley war tot, und Sie waren mit knapper Not noch am Leben.«

»Ich konnte ihn einfach nicht aufhalten«, sagte Barin und blinzelte, um sich von Tränen zu befreien, die O'Neil hoffentlich nicht sah. »Ich war zu weit weg ...«

»Aber Sir, Sie wissen doch: Hätten Sie sich bewegt, wäre das Gleiche passiert. Sie gaben uns die beste Chance, die noch möglich war, indem Sie einfach stehen blieben. Niemand macht Ihnen einen Vorwurf.«

Sie sollten es eigentlich, aber das konnte er auch nicht sagen.

»Wie geht es dem Schiff?«, fragte er stattdessen.

»Humpelt so dahin. Ich bezweifle, dass man damit noch viel mehr machen kann, als es zu verschrotten. Hat ein Drittel der Überlichtknoten verloren; man schickt ein DSR, ein Tiefraum-Werftschiff her, um zu sehen, ob noch etwas zu machen ist.«

Ein DSR? Man würde kein DSR herausschicken, falls die *Rosa Maior* noch aus eigener Kraft hätte zurückkehren können. Barin verbannte die Erinnerungen an den Rettungseinsatz der *Koskiusko,* daran, wie er in Gefangenschaft geriet, diese erste Demütigung.

»Zwei der Meutererschiffe haben wir erledigt, aber drei konnten aus dem System entkommen. Die gute Nachricht lautet: die Raumflotte hat das Copper-Mountain-System wieder in der Hand. Gerüchte wollen wissen, dass man die Verletzten hinschicken wird, damit sie besser versorgt werden können.«

Copper Mountain ... seine letzte Erinnerung an Copper Mountain war dieser alberne Streit mit Esmay. Plötzlich sehnte er sich nach ihr, sehnte sich ganz heftig nach ihr. Aber was würde sie sagen? Esmay, die doppelte und dreifache Heldin, die in einer Krise immer das Richtige tat ... was sie wohl von ihm hielt? Schämte sie sich für ihn? Und sie war nicht einmal mehr bei der Flotte. Ob er sie jemals wiedersah?

Pounce II

Cecelia de Marktos, zusammen mit Miranda Meager-Thornbuckle unterwegs in die Guerni Republik, ignorierte alle Warnungen vor der Meuterei mit der üblichen fröhlichen Überzeugung, dass sich niemand mit *ihr* anlegen würde. Sie registrierte ihren Flugplan beim nächsten Flotten-Oberkommando, um nicht mit einem Piraten oder dem Spion einer fremden Macht verwechselt zu werden, lehnte aber den Ratschlag ab, eine Passage auf einem kommerziellen Fahrgastschiff zu buchen.

»Die Meuterer werden sich nicht die Mühe mit zwei alten Frauen an Bord eines winzigen Schiffes wie der *Pounce* machen«, erklärte sie dem ernsten jungen Mann mit der gefurchten Stirn.

»Vielleicht aber doch ... und in einem solchen Fall wären Sie wehrlos ...«

»Ich halte das Risiko für viel höher, falls ich auf einem großen kommerziellen Liner mit Hunderten anderer potenzieller Geiseln fahren würde«, erwiderte Cecelia. Die Identität ihres Passagiers hatte sie nicht bekannt gegeben; Miranda wäre eine prima Geisel gewesen, aber sie hatte nicht vor, eine zu werden.

»Ich kann Sie nicht aufhalten«, erklärte der junge Mann zum dritten oder vierten Mal. »Ich kann Ihnen nur sehr nachdrücklich empfehlen ...«

»Es nicht zu tun. Ja, das verstehe ich. Trotzdem sind es meine eigenen alten Knochen, und ich hatte ohnehin nie damit gerechnet, so lange zu leben.«

Miranda wartete, bis sie aus dem Dock gefahren und schon ein gutes Stück auf dem Weg nach draußen waren, ehe sie eine Bemerkung machte. Und diese beschränkte sich auf: »Und du denkst, Brun hätte ihren Leichtsinn von mir?«

»Sie ist nicht meine Tochter«, wandte Cecelia ein. Sie

hatte alle automatischen Anlagen eingebaut, die für solche Schiffe erhältlich waren, aber der Sprungeintritt war trotzdem heikel. Ihr Kurs würde sie, wie sie hoffte, in einer Reihe verknüpfter Sprünge sicher an allen wahrscheinlichen Problemzonen vorbeiführen und sie an der Guernesi-Grenze sicher wieder in den Normalraum ausstoßen.

»Die Leute haben Brun zu warnen versucht, und sie ist trotzdem in Gefangenschaft geraten ...«

»Das war etwas anderes«, fand Cecelia. Sie hatte das unbehagliche Gefühl, dass es gar nicht so anders war, aber sie wusste auch, dass man Mirandas Identität unmöglich hätte verheimlichen können, hätten sie eine kommerzielle Passage gebucht. Besonders in Krisen wie derzeit verlangten diese Schiffe klare Identitätsnachweise, und man konnte sich darauf verlassen, dass jemand die Medien informierte. Aber soweit irgendjemand außerhalb der eigentlichen Familie wusste, befand sich Miranda nach wie vor auf Sirialis.

Cecelia bedauerte ihre schlaue Idee jetzt seit einigen Tagen – Miranda benahm sich zwar absolut vernünftig, war aber nicht die Reisegefährtin, die sich Cecelia auf solch engem Raum gewünscht hätte. Miranda gehörte eigentlich in eine Suite mit Hausmädchen, nicht in den schmalen Korridor der *Pounce* und die dürftig ausgestatteten Kabinen. Sie konnten nicht aneinander vorbeigehen, ohne sich gegenseitig an den Hüften zu stoßen. Schlimmer noch: Cecelia bekam die Erinnerung einfach nicht aus dem Kopf, wie Miranda Pedar attackierte, diesen Augenblick der Bewegung, den Cecelia miterlebt hatte, ehe der Mann zusammenbrach ...

Es hatte einen nicht unerheblichen Willensaufwand erfordert, nicht sämtliche scharfen Gegenstände aus der winzigen Kombüse des kleinen Schiffes zu entfernen, aber kein Willensaufwand verhinderte, dass Cecelia Albträume hatte. Sie hatte sich aus freiem Entschluss zusammen mit einer Mörderin eingeschlossen. Wie hatte sie nur so dumm sein können? Aber Miranda würde sie nicht umbringen ... Cecelia hatte weder ihr noch ihren Kindern irgendwas getan ... Natürlich war sie der einzige Mensch, dem gegenüber Miranda ein Geständnis abgelegt hatte ...

»Ich schätze, du wirst mir nie verraten, wo Bruns Kinder sind«, sagte Miranda.

»Ich dachte, du wolltest es nicht wissen«, entgegnete Cecelia, erschrocken vom plötzlichen Themenwechsel.

»Ich wüsste gern, ob du dir wirklich sicher bist, dass sie nicht in Gefahr schweben.«

»Ja. Absolut sicher. Sie sind bei Familien, die sie lieben; sie tragen jetzt Familiennamen, in die sie hineinwachsen können. Als ich sie zuletzt sah, waren sie gesund und glücklich.«

»Das ist gut. Nachdem du damals abgereist warst, dachte ich mir, wir hätten vielleicht bei Bruns Freunden nachfragen sollen – jemandem wie Raffa zum Beispiel –, um sie dort unterzubringen.«

Cecelia biss die Zähne zusammen und hoffte, dass ihre Miene nichts verriet. »Raffa führt jetzt ihr eigenes Leben«, sagte sie. »Ich bezweifle sehr ...«

»Du hast Recht«, sagte Miranda. »Ich hatte es vergessen ... Ich bin so daran gewöhnt, dass sie Brun hilft, aber sie hat schließlich Ronnie geheiratet, und sie sind losgezogen, um irgendwo als Pioniere zu leben, nicht wahr?«

»Berenice ist deshalb immer noch ziemlich sauer auf Ronnie«, erzählte Cecelia. »Es machte ihr nichts aus, dass er Raffaele heiratete, aber sie war nicht mit der Entscheidung beider einverstanden, zu emigrieren.« Falls sie dafür sorgte, dass sich das Gespräch um die Gefühle von Ronnies Mutter drehte, blieb sie vielleicht auf sicherem Grund.

»Ich weiß, dass er dein Neffe ist, Cecelia, aber er wirkte tatsächlich immer ein bisschen gedankenloser als unsere Jungs.«

»Wenn man seiner Mutter Glauben schenkt, ist er heute nicht mehr gedankenlos.« Die Erinnerung entlockte ihr sogar ein leises Lachen. »Die letzte Nachricht, die sie erhielt, war ein Würfel mit einem Video von ihm und Raffaele, beide sonnenverbrannt und schmutzig und wie Idioten grinsend – wie Berenice es ausdrückte.«

»Schon irgendwelche Enkel?«

Cecelia beschloss, das so zu deuten, wie es ihre Schwester getan hätte. »Nein ... und sie ist darüber auch nicht glücklich. Anscheinend streiten sie und Raffaeles Mutter darüber, weil Raffas Bruder und Penelope Price-Lynhurst gerade ein Baby bekommen haben. Berenice behauptet, das wäre nicht fair. Zum Glück war ich nicht dabei, aber anscheinend haben die Teetassen ganz schön geklappert.«

Miranda lachte. »Berenice ist ganz anders als du ...«

»Das erzählt man mir schon mein ganzes Leben lang. Ich bemühe mich ja, aber wir werden nie miteinander klarkommen.« Cecelia lehnte sich zurück. Vielleicht wurde es ja gar nicht so schlimm. Falls sie sich die ganze Reise lang über die Kinder anderer Leute unterhielten, war das zwar langweilig, aber ungefährlich. Sie hoffte, dass Miranda genug Verstand hatte, das Thema Politik nicht zu streifen.

Tag für Tag, von einem Sprungpunkt zum nächsten, suchten sie sich den Weg durch den Raum der Familias. Miranda erwies sich als fähig, in der kleinen Kombüse essbare Mahlzeiten zu erzeugen, und verbrachte sonst eine Menge Zeit in der eigenen Kabine. Cecelias Albträume ließen nach; sie spannte sich nicht mehr an, wenn sie auf dem Pilotensitz saß und Miranda sich ihr von hinten näherte. Gelegentlich fragte sie sich, was in der Welt draußen geschah, wie sich die Meuterei entwickelte, wo Heris Serrano steckte ... aber das waren Probleme anderer. Sie hatte, wie sie sich sagte, genug damit zu tun, die *Pounce* auf Kurs zu halten.

Der Absprungtransit erfolgte sechs Stunden vor dem geplanten Zeitpunkt, als Cecelia und Miranda sich gerade mit ihren Suppenterrinen zu Tisch setzten. Als der Alarm aufheulte, erzitterte das Schiff wie ein Pferd, das Fliegen abschüttelte, und ruckte plötzlich. Heiße Suppe schwappte Cecelia auf den Schoß; sie sprang auf und stolperte an den Wandschrank, als das Schiff erneut schlingerte. Die automatische Warnmeldung ertönte, als Cecelia gerade nach einem Eisbeutel für das verbrühte Bein tastete. »Störung ... Störung ... Störung ... Annäherungsalarm, Fluxüberschuss ... Pilot Override ... Pilot Override ...«

Während sie den Eisbeutel fest ans Bein drückte, arbeitete sich Cecelia von einem Handgriff zum nächsten vor, bis sie den Pilotensitz erreichte. Wo hatte sie einen Fehler gemacht? Sie hatte die Kursdiagramme kontrolliert und wieder kontrolliert; das Schiff müsste eigentlich auf sicherer Distanz zu jeder größeren Masse sein. Sie hatte nur grün codierte Sprungpunkte eingegeben, sichere und stabile Sprungpunkte ...

Die Hälfte aller Anzeigen leuchtete rot. Sprungantrieb ausgefallen, systeminterner Antrieb ausgefallen, Schutzschirme ausgefallen ... Cecelia reduzierte die Energieversorgung auf Notfallniveau; die Beleuchtung wurde schwächer. Dann überwand sie sich dazu, die Checkliste durchzugehen und die roten Lampen so lange zu ignorieren, bis sie auf der Liste an die Reihe kamen. Zunächst die Rumpfintegrität: nach wie vor grün. Dann die Atmosphäre: nach wie vor grün. Das wusste sie allerdings schon; sie war am Leben und bei Bewusstsein, also musste Luft vorhanden sein. Jetzt zu den Umweltanlagen: gelb. Sie zögerte, aber das Protokoll besagte: mit der Checkliste fortfahren. Sie schaltete auf die Kurzliste um und fuhr fort. Nachdem sie die roten Codes durchgegangen war – Triebwerke, Schutzschirme, Fernsensoren, die minimalen Waffen, über die das Schiff verfügte –, kehrte sie zu den gelben zurück.

»Wie ist die Lage?«, erkundigte sich Miranda ruhig.

»Wir haben einen intakten Rumpf, Luft zum Atmen und gewisse Schäden an den Umweltanlagen ... ja ... sind behebbar. Ich muss die Kästen neu richten, und ein Filter hat sich gelöst. Ansonsten werden wir in absehbarer Zeit nirgendwohin gelangen.« Abgesehen davon, dass sie mit ihrer Austrittsgeschwindigkeit dahinrasten, die höher war, als Cecelia selbst eingestellt hätte. Aber darum würde sie sich später kümmern.

»Was ist passiert?«

»Noch keine Ahnung.« Cecelia nahm sich erneut die gelbe Liste vor und widmete sich den Problemen, die schnell und leicht zu beheben waren. Punkt für Punkt kehrte zu grünem Status zurück. Sie verloren keine Luft; die interne Energieversorgung reichte für alle derzeitigen Erfordernisse; alle Umweltanlagen funktionierten richtig. Die roten Codes ... gingen über Cecelias Fertigkeiten. Über jedermanns Fertigkeiten in einem so kleinen Schiff; selbst wenn sie sich darauf verstanden hätte, die Triebwerke zu reparieren: sie waren nicht zugänglich.

Sie kehrte in die Pilotenkabine zurück und zeigte Miranda ein Kopfschütteln. »Jetzt muss ich herausfinden, wo wir sind und wie schnell wir fliegen ... gegenwärtig sind wir ein reines Geschoss.«

»Und was passiert ist?«

»Und was passiert ist, falls ich kann. Du hast nie irgendwelche Raumschiff-Qualifikationen erworben, nicht wahr?«

»Nein – ich habe Atmosphärenscheine für Flitzer und Helos, aber keine für Raumfahrzeuge.«

»Hm. Na ja, während ich an Positions- und Kursbestimmung arbeite, kannst du dir das ja mal anschauen.« Cecelia holte ein gedrucktes Handbuch aus dem Behälter unter dem Sitz hervor. »Ich möchte nicht mehr Energie verbrauchen als nötig.«

»Ich verstehe. Dann möchtest du auch, dass ich in der Kombüse alles ausschalte, nicht wahr?«

»Ja, falls die Umschaltung auf Notbetrieb das nicht schon automatisch bewirkt hat.« Im Augenblick wusste sie nicht mehr, ob das so funktionierte. Sie öffnete die Abdeckung des Positionsbestimmungs-Systems für Notfälle und las die in die Innenseite des Deckels gravierten Anweisungen. Angeblich konnte dieses Gerät mit seiner eigenständigen Stromversorgung ihre Position überall im Familias-Raum präzise bestimmen. Sie hoffte, dass sie sich nach wie vor in diesem Gebiet befanden.

Das Positionssystem wies nur eine kurze Liste von Instruktionen auf. Cecelia gab die vorherigen Kursdaten ein, den letzten Sprungpunkt, den sie passiert hatten, und wartete darauf, dass der Bildschirm etwas zeigte.

BERECHNUNG LÄUFT, stand dort in leuchtenden roten Buchstaben. Sie starrte lange darauf und wurde sich schließlich der Schmerzen im Bein bewusst. Sie hatte den Eisbeutel irgendwo fallen gelassen, als sie sich um den gelockerten Filter kümmerte.

»Miranda ...«

»Ja?«

»Sieh mal, ob du irgendwo den Eisbeutel findest. Ich habe ihn weggelegt, als ich hinten bei den Unterkünften arbeitete; achte darauf, dass er nicht an irgendeiner Stelle schmilzt, wo es problematisch werden könnte.«

»Klar.«

Die rote Anzeige wechselte nicht. Cecelia hatte keine Ahnung, wie lange solche Berechnungen dauerten, falls das Gerät überhaupt funktionierte. Sie schälte den feuchten Stoff der Hose von dem schmerzenden Fleck am Bein ab und zischte vor Schmerzen. Sie wollte die Brücke nicht verlassen. Als sie sich umblickte, fiel ihr ein, dass sie gar nicht versucht hatte, das automatische Logbuch zu bergen.

Während sie das BERECHNUNG LÄUFT im Auge behielt, versuchte Cecelia das automatische Logbuch zu lesen. Zunächst ergab das Display keinen Sinn, aber dann erinnerte sie sich, dass sie die Daten in ein Textformat konvertieren musste. Das Durcheinander von Symbolen verwandelte sich in ein skizzenhaftes Tagebuch. Sie hatten Sprungpunkt Rvd45,7 passiert, dann nach einer Etappe von 28,52 Standardstunden Sprungpunkt Tvd31,8. Zwei Standardstunden später – genauer gesagt, 2,13 Stunden – passierten sie in kritischer Distanz eine ausreichend große Masse, um den Absprung einzuleiten.

Über kritische Radien und Massen wusste Cecelia lediglich, dass je größer die Masse, desto größer auch der kritische Radius, dem man ausweichen musste. Ein solches Problem stellte sich gewöhnlich nur bei Einleitung und Beendigung eines Sprungs, wenn jemand einen nicht kartografierten Sprungpunkt benutzte. Bei einem Schiff von der Größe der *Pounce* hätte sich ein solches Problem nicht stellen dürfen, solange es nicht frontal in etwas hineinrasselte. Dabei hatte Cecelia sogar kartografierte Punkte und eine grün-codierte Standardroute benutzt. Noch niemand hatte auf dieser Route Schwierigkeiten gehabt, und sobald man erst mal im Sprungkontinuum war, sollte eigentlich schon die schiere Unbestimmbarkeit der Position dafür sorgen, dass man in Sicherheit war.

Die Masse, der sie zu nahe gekommen waren … erreichte nicht mal die Ausmaße eines kleinen Mondes, geschweige denn eines Planeten. Cecelia wählte auf dem Bildschirm die Funktion »Daten interpretieren«. Der Bildschirm wurde leer und verkündete nur noch DATENSUCHE LÄUFT. Sie blickte wieder auf den anderen, auf dem nach wie vor stand: BERECHNUNG LÄUFT. Das Display fürs automatische Logbuch wechselte als Erstes wieder und bot eine ganze Palette von Möglichkeiten. Es waren allesamt Schiffe.

Schiffe?

Eins (1): Sehr großer Containerfrachter, voll beladen mit einer Fracht von hoher Masse.

Zwei (2): Mehrere sehr große Containerfrachter, voll beladen mit Fracht von durchschnittlicher Masse.

Drei (3): … Die Liste setzte sich fort. Cecelia glaubte nicht, dass zwei oder drei oder vier Containerschiffe in einem solch engen Konvoi fuhren, aber weiter unten auf der Liste stockte sie bei Punkt 8: »Flottille oder Welle von militärischen Fahrzeugen mit einer Gesamtmasse wie oben angegeben, die einen engen Konvoi bilden …«

Mit anderen Worten: Sie hatte gerade eine Gruppe von Kriegsschiffen durchschnitten oder beinahe durchschnitten, deren Gesamtmasse ausreichte, um sie aus dem Sprung zu reißen und ihren Überlichtantrieb außer Funktion zu setzen.

»Oh, fantastisch«, murmelte sie.

»Was ist?«, fragte Miranda hinter ihr.

»Falls das Autolog Recht hat, dann liegt unser abrupter Sprungaustritt wohl daran, dass wir in eine Gruppe von Kriegsschiffen geraten sind.«

Miranda pfiff. »Ich frage mich, was wir dabei angerichtet haben.«

»Möglicherweise gar nichts. Womöglich haben wir sie aber auch weggepustet. Aber falls nicht ...«

»... sind sie vielleicht hinter uns her. Ich frage mich, ob es Meuterer oder Loyalisten sind.«

»Ich mich auch«, sagte Cecelia. »Hast du den Eisbeutel gefunden?«

»Ja ... du hast ihn ins Waschbecken gelegt. Wie geht es dem Bein?«

»Es tut weh, aber nicht zu sehr.« Das System für die Positionsbestimmung piepte, und sie wandte sich ihm wieder zu. »Ah ... da haben wir es ...« Die dort angezeigten Daten waren für Cecelia nicht sofort verständlich, aber zumindest lagen endlich Zahlen vor. Cecelia notierte sie und rief als Nächstes ein Grafikdisplay auf.

Sie befanden sich nach wie vor im Raum der Familias, aber darin erschöpften sich die guten Nachrichten. Sie waren in einer Region hervorgekommen, die nur spärlich mit bewohnten Welten besetzt war; die beiden nächsten kartografierten Systeme lagen zwei respektive drei Sprungpunkte entfernt. Copper Mountain – das kannte sie noch von dem ganzen Theater über Bruns Entführung her. Es war ein Flottenstützpunkt. Es war auch die Stelle – bei diesem Gedanken fuhr es ihr kalt über den Rücken – wo die Meuterei ausgebrochen war. Cecelia stieß leise einen Schwall von Flüchen hervor, und Miranda kam zu ihr.

»Schlechte Nachrichten?«

»Schlechte Nachrichten. Copper Mountain ist das nächste bewohnte Sonnensystem. Möchtest du wetten, dass es Meutererschiffe waren, die wir beinahe gerammt haben?«

Die Passivsensoren machten deutlich, dass sie weit von jedem hilfreichen Ort entfernt waren ... in etwa 18 astronomischen Einheiten leuchtete der Stern dieses Systems orangefarben. Cecelia ließ die Sensoren laufen, und nach zwei Minuten hatten sie sechs Signale ermittelt, die aufgrund ihrer relativen Bewegungen möglicherweise Schiffe darstellten. Eine weitere Minute, und die Farbe wechselte und bestätigte damit, dass die Signale künstlichen Ursprungs waren und über Eigenantrieb verfügten. Die Schiffe beschleunigten in Gegenrichtung; der Massesensor meldete eine kombinierte Masse, sehr nahe dem Wert, den das Autolog als Ursache für den Sturz aus dem Sprung gemeldet hatte.

»Das ist es wohl, was wir beinahe gerammt haben«, sagte Miranda, die sich über Cecelias Schulter beugte.

»Yeah ... was immer das ist und wer immer das ist.« Das miese Gefühl in der Magengrube deutete auf Meuterer hin ... es mussten welche sein.

»Möchtest du sie probeweise grüßen?«

»Ohne es zu wissen? Nein. Sollen sie uns ruhig für ein Thema halten, das sich erledigt hat.« Das konnte ohnehin die Lage treffen, falls es ihnen nicht mehr gelang, die Triebwerke in Gang zu bringen.

»Ist mir recht«, sagte Miranda. »Aber wir können doch mal lauschen, nicht wahr?«

»Ich weiß gar nicht, ob unser Funk überhaupt läuft«, wandte Cecelia ein. Die rote Anzeige war von selbst auf Gelb umgesprungen, und Cecelia traute dem Braten nicht. »Ich schätze, wir können es aber mal probieren.«

Sie schaltete die Empfänger ein und wurde mit Zischen und Prasseln belohnt. Sie ging die verschiedenen Einstellungen durch. Dann ertönte eine verzerrte Stimme, die von der Spracherkennungs-Software rasch korrigiert wurde.

»... könnte es nicht ein Schiff gewesen sein?«

»Unwahrscheinlich. Haben Sie irgendwas in den Sensoren?«

Cecelia versuchte, die Daten der eigenen Passivsensoren zu deuten, und wünschte sich, sie hätte besser aufgepasst, als sich Koutsoudas und Oblo mit Brun über Scannertechnik unterhielten. Wie weit waren die anderen Schiffe entfernt, und wem gehörten sie?

»Da haben wir es.« Cecelia zuckte zusammen, als die ferne Stimme einen anderen Ton anschlug. »Es ist klein; deshalb hat es auch sich und uns nicht in Fetzen gerissen. Triebwerke sind tot ... es fliegt nur mit Eigenimpuls ... aber es besteht eine Chance, dass die Besatzung noch lebt.«

»Nicht unser Problem«, fand die zweite Stimme. »Unwahrscheinlich, dass sie uns verraten ... und ohne funktionsfähige Triebwerke ...«

Also waren es die Meuterer. Cecelia blickte Miranda an, die weiß geworden war. Sie kapierte es.

»Wir können ja nicht wissen, ob die Triebwerke wirklich kaputt sind; vielleicht haben sie sie nur abgeschaltet. Wir dürfen das Risiko nicht eingehen. Zu viel ist schon schief gegangen ...«

»Findet man in diesem System kein Navigationsfeuer?«, erkundigte sich Miranda. »Kein Flotten-Ansible? Irgendwas?«

Cecelia schlug nach. »Es ist unbewohnt. Es gibt einen kartografierten Sprungpunkt, aber er gilt als nicht ganz zuverlässig – irgendein großer Klumpen Metall rast auf einem exzentrischen Orbit dahin und führt zu irgendeinem Problem ...« Sie deutete auf eine Fußnote. »Warte mal ... es gibt ein Ansible ... hier wurde mal eine Forschungsstation unterhalten. Das Problem ist nur: Ich weiß nicht, ob es zivile Signale empfängt ... mal probieren ...«

»Bemerken es die Meuterer, wenn wir eine Verbindung herstellen?«

»Vermutlich.« Cecelia stellte die angegebene Frequenz ein. »Und wir verfügen über keinen funktionsfähigen Richtstrahler oder sonst eine der technischen Finessen, die ich jetzt richtig vermisse. Aber sie wissen ja schon von unserer Anwesenheit und werden uns ohnehin nachsetzen. Falls wir jedoch dem Ansible ein Signal übermitteln können, weiß die Raumflotte wenigstens, wo sie einen Teil der Meuterer findet.« Oder fand, denn sie blieben sicher nicht hier. »Und vielleicht entschließen sich die Meuterer auch, wenn sie unser Signal bemerkt haben, lieber zur sofortigen Flucht und lassen uns in Ruhe. Wir haben dann schon allen Schaden angerichtet, den wir nur können.«

»Irgendwie«, sagte Miranda und betrachtete das Sensorendisplay, wo die markierten Icons inzwischen die Farbe gewechselt hatten und von verlängerten Kegeln gefolgt waren, die Kurswechsel und Beschleunigung anzeigten, »irgendwie denke ich nicht, dass sie so reagieren werden.«

»Wahrscheinlich nicht.« Cecelia gab die Impulskombination für das Ansible ein und drückte sich selbst die Daumen. Sechs volle Minuten brauchte das Signal bis zum Ansible, sechs für das Antwortsignal ... und sie musste auf Bestätigung warten, ehe sie irgendeine Nachricht senden konnte. Sie wusste nur zu gut, wie viel in zwölf Minuten geschehen konnte.

Zwei der fernen Schiffe verschwanden vom Bildschirm, und zwei Icons vom Typ *Vielleicht Schiffe?* tauchten viel näher wieder auf. Natürlich ein Mikrosprung. Sie schaltete wieder die Frequenz ein, die sie auch zuvor abgehört hatte.

»... haben das Transpondersignal empfangen«, hörte sie. Verdammt! Sie hatte vergessen, dass die Umschaltung auf Notenergie nicht das automatische ID-Signal des Schiffes abschaltete; tatsächlich wurde die Stromzufuhr dafür eher verstärkt, von der Voraussetzung ausgehend, dass jedes Schiff in Not aufgefunden zu werden wünschte. Die *Pounce* musste auf den Sensorendisplays der Kriegsschiffe wie ein Kronleuchter funkeln.

»*Pounce* ... Eignerin Cecelia de Marktos. Ist das nicht diese pferdeverrückte Schnepfe ... die Heris Serrano als Kapitän eingestellt hatte?«

»Ja ...«

Cecelia gefiel der Klang dieses nachdenklichen Wortes überhaupt nicht.

Kapitel zehn

Sektor VII, Hauptquartier

Admiral Minor Arash Livadhi starrte blind an die Wand seines Büros. Der Stern hatte beträchtlich mehr Arbeit mit sich gebracht als erwartet, trotz Admiral Serranos ehrlicher Bemühung, ihm den Kommandowechsel zu erleichtern. Es fehlten nicht nur eine erschreckende Anzahl Offiziere im Flaggenrang, sondern auch eine erschreckende Anzahl der erfahrenen Unteroffiziere. Jeder, der eine Verjüngung durchgemacht hatte ... er hatte noch gar nicht gewusst, wie viele Leute verjüngt waren; er hatte noch nicht mal entschieden, was er tun würde, wenn seine Nummer in ein paar Jahren aufgerufen wurde.

Und jetzt die Meuterei, und das ganze suspendierte Personal nahm den Dienst wieder auf – zumindest die tauglichen. Die Gerüchte, die sich per unrechtmäßiger Privatnutzung von Flotten-Ansibles mit Überlichtgeschwindigkeit ausbreiteten, warnten davor, die früheren Admirals würden direkt wieder auf ihre alten Posten zurückkehren, und den kürzlich Beförderten würde es schwer fallen, einen Platz zu finden. Er fragte sich, was jetzt von ihm erwartet wurde. Sollte er wieder ein Schiffskommando übernehmen? Immerhin war das die einfachere Aufgabe, und er wusste, dass er ein guter Kommandant war. Aber sein Schiff – er betrachtete sein letztes Kommando nach wie vor als sein Schiff – und seine Mannschaft waren unter einem neuen Kommandanten weit von hier im Einsatz, drüben an der Grenze zur Benignität.

Er dachte über die zur Verfügung stehenden Kräfte nach. Heris Serranos Schiff lag hier, während sie selbst ein anderes übernommen hatte, den halben Raum der Familias von hier entfernt. Er kannte viele ihrer Besatzungsmitglieder, und sie kannten ihn. Vielleicht sollte er sich freiwillig für dieses Schiff melden? Andernfalls würde der neue Admiral, mit dessen Ankunft er täglich rechnete, ihn sicherlich fragen, warum er das Schiff noch niemandem gegeben hatte, warum es nicht wie die anderen draußen auf Patrouille war.

Es schien ihm der sinnvolle Weg, in mehr als nur einer Hinsicht. Arash dachte nicht gern über all dies nach; seine Biografie enthielt Punkte, die er lieber vergaß und ignorierte. Falls es niemand wusste, tat es auch niemandem weh. Dass Heris Serranos Schiff und ihre Besatzung eine mögliche Versicherung gegen eine solche Offenlegung darstellten, das zu erkennen gestattete er sich nicht ganz.

Genauso gut konnte er das Schiff jetzt auch einsatzfähig machen und sich einen Plan ausdenken, der den neuen Admiral davon überzeugte, dass Arash nur die besten Absichten hegte. Er rief seinen Sekretär an. »Bitte informieren Sie den kommandierenden Offizier an Bord der *Vigilance* ...«

»Das ist dann wohl Lt. Commander Mackay«, sagte der Sekretär.

»... dass ich ihn sehen muss, sobald er Zeit hat.«

»Sicher haben Sie sich schon gefragt, warum die *Vigilance* noch nicht auf Patrouille geschickt wurde«, leitete er das Gespräch ein.

»Ja ... wir dachten zunächst, wir würden auf die Rückkehr Commander Serranos warten.«

»Natürlich, aber sie wurde der *Indefatigable* zugeteilt – offen gesagt dachte ich, die Zuweisung von Dienstposten würde revidiert, sobald sich die Leute vom ersten

Schock erholt hatten, weshalb ich auch keine Eile hatte, jemandem die *Vigilance* zu geben. Hier draußen an der Grenze ist der ideale Platz für einen kampferfahrenen Kommandanten, und ich rechnete damit, sie käme zurück. Anscheinend jedoch nicht. Jetzt wissen wir, dass ein anderer Flaggoffizier kommt, um dieses Hauptquartier zu übernehmen, und ich werde die *Vigilance* für mich beantragen. Ich weiß, dass jedes von Heris Serrano kommandierte Schiff kampfbereit sein wird, und sie und ich sind seit Jahren Freunde.«

»Ich verstehe, Sir.« Die Antwort erfolgte mit weniger Begeisterung, als er sich gewünscht hätte. »Die Mannschaft wird froh sein, aus dem Dock und wieder in den Weltraum zu gelangen. Denkt der Admiral, dass der neue Admiral einverstanden sein wird?«

»Ich rechne damit«, antwortete Arash. »Warum auch nicht? Nach ein paar Monaten hinter dem Schreibtisch bin ich für ein Schiffskommando noch lange nicht überqualifiziert.«

»Natürlich nicht, Sir.«

»Jedenfalls wird wohl jeder, der die *Vigilance* erhält, sie als Flaggschiff benutzen. Wir sollten die zusätzliche Kommunikationstechnik an Bord bringen und genug Platz für den Stab des Admirals bereitstellen.«

Der Lieutenant Commander grinste. »Sir, wir haben schon damit gerechnet, dass sie vielleicht zum Flaggschiff erklärt wird, und die entsprechende Technik wurde bereits zum größten Teil installiert. Falls der Admiral genug Zeit hat, möchte er vielleicht an Bord kommen und die Umbauten inspizieren.«

»Ich nehme mir die Zeit«, erklärte Arash.

Wenn ein Schiff, egal welches, zum Flaggschiff erklärt wurde, musste man das zusätzliche Personal und dessen Ausrüstung ebenso hineinquetschen wie die benötigten Zusatzvorräte. Arash bemerkte, dass man auf der *Vigilance* die Flaggfunktionen ein gutes Stück achtern der

Brücke positioniert hatte, aber mit ihr verbunden, unter Opferung der Messe für die Senioroffiziere. Das war eine der beiden gebräuchlichsten Konfigurationen für große Kreuzer; bei der anderen lag der Flaggraum auf der anderen Seite des Backbordkorridors neben der Brücke, aber dort ging es geschäftiger zu, und die meisten Admirale zogen den Achterplatz vor. Mit seinen Zweitausgaben der Brückendisplays und Funkanlagen war er auch genauso günstig. Arash erklärte sich einverstanden.

Er war gar nicht besonders überrascht, als Vida Serrano zurückkehrte und ihr Büro wieder übernahm. Er gab sich Mühe zu verhehlen, wie es ihn ärgerte, dass ihr Stab mit einer Woge der Begeisterung reagierte. Die Leute hatten gut mit ihm zusammengearbeitet, aber ihm nie den warmen Empfang bereitet wie jetzt ihr. Die Aura der Serranos, dachte er mürrisch, und kurz fragte er sich, ob es eine so gute Idee gewesen war, das Kommando über Heris Serranos Schiff zu beantragen. Admiral Serrano brachte das Thema jedoch zur Sprache, ehe er der Sache ausweichen konnte. Eindeutig fand sie, dass Admirals Minor mit Kampferfahrung an Bord kämpfender Schiffe dienen sollten.

»Ich würde mein Kommando selbst von einem Schiff aus führen, falls meine Befehle das nicht ausdrücklich untersagten«, stellte sie fest. »Am besten nehmen Sie die *Vigilance* – ich hege keinen Zweifel, dass Heris' Erster Offizier einen guten Flaggkapitän abgeben wird.«

»Das wird gehen, Admiral«, sagte Arash. »Offen gesagt dachte ich jedoch an Commander Burleson. Er dient schon eine ganze Weile in meinem Stab; wir sind die Zusammenarbeit gewöhnt. Er bringt Kampferfahrung mit; er war auf der *Firedrake* und dann der *Emperor Roy* mein Erster Offizier.«

»Nun ... Jemand, den Sie schon kennen, könnte sich

als echte Hilfe erweisen. Ich hatte gehofft, Burleson hier im Stab zu behalten, aber Sie werden es sein, der unter Feuer steht.«

»Danke, Sir.« Es gelang Arash, einen hörbaren Seufzer der Erleichterung zu unterdrücken. Er war überzeugt, dass Heris' Erster Offizier ein tüchtiger Mann war, sogar mehr als tüchtig, aber seine kühle Einstellung Arash gegenüber hätte die Zusammenarbeit doch etwas schwierig gestaltet. Ob der Mann sauer war, wenn man ihn auswechselte?

»In diesem Fall denke ich, dass ich Mackay ein Schiff gebe. Sie finden doch selbst einen Ersten Offizier für Burleson?«

»Natürlich, Admiral.« Mit Burleson und – Keller, ja – hatte er zwei Leute, die gut mit ihm konnten. Und Mackay würde sich nicht zurückgesetzt fühlen, wenn man ihm ein Schiff gab. »Danke, Sir.«

»Keine Ursache. Mir tut nur Leid, dass nicht mehr von Heris' Leuten verfügbar sind.«

Es würde klappen, sagte er sich. Und er sagte es sich wieder, als er seine Sachen packte und an Bord der *Vigilance* bringen ließ, sowie aufs Neue, als er selbst an Bord ging. Heris' Besatzung, die jetzt seine Mannschaft war, verriet wirklich ihre hervorragende Ausbildung. Sie erwiesen ihm mit Präzision und Enthusiasmus die Ehren, die einem Admiral Minor an Deck gebührten.

»Willkommen an Bord, Admiral«, sagte Lt. Commander Mackay. »Wir freuen uns darauf, Action zu erleben.«

»Meinen Glückwunsch zu Ihrem neuen Kommando«, sagte Arash. »Wie ich höre, wird Ihr Schiff in ein paar Tagen hier erwartet.«

»Ja, Sir.« Mackay lächelte. »Ich hasse es, die alte *Vigilance* zu verlassen, aber ... ein eigenes Schiff ...«

»Sie haben es sich verdient«, sagte Arash. Er hatte

einen Einfall. »Sehen Sie, wir alle müssen mit zusammengekratzten Mannschaften arbeiten – falls Sie gern ein paar Leute mitnehmen wollen, dann bin ich sicher, dass wir uns einigen können.«

Mackay wirkte erleichtert. »Sind Sie sicher, Sir? Admiral Serrano sagte, man hätte noch keinen Ersten Offizier für mich gefunden, und wir haben hier einen prima Vierten Offizier. Er ist noch ein bisschen jung, aber …«

»Nur zu«, sagte Arash. »Sie sollten auf Ihrem ersten Schiff jemanden haben, mit dem Sie sich gut verstehen. Ich suche mir einen Ersatz; wenn man bedenkt, wie erfahren der Rest Ihrer Besatzung hier ist, wird das kein Problem sein.«

»Danke, Sir. Wann kommt Kommandant Burleson an Bord?«

»Morgen früh, denke ich. Er musste zur Zahnuntersuchung – eigentlich wollte er sich drücken, aber die von der Medizin haben ihn sich geschnappt.«

Mackay wirkte enthusiastisch, und Arash, der sich in den zurückliegenden Tagen häufig mit den Offizieren des Schiffes getroffen hatte, spürte jetzt, wie sie ihm alle eine solche Wärme entgegenbrachten. Er entspannte sich etwas. Die Serrano-Aura war eine Sache, aber die Livadhis verstanden auch etwas von Befehlsführung. Admiral Serrano hatte ihn schon dazu beglückwünscht, dass er unter schwierigen Bedingungen gute Arbeit leistete.

Die Leute, über die er sich die meisten Sorgen gemacht hatte – diejenigen, die man aufgrund falscher Anschuldigungen ins Gefängnis gesteckt hatte, als Heris damals die Flotte verließ –, schienen so herzlich wie die Übrigen. Mit Bedacht suchte er sie alle persönlich auf und begrüßte sie, aber er entdeckte in ihren Augen nichts weiter als Respekt. Etliche waren inzwischen Offiziere, und falls sie Wildpferde waren, dann immerhin tüchtige Wildpferde. Heris hätte in jedem Fall dafür gesorgt, wie er wusste. Die Schiffsgemeinschaft vermittelte ihm ein gutes Gefühl, wie man es von einer gut funktionierenden Truppe erwarten konnte. Burleson meldete ihm den gleichen Eindruck, sobald er selbst an Bord war.

Arash wartete noch auf die Ankunft eines leichten Kreuzers und einiger Patrouillenschiffe, die seine Kampfgruppe bilden sollten, als die Nachricht eintraf, dass Meutererschiffe mit Angriffen auf Handelsfahrer begonnen hatten; sie nutzten dabei die Zeitspanne, in der diese ihre lange und langsame Fahrt vom Sprungpunkt zur Orbitalstation eines Systems absolvierten.

»Irgendetwas hat sie von ihrer Nachschubbasis abgeschnitten«, lautete Admiral Serranos Analyse. »Sie haben sich Schiffe mit Versorgungsgütern der Flotte vorgenommen, darunter auch Waffenanlagen.« Sie musterte die Gruppe in ihrem Büro. »Wir setzen ab jetzt Geleitzüge ein; in diesem Punkt warte ich nicht erst auf Befehle von oben. Wir brauchen diese Frachten, und wir können uns nicht erlauben, dass sie den Meuterern in die Hände fallen. Admiral Livadhi, wir haben für nächste Woche wieder eine Versorgungsfahrt angesetzt. Sie kommandieren den Geleitzug. Wir geben ihn nicht öffentlich bekannt; der Gegner findet es schnell genug heraus.«

Es dauerte mehrere Tage, den Geleitzug zu organisieren. Den zivilen Schiffskommandanten gefielen die Einschränkungen nicht, die ihnen ein Konvoi auferlegte; sie wandten ein, die Raumflotte sollte einfach genügend Patrouillen in jedem System unterwegs haben, um sie zu schützen. Arash redete sich die Lippen fransig, um ihnen zu erläutern, warum das nicht möglich war, und musste schließlich Admiral Serrano bitten, sich in die Debatte einzumischen. Die Kapitäne hatten für einen Teil ihrer Ladung Flottenverträge, und deshalb, so sagte sie, unterlägen sie den Weisungen der Flotte, bis diese Ladungen geliefert waren.

»Die Meuterer können auch nicht schlimmer sein«, brummte einer der Kapitäne.

»Überlegen Sie sich das lieber noch mal«, sagte Vida Serrano. »Die schneiden Ihnen die Ohren ab.«

»Wie bitte?«

»Von den Leichen, die sie zurücklassen. Sehen Sie mal her.« Sie verteilte Flatpics von dem Blutbad, das die Meuterer auf der *Saffron Dynasty* und der *Settis III* hinterlassen hatten. Die Kapitäne wurden bleich und gaben nach.

Der Geleitzug näherte sich dem Sprungpunkt in einer ungleichmäßigen Formation, flankiert von vier Patrouillen- und zwei Geleitschiffen unter Führung der *Vigilance.* Arash hatte gelesen, dass Schiffe bei den alten Seestreitkräften im Zickzack gefahren waren, um Angreifern zu entgehen, aber Zickzackkurse waren im Weltraum unpraktisch, besonders für Schiffe, die keine Mikrosprünge ausführen konnten. Allerdings bestand Arash darauf, dass einige Manöver in Formation geübt wurden, wobei sich die *Eliza Garnerin* der *Haboob* bis auf 1300 Meter näherte und sich beide Kapitäne dermaßen erschraken, dass Arash seine ganze Überredungskunst aufwenden musste, um zu verhindern, dass sie sich komplett aus dem Geleitzug verabschiedeten. »Wir wissen, dass keine Meuterer in diesem System sind«, sagte einer von ihnen. »Wir könnten einfach hier bleiben ...«

Bei dieser ersten Fahrt zu den ferneren Außenposten begegneten sie keinen Meuterern. Arashs Streitmacht hielt sich bereit, während der Nachschub von den Frachtschiffen auf die dort Dienst tuenden Fahrzeuge umgeladen wurde. Man wiederholte diesen Vorgang in einem Sonnensystem nach dem anderen, und Arashs

Vertrauen in die *Vigilance* und die übrigen Schiffe unter seinem Kommando wuchs. Er hörte positive Bemerkungen zu seinen Führungseigenschaften mit – und wusste, dass sie dazu gedacht waren, von ihm gehört zu werden. Und wichtiger: seine Stabsoffiziere hörten noch mehr davon.

Trotzdem machte sich Arash Sorgen. Anführer der Meuterer war angeblich ein gewisser Solomon Drizh, und Arash hatte Grund, sich zu wünschen, es wäre jemand anderes. Beide hatten sie als junge Männer unter Admiral Lepescu gedient, und beide waren sie seinem zweifelhaften Charme verfallen. Arash hatte eine Hexenjagd nach Leuten überstanden, die einst mit Lepescu Verbindung gehabt hatten – aber nur, weil Lepescu deutlich gemacht hatte, wie sehr er den jungen Livadhi verachtete. Die verächtlichen Wendungen klangen ihm heute noch in den Ohren ... *Von einem Mann aus Ihrer Familie hätte ich mehr erwartet ... unter Ihren Ahnen findet man Rückgrat; was ist nur mit Ihnen passiert?*

Anderen waren diese abschätzigen Worte zu Ohren gekommen; sie wurden zu einem dauerhaften Makel in seiner Dienstakte, wenn auch dem einzigen. Auf lange Sicht wirkten sie sich jedoch zu seinen Gunsten aus, denn nach Lepescus Tod wurde man besser als Gegenstand seiner Verachtung bekannt und möglichst nicht als Günstling. Nun hatten Drizh und die übrigen Meuterer Lepescus *Loyalen Orden der Jäger* der Raumflotte wieder in Erinnerung gebracht. Und falls man bei der Flotte eine Suche nach potenziellen Meuterern unter alten Mitarbeitern Lepescus einleitete – was gelangte dabei womöglich zu Tage?

Den Reaktionen seines Stabes und der Besatzung entnahm er, dass sein Gesicht nichts von der inneren Unruhe verriet. Das sollte es auch nicht, dachte er ironisch, denn er hatte schließlich Jahre Zeit gehabt, seine Ruhe zu perfektionieren. Es war so unfair ... Nie hatte er anderes vorgehabt, als die Pflicht zu erfüllen, auf die er vereidigt war. Es war nicht seine Absicht gewesen, vom Regen in die Traufe zu springen, und das Missfallen Lepescus und seiner Anhänger sollte als Traufe eigentlich gereicht haben.

Das tat es allerdings nicht. Ausläufer dieses heißen Gewässers spülten ihm durch den Bauch, während er versuchte, nicht darüber nachzudenken. Da er von Lepescu vorgewarnt war, dass Mitglieder der eigenen Familie dem Loyalen Orden der Jäger angehörten, wagte es Arash Livadhi nicht, sich an sie zu wenden. In der Hölle, die Lepescu aus seinem Leben gemacht hatte, hatte sich Arash an den einzigen Freund gewandt, auf den er sich verlassen konnte. Es war ein Außenseiter von einem Kolonialplaneten, der sich jedoch nicht einschüchtern ließ von den Schwierigkeiten, die man bei einer solchen Herkunft mit einer Flottenkarriere hatte. Jules schloss mit jedermann Freundschaft, schlichtete Streit und war – zu Arashs Erleichterung – für Lepescu inakzeptabel gewesen, weil Jules an blutigem Sport völlig desinteressiert war: der rundliche, fröhliche Jules, der immer Zeit fand, einem zuzuhören, dessen Rat so oft genau das war, was man hören wollte.

Wann, fragte sich Arash, während er die Berichte ausfüllte, die er bei seiner Rückkehr einreichen musste, wann hatte Jules ihn zum ersten Mal gebeten, etwas zu tun, was er nicht hätte tun sollen? Und wie hätte er das richtig einschätzen können? Junge Offiziere halfen einander – *Freunde* halfen einander. Alle Welt erwartete das und hatte es schon immer erwartet. Ein bisschen hier, ein bisschen dort. Und nur, weil Jules sein guter Freund gewesen war, der zu ihm stand, als sich (scheinbar) das ganze Schiff im Zuge von Lepescus Missfallen gegen ihn wandte. Und Jules hatte ihm mehr als nur einmal einen Gefallen getan.

Hätte er es nur geahnt ... aber so sehr er auch in seinem widerstrebenden Gedächtnis stöberte, er entdeckte einfach keinen unmissverständlichen Hinweis auf Jules' wahre Natur. Erst viele Jahre später, als es schon viel zu spät war. Erst als es ihm schon die Karriere, wenn nicht gar das Leben gekostet hätte, die Wahrheit zu offenbaren.

RSS *Bonar Tighe*, inzwischen Flaggschiff der Meuterer

»So«, sagte der Kommandeur der Meuterer. Er trug etwas, was nach einer normalen Uniform des Regular Space Service aussah, obwohl sich Cecelia bei den Rangabzeichen nicht ganz sicher war. Sein Namensschild verriet: ADM-M DRIZH. »Sie sind diejenige, die Admiral Lepescu umgebracht hat.«

Cecelia hatte ihre Verwicklung in Admiral Lepescus Tod vergessen. Sie konnte sich gerade noch ein »Oh ... der ...« verkneifen, als würde sie jährlich Dutzende von Menschen wegpusten. »Eigentlich habe ich ihn nicht selbst erschossen«, sagte sie. Nach der Miene des Mannes gegenüber zu urteilen, hatte sich ihre Lage damit nicht gebessert.

»Nutzlose alte Frau«, sagte der Kommandeur der Meuterer. »Ohne Leute wie Sie hätten wir inzwischen unseren rechtmäßigen Platz eingenommen.«

Unter der Erde, dieselbe gut festgestampft, dachte Cecelia. Und es war tatsächlich unser Fehler, Sie nicht zu erkennen und dorthin zu stecken, wo Sie hingehören.

»Aber Sie werden es noch lernen«, sagte er. »Sie werden noch lernen, wozu wir fähig sind.«

Zum Beispiel mit pompösen Ansprachen Zeit vergeuden, dachte Cecelia. Es kennzeichnete einen zweitklassigen – nein, mache daraus drittklassig! – Verstand, wenn man eine solche Neigung zum Predigen zeigte.

»Bringt sie ins Schiffsgefängnis«, befahl der Kommandeur und winkte. Die bedrohlichen neuroverstärkten Soldaten packten sie.

Das Schiffsgefängnis war so, wie sich Cecelia Militärgefängnisse auch vorgestellt hatte: beengt, kahl, hässlich und unbequem. Und sicher. Womit sie auf einem Meutererschiff nicht gerechnet hatte, das war die schiere Anzahl von Gefangenen, die man in die Zellen gepfercht hatte. Warum brachten sie die Loyalisten nicht einfach um? Oder erwiesen sich ihre eigenen Leute als so schwierig?

Die Wachen schubsten sie und Miranda in eine Zelle mit sechs Betten und acht weiteren Frauen, die sie mit mürrischem Argwohn musterten. Eine hatte sich zusammengerollt und warf ihnen nur einen kurzen Blick zu, ehe sie das mit blauen Flecken bedeckte Gesicht wieder senkte.

»Das hatte ich mir eigentlich nicht vorgestellt«, sagte Cecelia zu Miranda, »als ich eine Reise im Dienst deiner Gesundheit vorschlug. Tut mir Leid.«

Miranda blickte sich in der Zelle um und betrachtete dann Cecelia, als könnte sie nicht glauben, was sie gerade gehört hatte. »Ich denke eigentlich nicht ...«

»Ich weiß, dass es nicht meine Schuld ist. Ich habe jedoch das Bedürfnis, mich zu entschuldigen. Angeblich waren wir sicher vor jeder Gefahr, bis wir unser Ziel erreichten, und dann – WAMM!«

»Was ... wer sind Sie?«, fragte eine der anderen Frauen, die das mit grauen Stellen durchsetzte Haar hauteng geschnitten trug. »Und wo sind wir?«

Cecelia lächelte sie offen an. »Ich bin Cecelia de Marktos, und das ist meine Freundin Miranda Meager. Wir waren unterwegs in die Guerni-Republik, und zwei Stunden nach Einleitung eines Sprungs, der eigentlich eine sichere Sache hätte sein müssen, wurden wir wieder in den Realraum gerisssen.«

Die andere Frau beugte sich näher heran und sagte leise: »Aber wo ... Wissen Sie, wo wir – wo dieses Schiff gerade ist?«

Konnte sie dieser Frau trauen? Jetzt jedenfalls noch nicht.

»Nein«, antwortete sie. »Ich habe den Kurs einem Standard-Navigationspaket entnommen, und was immer uns aus dem Sprungraum gerissen hat, es hat auch die Triebwerke und die Navigation erledigt. Als Ihr Kommandant uns aufsammelte, dachte ich, wir würden gerettet ...«

Die andere Frau verzog das Gesicht. »So viel Glück hatten Sie nicht ...«

»Nein. Und ich halte es für völlig ungerecht. Wir sind private Bürger ...«

»Warten Sie mal ...«, sagte die andere. »Miranda ... Meager? Irgendwie mit Brun Meager verwandt?«

Verdammt! Sie hatte den Namen Thornbuckle nicht verwenden wollen, aber natürlich hatte Brun den anderen Namen ebenso berühmt gemacht.

»Ich bin ihre Mutter«, sagte Miranda leise. »Warum?«

»Und Sie sind Cecelia de Marktos ... sind Sie nicht diese Freundin Heris Serranos, die Lepescu erschossen hat?«

»Ich habe Lepescu nicht erschossen«, wandte Cecelia ein. »Heris war es. Ich hätte es jedoch tun sollen.« Falls sie nicht in Ohnmacht gefallen wäre, was sie heute noch ärgerte. Und was bedeutete es schon, dass sie damals körperlich alt gewesen war? Das war keine Entschuldigung.

»Ich hätte Sie für älter gehalten«, sagte die andere Frau.

»Das bin ich auch«, erklärte Cecelia. »Ich habe mich

jedoch vor einigen Jahren verjüngen lassen. Jemand hatte mich vergiftet, und es war die einzige Möglichkeit, wieder völlig zu genesen.«

»Ich habe eine Sendung darüber gesehen«, sagte die andere. »Und Ihr Erlebnis mit Commander Serrano bei Xavier war später?«

»Ja.« Nach den Gesichtern der Frauen zu urteilen, kannten sie alle Heris Serrano. Nicht überraschend, besonders wenn es Loyalistinnen waren. »Sehe ich das richtig, dass Sie alle loyalistisch eingestellt sind?«

»Yeah«, bekräftigte die erste Frau, die sich zu Wort gemeldet hatte.

»Warum haben die Sie nicht einfach umgebracht?«, fragte Cecelia, die diesen Gedanken einfach nicht loswurde.

»Cecelia!« Miranda sah so schockiert aus, wie sie sich anhörte.

»Es ist die entscheidende Frage«, sagte die erste Frau. »Sie muss sich natürlich fragen, ob wir nicht Lockvögel oder so was sind, um Ihnen Informationen zu entlocken.« Sie schenkte Cecelia ein verschwörerisches Lächeln und streckte die Hand aus. »Ich bin nebenbei Chief Jones, Mylady.«

»Nennen Sie mich Cecelia«, sagte Cecelia. »Oder ›verdammt, Cece!‹, falls Sie es eilig haben.«

»Also klar. Ich bin mir nicht ganz sicher, warum die Meuterer nicht wenigstens einige von uns umgebracht haben – aber manche von uns müssen auch zur Unterhaltung ihrer Truppen herhalten.« Sie deutete mit dem Kopf auf die stille junge Frau, die zusammengekauert auf der Koje saß und bislang nicht wieder aufgeblickt hatte. »Neben dem Offenkundigen scheint es denen viel Spaß zu machen, uns dafür zu verspotten, dass wir so dumm waren, nicht von Anfang an bei ihnen mitzumachen.«

»Ich verstehe. Die Gesellschaft dieser Leute muss

wirklich Spaß machen ...« Ihre Gedanken überstürzten sich, während sie die Worte schleppend auf ihre damenhafteste Art sprach. Einen Augenblick lang zeigte Chief Jones ein erschrockenes Gesicht, aber dann lächelte sie.

»So könnte man es ausdrücken.«

Miranda meldete sich zu Wort. »Gibt es hier ... äh ...«

»Eine Toilette, Mylady?« Miranda wurde, wie Cece bemerkte, weiter mit einem Ehrentitel angesprochen, der sie jedoch völlig zu verwirren schien. »Dort drüben – wir haben aber keine Spülung, tut mir Leid.« Dieser Versuch in Humor war allerdings an Miranda verschwendet, wie Cecelia dem Augenblick des Entsetzens entnahm, das Miranda angesichts des stinkenden Eimers zeigte. »Dieser Punkt gefällt den Meuterern am besten, denke ich.«

Miranda richtete sich auf und brachte es über sich, ebenfalls zu lächeln. »Na ja, eine Faszination für Exkremente charakterisiert nun mal eine bestimmte Art von Verstand.« Sie traf keine Anstalten, den Eimer zu benutzen, sondern reichte Chief Jones die Hand. »Vergessen wir diese ganze Ladyschaft-Sache – für meine Freunde bin ich Miranda, und Sie sehen mir einer Freundin ähnlicher als bis jetzt jeder andere hier an Bord ... von Cece abgesehen.«

»Okay, Miranda.« Chief Jones blickte sich um. »Sie könnten genauso gut den Rest kennen lernen.« Sie deutete auf die Leute, deren Namen sie nannte. »Hier haben wir Sergeant Tiraki – Gwen ist unsere technische Spezialistin ...« Gwen Tiraki hatte ein kleines, ernstes Gesicht und die schwieligen Hände eines Menschen, der sie für andere Dinge nutzte als nur Knöpfe zu drücken. »Sie kann so ziemlich alles reparieren oder gleich etwas Neues bauen, das besser funktioniert. Dann haben wir hier Sergeant Dirac – wir nennen sie Dusty, weil ihre Mutter ihr einen Namen gegeben hat, den niemand aussprechen kann; sie ist Sensoren-Spezialistin.«

»Sie haben mit Koutsoudas zusammengearbeitet, nicht wahr, Lady – ah, Cecelia?«

»Ein erstaunlicher Mann«, meinte Cecelia. »Ich bin ein völliger Idiot; er hat die Leute unterrichtet, die überhaupt lernfähig waren.« Sie erkannte die enthusiastische Hoffnung auf Erleuchtung, aber jetzt war nicht die Zeit dafür, selbst wenn sie über die Kenntnisse verfügt hätte, die sich Dirac wünschte.

»Petty Light Donaldson – Gerry ist ebenfalls Sensorenspezialistin. Petty Major Sifa – Pilar hatte den Befehl über die Reparaturabteilung für Funk und Sensoren. Petty Light Kouras – Jens ist Triebwerkstechnikerin, wie Petty Light Hartung.« Sie warf einen kurzen Blick auf die zusammengekauerte Gestalt. »Pivot Anseli Markham. Sie ist hier, um für Ruhe zu sorgen.« Ihr Ton wurde härter. »Falls wir etwas tun, was denen nicht gefällt, foltern sie sie.«

»Wie schlimm geht es ihr?«, fragte Cecelia leise.

»Was das Körperliche angeht – ein Tag in einem Regenerationstank würde helfen, aber sie schwebt auch ohne das nicht in Gefahr. Geistig steht sie kurz vor der Grenze, wenn sie sie nicht schon überschritten hat. Sie war ein nettes Kind, aber eine, die wirklich von den ganzen Regeln abhing. Jetzt ist Schluss mit den Regeln, und sie ...« Chief Jones führte mit der Hand eine Wellenbewegung aus.

Cecelia warf einen Blick auf Miranda, die weiß im Gesicht geworden war; ihr wurde klar, dass Miranda in dieser zusammengerollten Person Brun wiedererkannte, Brun, die ganz allein gelitten hatte, weit von jedem Menschen entfernt, der sich etwas aus ihr machte. Miranda erwiderte Cecelias Blick, und diese nickte. »Miranda kann sich wenigstens zu ihr setzen«, sagte sie. Chief Jones nickte.

Es war Cecelia nicht entgangen, dass Jones den eigenen Vornamen nicht genannt hatte, aber sie überlegte sich, dass das etwas mit Autorität zu tun hatte – etwas, wofür Cecelia auf ihren Fahrten mit Heris Verständnis entwickelt hatte.

Miranda warf nur einen Blick auf den Platz neben Anseli, und Pilar Sifa stand auf; Cecelia kämpfte gegen ihre widerspenstigen Lippen an und schaffte es, ein Lächeln zu unterdrücken. Miranda setzte sich, und irgendwie formte sie – scheinbar ohne sich zu bewegen – eine einladende Armbeuge. Anseli lehnte sich hinein, ohne aufzublicken, und ihre Schultern bebten. Miranda beugte sich über sie.

»Mütter«, sagte Chief Jones. Ihr Ton klang eher resigniert als nach sonst etwas. »Ich weiß nicht, wie sie das machen ... aber ich freue mich, dass sie hier ist. Keiner von uns hat Kinder.«

»Ich auch nicht«, sagte Cecelia. »Wollte selbst auch nie welche. Ich habe genug Verwandte.«

Chief Jones lachte in sich hinein. »Eine meiner Schwestern hat sechs, und die andere vier. Eine von ihnen behauptet, ich wäre zur Flotte gegangen, damit ich nicht helfen muss, sie zu wickeln ...«

»Ich war die Älteste von sechs«, erzählte Sgt. Tiraki. »Bis zu dem Zeitpunkt, an dem ich zur Flotte gegangen bin, habe ich alles an Kinderpflege geleistet, wonach mir je der Sinn stand.«

»Sind Sie sicher, dass Sie keine Ahnung von unseren derzeitigen Koordinaten haben?«, erkundigte sich Chief Jones bei Cecelia.

Cecelia sah sich in der Zelle um; Jones nickte. »Ich weiß nur, was das Notsystem zur Positionsbestimmung gemeldet hat.« Sie nannte die Koordinaten. »Das müsste ein paar Sprungpunkte von Copper Mountain entfernt liegen, dem nächsten bewohnten System.«

»Die Kommandantennische«, meinte Chief Jones.

»Verzeihung?«

»Ein Ausdruck von der Akademie, Sera. Offiziere suchen sich gern Stellen aus – abseits der üblichen Routen –, wo sie sich mit Freunden treffen können. Sie nennen das ihre Nischen.«

»Klingt für mich nach einem Rezept für Verschwörungen«, sagte Cecelia.

Jones nickte. »Dazu ist es sicherlich geeignet, aber nach meiner Erfahrung haben junge Offiziere einfach gern das Gefühl, etwas Privates zu kennen, irgendein Geheimnis. Die Akademie fordert sie kräftig, kehrt sie von innen nach außen. Wahrscheinlich benutzen die meisten ihre Nische nie wieder, sobald sie erst mal ein Stück weit mit der Karriere vorangekommen sind. Hat Ihr Positionsbestimmer Ihnen verraten, ob dieses System ein Ansible enthält?«

»Das tut es.« Sollte sie Jones verraten, dass sie versucht hatte, eine Nachricht abzuschicken, aber überzeugt war, es nicht geschafft zu haben? Nein. Was hätte das genützt?

»Ich denke, dass die schicken Damen diesmal den Dienst an der Scheiße verrichten sollten«, sagte der Wachmann. »Mal sehen – Rotschopf oder Blondie?«

»Oh, ich finde, beide«, sagte der andere. »Beide müssen ja noch ein paar grundlegende Fertigkeiten lernen.« Cecelia sah Miranda an, konnte deren Gesicht aber nicht mehr entnehmen als milden Abscheu.

»Nehmt den Eimer zur Hand«, sagte der erste Wachmann, dessen Ton keinerlei Humor mehr ausdrückte. »Alle beide – jeweils mit einer Hand. Ihr tragt ihn zusammen.«

Der Eimer stank und wäre mit nur wenigen Zentimetern mehr Inhalt schon übergelaufen. Der runde Griff am Henkel war nicht groß genug für zwei Hände, hatte man ihn doch für einhändigen Gebrauch konstruiert, und es war schwierig, mit der Hand teils den Griff, teils den Henkel zu packen. Der dünne Metallbogen des Henkels schnitt Cecelia in die Finger; der Eimer war schwerer, als sie erwartet hatte.

Sie hoben ihn gemeinsam an, aber Cecelia war größer, und der Eimer kippte etwas; ein paar Tropfen liefen über.

»Schmutzfinken, Schmutzfinken«, sagte der Wachmann. »Ihr werdet das aufwischen müssen, wenn ihr zurückkommt.« Die Wachmänner grinsten sich gegenseitig süffisant zu.

Es war, wie Cecelia herausfand, wirklich sehr schwierig, einen fast vollen Eimer zu tragen, wenn man dies zusammen mit jemandem tat, der in Körpergröße und Gangrhythmus von einem selbst abwich. Noch schwieriger war es, seitwärts die halb offene Zellentür zu durchqueren ... eine Spur stinkender Tropfen folgte ihnen aus der Zelle und durch den Korridor.

»Immer weitergehen, Mädels«, kommandierten die Wachleute, die ihnen folgten. Cecelia spürte ein Kribbeln im Rücken; sie verabscheute es ohnehin, wenn Menschen ihr in diesem Stil folgten, und diese Typen ... Sie konzentrierte sich lieber auf das Schwappen der Flüssigkeit im Eimer und bemühte sich, Mirandas Bewegungen auszugleichen und nichts zu verschütten.

Ein weiterer Wachmann trat ihnen plötzlich in den Weg. »Das ist weit genug!«, sagte er. Einer der Wachleute hinter ihr stieß gegen sie; sie stolperte vorwärts, und ein Spritzer Flüssigkeit platschte aufs Deck.

»Du bist ein ungeschicktes Miststück«, sagte der Wachmann. Er schien eher erfreut als wütend. »Jetzt musst du noch mehr aufwischen, Rotschopf.«

»Es war nicht meine Schuld!«, beschwerte sich Cecelia. »Sie haben mich gestoßen!«

»Die falsche Antwort, Rotschopf«, sagte er. »Blondie – lass den Eimer los.« Miranda nahm die Hand vom

Henkel, aber langsam genug, damit Cecelia das Gewicht des Eimers übernehmen konnte, ohne noch mehr vom Inhalt zu verschütten. »Blondie, stell dich mit dem Gesicht zum Schott – der *Wand*, du blöde Zivilistin! Schön dicht davorstellen!«

Als Miranda mit dem Gesicht zur Wand stand, bauten sich die Wachleute rings um Cecelia auf. Einer nach dem anderen versetzte ihr einen kräftigen Stoß; sie schaffte es, das Gleichgewicht zu halten und nichts weiter zu verschütten.

»Du wirst das alles allein aufwischen, Rotschopf. Und es gibt reichlich aufzuwischen ...« Diesmal folgte ein wirklich kräftiger Stoß, unter dessen Wucht Cecelia gegen einen der anderen Männer stolperte, der sie zurückschubste.

Sie brauchte Stunden, um den Boden zur Zufriedenheit dieser Leute zu wischen, denn man gestattete ihr nicht mehr Hilfsmittel als einen kleinen Lappen. Inzwischen mühte sich Miranda mit den Schmutzeimern der übrigen Zellen ab, leerte sie und schrubbte sie sauber. Die Wachleute schikanierten sie mit Worten, versetzten ihr aber keine Stöße, durch die sie noch mehr verschüttet hätte. Zunächst nicht. Cecelia wusste, dass weitere Schikanen folgen würden.

Gerade als sie glaubten, mit der Arbeit fertig zu werden, wiesen die Wachleute sie an, ihre Latrine zu putzen; sie gaben Miranda einen ebenso kleinen Lappen, wie ihn Cecelia erhalten hatte, und stießen sie beide in den Toilettenraum. Darin fand man zwei Urinale, zwei Kabinen, vier Waschbecken und eine Dusche. Für diese Arbeit benötigten sie etwa eine weitere Stunde, weil die Wachen schworen, sie hätten einen winzigen Schmutzflecken in dieser Ecke vergessen oder über jenem Spiegel oder hinter diesem Rohr.

Als der erste Tag zu Ende war, tat Cecelia der ganze Körper weh, von den Zehen bis zum Scheitel und den

Fingerspitzen. Die Knie waren wund, und der Rücken schmerzte; die Hände waren rot und aufgeschürft; die blauen Flecken wurden langsam noch dunkler. Auch Miranda wirkte erschöpft; die roten Linien von den Eimerhenkeln zogen sich über ihre Handflächen, aber wenigstens hatte sie nicht den ganzen Tag lang auf den Knien herumrutschen müssen.

Aber sie waren am Leben, erinnerte sich Cecelia, und lebendig war besser als tot. Bislang.

Das Abendessen bestand aus einem dürftig mit einem geschmacklosen Brei gefüllten Plastikteller, der ohne Besteck geleert und zurückgegeben werden musste. Anschließend wurde jemand aus einer anderen Zelle geholt, um die Teller zu spülen.

Dann wurde die Beleuchtung heruntergedreht, und Chief Jones erklärte, dass sie nur während dieser Schicht schlafen durften – sodass vier der zehn Insassinnen auf dem Deck schlafen mussten, wo sie kaum genug Platz fanden, um sich auszustrecken.

»Wir wechseln uns in den Betten und auf dem Boden ab«, erklärte sie. »Sie beide sind Nummer neun und zehn, sodass ich die Rotation neu organisiert habe. Jeweils sechs von zehn Nächten erhält jede ein Bett, für die restlichen vier den Boden. Wir sind so vorgegangen: Wir haben Zettel mit Zahlen zusammengelegt und jede hat eine Nummer gezogen; die übrig gebliebenen Nummern sind Ihre. Sie, Miranda, sind Nummer vier in der Rotation, und Sie, Cecelia, Nummer neun. Wir fangen jetzt neu an, sodass Miranda für die nächsten vier Tage ein Bett hat. Sie, Cecelia, müssen auf dem Boden schlafen.«

»Aber sie hat härter gearbeitet«, wandte Miranda ein. Chief Jones betrachtete Cecelia mit schräg gelegtem Kopf.

»Ist schon okay«, sagte Cecelia. »Ich bin müde genug, um auf allem zu schlafen.«

»Gut. Dann gebt jetzt Ruhe, allesamt.«

Ungeachtet ihrer Worte fand Cecelia den Boden hart und unnachgiebig, und ein scheußlicher kühler Zug kam erschwerend hinzu. Egal wie sie sich drehte und wendete, ihr tat irgendwas weh, und meist war es ein frischer blauer Fleck. Sie schlief unruhig und in kurzen Etappen, aber es war alles andere als echte Erholung.

Sie erwachte von einem Getöse; wie sie feststellte, waren es die Wachleute, die auf Metalleimer hämmerten.

»Aus den Federn, frisch und munter! Raus aus den Betten, ihr faulen Gammler!«

Nach einigen Tagen in diesem Stil gaben ihnen die Wachleute plötzlich Mopps und Schwämme. »Nehmt die – ihr müsst mehr putzen als nur diese Toilette, und so, wie ihr arbeitet, dauert es mit Lappen einen ganzen Monat.« Sobald sie die Toilette der Wachleute geputzt hatten, wurden sie aus der Gefängniszone und durch einen Flur geführt. Cecelia blickte im Vorbeigehen durch Türen und sah reihenweise Etagenbetten. Mannschaftsunterkünfte? Bestimmt. Die Wachleute öffneten mit Fußtritten eine Tür zu einem riesigen gefliesten Raum ... Urinale an einer Wand, Toilettenkabinen an der anderen, dazu reihenweise Duschkabinen und Waschbecken. »Fangt dort drüben an und lasst nichts aus!«, kommandierte einer.

»Und ihr werdet das hier brauchen«, sagte der andere. Er schloss einen Wandschrank auf, in dem Klobürsten und Behälter mit Chemikalien enthalten waren, deren Etiketten erklärten, wozu sie dienten.

Cecelia nahm Kurs auf die Rückwand und tunkte eine Bürste in eine Kloschüssel; Miranda nahm sich wortlos die Urinale vor. Mal abgesehen davon, dass die Wachleute ein Urinal benutzten, das Miranda schon geputzt hatte, schikanierten sie sie heute nicht. Cecelia schrubbte, polierte, wischte und säuberte, als wäre sie die geborene Hausmeisterin. Die Wachleute lungerten an der Tür herum und langweilten sich eindeutig.

Innerhalb weniger Tage fanden sich Cecelia und Miranda dabei wieder, wie sie jeden Tag, den ganzen Tag lang jeweils vier Latrinen putzten – die der Wachleute und drei weitere auf dem Mannschaftsdeck. Cecelia konnte Chief Jones detailliert erklären, welche Ausrüstung wo verstaut war – welche Chemikalien genau in den Spinden untergebracht waren, aus denen sie die Mopps holten, die Besen, die Staubsauger, Bürsten und Schwämme, wie viele Leute sich gewöhnlich in jedem Korridor und auf jeder Toilette herumtrieben.

Tag für Tag schaffte sie mehr Informationen heran, immer wieder einen Fetzen davon ... und Tag für Tag langweilten sich ihre Bewacher mehr. Um sich zu amüsieren, verschmutzten sie zuzeiten ein Gebiet, das die Frauen schon geputzt hatten, und verlangten, dass sie es sich erneut vornahmen – so als dächten sie, die Frauen täuschten lediglich erschöpfte Fügsamkeit vor. Aber auch das machte nicht viel Spaß; die Wachleute gingen dazu über, sich einzeln davonzuschleichen. Zwar ließen sie die Frauen nie wirklich allein und unbewacht, aber sie waren nicht mehr annähernd so wachsam wie zuvor. Cecelia fand Zeit nachzudenken. Und während einer Schlafschicht erzählte sie Chief Jones, auf welche Idee sie gekommen war: die Antwort auf eine Frage, die sie seit ihrer Gefangennahme beschäftigte.

»Ich weiß, wozu sie Sie lebend wollen«, sagte sie.

Chief Jones zuckte die Achseln. »Austausch von Gefangenen ... Lösegeld ...«

»Nein. Sie möchten Sie als Beute.«

Chief Jones starrte sie an, und ihre Miene verriet nichts – abgesehen davon, dass sich ihre Augen leicht weiteten. »Beute?«

»Als ich auf Sirialis war, damals als Admiral Lepescu

getötet wurde – von Heris Serrano erschossen ... Das war sein Zeitvertreib. Die Menschenjagd. Zum Spaß.«

Der Chief machte schmale Augen und blickte auf einen Punkt hinter Cecelias Gesicht. »Sie möchten jagen, was?« Sie konzentrierte sich wieder auf Cecelias Gesicht, und langsam verzogen sich ihre Lippen zu einem wilden Grinsen. »Prima. Wir liefern ihnen eine Jagd ... und wir fangen gleich an. Hier.«

Cecelia war auf Erschrecken gefasst gewesen, auf Wut, aber nicht auf diesen Ausdruck, der an Schadenfreude heranreichte. »Aber ...«, legte sie los, und Jones schüttelte den Kopf.

»Nein. Es gibt nur eine Antwort. Es darf nicht deren Jagd werden; es muss unsere werden.«

Kapitel elf

RSS *Indefatigable*

Nachdem Heris Serrano ihr Schiff in Ordnung gebracht hatte – überwiegend –, erläuterte sie den Einsatz.

»Wir suchen nach Meuterern, indem wir Sprungpunkte überwachen und nach Ansible-Sendungen außerhalb der üblichen Reichweite suchen. Wir stellen Meuterer zum Gefecht, vernichten sie und wechseln die Erkennungscodes von Ansibles und Systemverteidigungsanlagen aus. Falls wir auf Minenfelder stoßen, räumen wir sie.«

»Was, wenn sie mit uns Bockspringen spielen?«, fragte Seabolt.

»Das tun sie vielleicht, aber falls wir uns den Weg durch die dazwischen liegenden Sprungpunkte suchen, müssten wir ihre Spur orten, ehe das passiert. Das war der Grund, um so schnell wie möglich Schiffe zu bemannen und sie in den Weltraum zu bringen, damit wir diese Zone erreichen und die Meuterer auf der Fahrt abfangen können. Sie haben trotzdem noch genug Platz, aber zumindest können wir so unsere am stärksten gefährdeten Zivilisten schützen.«

»Denken Sie, dass die Meuterer Zivilisten angreifen werden, Kommandant?«

»Das kann ich mir gut vorstellen, es sei denn, sie wollten die Flucht ergreifen und irgendwo einen eigenen Laden aufmachen. Bislang hat jedoch niemand gemeldet, er hätte eine direkte Funkverbindung zu ihnen. Wir haben lediglich diese einsame Meldung von der *Vigor* vorliegen, wo man genug Verstand hatte, wie ein Karnickel die Flucht zu ergreifen und die Gefahrenmeldung abzusetzen, als klar wurde, dass es Ärger gab. Sobald wir aus dem Sprung hervortreten, rechne ich mit neuen Informationen. Falls es sich um Agenten einer fremden Macht handelte ...«

»Der Schwarze Teufel«, brummte jemand.

»Die Benignität oder sonst eine Macht«, korrigierte Heris. »Ich vermute, jemand könnte sich sogar in den Lebensstil der religiösen Neutex-Fanatiker verliebt haben.« Leises Lachen von den jüngeren Offizieren wurde vernehmbar. »Worauf ich hinaus möchte: Es ist zu früh, um Schlüsse über die Meuterer zu ziehen, abgesehen von der einen Folgerung, dass sie gefährlich sind. Wir wissen, dass sie die Orbitalstation von Copper Mountain übernommen und Gefangene aus einem Hochsicherheitsgefängnis befreit haben. Unsere Aufgabe besteht darin, sie einzudämmen, bis jemand ermittelt hat, wer die Meuterer sind und wie mit ihnen zu verfahren ist.«

»Kommandant, gefährdet diese Konzentration von Schiffen nicht die Grenzverteidigung?«

»So weit ich es verstanden habe, werden nur Einheiten von Grenzabschnitten abgezogen, hinter denen befreundete Mächte liegen. Niemand rechnet ernsthaft damit, dass die Lone Star Konföderation oder die Guerni Republik oder die Smaragdwelten eine Invasion bei uns planen. Vielleicht wird mehr geschmuggelt als sonst, aber das können wir verkraften.«

Seabolt blieb zurück, als die anderen gingen. »Ich mache mir Sorgen um die Sicherheit«, sagte er.

»In welcher Hinsicht, Commander?« Heris hatte inzwischen gelernt, dass sie lieber nicht vorrausetzte, welche Sorgen ihn bewegten.

»Na ja, wie Sie ja wissen ...« Heris unterdrückte ein Seufzen. Seabolt bestand immer darauf, mit dem zu beginnen, was sie schon wusste – was jeder mit Grips im Kopf wusste –, ehe er endlich zur Sache kam, und mit keiner Reaktion hatte sie ihn bislang kurieren können. »Wie Sie wissen, haben wir es mit einer Meuterei zu tun.«

»Das dachte ich mir bereits«, sagte Heris. »Und worauf möchten Sie hinaus?«

»Unsere Besatzung ist voller Menschen, die keine Erfahrung im Dienst an Bord haben …« Wieder etwas, was sie schon wusste und wofür er selbst ein Beispiel war. »Wir wissen nicht, ob sie qualifiziert sind«, fuhr Seabolt eilig fort, vielleicht durch ihre Miene vorgewarnt. »Wir wissen nicht, wer an der Verschwörung beteiligt ist. Da alles jetzt glatt läuft, möchte ich mich an die Personalakten setzen. Wussten Sie schon, dass wir fünf Leute an Bord haben, die zur Kirche der Vereinten Brüder gehören, und dass sie Versammlungen in einer Truppenunterkunft abhalten?«

»Nein«, sagte Heris.

»Es stimmt. Und vor gerade erst sechs Monaten ist ein Ratgeber über sämtliche religiösen Gruppen herausgekommen, und dort hieß es, dass diese Kirche womöglich Extremisten in ihren Reihen hat …«

»Seabolt: nein, Sie dürfen keine Hexenjagd einleiten. Ich wusste über die Corporals Sennis und Solis Bescheid sowie die Pivots Mercator, Januwitz und Bedar … es sind keine Extremisten, und die Vereinten Brüder waren noch nie ein Problem.«

»Aber Kommandant …«

»Commander, alles läuft gegenwärtig so glatt – wenn auch nicht annähernd so glatt, wie es sollte –, weil ich mich sehr darum bemühe, kompetente Leute zu finden und zu fördern. Dazu gehört zum Beispiel Petty Major Tanira, der auch zu den Vereinten Brüdern gehört – wir haben mindestens fünfzig davon an Bord, nicht fünf. Tanira ist der Grund, warum wir keinen Zwischenfall der Stufe drei erlebten, als irgendein idiotischer Verwaltungsmensch aus Ihrem früheren Büro nicht erkannte, warum ein Ventil präzise auf drei Komma zwei heruntergedreht werden musste. Ich dulde nicht, dass Sie ihn schikanieren oder auch einen der anderen, und das nur auf Grundlage eines bescheuerten Berichts, der weit entfernt von echten Schiffen und echten Gefechten verfasst wurde.«

»Aber Kommandant ...«

»Ist das klar, Commander?«

»Ja, aber – ich muss respektvoll Widerspruch einlegen.«

»Sie können so viel Widerspruch einlegen, wie Sie möchten, aber Sie werden nicht – ich wiederhole, *nicht* – herumschnüffeln und den Leuten das Gefühl vermitteln, wir würden ihnen nicht trauen. Womöglich haben wir einen potenziellen Meuterer an Bord; falls das so ist, können wir dieser Person kaum bessere Wirkungsmöglichkeiten verschaffen, als Misstrauen und Abneigung zwischen allen anderen zu säen. Wir haben vielleicht einen Spion der Benignität an Bord oder einen Serienmörder oder jemanden, der seinen Nervenkitzel daraus bezieht, sich von einem grün angemalten Sadisten mit toten Schlangen peitschen zu lassen – aber in all diesen Fällen und bis irgendetwas Eindeutiges passiert, besteht die beste Strategie darin, aus unseren Leuten eine Mannschaft zu formen. Und das fängt damit an, dass man ihre Kompetenz fördert – wozu wir ja schließlich doppelte Ausbildungsschichten durchführen – sowie ihr Vertrauen in die Vorgesetzten.«

»Sie ... sind genauso, wie man sich erzählt«, entfuhr es Seabolt.

»Und was ist darunter zu verstehen?«, erkundige sich Heris.

»Serranos«, antwortete er. »Sie alle. Sie hören einfach

auf niemanden; Sie denken immer, Sie wüssten es am besten ...«

Heris spürte die Zufriedenheit einer Katze, die die Maus zwischen den Pfoten hielt. »Commander, an Bord eines Schiffes *weiß* der Kommandant es auch am besten. Per Definition. Schlagen Sie in den Vorschriften nach: So steht es in meiner Stellenbeschreibung. Falls Sie gegen meine ausdrücklichen Befehle handeln, dann wäre *das* ...« Sie wurde lauter. »... Meuterei, Commander. Sie bewegen sich auf dünnem Eis.«

Er wurde bleich, und Schweiß glänzte auf seiner Stirn. »Ich wollte nicht ... natürlich wollte ich nicht ... ich wollte nur ...«

»Sie sind entlassen«, sagte Heris.

»Ich ... ah ... ja, Sir.« Seabolt ging.

Hätte sie nur jemanden gehabt, irgendjemanden, um ihn an Seabolts Stelle zu setzen ... aber da war niemand. Sie wusste, dass sie mit Personen seines Typs nicht besonders gut zurecht kam – diese Leute ärgerten sie selbst dann, wenn sie Recht hatten –, aber sie musste eine Möglichkeit finden, mit ihm umzugehen.

Terakian Fortune, unterwegs von Trinidad nach Zenebra

Goonar Terakian plauderte weiterhin zuzeiten mit Simon dem Priester, wann immer er Zeit fand und nicht über Betharnya und die Unmöglichkeit brüten wollte, sie um ihre Hand zu bitten. Sie waren inzwischen von Simons Lebensgeschichte (die Goonar unerträglich langweilig fand: ein zölibatäres Leben zwischen Büchern und Gelehrten?) zu der Goonars übergegangen. Simon schien das Leben eines Handelskapitäns so reizlos zu finden wie Gonnar das seine; wie Simon es sah, fand der arme Goonar nie Zeit, mal einen einzigen Gedanken zu Ende zu denken. Goonar verkniff sich die Erwähnung, dass es die Neigung war, Gedanken ganz zu Ende zu denken, die Simon ein Todesurteil eingehandelt hatte, und führte die Gespräche auf Religion und Politik zurück. Simon schien überzeugt, dass die Politik der religiösen Toleranz die Regierenden Familias direkt in Anarchie und Unmoralität stürzen würde.

Goonar spürte, wie er einen dicken Hals bekam, was in Simons Gesellschaft nicht selten geschah. »Das sind harte Worte. Halten Sie mich für unmoralisch?«

»Nein, Kapitän, nicht so weit ich erkennen kann …« Simon regte sich niemals auf, soweit Goonar feststellen konnte. »Aber ich sehe nicht ein, wie es in der Praxis funktionieren sollte.«

»Es ist eine Frage des Respekts«, erklärte Goonar. »Wir respektieren andere Überzeugungen …«

»Wie können Sie etwas respektieren, wenn Sie wissen, dass es falsch ist?«

Goonar runzelte die Stirn. »Ich weiß ja nicht, dass es falsch ist. Ich halte es womöglich für falsch – und in der Tat denke ich, dass viele Religionen, von denen ich gehört habe, keinen Sinn ergeben –, aber das schließt doch nicht aus, mich ihren Anhängern gegenüber zivilisiert zu benehmen. Wenn jemand glauben möchte – oh, sagen wir mal, dass eine zweiköpfige Schildkröte seinen Planeten erschaffen hat –, warum sollte ich mich dann mit ihm zanken? Ich hielte diesen Glauben für albern, aber andererseits glauben die meisten Menschen irgendwelche albernen Dinge. Mein Vetter würde Ihnen sagen, dass mein Wunsch, nicht wieder zu heiraten, albern ist.«

»Aber das Verhalten von Menschen beruht auf ihrem Glauben; Sie können doch nicht jemandem trauen, der es für richtig hält, das Falsche zu tun.«

»Ich denke, dass Sie sich irren – zumindest in Teilen«,

wandte Goonar ein. »Sehen Sie, ein Handelsfahrer bekommt viel mit. Ich weiß, dass manche Menschen mit Hilfe ihres Glaubens, welcher das auch ist, zu besseren Menschen werden – freundlicher, aufrichtiger, zuverlässiger, verantwortlicher. Andere benutzen ihren Glauben als Ausrede, um zu lügen, zu betrügen, zu stehlen und zu morden; dazu brauchen sie sich nichts weiter zu sagen, als dass die anderen nicht dem gleichen Glauben anhängen, und schon ist es okay. Behaupten sie zumindest. Dieselben Überzeugungen, andere Menschen. Man findet überall gute Menschen, die alles mögliche glauben, und ebenso schlechte. Ich denke, Religion macht einen guten Menschen besser und einen schlechten Menschen schlimmer.«

Simon saß schweigend da und schüttelte schließlich den Kopf. »Ich darf Ihnen nicht zustimmen, aber Sie haben eine schwierige These aufgestellt ... ich muss eine Zeit lang daran arbeiten. Zunächst müsste ich einwenden, dass manche Überzeugungen jeden Menschen schlimmer machen ...«

»Stimmt. Nehmen Sie mal die Bluthorde – Sie kennen doch die Bluthorde? Diese Idee, dass nur Stärke zählt, führt zwangsläufig zu Konflikten. Aber die Menschen, die zu Aethars Welt emigrieren, die sind von vornherein so gestrickt; es sind Tyrannen, die mit anderen Tyrannen herumhängen und sich dadurch besser fühlen möchten. Ich denke, ihre Kinder könnten anders werden, aber sie lernen nie etwas anderes. Die Religionen jedoch, mit denen ich mich auskenne, sie alle betrachten die gleichen Dinge als gut: Freundlichkeit, Ehrlichkeit und so weiter.«

»Ja, ich verstehe. Und ich muss zugeben, dass sogar Anhänger des wahren Glaubens in dessen Namen schreckliche Dinge getan haben. Aber Sie nähern sich gefährlich einer berühmten alten Ketzerei: der persönlichen Auserwähltheit.«

»Nie davon gehört«, sagte Goonar. Jemand klopfte an die Tür; er sagte: »Treten Sie ein.« Esmay Suiza stand dort und sah unsicher aus. »Ja, Sera – treten Sie ein und diskutieren Sie mit. Wir sprechen über Religion.«

»Ich weiß nicht viel über Religion«, wandte Esmay ein.

»Das ist schon okay – aber Sie sind schon Simon begegnet, nicht wahr? Er ist ein Priester aus der Benignität; Simon, Sera Suiza stammt von Altiplano. Er spricht gerade von der persönlichen Auserwähltheit, Sera. Haben Sie schon je von so etwas gehört?«

»Von einigen Altgläubigen«, antwortete Esmay. »Falls Sie damit die Idee meinen, dass manche Leute von Geburt gut und andere von Geburt schlecht sind.«

»Präzise«, sagte Simon.

Goonar zuckte die Achseln. »Manche Äpfel schmecken besser als andere – was ist daran ketzerisch?«

»Ahh!«, sagte Simon mit einem Glanz in den Augen, den Goonar etwas zu spät als den eines Eiferers erkannte. »Also: hat Gott einen Apfel süß und den anderen bitter gemacht?«

»Ich bin nicht Gott, Simon, daher weiß ich es nicht«, wandte Goonar ein und wich damit hurtig dem aus, was eine die ganze Fahrt andauernde theologische Übung zu werden drohte. »Was ich jedoch bin: ein Schiffskapitän mit einem – bis vor kurzem – sauberen Führungszeugnis in den Regierenden Familias und den angrenzenden Gebieten. Dank Ihnen jetzt jedoch nicht mehr. Falls stimmt, was Sie sagen ...«

»Das tut es«, sagte Simon.

»Also schön ... dann sind Sie genau die Art politischer Flüchtling, vor der mich meine Vorgesetzten gewarnt haben, wenn auch zumindest nach unserer Rechtsprechung kein Krimineller. Sie verstehen sicherlich, dass ich Meldung machen muss – zweifellos eine lange und langweilige Meldung –, und zwar sowohl bei meinen Vorgesetzten wie auch jeglicher offizieller Dienststelle, die sich auf Castle Rock zeigt?«

»Natürlich«, sagte Simon. »Ich hoffe, dass Sie nicht zu viele Schwierigkeiten bekommen.«

»Doch, bekomme ich«, sagte Goonar, »aber es muss nun mal sein. Ich schätze, Sie kennen niemanden in unserer Regierung, der diese Sache für uns beschleunigen könnte?«

»Es tut mir Leid, nein«, sagte Simon.

»Vielleicht können dann Sie und Sera Suiza die Theologie ausdiskutieren, während ich mich an die Berichte mache.« Goonar stand auf und blinzelte Esmay zu, die erschrocken aussah. »Nur falls Sie möchten, Sera, aber er interessiert sich womöglich für die Glaubensvorstellungen auf Ihrem Planeten.«

»Bitte«, sagte Simon. »Falls Ihre Altgläubigen mit den Sinatianern verwandt sind ...« Sie gingen gemeinsam, wobei Simon eifrig redete. Goonar fragte sich, ob er irgendwelche ausgleichenden Gewinne würde vorweisen können, die die Kosten dieser Sache wieder wettmachten.

Basil klopfte an. »Noch irgendwas erfahren?«

»Ja. Ich würde dir nach wie vor am liebsten den Hals umdrehen, aber er ist sicherlich kein gewöhnlicher Verbrecher. Er ist ein religiöser Spinner.«

»Wirklich? Auf mich wirkt er ziemlich ruhig.«

»Sofern du ihn nicht auf Themen wie Gut und Böse bringst oder auf etwas, das sich persönliche Auserwähltheit nennt.«

»Klingt politisch.«

»Nein ... Er wollte mir schon die Frage aufbrummen, ob Gott die Äpfel absichtlich unterschiedlich süß gemacht hat, oder ob das einfach so passiert ...«

Basils Brauen stiegen. »Ach du liebe Güte!«

»Ja. Er ist für die Benignität ein Ketzer, für mich ein Spinner, und Gott weiß, was der Patriarch von ihm hielte, aber ich werde ihn nicht bei mir behalten, um das herauszufinden. Wir laden ihn auf Castle Rock bei der Regierung ab und stehlen uns auf leisen Sohlen davon.«

»Na ja, dann. Nebenbei ...« Basil hatte auf seinen lässigen Ton umgeschaltet; Goonar schnaubte nur, und Basil wechselte den Ton wieder. »Unsere Heldin von Xavier macht Bethya nervös.«

»Wieso? Was tut sie denn?«

»Bethya sagt, Suiza hätte Albträume und wollte nicht darüber reden.«

»Liebe Güte, Basil, die Frau ist vom Militär! Natürlich möchte sie nicht mit einer ... Schauspielerin reden. Und woher will Bethya überhaupt wissen, dass sie Albträume hat?«

»Frauen haben da so ihre Möglichkeiten«, behauptete Basil. »Ich habe mich schon gefragt, ob wir jemanden informieren sollen.«

»Wen zum Beispiel?«

»Oh ... vielleicht ihre Familie. Falls Suiza Hilfe braucht, sollte man dort Bescheid wissen. Und Bethya sagte, Suiza hätte auf Trinidad keine Gelegenheit mehr gefunden, die Familie zu informieren.«

»Nun ... ich schätze, sobald wir auf Zenebra sind, könnten wir ihr anbieten, einen solchen Anruf zu tätigen. Ich habe jedoch nicht vor, es hinter ihrem Rücken zu tun. Dazu haben wir nicht das Recht.«

Auf Station Zenebra begegnete die *Terakian Fortune* der *Terakian Favor* im Rahmen von satten vierzehn Stunden Frachtaustausch unter den Augen des Zollbeamten der Station. Die *Favor* befuhr eine Route, die sich entlang dieser Grenze durch die ganzen Familias zog; Goonar nahm Ladung für Castle Rock an Bord, und die *Favor* übernahm von ihm Ladung für Mallory, Inkman und Takomin Roads. Goonar war nur froh, dass ihm zusätzliche Besatzungsmitglieder helfen konnten. Die Schauspieler hatten die Kostüme aus den Modecontainern geholt und die automatischen Models neutral programmiert, sodass die Entwürfe zu den Provinzwelten weiterreisen konnten, die auf sie warteten. Anschließend entluden beide Schiffe ihre für Zenebra bestimmten Waren – was etwa eine Stunde dauerte –, und Goonar – als der neuere Kapitän – lud Elias Terakian, den Kapitän der *Favor,* zum Abendessen ein.

»Na ja, Goonar, sieht ganz danach aus, als ob es dir gut ginge.« Elias, seit zwanzig Jahren Kapitän, zeigte die ganze Selbstsicherheit, die aus dieser Erfahrung resultierte; in weiteren zehn Jahren zog er sich vielleicht in die Reihen der Väter zurück. »Du hast eine tüchtige Besatzung, wenn man bedenkt, wie zügig sie diese Waren aus- und umgeladen haben.«

»Ich habe eine Nachricht für die Väter«, sagte Goonar, »die eine andere Route nehmen muss.«

»Ah! Na ja, hören wir sie uns mal an.«

Goonar setzte ihm die ganze lange und komplizierte Geschichte auseinander, soweit sie ihm bekannt war, und Elias hörte schweigend zu. Als Goonar fertig war, schüttelte Elias den Kopf. »Es wäre besser gewesen, du hättest eine langweilige erste Fahrt gehabt.«

»Das ist mir klar«, versetzte Goonar.

»Aber – du hast es so gut gemacht, wie es die Umstände erlaubten, denke ich. Was ist mit dieser Theatertruppe? Denkst du, sie würden noch mal Passage bei uns nehmen?«

Der Gedanke war Goonar noch gar nicht gekommen. »Ich weiß nicht«, sagte er. »Bethya – ihre Managerin und ihr Star – hat davon gesprochen, sich irgendwo niederzulassen und die Tourneen aufzugeben.«

»Ah. Sie ist die Rothaarige, nicht wahr?«

»Ja ...« Er wusste, was jetzt kam.

»Gut aussehende Frau. Gar nicht so alt. Du brauchst

wirklich eine neue Frau, Goonar, eine, bei der du dich zwischen den Fahrten wohl fühlst.«

»Ich suche keine Frau«, wandte er ein.

»Das sagst du jetzt, aber wenn du mal im Ruhestand bist ...«

»Elias, bitte. Es reicht.«

»In Ordnung, in Ordnung, ich sage nichts weiter. Ich überbringe deine Nachricht den Vätern und erwähne dabei nicht deine ... die Rothaarige. Weißt du eigentlich, dass sie dich mag?«

»Ich weiß nichts dergleichen«, sagte Goonar. Er spürte, wie er rot wurde. »Sie ist zu jedem höflich.«

»Wobei sonst keiner so blind ist ...«, murmelte Elias und widmete sich dem Dessert.

»Möchtest du den Ketzer kennen lernen?«

»Nein. Was verstehe ich schon von Theologie? Hättest du allerdings einen Spezialisten für Olivengene befreit ...«

Goonar lachte. »Das werde ich Basil erzählen, oder was denkst du? Falls man schon Flüchtlinge aufnimmt, dann achte man auch darauf, dass sie über markttaugliche Kenntnisse verfügen.«

Elias bedachte ihn mit einem rätselhaften Blick. »Um die Wahrheit zu sagen, Goonar: Genau so solltest du es halten. Die Politik des Unternehmens lautet: Wir befördern keine Flüchtlinge und mischen uns nicht in die Politik ein. In praktischen Begriffen ... falls du schon einen Flüchtling aufnehmen musst, dann achte darauf, dass seine Beförderung uns einen Gewinn bringt.«

»Hm. Ich denke nicht, dass uns dieser Theologe viel einbringt ... aber vielleicht hat die Theatertruppe uns einen verborgenen Schatz zu bieten. Ich verfüge jetzt über diese Beleuchtungsanlage im Shuttle-Hangar ...«

—

Da Goonar sehr wohl wusste, wie leicht sich Mannschaftsangehörige betranken und dabei Geheimnisse preisgaben, gestattete er seinen illegalen Passagieren keinen Landgang auf Zenebra. Er bot Esmay eine Möglichkeit an, eine Nachricht nach Altiplano zu schicken, aber sie lehnte zunächst ab.

»Aber dort sollte man Bescheid wissen«, gab Basil zu bedenken.

»Sie machen sich nur Sorgen«, wandte Esmay ein.

»Natürlich machen sie sich Sorgen«, sagte Basil. »Das sollen sie schließlich auch. Sie sagen, die Familie wüsste von Ihrer Eheschließung ...«

»So hatte sich der Kommandant unseres Schiffes geäußert, ja.«

»Und dann sind Sie einfach verschwunden. Ihre Familie könnte Sie für tot halten. Oder sie könnte Ihnen helfen.«

»Ich denke nicht«, sagte Esmay. Sie wirkte stur.

»Ich fühle mich dabei nicht wohl«, sagte Goonar schließlich. »Ich fühle mich fast wie ein Dieb, der Sie gestohlen hat.«

Esmay schnaubte und lachte dann laut. Sie lachte selten, wie ihm aufgefallen war. »Unwahrscheinlich ... aber falls Sie darauf bestehen, Kapitän, rufe ich zu Hause an und informiere meine Familie, dass es mir gut geht.« Es ging ihr nicht gut, so viel konnte er sehen – sie hatte, seit sie an Bord gekommen war, mehrere Kilo abgenommen, ungeachtet der, wie er wusste, guten Kombüse hier, aber er hatte nicht vor, jetzt darüber zu diskutieren. Sollte ihre Familie sich um sie kümmern.

Er hätte den Anruf bezahlt, aber Esmay beharrte darauf, die Kosten selbst zu tragen. Die geschätzte Übermittlungszeit für eine Ansible-Übermittlung von Zenebra nach Altiplano war überraschend lang.

»Eine Echtzeit-Verbindung steht nicht zur Verfügung«, berichtete Esmay. »Es sei denn, Sie lassen sie einrichten und bezahlen sie im Voraus. Gewöhnlich werden Nachrichten per Relais übermittelt. Und es sind wie viel? Drei oder vier Zwischenstationen?«

»Also sind wir fast schon auf Castle Rock, wenn Ihre Familie Ihre Nachricht erhält ...«

»Es sei denn, die Übermittlung läuft in Mindestzeit ab. Ich kann jedoch nicht erkennen, dass es viel ausmacht. Meine Familie wird kaum zu meiner Rettung angestürmt kommen. Die anderen haben ihr eigenes Leben zu führen.«

Goonar sagte nichts weiter, aber sobald sie aufs Schiff zurückgekehrt war, schickte er eine eigene Nachricht los. Falls sie seine Tochter gewesen wäre, hätte er per Prioritätszugriff erfahren wollen, was geschehen war. Und was, falls die Flotte sie als entlassen meldete und ihre Familie gar keine Vorstellung hatte, wo sie sie fand?

Auf dem Weg von Zenebra nach Rockhouse Major, der Hauptandockstelle im Orbit um Castle Rock, zerbrach sich Goonar den Kopf darüber, wie er aus seiner Ladung Gewinn schlagen konnte. Er sprach mit ihnen allen – Simon, Betharnya, den anderen Schauspielern, Esmay Suiza – und prägte sich jede Information ein, die sich womöglich später als nützlich erwies. Gespräche mit Simon endeten stets in einem theologischen Dornengestrüpp, in dem er keinen Sinn erkannte, aber die Schauspieler hatten jeder einen einzigartigen Blickwinkel auf all die Planeten zu bieten, die sie besucht hatten, sowie die Schiffe, mit denen sie gefahren waren. Die Schwierigkeit, gute Ingenieure auf jenem Planeten zu finden; Zeitpunkte von Theater- und Musikfestivals ... das alles speicherte Goonar ab. Esmay war überzeugt, nicht wieder zur Flotte zurückkehren zu können, jedenfalls auf lange Zeit nicht, aber Goonar, der in ihr eine mögliche Verbindung sowohl zu Brun Meager wie auch zur Flotte erblickte, stattete sie mit einer kräftigen Dosis der

Geschäftsdoktrin von Terakian & Söhnen aus: was das Unternehmen von der Flotte gebrauchen konnte, von der Regierung ... nur für den Fall, dass sie mal wieder in die Lage kam, etwas Hilfreiches zu sagen. All das half ihm dabei, Fantasien von sich und Bethya abzuwehren.

Esmay brütete über den spärlichen Nachrichten, die sie am Kiosk auf Zenebra erhalten hatte. Schon diese Spärlichkeit machte ihr Sorgen. Hätte man die Meuterei in den zurückliegenden Wochen niedergeworfen, müsste es in den Nachrichten zu hören sein. Stattdessen fiel ihr auf, dass man über steigende Preise redete, über Besorgnis bei den Händlern und Zusicherungen der Raumflotte. Sie hatte sich so gewünscht, etwas über Barin zu erfahren, aber Zivilisten erhielten keinen Zugriff auf die Personaldaten der Flotte. Würden sie es ihr überhaupt sagen, falls etwas passiert war? Sie war schließlich seine Frau. Vorausgesetzt, Admiral Serrano hatte keine Annullierung erzwungen.

Stütztpunkt Copper Mountain

Das Landeshuttle schlingerte und schwankte, als es in eine Kältefront geriet und durch diese zum Landeplatz hinabsank. Barin versuchte, sich auf etwas anderes zu konzentrieren, aber jedes Mal, wenn er die Augen schloss, sah er diese dunkle Kammer vor sich und das Glitzern der Helmlampen auf nassem Metall. Dann hörte er Ghormleys verängstigte Stimme und sah den hellen Blitz. Jeder Ruck des Shuttles erinnerte ihn an die plötzlichen Schwankungen der künstlichen Schwerkraft. Und dieses sengende Licht ...

Das Fahrwerk des Shuttles rammte sich in den Boden; Barin grunzte und betrachtete die übrigen Fluggäste. Niemand sah ihn an; jeder schien in persönlichen Träumereien versunken. Er hoffte, dass die der anderen erfreulicher ausfielen.

Die Empfangshalle auf Copper Mountain erschien ihm wieder so hässlich wie beim ersten Mal, mit den scheußlichen Wandgemälden und allem. Sogar noch schlimmer, denn diesmal kam er nicht als Schüler zur Ausbildung, sondern als Verwundeter, der zusammen mit drei weiteren Personen in eine Ambulanz verfrachtet wurde, als wären sie Koteletts. Jemand, der es vielleicht nicht schaffen würde, der nicht die Krankenstation eines Kriegsschiffes im Kampf verstopfen sollte ... diesen Grund für die Beförderung mancher Leute hierher hatte er mitgehört. Auf der Fahrt ins Krankenhaus sah er durch die Heckfenster nichts weiter als einen tief hängenden grauen Himmel, der seine Stimmung präzise ausdrückte. Zumindest war er nicht mehr an Bord eines Schiffes; hier würde weder die Schwerkraft schwanken noch sich der Boden öffnen noch die Luft ins Vakuum entweichen.

Die erste Untersuchung trug nichts dazu bei, seine düstere Stimmung zu vertreiben. Wenn Ärzte murmelten und an Körperstellen von einem selbst herumstocherten, die man nicht sehen konnte, bedeutete das nie etwas Gutes. Die Wendung »das Beste, was sie tun konnten« wurde mehrfach vernehmbar.

»Tut mir Leid«, sagte einer der Ärzte schließlich, »aber wir werden eine Kombination aus Chirurgie und Regenerationstechnik einsetzen müssen. Sie werden eine ganze Weile lang außer Dienst sein.« Er klang dabei fast vergnügt. »Danach brauchen Sie eine längere Rehabilitation, weil Sie sich so lange nicht bewegt haben werden, aber Sie müssten sich letztlich wieder ganz erholen.«

Die Operationen und Regenerationsbehandlungen dauerten länger als eine Woche. Als sie fertig waren, marschierten die Chirurgen auf, um über ihre Arbeit zu prahlen, und Barin wurde zum ersten Mal deutlich, wie knapp er dem Tod entronnen war. Beide Beine, beide Arme, Becken, zwei zermalmte Wirbel und ein eingedrückter Schädel ... dazu die Verbrennungen.

»Sie haben Glück, dass Sie noch leben«, erklärte ihm einer. »Ihre Schiffschirurgen haben mit den verfügbaren Möglichkeiten gute Arbeit geleistet. Allerdings haben Sie sich mehrere Monate lang nicht bewegt, und Ihre Muskelmasse ist geschrumpft ...« Das konnte Barin inzwischen selbst erkennen, da er nicht mehr in Schienen und Gipsverbänden steckte. »Als Nächstes müssen wir Ihnen wieder Bewegung verschaffen und Ihre Fitness aufbauen.«

Etliche Wochen später konnte Barin die Turnhalle der Reha-Klinik abschreiten, ohne zu stolpern oder außer Atem zu geraten, und durfte wieder leichten Dienst tun. Er begrüßte die Ablenkung; er wurde täglich kräftiger, und seine Gedanken brauchten etwas zu tun.

Der Auftrag, ein Unterstützungsteam für eine forensische Gruppe zu bilden, die die Stack Islands untersuchen sollte, markierte seine Rückkehr in den eingeschränkten Dienst. Barin sah die Informationen durch, die man ihm gab, und machte sich dann auf die Suche nach Corporal Gelan Meharry.

Dieser sah seiner großen Schwester nicht besonders ähnlich. Barin war Methlin Meharry nur bei einer Gelegenheit begegnet, auf Heris' Schiff, damals im Rahmen seiner Versuche, Esmays Namen reinzuwaschen. Methlin hatte in jeder Beziehung so gefährlich ausgesehen, wie die Legenden behaupteten, und er fragte sich damals, warum sie diese Narbe im Gesicht nicht entfernen ließ; allerdings war das keine Frage, die man ihr gestellt hätte. Gelan hatte die gleichen grünen Augen, aber dunklere Haare, und er wirkte eher ruhig als missmutig.

»Lieutenant«, sagte Meharry. Dann leuchteten seine Augen auf. »Entschuldigen Sie, Sir – sind Sie mit Commander Heris Serrano verwandt?«

»Das bin ich«, sagte Barin. »Sie ist meine Tante. Und Sie sind Methlin Meharrys Bruder.«

Ein Ausdruck lief kurz über Meharrys Züge, den Barin sofort verstand. »Ihr kleiner Bruder, wie sie jedem erzählen wird ...«

»Ich kenne das Gefühl«, sagte Barin. »Aber nach dem, was ich gehört habe, sind Sie keineswegs irgendjemandes Kleiner. Beinahe hätten Sie die Meuterei unterbunden, ehe sie richtig anfing, wie man sich erzählt.«

Jetzt wurde Gelans Miene verschlossen, fast wie im Schmerz. »Danke, Sir, aber ganz so ist es nicht gelaufen. Wäre mir zeitiger etwas eingefallen, was ich hätte tun können ...« Er brach ab; Barin kannte solche Gedankengänge nur zu gut.

»Wäre mir zeitiger eingefallen, dass die Gasleitungen Lecks hatten, dann hätte ich nicht zwei Mann aus meinem Reparaturteam verloren«, sagte er.

Meharry sah ihn an.

»Ein Rumpfbruch«, erzählte Barin. »Risse in angrenzenden Schiffskammern, in der Umweltsteuerung. Wir versuchten gerade, die Zuchtkammern zu retten. Abgesplitterte Fragmente lagen überall herum; überall hatten wir Lecks. Ich machte mir solche Sorgen um die Hydraulikleitungen, dass ich keinen Gedanken an ...« Er schüttelte den Kopf, konnte nicht weiterreden.

»Es war nicht Ihre Schuld, Sir«, sagte Meharry. »Sie konnten nicht an alles denken.«

»Sie auch nicht«, fand Barin. »Und ich wette, Sie haben so angestrengt nachgedacht, wie Sie nur konnten, nicht wahr?«

»Ja, Sir. Mir fiel nur einfach nichts ein ...«

»Manchmal gibt es auch nichts«, sagte Barin. Er glaubte das im Grunde selbst nicht, aber es half ihm durch die Tage, sich das trotzdem immer wieder zu sagen. »Corporal, der eigentliche Grund meines Besuchs ist jedoch, dass man uns beide einem Team zugeteilt hat, das wieder dort hinausfliegt – sowohl zum Gefängnis wie zur Waffenforschung oder dem, was davon übrig ist. Anscheinend denken die maßgeblichen Stellen, dass der Planet wieder sicher genug ist, um Zeit und Personal in ein wenig kriminalistische Tätigkeit zu investieren.«

Meharry presste die Kiefer zusammen. »Ich … möchte da nicht wirklich hin, Lieutenant.«

»Das kann ich mir gut vorstellen.«

»Aber wir tun, was wir tun müssen«, sagte Meharry. »Wann brechen wir auf?«

»Morgen. Ich hatte gehofft, Sie könnten mir weiterhelfen; ich soll selbst unter den verfügbaren Leuten eine Auswahl treffen, und dabei bin ich gerade erst aus dem Krankenhaus entlassen worden. Ich habe keine Ahnung, wer auf welchem Gebiet versiert ist. Das Kriminalistenteam steht schon; es sind allesamt Spezialisten. Wir haben einen ganzen Haufen ziviler Wissenschaftler und Techniker. Ich soll jedoch zusehen, dass ich Leute für die Datenübertragung finde, für die Kommunikation – halt Unterstützung allgemein. Sie, Corporal, sind seit Monaten hier; könnten Sie mir dabei helfen?«

»Natürlich, Sir.« Meharry nahm den dicken Stapel Personalakten entgegen, den Barin ihm reichte. »Wie viele? Und stellen wir auch die Lebensmittelversorgung selbst sicher?«

»Fünf Personen gehören zum Kriminalistenteam; dazu kommen etwa ein Dutzend Zivilisten, und man hat mir gesagt, dass ich so viel Logistik mitnehmen kann, wie ich möchte. Der Major sagte, je mehr Leute ich ihm abnehme, desto besser. Und ja, ich soll auch für die

Lebensmittel sorgen. Und ich hatte hier selbst noch nie etwas anderes zu essen als Krankenhausfutter.« Barin sagte das in wehleidigem Ton und stellte erleichtert fest, dass Meharry lächelte.

»Mal sehen, ob ... Ja, da steht ein guter Koch auf der Liste. Und noch einer. Datenleute ... hmm. Koniston ist stets vergnügt und erzeugt bei der Arbeit keine komischen Laute ...« Meharry blickte auf und erläuterte diese Bemerkung: »Andersson ist auch ein guter Büromensch, aber er treibt mich zum Wahnsinn; er zischt am laufenden Meter oder schnalzt mit der Zunge oder so was. Das können wir in einem kleinen Team nicht gebrauchen. Koniston, Bunley, Mohash und ... mal sehen, Simi ... nein. Na ja, dann Purto. Vier Büroleute müssten reichen. Funk ... da sollten wir Ensign Pardalt fragen, Sir.«

»Sie war es, die dieses Wie-hieß-das-noch? gebaut hat, um ein Signal abzusetzen?«

»Ja, Sir. Sie war Juniorausbilderin im Fachgebiet Geschichte, denke ich, und danach hat man sie zur Kommunikation versetzt. Wahrscheinlich kennt sie alle Techniker.«

»Ich werde Pardalt ausfindig machen«, sagte Barin. »Ich vermute, wir brauchen auch ein paar Techs ...«

»Sir, ich empfehle vier. Falls wir Personen auf beiden Stacks absetzen, brauchen wir für jedes Team eine primäre und eine Reservemannschaft.«

»Ja, natürlich. Denken Sie, Sie können die restliche Auswahl treffen und mir die Liste geben, wenn ich von Ensign Pardalt zurückkomme?«

»Ja, Sir.« Meharry unterbrach sich kurz und fuhr dann fort: »Sir, soll ich in Ihrem Team oder bei den Kriminalisten mitmachen?«

»Es hieß, Sie würden mir zugeteilt, weil Sie dann greifbar sind, um Fragen zu beantworten.«

»Ja, Sir.«

Barin fand das Funkgebäude ohne große Mühe, aber Ensign Pardalt ausfindig zu machen, das dauerte länger. Sie hielt sich nicht in ihrem vorübergehenden Büro auf oder sonst wo in den Hauptkontrollräumen. Endlich sagte ihm ein Pivot, sie wäre wahrscheinlich unten in der Datenanalyse, die man im Keller fand.

Zuerst hielt er die junge Frau, die über einen Stapel Ausdrucke gebeugt saß, für eine normale Technikerin; sie blickte nicht auf, was ihm Gelegenheit gab, die Abzeichen zu studieren, ehe er einen Schnitzer machte. Er betrachtete sie noch einen Augenblick länger: glatte rote Haare, die etwas nach vorn hingen, während Pardalt die Papiere sichtete und dabei in den Handcomp tippte; blasse Brauen waren vor Konzentration zusammengezogen.

»Verzeihen Sie«, sagte Barin. »Ich suche Ensign Pardalt.«

Sie blickte auf und blinzelte ihn kurz an; dann wurde sie rot, schob den Stuhl zurück und stand auf. »Sir, Verzeihung ... ich bin Ensign Pardalt.«

»Ich bin Jig Serrano«, stellte sich Barin vor. »Tut mir Leid, Sie zu stören, aber ich brauche Ihren Rat.«

»Rat? Von mir?« Sie schien fast erschrocken.

»Ja«, sagte Barin. »Ich soll ein logistisches Team für eine Reise zu den Stack Islands zusammenstellen, und ich benötige die Namen einiger guter Funktechniker. Corporal Meharry deutete an, Sie wüssten vielleicht, wer auf dieser Liste am besten für den Einsatz in einer solchen Lage geeignet ist.« Er hielt ihr die Liste hin.

»Oh ... na ja, ich kenne sie nicht alle ...« Sie sah die Liste jedoch durch; er erkannte die Zeichen völliger Konzentration und sagte nichts weiter.

»Wie viele?«, wollte sie wissen.

»Vier oder fünf«, sagte er.

Sie rasselte vier Namen herunter und markierte sie mit dem Stift.

»Danke«, sagte Barin. »Darf ich fragen, womit Sie gerade beschäftigt sind?«

»Ich versuche herauszufinden, wer den Wettersatelliten außer Gefecht gesetzt hat, sodass niemand sah, wie sich die Landungsboote der *Bonar Tighe* den Stack Islands näherten«, antwortete sie. »Das Problem ist nur: MetSatIV spielte schon ein paar Jahre vorher verrückt. Deshalb war es womöglich nur ein zufälliger Defekt …«

»Ein sehr günstiger jedoch«, stellte Barin fest. »Die früheren Störungen könnten zur Tarnung gedient haben.«

»Ja. Mir fällt jedoch keine Möglichkeit ein, das zu beweisen oder zu widerlegen.«

Das klang für ihn sehr langweilig. »Sie hätten nicht zufällig Lust, uns auf unserer kleinen Spritztour zu begleiten?«

Sie schien beunruhigt. »Eigentlich nicht, Sir, aber natürlich, falls Sie mich brauchen …«

»Nein, ist schon in Ordnung. Ich bin nur froh, dass ich nicht Ihren Job habe.«

Kapitel zwölf

RSS *Indefatigable*

Heris Serrano hatte ein paar Tage lang Ruhe, während Seabolt sich irgendeinen neuen Unfug ausdachte, um sich obsessiv damit zu befassen. Bislang hatten sie Glück gehabt; kein Meuterer hatte sie angegriffen, und sie entdeckten keinerlei Hinweis darauf, dass einer vorbeigekommen war. Heris arbeitete gerade an einem weiteren Drillplan, als sie einen Anruf von der Brücke erhielt.

»Kommandant, ich habe mich gerade gefragt ... was, wenn ein Ansible eine Nachricht ankündigt, diese dann jedoch nicht sendet?« Jig Hargrove, der in der gegenwärtigen Schicht als Junioroffizier der Kommunikation arbeitete, hatte ein ernstes Gesicht, bei dem selbst die einfachste Frage als etwas sehr Ernstes wirkte.

»Was meinen Sie damit?«, fragte Heris.

»Sie wissen doch, dass ...« Heris zuckte zusammen; sämtliche Junioroffiziere hatten Seabolt die Gewohnheit abgeschaut, jede Erläuterung mit dieser Wendung einzuleiten. »... dass ein Ansible eine ID und ein Kanalfreigabe-Signal sendet, ehe es die eigentliche Nachricht übermittelt?«

»Ja«, antwortete Heris. »Und die Nachricht verzögert sich um die Zeitspanne, die das Ansible braucht, um dem Urheber der Nachricht Sendebereitschaft zu melden und die eigentliche Nachricht von ihm zu empfangen.«

»Ja, wir können also mit einer Verzögerung von bis zu etwa vier Stunden zwischen der Initialisierungs-Sequenz und der Nachricht rechnen. Jetzt warten wir jedoch schon fast die ganze Schicht auf eine Nachricht, und es kommt nichts durch. Und Commander Denehy sagte, wir sollten alles melden, was aus dem Rahmen fällt. Ich weiß nur nicht so recht, ob das hierbei der Fall ist.«

»Wie lange warten Sie jetzt genau?«, wollte Heris wissen.

»Sechs Stunden und achtzehn Minuten. Ich vermute, es könnte von einem Schiff ausgehen, das mehr als drei Lichtstunden vom Ansible entfernt ist, aber die meisten Leute versuchen gar nicht, das Ansible zu erreichen, ehe sie ihm nicht wesentlich näher sind.«

»Wie lautet die ID? Warum denken Sie, dass sie von einem Schiff ausgeht?«

»Na ja, hier haben wir das System ...« Hargrove hielt eine Darstellung in die Aufnahme. »Es enthält keine besiedelten Planeten und überhaupt keine dauerhafte Siedlung, obwohl man eine Forschungsstation auf diesem exzentrischen Planetoiden antrifft. Ich schätze, das Signal könnte auch von dort stammen.«

»Vermutlich«, sagte Heris geistesabwesend, während sie die Systemdaten betrachtete. »Ein kartografierter Sprungpunkt, aber nur mit gelber Einstufung ... oh, wegen dieses Planetoiden! Wie lauten die Rücksprung-Daten?«

»Verzeihung, Kommandant ... ich kenne sie nicht. Nur den Kommunikationsstatus.«

»Commander de Fries ...« Der Führungsoffizier für die Navigation blickte auf. »Ich benötige eine Rücksprung-Analyse dieser Koordinaten ...« Heris schaltete sie auf seinen Monitor.

»Wird sofort erledigt, Kommandant.«

Heris wandte sich wieder Jig Hargrove zu. »Verfügt dieses Ansible über Umkehrscanner?«

»Nein, Kommandant. Laut Katalogeintrag handelt es sich um ein Einzelkanal-Modell für den Bedarf der Forschungsstation. Es ist nicht mal besonders sicher; der Zugriffscode ist in allen aktualisierten Dateien aufgeführt. Jeder könnte es auslösen ... obwohl ich vermute, dass vielleicht einfach nur eine Störung vorliegt.«

»Kommandant ...« Das war de Fries.

»Ja?«

»Die Rücksprung-Analyse: Weil dieser Sprungpunkt als nicht besonders sicher gilt, lautet die einzige kartografierte Einzelsprungkoordinate dazu CX-42-Heinrich ...«

»Das ist einer der letzten Sprungpunkte vor Copper Mountain«, stellte Heris fest.

»Das ist richtig, Kommandant. Copper Mountain ist das nächstgelegene Zwei-Sprünge-Ziel, geschätzte Überlichtzeit elf Tage, und das liegt an der kurzen Etappe von CX-24-Heinrich. Hier sehe ich eine Anmerkung, dass erfolgreiche Sprünge auch in die Nähe von RG-773-Alpha durchgeführt wurden, aber nicht genug, um sich für eine kartografierte Route zu qualifizieren. Die Geschätzte ÜL-Zeit dorthin beträgt neunzehn Tage. Einige der Wissenschaftler hielten RG-773-Alpha für eine direktere Route zu ihren Heimatsystemen drüben in Sektor Fünf.«

»Das vermute ich auch«, sagte Heris. »Liegen Ihnen irgendwelche Daten über dieses System vor, denen wir entnehmen könnten, wie weit der Planetoid derzeit vom Ansible entfernt ist? Wie lange die Verzögerung zwischen dem Initialisierungs-Signal und der sich anschließenden Nachricht betragen könnte?«

»Ich mache mich an die Arbeit«, sagte er.

Heris spürte, wie ihr ein Schauer der Erregung über den Rücken lief. Was – außer einem Signal – konnte ein Ansible starten? Und warum sollte jemand das Startsignal übermitteln und dann seinen Funkspruch nicht übermitteln?

Weil jemand ihn daran gehindert hatte. Er hatte es

sich anders überlegt. Jemand musste ihn gehindert haben.

»Falls ein loyales Flottenschiff – oder ein Zivilfahrzeug – Schwierigkeiten mit Meuterern bekommen hat, könnte es versucht haben, einen Funkspruch abzusetzen, nur um weggepustet zu werden, ehe es Gelegenheit dazu fand«, sagte Heris leise.

»Ja, oder ein herumfliegender Gesteinsbrocken hat es erwischt«, gab de Fries zu bedenken.

»Wir müssen uns die Sache mal ansehen.« Sie war von ihrer Version so überzeugt wie davon, dass zwei und zwei vier ergab.

»Wir sind im Patrouillendienst. Der Admiral sagte, wir sollen mögliche Meuterer abfangen und die Sprungpunkte überwachen ...« Es war natürlich Seabolt, der diese Ansicht vorbrachte.

»Ich überwache ja einen Sprungpunkt«, wandte Heris ein. »Ich überwache einen Sprungpunkt, in dessen Nähe sich verdächtige Aktivität zugetragen hat.«

»Ich bin nicht der Meinung, dass man ein gestörtes Ansible als verdächtige Aktivität bezeichnen kann.«

»Commander, haben Sie irgendeine Vorstellung davon, wie zuverlässig diese Geräte sind? Wie selten sie mal eine Störung haben? Und wenn doch, dann senden sie meist eine Reihe undeutbarer Signale und schalten sich nicht grundlos ein.«

»Aber ...«

»Ich sage, dass es verdächtig ist, und ich bin der Kommandant ... und der Commodore.« Und das große Tier mit dem großen runden Knopf auf der Mütze, dachte sie sich. »Ich werde natürlich das HQ informieren – nur ein Idiot stürzt einfach los, ohne Nachricht zu hinterlassen –, und die nächste Frage lautet, ob man sich mit aller verfügbarer Macht hineinstürzt, oder ob man zunächst einen Späher aussendet.«

»Ein Späher wäre die sicherere Alternative«, fand Seabolt.

»Für uns gegenwärtig – vielleicht. Aber nur mal angenommen, dass sich in dem System dort drüben eine Meuterer-Streitmacht aufhält und uns jemand darüber informieren wollte, ohne es zu schaffen. Dann würde ein Späher nichts weiter bewirken, als den Gegner davon in Kenntnis zu setzen, dass jemand seinen Standort kennt. Auch falls ich mit nur einem Schiff hinspringen würde, und es reichte dann nicht, um den Gegner zu besiegen ... das wäre schlimmer, als überhaupt nicht nachzusehen.«

»Sie haben doch nicht vor, alle mitzunehmen – alles, was wir haben ...« Seabolt klang wie ein Versorgungs-Sergeant, entschied sie.

»Das Oberkommando hat mir nicht so viele Schiffe gegeben, damit wir nur hier herumsitzen und ein Ziel abgeben«, fand Heris. »Ich möchte jetzt einen Richtstrahl zu dem Ansible und einen abhörsicheren Code für eine Nachricht ans Hauptquartier.«

RSS *Bonar Tighe*, jetzt Flaggschiff der Meuterer

Cecelia schluckte, um die saure Flüssigkeit wieder nach unten zu befördern. Es hatte nach einem guten Plan ausgesehen; es *war* auch ein guter Plan. Es war der einzige Plan ... aber sie war nervöser als vor dem Start einer großen Reitveranstaltung. Nervöser, als würde sie auf einem eigensinnigen Pferd auf ein großes Hindernis zutraben.

Es war genau das Gleiche. Sie konnte verletzt werden, sie konnte umkommen, aber lieber starb sie bei dem Versuch, als ohne ihn weiterzuleben – nicht wahr?

Während sie ihrem flatternden Magen gut zuredete, fuhr sie damit fort, die Toilette des Wachpersonals zu wischen; Miranda war hinter ihr und hatte die Bürsten und die Dosen mit dem Sprühreiniger dabei. Cecelia tastete mit der Ferse nach dem Eimer, ohne hinzusehen. Die nächste Vorwärtsbewegung mit dem Wischmopp führte sie zu schwungvoll aus; sie stolperte erst vorwärts, dann rückwärts und stieß dabei den Eimer um.

»Neiiin!«, schrie sie, warf sich herum und griff danach. »Nein, ich wollte nicht ... es tut mir Leid ...!« Mit dem Moppstiel erwischte sie beinahe Miranda, die ihn abwehrte, indem sie mit einer Hand danach griff; Cecelia stürzte sich auf den Eimer und packte den Sprühreiniger, den Miranda fallen gelassen hatte.

»*Idiotin!*«, schimpfte der Wachmann und fing an zu lachen. »Ich wusste ja schon, dass du tolpatschig bist, aber ...«

Der Mopp erwischte ihn im Solarplexus; Miranda konnte mit dem Mopp einen so perfekten Ausfall durchführen wie mit dem Florett; der Mann klappte zusammen und stieß dabei pfeifend die Luft hervor. Cecelia sprühte ihm eine Ladung des ammoniakhaltigen Reinigers ins Gesicht, als er nach Luft schnappte. Er keuchte, würgte, atmete pfeifend – und sie zertrümmerte ihm die Luftröhren mit der Kante des Glaswischers. Hinter sich hörte Cecelia Geräusche, die ihr sagten, dass Miranda den Wachmann im Wachhäuschen niederstreckte: ein kräftiger dumpfer Schlag, Keuchen und Gurgeln. Cecelia packte ihren Wachmann am Arm und zerrte ihn zu den Zellen hinüber – sie brauchte seine Fingerabdrücke für die Zellenschlösser –, während Miranda mit der Codekarte des anderen die Eingangstür zum Schiffsgefängnis öffnete und diese dann mit Hilfe seiner Fingerabdrücke offen hielt.

»Das ging schnell«, fand Chief Jones, als Cecelia

schwer atmend um die Ecke kam und die Leiche des Wachmanns hinter sich herzog.

»Wer nicht wagt, der nicht gewinnt«, entgegnete Cecelia. Sie schob die Leiche ans Zellengitter heran. »Hier, helfen Sie mir, ihn hochzuheben – er muss in Blei gekleidet sein.« Arme griffen durchs Gitter und hoben die Leiche an, bis Cecelia einen seiner Finger in den ID-Schlitz stecken konnte.

Die Riegel öffneten sich mit einem dumpfen Schlag, und Cecelia schob die Tür zur Seite.

»Donaldson, du und Kouras, ihr öffnet die übrigen Zellen! Tiraki und Dirac, ihr helft Miranda an der Pförtnerkabine – versucht mal, ob ihr die Overrides einstellen könnt. Falls nicht, müssen wir ihnen die Finger abschneiden. Schickt Miranda zurück, damit sie Markham hilft.«

Cecelia schluckte und bemühte sich, nicht zu schockiert auszusehen. Sie begriff das Problem, aber schon der Gedanke, den Toten Teile abzuschneiden, ekelte sie an.

»Cecelia, Sie informieren die übrigen Zellen über die in dieser Sektion verstauten Chemikalien.«

Beinahe hätte sie »ja, Sir« gesagt. Inzwischen kamen bereits weitere Gefangene vorsichtig aus den Zellen, die hinter der Ecke lagen – Männer mit strähnigen Bärten unter rasierten Schädeln und Frauen, denen die Haare gerade wieder wuchsen.

»Unser Auftrag lautet wie folgt«, erklärte Chief Jones: »Zunächst setzen wir eine Nachricht an die Flotte ab und übermitteln dabei den Aufenthaltsort dieses Schiffes. Zweitens tun wir unser Bestes, um das Schiff außer Gefecht zu setzen – indem wir aussteigen und die Sensorenkuppeln zerstören, die Funkmasten und die Überlichtknoten. Drittens versuchen wir zu fliehen. Wir brauchen also eine Ausstiegsgruppe, eine Funkgruppe und eine Lockvogelgruppe, die herumrennt und so viel

Lärm schlägt und Ärger macht wie nur möglich und dabei plausible Ziele anvisiert. Ich habe Erfahrung mit Weltraumspaziergängen, Petty Major Sifa ebenfalls – wer sonst noch?« Hände wurden gehoben, und sie nickte.

»Schön – ich nehme euch alle. Die Funkgruppe besteht bereits aus Tiraki, Dirac und Donaldson – noch weitere erfahrene Komtechs vorhanden?« Niemand reagierte. »Ich möchte, dass zwei oder drei gute Kämpfer diese Gruppe begleiten ... wer ... gut, du und du.« Sie sah sich um. »Die anderen teilen sich in zwei Gruppen, die eine unter Petty Light Kouras, die andere unter Petty Light Hartung. Beide übermitteln die nötigen Informationen im Zuge der Aktion. Wir können nicht hier herumsitzen und reden, bis der Gegner sich ausrechnen kann, dass irgendwas nicht stimmt.«

»Was ist mit den Zivilisten?«, fragte einer der Männer und sah dabei Cecelia und Miranda an.

»Ohne sie wären Sie jetzt nicht aus der Zelle heraus«, erklärte Jones. »Sie haben sich schon für eine Gruppe entschieden.« Sie lächelte Cecelia an. »Cecelia hier möchte sich die Sterne von außen ansehen, und Miranda möchte eine der Ablenkungsgruppen begleiten und dabei Anseli im Auge behalten.« Sie brach ab, aber niemand stellte weitere Fragen. »In Ordnung, Leute. Fangen wir an!«

Das Gefängnis schloss sich an eine der Unterkunftssektionen an, und nur ein Ausgang führte zum Rest des Truppendecks. Auf dem Weg nach draußen leerten die Flüchtigen die erreichbaren Spinde: drei Flaschen Sprühreiniger, zwei Mopps, zwei Besen und ein Gummiwischer. Einer steckte sich den Kanister mit Toilettenreiniger in die Tasche. Außerdem verfügten sie über die Waffen der Wachleute, den Kanister mit Tränengas aus dem Wachhäuschen und die Gasmasken und Filter der

Wachleute – insgesamt vier. Sie zogen die kleine Reparaturtasche unter dem Schreibtisch hervor und entleerten den Reparaturspind: Hämmer, Brechstangen mit einem spitzen und einem flachen Ende, Klebstofftuben und Spritzen, die nach Cecelias Meinung sehr den Dingern ähnelten, mit denen Bauarbeiter Fenster abdichteten. Chief Jones hatte schon erklärt, was damit zu tun war – und sie plünderten weiterhin jeden Spind der Reparaturabteilung, an dem sie vorbeikamen. Seile, Keile ... bald sahen sie, wie Cecelia fand, nach einer Kombination aus Bergsteigern und Reparaturteams aus.

Zu dieser Tageszeit waren die vier nächsten Truppenunterkünfte stets leer. Cecelia und Miranda zogen als Späher los und trugen dabei wie üblich Mopps, Eimer und weitere Putzutensilien, und zwei der Männer taten so, als bewachten sie sie. Sie erreichten die erste Toilette, wo sie in einen weiteren leeren Korridor blicken und den Übrigen zuwinken konnten, sie sollten aufschließen.

Die Männer nahmen sich ein paar Minuten Zeit, um sich die Gesichter zu enthaaren und damit den bartlosen Meuterern ähnlicher zu sehen; die Frauen konnten im Hinblick auf ihre Haare nichts unternehmen, aber wie Chief Jones sagte: »Es ist ein bisschen nachgewachsen, und aus der Distanz könnte man uns für Männer halten. Und Sie, Cecelia – falls wir Sie in eine Uniform stecken könnten ...«

Uniformen fanden sie in den Spinden der Unterkünfte, zusammen mit einer Vielzahl weiterer nützlicher Gegenstände: Taschenmesser, Rationsriegel, weitere Gasmasken und Druckanzüge. Miranda wirkte in Uniform so gepflegt wie sonst in ihrer teuren Seide. Cecelia wirkte zerknittert und betrachtete sich finster im Spiegel.

»Wie machst du das?«

»Was soll ich denn machen?«

»So aussehen. Legst du einen Zauber auf den Stoff, damit er keine Falten wirft, wenn du ihn trägst?«

»Nein – ich weiß nicht, wie es funktioniert. Das tut es einfach.«

Sobald sich die Gruppen getrennt hatten, verlor Cecelia rasch die Orientierung über die Ecken und die Auf- und Abstiege durch nicht gekennzeichnete Gänge. Sie mühte sich, die Seilrolle, die man ihr gegeben hatte, auf der Schulter zu halten, während die etlichen Tuben Klebstoff, die sie sich in die Taschen der »Uniform« gesteckt hatte, sie unangenehm stachen. Woher wussten die anderen, dass sie den richtigen Weg nahmen? Und doch zögerte Chief Jones kaum einmal und ging rasch und lautlos.

Sie erreichten eine kleine Kabine, wo die Wand gegenüber merklich schräg war. Der Schiffsrumpf? Cecelia schauderte. Sie hatte sich freiwillig gemeldet, aber angesichts dieser gebogenen Wand wurde ihr mit kaltem Schauer klar, was sie zu tun im Begriff stand. Chief Jones war schon dabei, Haftstreifen an Decke und Wände zu pappen. Für Cecelia ergab das keinen Sinn, aber sie stellte auch keine Fragen – Jones hatte stets einen Grund für das, was sie tat. Nach weiteren zwei Streifen grinste sie Cecelia an. »Jetzt sind die Sensoren blind. Verschafft uns etwas Zeit.« Einer der Männer hatte schon die Spinde per Codekarte geöffnet. Die Raumanzüge darin waren robuste Modelle, für stundenlangen Einsatz im Vakuum gedacht, wobei die jeweilige Größe durch einen Farbcode an der linken Schulter angegeben war. Jones sortierte sie rasch der Größe nach und wies die Gruppe an, in die Anzüge zu steigen, in absteigender Größe.

Cecelia kam als Dritte an die Reihe; sie stieg in die Hosenbeine der Montur, und jemand hinter ihr klappte das Rückenteil hoch, bis sie die Arme in die Ärmel stecken konnte. Dann schloss sie die Frontseite. Chief Jones untersuchte die Verschlüsse und half ihr auch, den Helm dicht aufzusetzen, gefolgt von den zwei Lufttanks, die Luft für vier Stunden enthielten. Anschließend montierte Jones die Seilrolle, die Tuben und Spritzen an der Montur und gab Cecelia mit einem Wink zu verstehen, dass sie sich in eine Ecke stellen sollte, während die übrigen in ihre Anzüge stiegen und sich dabei stets zu zweit gegenseitig halfen. Anschließend kam der mühselige Ausstieg durch die Schleuse an die Reihe, die jeweils nur eine Person aufnahm.

Cecelia wusste nicht, wie groß ein Kreuzer war, und der Blick von außen half ihr auch nicht weiter. Die mattschwarze Oberfläche wirkte wie aus dem Sternenmeer herausgeschnitten oder wie eine Höhle, weniger als ein abgerundetes Objekt. Schlimmer noch war der plötzliche Verlust der Schwerkraft – außerhalb des Schiffsrumpfs wirkte die künstliche Gravitation nicht. Cecelia fühlte sich desorientiert und war sehr froh über die Sicherungsleine, die sie mit einem per Haftsiegel vor der Luke befestigten Ring verband. Wie man sie angewiesen hatte, folgte sie der Leine von einem Haltepunkt zum nächsten und überquerte dabei eine öde schwarze Ebene, die in allen Richtungen von ihr abfiel. Plötzlich entdeckte sie etwas anderes – etwas, das glitzerte.

Chief Jones Anweisungen waren klar: Falls es hervorsteht, brechen Sie es ab; falls es ein Loch mit etwas darin ist, kleben Sie es zu. Cecelia starrte auf eine durchsichtige, abgeflachte Kuppel, unter der sich eine Anordnung aus Gänseblümchen auszubreiten schien. Sie stand nicht richtig hervor, aber Cecelia konnte auch nicht erkennen, wie man die Kuppel beschädigte, indem man Klebstoff daraufspritzte. Etwas tippte ihr an den Arm, und sie zuckte zusammen. Eine andere Gestalt deutete auf die Kuppel. Die Gestalt hielt einen großen Hammer und beugte sich ganz langsam vor, um zwei Haftstreifen neben der Kuppel am Rumpf zu befestigen. Dann trat sie auf die Haftstreifen und holte mit dem Hammer aus.

Cecelia hatte sich noch nie wirklich um die Wirkungen von Schwerkraft gekümmert und sich ganz gewiss noch nie gefragt, was geschah, wenn jemand in Schwerelosigkeit ein heftiges Manöver ausführte. Als die Person neben ihr den Hammer schwang und dieser die Kuppel aufbrach, lösten sich die Füße von den Haftstreifen, und die Gestalt rotierte jetzt über Cecelia und beschrieb dabei mit den Füßen einen ausgreifenden Bogen; der Hammer schwenkte von der Kuppel weg auf Cecelia zu. Sie griff mechanisch danach, und der Impuls der anderen Person führte dazu, dass sie jetzt um diesen neuen Mittelpunkt rotierte und so Cecelia die Schulter verdrehte. Dann prallte die Person vom Rumpf ab und rotierte in Gegenrichtung. Mit einem Fuß erwischte sie einen Haftstreifen, und die Trägheit drehte den Körper jetzt um die Längsachse.

Schließlich ließen die heftigen Drehungen nach, und der andere tippte Cecelia an den Arm. Sie vermutete, dass es eine Art Dankeschön war. Dann kniete sich die Gestalt ganz vorsichtig hin und hackte auf die aufgebrochene Kuppel ein. Dadurch wurden die zierlichen Blütenformen der Sensorenköpfe freigelegt. Die Blätterformen lösten sich mühelos ... Der andere schwebte zur nächsten Kuppel weiter und überließ es Cecelia, die Sensoren einen nach dem anderen herauszureißen. Es war lächerlich ... und erinnerte sie an Kinderspiele, bei denen man die Blätter einer Sonnenblume pflückte und dabei die Antwort auf irgendeine kindische Frage abzählte: »Sie finden uns ... sie finden uns nicht ... sie töten uns ... sie töten uns nicht ...« Sie würden es wohl nicht tun, nach der letzten Blüte zu urteilen, die Cecelia wegwarf. Sie holte den Klebstoffspender hervor und spritzte Kleckse von dem Zeug auf die Enden der Stiele, an denen die Blumen gehangen hatten. Wenn man Chief Jones glaubte, wurde eine Reparatur dadurch wirklich schwierig.

Cecelia fragte sich: Falls dieses Schiff je gefunden wurde, was sagte die Reparaturmannschaft dann zu den Schäden, die sie angerichtet hatten? Sie, die Steuerzahlerin, brachte sich wahrscheinlich gerade um einen Haufen Geld. Allerdings schien ihr das nicht wichtig genug, um sich lange darüber Sorgen zu machen. Sie entschied: Falls sie das hier überlebte, würde sie sich nicht selbst wegen der Verschwendung von Steuergeldern anzeigen; sie würde vergnügt mehr zahlen, um zu reparieren, was sie jetzt anrichtete, solange sie auf diesem Weg nur am Leben blieb.

Sie blickte sich um und entdeckte einen Metallstock, der ein kurzes Stück entfernt aus dem Schiffsrumpf aufragte. Sie wollte hinüberschweben, aber ihre Leine spannte sich. Beinahe hätte sie die Leine schon gelöst, ehe ihr wieder die Person einfiel, die sie eingefangen und gerettet hatte. Also gab sie lieber noch ein Stück Leine zu und suchte sich vorsichtig ihren Weg zu dem Stock. Dieser schien dabei kürzer zu werden, und noch während sie hinsah, sank die Spitze an ihrer Taille vorbei auf Kniehöhe hinab. Sie versetzte ihm einen Hieb mit der Klebstofftube und hing auf einmal frei schwebend an der Leine. So funktionierte es also nicht... Sie zog sich wieder heran, bis sie den letzten Sicherungspunkt packen konnte. Nun überlegte sie sich, Klebstoff rings um die Basis des Stocks anzubringen; als er daraufhin langsamer wurde, gab sie noch einen dicken Klecks auf die Spitze. Der Stock bewegte sich jetzt nicht mehr; sie hoffte, dass er es auch nicht mehr konnte.

Cecelia war nicht am Angriff auf den Shuttlehangar beteiligt – Chief Jones hatte sie hinter dem Horizont der Rumpfkrümmung postiert und sie angewiesen, sich dort flach hinzulegen. Dort blieb ihr die erfreuliche Aufgabe, ihren Sauerstoffvorrat verrinnen zu sehen, während die Zeit verging und sie sich fragte, was einen Meter unter ihr und sonstwo im Schiff geschah.

Die übrigen Mitglieder des Außenteams waren, wie sie wusste, rings um die Shuttleluke versammelt, wo sie darauf hofften, dass die Meuterer zum Vorschein kamen, um die restlichen Überlichtknoten vor klebriger Zerstörung zu retten. Die Leute schienen zuversichtlich, dass sie eine solche Gruppe entwaffnen und irgendein Shuttle entführen konnten, und Jones hatte versprochen, Cecelia damit abzuholen. Diese hatte jedoch das Gefühl, dass das nur eine klägliche Chance war. Wie sie sich auch während jener langen Monate scheinbaren Komas der Realität gestellt hatte, tat sie es jetzt wieder – wahrscheinlich war sie in wenigen Stunden tot und ihr langes Leben vorüber.

Gern hätte sie erfahren, ob es Ronnie und Raffa gut ging ... was Brun vorhatte ... ob Miranda dieses Anseli-Mädchen in Sicherheit bringen konnte ... aber das Leben war nicht immer kooperativ, und sie rechnete damit, ohne Antworten auf diese Fragen zu sterben. Zumindest hatten die Gefangenen eine Chance erhalten, und sie, Cecelia, hatte es möglich gemacht. Einen Augenblick lang dachte sie über die Ironie der Tatsache nach, dass jemand, der weithin als egoistisch berühmt war, sich all diese Wochen lang hatte demütigen lassen, nur um eine Chance zur Befreiung der anderen zu erhalten.

Sie versuchte, ruhig dazuliegen und Sauerstoff zu sparen, wie Chief Jones es ihr empfohlen hatte, und döste beinahe in friedliche dunkle Stille hinüber, als eine schwache Vibration in ihrer gepolsterten Schale sie weckte. War es vorbei? Hatten die anderen schon ein Shuttle entführt und kam jemand, um sie abzuholen?

Sie öffnete die Augen, ohne sich zu mucksen, und sah

dunkle Gestalten vor dem Sternenhimmel auf sich zukommen. Seltsam. Sie kamen aus der falschen Richtung. Sie lag ganz still und ging in Gedanken die exakte Folge von Maßnahmen durch, die sie hierher geführt hatte ... ja, *dort* führte der kürzeste Weg zum Shuttlehangar, und *da* ging man um das Schiff herum ... aber niemand dürfte aus der Richtung dieser Gestalten kommen. Alle anderen Personenluken waren zugeklebt worden. Oder doch nicht?

Die Gestalten wurden größer und veränderten sich, und endlich passten sich Cecelias Augen an die Perspektive an, und sie bemerkte, dass diese Leute sie schon fast erreicht hatten. Sie hielten Waffen ... echte Waffen ... es mussten Meuterer sein, und sie fielen Cecelias Freunden in den Rücken ...

Ohne überhaupt nachzudenken, betätigte sie die Klebstoffspritze und zielte sorgfältig auf ein Ziel nach dem anderen. Zuerst der hintere Fuß des Führenden, einen halben Meter neben ihrem Kopf; sobald der Fuß am Rumpf klebte, verlor die Gestalt das Gleichgewicht und kippte nach vorn ... den Arm eines anderen erwischte sie, als er damit gerade an der eigenen Flanke vorbeifuhr.

Innerhalb des Schiffes betrachtete Miranda Anseli mit einer Zufriedenheit, die jedoch durch das Wissen eingeschränkt war, dass sie beide wahrscheinlich in wenigen Stunden nicht mehr am Leben waren. Miranda hatte dem Mädchen helfen können, hatte es aus dieser teilnahmslosen, entsetzlichen Gefügigkeit gerissen, die schlimmer als der Tod war ... es befriedigte sie, dass sie für Anseli tun konnte, was ihr bei Brun nicht möglich gewesen war. Es war eine Kompensation, und sie war sich darüber völlig im Klaren. Das machte es jedoch nicht unwirklicher oder für Anseli weniger wertvoll.

Aber das Mädchen war ganz anders als Brun. Jetzt, wo

Miranda zu weit entfernt war, um es Brun zu erklären oder sich bei ihr zu entschuldigen, erkannte sie, dass die täglichen Ärgernisse, die das Leben mit einem jungen Genie mit sich brachte, sie blind gemacht hatten für das, was Brun wirklich war. Die so ganz andere Anseli machte ihr das deutlich.

Brun hatte über einen Vorrat an Energie und schierer Vitalität verfügt ... Anseli hingegen musste sich von der Vitalität anderer nähren. Bruns Verstand funkelte und stürmte mit tausend leuchtenden Ideen – die meisten unpraktisch, viele töricht oder gefährlich, aber dieses blendende Funkeln war an sich unterhaltsam und zündete bei anderen Menschen.

Anseli war nicht wirklich dumm, aber sie hing so an Regeln, dass Miranda sie sogar von der Rechtmäßigkeit einer Flucht überzeugen musste; Anseli entspannte sich jedoch erst und machte erst dann bereitwillig mit, als einer der Petty Officers sie an die Vorschrift erinnerte, dem Feind zu entfliehen, und ihr dann mühselig, Schritt für Schritt klar machte, dass die Meuterer mit Recht als Feinde betrachtet werden durften.

Miranda bereute jetzt jede einzelne Gelegenheit, zu der sie sich gewünscht hatte, Brun wäre erdgebundener, beharrlicher gewesen. Wenn sie wieder nach Hause kam – falls sie je wieder nach Hause kam –, dann, so versprach sie sich, würde sie ihre wilde und sorglose Tochter umarmen und zugeben, dass sie selbst sich von Anfang an in ihr geirrt hatte. Wie hatte Miranda nur so dumm sein und glauben können, Brun in ein Geschirr zu stecken, wie es Anseli perfekt gepasst hätte? Warum hatte sie nicht eingesehen, worin Bruns Genie bestand – und dass es Genie war und keine Anomalie?

Und warum hatte sie jahrzehntelang das gleiche Genie in sich selbst ignoriert – warum hatte sie nur die ruhige, gelassene Miranda vorgespielt, die schöne Frau und Gemahlin, ohne sich das piratenhafte Naturell einzugestehen, die prasselnde Energie, die sie in vollem Maße von der eigenen Familie geerbt hatte?

Zumindest genoss Brun jetzt die Freiheit, ihr eigenes Leben zu führen. Zumindest so viel war gerettet worden. Miranda blickte in Anselis angespanntes, besorgtes kleines Gesicht und seufzte innerlich. Und sie würde auch dieses Kind retten, falls sie konnte, damit es seiner eigenen, viel begrenzteren Bestimmung folgen konnte. Armes Ding. Selbst frei und verwöhnt würde sie nie auch nur ein Zehntel dessen verkörpern, was Brun war ... Miranda verspottete sich selbst innerlich für diesen Ausbruch mütterlichen Stolzes und verbannte dann sowohl Stolz als auch Spott. Ihre Kinder waren feine Menschen – sie gönnte sich selbst einen Augenblick für die Erinnerung an jedes ihrer Gesichter, als Kind und als Erwachsener, und vergrub diese Erinnerungen dann tief. Während der nächsten Stunde würde sich erweisen, ob sie die womöglich letzte Chance erhielt, irgendjemanden zu bemuttern, und Anseli hatte die gleiche entschlossene Treue verdient.

Ihre Ablenkungsgruppe war unterwegs zu den Triebwerken, als wollte sie diese sabotieren. Miranda hatte keine Ahnung, wie das zu erreichen war, selbst wenn sie dorthin gelangten; sie wusste nicht mal, wie Überlicht- und systeminterne Triebwerke aussahen. Sie folgte den anderen blind, ihrerseits gefolgt von einer Nachhut, und ihr fiel auf, dass die Crew – sogar Anseli – zu wissen schien, wie sie überall, wo sie vorbeikam, die Alarmsirenen und die Lichtsignale auslösen konnte. Sie ließen eine Spur aus Glassplittern, eingeschlagenen Schränken, aufgestemmten Schlössern und verdunkelten Lichtquellen zurück. Zweimal hatte man sie bereits angegriffen, aber durch Verkleben der Türen hinter sich war es ihnen gelungen, die Verfolger erst zu bremsen und ihnen schließlich ganz zu entkommen.

Derzeit hielten sie sich in einer Art Wartungskorridor

auf. Die von der Crew hatten seit zehn Minuten nichts mehr kaputt gemacht und pausierten gerade an der Einmündung eines weiteren Gangs. Jemand hatte eine Deckenluke geöffnet und zog eine Klappleiter herunter.

»Wohin geht es *dort?«*, wollte Miranda wissen.

»Zum Kommunikationsnexus achtern«, erklärte Petty Light Kouras. »Wieder etwas, womit sie Verbindung nach draußen bekommen könnten, falls wir es ungeschoren ließen. Pivot, geben Sie diese Werkzeugtasche weiter!« Anseli gehorchte. Kouras stieg als Erste die Leiter hinauf in eine dunkle, beengte Räumlichkeit voller weiterer undeutbarer Formen. Als sich alle hineingedrängt hatten, schaltete Kouras die Helmlampe ein. »Miranda, kleben Sie hinter uns zu.« Miranda und Anseli zogen die Leiter herauf, klappten die Luke zu und verschlossen sie an den Kanten mit Klebstoff.

Unter Kouras' Anleitung schnitten sie Stücke aus allen Drähten und Kabeln, damit diese zu kurz wurden, um sie wieder miteinander zu verbinden, bogen schließlich die Enden um und verklebten sie zu knubbeligen Klumpen. »Einiges davon dient wahrscheinlich auch für die Navigation«, sagte Kouras. »Egal ... macht alles kaputt.« Wenige Minuten später führte sie die Gruppe zwischen langen Zylindern hindurch zu einer weiteren Klappleiter. Als sie jedoch die Luke öffnen wollte, gab diese nicht nach.

»Verschlossen?«, fragte einer der Männer.

»Nein.« Kouras deutete mit dem Schein der Helmlampe auf die Fuge zwischen Luke und Deck, wo die verräterischen Bläschen aus gelbem Dichtungsmaterial noch glänzten. »Sie benutzen jetzt unseren eigenen Trick.«

»Wir haben Lösungsmittel dabei«, erinnerte sie einer der anderen.

»Klar. Und wir können dahinter direkt in eine Falle tappen. Lassen Sie mich eine Minute nachdenken.«

Miranda setzte sich und lehnte sich an einen der langen Gegenstände – Verjüngung hin, Verjüngung her, ihr tat der Rücken weh vom Herumkriechen und Bücken, und sie hätte jetzt gern ein ausgiebiges Nickerchen gemacht. Plötzlich rührte sich Kouras wieder.

»Sie haben den Shuttlehangar geöffnet ... gehen wir!« Kouras drängte sie zu größerem Tempo. Miranda fragte sich, ob die Meuterer wohl wussten, dass die Gruppen an Bord versuchen würden, den Shuttlehangar zu erreichen – ganz bestimmt wussten sie das! –, und wo sie sie wohl abfangen würden. Sie wusste nach wie vor nicht genug vom Plan des Schiffes, um das vorherzusagen, aber sie baute darauf, dass Kouras an diese Möglichkeit dachte. Jedenfalls schien ihre Route im Kreis zu verlaufen. Durch diese und jene Luke, hinauf in Deckszwischenräume, wieder hinunter ... Miranda war völlig verwirrt und wäre nicht besonders überrascht gewesen, wenn sie clever wieder die Zelle im Schiffsgefängnis erreicht hätten.

Endlich entdeckte sie jedoch die Warnschilder an den Schotten: LUFTSCHLEUSEN ZUM SHUTTLEHANGAR! BESONDERE VORSICHT WALTEN LASSEN!, darüber eine Reihe roter Statuslampen. Zu beiden Seiten erblickte Miranda Personenschleusen, eine mit grüner Lampe und eine mit roter.

Dann entdeckte sie die ausgestreckt daliegenden Leichen, die wie Haufen alter Kleidungsstücke wirkten, zum Waschen sortiert ... abgesehen von dem Blut, hell wie Pedars Blut, auf dem blanken Deck. Und die Männer und Frauen in Uniform auf der anderen Seite der Kammer ... aber sicherlich waren das doch Hartungs Leute ...

»Schnell, wir müssen in die Raumanzüge!« Es war Hartung; Mirandas Herz beruhigte sich wieder.

»Wie steht es um den Perimeter?«

»Hält zur Zeit. Macht schon!«

Die meisten Anzüge fand man in den Spinden innerhalb des Shuttlehangars; normalerweise war jeder, der ein Shuttle benutzen wollte, schon an Bord, ehe man die Hangarluke zum Weltraum öffnete. Drei von Hartungs Leuten hatten die einzigen Raumanzüge angelegt, die im Innern zurückgeblieben waren, und waren in den Hangar hinausgegangen, um genug Monturen für alle zu holen. Jeder konnte jeweils nur vier der unförmigen Anzüge durch eine Personenschleuse bringen, und weniger als die Hälfte von Hartungs Leuten waren derzeit draußen im Hangar und halfen dem Außenteam dabei, einzubrechen und eines der Shuttles in Gang zu bringen. Die rote Lampe an einer Schleuse sprang auf Grün, während die andere auf Rot umschaltete; die Luke ging auf, und vier weitere Druckanzüge purzelten heraus, um von den Personen, die der Schleuse am nächsten standen, so schnell wie möglich angezogen zu werden. Dann drängten sie sich in die Schleuse und durchliefen den Austauschzyklus. Die zweite Schleuse spuckte vier weitere Anzüge aus.

»Sie zuerst«, sagte Kouras. »Ich bin ranghöher.«

»Viel Glück«, sagte Hartung und kämpfte sich mit den Letzten ihrer Gruppe in die Montur.

»Vallance, sehen Sie zu, dass Sie in den Anzug kommen!«, wies Hartung eine ihrer Leute an. Sie winkte, als die Übrigen sich in die Schleuse drängten, und schickte vier weitere zu der anderen Schleuse, die als Nächstes den Zyklus durchlaufen würde.

»Funktruppe im Anmarsch!«, schrie jemand aus dem Korridor links. »Macht ihnen auf!«

Aber es waren nur zwei übrig, die einen Verwundeten mitschleppten, der sich dann auch noch als tot entpuppte. Die ersten vier Personen aus Kouras' Gruppe zogen Anzüge an und stiegen aus, wonach sich die erste

Schleuse wieder öffnete. Kouras steckte die Funkleute in Raumanzüge, aber als sie sich dann umdrehte und auf die nächsten Personen deutete, die durch die Schleuse gehen sollten, wurden Schreie aus den Korridoren vernehmbar, die kaum verständlich waren, deren Sinn jedoch auch ohne Worte deutlich wurde. »Es sind zu viele – der Perimeter fällt! Raus hier!«

Kouras' von Herzen kommender Fluch klang da schon ruhiger, und sie nickte den beiden Männern zu, die sich freiwillig als Nachhut gemeldet hatten. »Geben Sie uns jede Sekunde, die Sie nur herausholen können, und danke.«

Damit blieben noch sie selbst, Anseli und Miranda übrig. »Sie beide«, sagte sie. »Ich bleibe.«

Mirandas Kopf wurde wieder klar. »Nein«, wandte sie ein. »Ich bleibe.«

Kouras Züge verzerrten sich. »Ich habe nicht genug Zeit, um mich mit einer idiotischen Zivi ... steigen Sie in diesen Raumanzug!«

»Ich habe Sie herausgeholt – Sie schulden es mir«, beharrte Miranda. »Sie wissen, dass ich in der Lage bin zu töten ...« Sie entwandt Kouras die Waffe und schob die andere Frau zu den Raumanzügen hinüber. »Kümmern Sie sich um dieses Kind.«

»Miranda ...« Das war Anseli. Miranda bedachte sie mit einem Blick, von dem sie hoffte, dass er den gleichen Ausdruck zeigte wie vorher der Petty Officer.

»Tun Sie, was Ihnen gesagt wird, Pivot. Verschenken Sie diese Chance nicht!«

Sie hatte die Waffe, sie hatte ein Ziel ... und damit Gelegenheit, sich als jemand zu beweisen, den zu zeigen sie sich nie gestattet hatte. Flach ans Schott gedrückt und auf den Feind wartend, fühlte sie sich riesig glücklich und tief vereint mit ihren verlorenen Kindern und der Liebe ihres Lebens.

Cecelia ging das Glück aus, ehe sie die komplette Patrouille festgeklebt hatte. Ein Flechettegeschoss durchlöcherte ihren Raumanzug; der automatische Dichtungsschaum schloss das Leck wieder, aber ehe sie etwas unternehmen konnte, wickelte eine Waffe zur Aufruhrbekämpfung sie in Fesselschnüre. Der Meuterer hielt den Abzug durchgezogen, bis sie völlig umschnürt und bewegungsunfähig war; nach der Übelkeit erregenden Drehung zu urteilen, benutzten sie sie weiter als Deckung, während sie gegen die Loyalisten am Shuttlehangar vorrückten.

Die Drehung setzte sich unablässig fort; mit Willenskraft verhinderte Cecelia, in den Druckanzug zu kotzen, und sie versuchte, sich weiszumachen, dass sie mit Augen, die aus irgendeinem Grund geschlossen waren, auf ihrem Pferd eine Reihe von Hindernissen ohne Anlauf bewältigte. Es schien ewig zu dauern, bis die Rotation endlich stoppte.

Cecelia erwachte und stellte fest, dass jemand sie aus der Ferne anbrüllte.

»VERSTEHEN SIE MICH?«

»Ich verstehe Sie«, sagte sie, war aber nicht in der Stimmung, ihrerseits zu schreien.

»Sie ist wach«, sagte jemand leiser. »Holt das restliche Zeug von ihrem Anzug herunter ...«

»Was für Zeug?«, wollte Cecelia wissen, aber dann fiel es ihr allmählich wieder ein. Der Sturz aus der Überlichtfahrt, die Gefangennahme, das Schiff der Meuterer, der Fluchtversuch. »Ich hoffe, ihr seid die Guten«, sagte sie. Jemand lachte leise, und es war ein nettes Lachen.

»Na ja, denken wir jedenfalls.« Eindeutig Chief Jones. »Wir sind an Bord eines Truppenshuttles und haben das Schiff verlassen ... aber wir haben ein kleines Problem.«

»Oh ja? Ist Miranda okay?«

Schweigen war die Antwort und dauerte einen Herzschlag zu lange, ehe Jones Stimme wieder vernehmbar wurde: »Nein. Sie hat sich gemeldet, um zurückzubleiben ... die Gruppe hatte einen Raumanzug zu wenig.«

»Sie hat doch Anseli herausgeholt, nicht wahr?«, fragte Cecelia. Sie konnte ansatzweise einen Lichtklecks sehen, der auf dem Helmvisier hin und her fuhr, als wischte dort jemand die undurchsichtigen Klebebänder weg.

»Ja. Und sie wies Kouras an zu verschwinden, und Kouras tat es.«

»Gute Entscheidung«, fand Cecelia. »Können Sie mich aus diesem Anzug holen?«

»Sobald wir das Fesselzeug herunterbekommen haben.«

Als Cecelia endlich aus der beengten Montur steigen konnte, fühlte sie sich so verschwitzt und schmutzig, als hätte sie gerade einen bedeutenden Reiterwettkampf absolviert. Das Innenleben des Truppenshuttles wirkte kahl und wenig einladend – eine lange, leere Kabine mit Ständern an den Seiten für Waffen, Raumanzüge und andere Ausrüstungsgegenstände, die Cecelia nicht kannte.

Mehrere Überlebende des Ausbruchs waren verletzt; ihre Kameraden hatten sie mit Raumanzugteilen abgestützt und versorgten sie. Chief Jones lud Cecelia mit einem Wink ein, nach vorn zu kommen.

»Unser Problem, Sera, besteht darin, dass wir niemanden haben, der diese Kiste fliegen kann. Oder sonst ein Raumschiff. Wir hofften, Sie könnten es, aber Sie waren so stark eingewickelt, als wir Sie fanden, dass wir nicht zu warten wagten. Wir haben zwar einen Sergeant, der einen Flugschein für Orbitalshuttles hatte, ehe er zur Raumflotte ging, aber er bestand den Eignungstest der Flotte nicht und hat seitdem nichts Vergleichbares mehr gesteuert... Er bekam uns zur Luke hinaus, aber er ist nicht mit dem Navigationssystem vertraut und hat keine Ahnung, was er als Nächstes tun soll. Sie haben doch einen Flugschein, nicht wahr?«

»Für ein Schiff wie meines, ja. Für so etwas ...« Cecelia blickte sich um und schluckte den Vorschlag herunter, man hätte sie vor der Auswahl eines Fahrzeuges fragen sollen, was sie steuern konnte. »Ich vermute, Sie haben das Boot genommen, das der Luke am nächsten stand«, sagte sie schließlich.

»Ja. Es gab dort eine automatische Startvorrichtung, die die Dinger sozusagen hinauswirft ... und dieses Boot hockte darauf. Ich hatte gehofft ...«

»... ich könnte irgendwie dazu qualifiziert sein, einen Truppentransporter der Raumflotte zu steuern. Na ja ... ich schätze, ich kann es versuchen.«

»Sind Sie sicher, dass Sie nie beim Militär waren?« Das unausgesprochene *Sir* hing unmittelbar am Ende dieser Frage. Cecelia lächelte.

»Ich doch nicht. Aber es würde weder mir noch irgendjemandem sonst hier etwas nützen, wenn ich nur dahocken und jammern würde, nicht wahr?«

Kapitel dreizehn

RSS *Indefatigable*

Ungeachtet der Dringlichkeit, die Heris Serrano empfand, führte sie ihre Flottille mit gebührender Vorsicht durch die Zwischensprungpunkte und prüfte jeweils mögliche Ansible-Aktivität. Das Ansible von CX-42-h meldete sich jedoch nicht mehr, und das Oberkommando ließ nichts weiter hören als: »Gehen Sie vorsichtig zu Werk.« Heris wäre CX-42-h gern von außerhalb der Achse angelaufen, aber der erratische Planetoid gestaltete ein solches Manöver zu gefährlich. Also ordnete sie einen Systemeintritt nach Handbuch an und hoffte, dass die Meuterer – falls sie dort waren – nicht genug Zeit gefunden hatten, den Eintrittspunkt zu verminen.

Zu solchen Zeiten vermisste sie Koutsoudas am meisten: wenn die Eintritts-Unschärfe ihr den Blick ausgerechnet dann versperrte, wenn sie jeweils am verwundbarsten war. Aber die Sensoren-Bildschirme klärten sich endlich – es waren schließlich nur wenige Minuten gewesen –, und das Navigationspult meldete die perfekte Übereinstimmung mit dem Kursdiagramm, außer dass der erratische Planetoid einen Grad von der Position abwich, die er hätte haben sollen.

»Schiffe?«, erkundigte sich Heris.

»Eines ... Masse entspricht einem Kreuzer ... bislang keine ID.«

»Meuterer könnten die ID abgeschaltet haben.« Kein Kreuzer der Raumflotte dürfte hier sein; die letzte Ansible-Meldung hatte sämtliche Kreuzerpositionen des Sektors übermittelt, und hier lag keine vor. »Welchen Kurs hat er?«

»Er ... unterliegt keinerlei Beschleunigung relativ zum Sonnensystem.« Ein besorgter Unterton schwang darin mit. »Triebwerke sind anscheinend abgeschaltet. Vielleicht versuchen sie, toter Mann zu spielen.«

Dank den Göttern für kleine Gunstbeweise. »Geschütze?«

»Nichts unter Strom, Kommandant.«

»Ist es das einzige Fahrzeug im System?«

»Das einzige dieser Größenordnung ... das Suchprogramm läuft noch ...«

Die *Indefatigable* bremste weiter ab, gemeinsam mit den Begleitschiffen.

»Kommandant, ich habe erste Hinweise auf die ID.«

»Raus damit.«

»Es sind nur die Massedaten ...«

»Raus damit!«

»Na ja ... wir haben hier die Schiffsklasse der *Bonar Tighe* vor uns. Wir müssen aber noch viel näher heran, ehe ich mir sicher sein kann.«

»Unser Funkfeuer läuft doch, nicht wahr?«

»Ja, Sir.«

»Sofern sie da drüben also nicht alle tot sind, dann wissen sie, dass wir hier sind, und auch, wer wir sind.«

»Falls ihre Sensoren funktionieren ...«

»Warum sollten sie nicht? Möchten Sie unser Leben darauf verwetten, dass sie aus irgendeinem Grund sogar die Passivsensoren abgeschaltet haben? Ich nicht. Wann sind wir in Richtstrahldistanz, Chief?«

»In vierzig Minuten, Kommandant. Trotzdem muss noch eine Lichtverzögerung einkalkuliert werden.«

»Das ist okay.« Heris dachte nach. Falls sie das andere Schiff einfach wegpustete, ohne vorher einen Funkspruch zu schicken – wozu sie sich geneigt fühlte –, musste sie Wrackteile aufsammeln, die bewiesen, dass es sich um ein Meutererschiff gehandelt hatte, oder sie bekam größere Probleme. Wenigstens offiziell; andererseits wäre es noch schlimmer, selbst überrascht zu werden. Falls sie einen Richtstrahl hinüberschickte …

»Kommandant! Eine Ansible-Meldung!«

Hier? Was lief denn dort im HQ ab?

»Wie lautet sie?«

»Von hier – von diesem Ansible … und sie … omeingott!«

»Die Nachricht, bitte!«

»Verzeihung – ja, Kommandant. Sie soll an jedes Flottenschiff weitergeleitet werden, sobald es eine Anfrage an ein Ansible richtet; sie wird alle zwei Stunden wiederholt. Gefahrenstufe Blau, Gefahrenstufe Blau, Gefahrenstufe Blau, Meutererflotte am 23.4. – das ist heute, Kommandant – vor Ort; zu den Schiffen gehören die *Bonar Tighe, Wingate, Metai, Saracen, Endeaver* … Wir versuchen selbst, das Flaggschiff außer Gefecht zu setzen; führen Code Zero aus, wiederhole führen Code Zero aus.«

Heris ließ ihren Atem wieder los. Jemand auf dem Schiff dort drüben – wohl eher etliche Jemande – hatte gerade Selbstmord begangen, damit aber viele andere Menschenleben gerettet. »Geschütze!«, kommandierte sie. »Dieses Schiff anvisieren – geben Sie die taktische Lösung durch.«

»Wir sind noch zu weit draußen«, wandte der Geschützoffizier ein.

»Ich weiß, aber es ist dringend. Wir gehen mit einem Mikrosprung näher heran. Irgendwelche weiteren Schiffe im System geortet?«

»Möglicherweise – aber nichts von der Größe, wie sie hinter den genannten Namen steckt …«

»Sie sind fort«, stellte Heris fest. »Aber die Loyalisten wissen es noch nicht …«

»Da ist noch dieses kleine Ding – ja – wirklich klein, etwa von der Größe eines Truppenshuttles.«

Meuterer, die von einem beschädigten Kreuzer flüchteten, oder Loyalisten, die den Meuterern entkommen waren? Egal wer, sie wollte es lieber nicht zerstören.

»Geschütze, wir vernichten den Kreuzer, aber nicht den Truppentransporter. Welches ist die beste Angriffsposition? Navigation, ermitteln Sie das und bereiten Sie den Mikrosprung vor.«

Während die Leute rechneten, wandte sich Heris per Richtstrahl an die Kommandanten der übrigen Schiffe und schickte sie los, um das System abzusuchen.

»Hier, Kommandant.« Die Offiziere für Geschütze und Navigation gaben ihr die Berechnungen.

»Machen Sie es so«, sagte Heris. »Und ich möchte eine Schussberechnung haben, sobald wir hervorkommen, und dann sofort das Feuer eröffnen.«

Einen Sekundenbruchteil später verschwamm das Bild auf den Monitoren und wurde wieder klar, als sie den Mikrosprung ausführten. Vor ihnen sahen sie die stumpfe Eiform des Kreuzers, die keinerlei Aktivität der Triebwerke oder Geschütze oder Aktivsensoren zeigte. Auf diese Entfernung konnten sie das Fahrzeug eindeutig identifizieren: es war die *Bonar Tighe,* zuletzt auf Copper Mountain gemeldet.

Truppenshuttle zwei

Der Truppentransporter war größer als das Shuttle, mit dem Cecelia damals von Xavier gestartet war, aber das Cockpit sah ganz ähnlich aus. Der Sergeant hatte den rechten Platz genommen. Er bedachte sie mit einem besorgten Blick, als sie sich an einer Konsole voller

Knöpfe, die sie nicht deuten konnte, vorbeidrückte und auf den Platz des Piloten setzte.

»Sie können das doch fliegen, nicht wahr, Sera?«

»Das weiß ich noch nicht. Ich habe nie mit einem solchen Modell Flugstunden genommen oder überhaupt irgendetwas von dieser Größe.« Auf den ersten Blick präsentierten ihr die Monitore, Schalter, Skalen und Steuerungsmechanismen nur einen verschwommenen Eindruck; sie zwang sich, eins nach dem anderen zu betrachten. Sie entdeckte den Anstiegsmesser und dann den Fluglageindikator daneben, wo er auch hingehörte. »Laufen die Triebwerke?«

»Ja, Sera, aber nur auf fünf Prozent. Ich wollte kein höheres Tempo riskieren ...«

Leistung, Resttreibstoff, verbleibende Flugzeit beim gegenwärtigen Verbrauch ... alles in den richtigen Positionen zueinander, was bedeutete, dass hier – ja – die interne Stromversorgung zu finden war, dort die Anzeige und die Bedienungselemente für die künstliche Schwerkraft. Und an der korrekten Position sah etwas ganz nach einem Sensorenmonitor aus, nur war er dunkel. »Haben Sie mal die Sensoren probiert?«

»Nein, Sera – ich verstehe gar nichts von Sensoren.«

Also flogen sie blind ... »Sie haben doch Sensoren-Experten«, sagte Cecelia zu Chief Jones. »Holen Sie jemanden nach vorn, der sich darum kümmert, während ich versuche, aus dem Rest schlau zu werden.« Sie ignorierte die Sensorenmonitore und fand die Fluglagesteuerung und dann das primäre Navigationssystem. Es war abgeschaltet; sie schaltete es ein, und ein Bildschirm wurde hell und zeigte weitgehend das gleiche Bild, wie sie es an Bord des eigenen Schiffes gesehen hatte ... zwar aus einem anderen Winkel, aber sie erkannte es wieder. Dort war die Masse des Sterns angegeben ... eine Anzeige tauchte auf und nannte seinen

Katalogeintrag. Dann wurde eine weitere Masse nach der anderen angezeigt.

Dusty Dirac meldete sich hinter ihr zu Wort. »Heh – brauchen Sie Hilfe an den Sensoren?«

»Wir müssen herausfinden, wer sonst noch im System ist, falls überhaupt jemand«, sagte Cecelia. »Und ich habe schon genug zu tun, wenn ich den Rest der Armaturen hier kennen lerne.«

»Klaro. Brauchen Sie Pete derzeit, oder kann ich mit ihm die Plätze tauschen?«

Cecelia blickte zum Copiloten hinüber. »Macht es Ihnen was aus?«

»Mir doch nicht. Ich fühle mich hier weit überfordert.« Er stemmte sich vom Sitz hoch.

»Sehen Sie mal, ob Sie irgendwo ein Handbuch finden, wenn Sie schon auf den Beinen sind«, sagte Cecelia. Heris hatte sie letztlich von der Nützlichkeit gedruckter Handbücher überzeugt, und sie hoffte, dass die übrigen Militärs Heris' Gewohnheit teilten, nützliche Nachschlagewerke unweit der Stellen zu verstauen, wo man sie vielleicht benötigte.

Dusty glitt auf den Platz des Copiloten und fing an, die verschiedenen Systeme einzuschalten. Cecelia ignorierte zunächst die Ergebnisse; sie musste feststellen, ob sie dieses Fahrzeug wirklich dorthin bekam, wo sie es haben wollte.

»Ah-oh«, sagte Dusty.

»Was ist?« Chief Jones lehnte sich ins Cockpit.

»Was Großes ist gerade ins System gesprungen.«

»Welche Seite wohl, frage ich mich?«

»Wahrscheinlich die andere. Wir konnten unsere Nachricht erst vor kurzem absetzen. Wahrscheinlich ist es einer von ihnen, der sie hier treffen möchte.«

Cecelia achtete nicht weiter auf diese Ablenkung und fand schließlich sämtliche Steuerungsmechanismen, die sie von ihrem eigenen Boot gewöhnt war. Leider fehlten dem Truppentransporter einige Vorrichtungen, die sie erwartet hatte – so verfügte er zum Beispiel über keinen Überlichtantrieb –; dafür gab es hier einiges, das sie nie zuvor gesehen hatte. Angesichts des geplanten Einsatzes für den Nahverkehr, meist den Fährdienst zwischen Planet und Orbit, war die Treibstoffkapazität viel geringer, als ihr lieb war. Keinesfalls würden sie mit diesem Fahrzeug das System verlassen können.

»Wie weit sind wir von dem Schiff entfernt, das wir verlassen haben?«, wollte sie wissen.

»Oh ... etwa zehn Kilometer. Wieso?«

»Wie weit sollten wir zur Sicherheit davon entfernt sein, falls es hochgeht?«

»Hochgeht ... warum sollte es hochgehen?«

»Falls es einer ihrer Bundesgenossen ist und er keine Antwort erhält – und das wird er auch nicht, weil wir den Funk zerstört haben –, dann wird er es wahrscheinlich präventiv abschießen, nicht wahr?«

Jones sah sie an und schüttelte den Kopf. »Cecelia, Sie verblüffen mich immer wieder. Mal sehen – ein Kreuzer unter Beschuss, der das Feuer nicht erwidert, keine Abwehrschirme hochfährt ... der Feuerball wird ... wir müssten *viel* weiter weg sein!«

»Die Sensoren des Neuankömmlings werden noch aufgrund der Absprung-Turbulenzen durcheinander sein«, meinte Dusty. »Wir könnten *jetzt* zusehen, dass wir wegkommen, und sie bemerken uns vielleicht gar nicht ...«

»Sagen Sie allen, sie sollen sich festhalten«, wies Cecelia sie an. »Für den Fall, dass die künstliche Schwerkraft Reaktionen zeigt, die ich nicht beheben kann. Ich nehme Kurs ins System hinein ...« Sie wechselte die Fluglage und schob dann etwas vor, was, wie sie hoffte, der Beschleunigungshebel war. Die Beschleunigungsanzeige stieg abrupt an.

»Wir bewegen uns rasch auf *irgendein* Ziel zu«, stellte

Dusty fest. »Oder schneller als vorher, sollte ich vielleicht sagen.«

»Es ist die *Indefatigable*«, sagte Dusty plötzlich.

»Können Sie feststellen, ob es Loyalisten oder Meuterer sind?«

»Sie haben gerade die *Bonar Tighe* weggepustet. Ich denke, dass erklärt sie zu Loyalisten.«

»Es könnte ein Irrtum gewesen sein«, wandte Jones ein. »Oder womöglich denken sie in ähnlichen Bahnen wie Sie, Cecelia.«

»Wer immer es ist, sie haben doch sicherlich Sensoren, mit denen sie uns orten können, oder?«

»Na ja ... vielleicht. Das detonierte Schiff erzeugt noch eine Menge Störsignale. Falls wir uns per Funk meldeten ...«

»Aber falls es die Falschen sind, haben wir noch mehr Probleme.«

»Wir können sie zumindest abhören«, schlug Cecelia vor. Dusty stellte die Empfänger ein.

»... Shuttle, identifizieren Sie sich, oder wir eröffnen das Feuer auf Sie!«

»Nicht schießen!«, meldete sich Dusty schnell. »Wer sind Sie?«

»Hier RSS *Indefatigable*, Kommandant Serrano. Fahren Sie Ihre Geschütze herunter.«

»Geschütze ... was für Geschütze?«, fragte Cecelia. »Haben wir Geschütze?«

»Kampfshuttles haben normalerweise welche, aber ich kenne mich damit nicht aus. Vielleicht sind es diese Schalter ...«

»Nicht anfassen!«, befahl Chief Jones. »Erklären Sie denen unser Problem.«

»Wir haben keinen richtigen Piloten an Bord«, berichtete Dusty. »Wir wissen nicht, welche Schalter was bedeuten.«

»Wen haben Sie denn?«

»Na ja ... eine Zivilistin mit einem Orbitalflugschein für kleine Zivilfahrzeuge – wir sind mit der automatischen Vorrichtung gestartet.«

»Bleiben Sie, wo Sie sind – fassen Sie *nichts* an! Wir passen uns Ihrem Kurs an.«

Cecelia lehnte sich zurück und holte tief Luft. Wider alle Chancen waren sie den Meuterern entkommen, waren sie der Vernichtung des Schiffes entkommen, auf dem sie ... wie viele Tage auch immer ... gewesen waren. Und sie, Cecelia, lebte immer noch! Miranda ... Sie wollte nicht, dass die anderen erfuhren, wie gnädig Mirandas Tod gewesen war.

Es dauerte Stunden, bis die *Indefatigable* sich dem Kurs des Shuttles angepasst hatte und einer ihrer Shuttlepiloten mit dem Raumanzug übergestiegen war, um das Boot in den Hangar des Kreuzers zu steuern. Dann konnten endlich alle aussteigen und einer nach dem anderen die Schleusen ins Schiffsinnere durchqueren.

Die zerknitterte und schmutzige Cecelia entdeckte auf der anderen Seite der Schiffskammer jene kompakt gebaute, dunkle Frau, die sie besser kannte als vielleicht irgendjemanden sonst ... Heris Serrano.

»Ich hätte es wissen können«, sagte Heris. Ihre Mundwinkel zuckten.

»Was?«

»Dass natürlich du ...«

Chief Jones blickte von einer zur anderen, wachsam und fast argwöhnisch. Heris wandte den Blick auf den Chief. »Chief Jones? Ich bin Commander Serrano ... willkommen an Bord. Wie ich gehört habe, sind Sie der ranghöchste Unteroffizier?«

»Der ranghöchste überlebende, ja, Sir. Master Chief Bigalow war mir übergeordnet, kam aber bei der Flucht ums Leben.«

»Dann sehen wir lieber zu, dass Ihre Verwundeten auf die Krankenstation kommen und Sie alle etwas zu essen erhalten; danach müssen wir die ganze Geschichte erfahren.«

Das Kommandantenbüro, in das Heris Cecelia führte, sah ganz anders aus, als es sich Cecelia je vorgestellt hatte: helles Holzimitat, weich gezeichnete Bilder von Wüstenlandschaften in Pfirsichton und Hellbraun ...

»Es ist im Grunde nicht mein Schiff – ich habe es im Zuge der Meuterei geerbt. Der frühere Kommandant wollte das Büro so.«

»Und wer hat jetzt dein Schiff?«, erkundigte sich Cecelia.

»Ich weiß nicht. Hatte noch keine Zeit, es herauszufinden. Wir haben Krieg, weißt du?«

»Ich weiß«, sagte Cecelia und rieb sich die geprellte Schulter. »Ich war mitten drin.«

»*Was* hast du eigentlich auf einem Meutererschiff gesucht, und wie bist du von dort auf ein Kampfshuttle gelangt? Als ich zuletzt von dir hörte, warst du auf der anderen Seite der Familias und hattest gerade diesen Reiterwettkampf gewonnen ...«

»Es ist eine lange Geschichte.« Cecelia ließ sich seufzend in die weichen Polster sinken. »Es fing damit an, dass ich ein Zuhause für Bruns Kinder suchte ...«

»Die Familie behält sie nicht?«

»Nein, ich habe sie mitgenommen, weil Miranda und Brun nach Häschens Tod wie gelähmt waren – sie konnten nicht mehr denken. Sie hatten den Jungen nicht mal Namen gegeben. Ich habe sie dann zu Ronnie und Raffa draußen auf dieser Kolonie gebracht ...« Sie erzählte die ganze Geschichte, und Heris hörte zu, ohne sie zu unterbrechen, bis Cecelia zum letzten Abschnitt ihrer Reise kam. »Also habe ich versucht, dem

Ansible ein Signal zu schicken, aber die Meuterer haben mich erwischt, ehe ich die Bestätigung des Signalempfangs erhielt …«

Heris nickte. »Es hat dein Signal angenommen – und die Flotte lauschte schon nach Ansible-Aktivität, die nichts mit dem normalen Nachrichtenverkehr zu tun hat.«

»Ihr habt lange genug gebraucht«, sagte Cecelia, und es klang beinahe grollend. Heris zuckte die Achseln.

»Also – sie haben euch gefangen genommen. Was dann?«

Cecelia hätte lieber nicht alle Einzelheiten erwähnt – es war weniger demütigend als vielmehr unangenehm –, aber Heris bestand darauf, ihr jede einzelne Information aus der Nase zu ziehen.

»Ich sehe nicht ein, warum du alles von mir erfahren möchtest«, sagte Cecelia schließlich. »Du hast doch die anderen …«

»Ja, und ich rede auch noch mit ihnen«, sagte Heris. »Aber deine Perspektive ist einzigartig. Du warst von Anfang an dabei, was die Lepescu-Krise angeht; du hattest mit dem Kronprinz und den Klonen zu tun; du warst bei Xavier dabei. Und du siehst es vom Standpunkt eines Zivilisten aus – eines *alten* Zivilisten.«

»Nun, dieser alte Zivilist ist hungrig und durstig und müde und könnte wirklich eine Dusche gebrauchen.«

»Ich weiß. Es tut mir Leid. Ich musste deine Geschichte unbedingt zuerst hören, ehe ich mit den anderen rede. Weißt du noch, wie du bei Xavier diesen Lieutenant – wie hieß er noch gleich? – davon überzeugt hast, du wärst so was wie eine verdeckt ermittelnde Agentin?«

»Na ja, du hattest mich in eine schwierige Lage gebracht …«

»Gib mir nicht die Schuld – du hattest schließlich darauf bestanden, zur Station heraufzukommen. Worauf ich hinauswill: Ich möchte, dass du es noch einmal tust. Ich bin mit einem überragend pedantischen Ersten Offizier geschlagen – einem Mann ohne jede Kampferfahrung, mit nur wenig Erfahrung im Schiffsdienst, ein geborener Papierkrämer. Er hat jedoch einen höheren Rang als alle anderen, und er treibt mich zum Wahnsinn. Falls du ihn beschäftigen könntest ...«

»Warum kümmert sich Petris nicht darum?«, fragte Cecelia. »Er ist doch inzwischen Offizier, oder?«

Heris verzog das Gesicht. »Petris ist nicht hier. Das ist nicht mein Schiff – ich meine, nicht das Schiff, auf dem ich schon länger mit meiner eigenen Crew fahre. In dem Durcheinander nach Ausbruch der Meuterei wurden Offiziere auf die jeweils nächsten Schiffe geschickt, und hier wurde gerade eine technische Überarbeitung fertig. Die Besatzung stammt von Dutzenden anderer Schiffe, und außerdem hat man die Büros im regionalen Oberkommando abgegrast. So bin ich auch an Seabolt gekommen.«

»Aber ich bin keine verdeckte Ermittlerin«, wandte Cecelia ein. »Ich bin überhaupt kein Militär.«

»Sagst du.« Heris lächelte. »Ich wette aber – sogar die Frauen, die mit dir in dieser Zelle saßen, würden akzeptieren, dass dein Leben als genusssüchtige reiche Reiterin nur Tarnung ist. Siehst du, jeder weiß schließlich, dass genusssüchtige reiche Frauen Dummköpfe sind. Was hielten sie von Mirandas Trick mit dem Mopp?«

»Sie waren beeindruckt«, berichtete Cecelia. »Aber es war nur ein Fechtmanöver ...«

»Es war tödlich«, sagte Heris. »Wir militärischen Stockfische erkennen Tödlichkeit als Beweis der Tüchtigkeit an. Ich wette mit dir, dass mindestens zwei der

Frauen sich bei ihrer Befragung danach erkundigen werden, ob Miranda nicht irgendwann mal verdeckt fürs Militär gearbeitet hat.«

»Also … was hätte ich zu tun?«

»Sei einfach du selbst, aber mache hier und da Andeutungen und besprich dich von Zeit zu Zeit mit mir.«

»Es wird auffallen … ich weiß so vieles nicht …«

»Natürlich – du warst schließlich undercover. Aber du kennst tatsächlich meine Tante Vida und weißt viel Nützliches über das Quadrat der Hypotenuse …«

»Das was?«

»Altes Sprichwort, ich weiß gar nicht, wie alt – eine Parodie auf die Bildung eines Militäroffiziers. Halt einfach die Ohren offen, Cecelia. Du hast es früher schon getan, und ich bin sicher, dass du es immer noch kannst.«

»Es klingt verrückt …«

»Bitte. Falls es dir gelingt, Seabolts Klammergriff um die Vorschriften wenigstens ein bisschen zu lockern, hilft es schon.«

»In Ordnung. Ich versuche es. Ich tue alles für eine Dusche und eine Mahlzeit und einen langen, friedlichen Schlaf.«

»Aber gern«, sagte Heris.

Cecelia fand sofort Gelegenheit, einen Blick auf Seabolt zu werfen; er wartete vor dem Büro des Kommandanten. Sobald die Tür aufging, warf er Cecelia einen flüchtigen Blick zu und wandte sich gleich an Heris. »Kommandant, ich muss schlicht und einfach darauf bestehen, dass Sie sofort ein Signal 42 senden.«

»Commander Seabolt«, sagte Heris, »Sie müssen unbedingt Admiral de Marktos kennen lernen. Gewöhnlich tritt sie unter dem Namen Cecelia de Marktos auf.«

Seabolt blinzelte. »Admiral? Ich kann mich nicht entsinnen, den Namen schon mal auf der Liste der Admirale gelesen zu haben.«

Cecelia richtete sich auf und bedachte ihn mit einem Blick, als wäre er ein impertinenter Stallbursche. »Natürlich nicht, Commander. Es ginge auch nicht an, wenn mein Name auf einer Liste stände, die *Sie* zu Gesicht bekämen.«

Seabolt prustete kurz und wurde bleich. »Admiral – verzeihen Sie, Sir, ich dachte nicht ...«

»Offenkundig nicht.« Cecelia wandte sich zu Heris um. »Kommandant, falls Sie mich entschuldigen, würde ich mich gern frisch machen ...«

»Natürlich, Sir.« Heris drückte einen Schalter auf ihrem Schreibtisch, und einer der Marinesoldaten vor der Tür salutierte. »Führen Sie diesen Offizier in ihre Unterkunft, und sorgen Sie dafür, dass saubere Uniformen bereitgelegt werden.«

»Ja, Sir. Welche Abzeichen, Sir?«

Heris legte den Kopf schief und sah Cecelia an, die rasch das Für und Wider erwog, das mit der Demonstration ihres neu erworbenen Ranges verbunden wäre. »Zunächst«, sagte sie, »lassen wir alle Rangabzeichen weg. Es hat Vorteile, falls man ...«

Seabolts Gesicht war sehenswert; Cecelia unterdrückte ein Kichern über diese Kombination aus Entrüstung und lebhafter Neugier.

»Ja, Sir«, sagte der Wachtposten.

Chief Jones trug eine frische, saubere Uniform und schien sich gänzlich von dem erholt zu haben, was eine beträchtliche Tortur gewesen sein musste. Sie nahm vor Heris' Schreibtisch Haltung an; Heris gab ihr mit einem Wink zu verstehen, dass sie sich setzen sollte. »Chief, mich erstaunt, dass es Ihnen gelang, eine schlagkräftige Truppe zusammenzuhalten und aus dieser Zelle zu bringen. Ich werde Sie für eine Belobigung vorschlagen.«

»Danke, Sir, aber es sind alles gute Leute, einschließlich derer, die es nicht geschafft haben. Wir waren nicht bereit, uns von einem Haufen Meuterer kleinkriegen zu lassen.«

»Stammten alle von Ihnen vom selben Schiff, oder wurden Loyalisten von mehreren Schiffen zusammengebracht?«

»Von der *Saracen* und der *Endeavor*, die gleichzeitig an der Orbitalstation von Copper Mountain angedockt lagen. Und zwei Personen stammten von der Station selbst, aber sie haben es nicht geschafft.«

»Mich erstaunt, dass man Sie nicht einfach umgebracht haben«, sagte Heris.

»Mich auch. Cecelia sagte, sie würden uns wahrscheinlich als Jagdbeute aufsparen – für eine Jagd, wie sie Admiral Lepescu durchgeführt hat.« Sie runzelte leicht die Stirn. »Sie sagte, wir sollten sie Cecelia nennen – aber ich vermute, dass ich jetzt lieber Lady Cecelia sagen sollte?«

»Vielleicht ist es besser so«, bestätigte Heris. »Sie hören vielleicht noch das eine oder andere von ihr, Chief; Cecelia und ich waren früher schon in ein paar Abenteuer verwickelt.«

»Ja, Sir. Sie sagte, Sie hätten Lepescu erschossen ...«

»Ja. Aber sie hat damals einen seiner Lieutenants erwischt.«

Der Chief zeigte ein Gesicht, als verstünde sie genau. »Sie ist nicht einfach ein aufgeblasenes reiches Playgirl, nicht wahr, Kommandant?«

»Erläutern Sie das«, forderte Heris sie auf.

»Na ja ... sie und Miranda, die angeblich Lord Thornbuckles Witwe war ... sie sahen beide *aus* wie reiche Aristokraten. Als man sie anschleppte, trugen sie

Kleider, die einen Jahressold gekostet haben müssen. Und wie sie miteinander redeten, dieser Akzent! Aber irgendwas war da – es ist mir gleich am ersten Tag aufgefallen und dann später wieder, als sie vom Toilettenputzen zurückkamen und erzählten, was sie gesehen hatten ... soweit ich weiß, ist das nicht gerade üblich für feine Damen der Gesellschaft.«

»Sie sind nicht gerade übliche Damen«, sagte Heris. »Fahren Sie fort.«

»Na ja, die Art, wie sie uns herausgeholt haben – ich habe es ja schon auf Band gesprochen, aber ich denke nicht, dass ich es mit Worten so richtig deutlich machen kann, so, wie ich es vor dem geistigen Auge habe. Wissen Sie, bei den meisten von uns ist es so, wenn sie frisch in den Dienst getreten sind, dass sie kaum in der Lage sind, jemandem wehzutun, geschweige denn, einen tödlichen Schlag anzubringen. Und ich habe im Grunde nicht erwartet, dass die beiden es könnten, habe es lediglich gehofft ... und dann taten sie es beide, hatten keine Probleme damit. Wir konnten es aus der Zelle nicht richtig sehen, außer Miranda und den Griff ihres Mopps, aber sie hat einen richtigen Ausfall gemacht. Ich schätze, sie war Fechterin ...«

»Ja. Als junge Frau hat sie Wettkämpfe gewonnen.«

»Sie muss in Übung geblieben sein. Ich habe nicht gesehen, wie sie traf, aber ich habe es gehört. Einer der Männer hat es gesehen und erzählte später, es wäre ein so treffsicherer Schlag gewesen, wie er nur je einen miterlebt hat. Und die Wachleute waren tot, einfach so, und Cecelia – Lady Cecelia, meine ich –, schleppte einen von ihnen heran, damit wir seine Finger für das Identifizierungsschloss an der Zellentür hatten. Kein Theater, keine Tränen ... und bei Miranda ebenfalls nicht. Sie zeigte außerdem ein befehlsgewohntes Auftreten.«

»Chief, Ihnen ist hoffentlich klar, dass ich darüber nicht reden kann. Sie können ruhig Ihren Gedanken nachhängen, aber Sie werden nie die ganze Geschichte erfahren. Aber Sie sollen wissen, dass Sie eine sehr gute Freundin gefunden haben, eine, die ihre Freunde nie vergisst.«

Jones' Miene entspannte sich. »Ist schon okay, Kommandant. Sie hat mehr für uns getan als wir für sie, und ich freue mich, Teil an dieser Sache zu haben, solange sie dem Interesse der Raumflotte dient.«

»Das tut sie.« Heris wartete auf weitere Fragen, aber Jones sagte nichts, saß einfach nur da und erweckte den Eindruck von Wachsamkeit und Professionalität. »Jetzt«, sagte Heris, »müssen wir dafür sorgen, dass Sie und Ihre Leute wieder den Dienst aufnehmen können. Dieses Schiff hat nur eine zusammengewürfelte Crew, von denen manche wenig oder gar keine Erfahrung mit dem Borddienst haben, geschweige denn auf einem Kreuzer und gar im Gefecht. Die meisten Petty Officers wurden direkt aus ihren Büros im regionalen Oberkommando gerissen. Ich würde gern Ihre Einschätzung hören, welche Ihrer Leute wo am besten einzusetzen sind. Falls Sie mir das bis heute Nachmittag vorlegen könnten ...«

»Ja, Kommandant. Ich mache mich gleich daran.«

»Besonders dringend benötigen wir Sachkenntnisse auf dem Gebiet der Triebwerke; ich bin mit der Feinabstimmung des Überlichtantriebs nicht zufrieden, und unser ÜL-Tech kommt gerade erst von der Akademie.«

»Petty Major Forrester und Petty Light Kouras, Kommandant – beide haben ÜL-Triebwerksscheine. Und dann ist da noch ein Sergeant; Forrester wird ihn kennen.«

»Das ist eine Erleichterung! Sehen Sie mal, schreiben Sie das doch auf. Ich brauche schnellstmöglich etwas in den Unterlagen.«

Cecelia schrubbte sich, bis sogar ihre pingelige Nase nicht mehr die leiseste Spur von den Inhalten des Schmutzeimers witterte; dann öffnete sie die Tür der Duschkabine und fand eine komplette Uniform in der Ankleide vor. Der Unterwäsche-Automat bewahrte sie davor, die gebrauchten Kleidungsstücke einer anderen Person zu benutzen, und die Uniform passte ganz ordentlich. Cecelia betrachtete sich kurz im Spiegel, wo das Mitternachtsblau ihr Gesicht blasser und die roten Haare flammender hervortreten ließ. Sie sah – eindrucksvoll aus; das war vielleicht das beste Wort.

Eine Eskorte erwartete sie, als sie auf den Flur hinaustrat.

»Und Sie sind?«, fragte sie, denn sie wollte nicht zugeben, dass sie nicht die leiseste Ahnung hatte, was von den verschiedenen Borten und Metallstücken welche Bedeutung hatte.

»Corporal Baluchi, Sir.« Die junge Frau salutierte forsch. »Ich bin ab jetzt Ihre Eskorte.«

»Hat man Ihnen erklärt, dass wir nicht über meine ... präzise Stellung reden?«

»Oh ja, Sir!« Baluchis Augen funkelten. »Wir sagen kein Wort und wiederholen auch nichts von dem, was Sie sagen, *irgendjemandem* gegenüber.«

»Sehr gut«, sagte Cecelia und versuchte sich daran zu erinnern, ob sie in einer solchen Situation noch irgendwas sagen sollte.

»Falls der ...« Eine Pause trat ein, in der Baluchi sich überlegte, wie sie jemanden anreden sollte, dessen Rang nicht erwähnt werden durfte. Cecelia kam ihr zur Hilfe.

»Vorläufig«, sagte sie, »können Sie mich einfach als Zivilistin anreden, Lady Cecelia de Marktos. Dadurch wie auch durch meine von Abzeichen freie Uniform dürften viele Probleme vermieden werden.«

»Ja, Sir!« Baluchi zitterte beinahe vor Enthusiasmus darüber, zum inneren Kreis zu gehören. »Falls die Lady zuerst speisen möchte? Oder lieber schlafen?«

»Essen«, sagte Cecelia. »Und ich hoffe, die anderen haben schon gegessen«, setzte sie hinzu, als ihr einfiel, welche Verantwortung ein Befehlshaber gegenüber seinen Soldaten hatte.

»Ja, Sir, haben sie. Ich soll die ... Lady in die Messe der Junioroffiziere führen, weil die der Senioroffiziere derzeit besetzt ist, obwohl, falls Sie ...«

»Das ist okay, Corporal«, sagte Cecelia. Sie hatte das Gefühl, mit einer Augenbinde über ein Feld voller Stolperdrähte zu gehen.

»Die Mittagszeit der Junioroffiziere beginnt um 11 Uhr, und wir haben erst 10, sodass wir keine Störung zu erwarten haben – aber ich bin sicher, man würde ohnehin warten, bis Sie fertig sind.«

»Corporal, falls ich mehr als eine Stunde lang esse, platze ich.« Noch während sie das sagte, dachte sie an die langen, in Muße verzehrten Gourmetmahlzeiten der Vergangenheit zurück, einschließlich jenes Essens mit Heris, als sie sich noch nicht lange gekannt hatten. Sie verschlang die Speisen, die man ihr vorsetzte, und war dann mehr als bereit für den versprochenen Schlaf.

»Hier unten, Sir.« Der Corporal führte sie zu einer Reihe von Kabinentüren. »Derzeit verteilen wir die Unterkünfte neu, aber Sie haben diese Kabine für die nächsten vierundzwanzig Stunden für sich, und einer von uns wartet draußen, falls Sie irgendwas brauchen. Direkt gegenüber finden Sie die Toilette und den Duschraum zwei Türen weiter.«

»Danke, Corporal Baluchi.«

Sie fand eine Zwei-Bett-Kabine mit Kleiderspinden vor. Auf einer Koje lag ein Pyjama in ihrer Größe ausgebreitet. Cecelia zog die Uniform aus, schlüpfte in den

Pyjama und kam erst jetzt auf die Idee, ihre Rolle lieber richtig zu spielen und die Uniform aufzuhängen. Sie fand kleine Etiketten im Spind vor, die deutlich machten, welches Teil wohin gehörte.

Das Bett war schmaler, als ihr lieb war, aber nach der Zelle fiel es ihr leicht, darin zu schlafen ... und als sie erwachte, wusste sie gleich, dass sie zu lange geschlafen hatte; sie fühlte sich schlaff und unwohl.

Und sie hatte keine Ahnung, ob ein Offizier im Pyjama durch den Flur auf die Toilette rannte oder sich zuerst anzog. Sie brauchte Hilfe. Heris war viel zu beschäftigt, um sie zu unterrichten, aber sie wusste, an wen sie sich wenden konnte.

Chief Jones empfing sie mit einem vorsichtigen Lächeln. »Lady Cecelia ...«

Cecelia seufzte. »Ich vermute, wir müssen jetzt wieder förmlich sein, wo wir nicht mehr im Gefängnis sitzen? Und ich hatte doch glatt gehofft, Sie wären letztlich so freundlich, mir Ihren vollständigen Namen zu nennen.«

»Gwenllian Gwalch-aeaf Jones – meine Eltern hatten eine Leidenschaft für Ahnenforschung und sagten mir immer wieder, ich dürfte mein walisisches Erbe nicht vergessen – was ich aber tue, denn ich weiß nicht mal, von welchem Planeten sie gesprochen haben. Sie starben, als ich acht war.«

»Auf der Alten Erde gab es ein Wales«, erklärte Cecelia. »Ich habe in einigen Büchern davon gelesen. Außerdem findet man noch ein Neu-Wales auf Caratea. Ich weiß allerdings nichts darüber, außer dass viele Namen Doppel-Ds und Dobble-Is enthalten.«

»Ich kann mich nur noch an Berge und Burgen erinnern und an etwas über Musik. Jedenfalls habe ich meinen Namen rechtlich ändern lassen, als ich zur Raumflotte ging, weil die Rekrutierungsleute so viel Mühe mit meinen ursprünglichen Namen hatten, genauso wie alle meine Lehrer und die Leute vom Waisenhaus. Eltern müssten an solche Dinge denken, wenn sie Kindern Namen geben. Den neuen Namen habe ich mir aus einem Buch ausgesucht; es hatte einen weiblichen Helden, der nicht ständig ohnmächtig geworden ist oder für andere Leute gekocht hat. Katrina; man nannte sie Kat.«

»Ah. Und meine Eltern haben mich nicht nur mit dem Namen Cecelia beglückt, sondern einer ganzen Reihe schicker Namen ... Ich denke, Sie haben Recht; Eltern sollten sich was Nettes und Langweiliges und Gewöhnliches aussuchen.«

»Jedenfalls fand der Kommandant, ich sollte Sie lieber Lady Cecelia nennen, nicht nur Cecelia, und so ...«

»Das wäre prima«, sagte Cecelia, »von einer kleinen Komplikation abgesehen.«

»Und das wäre?«

»Heris Serrano und ich kennen einander seit Jahren; wir haben einige schwierige Zeiten zusammen durchgemacht.« Es fiel ihr schwerer, als sie erwartet hatte. »Zuzeiten war es praktisch, so zu tun, als gehörte ich eigentlich zum Militär.« Jones blickte sie nur an, und Cecelia fuhr fort: »Als Undercover-Agentin, verstehen Sie?«

»Und Sie sind es nicht?«

»Es ist ... schwer zu erklären.«

»Sie brauchen es nicht zu erklären; der Kommandant hat mir einen Hinweis gegeben.«

»Eins muss ich doch erklären: Heris hat ein kleines Problem mit jemandem und ist darauf angewiesen, dass ich mich als Admiral ausgebe.«

Jones' Mundwinkel zuckten. »Natürlich.«

»Es war nicht meine Idee«, sagte Cecelia. »Das Problem ist: Ich habe keine Ahnung, wie sich ein Admiral verhält. Ich meine, ich kenne zwar Vida ... Admiral Serrano ...«

»Sie sind Duz-Freundin eines Admirals, aber Sie sind selbst keiner und wissen auch nicht, wie Sie so tun können?« Kat Jones' Augen funkelten jetzt unverkennbar.

»Ja. Genau. Ich brauche einen Trainer. Für die ... äh ... schiffsüblichen Dinge. Mit denen ich mich auskennen würde, falls ich ...«

»Falls Sie nicht mit anderen Dingen beschäftigt gewesen wären. Natürlich, Sir, ich helfe gern.«

Cecelia fing Seabolt unmittelbar vor Heris' Büro ab. Wohnte er dort? Egal ... »Ah, Commander Seabolt. Genau der Offizier, den ich sehen wollte ...«

»Sir!« Seabolt nahm Haltung an. »Admiral ... äh ... de Marktos, ich habe mich gefragt ...«

»Commander, bitte! Ich würde mir gern Ihre JS-135er ansehen.«

»Die ... äh ... JS-135er? Für das ganze Schiff?« Er quiekste fast.

Cecelia bedachte ihn mit ihrem besten Admiralsblick. Chief Jones hatte ihr erklärt, dass JS-135 für die Geschichte jedes einzelnen Gegenstandes auf einem Schiff stand: Funktionsdauer, Wartungsakte und so weiter. Ein Kreuzer hatte Zehntausende von JS-135ern im Computer gespeichert, und es blieb unausweichlich, dass die Liste nicht ganz vollständig war.

»Sie sind doch der Erste Offizier dieses Schiffes, nicht wahr?«

»Ja, Admiral, natürlich, aber ...«

»Dann möchte ich die JS-135er sehen. Ihnen dürfte nicht entgangen sein, dass wir gerade eine ideale Zeit für Diebstähle und Entwendung von Material erleben.«

»Äh ... natürlich, Admiral. Äh ... jetzt gleich?«

»Commander, hat Ihnen jemand ein Beruhigungsmittel in die Haferflocken gegeben? Natürlich sofort!«

Cecelias Verfahren bei der Kontrolle der JS-135er bestand darin, Seabolt von einem Ende des Schiffs zum anderen zu schleppen, auf Gegenstände zu zeigen und Einblick in die jeweilige Datei zu verlangen. Er unternahm ein paar vergebliche Versuche, ihren Klauen zu entrinnen, aber Cecelia stellte sich den Kreuzer als ein schlecht geführtes Übungsgehöft vor und hatte Spaß dabei, die Mäuse in der Futterkammer aufzustöbern – oder deren Gegenstück bei der Raumflotte. Dank Chief Jones verfügte sie über genügend administrative Fachbegriffe, um Seabolt zu überzeugen, dass sie tatsächlich ein Admiral war, wenn auch ein kapriziöser und schwieriger.

Als sie wieder Hunger bekam, bestand sie darauf, dass er mit ihr speiste. »Wie ich sehe«, sagte sie, »wartet hier eine Menge Arbeit auf mich, Commander, und ich bin dabei auf Ihre persönliche Unterstützung angewiesen.«

»Aber Admiral, ich habe noch andere ...«

»Ich bin sicher, Commodore Serrano kommt eine Zeit lang ohne Sie aus«, versicherte ihm Cecelia und griff dabei auf das Recht eines Admirals zurück, Untergebene zu unterbrechen. »Und Sie sind, wie Sie wissen, für die Bereitstellung der Einrichtung und des Kriegsmaterials verantwortlich ...«

»Ja, Admiral.« Seabolt wirkte gehetzt, und das nicht ohne Grund, aber der geschniegelte Eindruck bestand trotzdem noch. Cecelia musterte ihn, während sie speiste, und fragte sich, ob sie ihn zwingen konnte, durch irgendeinen schmutzigen Tunnel zu kriechen – falls sie auf Heris' Schiff so etwas fand. Ihr waren nicht die Blicke mancher Crewmitglieder entgangen, die regelrechte Schadenfreude darüber ausdrückten, dass Seabolt mal selbst schikaniert wurde.

Nach dem Essen sorgte sie dafür, dass er beschäftigt blieb – ungeachtet seiner gepflegten Erscheinung war er nicht so fit wie sie und schnaufte bereits lange, bevor sie müde wurde. Beim Wechsel von einem Deck aufs andere blieb sie stehen und musterte ihn mit bedrohlicher Miene. »Commander, für einen Offizier ist es wichtig, sich die körperliche Fitness zu bewahren. Sie dürften nicht schon außer Atem sein, nur weil sie ein paar Leitern hinaufgehastet sind …«

»Verzeihung, Sir …«

»Ich werde mich bemühen, meine Gangart zu mildern …« Cecelia setzte gemächlich ihren Weg fort und schalt sich innerlich dafür, dass sie es so genoss, ihn fertig zu machen. War sie auch so schlimm wie die Wachleute der Meuterer? Sie hoffte nicht. Im Geiste der Besserung erkundigte sie sich ernsthaft nach seiner Ernährung und den jüngsten medizinischen Untersuchungen. »Ich weiß, dass es hart ist«, sagte sie, »bei all der Arbeit, die Sie zu leisten haben, aber Sie werden im Gefecht nicht viel nützen, wenn Sie krank oder nicht in Form sind. Sie müssen lernen, besser auf sich zu achten.«

»Es ist mein schlimmer Knöchel, Sir«, erklärte Seabolt. »Ich habe ihn mir vor Jahren gebrochen …«

»Oh, der Knöchel«, sagte Cecelia, die sich zuzeiten schon beide gebrochen hatte. »Am meisten hilft da Sport, und zwar eine Menge Sport.« Sie berichtete ihm ausführlich, was ihr die Physiotherapeuten erklärt hatten. »Und sollten Sie sich mal die Schulter prellen …«

Seabolts Gesicht wurde grün; sie hatte nun Mitleid mit ihm.

»Egal; darüber können Sie sich Gedanken machen, falls es mal geschieht. So, morgen schließen wir die

Begutachtung der JS-135er ab und fangen damit an, sie mit der Organisationstabelle des Schiffes zu korrelieren ...«

»Ja, Admiral. Um wie viel Uhr?«

»Ich denke, ich bin um sieben Uhr startbereit«, sagte Cecelia. »Auf uns wartet viel Arbeit.«

Sie schlief gut in der Nacht und erwachte voller neuer Ideen, was Seabolt alles für sie tun konnte.

Heris hatte reichlich zu tun, auch ohne sich Seabolts wegen Sorgen zu machen, und seine Abwesenheit fiel ihr nur hin und wieder auf, begleitet von milder Erleichterung. Sie hatte doch tatsächlich ohne seine Einmischung eine Suche nach nützlichen Wrackteilen der *Bonar Tighe* organisieren können. Sie hatte ein Datenpaket fürs Ansible vorbereitet und die Patrouillenschiffe angewiesen, den Sprungpunkt zu verminen; die nächsten Meuterer, die hier hereinschneiten, durften sich auf eine hässliche Überraschung gefasst machen. Major O'Connor, der Zweite Offizier, hatte die Aufgaben des Ersten so nahtlos übernommen, dass Heris es gar nicht bemerkte.

Zehn Tage später tauchte Seabolt wieder in ihrem Büro auf. Heris fiel auf, dass er blass war und sich nicht wohl zu fühlen schien.

»Was ist, Commander?«, fragte sie.

»Ich möchte um die Versetzung bitten, Sir.«

»Die Versetzung? Mitten im Krieg?«

»Ich weiß, Sir, es ist höchst unpassend, aber ... ich glaube, dass ich den Verstand verliere.«

»Seabolt, falls das ein Scherz sein soll ...«

»Nein, Sir, ich versichere Ihnen, dass das nicht der Fall ist. Nur – ich halte da einfach nicht mit; sie hat ständig Neues für mich zu tun ...«

Heris hatte da so eine Ahnung. »Sie?«

»Der Admiral ... Admiral de Marktos.«

»Sie fällt Ihnen zur Last?«

»Nein, das nicht – nicht genau. Aber sie ist jede Sekunde hinter mir her, stellt mir eine Frage nach der anderen, und Sie wissen ja, Kommandant: Als wir das Schiff übernahmen, hatten wir nicht genug Zeit, um es völlig zu überprüfen. Mir brennt der Magen, und die Augen …«

»Gehen Sie hinunter auf die Krankenstation und lassen Sie sich ein säurebindendes Mittel geben, Commander. Sie haben in diesem Krieg Ihre Last zu tragen und ich meine.«

»Aber Sir …«

»Ich sage Ihnen was, Commander: Falls Sie an der nächsten Station immer noch von Bord gehen möchten, finde ich eine Möglichkeit, Ihnen einen neuen Posten zu geben. Im Augenblick kann ich jedoch nicht mehr tun, als den Admiral zu bitten, dass sie ein wenig von Ihnen ablässt. Und falls ich das tue, wird sie sich auf *mich* stürzen. Und ich muss eine Flottille kommandieren und Meuterer aufstöbern. Ich fürchte, Sie werden es zunächst aushalten müssen.«

»Ja, Sir.« Seabolt machte, wie Heris auffiel, nicht mehr annähernd den schneidigen Eindruck von früher.

»Sie könnten jedoch den Admiral fragen, ob sie Zeit hat, mich aufzusuchen«, setzte Heris hinzu, als er hinausging.

»Du bist eine böse Frau«, sagte Heris zu Cecelia und reichte ihr eine Tasse Tee.

»Ja«, bestätigte Cecelia. »Ich glaube, das bin ich. Aber so kommt er dir wenigstens nicht in die Quere, oder?«

»Treibe ihn nur nicht zu einem Herzanfall«, sagte Heris. »Dann müsste ich wieder einen Stoß Formulare ausfüllen.«

»Ich werde ihm Zeit geben, in der Turnhalle den Stress abzuarbeiten«, versprach Cecelia. »Aber nach dieser Sache möchte ich echte Sterne bekommen!«

»Falls wir alle überleben, besuche ich deine Beförderungsparty«, sagte Heris.

Kapitel vierzehn

Copper Mountain, Stack Islands three

Barin hatte noch nie etwas gesehen, was diesem öden dunklen Felsen ähnelte, der aus den zornigen grünen Wellen aufragte. Der Anblick reichte beinahe – beinahe –, damit er sich wieder in den Weltraum wünschte. Das Flugzeug setzte mit einem leichten Stoß auf dem Landeplatz auf.

Der Wind war eiskalt; Barin streifte sich die Kapuze der PPU über und dichtete sie rings um das Gesicht ab. Die Gefängnisbauten wirkten so trostlos wie das Gestein selbst. Hatten hier wirklich Menschen gelebt? Hatte man hier wirklich Menschen eingesperrt?

»Ich fand es hier früher schon schlimm«, bemerkte Corporal Meharry. »Aber das ist einfach lächerlich. Ich möchte zurück in den Weltraum.«

»Wie kam es überhaupt, dass Sie hier stationiert wurden?«, wollte Barin wissen.

»Ich hatte darum gebeten, Idiot, der ich nun mal bin. Sie wissen ja, dass meine Schwester hier gesessen hat. Lepescu hatte sie hineingesteckt. Ich wollte wissen, wie das war, was sie durchgemacht hat.« Ihn schauderte, und Barin vermutete, dass mehr als der kalte Wind dafür ursächlich war. »Besser richten wir uns gleich ein, Sir, falls sie mich bitte entschuldigen?«

Als derjenige unter ihnen, der hier gedient hatte, wusste Meharry, wo man alles fand, und zog mit den Kriminalisten los, um für sie Quartiere zu finden, wo sie nicht selbst Spuren verwischen würden. Barin wies die Übrigen an, die Vorräte aus dem Transporter zu laden;

die Wissenschaftler würden dann mit der Maschine zur Waffenforschungsstation weiterfliegen. Margiu war, wie ihm auffiel, dabei, ebenso ein bärtiger dicker Mann, der den ganzen Flug über mit ihr geredet hatte. Als der Transporter abgeflogen war, blickte Barin sich gründlicher auf dem Hof um. Es schien ihm ein geeigneter Schauplatz für Albträume: kalte, dunkle Mauern, die verriegelten Tore zum Gefängnisblock.

Er hatte von dem Massaker an den Gefangenen gehört, die sich nicht den Meuterern anschlossen, und fragte sich, welche der dunklen Stellen auf dem Felsen womöglich Blut waren.

Meharry kam wieder zum Vorschein und wandte sich an die übrigen Soldaten, die sich nun daranmachten, die Vorräte hineinzutragen. Barin folgte ihnen. Im Personalblock wichen die dunklen Mauern Wänden, die normal gestrichen und verputzt waren. »Die Offiziersunterkünfte dürfen wir nicht betreten, haben sie gesagt, Sir«, meldete sich Meharry zu Wort. »Aber wir dürfen die Küche hier drüben benutzen; für eine so kleine Gruppe ist sie groß genug.« Barin wich dem Absperrband aus, das die Kriminalisten bereits entrollten.

Für die ersten Tage war er ganz damit beschäftigt, den Außenposten zu organisieren und sicherzustellen, dass die Versorgung reibungslos lief. Die Kriminalisten gingen ihrer Arbeit nach, worin immer die bestand – Barin sah, wie sie Dinge an verschiedenen Stellen des Hofes abkratzten, und vermutete, dass sie das Gleiche in den Zellen und den übrigen Gebäuden taten. Meharry verschwand zuzeiten für mehrere Stunden und kehrte jeweils mit bleichem Gesicht und angespannt zurück. Barin wollte nicht zu seinem Unbehagen beitragen, indem er Fragen stellte, und bemühte sich, lösbare Aufgaben für den Corporal zu finden. Einmal wagte er sich selbst in den Gefängnisblock vor und kam stärker erschüttert wieder hervor, als er es sich eingestehen wollte. Solche Dinge hatte er sich eher in der Benignität vorgestellt, nicht hier in den Familias. Nicht bei *seiner* Flotte! Er konnte sich einfach nicht vorstellen, dass jemand aus seiner Familie Menschen in diese Löcher steckte, egal was sie angestellt hatten.

Dann fragte ihn Corporal Meharry, ob er sich den Kriminalisten anschließen wollte, während er, Meharry, sie über Einzelheiten seiner Flucht informierte.

»Von dort oben haben sie mich hinuntergestoßen ...« Meharry deutete auf die Stelle. »Es ist ein Wachtturm mit gutem Blick auf den inneren Sportplatz und auch aufs Meer hinaus.«

»Ich kann mir gar nicht vorstellen, wie Sie einen solchen Sturz in eiskaltes Wasser überlebt haben«, sagte Barin.

»Ich habe mir gar keine Sorgen wegen des Wassers gemacht«, sagte Meharry. »Jedenfalls nicht so sehr. Die Felsen allerdings ... sie und die Wogen. Aber sehen Sie, Sir, ich wusste ja, dass ich mit etwas zu rechnen hatte. Ich hatte mir immer wieder gesagt: Falls sie dich stoßen, dann spring! Lass dir von ihnen helfen, damit du so weit wie möglich hinausgelangst. Ich trug ja die PPU, verstehen Sie?«

Die Kriminalisten wollten, dass er jedes Detail dieses letzten Sprungs nachstellte. Barin wurde es schon fast schlecht davon, nur auf dem ersten Wachtturm zu sitzen. Die ganze Insel schien unter ihm zu schrumpfen und ließ ihn schwankend auf einer Nadelspitze zurück. Meharry deutete auf den unebenen Weg zu dem Turm hinüber, von dem man ihn heruntergeworfen hatte; der Weg selbst war durch eine niedrige Reihe von Steinen nur unzulänglich vor dem Meereswind geschützt. Trotz seiner früheren Erfahrungen hier machte sich Meharry wieder auf diesen Weg, als wäre er dort schon sein Leben lang zu Hause. Barin zwang sich, ihm zu folgen, schlug dabei jedoch ein bedächtigeres Tempo an. Er fühlte sich ungeschützt und aus dem Gleichgewicht, als übte der riesige freie Raum rechts und unterhalb von ihm einen Zug auf ihn aus und wollte ihn vom sicheren Weg abbringen.

Erleichtert schlüpfte er auf den unteren Turm und hoffte, dass man ihm seine Empfindungen nicht zu deutlich ansah. Einer der Kriminalisten begleitete ihn; die übrigen waren mit ihren Aufzeichnungsgeräten auf dem höheren Turm zurückgeblieben.

»Und von hier hatten Sie gesehen, dass jemand am Boden lag?«

»Ja – dort drüben.« Meharry klang ein wenig atemlos, aber das konnte am eiskalten Wind liegen. Barin hoffte, dass niemand *ihm* eine Frage stellte.

»Und die Felswand fällt hier ...« Der Kriminalist beugte sich hinaus, erstarrte und fuhr zurück. »Mein Gott ... dort ... da unten ragen *Felsspitzen* auf! Sie hätten um Kopf und Kragen kommen können ...«

»Das war die Idee«, sagte Meharry; Barin sah ihn an und entdeckte ein Aufblitzen von Befriedigung in seinem Gesicht. Er war nicht gänzlich unglücklich darüber, dass der Kriminalist so stark reagiert hatte.

»Ja, aber ... Ich schätze, ich zeichne das lieber auf ...« Der Kriminalist hob die Kamera ans Auge.

»Wir halten ihn lieber fest«, sagte Meharry. »Nur für den Fall einer Windbö.« Er sah Barin an. Barin wollte nicht aufstehen und sich an jemandem festhalten, der vielleicht das Gleichgewicht verlor und ihn mitzerrte. Rational war ihm klar, dass er damit kaum rechnen musste, aber der Bauch ...

»Gute Idee, Corporal«, hörte er sich sagen. Er stand auf und hielt sich an Meharrys PPU fest. Meharry tat bei dem Kriminalisten das Gleiche. Und klar doch, dieser beugte sich vor und machte Aufnahmen von der Tiefe. Der Wind rüttelte an ihm; Barin und Meharry lehnten sich nach hinten. Der Corporal war, wie Barin sah, so weiß ihm Gesicht, wie Barin selbst sich fühlte. Meharry war hier derjenige mit einem Anrecht aufs große Zittern, und doch tat er seine Pflicht.

Sie kehrten zum höher gelegenen Posten zurück und überquerten von dort aus den Hof zum Hauptgebäude. Dann ging es mit dem Fahrstuhl in die Lagerräume hinab. Meharry zeigte den Kriminalisten, wo er seine Vorräte versteckt gehabt hatte und wo man den Eingang zu den Lavatunneln fand. Sie kletterten über die Splitter aus schwarzem Gestein, die jetzt von einer ganzen Reihe Lampen erhellt wurden. Die Umgebung wirkte deprimierend und gefährlich, aber nach den Wachttürmen fühlte sich Barin innerhalb des Felsens viel sicherer, verglichen mit dem Balancieren auf der Oberfläche.

Sie gingen um eine Biegung, durchquerten weitere Gesteinstrümmer und erreichten schließlich den Hohlraum, wo Meharry das Rettungsfloß verstaut hatte. Die Höhlenmündung führte nach Süden; fahles Winterlicht schoss seine Speere durch diese Öffnung zum Meer und offenbarte die ganze Textur der Lava – hier verglast, dort abgewetzt und rau. Es war seltsam schön – der schwarze Fels, die grüne See dahinter. Die Luft war erfüllt von Geräuschen – dem grollenden Donnern der See, dem Zischen von Schaum und Gischt, dem Geschrei der Seevögel, und die Echos wanderten hin und her, von rechts nach links ... Barin konnte gar nicht richtig hören, was die Kriminalisten Meharry fragten.

Er ging näher zur Höhlenmündung. Hier, geschützt vor dem Nordwind und im Sonnenlicht, war es nicht mehr annähernd so kalt. Er entdeckte etwas auf dem Boden und ging in die Hocke, um es sich anzusehen: etwas Faseriges und Grünes und in seinem Innern ein winziges, vielbeiniges Etwas mit einer scharlachroten Schale. Er hatte keine Ahnung, was er da vor sich sah.

Hier dichter an der Öffnung war der Lärm weniger verwirrend; Barin konnte jetzt Originale und Echos unterscheiden. Die Höhle fiel zum Rand hin leicht ab; er blieb dort stehen und blickte in den Morgen hinaus.

»Hätte Tageslicht geherrscht, dann hätte sie mich erwischt«, sagte Meharry. Barin fuhr zusammen; er hatte gar nicht gehört, wie sich ihm der Corporal näherte. »Ich hätte ein leichtes Ziel abgegeben, während ich mich über die Kante schob.«

»Wie haben Sie das geschafft?«, wollte Barin wissen. »Es ist rutschig ...«

»Mit den Handschuh- und Beingreifern der Montur«, erklärte Meharry. »Drücken Sie diese Knöpfe ... mit den Daumen ...« Barin gehorchte, und heller Stahl sprang hervor.

»Das sind Spezialspitzen«, sagte Meharry. »Dazu gedacht, an fast jeder Substanz zu haften. Das Gestein ist brüchig, aber ich bin langsam zu Werk gegangen.«

»Und das noch im Dunkeln«, sagte Barin. »Hatten Sie ein Nachtsichtgerät?« Er drückte die Schalter erneut, und die Anzuggreifer wurden eingefahren.

»Nein – Posten erhielten für den Nachtdienst entsprechende Brillen, aber sie gehörten nicht zu den Schutzanzügen. Und ich hatte zu dem Zeitpunkt, als ich abstieg, keinen Nachtdienst.«

Barin sah ihn an. Meharry redete in einem ausdruckslosen Ton, wie er für ihn untypisch war.

»Steigt das Wasser je bis hier herauf?«, erkundigte sich Barin.

»Ja, Sir. Dieser Planet unterliegt natürlich Solargezeiten, und bei Stürmen treibt der Wind die Wogen auf solche Höhen. Gischt regnet ständig herein; Ihnen ist doch bestimmt der Seetang dort hinten aufgefallen.«

»Ich wusste nicht, was es war«, gestand Barin.

»Eine Art Pflanze. Da draußen, auf den Felsen direkt am Wasser, findet man jede Menge davon.«

»Es erinnert mich an das Schiff«, sagte Barin fast zu sich selbst.

»Sir?«

»Als sich das Wandschott öffnete – wie ich dort im Dunkeln stand und hinausblickte. Dort waren es Sterne und nicht das Meer, aber ... vergessen Sie es. Wie lange, denken Sie, brauchen die Kriminalisten noch?«

»Sieht so aus, als wären sie fertig«, antwortete Meharry, als er einen Blick nach hinten warf. Barin ging die Höhle hinauf, aber der Corporal folgte ihm nicht. Barin kehrte um, ging zu ihm zurück; das Gesicht des Mannes war angespannt vor Gram und zeigte dabei Entschlossenheit.

»Corporal, ich weiß, dass Sie gesagt haben, Sie wollten nicht wieder hier herauskommen – gehen wir doch zurück.«

»Nur – nur ein paar Minuten, Sir.«

Barins Instinkte rieten ihm, nicht zu gehen; er entdeckte ein glattes Stück Boden und setzte sich. »Dann kommen Sie hier herüber; ich möchte nicht mit zusammengekniffenen Augen ins Sonnenlicht blicken müssen, um Sie zu sehen.«

Das Sonnenlicht glitzerte auf den Wellen, fast wie die Energiebahnen feindlicher Geschütze auf den Abwehrschirmen; die Helligkeit am Himmel erinnerte zu stark an das Aufflammen der Explosion.

Meharry setzte sich zu ihm und redete los, als hätte Barin ihm eine Frage gestellt. »Die Sache ist die, Sir – ich kann mir selbst nicht trauen ...«

»Sich selbst nicht trauen?«

»Man hat Ihnen doch berichtet, dass ich Commander Bacarion getötet habe, nicht wahr?«

»Ja.«

»Na ja ... man hat Ihnen wohl nicht erzählt, wie ich es tat.«

»Nein, das hat man nicht.« Barin fragte sich, was jetzt kam.

»Sir, ich ...« Meharry schluckte und wandte den Blick ab. »Jetzt, wo ich wieder hier bin – kommt das alles zurück. Es ist ... als geschähe es immer noch. In einem fort aufs Neue.«

Barin kannte dieses Gefühl auch. Meharry brauchte einen Psychopfleger. Wahrscheinlich schon seit Monaten. Aber nun waren sie einmal hier, am Ort des Geschehens, und das ohne einen greifbaren Psychopfleger und für die nächsten Tage ohne ein Verkehrsmittel, das jemanden wegbringen konnte.

»Erzählen Sie mir davon«, sagte er.

»Ich ... weiß nicht ... ob ich das kann«, sagte Meharry. »Und außerdem ...«

»Ich werde zuhören«, versprach Barin. »Ich verstehe, was Sie sagen.«

»Ich habe sie umgebracht, aber ich hatte es gar nicht vor. Zu Anfang nicht. Sie hat versucht, mich zu töten – sie hatte die Waffe ...« Barin erschien dieser Vorgang, dieser verzweifelte Kampf im Dunkeln, fast unmöglich. »Und dann, als ich die Helmlampe einschalten konnte und Bacarion sich nicht mehr bewegte, habe ich ... so viel Blut gesehen ... und ihr Gesicht ...«

»Ihr Gesicht?«

»Ich ... meine Handgelenksgreifer waren noch ausgefahren, Sir, und als es zum Nahkampf kam, habe ich einfach zugeschlagen – und – es war völlig weg, Sir. Mit den Greifern – habe ich es einfach abgerissen ...« Meharry zitterte jetzt, die Augen zugekniffen, die Fäuste unter die Achselhöhlen geklemmt.

Barin streckte die Hand aus und packte Meharrys Arm. Er wollte etwas sagen, aber er wusste, dass er damit noch warten musste.

»Ich hatte ... mir nie vorgestellt, dass ich mal so was tun würde, Sir. Dass ich einen solchen Angriff durchführen würde. Gegen einen Offizier. Eine Frau. Aber ich habe es getan. Ich kann nicht so tun, als wäre es nicht geschehen, und wenn ich es einmal getan habe … Und dann ist mir meine Schwester wieder eingefallen und ihre Zeit hier im Gefängnis. Was hat Methi getan? Was musste sie tun, um zu überleben? Ich meine, sie ist meine Schwester, und sie … und ich …«

»Ich bin Ihrer Schwester einmal begegnet«, erzählte Barin. »Auf dem Schiff meiner Tante. Sie ist ein feiner Mensch.« Sie war auch eine gefährliche Killerin, davon war er überzeugt, aber das war es nicht, was Meharry in diesem Augenblick hören musste.

»Ich hatte mir schon überlegt, um Urlaub für eine Behandlung zu bitten – als mir klar wurde, was ich getan hatte und wie böse es war; und dass ich genau wie Bacarion war. Aber zu dem Zeitpunkt wurde gerade jeder gebraucht, und ich dachte … ich hoffte, ich könnte es unter Kontrolle halten. Aber jetzt, wo ich hierher zurückgekehrt bin, steigt alles wieder auf, wie ich befürchtet hatte. Ich kann nicht … was, wenn ich es erneut tue?«

Barin schluckte die ersten wohlfeilen Beruhigungsfloskeln herunter – wie *Natürlich tun Sie das nicht!* und *Sie werden okay sein, machen Sie sich keine Sorgen!*, die ihm mechanisch von den Lippen gehen wollten. Hätte er das geglaubt, falls es ihm jemand sagte? Würde er einmal begangene Fehler nie wiederholen? Er wünschte sich, jemand anderes wäre jetzt hier, jemand mit mehr Erfahrung. Heris hätte gewusst, wie man mit diesem guten Mann redete, und Barins Großmutter auch. Oder Esmay: Was hätte sie gesagt?

»Ich schätze … sicher verstehen Sie, warum ich gehen muss …« Meharry öffnete die Augen und starrte ins Meer hinab. »Ist schon okay, Lieutenant. Gehen Sie ruhig wieder nach oben und lassen mich hier sitzen, um eine Zeit lang über alles nachzudenken.«

»Nein!«, sagte Barin und legte alle Befehlsgewalt hinein, die er nur aufbrachte. Er hatte schon Ghormley verloren; er hatte nicht vor, mit Meharry das Gleiche zu erleben. »Nein, ich gehe nicht wieder nach oben, damit Sie sich ins Meer werfen und umbringen können.«

Meharry drehte sich zu ihm um, die Augen weit vor Schrecken.

»Falls Sie je wieder mit einem mordlüsternen, meuternden Befehlshaber konfrontiert sind, der versucht, Sie im Dunkeln umzubringen, Gelan ...« Er sah den Effekt, den er mit dem Gebrauch des Vornamens erzielte. »Falls Sie je wieder in einen solchen Nahkampf geraten, dann hoffe ich, dass Sie *genau* wieder das tun, was Sie damals taten. Wäre es ihr gelungen, Sie umzubringen und dann ihre Pläne zu Ende zu führen, wären wir alle viel schlimmer dran. Sie haben ihr schließlich nicht aus irgendeinem Grunde das Gesicht heruntergerissen ...« Er gebrauchte absichtlich dieses brutale Wort. »... aus welchem Bacarion selbst es getan hätte. Hätten Sie eine Waffe gehabt, dann hätten Sie sie rasch und sauber erschossen. Aber Sie hatten nun mal keine.«

»Aber ...«

»Und falls Sie es jemals wieder tun müssen – wovon wir beide hoffen, dass es nicht nötig sein wird –, dann baue ich darauf, dass Sie wieder denselben Schmerz empfinden wie jetzt, *weil* Sie ihr nämlich nicht ähnlich sind, weil Sie niemandem dieses Schlages ähnlich sind. Sie haben keinen Spaß an Grausamkeiten. Es war eine entsetzliche Situation, und was Sie tun mussten, um zu überleben – darauf wäre kein anständiger Mensch stolz, aber es war nun mal wichtig zu überleben. Es ist auch jetzt wieder wichtig. Ich werde nicht zulassen, dass Sie Ihr Leben zerstören.«

Meharry zitterte immer noch, aber es fühlte sich unter Barins Hand jetzt anders an; da hatte sich eindeutig eine Veränderung eingestellt.

»Ich ... habe Albträume.«

»Yeah, das überrascht mich nicht. Haben Sie mit den Psychopflegern darüber gesprochen?«

»Nein – ich dachte nicht, dass es ein Problem wäre, mit dem sie umgehen könnten. Ich meine, es geht hier schließlich um eine moralische Frage.«

»Nachdem man mich gefangen genommen hatte«, erzählte Barin, »war es nicht annähernd so schlimm wie das, was Sie mir erzählt haben, aber ich hatte danach eine harte Zeit. Albträume, in denen ich immer wieder diese Männer sah ...«

»Sie wurden gefangen genommen, Sir?«

»Yeah. Ich diente auf einem Tiefraum-Reparaturschiff, der *Koskiusko* ...«

»Dieses Schiff, das die Bluthorde entführen wollte?«

»Genau das. Sie konnten Truppen an Bord schmuggeln, die sich als Flottenangehörige von einem beschädigten Schiff ausgaben. Als unsere Leute erkannten, dass sie es hier mit Betrügern zu tun hatten, liefen sie bereits frei auf dem Schiff herum. Sie erwischten mich, als ich ein Teil, das mein Boss verlangte, aus dem Lager holen wollte ...« Er brach ab, denn ihm kamen mehr Erinnerungen an die sich anschließenden Stunden und Tage, als ihm lieb waren.

»Was haben sie ...? Ich meine, falls Sie es erzählen möchten, Sir.«

»Ich denke, am schlimmsten war es«, sagte Barin, »sich so verdammt hilflos zu fühlen. Sie hatten mich gefesselt und schleppten mich wie ein Päckchen durch die Gegend. Sie brachten drei Menschen vor meinen Augen um, darunter eine Frau, die sie vorher vergewaltigten. Und ich konnte gar nichts tun ... ich, ein Flottenoffizier, ein schimmernder *Serrano!* Ich hatte immer erwartet, falls mal etwas passierte, würde ich richtig reagieren und das Problem lösen. Und sie hatten mich glatt schon niedergeschlagen, ehe ich überhaupt bemerkte, dass etwas nicht stimmte, und …«

»Aber Sie konnten es doch nicht ändern …«

»Nein, aber ich fühlte mich trotzdem schuldig und dachte mir, ich hätte irgendwas tun *müssen!* Der Punkt aber ist der: Ich erhielt anschließend Hilfe. Ich wollte sie gar nicht haben, war überzeugt, ich bekäme nur einen schlechten Eintrag in die Personalakte. Dachte mir, die Albträume und all das wären die gerechte Strafe dafür, dass ich ein so inkompetenter junger Dummkopf war.«

»Und es hat wirklich geholfen?«

»Es hat wirklich geholfen. Hat eine Zeit lang gedauert. Und dabei kam eine Menge anderes Zeug hoch, das ich für völlig irrelevant hielt. Aber es hat geholfen.«

»Vielleicht sollte ich …«

»Das denke ich auch. Geben Sie der Sache zumindest eine Chance, ehe Sie die Flinte ins Korn werfen. Man findet immer Möglichkeiten, das Zeitliche zu segnen, falls die Behandlung nicht funktioniert.«

»Da haben Sie Recht, Sir.« Meharry setzte sich aufrechter hin und streckte die Arme. »Entschuldigung … ich hätte nicht …«

»Was – mich nicht belästigen sollen? Wozu sollen Jigs sonst gut sein?« Barin schlug einen fröhlicheren Ton an. »Natürlich sollten Sie mich belästigen. Schließlich habe ich die entsprechende Ausbildung erhalten. Falls Sie es eines Tages zum Master Chief bringen möchten, müssen Sie es als Ihre Pflicht erkennen, junge Offiziere zu belästigen.«

Meharry brachte ein unsicheres Lachen zuwege. »Ich … kann mir zurzeit kaum vorstellen, mal Master Chief zu werden, Sir.«

»Na ja, und ich kann mir nicht vorstellen, dass ich es mal zum Admiral bringe, aber wenn man bedenkt, wie Angehörige Ihrer und meiner Familie mit der Zeit reifen, sollten wir vielleicht langsam daran arbeiten.«

»Denken Sie ... dass sie sich alle mit solchen Dingen herumschlagen müssen?«

»Mit schlimmen Erinnerungen, mit Zeiten, wo sie das Gefühl haben, sie hätten es verpfuscht? Ich schätze ... ich habe noch nie wirklich darüber nachgedacht, aber ... ich weiß, dass es meiner Tante so geht. Sie spricht aber mit mir nicht darüber.«

»Nein, und Methi nicht mit mir.« Meharry holte tief Luft – einmal, zweimal. »Sir, danke. Ich war ... einfach völlig verzweifelt.«

»Ich weiß. Und womöglich geschieht das erneut, zumindest, bis man Sie behandelt hat. Aber Sie verkörpern viel mehr als nur einen einzelnen Schlag in der Dunkelheit, Gelan Meharry.«

»Und Sie verkörpern viel mehr als nur einen Fehler beim Reparatureinsatz«, fand Meharry mit einer Treffsicherheit, bei der es Barin den Atem verschlug. »Ich wette, Sie haben Ihr Bestes getan, haben versucht, Menschenleben zu retten – womöglich hätten Sie in jedem Fall Leute verloren.«

»Ich bin trotzdem verantwortlich.«

Meharry legte den Kopf schief. »Erzählen Sie mir davon. Sie haben mir zugehört; jetzt höre ich Ihnen zu.«

So stand es in keinem Handbuch für Menschenführung, und Barin war felsenfest überzeugt, dass sich seine Tante nie in einer solche Lage wiedergefunden hatte. Aber er hatte Vertrauen eingefordert; jetzt musste er auch Vertrauen schenken. Davon war er im Innersten überzeugt.

»In Ordnung. Wir hatten einen Rumpfriss, achtern der Schiffskammer, in der ich arbeitete ...«

»Kümmert sich normalerweise nicht ein Chief um so was?«

»Das Verjüngungsproblem«, erklärte Barin. »Nicht genug Chiefs, zu viele Jigs. Eigentlich waren wir für das

Truppendeck eingeteilt, aber sie brauchten einfach uns alle. Da war ich also mit meinem Team. Vom Schott zwischen uns und dem Riss war ausreichend Material abgesplittert, um ordentlich Schrapnell durch die Kammer zu jagen und eine Menge Schaden anzurichten, zusätzlich zu dem Vakuumleck. Als wir eintraten, war es dunkel, kalt, nass und rutschig, und zunächst konnten wir nur einen Meter weit sehen.«

»Klingt nach einer üblen stürmischen Nacht, wie man sie hier erlebt«, meinte Meharry.

»Worüber ich mir am meisten Sorgen machte, das war ein Leck in der Hydraulik«, erzählte Barin weiter. »Man hatte mich davor gewarnt, und klar doch, da fanden wir eins vor. Darüber hinaus sorgte ich mich, ob das Schott halten würde – es stand unter hoher Belastung, und die Luft strömte dort hinaus.« Den nächsten Teil erzählte er besonders schnell – wie sie den großen Flicken montierten, wie sie dann die Anweisung erhielten, die Tanks der Umweltanlage zu kontrollieren.

»Hatten Sie Maulwürfe in Ihrer Einheit?«, fragte Meharry.

»Nein; sie wollten uns einige schicken, hieß es, aber bis dahin konnten wir immerhin die Messgeräte ablesen. Wir hatten jemanden mit einem Chemosensor dabei ...« Er brach ab und schluckte. »Wir haben also eine Notbeleuchtung installiert. Das Deck war natürlich nass, zum Teil auch vereist. Der Luftdruck war stark gesunken, die Temperatur ebenfalls.«

»Dauerte das Gefecht noch an?«

»Yeah. Wir waren jedoch zu beschäftigt, um besonders darauf zu achten. Was ich hätte wissen sollen: wir hatten die falsche Art von Chemosensor dabei, ein Gerät, wie es für den Rest des Schiffes okay war, das aber keine organischen Verbindungen erkennen konnte. Wir hatten da eine Spitze bei den Messwerten ...« Er fuhr mit dem Rest fort, deutete mit Gesten an, wo jeder gestanden hatte, was er zu tun versucht hatte. »Ich konnte mich nicht bewegen, verstehen Sie? Nicht, ohne den Sauerstoff zu verbreiten – er verbreitet sich natürlich ständig, aber die Pfütze aufzurühren, das hätte die Sache beschleunigt. Und Ghormley – er war der Jüngste und Neueste im Team. Mir war nicht klar – ich dachte, ich hätte ihn dazu überredet, still zu stehen, aber er dachte, ich würde mich bewegen ...«

»Er hat es ausgelöst?«, fragte Meharry.

»Er hatte Angst«, sagte Barin. »Ich schätze, als ich den Blick von ihm abwandte, dachte er, ich wollte ihn auch im Stich lassen; das hätte ich natürlich nicht getan ...«

»Natürlich nicht«, sagte Meharry. »Wären Sie einer von dem Schlag gewesen, dann wären Sie gleich als Erstes zur Tür gestürzt und hätten sie alle hochgejagt.« Er spitzte die Lippen. »Der Junge hätte auf Sie hören sollen.«

»Ich habe mich ihm gegenüber falsch ausgedrückt«, sagte Barin.

»Das bezweifle ich. Sie haben dafür gesorgt, dass er länger dort stehen blieb, als er es von sich aus getan hätte, nicht wahr? Und dann ist er in Panik geraten. Dort im Dunkeln und in der Kälte, während er wusste, dass er in etwas stand, was ihn in Fetzen reißen konnte ... Ich begreife ihn, auch wenn er falsch gehandelt hat.«

»Ich konnte ihn nicht aufhalten«, fuhr Barin fort. »Und wäre ich über den Chemosensor so im Bilde gewesen, wie ich hätte sein müssen, wäre es ohnehin nicht passiert ... wir hätten von Anfang an gewusst, dass wir es mit einem Methanleck zu tun hatten. Zwei Tote, mehrere Verletzte, weil ich die Umwelttechnik für langweilig hielt ...«

»Ich schätze, mit Schuldgefühlen kennen Sie sich

wirklich aus«, sagte Meharry. »Wie haben Sie denn nun überlebt, mitten in der Sauerstoffpfütze?«

»Reines Glück«, antwortete Barin. »Ich weiß es im Grunde nicht – ich wurde bewusstlos –, aber man erzählte mir, die Explosion hätte mich zwischen zwei Tanks gerammt. Letztlich bin ich okay geblieben.« Die Bitterkeit im eigenen Ton überraschte ihn selbst.

Meharry zog die Brauen hoch. »Okay? Ein Krankentransport hierher, und dann wie viele Stunde im Regenerationstank?« Er stieß ausgiebig Luft hervor. »Mit allem Respekt, Sir, ich denke, falls ich die Psychopfleger brauche, dann Sie möglicherweise auch.«

»Vielleicht tue ich das«, sagte Barin. Jetzt, wo er alles herausgelassen hatte, erblickte er selbst die Ähnlichkeit zu seiner früheren Erfahrung, als er sich so unzulänglich gefühlt hatte, weil er nicht alle hatte retten können. »Was dem einen recht ist, wie? Also springt keiner von uns beiden ins Meer, abgemacht?«

»Abgemacht, Sir.« Sie gaben sich die Hand darauf; Barin hatte dabei das Gefühl, dass er in eine weitere Abmachung einschlug – eine, die er noch nicht ganz durchschaute.

Rockhouse Major

Kapitän Terakian bot Esmay an, an Bord zu bleiben, aber sie fand, dass sie seine Gastfreundschaft schon genügend ausgenutzt hatte.

»Bleiben Sie mit uns in Verbindung?«, fragte er. »Ich fühle mich verantwortlich ...«

»Ich komme schon klar«, versprach Esmay. »Ob die Flotte mich nun wieder aufnimmt oder nicht, ich komme klar. Und ja, ich informiere Sie.«

Rockhouse Major verfügte über Herbergen jeder Art und jeder Preisklasse; Esmay stieg in einem bescheidenen Hotel ab, wo sie sich den Aufenthalt auf Wochen leisten konnte, falls es nötig wurde. Sie verstaute ihre wenigen Sachen, verzog das Gesicht bei dem Gedanken, sich vielleicht neue Kleidung kaufen zu müssen, und machte sich auf die Suche nach einem Kommunikationsnexus. Dort schlug sie »Brun Meager« in der Datenbank von Rockhouse Major nach und fand lange Meldungen über sie vor, jedoch keine Adresse. Sie machte das Unterverzeichnis für Adressen ausfindig und probierte es erneut. Nicht öffentlich abrufbar. Na ja, das war sinnvoll. Sie gab »Brun Meager: erreichbar über?« ein und erhielt einen Namen angezeigt, den sie noch nie gehört hatte: »Katherine Anne Briarly«. Eine Suche danach lieferte nur eine Kom-Nummer. Esmay kopierte sie auf ihren Handcomputer, suchte eine abhörsichere Funkkabine auf und wählte die Nummer. Auf dem Monitor erschien die Meldung: »Verzeihung, wir haben es hier mitten in der Nacht. Falls ein Notfall vorliegt, drücken Sie die 0; andernfalls drücken Sie die 1 und geben eine Nachricht in meinen morgendlichen Empfangskorb.«

Option 1 bot ihr weitere Alternativen: Stimme, Text, Video. Esmay entschied sich für eine Tonaufnahme und wartete das Antwortsignal ab. »Hier spricht Esmay Suiza, früher Offizier beim Regular Space Service«, sagte sie. »Ich muss mit Brun Meager in Verbindung treten; zur Zeit befinde ich mich auf Rockhouse Major im Stellar Inn, Zimmer 1503.«

Sie wusste nicht mal, in welcher Zeitzone sich Brun aufhielt – mal vorausgesetzt, sie war überhaupt im hiesigen Sonnensystem. Esmay kehrte ins Stellar Inn zurück und fragte sich, ob sie nicht doch besser an Bord der *Fortune* geblieben wäre – vergeudete sie wirklich Geld, wie Goonar gesagt hatte? Aber die schiere Anonymität und fade Leere der Hotelzimmer – die matten Farben und schlichten Flächen, die sich so stark vom Terakian-

Dekor abhoben – halfen ihr, sich in Ruhe zu überlegen, was sie Brun sagen wollte, was Brun womöglich für sie tun konnte. Hier vor Ort erschien ihr die ganze Entscheidung, sich an sie zu wenden, gleich weniger sinnvoll.

Sie streckte sich auf der beige und cremefarbenen Tagesdecke aus und drehte die Beleuchtung herunter. Sie konnten genauso gut versuchen zu schlafen ...

Das Piepen des Kom-Geräts weckte sie aus einem Traum von Altiplano – diesmal nicht von Barin –, wo sie aus irgendeinem Grund, der in der Traumlogik verborgen lag, auf einem Apfelbaum gesessen und bunte Bänder ineinander verflochten hatte, während Kinder unten Verse sangen. Sie streckte die Hand nach dem Apparat aus und warf einen Blick auf die Zeitangabe. Sechs Stunden seit der Rückkehr ins Zimmer – sie hatte mehr als genug geschlafen.

»Esmay Suiza?«, erkundigte sich eine Frauenstimme. Sie hörte sich nicht nach Brun an, die immer noch heiser und kratzig geklungen hatte, als Esmay sie das letzte Mal hörte.

»Ja«, antwortete sie.

»Hier spricht Kate Briarly. Haben Sie eine abhörsichere Verbindung im Zimmer?«

»Nein – aber unten im Foyer.«

»Hier ist meine Tagesnummer ...«

In der abhörsicheren Funknische wählte Esmay die Nummer, die sie gerade erhalten hatte. Der Monitor leuchtete fast sofort auf, und die Aufnahme zeigte sowohl Brun – immer noch unverkennbar! – als auch eine weitere blonde Frau, die ein paar Jahre älter wirkte.

»Esmay – was soll das mit dem ehemaligen Offizier? Hast du den Dienst quittiert, oder haben sie dich hinausgeworfen?«

»Hinausgeworfen«, erzählte Esmay, unerklärlich aufgeheitert von Bruns sachlichem Ton. »Du hast es sicher noch nicht gehört... Barin und ich haben geheiratet...«

»Schön für euch! War das der Grund?«

»Ja ... es ist ziemlich kompliziert. Ich möchte mit dir reden, wenn es geht.«

»Ah – du hast Kate noch nicht kennen gelernt...« Brun deutete mit dem Kopf auf die andere Frau. »Kate Briarly stammt aus der Lone Star Konföderation und hilft mir seit einiger Zeit, auch in Sicherheitsfragen. Nach dem Mordanschlag und all dem sind wir lieber vorsichtig.«

»Gut so«, meinte Esmay.

»Aber du musst auf den Planeten kommen, damit wir uns unterhalten können. Zweimal täglich geht ein Shuttle nach Rockhouse Minor, ausschließlich für Zivilisten; eine Menge Leute benutzen es einfach für Besichtigungstouren, und von dort aus werden auch Ausflüge auf den Planeten veranstaltet. Sobald du auf Rockhouse Minor bist, gehe sofort in Sektion B; nenne dem Wachtposten am Privateingang deinen Namen und sage, dass du erwartet wirst. Man wird dich dann zu einem Warteraum für Fluggäste privater Shuttles durchwinken. Niemand wird dich belästigen.« Sie wandte sich an Kate. »Sollten wir hinauffliegen, um sie zu treffen?«

»Ich würde es deinem Personal überlassen«, sagte Kate.

»Also gut. Ein Steward informiert dich, sobald das Shuttle bereit ist ... mal sehen ... du kannst das Rockhouse-Minor-Shuttle in etwa drei Stunden erreichen...«

»Falls nicht alle Plätze besetzt sind«, wandte Esmay ein. »Wird es gewöhnlich im Voraus gebucht?«

»Ja, bleibt aber trotzdem meist halb leer. Wende dich an die Concierge; diese Leute haben großen Einfluss auf die Verkehrsgesellschaften. Falls du dieses Shuttle erreichst, bist du schon zwei Stunden eher da, als jemand dort oben sein kann, um dich abzuholen.«

Rockhouse Minor war ruhiger als Rockhouse Major – es ging hier weniger geschäftig zu. Esmay spazierte durch mit Teppichen ausgelegte Flure; daran grenzten exklusive Geschäfte, deren Schaufenster wie Kunstausstellungen dekoriert waren – klein, mit Edelsteinen besetzt, bezaubernd. Hier ein einzelner Schuh, mit Perlenschnüren behangen; dort ein Schal hinter einem Diamanthalsband. Eine antike Uhr, eine Kristallkaraffe.

Sektion B erwies sich als noch luxuriöser – der Teppichboden war tiefer und schwang sich im Bogen bis auf halbe Höhe der Wände; gepolsterte Stühle standen einer Reihe von Aquarien gegenüber, von denen jedes eine Sammlung seltenen Meereslebens beherbergte: der lassaferanische Schneckenfisch mit seiner lang gezogenen Purpurflosse wirkte so unwahrscheinlich, wie sein Name klang.

Vor sich erblickte Esmay eine Barriere, gestaltet wie ein gewaltiges Kunstwerk aus Tuch, mit einem Wachhäuschen vor einer Lücke im Stoff. Der Wachmann schien allein und unbewaffnet, aber Esmay bezweifelte, dass dieser Eindruck der Realität entsprach.

»Kann ich Ihnen helfen, Sera?«, fragte er, als sie herantrat.

»Ja, danke. Ich bin Esmay Suiza. Ich werde erwartet.« Sie kam sich bei diesen Worten albern vor, obwohl sie zutrafen.

»Ah ... ja. Verzeihen Sie, Sera Suiza, aber darf ich Ihre Ausweise sehen?«

Esmay überreichte die Mappe, und er sah sie durch. »Falls Sie bitte einfach die Finger beider Hände hier drauflegen würden ...« Sie tat wie geheißen. »Danke,

Sera; tut mir Leid, dass ich Sie aufgehalten habe. Sie können hindurchgehen.«

Als sie die Öffnung durchquerte, sah Esmay, dass direkt hinter dem Wandbehang ein großer, effizient organisierter Wachraum lag, wo ein halbes Dutzend Uniformierte an Sensoren saßen, darunter einem Vollspektrum-Scanner des Korridors, durch den Esmay gerade gekommen war.

Voraus erwarteten sie im Bereich der Warteräume weitere gepolsterte Sitzgruppen, aber auch eine Zone mit Tischen und Schreibtischen. Sie sah ein paar Leute an einem Tisch sitzen und sich unterhalten ... einen älteren Mann, der lässig in einem der Sessel saß ... sonst niemanden. Sie suchte sich einen Sessel aus und ließ sich hineinsinken. Fast sofort trat ein Steward in grüner Weste auf sie zu. »Wünscht die Sera eine Erfrischung?«

»Nein, danke«, antwortete Esmay. Was immer man hier servierte, es kostete zweifellos viermal so viel wie die gleichen Speisen und Getränke andernorts.

»Sera Meager wollte sicherstellen, dass Sie es auch bequem haben«, sagte der Steward. »Dies ist der Privatsalon der Barracloughs, Sera, und alle Erfrischungen sind frei erhältlich. Das Shuttle hat etwas Verspätung; es wird mehrere Stunden dauern ...«

Esmay hatte vor ihrer Abreise auf Rockhouse Major gegessen, aber das lag jetzt Stunden zurück. »Sie haben nicht vielleicht etwas Suppe?«, fragte sie.

»Die haben wir tatsächlich, Sera«, antwortete der Steward, der jetzt fröhlicher wirkte. Als das Shuttle schließlich eintraf, war Esmay zu dem Schluss gelangt, dass sie, falls sie nicht wieder zur Flotte zurückkehren konnte, für jemanden arbeiten wollte, der ein solches Leben führte. An diesen Luxus konnte sie sich mühelos gewöhnen.

Das Shuttle setzte über sanft ansteigenden Hügeln mit grünen Feldern und Obstgärten zur Landung an ... hier war es viel grüner als die Gegend auf Altiplano, aus der Esmay stammte, und es gab auch kein Hochgebirge in der Nähe. Als sich die Maschine auf den Landeplatz senkte, entdeckte Esmay ein kleines Steinhaus und ein paar Bodenfahrzeuge, und dann, als das Shuttle ausrollte, zwei blonde Frauen, die ihr zuwinkten. Esmay wappnete sich für die Kraft von Bruns Persönlichkeit, als der Steward die Shuttletür öffnete. Brun hatte sicher ihr eigenes Programm für Esmays Besuch; sie brauchte Bruns Hilfe, aber es wurde vielleicht zum Problem, auf Kurs zu bleiben. *Ich bin nicht gekommen, um über Mode zu sprechen,* übte sie in Gedanken. *Ich bin hier, um zur Flotte zurückzukehren.*

Kapitel fünfzehn

Der Docksplatz der *Terakian Fortune* auf Rockhouse Major reichte nicht ganz für den gesamten Pavillon, also hatte Basil nur das Schild aufhängen und das halbe Büromobiliar aufstellen lassen. Während die zusätzlichen »Crewmitglieder« bei den Nachforschungen der Flotte halfen und nachdem alle Frachten für Rockhouse entladen waren, versuchte er die aktuellen Raum- und Masse-Kapazitäten abzuschätzen. Ob irgendwelche von den Schauspielern zurückkamen? Er hoffte es; Goonar war brummiger als seit Jahren und murrte über verlorene Zeit und vergeudeten Platz ...

»He da!« Basil blickte auf und sah einen großen, dünnen Mann mit eckigen Schultern, der an der Tür stand. Basil gefiel sein Ton nicht. Der Kerl übte irgendwo Befehlsgewalt aus, sah aber gar nicht nach dem Geschäftsmann aus, den sein Anzug andeutete. Definitiv Militär. Ex-Flottenoffizier? Nicht wirklich ex, wenn man diese Austrahlung von Autorität erlebte.

»Ja?«, fragte Basil.

»Wie viele Passagiere können Sie an Bord nehmen?«

Basils Nackenhaare sträubten sich; er spürte die Rauheit richtig am Hemdkragen. »Gewöhnlich fünf«, antwortete er. »Ich muss jedoch erst beim Kapitän nachfragen; es sind schon vorläufige Reservierungen eingegangen.« Er wollte Bethya wieder auf dem Schiff haben, selbst wenn er sie am Bein reinzerren und in Goonars Kabine schubsen musste.

»Ich nehme die Plätze«, sagte der Mann. »Bar auf den Tisch – sagt man das nicht so bei euch Freihändlern?«

»Setzen Sie sich, und ich rufe den Kapitän«, sagte Basil.

»Ich warte hier«, versetzte der Mann. Basil fiel auf, wie er dort stand, teilweise gegen die Sicht von der betriebsamen Promenade draußen geschützt und in einer Haltung, um rasch davonzuspringen, sei es nach innen oder nach draußen. Basil hatte eine solche Haltung selbst schon mehr als einmal eingenommen, wenn Hafenprobleme drohten. Er ging zur Innentür, durchquerte sie, drückte den Rufschalter für Goonar und kehrte sofort ins Büro zurück. Der Mann hatte sich nicht vom Fleck gerührt und bedachte ihn mit sardonischem Lächeln.

»Der Kapitän ist unterwegs«, sagte Basil.

Als Goonar eintraf, wirkte er müde und deprimiert, grüßte den Fremden jedoch höflich, wie er es stets tat.

»Passagierplätze? Fünf Kabinen, aber nur schlichte. Wir sind kein Passagierliner.«

Der Mann warf Basil einen sauren Blick zu und wandte sich wieder Goonar zu. »Ihr ... Mitarbeiter ... sagte, eine dieser Kabinen wäre per vorläufiger Reservierung belegt. Ich würde gerne jetzt gleich bar für sie alle bezahlen.«

»Wir haben schon eine Einzahlung erhalten«, sagte Goonar. Basil entspannte sich etwas; Goonar stützte ihn. »Und wir treten von einem Geschäft nicht zurück, nachdem man uns schon bezahlt hat.«

»Sie sprachen von fünf Kabinen«, sagte der Mann.

»Insgesamt, ja. Vielleicht sind fünf frei – falls die Person, die reserviert hat, nicht erscheint –, aber ansonsten stehen vier zur Verfügung. Wohin möchten Sie?«

»Das braucht Sie nicht zu kümmern«, entgegnete der Mann. »Ich möchte bis Millicent bei Ihnen mitfahren.«

»Hmm. Ich vermute, Ihre Papiere sind in Ordnung und die der übrigen Fahrgäste auch?«

»Natürlich; wofür halten Sie mich?«, sagte der Mann, und Basil war auf einmal überzeugt, dass er log.

»Ich frage das, weil wir keine Flüchtlinge befördern«, sagte Goonar phlegmatisch, »und uns auch nicht auf irgendwelche politischen Machenschaften einlassen. Wir nennen unsere Passagiere auf dem Manifest, das wir vor dem Start dem Stationsmeister vorlegen, wie es die regulären Fahrgastschiffe tun. So sieht die Geschäftspolitik von Terakian & Söhne aus, und es ist meine Pflicht als Kapitän eines Schiffes von Terakian & Söhne, jeden darüber zu informieren, der von uns befördert werden möchte.«

Der Mann grinste höhnisch. »Ich wette, Sie machen sich nicht diese Mühe, wenn Sie es mit einem hübschen Mädchen zu tun haben.«

»Ganz im Gegenteil, Ser. Das Unternehmen ist sehr wählerisch, ganz unabhängig von Alter oder Geschlecht des Fahrgasts, um Verwicklungen zu vermeiden.« Basil war mit jeder Stimmung und jedem Tonfall Goonars vertraut und bemerkte den Anflug von Neugier, der hinter diesem flachen, unverbindlichen, fast langweiligen Ton steckte. Also hatte Goonar auch Witterung aufgenommen.

»Na ja, für mich ist das kein Problem«, sagte der Mann. Er streckte sich, als fühlte er sich rundum wohl, aber Basil wusste, dass diese Streckung so einstudiert war und absichtlich erfolgte wie Goonars glatter, unverbindlicher Ton. Und als der Mann dabei die Arme über den Kopf ausstreckte, erwischte Basil den Eindruck von etwas unter seiner Jacke, was nicht unter die Achselhöhle eines gewöhnlichen Geschäftsmanns gehörte.

»Gut«, sagte Goonar. »Unsere Fahrt von hier bis Millicent dauert sechzehn Tage ...«

»Sechzehn Tage ...! Ist das nicht ziemlich geruhsam?«

»Wir sind kein schnelles Fahrgastschiff, Ser, sondern primär ein Frachtschiff.«

»Hmpf. Ich habe selbst einige Zeit auf Schiffen verbracht, Kapitän; ich habe mein Schiff verloren, als ... ähm ... das Unternehmen einen Prozess verloren hatte. Deshalb bin ich auf Rockhouse. Sie haben es verkauft, um die Geldstrafe zu bezahlen.«

Basil grunzte. Das war eine dumme Lüge, falls es eine Lüge war, woran er fest glaubte: Gerichtsverfahren waren öffentliche Angelegenheiten und nachprüfbar. Und er würde es nachprüfen.

»Ich kenne die Route, Kapitän«, fuhr der Mann fort. »Man kann sie um mehrere Tage abkürzen ... und damit Ihre Gewinne steigern.«

»Man hat es dabei mit einer Fluxkurve zu tun«, wandte Goonar ein, »falls wir hier von dieser gelben Route sprechen.«

»Oh, das – so wird immer behauptet«, sagte der Fremde. »Man würde es nie bemerken; die Raumflotte hat das gelbe Etikett nur deshalb draufgeklebt, weil sie die schnelleren Routen für sich reservieren möchte.« Dann breitete er die Hände aus, als fände er, er müsste es näher erklären: »Der Vetter meiner Frau dient bei der Raumflotte. Er hat es mir erzählt.«

»Na ja, ich führe die alte *Fortune* jedenfalls nicht auf eine gelbe Route, nur um ein paar Tage zu sparen«, erklärte Goonar. »Die Firma würde mir das Fell über die Ohren ziehen.«

Basil sah, wie die Hand des Fremden zuckte, eine unwillkürliche Bewegung, die er rasch unter Kontrolle bekam.

»Nicht mal, wenn ich Ihnen einen Bonus anbiete? Wir müssen wirklich schneller als in sechzehn Tagen auf Millicent sein.«

»Was können ein paar Tage schon ausmachen?«, wollte Goonar wissen. »Millicent ist sowieso langweilig.«

Das Gesicht des Fremden wurde härter. »Für mich ist es wichtig«, sagte er. »Der Grund geht Sie nichts an. Ich bezahle Ihnen einen Aufschlag dafür, dass Sie die schnelle Route nehmen, und ich versichere Ihnen, dass die Fluxkurve belanglos ist – ich habe diesen Weg häufig selbst genommen. Nicht die kleinste Abweichung.«

Eine rötliche Färbung stieg an Goonars Hals hoch. »Ich setze mein Schiff nicht auf die bloße Behauptung eines Fremden aufs Spiel.«

»Auch nicht für den anderthalbfachen Fahrpreis? Mann, das bringt Ihnen an sich schon einen netten Gewinn ein ...«

»Es würde nicht für das Schiff aufkommen, falls etwas schief ginge. Sie setzen womöglich nur das eigene Leben aufs Spiel; ich riskiere mein Schiff und meine Familie. Nein.«

»Ihr *Schiff!*« Der Mann kräuselte die Lippen, und Basil fiel auf, wie er die Fäuste so kräftig ballte, dass die Knöchel weiß hervortraten. Basil verlagerte das eigene Gewicht selbst ein wenig und machte sich für alle Fälle bereit. »Ihr Schiff ist nichts weiter als ein dickbäuchiger alter Trampfrachter ...«

Weiße Flecken tauchten rings um Goonars Mund auf. »Wenn ich Sie richtig verstehe, möchten Sie also gar nicht mit uns fahren«, sagte er. »Seien Sie so freundlich und verschwinden Sie aus dem Büro.«

»Sie ... Sie Idiot!« Der Mann drehte sich auf den Fersen um und marschierte davon; Basil beugte sich zur Tür hinaus und blickte ihm nach, während er sich entlang der Händlerpromenade entfernte.

»Ich vermute, wir hätten uns nach seinem Namen erkundigen sollen, ehe wir ihn verjagten«, sagte Goonar. Seine normale Gesichtsfarbe kehrte zurück. »Hat er wirklich gedacht, ich ließe mich von ihm in eine Falle locken?«

»Was für eine Falle?«

»Du hast genauso gut erkannt wie ich, dass es sich um einen Soldaten handelt. Vielleicht ein Meuterer, oder vielleicht einfach ein übler Geselle, der vor Jahren hinausgeworfen wurde und sich als Pirat betätigt.«

»Ich frage mich, was er auf Millicent möchte.«

»Ich frage mich, wozu er uns auf diese gelbe Route locken wollte.« Goonar schnitt ein finsteres Gesicht. »Falls ich mich korrekt entsinne, findet man dort einen zusätzlichen Sprungpunkt mit Zwei-Stunden-Transit. Man muss mit geringer Geschwindigkeit hinunterspringen, das Schiff neu ausrichten … mit anderen Worten: die perfekte Stelle für einen Angriff. Dazu bräuchte man jedoch ein weiteres Schiff.«

»Huh! Falls wir darüber informiert wären, könnten wir dem anderen Schiff eine Falle stellen und eine Belohnung kassieren.«

»Wir könnten aber auch ums Leben kommen, Basil.« Goonar schüttelte den Kopf. »Mir gefällt das überhaupt nicht. Er wird jemand anderen finden, der ihn auf dieser Route mitnimmt, ihn und seine Spießgesellen, wer immer das ist. Ist dir noch etwas aufgefallen?«

Basil rasselte alles herunter, jedes Detail, das er bemerkt hatte: die Art, wie der Mann an der Tür gestanden hatte und sich nicht setzen wollte, bis hin zu seinem Zusammenzucken, als Goonar erwähnte, die Väter könnten ihm das Fell über die Ohren ziehen …

»Die Ohren?«, überlegte Goonar. »Jetzt frage ich mich doch …«

»Was?«

»Basil … erinnerst du dich an Esmays Ausführungen? An die Gerüchte, dass die Meuterer Anhänger Lepescus wären und Ohren als Kriegsbeute nähmen?«

»Also … gehört er zu den Meuterern.«

»Womöglich. Ich vermute, Piraten könnten ihren Opfern auch die Ohren abschneiden. Aber ich wünschte, wir hätten seinen Namen in Erfahrung gebracht.«

»Wir haben jedenfalls einen Teil seiner ID«, sagte Basil. Er hätte fast lachen können über Goonars erschrockene Miene.

»Wie? Er ist ja nicht ganz hereingekommen, geschweige denn, dass er sich gesetzt hätte.«

»Nein – aber er hat seine Hände an den Türrahmen gelegt, und ich denke nicht, dass er Handschuhe trug. Und ... da er bequemerweise an einer Stelle stehen blieb, konnte ich die Büroscanner so einstellen, dass sie ihn aufnahmen. Falls du daran denkst, beim Stationsmeister Punkte gutzumachen, können wir die Daten aufrufen ...«

»Nicht beim Stationsmeister«, erwiderte Goonar. »Bei der Flotte. Aber unternimm etwas, Basil, um diese Fingerabdrücke an der Tür zu bewahren ... dieser Bursche könnte glatt zurückkommen und sie selbst wegwischen, falls es ihm einfällt.«

»Klar.« Basil ging zur Tür und blickte hinaus. Und da war der Mann wieder, kam auf sie zu, blieb aber abrupt stehen, als Basil auftauchte. Basil lungerte nun an Ort und Stelle herum, legte die eigene Hand an den Türrahmen, wenn auch eine Handspanne über den Abdrücken des anderen, und erwiderte dessen Blick. Das machte Spaß! Es machte fast so viel Spaß, wie das Gesicht des anderen neu zu arrangieren, worauf Basil später eine Chance zu erhalten hoffte. Falls er einen Meuterer ordentlich durchprügelte, würde niemand allzu viele Einwände erheben. Schließlich zuckte der Fremde die Achseln, wandte sich ab und duckte sich in eine der kleinen Einkaufs-Passagen, die auf die Hauptpromenade mündeten.

»Ruf jetzt an!«, sagte Basil über die Schulter zu Goonar. »Deine Instinkte haben Recht behalten; er war auf dem Weg zurück.«

»Ich vermute, du hast deine Hand nicht an dieselbe Stelle gelegt«, sagte Goonar.

»Ich doch nicht. Ich hatte schon genug Streit, um es besser zu wissen.«

»Bei dir kann man sich wirklich drauf verlassen ... Ich frage mich, ob ihn das täuschen konnte. Ich gehe auf höchste Sicherheitsstufe«, setzte Goonar hinzu und sagte dann nichts weiter. Basil vermutete, dass er am Kom saß und mit der Raumflotte redete, aber kein Ton durchdrang die Sicherheitsabschirmung. Basil beschäftigte sich in der kleinen Wartezone vor dem Büro, eilte geschäftig mal hinein, mal wieder heraus, schleppte Kartons und stapelte sie. Unter der Annahme, dass er beobachtet wurde, sorgte er dafür, wiederholt an den Türrahmen zu stoßen oder ihn anzufassen, wobei er jedes Mal die Stelle vermied, wo der andere Mann – wie er hoffte – die Fingerabdrücke hinterlassen hatte.

Langsam gingen ihm die Ideen aus, wie er dieselben paar Kartons neu arrangieren konnte, als jemand ihn von der Promenade aus anredete. »*Terakian Fortune!*«

»Ja?«, fragte Basil und drehte sich um. Zwei Männer in Flottenuniformen. Fantastisch! Jetzt wusste der geheimnisvolle Fremde natürlich, dass sie geplaudert hatten.

»Haben Sie einen ehemaligen Flottenoffizier namens Esmay Suiza befördert?«, fragte der Größere der beiden laut.

»Suiza? Warum?«, fragte Basil und war genauso missmutig, wie er klang.

»Wir suchen sie«, antwortete der Mann. »Ich bin Commander Tavard. Sie wissen doch, dass eine Meuterei im Gang ist?«

»Ja.«

»Na ja, die Flotte ruft alle ehemaligen Offiziere zurück und bietet ihnen erneut Patente an. Jedenfalls –

man sagte uns, Esmay Suiza wäre Fahrgast auf Ihrem Schiff gewesen. Trifft das zu?«

»Suiza von Altiplano?« Das waren die Worte eines Müßiggängers, der gerade durchs Dock spazierte. »Die Heldin von Xavier?«

Commander Tavard verdrehte die Augen, und seine Mundwinkel zuckten. »Genau die«, sagte er und wandte sich wieder an Basil. »Dürfen wir an Bord kommen und mit Ihrem Kapitän reden? Oder mit Suiza, falls sie da ist?«

»Sie ist derzeit nicht hier, aber unseren Kapitän können Sie sprechen. Er weiß vielleicht, wohin sie gegangen ist. Folgen Sie mir.« Basil schaltete das äußere Umgrenzungsfeld ein, das nicht annähernd so gut war wie das im Büro, aber es würde reichen, den Spaziergängern einen Strich durch die Rechnung zu machen.

»Irgendwas, was wir nicht anfassen sollten?«, fragte Commander Tavard leiser.

Basil grinste vor sich hin. Es ging also gar nicht um Esmay ... es war die Reaktion auf Goonars Anruf. »Hier hindurch«, sagte er, öffnete die Bürotür mit überschwänglicher Geste und winkte sie hindurch – wobei der ausholende Arm ganz zufällig die Türseite mit den Fingerabdrücken schützte.

»Kapitän«, sagte Basil, obwohl Goonar bereits alarmiert und auf den Beinen war. »Darf ich Commander Tavard vorstellen? Er möchte uns Fragen nach Esmay Suiza stellen. Er sagt, man möchte sie wieder in die Flotte aufnehmen.«

»Freut mich, Sie zu sehen, Commander«, sagte Goonar. Basil fiel sofort auf, dass der Sicherheitsschirm des Büros abgeschaltet war, und wandte sich mit hochgezogener Braue an Goonar, der jedoch den Kopf schüttelte. »Sera Suiza ist eine feine junge Frau; es geht über meine Begriffe, wieso sie entlassen wurde.«

»Ein Missverständnis«, sagte Commander Tavard. Er

deutete mit dem Kopf auf seinen Begleiter, ohne ihn vorzustellen, und der Mann öffnete seinen Aktenkoffer und holte Apparate hervor, wie sie Basil auch schon bei Stations-Sicherheitsdiensten gesehen hatte, die damit Beweise sicherten. »Es hätte nie passieren dürfen. Wir konnten sie jedoch zunächst nicht finden. Ich weiß, dass Sie sie auf dem Schiffsmanifest genannt hatten, aber offen gesagt, ist niemand auf die Idee gekommen, die Manifeste von Frachtschiffen zu kontrollieren. Die örtliche Dienststelle war überzeugt, sie hätte unter einem neuen Namen eine Yacht gemietet oder so was.«

Basil verfolgte mit, wie der kleinere Mann die richtige Seite des Türrahmens mit einem Streifen aus irgendeinem durchsichtigen Material abdeckte und dabei so zu Werk ging, dass niemand vom Dock aus etwas sehen konnte. Basil selbst stand auf einer Position, von der aus er durch die schmale Lücke blicken konnte, die er frei gelassen hatte. Er konnte nicht umhin, die Ausrede zu bewundern, die der Commander vorgetragen hatte. Als der zweite Offizier den Streifen wieder abgezogen, mit einem Fixativ besprüht und ordentlich in der Beweistasche verstaut hatte, überreichte Basil ihm den Datenwürfel, auf den Goonar deutete – zweifellos eine Kopie ihrer ursprünglichen Scannerdaten.

»Ich verstehe ja, warum Sie sie zurückhaben möchten«, sagte Goonar, »aber sie ist nicht hier.«

»Erwarten Sie sie zurück? Hat sie Gepäck zurückgelassen?«

»Nein – sie sagte uns, sie würde zum Flottenhauptquartier auf Castle Rock hinabfliegen. Ich denke, sie hoffte, irgendwie wieder aufgenommen zu werden.«

»Falls das so ist, hat man uns noch nicht informiert. Aber ich tätige mal ein paar Anrufe und prüfe das nach. Oh, nebenbei: Es könnte nicht schaden, wenn Sie vor Meuterern auf der Hut sind, die Kontakt zu Zivilschiffen herzustellen versuchen; uns liegen Berichte über

Angriffe vor, bei denen es sich vielleicht um Piratenakte handelte, vielleicht aber auch um Meuterer-Aktivität. Sie erhalten morgen oder so eine Warnmeldung der Raumflotte, sobald wir die Daten richtig verarbeitet haben, aber ich empfehle Ihnen nachdrücklich, nur grüne Routen zu benutzen, selbst wenn Sie normalerweise auch mal eine gelbe nehmen, um Zeit zu sparen. Und sollte irgendjemand an Sie herantreten und um eine schnelle oder geheime Passage nachsuchen, dann hoffe ich, dass Sie uns informieren.«

»Natürlich«, sagte Goonar und grinste den Commander an. »Aber ... es wurde doch nicht zufällig eine Belohnung ausgesetzt?«

»Nein«, antwortete der Commander und grinste zurück, wobei es ihm gelang, trotzdem einen prüden und missbilligenden Ton anzuschlagen. »Ich denke mir, dass Sie schon aus eigenem Interesse das Richtige tun. Falls diese Meuterer Schiffe aufgrund von Informationen ausplündern, die sie von zivilen Kapitänen erhalten haben, dann würden Sie sich wünschen, Sie wären weniger habgierig gewesen.«

Goonar nickte anerkennend über diese Ansprache und ließ eine passende Antwort vom Stapel: »Ich würde es nicht habgierig nennen«, wandte er ein. »Ich spreche in einem solchen Fall von einem anständigen Profit aus eingegangenen Risiken, worum Sie sich ja nicht zu sorgen brauchen, da meine Steuern für alle Ihre Auslagen aufkommen.«

»Ich habe nicht vor, mit Ihnen zu streiten«, sagte der Commander. »Ich hoffe nur, dass Sie das Richtige tun ... oder Sie bedauern es eines Tages.«

Die beiden Männer gingen, gefolgt von Basil und Goonar; der Commander drehte sich auf dem Dock zu ihnen um. »Falls Sie Suiza sehen, informieren Sie uns bitte. Und denken Sie an das, was ich Ihnen erklärt habe ...«

»Ich werde daran denken«, versprach Goonar. »Kümmern Sie sich um Ihre kostbare Raumflotte, und wir treiben weiter Handel.« Als die beiden Offiziere außer Sicht waren, wandte sich Goonar an Basil: »Was das für ein Haufen pompöser Trottel ist!«, sagte er. »Als ob ich Unruhestifter nicht von allein erkennen würde.« Er kehrte ins Büro zurück, gefolgt von Basil, der sich fragte, wer das Publikum für dieses kleine Drama gewesen war und wie es die Aufführung gefunden hatte.

Castle Rock, privates Shuttlefeld von Appledale

»Tut mir Leid, dass ich so heimlichtuerisch gewesen bin«, sagte Brun, »aber dieses zweite Attentat hat alle Verschwörungstheoretiker in Hochform versetzt. Obwohl die Benignität die Verantwortung übernommen hat ...«

»Hat sie?«

»Oh ja! Ganz offiziell vor dem Großen Rat. Anscheinend haben Sie einen Attentäter als Fechtlehrer eingeschmuggelt.«

»Als Fechtlehrer?« Esmays Gedanken überschlugen sich in dem Versuch, dieses unbekannte Wort mit dem Großen Rat in Verbindung zu bringen.

»Schwertkampf«, erläuterte Kate. Sie lächelte Esmay an. »Das Wort hat mich auch aus dem Konzept gebracht, als ich es zum ersten Mal hörte.«

»Es klang jedenfalls fantastisch genug, sodass eine Menge Leute nicht daran glauben«, fuhr Brun fort. »Sie dachten, unsere Familie steckte vielleicht dahinter, um uns an Hobart für den Mord an meinem Vater zu rächen.«

»Er war es?« Esmay hatte das Gefühl, mehr als nur

etwa einen Monat Zeit verpasst zu haben und mit Hochgeschwindigkeit in die Zukunft gerissen zu werden. »Ich hatte überhaupt nichts davon gehört …«

»Tatsächlich war er es nicht selbst. Nicht direkt. Einer seiner Handlanger hat es getan, in der Hoffnung, sich damit bei Hobart einzuschmeicheln.«

»Warte mal …« Esmay hob die Hand. »Dein Vater wurde erschossen, nicht wahr? Oder hat man auch ihn mit dem Schwert niedergestochen?«

»Erschossen, ja. Und alle dachten fälschlich, es wäre die Neutex-Miliz gewesen. Aber Pedar – der Mann, der den Auftrag gab – ließ Lady Cecelia gegenüber genug Andeutungen fallen … Du kennst doch Lady Cecelia?«

»Nein, aber ich habe von ihr gehört«, antwortete Esmay. »Wer ist Pedar?«

»Ein Idiot«, erklärte Brun. »Ein entfernter Verwandter Hobart Consellines und eine echte Plage. Hobart hatte ihn zum Außenminister berufen.«

»Also – wenn du weißt, dass er es war, was hast du unternommen?«

Brun und Kate blickten sich an. »Das ist auch so eine schwierige Geschichte«, erzählte Brun. »Meine Mutter hat ihn bei einem Fechtkampf umgebracht – versehentlich.«

Esmay holte tief Luft und ließ sie langsam wieder heraus. »Deine Mutter hat den Mörder ihres Mannes *versehentlich* umgebracht?«

»So steht es im Bericht«, sagte Brun. »Mutters Florett ist zerbrochen, sodass eine scharfe Spitze entstand, und Pedars Maske hatte eine Schwachstelle. Natürlich findet man Leute, die auch das nicht glauben. Der Zeitpunkt hätte vom Standpunkt der Familie aus nicht schlechter gewählt sein können.«

Eine Schwachstelle war vielleicht Zufall – zwei ergaben ein verdächtiges Zusammentreffen. Esmay sagte nichts und wartete.

»Es war ein altes Florett«, erzählte Brun weiter. »Eine Antiquität. Ich habe keine Ahnung, warum sie mit antiken Stücken fochten. Wahrscheinlich steckte Pedar dahinter; er war so ein Typ. Er hielt das Alte für elegant.«

»Und dann ist es durchgebrochen«, gab Esmay das Stichwort.

»Ja. Soweit wir wissen, starb Pedar mehrere Tage vor dem Mordanschlag auf Hobart – du weißt ja, wie es um den relativen Zeitablauf zwischen verschiedenen Sonnensystemen bestellt ist. Lady Cecelia traf dort ein, kurz nachdem es passiert war.«

Erneut ein praktisches Zusammentreffen. Esmay dachte an den einzelnen kurzen Blick zurück, den sie mal auf Lady Thornbuckle geworfen hatte, am Tag von Bruns Rückkehr nach Rockhouse Major ... die schlanke, elegante Frau, die viel zu zahm für die Mutter einer Person wie Brun gewirkt hatte. Vielleicht war dieser Eindruck trügerisch gewesen ...

»Also geben einige Leute eurer Familie die Schuld, weil sowohl dieser Pedar als auch der Sprecher mit Schwertern getötet wurden?«

»Da steckt mehr dahinter«, sagte Brun. »Wir gehören zum Clan Barraclough, wie du weißt, und Hobart war ein Conselline.« Esmay unterbrach sie nicht mit der Feststellung, dass sie keine Ahnung hatte, was ein Clan war. »Früher gab es mal fünf Clans, heute nur noch zwei. Alle Familien – alle mit Sitz im Großen Rat –, haben sich in diesen beiden Clans versammelt. Beide sind wirtschaftliche und politische Rivalen. Die Consellines haben sowohl Prestige als auch Profit verloren, als das Chaos ans Licht kam, das die Morrellines auf Patchcock angerichtet hatten – diese Sache mit den Verjüngungsmedikamenten.«

»Verjüngungsmedikamente?«

»Ja – das war gleich nach der Schlacht von Xavier. Ich

vermute, damals warst du ganz von dem Prozess in Anspruch genommen. Aber – langer Rede kurzer Sinn: Die pharmazeutischen Werke der Morrellines auf Patchcock stellten Verjüngungsmedikamente her und nutzten dabei ein kostensparendes Verfahren, das minderwertige Produkte hervorbrachte. Da war noch viel mehr im Busch – ein Agent der Benignität, Misshandlung von Arbeitern –, aber in der Folge all dessen verloren die Morrelline-Brüder die Chefsessel im Familienunternehmen an ihre Schwester Venezia, und die Gewinne gingen wie ein Stein unter. Verjüngungsmedikamente waren ihre wichtigste Milchkuh und auch der Grund, warum sie im Clan Conselline solchen Einfluss genossen.«

Esmays Verstand stürzte sich auf die eine Tatsache, die für ihre eigene Erfahrung relevant war: »Warte mal – minderwertige Verjüngungsmedikamente? Weißt du, ob welche davon auch für die Flotte gekauft wurden?«

»Das wurden sie. Anscheinend hatte die Flotte Probleme mit der Verjüngungsbehandlung älterer Unteroffiziere …«

»Ja«, bestätigte Esmay. »Die hatten wir ganz gewiss.«

»Hobart wollte Marktanteile zurückerobern; als er Sprecher wurde, erstickte er Diskussionen und Nachforschungen und machte sich daran, die Verjüngung offensiv wieder auf den freien Markt zu bringen. Die Benignität behauptet, sie hätte ihn deswegen umgebracht.«

»Und derweil«, warf Kate ein, »versuchte Bruns Onkel, sich das Erbe ihres Vaters anzueignen, indem er behauptete, der Vater wäre nicht recht bei Verstand gewesen, denn er hätte die Flotte eingesetzt, um Brun vor der Neutex-Miliz zu retten.«

»Wir dachten, wir hätten die Lage endlich unter Kontrolle«, sagte Brun. »Noch vor den zwei Todesfällen hatten wir Beweise dafür gefunden, dass mein Onkel andere Familienmitglieder durch Einschüchterung dazu bewegt hatte, ihm Vollmacht zu erteilen oder ihre Geschäftsanteile an ihn abzutreten. Das Gericht bestätigte jedoch das Testament meines Vaters, und gegen Harlis laufen Ermittlungen. Aber jetzt ...«

»Es ist ein Chaos«, warf Kate ein.

»Das wundert mich nicht«, sagte Esmay. »Und dann noch die Meuterei!«

»Ja. Die Consellines würden den Barracloughs wahrscheinlich offen den Krieg erklären, falls sie die militärischen Kräfte dafür hätten, aber bislang zeigen sich die Loyalisten in der Flotte standhaft.« Kate legte eine Pause ein. »Die Meuterer ... wir hören Gerüchte, dass einige von ihnen diversen Familien ihre Dienste angeboten haben, darunter auch solchen aus den Reihen der Consellines.«

»Söldner«, sagte Esmay.

»Jep.« Kate klang seltsam fröhlich; Esmay erinnerte sich daran, dass Kate hier nicht beheimatet war. »Hier ist das Haus.«

Appledale erinnerte Esmay ein wenig an das große Haus der Estancia Suiza: geräumig, umgeben von Gärten und Obstplantagen und Nebengebäuden. Brun führte sie in ein Zimmer, das Ausblick auf einen ummauerten Garten und ein Schwimmbecken gewährte.

»So, Esmay, jetzt erzähle du mal, was du an Neuigkeiten weißt«, sagte sie und setzte sich in einen mit Chintz bezogenen Sessel.

Esmay fasste die Geschichte so kurz zusammen, wie sie konnte: den Streit mit Admiral Serrano, den Notruf, der die Meuterei bekannt gab, die hastige Eheschließung mit Barin, während sie unterwegs zu ihren neuen Dienstposten waren, die plötzliche Entlassung aus der Flotte.

»Das klingt gar nicht nach Vida Serrano«, warf Brun stirnrunzelnd ein. »Okay, sie ist eine Serrano und bringt das entsprechende Temperament und all das mit – aber ich habe sie immer fair gefunden. Sie muss einfach wissen, dass Ereignisse, die Hunderte von Jahren zurückliegen, nicht deine Schuld sind.«

Esmay zuckte die Achseln. »Es wäre eine Frage der Ehre, sagte sie.«

»Ehre«, fand Brun, »wird sehr überschätzt. Zumindest in Fällen, wo sie Menschen dazu bringt, Dummes anzustellen.«

»Auf Altiplano halten wir viel von der Ehre«, entgegnete Esmay. »Und in der Raumflotte auch.«

Brun winkte ab. »Es gibt solche Ehre und solche. Ich denke an die dumme Variante, wie bei Kindern, die Mutproben veranstalten. Nicht, dass ich es nicht auch getan hätte – aber ich habe dann jeweils nicht den Kopf benutzt.«

»Wenn man mal von der Ehre absieht«, sagte Kate, die offenkundig verhindern wollte, dass sich Brun und Esmay in dem Thema verrannten, »warum denkst du, Admiral Serrano hätte es sich anders überlegt und dich hinausgeworfen?«

»Weil man mir sagte, Admiral Serrano hätte den Befehl unterschrieben«, antwortete Esmay.

Brun zuckte die Achseln. »Wir haben eine Menge Serrano-Admirale. Vielleicht war es gar nicht Barins Großmutter. Ich mochte sie eigentlich immer, auch wenn sie ein bisschen Furcht einflößend wirkt.«

»Ein bisschen ...!« Esmay dachte an die kalten Augen zurück, die so viel Feindseligkeit ausgedrückt hatten. »Aber es muss Vida Serrano gewesen sein ... wer sonst würde es tun, wenn nicht ihr Wunsch dahinter steckte?«

»Dummheit und Verwirrung«, erklärte Kate, »trifft man in großen Organisationen ständig an. Jemand dachte, er könnte Barins Großmutter glücklich machen, indem er dich feuerte – ohne zu ahnen, dass sie es sich anders überlegt hatte. Wer war sonst noch bei dem Familientreffen?«

»Ich bin nicht mal dazu gekommen, sie alle kennen zu lernen«, sagte Esmay.

»Was du brauchst«, fand Brun, »ist ein guter Anwalt. Ich kann meinen Einfluss ausspielen, aber wir brauchen Hilfe. Kevil Mahoney ist die nahe liegende Wahl. Ich denke, er wartet derzeit noch darauf, dass ihm der neue Arm richtig anwächst, aber falls er den Fall nicht selbst übernehmen kann, hat er immer noch Kontakte, die für uns hilfreich sind. Und vielleicht sollten wir ohnehin für eine Zeit lang in die Stadt ziehen. Ich denke nicht, dass Sicherheitsvorkehrungen für das Stadthaus so viel schwieriger sind als für Appledale. Ich rufe George an.«

Breitis Rehabilitationszentrum, Abteilung Gliedmaßen

Kevil Mahoney lächelte, als Brun und Esmay sein Zimmer im Reha-Zentrum betraten. »Ich hatte mich schon gefragt, ob es deine muntere Stimme war, die auf dem Flur näher kam«, wandte er sich an Brun. »Und das ist zweifellos der Respekt gebietende Lieutenant Suiza.«

»Kein Lieutenant mehr, Sir«, wandte Esmay ein.

»Was hast du angestellt, Brun? Hast du ihre Gedanken mit deinem disziplinfeindlichen Unfug infiziert?«

»Onkel Kevil!« Brun klang nicht gänzlich amüsiert. »Sie wurde unfair hinausgeworfen! Wir müssen etwas unternehmen!«

Er zog eine Braue hoch. »Du meinst: Du möchtest, dass *ich* etwas unternehme.«

»Zunächst solltest du dir mal die ganze Geschichte anhören. Nur zu, Esmay!«

Das klang bestenfalls schroff, aber Kevil nickte Esmay zu. »Dann heraus damit.«

Esmay erzählte ihre Geschichte aufs Neue, wobei sie mit Admiral Serranos Angriff auf sie begann. Kevil hörte mit geschlossenen Augen zu – sie fragte sich, ob er wohl im Begriff stand einzunicken –, aber als sie fertig war, öffnete er sie und stellte ihr Fragen. Zunächst waren es die gleichen Fragen, die ihr auch Brun und Kate gestellt hatten, aber dann tauchten immer mehr auf, die ihr selbst nie in den Sinn gekommen wären. Wie sah Altiplanos Handelspolitik aus? Sie wusste nichts davon. Welche Verbindung hatte Altiplano zu den Halbmondplaneten? Keine, soweit sie wusste. Den Smaragdwelten? Esmay hatte das Gefühl, dass er ihr alles über ihren Heimatplaneten aus der Nase zog, was sie wusste, vermutet hatte oder sich überhaupt vorstellen konnte. Endlich hörte er auf.

»Interessant.« Er schloss die Augen wieder. Esmay nutzte die Gelegenheit, um einen Schluck Wasser zu trinken. »Wirklich sehr interessant«, sagte er und schlug die Augen wieder auf. »Ich hatte mit Häschen über diese Dinge gesprochen, ehe er starb. Wir waren uns beide darüber im Klaren, dass die den Regierenden Familias zugrunde liegende Struktur nicht mit dem Wachstum an Territorium und Bevölkerung Schritt gehalten hatte.«

»In welcher Hinsicht?«, wollte Brun wissen.

»Na ja ... wenn man es auf den Kern zurückführt, nahmen die Familias als Handelskonsortium ihren Anfang und waren ganz dem Profit gewidmet ... ein Konsortium, das sich darauf verständigte, Ressourcen gemeinsam zu nutzen und die Raumpiraterie zu bekämpfen, die jedermanns Profite schmälerte. Und falls das für deine Ohren nach einem Staatswesen klingt, Brun, dann nur deshalb, weil dein sehr teures Mädchenpensionat dir mehr über gesellschaftliche Umgangsformen beigebracht hat als über Sozialwissenschaften.«

»Aber dienen Staatswesen nicht immer dem Profit der Bürger?«, fragte Esmay.

»Lieber Himmel, nein! Woher haben Sie denn diese Idee? Altiplano verkörpert natürlich eines der großen historischen Gesellschaftsexperimente ... Verzeihung, das sollte nicht sarkastisch klingen.« Kevil verlagerte grunzend seine Position im Bett. »Verdammtes Ding – ich möchte die Schulter bewegen und weiß doch, dass es nicht geht, jedenfalls während der nächsten dreiundzwanzig Stunden und sechzehn Minuten noch nicht.«

»So bald schon?«

»So *lange* noch nicht. Es kommt mir wie eine Ewigkeit vor – aber dieses Gespräch ist eine interessante Ablenkung. Es geschieht sicherlich nicht oft, dass zwei schöne junge Frauen zu mir hereinkommen, um sich eine Vorlesung über Rechtsgeschichte anzuhören.«

»Sei nicht albern, Onkel Kevil«, mahnte ihn Brun.

»Das bin ich nicht. Ich bin ganz ernst, und ich hoffe, du wirst es auch sein, junger Wildfang. Zeit, erwachsen zu werden, Charlotte Brunhilde ... für dich und mich und die ganzen Familias. Wir ähneln einem Kind, das in einem großen Garten hinter schützender Mauer gespielt hat. Jetzt sind wir außerhalb der Mauer, und es ist keine Fantasie.«

»Ich denke, ich habe schon etwas von der wirklichen Welt gesehen«, warf Brun finster ein.

»Ja. Und Lieutenant Suiza noch mehr davon. Aber da wartet noch viel, wovon ihr beide nichts wisst. Erinnert ihr euch, wie Ottala Morrelline verschwand und sich diese ganzen Probleme auf Patchcock anschlossen? Zu dem Zeitpunkt sahen dein Vater und ich ein, wie tief die

Kluft war, allein schon beim Streitpunkt Verjüngung. Die Familias ähneln keiner der übrigen multistellaren Organisationen, die wir kennen ... sie haben ... keinen Zusammenhalt. Irgendwie sind die Familias einfach gewachsen und haben alles aufgesaugt, was in ihre Einflusssphäre geriet.«

Brun wirkte nachdenklich. »Kate sagt etwas Ähnliches, aber sie reitet vor allem auf dem Thema Verfassung herum.«

»Nun ja, die Lone Star Konföderation ist ein verfasstes Staatswesen. Bis zu unserem Eindringen waren die Halbmondplaneten ein Religionsstaat. Die meisten Staaten werden entweder auf einer gemeinsamen Kultur gegründet oder einer gemeinsamen politischen Theorie. Wir nicht. Unser laxer Ansatz hat lange Zeit sehr gut funktioniert, weil die Gründungsclans reich waren und die Planeten, die sie einsammelten, ihnen noch höhere Gewinne brachten. Aber es konnte nicht immer so weitergehen. Besonders nicht, als die meisten Personen, die wirklich Macht ausübten, sich immer mehr als Dilettanten entpuppten.«

»Verzeihung ...« Eine forsche Frau in geblümtem Trägerkleid trat ein. »Zeit, den Tank zu wenden, Ser Mahoney.« Esmay und Brun wichen zurück, als sie ans Bett trat. »Besucher bitte hinaus! Es wird etwa ein halbe Stunde dauern, den Tank zu drehen und neu einzurichten.«

Kapitel sechzehn

Breites Rehabilitationszentrum, Abteilung Gliedmaßen

Esmay dachte über Kevil Mahoneys Ausführungen nach und über das, was die anderen gesagt hatten, aber nichts davon stellte sie zufrieden, und als die Krankenschwester ihnen mitteilte, sie dürften in Kevils Zimmer zurückkehren, meldete sie sich zu Wort.

»Ich denke, dass Sie ganz und gar falsche Prioritäten setzen«, sagte sie. Brun und Kate wirkten beide erschrocken.

»Was meinen Sie damit? Was könnte wichtiger sein, als Fragen der staatlichen Ordnung zu klären?«

»Die Meuterei niederzuschlagen«, erklärte Esmay. »Sehen Sie – falls Sie kein loyales Militär haben, sind Sie leichte Beute. Die Meuterer zielen womöglich auf einen Militärputsch ab. Die Benignität behauptet, sie wollte derzeit keine Invasion durchführen ... aber wer glaubt ihr schon? Diese Leute haben zugegeben, ein Staatsoberhaupt ermordet zu haben; sie sagen, sie hätten es früher bereits getan. Sie haben erst vor wenigen Jahren versucht, Xavier einzunehmen. Ich wette, sie möchten es immer noch. Und die Bluthorde ...«

»Das sind nur unwissende Barbaren«, warf Brun ein. »Sie stellen keine echte Gefahr dar.«

»Sag das den Leuten, die auf der *Koskiusko* ums Leben gekommen sind«, entgegnete Esmay. »Oder den Menschen, die auf Planeten und Raumstationen von Piratenakten der Bluthorde betroffen waren. Diese stellt für die Gesamtheit der Families keine so ernste Gefahr dar wie die Benignität, aber ich würde auch nicht behaupten, dass man sie vernachlässigen dürfte. Sie könnte ganz gewiss den Handel stören. Und falls ihr eines unserer Frontschiffe und dessen Bewaffnung in die Hand fiele ...«

»Sie denken wie ein Admiral«, fand Kevil. »Das soll keine Kritik sein; wir brauchen auch diese Ideen.«

»Ich habe gestern Abend ein wenig über Geschichte gelesen«, sagte Esmay. »Bis zurück zur Alten Erde mussten politische Einheiten immer erst Sicherheit zur Grundlage haben, und dann konnten sie sich um Organisationsfragen sorgen. Das galt sogar für die alten Königreiche, stand dort.«

»Die Menschen sammeln sich um eine Regierung, die ihnen ein Gefühl der Sicherheit gibt?«, fragte Brun. »Das klingt irgendwie glanzlos.«

Esmay lächelte sie an. »Wo möchtest du dir am liebsten einen Nervenkitzel holen – in einer Sportart, die du dir selbst ausgesucht hast, oder in einem Krieg?«

»Verstanden. Also sagt der Flottenoffizier ...«

»Der ehemalige Offizier ...«

»Der es bald wieder sein wird. Der Offizier sagt also: achtet zuerst auf die Sicherheit, was bedeutet, die Meuterei zu erledigen.«

»Und dann ...?«

»Und dann sehen wir schon, welches Material wir haben, um damit zu arbeiten. Wir können die Familias auf keinen Fall mit Gewalt zusammenhalten, nicht mal mit der vollen Stärke der Raumflotte.«

»Falls Sie Recht haben, Esmay – und ich muss zugeben, dass es womöglich so ist –, dann müssen wir Sie so schnell wie möglich in die Flotte zurückbringen.«

»Ich habe keine Ahnung, wie ein entlassener Offizier in den Dienst zurückkehrt«, wandte Esmay ein.

»Heris Serrano hat es auch geschafft«, sagte Brun.

»Mit Hilfe der Familie Serrano; daran hege ich keinen Zweifel«, sagte Esmay trocken. »Und diese Hilfe erhalte ich nicht.«

»Sie haben mich auf Ihrer Seite, was schon eine gewisse Bedeutung hat. Ich könnte es in Ihrem Interesse mit Admiral Serrano aufnehmen.«

Ein weiterer Bundesgenosse tauchte auf, kaum dass sie ins Stadthaus der Thornbuckles zurückgekehrt waren. Ein Dienstbote verkündete: »General Casimir Suiza.« Brun starrte Esmay an, und Esmay war einen Augenblick lang so benommen, dass sie kein Wort hervorbrachte. Dann ging sie zur Tür.

Esmays Vater wirkte ohne Uniform auch nicht weniger eindrucksvoll. »Esmaya ... ich hoffe, du gewährst mir Zutritt ...«

»Ich ... natürlich.« Sie öffnete die Tür weiter. Sie spürte regelrecht Bruns Neugier im Rücken und stellte die beiden einander vor.

»Ihr werdet allein sein wollen«, sagte Brun und stand auf.

»Ganz und gar nicht«, widersprach ihr General Suiza. »Bitte bleiben Sie – zumindest, bis ich den Grund meines Kommens erläutert habe.«

Brun setzte sich wieder und warf Esmay einen Seitenblick zu.

»Ja«, sagte diese, »bleib.« Ihr Herz klopfte, und der Mund war trocken.

»Esmay – ich weiß, dass ich dich schon einmal im Stich gelassen habe, aber ich konnte nicht einfach zu Hause bleiben und deinen Schwierigkeiten zusehen, ohne dass ich wenigstens zu helfen versuche.«

»Setz dich«, sagte Esmay und deutete auf die Couch. Er setzte sich und verschränkte die Hände. »Wie hast du es geschafft, so schnell hier zu sein?«

»Jemand hat eine Nachricht geschickt, als du entlassen wurdest – an die genannte Heimatadresse, was augenscheinlich das übliche Verfahren darstellt –, aber dir ist sicher klar, dass es eine ganze Weile gedauert hat, bis die Nachricht auf Altiplano eintraf. Dann hörte ich, du wärst an Bord eines Handelsschiffes gegangen.«

»Der *Terakian Fortune.*«

»Ja. Dann trat eine Verzögerung ein, bis ich Admiral Serrano erreichen konnte, denn sie war unterwegs, und die Raumflotte zeigte sich auch nicht allzu kooperativ dabei, jemandem Ansible-Zugriff zu gewähren, den sie als Angehörigen ›fremder Streitkräfte‹ bezeichnete. Was du als Erstes erfahren musst, Esmaya: Admiral *Vida* Serrano hatte mit deiner Entlassung nicht das Geringste zu tun.«

»Nein?«

»Nein. Sie war sauer, und ich war es ebenfalls, weil ihr jungen Leute euch für eine Eheschließung entschieden hattet, ohne irgendjemandes Zustimmung einzuholen. Sie war wütend über das, was, wie sie glaubte, unsere Familie den Serrano-Schirmherren angetan hätte. Aber wir einigten uns darauf, dass die Geschichte warten kann, während wir uns mit der aktuellen Krise befassen.«

Die Vorstellung, dass ihr Vater und Admiral Serrano ihre beträchtliche Durchsetzungskraft zusammenwarfen, um ihrer Karriere auf die Sprünge zu helfen, löste bei Esmay einen Schauer der Beklommenheit aus.

»Dann hat mir der Kapitän des Handelsschiffes von Zenebra aus eine Prioritätsmeldung geschickt, sodass ich erfuhr, welches dein nächstes Ziel war ... und hier bin ich. Und erzähle mir bloß nicht, du bräuchtest keine Hilfe!«, setzte er noch hinzu. Er blickte Brun an. »Jeder braucht zuzeiten Hilfe. Du hast deine Fähigkeiten und deine Eigenständigkeit längst bewiesen.«

»Danke«, sagte Esmay, fühlte sich aber, als säße sie in der Falle.

»Aber ich kann dir eine Frage stellen, die Admiral Serrano nicht möglich ist: Möchtest du zur Flotte zurückkehren und Schiffe kommandieren, oder möchtest du lieber nach Altiplano kommen? Oder dich als Zivilistin in den Familias niederlassen?«

»In den Weltraum«, antwortete Esmay, ohne zu zögern. »Aber wie steht es um …«

»Eins nach dem anderen«, unterbrach sie ihr Vater. »Das war Punkt eins – herauszufinden, was du möchtest. Sie möchten dich nicht gegen deinen Willen verpflichten. Die nächste Komplikation besteht in deinem Status als Landbraut. Sowohl die Vorschriften der Raumflotte als auch unsere Landbesitzer-Gilde drücken sich klar und unmissverständlich aus. Ich habe der Landbesitzer-Gilde die widerstrebende Zustimmung zu einem Rücktritt in Abwesenheit abgerungen, und Luci könnte ohne Verzögerung ins Amt eingeführt werden … wir brauchen dazu nur mehrere Haarlocken von dir …« Er betrachtete sich ihre Frisur. »Falls du einen kurzen Zopf erübrigen könntest …«

»Natürlich. Und muss ich etwas unterschreiben?«

»Ich habe die Verzichtserklärung mitgebracht …« Er sah sie lange an. »Esmaya … du sollst wissen, dass du zu Hause immer willkommen sein wirst; Luci sagt das auch. Sie verwaltet nach wie vor deine Herde; und der Gestirnte Berg bleibt auf Dauer gewährt. Deine Kinder – falls du und Barin welche haben werdet, was ich hoffe – sind uns ebenfalls willkommen und gelten als legitime Erben der Estancia.«

Ihre Augen brannten plötzlich. »Vater … ich liebe dieses Land wirklich … und Altiplano …«

»Ich weiß. Und Altiplano ist sehr stolz auf seine Heldin.« Er holte tief Luft und seufzte. »Gott sei Dank, dass du mich nicht ausgesperrt hast … ich hatte solche Angst …«

Aus der Distanz mehrerer Jahre erschien ihr der

eigene Zorn eher als örtlicher Sturm und weniger als weltumspannender Kataklysmus. Er hatte falsch gehandelt; er bemühte sich, es wieder gutzumachen. Eine letzte nörgelnde Stimme in einem Winkel ihres Kopfes wies darauf hin, dass es ihm sehr schwer gefallen wäre, den Platz der Suizas in der Landbesitzer-Gilde zu wahren, falls sie nicht kooperiert hätte, aber sie brachte sie zum Schweigen. Er liebte sie wirklich; dass ihm ihre Entscheidung passte, das war nicht das einzig tragende Kriterium.

»Ich bin froh, dass du gekommen bist«, sagte sie und überraschte sich selbst, weil es zutraf. Sie hatte vor einem Rätsel gestanden, aber jetzt hatte sie einen Verbündeten von nicht geringen Möglichkeiten, und einen, der nicht an ein Krankenhausbett gefesselt war. »Schickst du Zopf und Dokument zurück nach Altiplano, oder überbringst du beides persönlich?«

»Ich nehme es mit. Sowohl Luci als auch die Landbesitzer-Gilde glauben, dass das Haar der Landbraut nicht einfach wie ein gewöhnlicher Gegenstand bei der Post aufgegeben werden darf. Ich werde einen Ansible-Anruf nach Hause tätigen müssen, um die Information zu übermitteln, dass du einverstanden bist, und kann dann lange genug bleiben, um sicherzustellen, dass du ohne Schwierigkeiten wieder in die Flotte aufgenommen wirst.«

Esmay fiel plötzlich ein weiteres Problem ein. »Ich habe nur eine einzige Uniform – die anderen waren unterwegs, als ich entlassen wurde, und wer weiß schon, wo sie inzwischen stecken?«

»Sicherlich findet man auf diesem Planeten Militärschneider, die dich ausstatten können?«

»Ja ...« Sie war es nicht gewöhnt, Summen auszugeben, wie sie für den Ersatz ihrer Uniformen nötig wurden.

»Mach dir keine Sorgen«, sagte ihr Vater. »Betrachte

es als mein verspätetes Geschenk an dich. So, falls es dir nichts ausmacht, tätige ich so rasch wie möglich den erwähnten Anruf. Lucis Hochzeit blieb ja bis zur Klärung dieser Frage aufgeschoben ...«

»Natürlich. Du findest ein Terminal drüben im Bankenzentrum.«

Während ihr Vater unterwegs war, um den Anruf zu tätigen, duschte Esmay und wusch sich die Haare. Sie schnitt die Haarprobe nicht ab, denn sie erinnerte sich vage daran, dass dies in Gegenwart offizieller Zeugen geschehen musste. »Sollen wir gehen oder bleiben, Esmay?«, fragte Brun.

»Bleibt bitte. Ich weiß nicht, ob er weitere Zeugen braucht oder nicht. Das heißt, falls ihr dazu bereit seid.«

»Ich möchte das um nichts in der Welt versäumen«, sagte Brun. »Diese ganze Landbraut-Sache fasziniert mich, und nicht nur wegen des schicken Kleids. Ich erinnere mich an etwas, was mir meine Mutter über irgendwelche Gebräuche erzählt hat, was sie ihrerseits von der eigenen Großmutter hatte ... ich weiß aber nicht mehr, wo das gewesen sein soll. Jedenfalls war es in dem Fall ein Mann, der das Land heiratete.«

Für Esmay klang das obszön, aber sie sagte sich, dass es einfach eine andere Kultur war. Als ihr Vater zurückkam, war er in Begleitung des Dozenten von Altiplano, des Vertreters ohne Sitz im Rat, der aber das Recht hatte, für Altiplano Anträge zu stellen.

Der Mann verbeugte sich. »Landbraut Suiza, ich fühle mich geehrt.«

»Dozent Faiza.«

»Wie ich höre, hegen Sie die Absicht, Ihre Stellung zugunsten einer jüngeren Verwandten aufzugeben. Ist das richtig?«

»Das ist es«, bestätigte Esmay.

»In Übereinstimmung mit Gesetz und Brauch, Glaube und Praxis ist es meine Pflicht sicherzustellen, dass das Ihr aufrichtiger Wunsch ist. Falls Sie uns entschuldigen ...« Sein Blick schweifte durchs Zimmer; Esmays Vater, Brun und Kate zogen sich auf den Flur zurück.

Esmay bemerkte jetzt, dass der Dozent das Dokument in den Händen hielt, bei dem es sich um die Verzichtserklärung handeln musste. Ihr Magen verkrampfte sich. Jetzt, wo es so weit war ... das Gefühl der Erde unter den nackten Füßen an jenem Morgen meldete sich zurück, an dem Morgen, als sie schwor, das Land auf ewig zu schützen. Konnte sie davon zurücktreten? Tränen brannten ihr in den Augen.

»Schwören Sie, Landbraut Suiza, dass Sie aufrichtig diesen Wunsch hegen, dass niemand sie bedroht oder Ihnen wehgetan oder Sie irgendeinem Zwang ausgesetzt hat, Ihre Stellung aufzugeben?« Er musterte sie ernst; Esmay hörte richtig, wie der Wind von Altiplano durch das Sommergras wehte, nahm den reichen Duft der Sommerweiden wahr. Und doch ... so sehr sie das alles liebte, sie liebte es nicht genug.

»Ich schwöre es«, antwortete sie.

»Schwören Sie, Landbraut Suiza, dass Sie diesen Verzicht aus ernster Sorge um das Land Suiza leisten, und dass Ihre erwählte Nachfolgerin Ihrer unerschütterlichen Überzeugung nach dieses Land besser schützen wird, als Sie es könnten?« War sie überzeugt, dass Luci sich als die bessere Landbraut erweisen würde? Ja, denn Lucis Herz war nicht abgelenkt, und sie brachte die Intelligenz und den Charakter mit. Dem Land würde es nur gut tun, dass es von Luci gehütet wurde.

»Ich schwöre es.«

Er senkte das Dokument. »Es tut mir Leid, Landbraut ... obwohl ich kein Suiza bin und ich seit Jahren nicht mehr zu Hause war, so war ich doch richtig stolz auf

Sie … Sie haben Altiplano in einem guten Sinn berühmt gemacht.«

»Ich kann nicht beides schaffen«, sagte Esmay. »Und ich war zu lange fort. Ich wollte das Beste für das Land tun, aber ich verstehe nicht genug davon. Meine Kusine tut es. Sie hat mich ohnehin schon vertreten.«

»Sehr gut.« Er hob das Papier wieder. »Jetzt benötige ich drei Zeugen für die Scherung Ihres Haares und für Ihre Unterschrift.«

Esmay rief die anderen wieder herein. Dozent Faisa breitete das Dokument auf dem Tisch aus und sagte: »Unterschreiben Sie jetzt, anschließend die Zeugen – und, Landbraut, Sie müssen noch einen Tropfen Blut hinzusetzen.«

»Hier, Esmay«, sagte ihr Vater und holte ein kleines, in Scheide steckendes Messer aus seiner Westentasche. »Dieses Messer wird in unserer Familie seit Generationen benutzt.«

»Hochgradig korrekt!«, lobte Dozent Faiza. »Landbraut?«

Esmay zog das kleine Messer aus der gepunzten Lederscheide. Sie erinnerte sich, wie sie es mal auf dem Schreibtisch der Urgroßmutter gesehen hatte; sie hatte es stets für einen Brieföffner gehalten. Sie stach mit der scharfen Spitze in den linken Ringfinger und drückte einen Tropfen Blut aufs Pergament. Dann nahm sie den Federhalter, den ihr der Dozent reichte, und unterschrieb. Der Vater reichte ihr das Siegel der Landbraut, und sie drückte es in Blut auf … das Feierlichste aller Siegel. Anschließend unterschrieben ihr Vater, Brun und Kate – sicher die merkwürdigste Schar, dachte Esmay, die jemals den Amtsverzicht einer Landbraut bezeugt hatte.

»In alter Zeit«, erklärte der Dozent, »hat eine Landbraut, die ihre Stellung aufgab, sich das Haar komplett abgeschnitten, damit es als Gabe dem Wind übergeben werden konnte. Aber da Sie hier in den Familias leben werden ...«

»Man hat hier schon kahlköpfige Frauen gesehen«, sagte Esmay. »Außerdem kann ich mir eine Perücke besorgen. Falls Sie es für das Beste halten ...«

»Falls Sie dazu bereit sind, würde es die älteren Mitglieder der Landbesitzer-Gilde sicher freuen.«

Was Barin von einer kahlköpfigen Ehefrau halten würde, falls sie ihn wiedersah, ehe das Haar nachgewachsen war, wusste sie nicht. Aber der schmerzende Wunsch tief in ihr verriet, dass es der richtige Schritt war.

»Meinen Nachforschungen zufolge«, fuhr der Dozent fort, »haben sie sich den Kopf nicht rasiert, sondern das Haar lediglich so kurz geschnitten, wie es ging. Dann verließen sie ihr früheres Land, bis das Haar wieder schulterlang war.« Eine sehr praktische Methode, überlegte Esmay, um sicherzustellen, dass die neue Landbraut auch Zeit fand, ihre Aufgaben fest in die Hand zu nehmen, ohne dass sich die Vorgängerin einmischte.

»Ich rechne damit, dass ich länger fortbleiben werde«, sagte sie.

»Es geht leichter, wenn wir die Haare zunächst zu einem Zopf flechten«, sagte Brun. »Hier, setz dich.«

»Meine Güte, ist das locker!«, sagte Brun, als sie die ersten Strähnen zu flechten versuchte.

»Ich habe es gerade gewaschen«, erklärte Esmay. »Das weißt du doch.«

»Na ja, wir müssen es wieder nass machen, oder wir erhalten Büschel statt Zöpfen. Kate, bring mir eine Schüssel Wasser!«

Dozent Faiza war eigentlich eher geneigt, die Angelegenheit ernst zu betrachten, aber selbst seine Feierlichkeit konnte dem munter respektlosen Geplänkel von Brun und Kate nicht standhalten, während sie sich mit

Esmays aufsässigem Haar abmühten. »Ich weiß genau, dass ich dir vorgeschlagen habe, dir nächstes Mal einen abgestuften Schnitt machen zu lassen«, sagte Brun, »aber das hier ist einfach lächerlich. Nichts ist so lang wie das andere …«

Als sie fertig waren, hatte Esmay nur noch kleine Büschel dort stehen, wo die Zöpfe gewesen waren, und nicht mal ihr Vater und der Dozent konnten dazu noch ernste Miene machen.

»Du solltest froh sein, dass wir deine Freunde sind, Esmay«, sagte Brun. »Falls wir dich erpressen wollten …«

»Ich werde schon mein Leben lang wegen meiner Haare aufgezogen«, wandte Esmay ein. »Damit könnt ihr mich nicht in Verlegenheit bringen. Und jetzt, wo ich weiß, was ein guter Friseur leisten kann …«

»So«, sagte der Dozent und gab sich wieder ganz förmlich, »ich wünsche Ihnen alles Gute für Ihre militärische Laufbahn, Esmay Suiza. Sie haben Altiplano Ehre gemacht, und ich bin überzeugt, dass sie uns noch mehr Ehre machen werden.« Er rollte das Dokument zusammen, band es mit einem schwarzen Band zu und überreichte es Esmays Vater.

»Möchten Sie mit uns eine Erfrischung nehmen?«, fragte General Suiza.

»Verzeihen Sie, General, aber derzeit ist es mir nicht möglich. Vielleicht später?«

»Natürlich. Ich rechne damit, mehrere Tage lang hier zu sein.«

Das planetare Hauptquartier des Regular Space Service bestand aus einem Labyrinth von Bauwerken, die sich strahlenförmig um das Verteidigungsministerium ausbreiteten; sie zogen sich unter Straßen und Bahnlinien hindurch oder liefen in Form von Gebäudebrücken darüber hinweg, und ihnen entwuchsen wiederum

Unterabteilungen, die sich in die hintersten Winkel anderer staatlicher Gebäude erstreckten. Esmay, ihr Vater, Brun und der Dozent von Altiplano begannen vorne, im Verteidigungsministerium, wo eine geplagte Empfangsdame ihnen gleich verkündete, dass sie hier falsch waren. »Versuchen Sie es bei der Rekrutierung«, empfahl sie. »Sie finden sie im Michet-Gebäude.«

»Es geht um eine Personalfrage, nicht um Rekrutierung«, stellte General Suiza fest.

»Oh – das wäre dann im Corvey-Gebäude, aber dazu müssen Sie zunächst die Sicherheitsschleuse durchlaufen. Dort entlang ...« Sie wies den Weg.

»Dort entlang« führte durch einen langen Flur, der sich erst nach rechts bog, dann nach links und schließlich über eine Rampe zu einem erhöhten Laufsteg führte, der wiederum an einer Hofmauer entlanglief; unter ihnen unterhielten sich zwei Personen und lehnten sich dabei an eine Art Ziersäule. Am Ende des Laufstegs trafen sie zum ersten Mal auf Wachleute.

»Wir suchen das Corvey-Haus«, erklärte General Suiza. »Man sagte uns, es ginge hier entlang.«

»Sie tragen keine ID-Schilder«, wandte ein Posten ein.

»Brauchen wir ID-Schilder?«

»Besucher müssen sich ID-Schilder im Wachhaus am Haupteingang besorgen.«

»Da war kein Wachhaus«, erklärte Brun.

»Direkt neben dem Eingang von der State Street ...«

»Wir haben nicht den Eingang von der State Street genommen, sondern den von der Lowe Street.«

Der Posten runzelte die Stirn. »Sie müssten eigentlich ID-Schilder tragen, um diesen Eingang überhaupt benutzen zu können. Warten Sie hier.« Er wich etwas zurück und sprach in sein Kom-Gerät; sie konnten nicht verstehen, was er sagte, und er ließ sie keine Sekunde aus den Augen. Dann trat er wieder vor. »Welchem Clan gehören Sie an?«

»Barraclough«, antwortete Brun, ohne zu zögern. »Warum?«

Die Miene des Mannes wechselte. »Sie sind ... Sie sind ja die Tochter des ehemaligen Sprechers... Sie sind Brun Meager!«

»Ja«, sagte Brun. Sie klang leicht trotzig.

Er strahlte sie an, als hätte sie ihm gerade ein Vermögen ausgehändigt. »Ich hätte nie gedacht, dass ich Ihnen mal begegne! Sie wirken in diesem Kostüm anders; tut mir Leid, dass ich Sie nicht gleich erkannt habe. Und das sind Freunde von Ihnen?«

»Ja«, sagte Brun.

»Oh, na ja, dann bin ich sicher, dass alles okay ist. Falls ich nur Ihre Papiere sehen dürfte, um Sie einzutragen ...«

Brun gab sie ihm; Esmay war entsetzt. Falls das Sicherheit sein sollte ...! Sie war nur froh, dass Kate entschieden hatte, sie nicht zu begleiten.

»Das ist schön, Sera ... Mylady?«

»Danke«, sagte Brun, ohne ihren Status klarzustellen. »Sind Sie sicher, dass es okay ist? Wir möchten nicht, dass Sie Schwierigkeiten bekommen.«

»Nein, Sera, das ist völlig in Ordnung. Es ist mir eine Ehre, Ihnen zu Diensten zu sein. Falls es Ihren Freunden nichts ausmacht, würde ich Ihre Namen gern in den Dienstplan aufnehmen ... benötigen sie auch selbstständig Zutritt? Falls ja, sollten wir die ID-Schilder anfertigen lassen.«

»Gewiss«, sagte Brun. »Das ist General Suiza von Altiplano – seine Tochter Esmay Suiza ... Sie erinnern sich vielleicht noch, dass sie es war, die mir das Leben gerettet hat ...«

Der Blick des Wachmanns ruhte kurz auf Esmay und

kehrte rasch zu Brun zurück. »Ja, natürlich, die Heldin von Xavier.«

»Und der Dozent von Altiplano, Ser Faiza.«

»Dozent?«

»Ein diplomatischer Status«, erklärte Brun, als hätte sie selbst es schon immer gewusst.

»Ah ... ja, danke, Sers und Seras. Sera Meager, ich weiß, dass es eine Zumutung ist, aber falls es Ihnen nichts ausmacht – meine Frau ist ein großer Fan ...« Er fummelte in den Taschen herum und brachte eine zerknitterte Einkaufsliste zum Vorschein.

»Natürlich«, sagte Brun und kritzelte ihren Namen mit dem Stift, den er ihr reichte.

Der Mann fragte jetzt, eindeutig ein nachträglicher Einfall: »Und Sie, Sera Suiza? Meine Frau hat einen Würfel von der Rettung Sera Meagers gekauft ...«

Esmay setzte ihre Unterschrift unter die Bruns – ihr fiel keine liebenswürdige Ausrede ein – und fragte sich dabei, ob die 2 Kn., die auf der Liste unter ihrem Namen folgten, wohl Kisten waren, Karotten oder irgendwas Illegales.

Der Wachmann winkte sie durch eine Doppeltür auf einen weiteren Flur durch – der eine Straße überbrückte –, und an dessen hinterem Ende öffnete ein weiterer Wachmann die dortige Tür. »Sera Meager? Es ist mir eine Ehre – ich rufe durch, damit man Sie nicht noch einmal aufhält; gehen Sie einfach diese Rampe hinunter, dann links, nehmen den ersten Korridor rechts und dann weiter ...«

Esmay hielt es für übertriebene Höflichkeit, als Brun fragte: »Aber sollten wir keine Sicherheitsschleuse durchqueren?«

»Oh, damit möchten Sie sich bestimmt nicht aufhalten«, sagte der Mann. »Dort hängen sie derzeit mindestens drei Stunden zurück mit der Kontrolle der Rekruten aus dem neuen Schwung, die über Nacht eingetroffen sind. Meine Frau arbeitet da drüben in der Katalogisierung; sie hat mich angerufen und mir gesagt, dass sie heute Abend Überstunden machen muss. Also müssten Sie wahrscheinlich bis nach Einbruch der Dunkelheit auf einer Bank sitzen, und außerdem – die Leute dort sind nicht sehr hilfreich.«

Esmay verkniff sich die Bemerkung, dass Sicherheit auch nicht dazu gedacht war, hilfreich zu sein, sondern gründlich. Sie wollte genauso wenig stundenlang auf einer Bank sitzen wie jeder andere.

»Am besten gehen Sie einfach weiter«, sagte der Mann, »dann am Ende zur Tür hinaus und direkt durch den Sif Memorial Garden zur Seitentür von Corvey. Nehmen Sie nicht den Vordereingang; dort schickt man Sie nur durch die Sicherheitsschleuse. Nehmen Sie die Seitentür; ich rufe Bev an, und sie erwartet Sie dort.«

»Danke«, sagte Brun.

Der Sif Memorial Garden war nur ein kleiner Hof mit einem Sockel in der Mitte, zwei hochgeschossenen Bäumen, vier Blumenbeeten und zwei Bänken. Der Weg mitten hindurch – mit einem kleinen Umweg um den Sockel – führte sie zur Seitentür des Corvey-Gebäudes, wo eine Frau ihnen öffnete.

»Sera Meager! Ich freue mich so, Sie kennen zu lernen! Und Sie natürlich auch, Sera Suiza. Obwohl ich mich an Ihren Rang erinnern müsste, fällt er mir einfach nicht ein …«

»Sera geht schon in Ordnung«, sagte Esmay. Im Korridor voraus erblickte sie Gestalten in der vertrauten Uniform.

»Ich habe vorläufige Schildchen für Sie alle«, erklärte die Frau. Sie zog vier krassrosa Schilder mit kleinen Klammern daran hervor. »Es sind nur Tagespässe; ich glaube, Ihre Dauerpässe sind heute Abend oder morgen fertig.«

Nach all dieser Konfusion dachte Esmay, sie wäre auf fast alles gefasst. Außer darauf zu erfahren, dass ihre Entlassung aus dem Flottendienst bislang nicht ans Oberkommando übermittelt worden war und man sie demzufolge auch nicht wieder aufnehmen konnte.

»Warum nicht?«, wollte sie wissen. »Können Sie nicht zumindest meine Bewerbung und die Nachweise entgegennehmen, dass ich keine Landbraut mehr bin, damit Sie, falls die Unterlagen eintreffen ...«

»Nun, das *könnten* wir, hätten wir nicht mit der Meuterei zu tun. Sehen Sie, wir müssen alles Derartige über das Amt des Judge Advocate General, den Leiter der Militärjustiz leiten, und dort leiden die Leute derzeit unter einer Art Anfall, weil der leitende Admiral verschwunden ist und sie denken, er wäre zu den Meuterern übergelaufen.«

»Und das bedeutet?«

»Es bedeutet, dass sie von uns nur komplette Akten entgegennehmen. Für eine komplette Akte brauchen wir eine Kopie des Entlassungsbefehls mit der Aktennummer auf jeder Seite sowie Ihre PR-S-87, Ihre Personalakte ...«

»Liegt Ihnen keine Kopie vor?«

»Doch, natürlich. Aber sie ist vielleicht nicht komplett, weil Ihre jüngsten Dienstbeurteilungen womöglich noch nicht weitergeleitet wurden. Ich habe keine Ahnung, warum das mit der Entlassung auch nicht geschehen ist, es sei denn, man hätte sie zurückgenommen ...«

»Zurückgenommen?«

»Na ja – falls irgendjemand mit höherem Rang sie außer Kraft setzte, sobald ihm die Papiere vorlagen; dann hat er womöglich darauf gesessen, bis Sie wieder auftauchen und man es Ihnen sagen kann. Mal sehen, wo wurden Sie entlassen?«

»Station Trinidad«, antwortete Esmay.

»Ach du meine Güte!«

»Warum?«

»Haben Sie nichts davon gehört? Trinidad wurde vor etlichen Wochen von den Meuterern geplündert. Von *dort* erhalten wir überhaupt keine Unterlagen mehr. Haben Sie die Entlassungspapiere dabei?«

»Ja ...« Esmay holte sie hervor und reichte sie ihm.

»Hmpf. Manche Leute können nicht mal leserlich unterschreiben ... Ich rufe mal Ihre Datei auf und sehe nach, wie stark sie überholt ist.«

Ihre Personaldatei war nur aktuell, bis sie zu dem verhängnisvollen Besuch bei Barin und seiner Familie aufgebrochen war. »Hier steht nichts von einer Entlassung«, sagte der Verwaltungsoffizier. »Die Notbefehle, die Sie von dort aus zu Ihrem nächsten Schiff schickten, liegen vor, aber nichts weiter.« Er legte eine Pause ein. »Falls die Entlassung nicht durchgekommen ist, Lieutenant, haben Sie sich womöglich gar unerlaubt vom Dienst entfernt. Überprüfen Sie das lieber bei der Personalabteilung; ich habe von hier aus keinen Zugriff auf deren Server. Sie müssen dazu nach 2435. Bis dahin erkundige ich mich erst mal, was wir bezüglich einer Entlassung aus dem Dienst unternehmen, wenn sie uns im Grunde gar nicht vorliegt. Unser kommandierender Offizier ist in einer Konferenz, aber wir erwarten ihn jetzt jederzeit wieder im Büro.«

Mit ihren Unterstützern im Schlepptau nahm Esmay Kurs auf 2345 – mit dem Fahrstuhl nach oben und einen weiteren langen Flur entlang. Sobald sie in der Personalabteilung eingetroffen war, nannte sie ihren Namen und erläuterte kurz, dass sie ihre Aktenlage zu klären versuchte. Der Verwaltungsmensch rief ihren Namen auf und stieß einen langen Pfiff aus.

»Sie stecken in Schwierigkeiten, Lieutenant. Sie haben Ihren Urlaub überzogen und stehen als Deserteurin aufgeführt. Ich muss das ans Büro des Judge

Advocate General durchgeben; bitte unternehmen Sie keinen Versuch, von hier wegzugehen! Hier – Sie wurden zweimal informiert …« Er drehte den Bildschirm, sodass sie den Eintrag lesen konnte. Als Erstes stand dort eine Mitteilung an sie als Fahrgast auf dem Transportschiff *Rosa Gloria;* man wies sie daraufhin, dass sie sich nicht wie befohlen auf Harrican zum Dienst gemeldet hatte und warnte sie, dass man von einem unerlaubten Fernbleiben ausgehen würde, falls sie sich nicht innerhalb von 24 Stunden meldete, und von Fahnenflucht, falls sie nicht innerhalb von sieben (7) Tagen auftauchte. Eine zweite Nachricht an dieselbe Adresse informierte sie, dass sie nun als fahnenflüchtig galt und sich der nächsten Flottendienststelle zu stellen hatte, um nicht mit Haftbefehl zur Fahndung ausgeschrieben zu werden. Beide Zeitlimits waren schon lange abgelaufen.

»Fantastisch!«, murmelte Esmay, während sie das las. »Jetzt kann ich wegen Fahnenflucht angeklagt werden, nachdem ich an den Ohren hinausgeworfen wurde …« Dann wandte sie sich an den Verwaltungsmenschen: »Ich habe diese Mitteilungen nie erhalten. Ich war nicht auf diesem Schiff, weil man mich entlassen hatte.«

»Haben Sie einen Beweis für die Entlassung, der vor dieser Mitteilung datiert?«, fragte er, als wäre er überzeugt, dass sie keinen hatte. »Wir müssten jede Entlassung in den Akten haben, wodurch die Mitteilung automatisch gelöscht worden wäre.«

»Wie gut, dass wir diese beglaubigten Kopien von deiner Entlassungsurkunde angefertigt haben«, sagte Brun. »Vielleicht hätten wir mehr davon machen sollen.«

Esmay überreichte eine der Kopien, und der Verwaltungsmensch verglich die Zeitangaben und konsultierte eine Graphik der relativen Zeitpunkte. Und klar doch, sie war ein gutes Stück vor dem Datum, an dem sie sich auf Harrican melden sollte, auf Trinidad entlassen worden. Der Mann nickte. »Na ja, damit haben Sie diese Anklagen zunächst auf Indizienbasis widerlegt, aber ich muss das Ganze abzeichnen lassen ... warten Sie hier. Sollten Sie gehen, muss ich von erneuter Fahnenflucht ausgehen.« Er verschwand mit der gesamten Dokumentation.

»Ich bin schon beim ersten Mal nicht desertiert«, brummte Esmay dem Fußboden zu.

»Das ist einfach dumm!«, fand Brun

»Nein, es ist militärisch«, erklärte General Suiza. »Ich gebe es ungern zu, aber sogar auf Altiplano erleben wir solche Missgeschicke. Natürlich kann ich sie gewöhnlich in kürzerer Frist klären, aber sogar Generale – und offenkundig Admirale – sind zuzeiten der Gnade der Verwaltungsleute ausgeliefert.« Er blickte sich im Büro um. »Ich besorge uns Stühle; wir sind vielleicht eine ganze Weile hier.« Er ging, ehe Esmay etwas sagen konnte.

»Er erinnert mich in mancher Hinsicht an meinen Vater«, stellte Brun fest. »Ganz schön unerschütterlich.«

Esmay verzichtete auf die Bemerkung, dass Bruns Vater ganz schön erschüttert gewesen war, als Brun in Gefahr schwebte. In wenigen Minuten war ihr Vater mit zwei Stühlen zurück.

»Hier, setzt euch. Im Grunde ist es ein Zaubertrick, denn sobald wir es uns alle bequem gemacht haben, kommt sofort jemand und sagt uns, dass wir woanders hinmüssen.«

Und klar doch, kaum hatten sich Esmay und Brun mit einem Seufzen entspannt, als der Verwaltungsmensch wieder hereingehastet kam.

»Da sind Sie ja – woher haben Sie diese Stühle? Hier drin dürfte es keine Stühle geben ...«

»Ich habe sie geholt«, erklärte General Suiza. »Ich bringe sie auch wieder zurück.«

»Sie hätten es nicht tun sollen«, fand der Verwaltungsmensch. »Lieutenant – oder Sera, da Sie zurzeit kein Lieutenant sind … Major Tenerif versucht Zugriff auf Ihre Personalakte zu erhalten, um sich davon zu überzeugen, dass die Entlassungsurkunde auch echt ist; es ist nämlich nicht das Original, wissen Sie?«

»Das Original haben sie unten in Zimmer 1118«, sagte Esmay. »Ich habe es dort zurückgelassen, weil sie noch keine Information über die Entlassung erhalten haben.« Sie fragte sich, wie lange nach ihrer Abreise die Meuterer Station Trinidad angegriffen hatten.

»Das entspricht alles überhaupt nicht den Vorschriften«, fand der Verwaltungsbeamte. »Sie werden mit Major Tenerif reden müssen.«

»Hat er Zeit?«

»Na ja, derzeit nicht – er hängt am Apparat, um Ihre Unterlagen zu bekommen.«

In diesem Augenblick jedoch tauchte ein Major hinter einem Schirm auf. »Suiza?«

»Ich bin Esmay Suiza«, stellte sich Esmay vor.

»Die blödeste Geschichte, die ich je gehört habe«, sagte der Major. »Ich habe beim JAG angerufen, und dort ist man bereit zuzugestehen, dass Sie derzeit nicht als fahnenflüchtig gelten, aber damit bleibt trotzdem ein Schlamassel bestehen. Entweder war die Entlassung gültig oder nicht. War sie gültig, sind Sie aller Anschuldigungen der Fahnenflucht vollständig entlastet und wieder eine Zivilistin. Sie müssten sich als Zivilistin um Aufnahme in die Flotte bewerben und hätten damit eine Ausfallzeit und einen beträchtlichen dunklen Fleck in ihrer Dienstakte zu verzeichnen. War die Entlassung ungültig oder wurde sie irgendwo vor dem vollständigen Abschluss des entsprechenden Verwaltungsvorgangs gestoppt, ist die Lage noch schlimmer. Man könnte Sie natürlich wieder in den Dienst aufnehmen. Falls man das direkt auf den Zeitpunkt der Entlassung erklärte – was normal wäre, würde sich die Entlassung als Fälschung entpuppen –, dann waren sie tatsächlich im aktiven Dienst, als die Mitteilungen betreffs unerlaubter Abwesenheit und Fahnenflucht verschickt wurden, und die entlastende Aussage, dass man Sie ja vorher entlassen hätte, wäre gegenstandslos. Sie müssten sich zumindest einer rechtlichen Anhörung stellen, um sicherzustellen, dass Ihnen kein Vorwurf zu machen ist und Sie einen Grund zu der Annahme hatten, Sie wären rechtswirksam entlassen worden – dass hier keine Machenschaft Ihrerseits vorliegt, sich in Kriegszeiten dem Dienst zu entziehen.«

»Die Entlassungsurkunde …«

»Na ja, eine solche können Sie vorweisen, aber der Fall wäre trotzdem Gegenstand einer förmlichen Anhörung. Werden Sie mit dem heutigen Datum wieder in den Dienst aufgenommen, muss man irgendwie die Ausfallzeit erklären, mal abgesehen vom Ausfall sold- und beförderungsrelevanter Dienstzeit. Und die Verteilung der Dienstposten ist aus den Fugen geraten. Jemand anderes hat Ihre Stellung angetreten; wir können ihn jetzt nicht wieder hinauswerfen, nur weil Sie doch noch aufgetaucht sind.« Er schüttelte den Kopf. »Wir brauchen kampferfahrene Leute wie Sie, aber einen solchen Schlamassel können wir wirklich nicht gebrauchen. Und Ihnen könnte ein Freund an hoher Stelle nicht schaden. Sie kennen doch nicht zufällig Grand Admiral Savanche, oder?«

»Nein, Sir«, antwortete Esmay. »Der einzige Admiral, den ich kenne, ist Admiral Serrano – Vida Serrano.«

»Ah, sie. Na ja, falls die Serranos hinter Ihnen stehen, könnte das helfen. Gerüchte behaupten jedoch, sie wären über Sie verärgert.«

»Einige«, sagte Esmay. Sie wollte über ihre Beziehung zu Barin nicht mehr sagen – es sei denn, ihr blieb nichts anderes übrig.

»Dann hoffen Sie lieber, dass Vida Serrano nicht zu den Verärgerten gehört«, sagte der Major.

Das planetare Oberkommando hatte Zugriff auf die Ansible-Verbindungen der Flotte, aber es erforderte den gemeinschaftlichen Einsatz Esmays, Bruns und General Suizas, jemanden zu überreden, dass er Admiral Vida Serrano zu erreichen versuchte, die gerade Sektor Sieben übernommen hatte. Als es endlich gelang, lautete ihre Antwort kurz und bündig: »Setzen Sie Suiza wieder ein und schicken Sie sie her, wo wir sie brauchen. Die Meuterer greifen Zivilschiffe an ...«

Noch mehr war erforderlich als diese eine Nachricht, aber am Nachmittag des nächsten Tages gab sich Major Tenerif schon viel optimistischer über die Lage. »Der JAG hat den Vorwurf der Fahnenflucht fallen gelassen; anscheinend hat man dort entschieden, dass die Entlassung aufgrund eines gültigen Befehls erfolgte, als Sie davon informiert wurden, aber auf höherer Ebene ein Fehler war – und dass die Unterlagen aufgrund des Schlamassels auf Trinidad nicht hier eingetroffen sind. Jemand wird wahrscheinlich eine Menge Schwierigkeiten bekommen, aber nicht Sie – derzeit jedenfalls nicht. Allerdings müssen wir Sie dringend wieder auf einen Dienstposten bekommen. Wann sind Sie reisefertig?«

»Sold und Zulagen?«, murmelte General Suiza.

»Oh. Natürlich! Ich vermute, Sie haben keinen Sold mehr erhalten seit ... Ihrem Urlaubsantritt, nicht wahr? Und hat Ihr Gepäck Sie inzwischen eingeholt? Nein? Dann werden Sie das eine oder andere benötigen, könnte ich mir vorstellen. Na ja, wir zahlen hier keinen Sold aus, aber drüben in der Finanzabteilung erhalten Sie alles an Moneten, was Ihnen zusteht. Aber können Sie in – mal sehen, es ist schon 15 Uhr – in zwei Tagen reisefertig sein? Dann erreichen Sie noch unseren nächsten Transporter nach Sektor VII.«

»Ja, Sir«, sagte Esmay. Sie fand auf jeden Fall eine Möglichkeit, sagte sie sich.

»Gut. Wir haben Ihre Befehle schon ausgestellt – Sie übernehmen in Sektor VII das Kommando über die *Rascal,* ein aufgerüstetes Patrouillenschiff.«

»Ich soll ein Schiff *befehligen?«* Esmay quiekste fast.

»Ich sehe nicht ein, warum nicht«, warf Brun ein.

Der Major zuckte die Achseln. »Wir sind knapp an Leuten, Lieutenant. Sie sind die nächste qualifizierte Wahl auf dieser Liste und *gehören* schließlich der Kommandolaufbahn an ...«

»Ja, Sir. Verzeihung. Es kam nur – überraschend.«

»Ist schon okay.« Der Major gestattete sich ein leises Lächeln. »Wir haben schon ähnliche Reaktionen bei anderen jungen Offizieren erlebt, die sich noch gar nicht bewusst gemacht hatten, dass sie inzwischen für ein Schiffskommando geeignet waren.« Er wandte sich an den Verwaltungsbeamten. »Stellen Sie die Reisepapiere für das Shuttle übermorgen aus.« Dann wieder zu Esmay: »Sicher möchten Sie Ihre Soldlage geklärt haben, ehe Sie abreisen. Ich habe die Finanzabteilung bereits informiert, dass Sie kommen ...«

»Danke, Sir.«

Auf dem Weg ins andere Büro, die neuen Befehle in der Hand, hatte Esmay überhaupt nicht das Gefühl, sich in der Wirklichkeit zu bewegen. Innerhalb eines Tages von völliger Schande zu einem Schiffskommando?

»Ich kann immer noch nicht glauben, dass sie mir ein Schiff geben. Ich bin nur Lieutenant ...«

»Der schon Schiffe in der Schlacht geführt hat ... Was möchtest du eigentlich noch? Eine Einladung im Prägedruck?«, fragte Brun. Dann tat sie schockiert. »Das da *ist* eine Einladung im Prägedruck!«

»Das Protokoll ... Ich kenne nicht mal das korrekte Protokoll dafür ...« Die Erinnerung an die überstürzte und chaotische Befehlsübernahme auf der *Despite* trug nicht zu ihrer Beruhigung bei.

»Dafür hat man schließlich die Intensivlernbänder erfunden. Wie sieht es mit Uniformen aus?«

»Klar. Die Zahlmeisterei, dann zum Schneider …«

Kapitel siebzehn

Swainson & Triggett, Offiziersausstatter (Alle Dienstgattungen) begrüßte die neue Kommandantin eines Patrouillenschiffes mit angemessen beherrschter Freude, und die Anwesenheit des distinguierten Vaters intensivierte nur die respektvoll gedämpfte Atmosphäre im Raum. Lieutenant Suiza, die Heldin von Xavier, ja natürlich! Eine Ehre. Und neuerlich Kommandantin? Glückwunsch! Gepäck unterwegs verloren gegangen im von der Meuterei erzeugten Chaos? Was für eine Schande! Vollständiger Satz Uniformen, so rasch wie möglich, Geld spielte keine Rolle? Sie umschnurrten Esmay: der jüngere Ser Swainson und der ältere Ser Triggett. Die Oberschneiderin für Damen wurde herbeigerufen; sie führte Esmay in eine große Kabine, die für eine kleine Gruppe gereicht hätte, wo ein ganzes Schneiderteam von Kopf bis Fuß Esmays Maße nahm; anschließend musste sie sich bewegen – sitzen, stehen, gehen, die Arme heben und senken ...

»Wir haben natürlich Stücke im Lager, die wir ändern können – was für die Alltagsuniform reicht, da Sie es ja eilig haben ...« Die alte Dame schickte eine junge zu den Kleiderständern. »Ihre Galauniformen müssen natürlich maßgeschneidert werden! Sie haben Glück; Sie haben eine gute Figur für Uniformen.«

Esmay vermutete, dass es sich dabei nur um Schmeichelei handelte, bis die Frau sagte: »Nehmen Sie mal Sera Meager – eine reizende Frau ist das, aber falls man versuchte, ihr eine Uniform anzupassen, wäre das sehr schwierig. Sie wirkt in vielen Kleidern sicher gut und sie versteht es, sich zu kleiden, aber es geht um die Verhältnisse, verstehen Sie? Das Verhältnis von Ober- und Unterarm, von Ober- und Unterschenkel, von Rumpf- und Beinlänge.« Esmay war froh, dass Brun draußen geblieben war und das nicht gehört hatte.

Das Mädchen kehrte mit einer Uniform zurück, die besser passte als jede andere, die Esmay je getragen hatte. Esmay äußerte sich entsprechend, aber die alte Dame rümpfte nur die Nase, während sie begann, die Änderungen abzustecken. »Das kann ja sein, Leutenant, aber ich wage mal die Vermutung, dass Sie Ihre Garderobe nicht *bei uns* bestellt hatten.«

»Nein – ich bin zum ersten Mal auf Castle Rock.«

»Ah! Nun, wir haben mehrere Niederlassungen. Und es gibt noch weitere gute Firmen – Hatan Meior leistet sehr gute Arbeit –, aber wir finden doch, dass wir das gewisse Etwas zu bieten haben.«

»Ich stimme Ihnen zu«, sagte Esmay, die sich gerade im Spiegel betrachtete, während die Nadeln subtil veränderten, was ihr bereits als schickere Silhouette erschienen war.

»Tragen Sie Ihr Haar gewöhnlich so?«, fragte die alte Dame mit einem kurzen Blick in den Spiegel.

»Nein, ich musste es bei einer religiösen Zeremonie schneiden lassen«, antwortete Esmay. »Ich trage es gewöhnlich kurz, aber nicht so kurz. Ich hatte mir überlegt, mir eine Perücke oder so was zu besorgen.«

»Es geht um die Mütze, sehen Sie? Falls wir sie jetzt an Ihren Kopf anpassen, sitzt sie vielleicht nicht mehr richtig, sobald Ihr Haar nachgewachsen ist, je nachdem, welche Frisur Sie wählen. Eine Perücke würde die Größe sicher verändern, aber falls Sie meinen Rat hören möchten ...«

»Gern.«

»Nach unserer Erfahrung finden Offiziere, die es mit Perücken versuchen, sie beim Schiffsdienst unpraktisch. Wir mussten aus diesem Grund schon etliche Mützen austauschen. Und Perücken passen auch nicht gut mit Kommandohelmen zusammen.«

»Danke«, sagte Esmay. »Ich dachte nur, weil meine Haare so viel kürzer sind als normal ...«

»Sie könnten sich überlegen, einen Wachstumsförderer zu benutzen; damit wächst das Haar dreißig Tage lang doppelt so schnell. Danach geht es wieder langsamer. Jeder gute Salon nimmt eine solche Behandlung vor, und soweit ich weiß, wirkt sich das nicht auf Identifizierungen aus. Viele unserer Offiziere gehen zu Dorn, weiter unten an der Straße.«

»Danke«, wiederholte Esmay.

»Die Sachen sind morgen fertig«, teilte der ältere Ser Triggett mit, als die Schneider mit Esmay fertig waren. »Verfügen Sie über eine Liste Ihrer Auszeichnungen? Sie benötigen das Band und die Miniaturmedaillen sowie die großen Galamedaillen.« Esmay gab ihm die Liste und hatte immer mehr das Gefühl, sich in irgendeiner Fantasiewelt zu bewegen ... sie war plötzlich wieder bei der Raumflotte ... sie sollte ein Schiff kommandieren ... sie hatte gerade einen vollen Satz Uniformen beim sicher teuersten Schneider des Universums bestellt ... Es war, als wäre sie in eine der Geschichten geraten, in denen sich die verachtete, ausgestoßene Schwester wie von Zauberhand in eine schöne Prinzessin verwandelte.

Sie bemerkte, dass Ser Triggett die Rechnung diskret ihrem Vater überreichte, der sie sorgfältig prüfte, ehe er seinen Kreditwürfel zückte. »Bist du sicher, dass du kein zweites Paar Bordschuhe brauchst?«, wollte er wissen. »Falls diese hier richtig bequem sind ...« Ser Triggett unterbrach seinen Weg zum Kredittisch.

Die Schuhe waren bequem; sie vermittelten Esmay das Gefühl, als ginge sie auf Wolken. Ihr Vater konnte es sich leisten, und er wollte ihr eine Freude machen. »Ja«, sagte Esmay, »ich hätte gern ein zweites Paar.«

Sie verließ das Geschäft in Uniform – der ersten Arbeitsuniform, rasch, aber perfekt für sie geändert, mit den glänzenden Kommandanten- und Rang-Abzeichen an Epauletten und Mütze. Der Tag kam ihr heller vor, obwohl es tatsächlich fast schon dunkel geworden war: Swainson & Triggett hatten sich anscheinend nicht daran gestört, dass ihre Ausstattung ein gutes Stück über den angegebenen Ladenschluss hinaus dauerte.

An diesem Abend speisten sie alle im Stadthaus der Thornbuckles – Esmay, ihr Vater, Brun, Kate und Kevil Mahoney, der schließlich mit dem neuen Arm das Reha-Zentrum hatte verlassen können. Nach dem Essen wandte sich das Gespräch der Familias-Politik zu.

»Ihr jungen Damen werdet mir wahrscheinlich nicht beipflichten«, sagte General Suiza, »aber ich rechne damit, dass die Familias immer größere Schwierigkeiten haben werden, sofern sie ihre Staatsform nicht nach rationaleren Gesichtspunkten ausrichten.«

»Das Gleiche sage ich immer wieder«, stellte Kate fest. »Sie brauchen eine Verfassung ...«

»Sie brauchen klare Überlegungen«, warf der General ein. »Eine schlechte Verfassung würde auch nicht helfen.«

»Vorrangig ist jedoch«, fand Esmay, »die Meuterei niederzuschlagen. Ohne Sicherheit finden wir gar keine Gelegenheit zu klaren Überlegungen.«

Er lächelte sie an. »Du bist eindeutig meine Tochter, Esmaya. Natürlich müssen sie zuerst die Meuterei niederschlagen und eventuelle Invasoren vertreiben. Das ist die Aufgabe der Flotte. Aber während du da draußen Meuterer wegpustest, muss hier jemand scharf über die Gründe für Attentate und Meutereien nachdenken und die übrigen Unruhen, die das Staatswesen erschüttern.« Er legte den Kopf schief und sah Kevil an. »Denken Sie nicht auch, Ser Mahoney?«

»Ja, natürlich«, stimmte ihm Kevil zu. »Ich kann jedoch nicht recht erkennen, wie wir das schaffen sollen. Häschen und ich hatten daran gearbeitet, aber ohne seinen Einfluss stehe ich mit leeren Händen da, wie man so schön sagt. Ich habe an seinem Rockzipfel gehangen ...«

»Oder hast ihn darüber angestoßen«, entgegnete Brun. »Ich weiß, dass du großen Einfluss auf seine Überlegungen hattest.«

»Na ja ... schon als junger Mann erkannte ich, dass irgendetwas bei uns die Entwicklung von Talenten jeder Art hemmt. Ich habe lange gebraucht, um daraus schlau zu werden – man sollte eigentlich meinen, dass angesichts von überall neu eröffneten Kolonialwelten, angesichts Hunderter besiedelter Planeten, die alle durch den Handel verbunden sind und sich fast sichtbar entwickeln, reichlich Karrierechancen bestehen müssten.«

»Manche Welten sind konservativer«, sagte Brun. »Sieh dir nur mal die Halbmondplaneten an.«

»Ja, das sagten meine Lehrer auch immer. Und eine Menge abschätzige Bemerkungen kursierten, in der Art von ›So sind sie nun mal, was erwartest du eigentlich?‹ Das hörte man von führenden Juristen, die mit der Lage der Dinge ganz zufrieden waren. Ich genoss jedoch den Vorzug, Zugriff auf die Bibliothek meines Großvaters zu haben – er hegte eine Leidenschaft für alte Bücher, die weit über die Freude an dekorativen Reihen attraktiver Bindungen hinausging, ebenfalls weit über ein paar Werke über Fuchsjagd oder Militärgeschichte, die man auf einem schicken Tisch zur Schau stellte. Als ich auf der juristischen Fakultät studierte, war er schon lange im Ruhestand, und nichts bereitete ihm so viel Freude, wie mit mir über historische Fragen zu debattieren – und nicht nur rechtsgeschichtliche. Einer der Punkte, von denen er mich überzeugte – und alle Indizien, die ich gesehen habe, bestätigen ihn – lautet: Jedes System, das nicht reichlich Gelegenheit für Talente bietet, unverdienten Rang zu ersetzen, wird letztlich zu Schaden kommen.«

»Was meinst du mit unverdientem Rang?«, wollte Brun wissen.

»Deinen zum Beispiel«, antwortete Kevil mit einem Lächeln, das seinen Worten viel Schärfe nahm. »Oder auch der meines Sohnes George. Ich möchte damit nicht behaupten, dass du und andere deines Standes kein Talent hätten – du hast eindeutig welches. Es wird jedoch auf Samt präsentiert, wie ein kostbares Juwel. Denk nur an diese Frauen in der neutexanischen Kultur, Brun: waren sie alle dumm, faul und unfähig?«

»Nein ...«

»Nein. Mit Hilfe deiner Vorteile wären einige von ihnen auch fähig gewesen, die Dame zu geben, denkst du nicht?« Er wartete nicht auf Antwort. »Nicht, dass es meiner Meinung nach das größte Ziel für eine Frau ist, die Dame zu geben – jedenfalls auch nicht mehr, als es für einen Mann das größte Ziel ist, Lord zu sein. Worauf ich hinausmöchte: Jedesmal, wenn eine Gesellschaft nur die Chance dazu bot, zeigte sich Talent in bislang verachteten Bevölkerungsgruppen. So erwies sich zum Beispiel in der Frühzeit der Weltraumkolonien, dass irgendeine Katastrophe die angeblich unabdingbare Führungselite umbrachte und man erwartete, die betroffene Kolonie würde scheitern – ohne dass es geschah. Immer wieder stellte sich heraus, dass man in einer Auswahl ganz normaler Menschen – einschließlich solcher, die man für minderbemittelt oder hoffnungslos hielt – Männer und Frauen von seltener Begabung an Intelligenz, Geist und Fähigkeiten antraf. Genau wie Teiche im Jahresrhythmus das Wasser austauschen und das in ihnen enthaltene Leben damit revitalisieren, so führt es neues Blut an die Spitze, wenn man den Menschentopf gut durchrührt, und es ist für alle nur das Beste.«

»Aber ...« Brun bemühte sich darum, ihre Gefühle auszudrücken. Sie war als Registrierter Embryo zur Welt gekommen – mit speziell auf außerordentliche Fähigkeiten hin selektierten Genen. Vielleicht war man in der Vergangenheit auf Talente von unten angewiesen, aber heute konnten Menschen wie ihre Eltern Talent noch vor der Geburt auswählen.

»Wir haben das auch auf Altiplano erlebt«, sagte der General. »Unsere Schirmherren hielten ihre Kolonisten für dumme Bauern, geboren und gezüchtet, um als Minderwertige von ihnen regiert zu werden. Aber es ist uns ohne unsere geborenen Führer sehr gut ergangen.«

»Und doch haben Sie auch Reiche und Arme, nicht wahr?«

»Natürlich haben wir sie. Aber ich denke gern, dass wir mit unserer kleinen Bevölkerung und unserem Bildungswesen den Kindern armer Familien größere Chancen bieten, ihre Fähigkeiten zu beweisen.«

»Zumindest den Knaben«, wandte Esmay ein. »Und sämtliche Landbräute entstammen wohlhabenden Familien.«

»Das stimmt«, räumte General Suiza stirnrunzelnd ein. »Unser System ist nicht perfekt. Da wir jedoch die Verjüngung nicht einsetzen, wissen unsere jungen Leute, dass sie schon in noch einigermaßen jungen Jahren einen Platz in der Gesellschaft finden.«

»Jetzt, wo Sie es angesprochen haben ...«, sagte Kevil und beugte sich vor. »Schon die alten Formen der Verjüngung, die aufgrund ihrer Nebenwirkungen auf Einzelanwendung beschränkt blieben, erweiterten die Möglichkeiten am oberen Ende der Gesellschaft. Wiederholte Verjüngungen verschlimmerten die Lage – verschlimmerten sie sehr. Es wäre schon schlimm genug gewesen, hätte sich diese Möglichkeit nur den reichsten Familien eröffnet und junge Leute wie euch dazu gezwungen, müßig herumzusitzen und auf eine Chance zu warten, einmal Verantwortung in der Familie übernehmen zu können – eine Chance, die sich nie einstellt. Aus eurer Perspektive ist vielleicht nicht klar, wie sehr sich Ausbildung und Leben der reichen jungen Leute im Jahrzehnt vor eurer Geburt verändert haben. Aber ich habe es miterlebt. Und reiche junge Leute, die aus den Geschäften ihrer Familien herausgehalten werden, können sich auf jede erdenkliche Art amüsieren.«

»Dann hat sich die Verjüngung verbreitet«, sagte General Suiza.

»Ja. Nehmen Sie einen berufstätigen Mann wie mich, der auf seinem Gebiet vierzig Jahre Erfahrung hat und seinen Körper nun in ein vitaleres, jüngeres Alter zurückführen kann ... warum sollte er an den Ruhestand denken? Warum sollte er sich einen jüngeren Partner suchen, wenn er sich selbst wieder jung fühlt? Man kann die Entwicklung mit einer Kristallisation vergleichen, die sich in der Gesellschaft ausbreitet und sie einfriert, die brüchig macht, was einst von fließender Qualität war.«

»Aber die Menschen möchten weiterleben«, wandte Brun ein. »Das ist doch ganz natürlich.«

»Ja, das ist es. Es ist so natürlich wie der Wunsch nach der vollkommenen Liebe, die ewig währt, nach Frieden, der nie mehr gestört wird ... es ist das alte, natürliche, kindliche Verlangen, das zu bekommen, was man sich wünscht, wann man es wünscht und für immer. Bis heute genoss die Menschheit den Segen, dass solche Wünsche unmöglich zu erfüllen waren; so hart das erscheint, die jungen Leute konnten darauf zählen, dass die Älteren vor ihnen an Kraft verloren und schließlich starben ... und dadurch Platz schufen. Jede menschliche Gesellschaft beruhte auf dieser Gewissheit, dass jeder stirbt.«

»Und jetzt müssen wir uns überlegen, wie man lebt, wenn es nicht mehr so ist?«

»Genau. So wenig ich die Benignität leiden kann: die Ausführungen ihres Präsidenten über endlose Pubertät trafen den Nagel auf den Kopf. Wir benötigen mehr Reife – falls wir schon jahrhundertelang leben, dann als Erwachsene, nicht als ewige Kinder. Wir brauchen Gelegenheiten für die jungen Leute, eine Chance für sie, ebenfalls zu reifen. Wir müssen größere Teile der Bevölkerung daran teilhaben lassen, damit der Zusammenhalt gewahrt bleibt.«

»Ist das überhaupt möglich?«, fragte General Suiza.

»Ich weiß nicht, aber wir müssen es versuchen, oder wir erleben ein Blutbad, wenn die Jungen und Hoffnungslosen die Alten und Verjüngten direkt angreifen«, sagte Kevil. »Wir haben bereits äußere Feinde, die uns sagen – und dabei eisern sind –, unser unbeschränkter Einsatz von Verjüngungen würde sie so in Angst versetzen, dass sie unser Staatsoberhaupt ermorden und eine Invasion in Erwägung ziehen.«

»Die Terakians«, sagte Esmay, »haben ein wenig davon gesprochen. Sie sagten, die Freihändler wären nicht so stark betroffen, denn sie könnten immer den Standort wechseln, aber sie erlebten eine Menge Unruhe, die sie nervös macht.«

»Wir brauchen solche Leute in der Regierung«, fand Kevil. »Solange nur reiche, verjüngte Alte an der Macht sind, können wir fest damit rechnen, dass etwas explodiert. Man findet aber viel mehr Leute, darunter auch intelligente, nachdenkliche und anständige Leute, die nicht reich sind und nicht in der Lage, sich verjüngen zu lassen. Als Häschen und ich dieses Thema zuletzt besprachen, stellten wir fest, dass wir mehr nichtverjüngte junge Menschen mit Anrecht auf einen Ratssitz haben als verjüngte, die schon im Rat sind. Vielleicht liefert uns das einen Ansatzpunkt, solange diese Mehrheit besteht. Trotzdem müssen wir über die Kreise der alten Familien hinausgehen. So unbequem und schwierig es auch wird, das Wahlrecht auszuweiten – eine Revolution wäre viel, viel schlimmer!«

Die Stunden verrannen wie Wasser durch einen Abfluss ... eine Nacht unruhigen Schlafes ... der Friseurtermin ... ein Tag für die abschließende Anpassung der neuen Uniformen (der eigene Anblick in Umhang und langem Rock der Kasino-Galauniform erschreckte sie – sie wirkte fast königlich), für den Kauf des Gepäcks, worin sie sie verstauen konnte – in die Reisetasche hätte sie sie nicht stopfen können, selbst wenn sie dazu bereit gewesen wäre – und für die erreichbaren Informationen über die Besatzung ihres Schiffes (ihres Schiffes!). Ein letzter hastiger Einkauf, als die alte Dame sie daran erinnerte, dass ein Kommandant auch mal zu Besuch bei Zivilisten war und eine zivile Garderobe benötigte; sie nahm Brun dazu mit. Ihr Vater reiste am zweiten Abend nach Hause ab; in den wenigen Stunden, die bis zu ihrer eigenen Abreise vergingen, stellte sie erstaunt fest, wie sehr sie ihn vermisste.

Dann brachten Brun und Kate sie zum Shuttle-Terminal, und nach einer letzten Runde des Abschiednehmens schloss sie sich dem Strom weiterer uniformierter Fluggäste an, die Kurs auf das Shuttle-Tor der Raumflotte nahmen. Diesmal erkannte die ID-Kabine Esmay sofort; sie verspürte nur einen Augenblick lang Klaustrophobie, weil sie sich an die Verhaftung beim letzten Mal erinnerte; dann sprang die Lampe wieder auf Grün.

»Willkommen zu Hause, Lieutenant«, begrüßte sie der Wachtposten am Tor auf Rockhouse Major. »Ihr Schiff zum Sektor-VII-HQ fährt in vier Stunden, Sir.«

»Danke, Sergeant«, sagte Esmay. Sie hoffte, dass diese Zeitspanne für die Nachsendung des Gepäcks reichte. Sie wollte die schönen neuen Sachen nicht schon wieder verlieren. Inzwischen konnte sie, da sie ja aufs Neue Zugriff hatte, in der Datenbank der Flotte nach Barin suchen. Zwei Stunden später wandte sie sich verwirrt vom Display ab.

Copper Mountain? Was tat Barin denn auf Copper Mountain?

Rockhouse Major, 09 Uhr Ortszeit

Harlis Thornbuckle musterte den grauhaarigen Mann, der ihm am Tisch gegenübersaß: groß, gepflegt, mit eckigen Schultern, aufrecht, mit einem Gesicht, das – wie Harlis wusste – von der Befehlsgewalt über ein Schiff des Regular Space Service herrührte.

Ein Schiff jedoch, das nicht mehr dem Regular Space Service angehörte. Ein Schiff, das jetzt in jedermanns Dienst stand, der genug Geld auf den Tisch legte.

»Aber warum möchten Sie nach Sirialis, wo man gleich als Erstes nach Ihnen suchen wird?«

»Das wird nicht geschehen, weil niemand nach mir sucht und weil sich auch kein anderes Familienmitglied dort aufhält.« Es spielte keine Rolle, dass man nach ihm suchen würde, sobald man herausfand, dass er seiner Kontrollmanschette entschlüpft war. Diese Erkenntnis würde allerdings dank seines Zahnarztes noch Stunden auf sich warten lassen. Falls es ihm schnell genug gelang, sein Geschäft mit diesem Burschen abzuschließen, noch einen kurzen Abstecher zurück nach Castle Rock zu unternehmen und dann von dieser verdammten Station zu fliehen, gab es kein Problem. Die auf seinem Funkgerät zu Hause gespeicherten Nachrichten müssten deutlich machen, dass er unterwegs zu den eigenen Liegenschaften war. Außerdem ging das diese Söldnerseele gar nichts an. »Sie können doch die Kommunikation unterbrechen, nicht wahr?«

»Ja, oder die Kontrolle darüber selbst übernehmen. Aber es ist ein abgelegenes System …«

»Umso besser, nicht wahr? Geringe Bevölkerung, hohe Produktivität, nicht an regulär befahrenen Handelswegen gelegen. Es ist als Familiensitz bekannt, also warum sollte irgendjemand dort nachsehen kommen?«

Der grauhaarige Mann runzelte die Stirn. »Wir brauchen mehr Informationen.«

»Die kann ich Ihnen besorgen. Aber können Sie es tun?«

»Wahrscheinlich. Ja. Aber es wird Sie etwas kosten.«

»Das ist kein Problem. Ich habe reichlich Geld.«

»Schön. Dann überlegen Sie mal, wie Sie uns von dieser Station bringen.«

»Wegbringen ..?«

»Sie denken doch nicht etwa, ich hätte meine Schiffe mitgebracht und sie neben einem Haufen Handelskähne ins Dock gefahren, oder? Das hätte wirklich bedeutet, direkt in die Höhle des Löwen zu spazieren.«

Harlis hatte gedacht, dass eine gefälschte Transponder-ID dafür gereicht hätte, aber falls sie eine Passage benötigten, war das auch kein Problem. »Wir können eine Yacht mieten«, sagte er.

»Einfach so?«

Harlis richtete sich auf. »Ich bin Familienrepräsentant mit Ratssitz!«, erklärte er. »Was immer geschieht, das können sie mir nicht nehmen, und ich habe mehr als ausreichende Mittel, um jede Yacht zu mieten, die man hier oben findet. Was brauchen wir?«

»Sehen wir mal nach, was auf der Liste steht.« Der

Mann, der nach wie vor seinen Namen nicht genannt hatte, holte sein Kom-Gerät hervor und rief auf, welche Fahrzeuge von Allsystems Leasing angeboten wurden. »Besorgen Sie uns die *Lillian C.*«, empfahl er, nachdem er die Liste durchgesehen hatte. »Nimmt fünfzehn Fahrgäste auf. Ohne Besatzung. Die haben wir selbst. Falls Allsystems sie nicht ohne Besatzung vermieten möchte, bitten Sie darum, mit Denny zu reden, und sobald Sie ihn in der Leitung haben, sagen Sie: ›Kleine Schiffe haben große Ohren.‹ Dann müsste alles klar gehen.« Er lehnte sich zurück, steckte das Kom-Gerät in die Tasche und nickte Harlis zu.

»Sofort?«

»Wie schnell möchten sie von hier weg?«, fragte der Mann.

»In Ordnung.« Harlis rief bei Allsystems an, wo ihn sein Name gleich über die ersten beiden Stationen hinwegführte und direkt mit einem persönlichen Verkäufer verband. »Ich muss eine Yacht mieten«, sagte Harlis. »Was haben Sie zur Verfügung?« Der Verkäufer schilderte ihm die Yachten und übermittelte die Daten. Harlis machte abschätzige Bemerkungen, bis der Verkäufer die *Lillian C.* erwähnte. »Das klingt nicht schlecht«, sagte Harlis. Er hörte sich noch ein paar weitere Vorschläge an und erklärte: »Diese *Lillian*-Yacht – das klingt ganz nach dem, was ich suche. Wie schnell kann sie startbereit sein?«

»In sechs Stunden, Ser Thornbuckle, aber was die Besatzung angeht …«

»Zerbrechen Sie sich darüber nicht den Kopf«, entgegnete Harlis. »Darum kümmere ich mich selbst.«

»Ah … Gefolgsleute der Familie, vermute ich?«

»Qualifizierte Crewleute«, versetzte Harlis.

»Wir hätten es wirklich lieber, falls zumindest eine Person von Allsystems …«

»Falls es eine Kostenfrage ist«, erklärte Harlis, »bin

ich bereit, die Gebühr für ein Schiff mit Besatzung zu zahlen.«

»Oh ... nun, dann ... Wie lange brauchen Sie sie?«

»Sechzig Tage – nein, machen Sie lieber neunzig daraus. Ich muss mehrere Sonnensysteme besuchen ... Burkholdt, dann Celeste. Falls ich mich korrekt entsinne, frisst die Transitzeit vierzig Tage auf, und dann folgen noch meine Geschäfte auf dem jeweiligen Planeten ...«

»Wie wäre es mit neunzig Tagen und einer Option auf weitere neunzig? Sie können die Mietzeit über jede Allsystems-Niederlassung verlängern; wir haben sowohl auf Burkholdt wie auf Celeste Agenten ...«

»Das ist ausgezeichnet«, lobte Harlis. »Welche Pakete an Versorgungsgütern bieten Sie an?«

»Na ja, da haben wir zunächst das Grundpaket, aber für einen Gentleman Ihres Ranges empfehlen wir gewöhnlich mindestens das Goldpaket ...«

»Schön. Ich komme in Kürze hinüber, um zu unterschreiben und die Anzahlung zu leisten. Besorgen Sie uns derweil einen Starttermin, ja?«

»Natürlich, Ser Thornbuckle.«

Jetzt war Harlis damit an der Reihe, sich zurückzulehnen und seinen neuen Angestellten anzusehen. »In sechs Stunden ist sie bereit«, sagte er.

»Gut«, sagte der Mann. »Nebenbei: mein Name lautet Taylor. Ich hole jetzt lieber die Besatzung zusammen; besorgen Sie diese Information, von der Sie sagten, Sie könnten sie auftreiben, und treffen Sie mich im Allsystems-Büro um ...« Er blickte auf die Uhr. »Um 21 Uhr.«

Harlis fiel auf, dass dieser Angestellte ihm Befehle, aber nur sehr wenig Informationen gab.

Castle Rock, 09 Uhr 30 Ortszeit

Brun wandte sich seufzend vom Shuttle-Terminal ab. »Na ja, ich bin froh, dass sie wieder dorthin geht, wo sie hingehört, aber hier müssen wir uns wirklich mit Problemen herumschlagen. Und ich habe im Grunde keinen Schimmer, wo ich anfangen soll.«

Kate zeigte ihr wieder dieses dreiste Lächeln und sagte: »Vielleicht möchtest du ja damit beginnen und mir helfen, meinen Auftrag zu Ende zu bringen, damit ich nach Hause fahren kann. Jetzt, wo dieser Conselline aus dem Weg ist und ihr einen neuen Außenminister habt, müssten wir eigentlich diese Handelsbeschränkungen und Kontosperren aufgehoben bekommen, denkst du nicht auch? Und jetzt wäre wirklich der geeignete Zeitpunkt für die Familias, sich auf guten Fuß mit ihren Nachbarn zu stellen.«

»Du reist auch ab?«

»Na ja, Süße, ich kann nicht für immer hierbleiben und denke mir, dass ich euch hier so ziemlich jeden Rat erteilt habe, den ich nur kann, und das, ohne dafür eine Rechnung zu schreiben.«

Brun lachte. »Ich werde dich vermissen. Aber ja, wir müssten eigentlich die Wünsche deiner Regierung erfüllen können. Da meine Mutter jedoch den ehemaligen Außenminister umgebracht hat, schaffst du das womöglich besser ohne meine Hilfe.«

»Das werden wir sehen«, entgegnete Kate. »Warum komme ich nicht einfach zum Mittagessen? Ich kann dir dann erzählen, wie es gelaufen ist. Im Stadthaus?«

»Prima«, fand Brun. Kate winkte und wandte sich ab. Brun wollte ihr schon eine Mitfahrgelegenheit anbieten, aber ihr fiel ein, dass der Ranger mühelos selbst zurechtkam. Brun warf einen Blick zur Seite, um sicherzustellen, dass ihre Sicherheitsleute in Position waren, und ging dann zahm zum eigenen Fahrzeug.

Im Stadthaus schlenkerte sie die Schuhe von den Füßen, als sie die kleine, aber gemütliche Bibliothek betrat, die ihrem Vater gehört hatte ... und davor dessen Vater, wie sie vermutete. Jetzt war es ihre, zumindest wenn sie hier allein war. Sie setzte sich in einen der großen Lehnstühle, legte die Füße auf den Schemel und schloss die Augen. Den Straßenverkehr konnte sie hier nicht hören, aber sie bekam mit, wie sich ein Gärtner bei einem anderen über eine Lieferung von Setzlingen beklagte.

Sie hörte das ferne Summen, das von einem eingehenden Anruf kündete, ignorierte es aber und ließ die Augen einen Moment lang geschlossen. Als jedoch weiche Schritte durch den Flur näher kamen, richtete sie sich auf. »Für mich?«, fragte sie, als die Haushälterin eintrat.

»Ja, Sera. Viktor Barraclough.« Viktor! Was der wohl von ihr wollte? »Ich nehme das Gespräch hier entgegen«, sagte Brun.

»Es liegt auf der abhörsicheren Leitung«, sagte die Haushälterin.

Was bedeutete, dass sie die abgeschirmte Kabine in der Eingangshalle benutzen musste. Brun schlüpfte hinein, legte die Hände auf die ID-Tafel und blickte in die Scannermaske. Als die Lampe auf Grün sprang, versiegelte sie die Kabine und meldete sich.

»Viktor? Hier ist Brun; wie kann ich dir helfen?«

»Brun, Stepan möchte dich treffen.«

Das Oberhaupt des Clans Barraclough wollte sich mit ihr treffen? Ihr Herz klopfte schneller, und Fragen überstürzten sich in ihrem Kopf. Sie stellte jedoch nur die nützlichen: »Wo und wann?«

»Er würde es vorziehen, falls du ins Büro seines Anwalts kämst – und geht es Kevil Mahoney gut genug, um sich dir anzuschließen?« Was ging da vor?

»Ich habe eine Verabredung zum Mittagessen«, sagte

Brun. »Aber ich nehme mit Kevil Verbindung auf und frage ihn; ich vermute, Stepan möchte uns heute noch sprechen?«

»Falls möglich, heute Nachmittag um drei; falls nicht, dann morgen.«

»Ich verstehe.«

»Und – es geht um Familien- und Clanangelegenheiten, die wir lieber geheim halten möchten. Ich weiß, dass du diese Frau aus der Lone Star Konföderation zu Besuch hast – so eine Art Polizeibeamtin?«

»Sie nennen das einen Ranger. Ja – sie hat mir geholfen, als Harlis Vaters Testament anfocht.«

»So hatte ich es auch gehört. Falls du glaubst, dass sie diskret ist, hat Stepan keine Einwände, ihr mitzuteilen, wo du hingehst, aber sonst bitte niemandem.«

»Also gut.«

Sie rief aus derselben Kabine Kevil an, der inzwischen aus dem Reha-Zentrum nach Hause zurückgekehrt war, und wartete, bis er sich in die abhörsichere Verbindung eingeschaltet hatte.

»Was hast du jetzt vor?«, fragte er.

»Viktor Barraclough«, sagte Brun. »Er hat mich angerufen und mir mitgeteilt, dass Stepan mich zu Familien- und Clanthemen sprechen möchte – und dich auch, falls du dich dem gewachsen fühlst. Heute oder morgen Nachmittag.«

Kevil schürzte für einen Moment die Lippen. »Das klingt ... sehr interessant. Hast du über die letzten zwei Tage die Nachrichten verfolgt?«

»Nein – wir waren damit beschäftigt, Esmay wieder in die Flotte und auf den Weg zu ihrem neuen Kommando zu bringen. Warum?«

»Die Consellines streuen das Gerücht, eure Familie hätte mit der Benignität zusammengearbeitet, um die Todesfälle auf Patchcock, das Attentat auf Hobart und den Tod Pedars in die Wege zu leiten.«

»Ach wirklich«, sagte Brun. »Das ist ja findig von ihnen. Wie, denken sie, haben wir das getan?«

»Na ja ... anscheinend hatte Oskar Morrelline die Idee, der Spion der Benignität in ihrer Pharma-Fabrik auf Patchcock wäre dort von eurer Familie eingeschleust worden – um den Ruf der Morrellines zu ruinieren, weißt du?«

»Aber das ist lächerlich«, fand Brun.

»In hohem Maße paranoid«, pflichtete ihr Kevil bei. »Leider muss jedoch Oskars Tochter Ottala ihrem Vater wenig schmeichelhafte Dinge über dich erzählt haben, Erlebnisse aus eurer gemeinsamen Schulzeit, denn Oskar ist jetzt überzeugt, ihr alle hegtet einen Groll gegen die Morrellines.«

Erinnerungen an Schulmädchenstreiche stiegen in Brun auf – an ihre Zeit damals mit Ottala ... »Sie war ganz schön giftig«, sagte Brun, »aber ich habe nichts Schlimmeres angestellt als sie.«

»Da hat er anderes gehört. Er hat sich beinahe davon überzeugt, dass eure Familie nicht nur diesen Spion eingeschleust hatte, sondern dass Ottala ihm auf die Spur gekommen war und kurz davor stand, ihn zu entlarven, als er sie umbrachte.«

»Ottala hätte nicht mal eine in einen Farbtopf getauchte Katze über einen weißen Teppich verfolgen können«, behauptete Brun, in der alter Groll aufflammte. »Sie war eisern egoistisch.« Kevil sagte nichts dazu, und sie spürte, wie sie rot wurde. »Ich war natürlich nicht anders – das galt für uns alle, außer vielleicht Raffaele –, aber Ottala war nicht nur verdorben und reich und egoistisch ... sie war außerdem nicht übermäßig gescheit.«

»Wie auch immer die Fakten aussehen«, sagte Kevil, »was die Leute glauben ist etwas anderes. Oskar hat unter Hobart ein wenig Einfluss zurückgewonnen und macht aus Hobarts Tod das Beste. Er glaubt fest, dass der

Botschafter der Benignität lügt – dass die Benignität nicht wirklich jemanden umbringen lässt, nur weil sie die Verjüngung ablehnt –, und außerdem war Hobart nicht verjüngt.«

»Also malen uns die Consellines schwarz«, stellte Brun fest. »Unsere engere Familie oder den ganzen Clan?«

»Den ganzen Clan.«

»Ich vermute, Stepan möchte, dass ich das Opferlamm spiele«, sagte Brun. »Vor dem Rat, vor aller Welt.«

»Das bezweifle ich«, erwiderte Kevil. »Stepan hat deinen Vater respektiert und gemocht – er ist sehr alt, weißt du, und hat sich nie verjüngen lassen. Ich vermute, dass er dich bitten möchte, etwas zu tun, und wir sollten lieber herausfinden, was.«

»Schaffst du es heute Nachmittag?«

»Natürlich. Um drei? Ich bin dort. Und falls du Spielerin wärst, würde ich mit dir wetten, dass mich jemand zum Mittagessen einläd, wenn ich jetzt dort anrufe, und dann sind wir um circa zwei Uhr in deren Büro und plaudern darüber, wie meine Geschäfte wieder in Schwung zu bringen sind ... und ich könnte ganz zufällig um drei immer noch dort sein, wenn du eintriffst.«

»Wie verschlagen!«, fand Brun.

»Ja. Und falls du daran denkst, dass du und Stepan gleichzeitig vor der Tür auftaucht, dann denk lieber noch mal nach. Drei Uhr heute Nachmittag – das gibt ihm reichlich Zeit, die gestaffelte Ankunft aller Personen zu arrangieren, die er nur empfangen möchte, ohne dass viel Zeit für undichte Stellen bleibt, ihr Werk zu tun. Mach ein besorgtes Gesicht, Brun, wenn du hingehst – sieh ganz nach jemandem aus, der mit ordentlich Schelte rechnet oder mit der Aberkennung des Ratssitzes. Und es würde nicht schaden, falls du Buttons anrufst und ihn fragst, was er von der Morrelline-Gerüchteküche hält – aber erwähne Stepan dabei nicht.«

»Noch mehr Verschlagenheit«, sagte Brun. »Das schaffe ich.«

Wenig später kam Kate zum Mittagessen und strampelte die hochhackigen Schuhe von den Füßen, als sie auf den gemusterten Teppich der Eingangshalle trat.

»Ich verstehe nicht, warum du diese Dinger trägst, wenn sie doch deinen Füßen wehtun.«

»Des schieren Vergnügens wegen, sie wieder auszuziehen und mit den Zehen auf diesem Teppich zu wackeln«, erklärte Kate. Sie zeigte eine triumphales Gesicht. »Ich habe das Außenministerium fast so weit, das Handelsembargo aufzuheben, und ich habe für heute Nachmittag Verabredungen mit zwei weiteren Ministern. Sobald ich die Kontosperren aufgehoben bekommen habe, ist es vorbei, und ich kann nach Hause fahren. Wobei ich mir unterwegs vielleicht ein paar Sehenswürdigkeiten anschauen werde.«

»Sehenswürdigkeiten?«

»Na ja, wie ich schon diesem jungen Mann auf dem Schiff sagte, das mich herbrachte: ich würde gern ein paar berühmte Plätze der Familias besuchen. Wann finde ich sonst schon Gelegenheit dazu?«

»Was hast du auf der Liste?«, erkundigte sich Brun. »Du weißt ja, dass es ein Jahr oder noch länger dauern könnte ...« Beim Essen diskutierten sie Urlaubsziele; dann zog Kate die Schuhe wieder an und machte sich auf in die Schlacht gegen die Bürokraten.

Kapitel achtzehn

Brun traf in der Kanzlei von Spurling, Taklin, DeVries und Bolton ein und zeigte dabei, wie sie hoffte, ein besorgtes Stirnrunzeln. Sie hatte an eine Verkleidung gedacht, die Idee aber wieder verworfen, und trug jetzt ein weiteres konservatives Kleid.

»Ah … Sera Meager!«, sagte die Empfangsdame. »Bitte treten Sie ein.« Und sie entriegelte die Innentür. Brun ging hindurch und sah sich einem glänzend aufgemachten jungen Mann gegenüber, in dem sie erst einen Augenblick später George Mahoney in förmlicher Geschäftskleidung erkannte; er zeigte eine so ungewohnte Miene, dass er sich selbst gar nicht mehr ähnlich sah.

»Hab dich hereingelegt, was?«, sagte er. Er grinste, und der alte George tauchte wieder auf. »Habe mein Examen bestanden. Ich bin hier, um mich vorzustellen …«

Brun hätte ihn fast schon gefragt, ob er nicht bei seinem Vater arbeiten wollte, aber ihr fiel noch rechtzeitig ein, dass er von ihnen allen damit wohl die beste Ausrede hatte.

»Dad hat heute mit einem der Seniorpartner zu Mittag gegessen«, fuhr er fort, für die Ohren eines möglichen Lauschers in den kleinen Büros bestimmt, an denen sie vorbeikamen. »Sie haben eine freie Stelle – er rief an und sagte, ich sollte herüberkommen. Hier bin ich also, und ich denke, sie überprüfen gerade meine Bereitschaft, Anweisungen zu folgen, indem sie mich gebeten haben, Besucher hereinzuführen.«

»Wie ist das Examen gelaufen?«, fragte Brun und

stellte damit die am wenigsten gefährliche unter den Fragen, die ihr durch den Kopf gingen.

»Ich habe mich ganz gut geschlagen«, antwortete George, und Röte breitete sich über seine Wangenknochen aus. »Eigentlich habe ich mich sehr gut geschlagen, und Dad hat sich gefreut. Ich denke, er hat deshalb eine Einladung zum Mittagessen arrangiert, obwohl er sagte, Ser Spurling hätte ihn schon früher gefragt, ob die Kanzlei helfen könnte.«

»Hast du die besten Noten erzielt?«

Er lief noch dunkler an. »Um die Wahrheit zu sagen: nicht ganz. Du kennst doch diese Kusine von dir, Veronica?«

Brun erinnerte sich an dieses etwas linkische Mädchen vom Jagdball vor langer Zeit, als der Kronprinz auf einem Pferd in den Speisesaal geritten war.

»Sie hat die besten Noten; ich bin Zweiter geworden. Und – wir werden heiraten.« Bevor Brun etwas sagen konnte, fuhr er fort: »Und da sind wir, Sera Meager – Ser Spurlings Büro.«

Ser Spurling, der um die sechzig zu sein schien, lud sie ein, das geräumige Büro zu betreten, und bat George, ins Untergeschoss zu gehen und ein paar Akten zu holen, die der Bibliothekar für ihn bereithalten würde. Im Büro traf Brun Kevil an, der sich mit seinem neuen Arm schon viel wohler zu fühlen schien, sowie Viktor und Stepan Barraclough.

»Brun, meine Liebe, wie schön, dich wiederzusehen.« Stepan stand auf und kam auf sie zu. Er war ein alter Mann, wenn auch nicht so alt wie Viktor, und sah ganz danach aus – das Gesicht faltig und schlaff; die Knochen traten darunter hervor, und die Augen lagen eingesunken unter schweren Lidern. »Danke, dass du gekommen bist.«

»Nichts zu danken. Ich danke eher dir.«

»Du hast dich sicher gefragt, warum ich dich hergebeten habe, und hast bestimmt gehört, was Oskar Morrelline behauptet.«

»Ja zu beidem«, sagte Brun.

»Gut. Brun, ich weiß nicht, ob du je gehört hast, warum ich eine Verjüngung ablehnte …« Sie schüttelte den Kopf. »Diesen Preis verlangte mein Großvater Kostan dafür, dass mir die Nachfolge für das Amt gesichert wurde, das ich jetzt innehabe. Seiner Meinung nach sollte der Clan in der Übergangszeit, während sich die Verjüngung in Verbreitung und Wirksamkeit immer mehr durchsetzte, jemanden in seiner Machtstruktur haben, der selbst nicht verjüngt war – der für die anderen eine Wirklichkeitsprüfung darstellte, sie an das Verstreichen der Zeit und die Bedürfnisse des Ganzen erinnerte.«

»Langes Leben oder Macht, nicht beides«, warf Viktor ein.

»Genau.« Stepan lächelte. »Auch die Erfahrung, sich nach langem Leben zu sehnen und mit denen Umgang zu haben, die darüber verfügten. Mit zwanzig fiel es mir nicht schwer, die Macht zu wählen. Als ich mit vierzig und fünfzig in der Machtstruktur unseres Clans aufrückte, spürte ich zuerst die Sehnsucht, denn damals verjüngten sich meine Freunde. Meine Frau wollte, dass ich es auch tat – sie selbst tat es, und als ich mich ihr nicht anschloss, verließ sie mich. Damals war es hart für mich, mich an die Absprache zu halten, aber falls ich etwas bin, dann dickköpfig.« Er lachte leise. »Außerdem hatte Großvater einem meiner Onkel die gleiche Zusage abgerungen, der damals neues Clanoberhaupt wurde; wäre ich also ausgestiegen, hätte mein Onkel sich jemand anderen gesucht. Und ich war, wie Großvater vorhergesehen hatte, gut für die Aufgaben eines Clanoberhaupts geeignet.«

»Ich entschied mich für ein langes Leben«, sagte Viktor. »Aber ich hatte auch immer zu viel Temperament, um für diesen Job in Frage zu kommen.«

»Ah, aber du bist ein sehr guter Strohmann, Viktor. Ich kann mich darauf verlassen, dass du feindlichen Beschuss auf dich ziehst und damit den Gegner zwingst, die Stellung zu verraten, wo er im Hinterhalt liegt.«

»Deshalb ist er so gut bei seiner Arbeit«, erklärte Viktor Brun lächelnd. »Er findet immer eine Möglichkeit, die Leute zu dem zu verlocken, was er möchte.«

»Nicht immer. Ich habe Harlis nie besonders kooperativ gefunden und dankte Häschen dafür, dass er vor seinem Bruder auf die Welt gekommen war.« Stepan blickte jetzt Brun direkt an. »Ich weiß, wofür deine Gene ausgewählt wurden, aber nicht ganz, was du daraus gemacht hast. Ich brauche deine Talente, meine Liebe. Ich hatte gehofft, noch etwa zehn Jahre warten zu können, aber die Ereignisse haben sich gegen mich gewandt. Du bist jung, hast aber Erfahrungen durchgemacht, die die meisten Menschen zur Reife bringen würde; ich hoffe, dass sie auch dich reif gemacht haben.«

»Das hoffe ich auch«, sagte Brun. Sie hatte allmählich eine Ahnung, worauf er abzielte, und die Aufregung über die mögliche Aufgabenstellung stritt sich in ihrem Kopf mit der Angst, dass sie dafür nicht bereit war.

»Ich brauche einen Erben«, fuhr Stepan fort. »Und ich biete dir dieselbe Absprache an, wie ich sie getroffen habe.« Er legte eine Pause ein; Brun sagte nichts ... bekam gar nichts heraus. »Der Staat befindet sich in der Krise; auch ohne die Anschuldigungen der Morrellines hätten ihn die wirtschaftlichen Probleme, die sich aus dem Chaos bei der Verjüngung ergeben, und die Gefahr aus der Benignität an den gleichen Scheideweg geführt. Die Frau, die vorrangig für meine Nachfolge vorgesehen war – Carlotta Bellinveau – erkrankte nach Behandlung einer gewöhnlichen Infektion an Nierenversagen. Nur eine Verjüngung konnte ihr Leben retten, und sie war erst fünfundvierzig. Sie entschied sich, das Risiko einzugehen, aber trotz der Transplantationen ist sie vergangenes Jahr gestorben. Litte ich an Verfolgungswahn, dann könnte ich vermuten, die Consellines steckten dahinter – im Hinblick auf die Medikamente, die Carlotta bei der erwähnten Infektion bekam. Offen gesagt denke ich, es war einfach ein Unglück.«

»War das … alles? Du hattest nur einen Nachfolger?«

»Ursprünglich nicht. Aber die Kombination aus Führungstalent und der Bereitschaft, auf Verjüngung zu verzichten, gestaltet es schwierig, die richtigen Leute zu finden. Als ich noch jung war und die wiederholte Verjüngung ganz neu, fand man reichlich vorsichtige Menschen, die sich im Alter von vierzig oder fünfzig noch nicht verjüngt hatten – aber ihre Anzahl ist geschrumpft. Heute besorgen sich viele reiche Leute die erste Verjüngung mit dreißig; deine eigene ältere Schwester und ihr Gatte haben sich gerade verjüngt, Brun, und sich nichts dabei gedacht. Sie sind in den Dreißigern.«

Brun fragte sich, ob er wusste, dass sie selbst sich schon hatte verjüngen wollen, um Aussehen und Identität zu ändern, um ihr altes Ich auszulöschen … jetzt kam ihr das makaber vor, eindeutig die Idee eines Menschen, der geistig aus dem Gleichgewicht war.

»Falls ich also einwillige, mich nicht zu verjüngen, unterstützt du mich bei der Bewerbung um den Clanvorstand? Ich dachte, dafür würden Wahlen abgehalten …«

»Das werden sie, aber wie nahezu alle Wahlen sind sie manipuliert«, sagte er. »Und der Verzicht auf eine Verjüngung ist nur der erste Schritt bei der Auswahl der Kandidaten. Falls du ja sagen möchtest, dann tue es bitte, damit wir uns dem Rest zuwenden können.«

Nach einem Augenblick erschrockenen Schweigens

sagte Brun: »Ja, ich bin einverstanden. Ein kurzes Leben und ein glückliches.«

Stepan lächelte. »Gut – das war der erste Schritt. Nebenbei: ich habe festgestellt, dass es ein gutes Geschäft ist. Auf halber Strecke fiel es mir zwar schwer, daran festzuhalten, aber heute bedauere ich nichts mehr. So – ich hatte seit deiner Rückkehr noch keine Zeit, dich besser kennen zu lernen, aber ich habe trotzdem meine Fühler ausgestreckt. Viktor, gib ihr den Würfel ...« Brun nahm den Datenwürfel entgegen. »Du wirst dir das privat ansehen wollen ... es handelt sich um ein vollständiges Dossier über dich. Falls du darin irgendwas nicht findest, besonders etwas, was sich auf deine politische Schlagkraft auswirken könnte, muss ich es erfahren. Wie viele Sitzungen des Großen Rats hast du inzwischen besucht?«

»Fünf«, antwortete Brun.

»Gut. Ich hoffe, du bist darüber hinaus, vor einer Teilnahme noch Scheu zu empfinden.«

»Oh ja!«, versetzte Brun.

»Ich möchte dich bitten, dich bei der nächsten Sitzung im Namen des Clans an den Großen Rat zu wenden. Wie du dir vielleicht schon denken kannst, wird diese Sitzung bald anberaumt werden; die Consellines verlangen sie, um über Pedars Tod zu diskutieren. Es handelt sich um eine Debatte von entscheidender Bedeutung, und ich hoffe, dass du den Rat nachhaltig überraschen wirst.«

Brun konnte noch verhindern, dass sie hörbar schluckte.

»Was würdest du sagen«, wollte Stepan wissen, »falls du jetzt sofort sprechen müsstest, und ohne mehr zu wissen, als aktuell der Fall ist?«

Brun blickte kurz zu Kevil hinüber, aber er sah nur Stepan an, nicht sie. Ideen überschlugen sich in ihrem Kopf ... welche Priorität sollte sie setzen? Familie und

Clan gegen die Anschuldigungen der Morrellines verteidigen? Das schwierige und komplizierte Thema der Rechtsreformen ansprechen und ihre Beziehungen zur Verjüngung? Die Verjüngten angreifen? Nein ... blitzartig wurde ihr klar, worauf es jetzt – in diesem Augenblick – ankam: ein gemeinsames Ziel, etwas, was die fast miteinander im Krieg liegenden Familien auf einen gemeinsamen Kurs brachte, wie der Anblick der flüchtenden Beute zankende Jagdhunde zur Zusammenarbeit motivierte. War so die Vorgehensweise ihres Vaters gewesen? Sie konnte ihn nicht mehr fragen; sie musste sich selbst schlüssig werden.

»Sirs und Ladies«, begann sie, als spräche sie tatsächlich vor dem Plenum des Großen Rates, »welche Probleme unser Staatswesen auch immer hat, wir müssen uns einer klaren Priorität stellen – denn um die schwierigen und vielschichtigen Probleme anzugehen, benötigen wir Zeit und Sicherheit, und die größte Gefahr für unsere Sicherheit geht derzeit von der Meuterei im Regular Space Service aus. Schenken wir zunächst der Niederschlagung dieses Aufstandes unsere volle Unterstützung, der Wahrung von Sicherheit für unsere Bevölkerung und unseren Handel, damit wir die Zeit und den Frieden finden, um andere Fragen zu diskutieren.«

Stepan nickte. »Gut. Sogar ausgezeichnet.« Er sah Kevil an. »Du hattest Recht; sie bringt die nötigen Instinkte mit und hat gelernt, wie sie sie nutzen kann. Du wirst das noch ausarbeiten und polieren müssen – aber mir gefällt der Geist, der sich darin ausdrückt. Wie möchtest du die Fragen behandeln, die nach deiner Familie gestellt werden?«

Brun antwortete: »Mit der Wahrheit, Sir. Um ihnen anschließend zu sagen, dass sie mich später zerreißen und auffressen können, falls sie möchten, dass wir jedoch zurzeit vorrangig die Loyalisten in der Raumflotte unterstützen müssen.«

»Eines muss man einer Vorgeschichte mit Fuchsjagden zugute halten«, warf Kevil ein. »Sie bringt eine Fülle von farbigen Metaphern und anderen Sprachfloskeln mit sich.«

»Ja ... solange man ihnen einen Fuchs anbieten kann, den sie hetzen dürfen; und ich gestehe, dass die Meuterei eine sehr lobenswerte Version von Fuchs ist. Ich hoffe, dass wir ihn fangen, zur Strecke bringen und zerreissen können, ehe er uns entwischt.«

Stadthaus der Thornbuckles, 17 Uhr 30

Brun hörte Kate durch den Flur kommen und löschte den Bildschirm des Würfellesers. Sie atmete schnell, war von Stepans Dossier mehr als nur ein bisschen erstaunt. Dass er mühelos Einzelheiten über viele Probleme in Erfahrung gebracht hatte, die keiner breiten Öffentlichkeit bekannt geworden waren – die nur in diversen Boulevardsendungen erwähnt worden waren –, überraschte sie nicht. Aber wo hatte er nur diesen Schlamassel aus ihrer Schulzeit ausgegraben, als sie dreizehn war – und wie hatte er herausgefunden, dass es gar nicht ihre Schuld gewesen war, obwohl sogar ihre Eltern das stets geglaubt hatten? Woher wusste er, dass Brigdis Sirkin sich ihr verweigert hatte?

»Nur noch eine offizielle Verabredung«, sagte Kate und warf sich in einen Sessel. »Dann bin ich endlich frei ...« Sie sah Brun an, und ihre Miene wechselte. »Was ist heute Nachmittag denn mit dir passiert? Du siehst aus, als wärst du von einer Herde Langhörner überrannt worden.«

»Alte Familiengeschichte«, antwortete Brun. »Bist du je über die Information gestolpert, was jemand in deiner Kindheit genau über dich dachte?«

»Du meinst, alte Briefe oder Schulunterlagen oder so

was? Ja ... ich schätze, ich weiß, was du meinst. Selbst wenn dort etwas Nettes steht, ist es nie von genau der Art, die man erwartet oder sich gewünscht hat. Und normalerweise ist es überhaupt nicht nett. Ich erinnere mich, wie meine Mutter mir mal zeigte, was die alte Miss Pennyfield unter mein Zeugnis gesetzt hatte: ›Katherine Anne wäre eine ausgezeichnete Schülerin, würde sie ihre Energie ins Lernen investieren und nicht auf Versuche, sich ehrlicher Arbeit zu entziehen.‹ Und ich dachte, die alte Backpflaume hätte mich gemocht; ich konnte sie immer zum Lachen bringen. Aber sie hatte meine Clownereien glatt durchschaut ... ich konnte einen Monat lang kaum mehr lachen.«

»Genau das«, bestätigte Brun.

»Natürlich«, sagte Kate nachdenklich, »habe ich angefangen, härter zu arbeiten, und ich habe dabei viel mehr gelernt als dabei, pflaumengesichtige Lehrerinnen zum Lachen zu bringen. Dann musste sie es verderben, indem sie dem Abschlusszeugnis eine Notiz beifügte, wie Katherine Anne sich endlich einsetzte. Deshalb habe ich »alte Backpflaume« mit Nagelpolitur auf ihre Vorderveranda geschrieben ... und den halben Sommer über hart schuften müssen, um es wieder gutzumachen.«

»Sie hat dich erwischt?«

»Nicht sie – einen Tag nach dem Ende des Schuljahres ist sie in Urlaub gefahren. Deshalb dachte ich ja, es wäre sicher. Ihre Freundin Miss Anson, die einmal am Tag bei ihr hereinsah, hat mich aber auf frischer Tat ertappt.« Sie lächelte bei der Erinnerung und sah dann erneut Brun an. »Also, was hast du herausgefunden?«

Brun erzählte ihr von der Schulgeschichte.

»Na ja, was haben sie eigentlich von einer Schar Mädchen dieses Alters erwartet, die sie zusammen einsperrten? Ottala – war das die Ottala Morrelline, von der Oskar Morrelline derzeit ständig redet?«

»Genau die«, antwortete Brun. »Aber ich habe nichts getan, was auf sie zurückgefallen wäre.«

»Nein, das hätte ich auch nicht erwartet. Aber – ich hasse es, in diesem Punkt eigene Interessen ins Spiel zu bringen, aber welche Auswirkungen wird das alles auf die Stabilität eurer Regierung haben? Es würde mir nicht viel nützen, hier alles zu klären, nach Hause zu fahren und dann mitzuerleben, wie alles wieder den Bach hinuntergeht. Von Rangern wird erwartet, ein Problem ein für alle Mal zu lösen.«

»Das ist ein Problem, das wir lösen müssen, nicht ihr«, entgegnete Brun. Kate zog die Brauen hoch, aber Brun wurde der Einstellung des Rangers allmählich müde. »Aber ich spreche mich für Esmays Ansatz aus. Zuerst widmen wir uns der Meuterei, verschaffen uns Zeit, um wieder ruhig atmen zu können, und dann können wir uns dem Rest zuwenden. Auf lange Sicht müssen wir tief greifende Veränderungen vornehmen, wie du gesagt hast – und wie es vielen Leuten klar ist –, aber kurzfristig müssen wir die Flotte von neuem auf ein sicheres Fundament stellen.«

»Das klingt vernünftig«, räumte Kate ein. »Hast du schon zu Abend gegessen?«

»Nein, sagte Brun. »Du?«

»Nur einen Imbiss. Aber du siehst erschöpft aus. Wir Blondinen müssen unsere Kraft bewahren, damit die Wangen rot bleiben; ich könnte dir durchaus noch Gesellschaft bei einem Imbiss leisten ...«

»In Ordnung ...« Brun schaltete den Würfelleser aus und stand auf. »Jetzt, wo du davon sprichst ... komisch, dass mich niemand darauf angesprochen hat. Heute hat das Personal gar nicht seinen freien Tag, und sie wussten, dass ich heute Abend hier sein würde.«

Bei diesen Worten machte Kate schmale Augen. »Wo sind deine Sicherheitsleute?«, fragte sie leise.

»Vor dem Haus, vermute ich. Warum?«

»Waren sie nicht, als ich eintraf. Konnte sie zumindest nicht sehen.«

Brun lief ein kalter Schauer über den Rücken. Hier, im Haus der Familie, hatte sie keine Waffe zur Hand. Sie hätte nie gedacht, hier mal eine zu benötigen.

Kate sah sie lange an und sagte dann ganz deutlich. »Na ja, egal. Gehen wir irgendwo draußen zu Abend essen. Hast du mir nicht mal von einem Restaurant erzählt, das Lady Cecelia so gefiel?«

»Warum nicht? Hier ist es ohnehin zu still.« Brun spürte überall ein Prickeln, als sie sich streckte und unter dem Schreibtisch nach den Schuhen tastete. Sie zog den Würfel aus dem Lesegerät und steckte ihn in die Tasche. Sie sah Kate an. Was jetzt? Ein Angriff in der Eingangshalle? Vor der Haustür?

»Mir ist nach Fisch«, sagte Kate. »Dieser lassaferanische Schneckenfisch, den ihr hier esst – ich frage mich, ob wir Eier oder Larven davon importieren können oder womit immer sich ein Schneckenfisch fortpflanzt.«

»Für mich keinen Fisch«, sagte Brun. »Ich denke eher an Kaninchenfilet, gefüllt mit Kräuterkäse.«

Sie waren jetzt in der Eingangshalle. Brun sah die Haustür, und aus den vorderen Zimmern fiel Licht in die Halle. Keine seltsamen Schatten. Sie blickte zurück zum Dienstboteneingang. Geschlossen. Ruhig. Die weite Halle mit dem Teppichboden und dem Schirmständer, wo der Spazierstock ihres Vaters immer noch stand... Brun zog ihn im Vorbeigehen heraus, ohne ihre Schritte zu unterbrechen, als nähme sie jedesmal einen Herren-Spazierstock mit zum Abendessen.

Niemand sprang sie an, als sie an der offenen Tür zum Arbeitszimmer vorbeikamen, dem vordersten Raum. Vor der Haustür blieben sie stehen; Kate zog die Brauen hoch und zuckte die Achseln. »Wie kalt war es draußen?«, erkundigte sich Brun. »Müssen wir was Warmes anziehen?«

»Könnte sinnvoll sein«, gestand Kate. »Euer so genannter Frühling ist kälter als unserer, aber du würdest ihn wohl lind nennen.« Sie streckte die Hand nach der Tür zur Garderobenkammer aus; Brun hielt den Spazierstock schwungbereit.

Die Tür ging auf, und die Innenbeleuchtung ging an und offenbarte nichts Bedrohlicheres als eine Stange voller Kleiderbügel, die meisten davon leer. Die alte Hausjacke von Bruns Vater, die sie auf Appledale gesucht und nicht gefunden hatte, der moosgrüne Kaschmirschal ihrer Mutter, eine Tweedjacke, die Brun selbst gehörte, diverse Regenmäntel, dunkelblau und hellbraun und grau. Kate entschied sich für einen dunkelblauen Regenmantel und wickelte sich den grünen Schal um den Hals. Brun nahm ebenfalls einen Regenmantel.

Immer noch nichts. Brun schaltete die Außenbeleuchtung aus, wartete einen Augenblick lang darauf, dass sich ihre Augen der Dunkelheit anpassten, und öffnete die Haustür. Kühle, feuchte Luft wehte herein.

Kate ging an ihr vorbei, entfernte sich aber nicht weit von der Tür; Brun ließ die Tür einen Spalt weit offen stehen, für den Fall, dass sie wieder ins Haus flüchten mussten, obwohl sie das ohnehin nicht für eine gute Idee hielt.

»Lass sie weit offen stehen und komm weiter«, murmelte Kate dicht neben ihr. Brun fuhr zusammen. Dann stieß sie die Tür weiter auf und folgte Kate an der Hauswand entlang zur Ecke. Draußen fiel von den fernen Straßenlaternen genug Licht herüber, um grobe Umrisse zu erkennen. Eine Lampe im Arbeitszimmer erhellte durch das Fenster die Oberkante der Hecke, die der Gärtner am Vormittag geschnitten hatte. Hinter dem Haus fiel ein weiterer Lichtbalken fahl auf den Rasen. »Gehen wir«, sagte Kate.

Sie überquerten den Rasen; Brun hatte sich überlegt, den Signalgeber für die Alarmanlage an der Grundstücksumgrenzung mitzunehmen – falls die Leute, die hinter dem Verschwinden des Hauspersonals steckten, die Anlage nicht ohnehin schon ausgeschaltet hatten –, um den bösen Buben keinen Hinweis darauf zu geben, wo sie und Kate steckten. Falls diese Leute die richtige Ausrüstung mitführten, nützte diese ganze Herumschleicherei allerdings sowieso nichts … Brun pirschte durch eine Reihe von Kamelienbüschen und warf einen forschenden Blick über die schulterhohe, immergrüne Hecke dahinter – nichts zu sehen außer dem Schimmer der Straßenlaternen auf dem Asphalt, aber Brun hatte ohnehin keinen freien Blick zu den Seiten. Sie zog sich den Regenmantel über den Kopf, damit sie mit den Haaren nicht in den Dornen hängen blieb, und schob die Zweige eines Busches mit dem Spazierstock auseinander. Kate folgte ihr auf dem Fuße.

Immer noch nichts. Sie hatten den Bürgersteig erreicht, ohne dass eine Gefahr erkennbar geworden wäre. Brun grub die Hände in die Manteltaschen und fand einen alten Schal, den sie sich um den Kopf wickelte, während sie weitergingen.

»Das war interessant«, fand Kate. »Ich denke, ich melde ein Haus mit offener Tür, sobald wir ein wenig Distanz dazu erreicht haben.«

»Hmm. Ich habe mir überlegt, die Sicherheitsfirma anzurufen und dort bekannt zu geben, dass ihre Angestellten verschwunden sind.«

»Könnte auch nicht schaden. Hast du vor, diesen Spazierstock bis in die Stadt mitzunehmen?«

»Ich denke schon«, antwortete Brun und verlagerte den Griff daran, »denn alles andere, was ich sonst mitnehmen könnte, befindet sich in meinem Schlafzimmer im Obergeschoss.«

Als sie eine belebtere Straße erreichten, schlossen sie sich einem Strom von Fußgängern an, der sich zu einer Haltestelle bewegte, und blieben schließlich unter dem abgeschirmten Stand mit den Kom-Geräten stehen. Brun rief die Sicherheitsfirma an und dann Kevil, dem sie mitteilte, wo sie war, damit er nicht unter Umständen in Panik geriet. Kate rief bei der Polizei an. Dann stiegen die beiden Frauen in eine Straßenbahn, verließen sie bei der nächsten Haltestelle wieder, verschwanden in der U-Bahn und wurden nach dreimaligem Umsteigen und einer telefonischen Reservierung in die Damengarderobe des Celeste geführt. Sie lächelten sich gegenseitig in der Spiegelwand an, reichten die Regenmäntel und Schals einer Dienstbotin und schlenderten hinaus, um sich in einem der Panorama-Alkoven zu Tisch zu setzen, die Ausblick auf den Steingarten gewährten. Zu so früher Stunde war das Restaurant nicht übermäßig besucht.

»Ihr habt wirklich einen seltsamen Geschmack, was Gärten angeht«, fand Kate. Sie wandte sich der Speisekarte zu. »Ah ... hier haben sie wirklich lassaferanischen Schneckenfisch! Warum nur ist die Flosse doppelt so teuer wie der ganze Fisch?«

»Du beschwerst dich einfach über alles«, entgegnete Brun. »Und es liegt daran, dass sie so dekorativ ist und noch niemand eine nachmachen konnte. Außerdem hat die Oberkante der Flosse einen wirklich pikanten Geschmack. Trotzdem lohnt sie den Preis nicht, wenn du mich fragst.«

»Dann nehme ich den kompletten Fisch. Gebacken oder gegrillt?«

»Gegrillt schmeckt er besser; und bestelle auch eine Beilage aus geröstetem Knoblauch. Manche Leute schwören auf Limonengras, aber ich halte Knoblauch für besser. Oder beides. Mist! Sie führen kein Kaninchen – und entschuldigen sich vielmals; der Lieferant hat sie im Stich gelassen. Hätte ich das geahnt, dann hätte ich das Personal auf Appledale angewiesen, einen der Plagegeister zu schicken, die unseren dortigen Küchengarten heimsuchen.«

»Was nimmst du dann?«

»Hmm ... Ich weiß nicht, ich war wirklich auf Kaninchen eingestellt. Vielleicht Lamm. Cattlelope ist einfach zu ... zu ...«

»Fang mit Suppe an«, empfahl Kate. »Das tue ich auch. Wir können sie beide gebrauchen.«

Sie hatten die Suppe zum größten Teil gelöffelt, als Unruhe am Eingang Bruns Aufmerksamkeit weckte. Jemand redete heftig auf den Oberkellner ein und wollte sich an ihm vorbeidrängen.

»Sie ist meine *Nichte,* verdammt!« Onkel Harlis. Brun schluckte. Onkel Harlis sollte eigentlich unter Arrest oder Überwachung oder irgendso etwas stehen, während Ermittlungen über seine verbrecherischen Aktionen in diversen Familiengeschäften und über seinen Versuch liefen, sich Bruns Erbe anzueignen. Brun hatte sich nicht viel darum gekümmert und sich auf die Zusicherung verlassen, dass er sie nicht belästigen würde. »Ich habe ein Recht, sie zu sehen; ich mache mir Sorgen ...« Jetzt drehte sich auch Kate um.

»Der böse Onkel kehrt zurück?«

»So was in der Art«, bestätigte Brun. Eine farbige Lampe war an ihrem Tisch aufgeleuchtet und gab diskret das Signal, dass jemand sie zu sprechen wünschte. Sie drückte die Antworttaste, und Kate zog eine Braue hoch. »Ich kann ihn genauso gut sprechen«, erklärte Brun. »Er macht sonst noch eine schlimmere Szene, und hier in der Öffentlichkeit ist unwahrscheinlich, dass er einen körperlichen Angriff probiert.« Der Oberkellner führte Harlis jetzt zu ihrem Tisch.

»Brun, ich habe mir solche Sorgen gemacht!«, sagte Harlis. Er wirkte, wie Brun fand, eher nervös als besorgt, aber sie ging nicht auf diesen Punkt ein. »Wegen deiner Mutter – und weil ich dich zu erreichen versuchte, aber niemand reagiert hat, und als ich vorbeikam, war Polizei überall im Haus.«

»Wirklich?«, fragte Brun. »Warum?«

»Das wollten sie nicht sagen. Ist alles in Ordnung mit dir?«

»Alles prima«, antwortete Brun. »Ist das alles, was du wolltest? Oder hast du noch etwas auf dem Herzen?« Sie konnte sich nicht vorstellen, dass er nur ins Restaurant gekommen war, um festzustellen, ob sie okay war.

»Sieh mal, Brun ... Ich weiß, dass es ein schlechter Zeitpunkt dafür ist, aber ... Ich möchte nach Sirialis reisen.«

»Sirialis? Was in aller Welt ... Du weißt, dass das Gericht Vaters Testament bestätigt hat.«

»Ja, ich weiß. Aber ich habe dort auch Sachen – du weißt schon, mein Zimmer im Ostflügel –, und ich möchte sie holen.«

»Ich kann sie dir schicken lassen«, bot ihm Brun an.

»Ich muss persönlich hinfahren«, beharrte Harlis. Er sprach wieder lauter; Brun sah, dass andere Gäste herüberblickten. War er betrunken?

»Ich halte das nicht für eine gute Idee«, erwiderte Brun. »Kein Familienmitglied hält sich derzeit dort auf ...«

»Ich bin Familienmitglied!«, stellte Harlis fest. »Es war ebenso mein Zuhause wie deines ... Es sollte ... Es ist nicht fair ...« Er brach ab.

»Harlis, du hättest dein altes Aufenthaltsrecht behalten, hättest du nicht versucht, uns zu betrügen. *Das* war nicht fair!«

»Das Gleiche gilt für den Versuch, die Tochter einer Mörderin zur Barraclough-Erbin zu machen«, knurrte Harlis. Brun spürte beinahe die angespannte Faszination der übrigen Restaurantgäste.

»Also darum geht es?«, wollte Brun wissen und fragte sich, woher er davon erfahren hatte.

»Was hast du gemacht – den Alten übers Ohr gehauen?« Harlis' Stimme tönte durch den ganzen Saal, und der Oberkellner und einer der größeren Kellner kamen jetzt auf sie zu.

Kate lachte und lehnte sich zurück. »Was ist denn los, Harlis? Haben Sie vielleicht einen Sprung in der Schüssel?«

Brun spürte, wie ihre Wangen heiß wurden – Kates Humor gehörte eigentlich in eine Scheune –, schaffte es aber, eine neutrale Miene zu wahren. Als der Oberkellner nahe genug war, sagte sie leise, aber deutlich: »Ich glaube, mein Onkel fühlt sich nicht gut. Vielleicht könnten Sie ihm Hilfe verschaffen?«

»Selbstverständlich, Sera«, sagte der Oberkellner.

»Das wirst du bereuen!«, sagte Harlis, »du verdorbenes, dummes kleines Balg ...«

Die übrigen Restaurantgäste widmeten sich mit lobenswertem Feingefühl ihren Speisen, bis Harlis aus dem Saal verschwunden war.

»Eins muss man deinem Onkel lassen«, sagte Kate. »Er lässt eine Gelegenheit, sich dumm aufzuführen, nicht ungenutzt verstreichen.«

Brun schnaubte und erstickte fast an ihrem Wasser. »Das habe ich gebraucht. Aber ich muss mit jemandem ein abhörsicheres Gespräch führen. Darf ich dich für ein paar Minuten allein lassen?«

»Natürlich. Ich amüsiere mich so lange, indem ich mit dem gut aussehenden jungen Mann flirte, der gerade hereingekommen ist und dort drüben an der Wand steht. Könnte das unser George sein?«

Brun blickte hinüber. »Oh. Ich brauche den Anruf nicht mehr zu machen.«

»Du brauchst dich mir gegenüber nicht so geheimnisvoll aufzuführen«, sagte Kate.

»Doch, das muss ich«, wandte Brun ein. »Entschuldige mich für einen Moment.« Sie durchquerte den Saal und ging mit George Mahoney in die Eingangshalle hinaus.

»Ich freue mich, dass du okay bist«, sagte er und verbeugte sich formell.

»Es ist ... was passiert.«

»Ja. Dad kümmert sich schon darum.«

»Harlis war hier«, erklärte Brun.

»Hier?«

»Ja. Du musst ihn gerade verpasst haben; er wurde – gebeten zu gehen.«

»Hast du mit ihm gesprochen?«

»Ja. Er möchte nach Sirialis reisen.«

»Ich muss Dad anrufen – darf ich mich dir dann zum Abendessen anschließen?«

»Natürlich. Ich sage Kate Bescheid und schnappe uns einen Kellner.«

Wenn George sich richtig Mühe gab, konnte er wirklich sehr charmant sein. Kate, die ihn nur voller Sorge um seinen Vater oder in Freizeitlaune auf Appledale erlebt hatte, war nicht auf diesen prachtvollen Auftritt in voller Befiederung gefasst gewesen. Brun hielt sich heraus und verfolgte, wie die beiden miteinander plänkelten und flirteten und plauderten, während sie selbst ihren Rehrücken verspeiste, ohne viel zu sagen. Das Essen belebte sie, und als die Zeit fürs Dessert kam, war sie endlich bereit, Fragen zu stellen.

»Was ist mit dem Hauspersonal?«

»Alle in Sicherheit. Auf unterschiedliche Art und Weise ausgeschaltet, aber alle okay. Deine Sicherheitsleute hatten weniger Glück, aber auch sie haben alle überlebt. Stepan hat dir jetzt die besten Sicherheitsleute von Barraclough zugeteilt; das Haus wird zwar heute Abend sicher sein, aber er empfiehlt trotzdem, dass du anderswo übernachtest. Du kannst immer zu uns kommen, wie du ja weißt.«

»Weißt du, wer oder was dahintersteckt?«

»Nicht mit Sicherheit, aber Harlis' Name ist gefallen.«

»Er fing mit der Bemerkung an, er wäre um Brun besorgt gewesen«, warf Kate ein. »Er sagte, er wäre beim Haus gewesen und hätte dort die Polizei gesehen ... als wäre er davon ausgegangen, dass etwas passiert ist. Schien verärgert zu sein, dass er sie sicher und unbekümmert antraf.«

»Hm. Niemand hat mir gesagt, dass er beim Haus war. Ich hätte eigentlich erwartet, dass man ihn festhält, wenn er dort auftaucht... Wohin ist er gegangen?«

»Ich habe keine Ahnung«, antwortete Brun. »Ich weiß nur, dass er nach Sirialis reisen möchte, und als ich sagte, dass ich damit nicht einverstanden bin, drohte er mir, es würde mir noch Leid tun.«

»Ich denke, wir müssen das sofort bekannt geben«, sagte George. »Mit ein bisschen Glück finden wir ihn noch, aber ...« Er blickte auf die Uhr. »Er kann bereits das Shuttle nach oben genommen haben.«

»Falls wir noch dort gewesen wären ... und falls er Hilfe gehabt hätte«, überlegte Kate, »dann könnte Brun tot sein und er ebenfalls schon im Shuttle sitzen.«

»Na ja, ich bin es nicht«, sagte Brun und musterte den Tortenwagen, der gerade auf sie zugeschoben wurde. »Ich bin am Leben, und ich möchte jetzt etwas essen, was komplett mit Schokolade bedeckt ist.«

Kapitel neunzehn

Rockhouse Major, 18 Uhr Ortszeit

Goonar traf gerade Anstalten, zum Hauptrestaurantblock in dieser Sektion zu gehen, um dort zu Abend zu essen, als sein Kom-Gerät summte. »Hier Commander Tavard«, sagte eine Stimme. »Diese Fingerabdrücke und Videoaufnahmen waren sehr interessant.«

»Oh ja? Sind ... ah, von meiner Seite aus ist das hier keine abhörsichere Verbindung, Commander.«

»Kein Problem. Ich wollte Ihnen nur mitteilen, wie froh ich bin, dass Sie mit diesem speziellen Passagier nicht auf Fahrt gehen. Und behalten Sie die Umgebung Ihres Liegeplatzes gut im Auge, nur für den Fall, dass er Ihnen mangelnde Gastfreundschaft heimzahlen möchte.« Tavard klang beinahe selbstgefällig.

»Glauben Sie mir, das tue ich. Basil und ich wollten gerade zum Abendessen ausgehen, aber wir könnten an Bord bleiben, falls Sie das für klug halten.«

»Nein, ein Restaurantbesuch klingt okay, solange Sie jemanden an Bord haben, der zuverlässig ist. Falls wir uns zufällig begegnen, dann vermute ich, dass Sie immer noch sauer auf die Raumflotte sind, weil sie Informanten gegenüber so kleinlich ist?«

»Natürlich. Brüskiere ich Sie, oder brüskieren Sie mich?«

»Geben wir uns beide ein bisschen cool, schlage ich vor. Oh, und danke für Ihre Informationen über Suiza! Sie ist aufgetaucht – sie war Gast in einem Privathaus, und deshalb hatten wir sie nicht gefunden.«

»Sie meinen, Sie haben sie wirklich ...?« Goonar

wäre nicht auf die Idee gekommen, dass dieses Interesse echt sein könnte.

»Zwei Fliegen mit einer Klappe ... wenn Sie verstehen, was ich meine.«

»Wohl wahr.« Er hätte auch gern nach Betharnya und ihrem Ensemble gefragt, entschied sich aber, eine schon komplizierte Lage nicht noch komplizierter zu machen. »Ich nehme mein Kom-Gerät mit, falls Sie Kontakt zu mir aufnehmen möchten.«

Nach einer letzten Warnung an die Schiffsbesatzung machten er und Basil sich auf den Weg zu den Hauptdecks der Station. Rockhouse vermittelte ihm stets das Gefühl, sich im dicksten Getümmel zu bewegen; Zenebra war vielleicht unmittelbar vor den Wettkämpfen ebenso stark bevölkert, aber dabei handelte es sich nur um die Pferdenarren, alles Menschen vom gleichen Schlag. Hier beeindruckte mehr die Vielfalt, das Gefühl, dass jeder zu irgendeinem Zeitpunkt ein Geschäft anbieten konnte. Läden, Nachrichtenstände mit flackernden Monitoren und darunter ausgelegten Hardcopies, weitere Läden, das Gedränge des abendlichen Verkehrs, die meisten Leute um diese Stunde vornehm gekleidet: Geschäftsleute, die noch arbeiteten, in nüchterner Garderobe, junge Leute, die ausgingen, in bunter Aufmachung.

Goonar sah eine alte Frau in einem leuchtend roten und purpurfarbenen Kaftan, das dichte graue Haar auf dem Scheitel zu einem Zopf geflochten; sie spazierte durch die Station, als gehörte ihr hier alles. Sie war nicht besonders groß, aber die Leute wichen ihr aus, wie von unsichtbarer Hand gelenkt. Basil stieß ihn an. »Erinnert mich an Tante Herdion.«

»Sie ist irgendjemandes Tante, vermute ich«, sagte Goonar. Der Anblick dieser Frau munterte ihn auf, auch wenn er den Grund dafür nicht greifen konnte. In einem Universum mit solchen lebhaften alten Damen –

alten Damen, die eines verirrten Kindes willen selbst Streit zwischen Familien beilegen konnten –, in einem solchen Universum konnte er fast glauben, dass Betharnya womöglich bereit war, die Bühne zugunsten eines netten Hauses auf dem Anwesen der Familie aufzugeben, direkt neben dem Basils.

Als Terakian-Kapitän war Goonar jetzt Mitglied der Kapitänsgilde und hatte dort einen Tisch für Basil und sich bestellt. Er war dort schon als Juniorpartner seines Onkels zu Gast gewesen, aber jetzt durchquerte er die Eingangstür zum ersten Mal als Mitglied aus eigenem Recht.

»Kapitän Terakian natürlich!« Der Ober lächelte ihn an. »Wir freuen uns stets, Kapitäne von Terakian & Söhnen zu begrüßen. Bitte folgen Sie mir.«

Damals hatte ihm das Dekor ehrfürchtige Scheu eingeflößt, denn er hatte den Stil der inneren Familias-Welten noch nicht gekannt. Jetzt ... spürte er fast, dass er hierhergehörte.

Sobald der erste Gang aufgetragen war, beugte sich Basil zu ihm herüber. »Du hast doch nicht vor, hier wieder abzureisen, ohne mit Bethya zu reden, oder?«

Goonar erstickte fast an seiner Suppe und musterte Basil finster. »Wie kann ich mit ihr reden, nachdem sie in der Flottensektion der Station verschwunden ist und ich seither nichts mehr von ihr gehört habe?«

»Ich könnte mich erkundigen. Und du hättest diesen Commander fragen können.«

»Er wollte sich nach dieser Suiza erkundigen«, versetzte Goonar, sich möglicher Lauscher wohl bewusst. »Woher sollte er irgendwas von Bethya wissen?«

»Goonar ... sie mag dich, und du magst sie. Das sehe ich.«

»Das siehst du nicht. Letztes Jahr dachtest du auch, ich würde auf diese Blondine abfahren ...«

»Ich hatte es gehofft. Ich wusste es allerdings besser,

wirklich. Aber versuche mir nicht weiszumachen, dass Bethya dich nicht auf Touren bringt ...«

»Sei nicht vulgär, Bas.« Goonar beugte sich über den Teller, sodass der aufsteigende Dampf als Ausrede für die erhitzten Wangen herhalten konnte. »Außerdem weiß sie ja, wo sie mich findet, wenn sie mit mir reden möchte. Jedenfalls ist sie eine Schauspielerin. Warum sollte sie sich für einen schlichten alten Schiffskapitän interessieren?« Mal von den Gründen abgesehen, die er nicht hören wollte.

»Sie denkt vielleicht daran, sesshaft zu werden.«

»Ich bezweifle es«, sagte Goonar. Die Suppe lag ihm schwer im Magen, und er wünschte sich, das Essen wäre schon vorüber. Basil schaufelte seine Suppe weiter in sich hinein – sein Appetit hatte keinen Schaden genommen.

Das Kom-Gerät summte. Goonar schaltete es ein. »Kapitän? Hier spricht Bethya ...« Sein Herz raste los. »Wir sind ... ahm ... hier fertig.« Er bemerkte, wie vorsichtig sie sich ausdrückte. »Wir sind dabei, mit Reiseagenturen über Reservierungen zu reden ... Ich weiß, dass wir unsere Ausrüstung von Ihrem Schiff holen und irgendwo lagern müssen. Könnte ich Sie aufsuchen, um darüber und über die Rechnung mit Ihnen zu sprechen?«

»Machen Sie sich keine Sorgen«, sagte er mechanisch. Dann setzte er jedoch hinzu, begleitet von einem Gefühl, als stürzte er über eine Klippenkante: »Basil und ich essen gerade bei der Kapitänsgilde zu Abend. Möchten Sie sich nicht zu uns gesellen?«

»Ich weiß nicht, ob ich ... Ja, Kapitän, das würde ich gern tun. Wo finde ich sie?«

Goonar beschrieb ihr den Weg, und als er aufblickte, stellte er fest, dass Basil wie ein kleiner Junge grinste, der gerade den Hauptgewinn aus der Wundertüte gezogen hatte. »Was ist?!«

»Es war Bethya, nicht wahr?«

»Ja, sie war es, und ja, sie kommt herüber und isst mit uns.« Er winkte einen Kellner heran und erklärte ihm, dass ein weiterer Gast erwartet wurde.

»Du grinst von einem Ohr zum anderen«, stellte Basil fest. »Einige unserer Konkurrenten denken jetzt bestimmt, du hättest ein Bombengeschäft abgeschlossen.«

»Sollen sie doch«, versetzte Goonar. Sein Appetit war mit Urgewalt zurückgekehrt; er hätte eine komplette Cattlelope verschlingen können.

Bethya traf wenige Minuten später ein, und Goonar hätte geschworen, dass jeder Mann im Raum den Kopf hob. Bethya merkte es auch, wie er sah, und genoss es. Ihr Lächeln galt jedoch nur ihm, als er ihr den Stuhl zurechtrückte.

»Ich wollte erst anrufen, wenn sie mit der ganzen Prozedur fertig waren«, erklärte sie. »Und dann meldete sich Dougie zu Wort und beharrte darauf, er wüsste genau, was wir tun sollten und wie und wann. Ich musste erst alle ins Hotel zurückbringen und zwei Agenten anrufen, ehe er Ruhe gab.«

»Ist schon in Ordnung«, sagte Goonar. »Was nehmen Sie?«

»Das sieht gut aus«, sagte sie mit einem Blick auf seinen Teller. »Cattlelope?«

»Ja – als ersten Gang Suppe, klar oder cremig ...«

»Cremig«, sagte sie. »Ich brauche etwas, das beruhigt.«

Goonar bestellte ihr Menü und wartete.

»Nur zu«, sagte sie. »Warten Sie nicht auf mich.«

»Würde ich aber lieber tun«, sagte er. »Heute war wirklich so ein Tag, und ich kann heute Abend nicht auch noch eine Magenverstimmung gebrauchen.«

»Ich möchte Ihnen erneut danken ... Ihnen beiden.« Sie sah Basil an und dann wieder Goonar. »Ich weiß, dass ich Ihnen Schwierigkeiten und Sorgen gemacht habe, und vielleicht wird Ihr Unternehmen sauer auf Sie sein ...«

»Ist schon in Ordnung«, warf Goonar ein.

»Ich überlege mir, wie ich dafür sorgen kann, dass es sich letztlich für Sie auszahlt ...«

»Ihrc Anwesenheit, Sera, war alles, was wir brauchten«, sagte Basil. Er sah sie offen an, und sie schenkte ihm ein Lächeln.

»Sie sind verheiratet, mein schöner junger Hahn; bieten Sie nicht an, was Sie nicht liefern können. Und ich spreche hier über Geschäfte. Ich dachte mir, Goonar, dass Sie vielleicht einen Anteil an der Truppe haben möchten.«

»An einer Schauspielertruppe?«

»Ja. Wahrscheinlich würde dabei kein großer Gewinn abfallen, aber wir haben es besprochen und sind alle damit einverstanden, einen Anteil für Sie freizugeben. Wir wissen, was hätte passieren können, falls Sie uns nicht mitgenommen hätten. Und falls mal ein Wunder geschieht und wir einen lang anhaltenden Erfolg an irgendeinem großen Theater haben ...«

Ihre Suppe traf ein und enthob Goonar der Notwendigkeit einer Antwort. Basil, der sich nicht hatte bremsen lassen, schob nun den Teller zur Seite. »Goonar, ich kehre an Bord zurück; ich fühle mich einfach nicht wohl, solange wir beide dort fehlen. Ich stimme dafür, den Anteil anzunehmen.«

Das war eine so durchsichtige Ausrede wie nur irgendeine, die Goonar je erlebt hatte, aber auch er hielt es für gut, wenn Basil an Bord ging. Goonar spielte mit dem Gemüse herum und betrachtete Bethya heimlich.

»Bethya ... haben Sie je daran gedacht ...« Er räusperte sich. Es war hoffnungslos, also warum versuchte er es überhaupt? »Ähm ... sesshaft zu werden?«

»Sesshaft werden? Sie meinen, an einem Ort zu bleiben? Goonar, ich bin zwar talentiert, aber nicht so talentiert.«

»Nein. Ich meinte – mit einer Familie. In einem Haus auf einem Planeten zu leben und Kinder großzuziehen.«

»Goonar, soll das ein Heiratsantrag werden?«

»Das würde es, wenn ich dächte, damit etwas erreichen zu können.«

Sie lachte, und es klang nicht unfreundlich. »Goonar, das muss der deprimierteste Antrag sein, den ich je erhalten habe. Aber ich möchte die Tourneen nicht aufgeben. Eines Tages werde ich auf die Bühne verzichten müssen, ja; wie ich schon sagte: ich kenne die Grenzen meiner Begabung und werde die Vierziger nicht als Schauspielerin überstehen. Und obwohl ich ein leidlich guter Manager bin, wird in der Truppe schon gemurrt, ich wäre zu alt für die Hauptrollen. Dougie denkt, er könnte das Ensemble genauso gut leiten, und Lisa ist überzeugt, sie wäre die bessere Dorfschönheit.«

»Sie irrt sich«, fand Goonar. »Sie sieht wie der Dorftrottel aus und klingt wie eine Gans, der ein Knochen im Hals stecken geblieben ist.«

Bethya lachte erneut. »Ganz so schlimm ist es nicht, aber ich denke auch, dass sie weniger gut ist, als sie denkt. Jedenfalls hätte ich gern mal Kinder. Aber an einem Ort bleiben? Nein.« Sie bedachte ihn wieder mit so einem Blick, mit dem sie vorher schon Hoffnungen bei ihm geweckt hatte. »Ich gestehe, dass ich egoistisch war, Goonar ... die Fahrt auf der *Fortune* hat so viel Spaß gemacht, und ich dachte, dass Handelskapitäne vielleicht ihre Ehefrauen mitnehmen. Ich mag Sie – wir können gemeinsam lachen, was wichtig ist, und Sie sind aufrichtig und freundlich. Aber nicht mal für Sie möchte ich in einem Haus auf einer rotierenden Schlammkugel sitzen.«

»Manche Kapitäne nehmen ihre Frauen mit«, sagte Goonar. »Ich meine, es verstößt nicht gegen die Vorschriften.«

»Viele Menschen lassen sich von äußerem Glanz blenden«, meinte Bethya. »Verheiratete blicken jedoch hinter das Bühnen-Make-up.«

»Ich bin nicht in Ihr Bühnen-Make-up verliebt«, stellte Goonar fest. »Ich bin nicht irgendein grüner Junge.«

»In wen sind Sie dann verliebt?«, fragte Bethya.

»Die Frau, die einen Flüchtling aufnahm, ohne eine Ahnung zu haben, wie sie ihn hinausschmuggeln konnte. Die Frau, die gesungen und getanzt und mein Herz gestohlen hat, während sie Pläne schmiedete, sich der Benignität zu entziehen. Die Frau, die zwei Rollen spielen konnte, ohne es auch nur einmal zu verpfuschen, und die im Verlauf all dieser Wochen eine Koje im Wechsel mit anderen benutzen musste und nie ein hartes Wort darüber verlor. Die freundlich zu Esmay Suiza war ...«

»Okay, okay.« Sie war rot geworden, und als sich die Farbe wieder verlor, sah er, dass ihre Augen von unvergossenen Tränen glänzten. »Ich ... das ist völlig verrückt. Andere haben schon um mich geworben ...«

»Davon bin ich überzeugt«, sagte Goonar. Sein Herz klopfte so heftig, dass er schon überzeugt war, es flöge ihm aus der Brust. Ob sie wohl ...?

»Ich bin ... Ich kann nicht ...« Aber ihre Miene verriet, dass sie sehr wohl konnte, und auf einmal öffnete sie sich ihm wie eine Rose an Mittsommer. »In Ordnung – ja, ich hatte mich schon in dich verguckt, als ich dich dort neben Basil sitzen sah, traurig und besorgt und müde. Ich habe mir eingeredet, es wäre nur Künstlerstolz, wenn ich dich zum Lachen brachte und zum Lächeln und dir den Wunsch vermittelte ... mich ... haben zu wollen. Aber ... es ist lächerlich; du und ich, wir sind doch nicht der Junge und das Mädchen aus dem Märchen!«

»Stimmt«, sagte Goonar und zog sie sanft und unwiderstehlich an sich. »Wir sind nicht dieser Junge und dieses Mädchen – aber wir sind dieser Mann und diese Frau.« Er vergrub das Gesicht in ihren Haaren. »Du bist so schön.«

Rockhouse Major, 21 Uhr 30 Ortszeit

Harlis traf dreißig Minuten zu spät auf dem Allsystems-Dock ein.

»Was ist passiert?«, wollte Taylor wissen.

»Eine kleine Unannehmlichkeit«, antwortete Harlis schwer atmend. »Gehen wir lieber an Bord und verschwinden von hier.«

»Wir sind erst in einer Stunde für den Start eingeteilt.«

Harlis ging an Bord und stellte fest, dass die Eignersuite voller Reisegepäck stand und dort schon vier Männer schliefen.

»Was hat das zu bedeuten?«, fragte er Taylor.

»Sie sind hier untergebracht«, antwortete Taylor und führte ihn zu der kleinsten Kabine – die, wie Harlis feststellte, für einen Koch oder Kammerdiener oder so jemanden gedacht war. »Meine Leute müssen zusammenbleiben.«

»Aber ...«

»Machen Sie sich keine Sorgen«, sagte Taylor. »Wir bringen Sie nach Sirialis.« Harlis legte sich in die schmale Koje und fragte sich, wie dicht ihm die Verfolger wohl auf den Fersen waren. Ob sie ihn während der nächsten Stunde einholten? Er verfluchte sich dafür, Brun erzählt zu haben, dass er nach Sirialis wollte.

Rockhouse Major, Kapitänsgilde

Wie lange sie dort gesessen und die übrigen Gäste und die Kellner amüsiert hatten, konnte Goonar später nicht mehr sagen, aber diese selige Zeit wurde von einem Kellner unterbrochen, der einen Brief überbrachte.

»Verflixt«, sagte Goonar. »Das ist dieser Bursche von der Raumflotte, der nach Esmay gesucht hat. Ich dachte, sie hätten sie inzwischen gefunden. Ich frage mich, was er jetzt möchte.«

»Ich sollte ins Hotel zurückkehren«, meinte Bethya. »Ich muss den anderen Bescheid sagen und dann Dougies Vorträge und Lisas Schadenfreude ertragen.« Sie schob den Stuhl zurück.

»Ich möchte dich nicht unter Druck setzen«, sagte Goonar und stand auf.

»Doch, das möchtest du«, sagte Bethya. Sie kam um den Tisch herum und gab ihm vor aller Augen einen Kuss, der seine Ohren in Brand setzte. Ja, er wollte sie unter Druck setzen und möglichst gleich mit in sein Quartier an Bord nehmen. »Ich bin aber keine süße kleine Jungfrau, weißt du?«, flüsterte sie ihm ins Ohr.

»Das hoffe ich«, sagte Goonar. »In Ordnung – sag deinen Leuten Bescheid und teile mir dann mit, wann du zurückkommen möchtest.«

Er begleitete sie in die Eingangshalle und war sich dabei durchaus bewusst, dass der jüngste Kapitän von Terakian & Söhnen Anlass zu einer Menge pikanter Gerüchte gegeben hatte, die über alle Funkanlagen der Schiffe gehen würden, sobald diese Kapitäne wieder an Bord der eigenen Fahrzeuge eintrafen.

Als Bethya gegangen war, trat Commander Tavard aus einer Nische hervor. »Gut aussehende Frau«, stellte er fest.

»Ja«, bestätigte Goonar. »Wir werden heiraten.«

»Hm. Ich dachte, sie wäre diese Schauspielerin ...«

»Das ist sie.«

»Ich verstehe.« Der Commander schien einen Augenblick lang verwirrt, aber dann sagte er: »Begleiten Sie mich nach draußen, ja? Wir müssen selbst ein wenig schauspielern.«

Goonar lächelte. »Vielleicht hätten Sie Bethya fragen sollen.«

»Nein – ich denke, Sie machen das gut.«

Draußen führte der Commander ihn die Promenade entlang zu den Laufbändern hinüber. »Sie hatten heute Morgen einen Besucher, von dem Sie uns nichts erzählt haben«, sagte Tavard leise, aber deutlich. Er schlug einen bewusst feindseligen Ton an, und obwohl Goonar begriff, was hier geschah, spürte er trotzdem, wie sein Hals rot anlief.

»Ich sehe nicht ein, warum ich Ihnen von jedem möglichen Kunden erzählen sollte, der uns aufsucht«, entgegnete er. »Und Sie hatten schließlich nach Sera Suiza gefragt.«

»Ich hatte Ihnen erklärt, dass wir uns für mögliche Meuterer und Piraten interessieren – und Sie haben dort gesessen und kein Wort von diesem Mann gesagt ...« Der Commander zog ein Flatpic von dem Mann hervor, der am Morgen eine Passage hatte buchen wollen. »Er ist ein ehemaliger Commander der Flotte, ein Meuterer, genau die Art Mensch, über die ich gesprochen hatte!«

»Ich bin nicht Ihr Spion«, wandte Goonar ein. »Warum haben Sie mir dieses Bild nicht schon vorher gezeigt und mich gefragt, ob ich ihn gesehen hätte?«

»Hätten Sie mir eine Antwort gegeben?«

»Natürlich!«, sagte Goonar. »Für was für einen Idioten halten Sie mich eigentlich?«

»Idiot genug, um mir nichts von diesem Mann zu

sagen, als er Sie aufgesucht hatte ... und jetzt ist er entkommen.«

»Er ist nicht mehr auf der Station?«

»Nein.« Der Commander klang richtig verstimmt. »Hätten Sie nur Ihren Kopf gebraucht, dann hätten wir ihn vielleicht geschnappt. Ich möchte mal Ihr Büro kontrollieren, um zu sehen, ob er nicht irgendwelche Spuren hinterlassen hat.«

»In Ordnung«, sagte Goonar. »Aber ich kann Ihnen gleich sagen, dass er es nicht getan hat. Er trat ein und verlangte eine Passage, aber wir konnten nicht genügend Kabinen anbieten und sind auch nicht schnell genug. Ja, es stimmt, dass er von mir verlangte, eine gelbe Route zu benutzen, aber ich trage die Verantwortung für die alte *Fortune*, und er wollte nicht warten, bis ich mich beim Unternehmen erkundigt hatte.«

»Hat er sein abschließendes Ziel angegeben?«

»Nein – lediglich, dass er eine Passage nach Millicent buchen wollte.«

»Na ja, ich hoffe, dass Sie nächstes Mal mehr Sinn für Verantwortung zeigen«, sagte der Commander. »Und dass Sie andere Kapitäne ermutigen, das Gleiche zu tun. Wir möchten nicht, dass Handelsfahrer entführt werden.«

Im Docksbüro der *Fortune* reichte der Commander Goonar einen Datenwürfel. »Gute Aufführung, Kapitän! So – dieser Mann ist wirklich ein Meuterer, und er heißt wirklich Taylor. Wir halten ihn tatsächlich für extrem gefährlich. Wir wissen nicht, ob er jemanden zurückgelassen hat, um die Station auszuspionieren – ich wäre jedenfalls nicht überrascht. Er ist uns tatsächlich entwischt – mit einer Yacht, die von einem Mitglied einer Familie mit Ratssitz gemietet wurde.«

»Was? Ratsfamilien stehen mit den Meuterern im Bund?«

»Nicht alle. Aber die Meuterer – einige von ihnen –

haben Kontakt zu den Ratsfamilien aufzunehmen versucht, denen sie früher dienten, ehe die Raumflotte gebildet wurde. Und ein entfremdetes Familienmitglied auf der Suche nach Machtmitteln, die es gegen seine Verwandten einsetzen kann, währe genau der richtige Auftraggeber. In diesen Kreisen haben die Leute ihre Streitigkeiten, genau wie alle anderen.«

»Also war es – wer? Ein Conselline?«

»Kapitän – das brauchen Sie nicht zu erfahren. Aber es war kein Conselline.«

»Und Sie wissen nicht, welches Ziel diese Person hat?«

»Nein. Auch nicht, wohin sich die Meuterer wenden wollten. Dieses Mitglied einer Ratsfamilie hat sich womöglich einen mysteriösen Tod erkauft ... Ich würde mein Leben nicht diesen Halsabschneidern anvertrauen.«

»Ich hoffe, Commander, dass Sie mich informieren, falls meine Routen mich in gefährdetes Gebiet führen!«

»Ja. Und Sie schweben womöglich in besonders großer Gefahr, weil Taylor weiß, dass Sie sein Gesicht kennen. Ich hoffe, dass wir mit unserer kleinen Farce eben jeden überzeugt haben, den er womöglich als Späher zurückgelassen hat, aber sobald Sie im Weltraum sind ... Welches ist Ihre Route?«

»Kommt darauf an; ich habe den Vätern mitgeteilt, dass wir wegen der Schauspielertruppe aufgehalten werden – wie es ja bislang der Fall war. Und falls Bethya hier heiraten möchte, könnten wir gut noch länger festhängen. Die *Terakian Princess* ist hierher unterwegs; falls sie eintrifft, ehe wir ablegen, tauschen wir vielleicht die Routen, und es geht für mich hinaus Richtung Xavier, Rotterdam, Corian und so weiter – diese Schleife halt.«

»Das empfehle ich Ihnen. Falls wir jetzt nur noch eindeutig ermitteln könnten, wohin diese Yacht fährt! Sie hat zwar beim Mietunternehmen ein Ziel angegeben, aber das stimmt mit großer Wahrscheinlichkeit nicht, und der Raum der Familias ist groß. Falls sie überhaupt in den Familias bleiben.«

Als Goonar an Bord kam, wollte Basil alles über Bethya erfahren; Goonar hielt ihn hin, indem er zunächst vom Commander erzählte. »Er hat uns unterbrochen«, sagte er. »Wollte über diesen Kerl reden, der heute Morgen bei uns war.«

»Ein Verbrecher?«

»Ein Meuterer. Sehr gefährlich, sagte Tavard, und am schlimmsten: Der Mann ist entkommen, befindet sich schon nicht mehr auf der Station.«

»Das ist gut.«

»Wirklich? Dieser Commander hat mir gesagt, der Mann verfügte irgendwo über ein Kriegsschiff – wahrscheinlich an einer Position entlang der gelben Route nach Millicent. Zu allem Überfluss steckt dieser Taylor mit dem abtrünnigen Mitglied einer Ratsfamilie unter einer Decke – mit jemandem, der reich genug ist, um von jetzt auf gleich bei einem Mietunternehmen hineinzuspazieren und eine voll ausgerüstete Yacht zu mieten. Bei der Flotte kennt man Taylors Ziel nicht, aber man weiß, dass er genug Geld zur Verfügung hat, solange ihn dieses Familienmitglied begleitet.«

»Denkt der Commander, dass Taylor spitzgekriegt hat, was hier läuft?«

»Er weiß es nicht. Er vermutet, dass Taylor womöglich einen Spitzel zurückgelassen hat und dieser uns im Auge behält. Wir haben ein nettes kleines Drama für mögliche Zeugen aufgeführt, wobei ich den egoistischen Kapitän gab, der dumm genug war, Tavard nicht früh genug von diesem Meuterer zu berichten.«

»Aber was ist mit Bethya?«, fragte Basil und kehrte damit zu seinem vorherigen Thema zurück.

»Sie ruft an, ehe das Ensemble abreist, hat sie gesagt«, erzählte Goonar. »Wahrscheinlich morgen.«

»Du wirst ja rot, Goonar!«

»Na ja ... ich mag sie wirklich, Bas, da hast du ganz Recht. Aber ich muss über vieles nachdenken.«

»Du wirst auch nicht jünger ...«

»Ich schlottere aber auch noch nicht mit einem Bein im Grab durch die Gegend«, wandte Goonar ein. »Ich brauche mich in nichts hineinzustürzen.« Aber die Erinnerung daran, dass er genau das getan hatte, brachte ihn zum Lächeln; Basil musterte ihn argwöhnisch.

»Was? Was hast du zu ihr gesagt?«

»Basil, geh zu Bett. Ich tue es jedenfalls.«

Castle Rock, 20 Uhr 30 Ortszeit

Brun Meager sank in das abgewetzte Gobelinpolster der Couch im Mahoney-Wohnzimmer. »Kevil, bist du sicher, dass das in Ordnung geht? Du hast das Haus gerade erst zurückbekommen ...«

»Der Vorschlag stammt von Stepan«, sagte Kevil. »Ich sehe, du hast den Spazierstock deines Vaters dabei ...«

»Das habe ich tatsächlich.« Brun lehnte ihn an die Couch. »Hast du – hat irgendjemand – die leiseste Ahnung, was da geschehen ist und wer dahintersteckt?«

»Die vorherrschende Meinung lautet, dass Harlis und dein Vetter Kell privat mit dir reden wollten. Ein richtiger Beweis dafür liegt nicht vor, außer dass Harlis dich beim Essen ausfindig gemacht und dir gesagt hatte, er wäre am Haus gewesen, hätte dich dort gesucht und

Polizisten vorgefunden. Das stimmte jedoch nicht. Ich vermute, dass er dich nicht wirklich umbringen, sondern nur einschüchtern wollte, damit du in etwas einwilligst, was er plant.«

»Er wollte nach Sirialis reisen, sagte er«, erinnerte sich Brun. »Ich kann mir keinen Grund vorstellen.«

»Um herauszufinden, was deine Mutter dort in Erfahrung gebracht hat?«, fragte Kate aus einem Sessel auf der anderen Seite des Zimmers.

»Möglich«, sagte Kevil. »Falls er denkt, dass es die von deiner Mutter entdeckten Beweise sind, die ihn in Schwierigkeiten gebracht haben.«

»Hat ihn schon irgendjemand gefunden?«, wollte Brun wissen.

»Nein. Er ist nicht mit einem fahrplanmäßigen Shuttle in den Orbit geflogen, aber du weißt, dass es andere Möglichkeiten gibt ... besitzt er ein eigenes Shuttle?«

»Er hätte das der Familie nehmen können ...«

»Nicht die Maschine, die in Appledale steht; das haben wir überprüft. Aber kurz vor der Sitzung des Großen Rates kommen und gehen laufend Familienshuttles aller Größen. Vielleicht konnte er bei jemandem zusteigen. Wir ermitteln das. Und natürlich besteht die Möglichkeit, dass er den Planeten überhaupt nicht verlassen hat – er könnte schon auf dem Weg nach Hause oder zu sonst einem Ziel sein ...«

»Und ich wette, die Polizei hat noch ein paar Aufgaben mehr, als einen einzelnen Verdächtigen zu verfolgen«, sagte Kate.

»Ja.« Kevil seufzte. »Brun, wir haben das Gästeschlafzimmer für dich und Kate hergerichtet. Stepans führende Sicherheitsleute durchkämmen derzeit das Stadthaus; er rechnet damit, dass du morgen früh dort wieder einziehen kannst. Wir selbst sind natürlich auch abgesichert.«

»Natürlich«, murmelte Brun. Sie war sehr müde und sehr wachsam zugleich.

»Hast du Kate von der heutigen Begegnung erzählt?«

»Nein«, sagte Brun. »Ich hatte es auch nicht vor …«

»Stepan meint, es würde nicht schaden und könnte dich von Anspannung befreien, wenn du darauf verzichtest, mehr Geheimnisse zu wahren als nötig.« Er wandte sich Kate zu. »Stepan ist Vorsteher unseres Clans, der Barracloughs, und er hat Brun gebeten, seine Nachfolgerin zu werden.«

Kate runzelte die Stirn. »Der Clan – das habe ich nie richtig verstanden. Was Familien sind, ist mir klar … ist der Clan eine Art Oberfamilie?«

»Ja, in gewisser Hinsicht.«

Kate pfiff. »Na ja … ein ganz schöner Schritt nach vorn!«

»Das wird dir gefallen«, sagte Brun. »Eine Sache, in die ich einwilligen musste, war, mich nicht zu verjüngen.«

»Meine …«

»Ja. Macht oder Langlebigkeit. Triff deine Wahl. Und er hat mich gleich ins kalte Wasser geworfen: Er möchte, dass ich mich bei der nächsten Sitzung an den Großen Rat wende. Also halte ich es für besser, ins Bett zu wanken und mir meinen Schönheitsschlaf zu besorgen.«

Sie schrak im fremden Bett aus dem Schlaf und hörte Kate auf der anderen Zimmerseite leicht schnarchen. Sie konnte mit knapper Not die grünen und cremefarbenen Streifen der Tapete erkennen. Was hatte sie geweckt? Sie hörte ferne Stimmen, gedämpft durch die geschlossene Tür; dann kamen Schritte näher. Jemand klopfte.

»Ja«, sagte sie leise. Kates Schnarchen brach abrupt ab.

»Ich bin es«, meldete sich George. »Kannst du herauskommen?«

Brun blickte auf die Uhr und seufzte. Sie hätte noch eine weitere Stunde Schlaf gebrauchen können, aber schließlich war sie inzwischen hellwach. »Ich komme«, sagte sie.

Sie wickelte sich in den ausgeliehenen Morgenmantel – einen von Kevils, vermutete sie – und ging hinaus, wo Kevil sie im Arbeitszimmer erwartete. »Wir haben gerade erfahren, dass Harlis gestern eine Yacht bei Allsystems Leasing gemietet hat. Er wird von einem meuternden Commander begleitet und hat die Yacht anscheinend leer gemietet. Mit anderen Worten: wahrscheinlich besteht die Besatzung also aus Flottenpersonal. Sie haben um eine Abflugsroute für Schnelltransit gebeten und sie bewilligt erhalten; vor zwei Stunden haben sie den Sprung eingeleitet.«

»Haben sie das Ziel angegeben?«

»Harlis hat Allsystems gegenüber von Burkholdt und Celeste gesprochen, aber derselbe Meuterer hatte zuvor versucht, auf einem Zivilschiff eine Passage nach Millicent zu buchen. Ich denke, die Frage stellt sich: wer befehligt diese Yacht nun wirklich?«

»Selbst auf Ranches steht man gewöhnlich nicht so früh auf«, sagte Kate von der Tür her. Sie gähnte. »Ihr habt Harlis gefunden, nicht wahr?«

»Und wieder verloren«, antwortete Kevil. »Hier hat die rechte Hand der linken mal wieder nicht gesagt, was vorgeht.« Er umriss, was sie erfahren hatten.

Kate runzelte die Stirn. »Das ergibt keinen Sinn«, fand sie.

»Was ergibt keinen Sinn?«

»Die Zeitpunkte. Er tauchte im Restaurant auf, als wir dort speisten – welche Uhrzeit war das?«

»Ich habe keine Ahnung ... nicht spät ... vielleicht 19 Uhr?«

»Und die Yacht legte um 22 Uhr 30 von der Raumstation ab. Also muss er im Laufschritt ein Shuttle erreicht haben und gleich aufgebrochen sein.«

»Ja – das klingt vernünftig.«

»Außer dass er die Yacht schon vorher gemietet hat. Er muss also auf der Station gewesen sein, dann auf den Planeten geflogen und wieder in den Orbit zurückgekehrt sein … Warum? Ist das überhaupt möglich?« Kate blickte vom einen zum anderen.

»Mit guten Privatshuttles natürlich«, sagte Brun.

»Er ist heruntergekommen, um dich abzuholen«, warf George plötzlich ein. »Er hat die Yachtmiete arrangiert und ein Shuttle angemietet, und während die Yacht verproviantiert wurde, flog er herunter, um dich zu holen.«

»Er wollte sie wegbringen? Warum?« Kate sah Brun an. Brun hatte das Gefühl, von einem Speer aus Eis aufgespießt zu werden.

»Ich … möchte das gar nicht wissen«, sagte sie und bemühte sich, die Panik zu unterdrücken, die sie empfand. War sie wirklich so knapp einer weiteren Entführung entronnen? Aber ihr Verstand funktionierte weiter. »Sirialis. Falls er mich nach Sirialis mitnahm, würden die Leute dort glauben, es ginge um einen Besuch von mir. Ich meine, sie würden zunächst denken, dass alles in Ordnung ist, und dann …«

»Eine Geisel«, sagte Kevil. »Eine Geisel gegen deinen Clan und sicherlich gegen alles, was die Leute auf Sirialis vielleicht unternehmen wollten. Und … Brun, du kennst die Familiencodes für die Kommunikations- und Datenspeicher-Anlagen auf Sirialis, nicht wahr?«

»Ja, natürlich, alles außer Mutters Privatcodes.«

»Könnte er die kennen? Oder wissen, dass du sie nicht kennst?«

»Ich habe keine Ahnung.« Brun erlebte eine Woge der Panik und kämpfte sie nieder.

»Unsere Dateien über ihn sind auf Appledale gespeichert«, sagte Kate. »Wir haben keine Kopien mit in die Stadt genommen; wir sahen keinen Grund dazu. Er stand unter Arrest, hieß es.« Sie klang verärgert.

»Gentleman's Arrest – er trug ein Signal-Armband«, erklärte Kevil. »Seine Anwälte beharrten darauf, er würde nicht ausbrechen, und er hat eine gewaltige Kaution hinterlegt. Jedenfalls hat er gestern Morgen unter dem Vorwand, er hätte Zahnschmerzen, seinen Zahnarzt aufgesucht, der das Band für ihn am frühen Vormittag entfernte. Stundenlang hat niemand seine Flucht bemerkt; der Zahnarzt behauptete, er hätte vor Harlis einen Notfall zu behandeln gehabt, und vom Armband kam ja ein Signal. Der Zahnarzt wurde jetzt selbst verhaftet; das Armband entdeckte man unter dem Polster eines seiner Stühle.«

»War Harlis in Appledale?«, fragte Brun.

»Nein. Wir haben dort angerufen; niemand ist eingedrungen.«

»*Er* kennt die Familiencodes«, sagte Brun plötzlich.

»Was?«

»Harlis. Er kennt die Codes. Jedenfalls einige davon, die allgemeinen Codes. Da bin ich sicher – es sei denn, Mutter hätte sie geändert, ehe sie abreiste, aber sie dachte damals ja, er wäre verhaftet. Kein Grund, sie zu ändern. Und niemand hält sich dort auf.«

»Das Personal tut es«, wandte Kevil ein. »Die anderen ...«

»Keine *Familienmitglieder«*, entgegnete Brun. »Niemand, der die Codes ändern und so Harlis aussperren könnte.«

»Falls er Kurs dorthin hat und obendrein über ein Kriegsschiff der Flotte verfügt, dann würde es eh nicht helfen, die Codes zu ändern.«

»Ich wette, dass sie zu Anfang so dort eingedrungen sind«, sagte Brun.

Kevil sah sie verständnislos an, ebenso George. »Wer ist eingedrungen? Wann?«

»Lepescu und seine ... Jäger. Ich wette, es war Harlis oder mein Vetter Kell.«

»Da könntest du Recht haben. Dein Vater konnte nie ermitteln, wie dieser Stationsmeister von Pinecone Lepescu hereingelassen hat. Falls Harlis den Mann unter Druck gesetzt hat, ergibt das gleich viel mehr Sinn.«

»Aber jetzt ... Wir müssen ihn aufhalten, ehe er Sirialis erreicht! Ich muss gleich los ...«

»Brun – das geht nicht. Du musst hierbleiben!«

»Aber Kevil, wir können nicht zulassen, dass er Sirialis erreicht und die Menschen terrorisiert ...«

»Was könntest du unternehmen, wenn du dort wärst?«

»Sie warnen. Versuchen zu helfen.« Aber sie wusste, dass es vergebens gewesen wäre; sie war schließlich keine Kampfgruppe von Raumschiffen. Nein. Sie musste in diesem Punkt ihre Hilflosigkeit eingestehen und ihr Bestes für die Gesamtheit der Familias tun. Sie konnte die Menschen auf Sirialis warnen, mehr nicht.

Sie vermutete, dass die Raumflotte nichts unternehmen würde, aber sie musste es trotzdem probieren. Und klar doch, nach Anhörung ihres Berichts schüttelte der Admiral Minor auf dem Bildschirm den Kopf.

»Es tut mir Leid, Sera, aber in der aktuellen Lage können wir keine Truppen abstellen, um einen einzelnen Planeten zu schützen.« Den Spielplatz einer reichen Familie, wollte sie damit sagen.

»Dafür habe ich Verständnis«, sagte Brun. Nach all den Aufwendungen für ihre Befreiung konnte sie bei der Flotte keinen Gefallen einfordern. »Aber Sie mussten erfahren, dass – wie wir vermuten – ein Meutererschiff dorthin unterwegs ist, womöglich mehrere.«

»Ja, ich verstehe. Es handelt sich jedoch um eine sehr abgelegene Welt mit geringer Bevölkerung. Besser, wenn die Meuterer sich dorthin wenden, anstatt einen dichter besiedelten Planeten anzugreifen. Sirialis hat keine nennenswerte Industrieproduktion, nicht wahr?«

»Nein – nur Leichtindustrie.«

»Dann bräuchten sie fünf Jahre, um eine Werft für überlichtschnelle Schiffe aufzubauen, und das auch nur mit gestohlenen Teilen, nicht von Grund auf. Damit bleibt uns Zeit, sie dort abzuschneiden. Ich bezweifle sehr, dass die Meuterer über die nötigen Mittel verfügen, um eine tragbare Verteidigung für das ganze dortige Sonnensystem zu installieren. Derweil erwarten uns dringendere Aufgaben andernorts. Sobald wie möglich schnappen wir die Meuterer auch auf Sirialis.«

»Ich habe die Bevölkerung schon gewarnt, dass Harlis womöglich mit einem bewaffneten Schiff auftaucht. Ich möchte mich nicht in Ihre Planungen einmischen, aber darf ich den Bewohnern wenigstens mitteilen, dass Sie *nicht* kommen?«

»Natürlich, Sera. Es könnte sogar hilfreich sein; falls die Meuterer das erfahren, bleiben sie vielleicht in dem, was sie für eine sichere Zuflucht halten, bis wir Gelegenheit erhalten, uns ihnen zuzuwenden. Ganz offen gesagt, Sera, verfügen wir nicht über Ressourcen, die Sirialis vor den Meuterern erreichen können, falls Sie bezüglich des Startzeitpunkts Recht haben.«

»Danke«, sagte Brun. Sie hätte am liebsten getobt, den Schreibtisch getreten, auf dem Boden herumgestampft und geschrien ... aber damit konnte sie im Augenblick nichts bewirken. »Haben Sie irgendeine Vorstellung davon, über welche Schiffe Taylor verfügen könnte?«

»Tut mir Leid, Sera, aber das wissen wir nicht.«

Nachdem Miranda und Cecelia abgereist waren und der Eröffnungstag der Saison noch sichere hundert Tage oder länger entfernt war, verfiel Sirialis in Sommerschlaf. Nicht, dass die Einwohner untätig geblieben wären, nicht auf einem der Landwirtschaft und dem Tourismus gewidmeten Planeten. Sirialis ernährte sich selbst und auch die Gäste, die es jährlich besuchten. Die frühe Ernte war eingefahren; das frisch geschnittene Heu lag offen in der Sonne, um zu trocknen, ehe es gebündelt wurde. Die Produktion der Gemüsefarmen lief auf Hochtouren, desgleichen die Fabriken, die den Überschuss weiterverarbeiteten und für die Saison konservierten. Für den größten Teil der Einwohner nahm das Leben seinen gewohnten Gang: die Schulen und Geschäfte und sonstigen Dienstleister für die einheimische Bevölkerung folgten der veränderten Aktivität ihrer Eigentümer kaum. Der Wechsel der Jahreszeiten und die Launen des Wetters waren wichtiger. Bagger knurrten am Eingang zur Hospitality Bay, der Bucht der Gastfreundschaft, vor sich hin, wo ungewöhnlich starke Winterstürme eine Sandbank aufgetürmt und damit der Fischereiflotte das Leben schwer gemacht hatten. Auf der anderen Halbkugel bereiteten sich verstreute Ansiedlungen – Holzfäller- und Bergbaulager – auf den Höhepunkt des Winters vor. Viele Menschen wanderten mit den Jahreszeiten, aber ein paar blieben auch stets an Ort und Stelle.

Wenn jeweils keine Thornbuckles in der Residenz wohnten, traf man im großen Haus nur noch eine Rumpfmannschaft an, abgesehen von der Instandhaltung. In diesem Frühling arbeiteten Installateure an den verstopften Rohren des Ostflügels, die in den vergangenen mehr als fünfzig Jahren sporadisch immer wieder Probleme bereitet hatten, und ein Bauingenieur kontrollierte im Rahmen der alle drei Jahre stattfindenden Bauinspektion die Balken auf den Dachböden. In

Ställen und Gärten war natürlich ganzjährig das komplette Personal tätig. Pferde und Rosen benötigten fortlaufend Pflege, und die Stallburschen und Gärtner zogen ohnehin die ruhigeren Zeiten im Jahr vor.

Für Sirialis bestand seit über hundert Jahren nur noch eine minimale Systemverteidigung. Ein Kommunikations-Ansible war vorhanden, mit dem Familienmitglieder ihre Ankunft ankündigten. Die Landeplätze der Hauptresidenz und von Hospitality Bay waren mit Fernsensoren ausgestattet. Für Systemverteidigung und Verkehrsleitung sorgte jedoch vor allem der Stationsmeister auf der größten Orbitalstation. Alle drei Orbitalstationen waren mit Fernsensoren ausgerüstet und außerdem mit ein paar Batterien Schiffsabwehrraketen aus alter Zeit, deren Funkionstauglichkeit in den letzten fünf Jahren niemand mehr getestet hatte.

Bruns erste Ansible-Meldung löste hektische Aktivität aus. Es waren nicht genug Shuttles und Schiffe im System, um alle Menschen von der Oberfläche zu evakuieren; nur im Vergleich zu den höchstentwickelten Planeten konnte man die Bevölkerung von Sirialis als klein bezeichnen. Geschütze waren nicht vorhanden, mit denen eine militärische Invasion abzuwehren gewesen wäre, und Brun hatte nicht sagen können, wie viele Schiffe womöglich auftauchten; allerdings war es ihr gelungen, die Flotte zur Übermittlung der Daten diverser Schiffstypen zu bewegen, damit man überhaupt eine Vorstellung gewann.

Kapitel zwanzig

Rockhouse Major

Goonar hörte am nächsten Vormittag nichts von Bethya – auch am Nachmittag nicht. Hatte sie es sich anders überlegt? Zerbrach sie sich gerade den Kopf, wie sie ihn leicht wieder loswurde?

Als der Anruf schließlich erfolgte, war er gerade in das Studium der Handelsdaten für eine Kolonie vertieft, der reguläre Fahrten anzubieten Terakian & Söhne zurzeit überlegte. Geistesabwesend hob er das summende Kom-Gerät ab. »Kapitän Terakian – womit kann ich Ihnen helfen?«

»Goonar …« Es war Bethya. Sein Herz hämmerte los. »Es ist geschafft. Ich bin noch im Hotel, und ich bin eigentlich zu müde, um heute Abend umzuziehen. Ich würde jedoch gern mit dir zu Abend essen. Macht es dir etwas aus herzukommen?«

»Natürlich nicht«, sagte Goonar und lenkte sich gewaltsam von der Profitanalyse der Kolonie ab. »Wie förmlich?«

»Nicht besonders.«

Bethya sah sehr müde aus, fast matt sogar. Er fragte sich, ob der abscheuliche Dougie an ihr herumgenörgelt hatte, und empfand das starke Bedürfnis, diesen Mann aufzusuchen und ihm das Gesicht einzuschlagen.

»Alles klar mit dir?«, fragte er.

»Ja«, sagte sie. »Lass dich nicht durch Schauspielerei täuschen, Goonar. Ich – habe einen Vorschlag gemacht.

Das Problem«, erläuterte sie über dem Salat, »war Geld. In der Theaterszene ist das meist so. Geld oder Eifersucht oder beides. In diesem Fall beides.«

Mit Geld kannte Goonar sich aus. »Sie haben dir Geld geschuldet?«

»Sie schulden uns beiden Geld«, sagte sie. »Wir – *sie* – haben nach wie vor den Preis für die Passage nicht entrichtet, von der ersten Rate mal abgesehen. Und als wir das Ensemble gründeten, steuerten vier Personen – Merlay, Dion, Sarin und ich – gleiche Anteile bei. Merlay ist vor fünf Jahren gestorben – der hinreißendste Tenor, den man je gehört hat. Es war einfach nur ein dummer Verkehrsunfall. Dion hat ein Jahr später ein Angebot von der angesehensten Kunstschule seines Heimatplaneten erhalten, und wir haben ihn ausgezahlt – wir, das waren in diesem Fall Sarin, unsere Bühnenbild- und Kostümdesignerin, und ich. Na ja, uns fehlten nun zwei männliche Darsteller, und Sarin und ich beschlossen, neue Partner zu suchen. Was wir wirklich brauchten, das waren ein weiterer guter Hauptdarsteller und ein Geschäftsführer, aber die Leute, die man braucht, bringen nicht unbedingt das nötige Geld mit, wenn man sie gefunden hat. Eigentlich sogar normalerweise nicht.«

»Also …«

»Also wollte Lisa, die schon dem Ensemble angehörte, einen Anteil erwerben. Sie hatte das nötige Geld – eine Erbschaft, sagte sie. Wir konnten es nicht ablehnen. Dougie arbeitete für die Greenfield Players; er hatte sie aus einer finanziellen Krise befreit und sagte, er wollte auf Tournee gehen. Wir hatten nach wie vor nicht genug Kapital, also besprachen wir den Rest mit dem Ensemble, und die meisten kratzten genug zusammen, um sich einen Anteil zu kaufen, als wir das Unternehmen neu strukturierten.«

»Waren es noch gleiche Anteile?«

»Nein ... Sarin und ich hatten je vier, alle anderen je einen. Ich hielt das für fair, solange wir zusammenblieben. Aber bei einem Ausstieg wollte ich bar ausgezahlt werden, und das wollten die anderen nicht.«

»Was hast du gemacht?«

»Ich habe ein Krankenhaus aufgesucht, und als ich zurückkam, sah ich so aus wie jetzt und erklärte, ich hätte einen Schock erlitten.«

»Einen Schock?«

»Ja. Ich erinnerte Lisa daran, dass sie gesagt hätte, meine Stimme wäre nicht mehr die alte – ich hätte ihr dabei in das süffisant grinsende Gesicht schlagen können –, und ich hätte den anderen nicht sagen wollen, dass ich vorzeitig aussteigen wollte. Die Ärzte hätten jetzt ein Problem festgestellt – ich müsste das Singen aufgeben und mich einem Eingriff unterziehen, und die Stimme würde danach womöglich nie wieder gut werden. Es würde Monate dauern – es wäre ein schwieriger Fall, der nicht durch Regeneration zu beheben sei.«

»Stimmt das?«, fragte Goonar. »Als Brun Meagers Stimme verloren gegangen war ...«

»Goonar, was Lisa und Dougie von Medizin verstehen, passt in eine einzelne Tablette. Sie möchten ja glauben, dass ich auf dem absteigenden Ast bin und allmählich die Stimme verliere; sie haben das gefressen wie Schlagsahne mit Honig. Ich sagte, ich hätte beschlossen, das Ensemble zu verlassen, und wollte meine Anteile verkaufen. An diesem Punkt startete die Feilscherei, aber da ich aus gesundheitlichen Gründen ausscheide, war ich im Vorteil.«

»Hast du ...?«

»Goonar, es gibt Wahrheit und Wahrheit. Schon ehe Lisa anfing, an mir herumzunörgeln, hatte ich bemerkt, dass meine Stimme nachließ. In manchen Theatern, an denen wir spielten, habe ich sie an die Grenze getrieben. Es ist wirklich längst Zeit für mich aufzuhören. Das ist ein Grund, den sie akzeptieren können, was sie aber nicht abhält, sich über meine Anteile zu beharken; hätte ich ihnen gesagt, ich wollte dich heiraten, dann hätte es geheißen: ›Oh, das ist ein reicher Händler, da brauchst du das Geld nicht.‹« Ihre geschulte Stimme vermittelte sowohl den jammernden Ton ihrer Kollegen als auch die eigene Verachtung für dieses Jammern.

»Ich bin nicht schockiert, Bethya«, stellte Goonar fest. »Wir Händler kennen uns mit kreativen Erklärungen aus.«

»Gut. Ich fände es fürchterlich, wenn ich alle Brücken hinter mir verbrannt hätte, um dann zu erkennen, dass ich mich dir entfremdet hätte.«

»Was ist mit der Hochzeit? Müssen wir warten, bis deine Kollegen abgereist sind?«

»Nein. Sie haben uns auf dem Schiff gesehen; sie wissen, dass ich dich für einen feinen Mann halte und du mich bewunderst. Lisa besaß sogar die Frechheit, mir vorzuschlagen, ich sollte mich vielleicht mit dem netten Kapitän Terakian trösten, falls ihm die Tatsache nichts ausmachte, dass ich abseits der Bühne nicht dieselbe bin wie darauf.«

»Also ... dieses Abendessen ...«

»Sollen sie ruhig denken, dass ich an ihrem Vorschlag kaue. Derweil habe ich schon den Bankwechsel.«

»Du bist eine schlimme Frau, Betharnya«, fand Goonar. »Du könntest eine geborene Händlerin sein.«

»Meine Großeltern waren es«, sagte Bethya. »Falls du Großhändler in Küchengeräten und Restaurantzubehör mitzählst.«

»Also ... wie steht es mit der Hochzeit?«

»Ich habe da ein paar Leute, die ich gern einladen würde, darunter Sarin – wir kennen uns seit über fünfzehn Jahren –, was bedeutet, dass wir die Übrigen unmöglich ausschließen können, ohne Ärger zu bekommen.«

»Ist mir recht«, sagte Goonar. »Inzwischen können wir auch gut warten, bis die *Princess* eintrifft …« Er erläuterte ihr die Routenkreuzung. »Sie ist bereits im System. Die Väter werden sich freuen, einen weiteren Terakian-Trauzeugen zu haben. Was für eine Art Hochzeitsfeier schwebt dir vor?«

Sie vertieften sich in die Hochzeitsplanungen, und als Goonar am Abend aufs Schiff zurückkehrte, betrachtete Basil sein Gesicht und erkundigte sich: »Hast du sie gefragt?«

»Ja, Mann, das habe ich«, antwortete Goonar lächelnd. »Und sie hat angenommen. Wir heiraten, sobald die *Princess* im Dock liegt.«

»Ich schätze, sie bringt keine große Mitgift ein«, sagte Basil. »Nicht, dass es darauf groß ankäme.«

»Tatsächlich hat sie es sogar«, stellte Goonar fest. Sie hatte ihm den Wechsel gezeigt. »Genauer gesagt: Sie hat wirklich eigenes Geld.«

»Genau das meinte ich«, sagte Basil. »Ich habe nicht erwartet, sie würde es übergeben oder so was.«

»Das ist gut, denn das wird sie nicht. Sie investiert es.«

»Ich hätte mir denken können«, sagte Basil, »dass du eine neue Frau findest, die schön, talentiert *und* reich ist!«

Sirialis

»Sie sagte, wir stünden allein.« Der Milizhauptmann von Hospitality Bay funkelte den Milizhauptmann des Hauptortes an. »Die Flotte kann nicht kommen, und wir können keinesfalls eine Invasion abwehren. Meine Leute wissen, wie sie mit Säufern, Dieben und dummen

Jugendlichen umgehen können, die es für witzig halten, die Netze von Fischerbooten durchzuschneiden ... aber sie können es nicht mit neuroverstärkten Soldaten in Gefechtspanzern aufnehmen!«

»Was möchten Sie damit sagen? Sollen wir alle in die Wälder rennen? Oder einfach herumstehen, damit sie uns zusammenschlagen oder erschießen können?«

»Nein – aber ich sehe keinen Sinn darin, uns mit Luxusgütern aufzuhalten – Bildern und Büchern und so was.«

»Ich würde gern so viel retten, wie wir nur können. Die Thornbuckles kehren womöglich eines Tages zurück.«

»Vielleicht, vielleicht auch nicht. Sie haben ja gehört, was sie gesagt hat. Was, wenn sie das wirklich ernst meinte? Dann liegt die Entscheidung bei uns.«

»Falls es meine Entscheidung ist, dann befinden sich im Haus Dinge, die ich retten möchte«, sagte sein Gegenüber.

»Ich möchte hier keinen Krieg erleben«, warf ein anderer ein. »Ich war Soldat im ersten Patchcock-Zwischenfall, wie Sie wissen.«

»Das wissen wir, Gordy.«

»Sie erkennen einfach nicht, was der Gegner aus dem Weltraum heraus anrichten kann. Falls wir uns im Busch verstecken und er nicht die Zeit hat, uns dort herauszuholen, ist es für uns viel sicherer.«

»Wir können unmöglich alles Hab und Gut mitschleppen – das Haus ist voller Schätze wie Kunst, Bücher, Möbel ...«

»Und die Pferdeställe ...«

»Pferde können selbst laufen, Möbel nicht.«

»Erst die Menschen, dann die Tiere, danach die Sachwerte ...«

»Ja, aber ...«

»Wir haben nicht genug Zeit für etwas anderes.«

Ein großer Teil der Hauptlandmasse war als Jagdrevier bewahrt worden, durchsetzt mit einzelnen kleinen Camps und Hütten. Jeder Flitzer und Luftwagen des Planeten wurde jetzt requiriert und brachte Familiengruppen und die Bewohner ganzer Viertel in entlegene Winkel hinaus. Als jeder, der evakuiert werden wollte, fortgebracht worden war, senkten sich dieselben Flitzer und Luftwagen auf den Hauptort herab. Das Hauspersonal hatte bereits zum Abtransport vorbereitet, was nur möglich war – den Schmuck, das alte Geschirr, die ältesten und seltensten Bücher aus der Bibliothek, die Bilder, von denen man wusste, dass Familienmitglieder sie besonders schätzten. Die schwersten Gegenstände wurden mit den Lastenfahrstühlen in die Kellerräume befördert – vielleicht waren sie dort ausreichend geschützt. Den Rest schaffte man in die Fahrzeuge, um alles so weit wie möglich zu verteilen.

Derweil hatte Neil das Stallpersonal organisiert – um zuerst Futter und Vorräte wegzuschaffen und anschließend die Pferde. Jedes Tier, auf dem jemand reiten konnte, wurde gesattelt und schloss sich den anderen in einer langen, unregelmäßigen Kolonne über die Heu- und Getreidefelder an, die sich kilometerweit nach Süden und Osten ausbreiteten. Fast alle Stuten hatten in diesem Jahr Fohlen bekommen; Neil setzte die leichtesten Reiter auf die Stuten, und die Fohlen tollten nebenher. Diese Gruppe blieb natürlich hinter den Übrigen zurück, da sie stündlich anhalten und den Fohlen Gelegenheit bieten musste zu saugen. Neben ihnen tapsten die Milchkühe der Ortschaft und ihre Kälber einher und die Schaf- und Ziegenherden, angetrieben von aufgeregten Hunden, die noch nie so viel Spaß gehabt hatten. Die Jagdhunde trabten aneinander gekoppelt durch die Gegend und fügten sich dabei den Signalen der Jagdhörner.

Die einzigen Tiere, die Neil nicht mitnahm, waren

die, denen kein Marsch zuzumuten war; es brach ihm das Herz, sie zurückzulassen, aber sie waren ja auf den heimatlichen Koppeln ausreichend sicher, sofern die Meuterer sie nicht gezielt angriffen. Er hatte sein Arbeitsbuch – oder etwas, was danach aussah – im Büro liegen gelassen; darin stand eingetragen, dass er die Ställe gegen Grauläuse eingesprüht und für sechzig Tage evakuiert hatte. Falls die Angreifer das glaubten, suchten sie vielleicht nicht nach ihnen; zumindest nicht, wenn sie es eilig hatten.

Früheres RSS-Patrouillenschiff *Gaura Secundus*

Harlis hatte auf höheren Ebenen mit der Flotte Kontakt gehabt, als ihm, dem Familienrepräsentanten und jüngeren Bruder des Sprechers, noch große Höflichkeit erwiesen worden war. Er hatte Schiffe besucht, wenn sie im Dock lagen und sich die Besatzungen zur Inspektion aufgestellt hatten. Ihn hatte das forsche Salutieren beeindruckt, die erkennbare Disziplin, die makellose Sauberkeit, der Respekt vor Vorgesetzten. Er hatte sich ausgemalt, er wäre ein Admiral an Lepescus Seite und kommandierte Schiffe im Gefecht … kühl und unerschütterlich. Sollte Häschen ruhig mit Politik herumspielen: Er, Harlis, würde echte Macht ausüben, so überlegte er häufig, wenn er an die Raketenbatterien dachte, die geordneten Reihen von Energiespulen für die Strahlenkanonen. Natürlich konnte er im Grunde nicht zur Flotte gehen, nicht in Anbetracht seiner familiären Aufgaben, aber er konnte Freundschaft mit Admiralen schließen und sich in dem Gedanken sonnen, dass er selbst unter seinem zivilen Äußeren das Herz eines Kriegers hatte.

Die Wirklichkeit an Bord der *Gaura Secundus* unterschied sich von seinen früheren kurzen Erlebnissen. Ordnung, Disziplin, Tüchtigkeit – ja. Die Crew, die nach wie vor Flottenuniformen trug, wenn auch ohne das Abzeichen der Familias, salutierte stramm und widmete sich energisch ihrer Arbeit. Aber der Respekt, den sie ihm eigentlich geschuldet hätte, der er doch Mitglied einer Ratsfamilie war, selbst einen Sitz im Großen Rat hatte und Bruder des früheren Sprechers war ... dieser Respekt fehlte. Man erwies ihm kühle Höflichkeit und redete ihn mit Ser Thornbuckle an, aber man betrachtete ihn nicht als jemanden, der dazugehörte.

Nie zuvor war ihm klar gewesen, welch eine geschlossene Gemeinschaft das Militär sein konnte. Stimmt, Kommandant Sigind war mit ihm nie warm geworden, aber er hatte vermutet, das Häschen dafür die Schuld trug. Als die *Lillian C.* schon einen Teil des Weges nach Millicent hinter sich gebracht hatte, fragte er sich, ob er nicht doch einen Fehler gemacht hatte. Als seine »Söldner« ihn in einen Druckanzug steckten und ihn durch einen Andockschlauch von der Yacht auf ihr Kriegsschiff beförderten – für seine Augen nur ein riesiger schwarzer Fleck vor dem Sternenmeer –, wurde ihm unbehaglich bewusst, wie allein er in einer Menge von Männern und Frauen war, die alle schon Menschenleben auf dem Gewissen hatten, die Spaß am Töten hatten und ihn sofort umbringen würden, wenn er ihnen im Weg stand. Als Geldquelle war er ihnen derzeit noch nützlich; sie respektierten Geld in gewisser Weise als eine andere Form von Macht. Was aber, wenn sie entschieden, dass er ihnen nicht länger nützte? Falls es Brun oder Stepan gelang, ihm den Zugriff auf die Banken zu verwehren?

Harlis schauderte es in seiner kleinen Kabine, und ihm wurde klar, dass er nicht sterben wollte. Er ertappte sich dabei, wie er sich die Ohren rieb, und riss die Hände förmlich herunter.

Er hatte das Personal auf Sirialis nie wirklich leiden können. Es waren Häschens Leute, und obwohl sie andere Familienmitglieder mit gebührender Höflichkeit empfingen, wusste er, dass es nicht *seine* Angestellten waren. Er hatte sich schon immer ein eigenes Imperium gewünscht – die eigenen Liegenschaften reichten ihm nicht. Er hatte geglaubt, es wäre eine gute Idee, sich eigene Streitkräfte zu kaufen: die private Raumflotte, seine Privatarmee; mit ihr konnte er sich nehmen, was er verdient hatte, und Häschen vergessen.

Die Mahlzeiten nahm er in Gesellschaft der Offiziere ein, und Taylor saß dabei jeweils an einem Ende der Tafel und Harlis am anderen. Hier zeigte sich der Unterschied zwischen Harlis und diesen Leuten besonders, stärker noch als in den Sektionen des Schiffes, die dessen Betrieb dienten. Er war im Meer der Politik aufgewachsen und hatte schon als Junge Machtspiele gespielt – und er glaubte, darüber alles zu wissen. Damals, als er die alte Trema unter Druck setzte, damit sie ihm ihre Anteile überließ, hatte er geglaubt, so geradlinig und pragmatisch zu handeln wie nur irgendein Admiral, der für den Krieg plante.

Nein. Jetzt wurde ihm klar, dass ihn die eigene Feigheit zurückgehalten hatte. Er hatte Trema nicht persönlich aufgesucht, war bei keiner der Aktionen, für die er Handlanger angemietet hatte, das Risiko eingegangen, selbst verletzt zu werden oder aufzufliegen. Diese Leute hier hatten keine derartigen Skrupel. Sie waren so geradlinig wie ein Faustschlag. Schon die Gleichförmigkeit ihrer Kleidung, die gleichzeitig auch ihn ausschloss, verkündete, wer sie waren – und selbst seine am besten geschnittenen Anzüge wirkten neben ihren Uniformen schlampig.

Eines Tages äußerte sich Taylor schließlich: »Ich fürchte, wir beunruhigen Ser Thornbuckle.«

»Mich beunruhigen?«, fragte Harlis. Er spürte, wie sich sein Puls beschleunigte. »In welcher Weise?«

»Sie betrachten uns wie ein Hirsch die Jäger«, antwortete Taylor lächelnd. »Und fragen sich, was wohl geschehen wird.« Er leckte sich die Lippen. »Der Unterschied zwischen uns, Ser Thornbuckle, besteht darin, dass ich mir keine Sorgen um künftige Geschehnisse mache, denn ich habe vor, sie selbst herbeizuführen – und zwar so, wie ich sie möchte.«

»Das ist nicht immer so leicht«, gab Harlis zu bedenken.

»Nein ... Krieg ist nicht leicht, und die Jagd auch nicht. Aber entweder betreibt man diese Dinge, oder man duldet, dass die menschliche Rasse zu einem Haufen Salonornamente degeneriert, die zu nichts weiter mehr fähig sind, als zu essen und sich fortzupflanzen. Irgendwie muss man das Genom reinigen, Ser Thornbuckle, und wir können nicht alle Registrierte Embryos sein. Ich rechne jedoch auf Sirialis mit keinen großen Schwierigkeiten. Falls Sie uns die Wahrheit gesagt haben, verfügt man dort nicht über eine nennenswerte Systemverteidigung und über keine Abwehrmöglichkeit gegen gepanzerte Shuttles. Außerdem vergrößern die auf den drei Orbitalstationen liegenden Shuttles unsere Transportkapazität.«

»Es sei denn, jemand auf Castle Rock hat daran gedacht, die Bewohner von Sirialis vor unserer Ankunft zu warnen«, sagte Harlis.

»Und wer könnte das getan haben?«, fragte Taylor.

»Durchaus möglich, dass es sich jemand überlegt hat«, sagte Harlis. Er spürte, wie ihm der Schweiß ausbrach. »Meine Nichte – Brun Meager – ist gerade zum Erben des Clans Barraclough ernannt worden. Stepan hat sie ausgewählt. Ich wollte sie ... überreden mitzukommen. Sie kennt sämtliche Codes. Aber sie und diese abscheuliche Frau aus der Lone Star Konföderation sind zum Abendessen ausgegangen, ehe ich Gelegenheit fand ...«

»Sie *Idiot!«,* sagte Taylor. »Sie hatten behauptet, Sie würden nicht verfolgt!«

»Das werde ich auch nicht. Jedenfalls wurde ich es nicht, als ich das sagte. Und ich denke auch nicht, dass sie mir inzwischen auf der Spur sind. Brun weiß nicht, wer ...«

Taylor bedachte ihn mit einem Blick, bei dem Harlis die weiteren Worte im Hals stecken blieben. »Selbst wenn sie zu dumm ist, sich das auszurechnen, wird es irgendjemand tun. Und Sie haben überall Spuren hinterlassen – bei Allsystems ...«

»Ich habe dort angegeben, ich wollte nach Burkholdt und Celeste fahren.«

»Und Sie denken, das glauben die? Nachdem Sie versucht haben, das Mädchen zu entführen und es nicht schafften?« Taylors Miene wurde hart. »Sie haben mich belogen, Thornbuckle, und es gefällt mir nicht, wenn mich jemand belügt!«

»Es war keine Lüge«, wandte Harlis ein. »Zu dem Zeitpunkt traf es zu ...«

Auf irgendein Signal hin, das Harlis gar nicht wahrnahm, standen die beiden Offiziere neben ihm auf, und ehe er sich selbst vom Tisch abstoßen konnte, hatten sie ihm die Arme auf den Rücken gedreht.

»Ich mag keine Lügner, Thornbuckle. Und ich akzeptiere keine Ausreden. Ist das klar?«

Harlis erinnerte sich an die Schmerzen aus Kindertagen, als die Jungen einander fortlaufend gequält hatten ... aber das jetzt war schlimmer. Jungs verstanden sich darauf, Arme zu verdrehen, wussten aber nichts von den feineren Nervenbahnen, die sich dem Griff geübter Finger darboten. Der Druck stieg kontinuierlich an und erzeugte heftige Schmerzen in Schultern, Hals, Ellbogen, Handgelenken; Harlis riss unwillkürlich den Mund auf und schnappte nach Luft.

»Ich habe Ihnen eine Frage gestellt«, sagte Taylor, und jemand griff Harlis ins Haar und zog ihm den Kopf nach hinten. Durch die Tränen des Schmerzes hindurch sah Harlis, wie Taylor und die Übrigen gelassen dasaßen und seine Qualen genossen.

»Ja«, brachte Harlis schließlich als eine Art Grunzen hervor.

»Ja *was?*«, hakte Taylor nach. Harlis funkelte ihn an.

»Ich sagte ja«, entgegnete er. »Und ich bin es, der *Sie* angestellt hat.«

Ein heftiger Stoß in den Rücken rammte ihn an die Tischkante.

»Sie sind es, der mich belogen hat«, wandte Taylor ein. »Ich bin weder Ihr Diener noch Ihr Bauer. Wenn Sie Soldaten anwerben, dürfen Sie sie nicht belügen. Jedenfalls nicht, wenn Sie lange leben möchten. Noch einmal: Ist das klar?«

»Ja ... Sir.« Das *Sir* wurde ihm durch eine letzte Drehung der Arme entrungen, die deutlich machte, dass man ihm die Schultern ausrenken würde, falls er es nicht sagte. Taylor nickte; sie ließen ihn los, und er plumpste wieder auf den Stuhl. Die Schultern taten weh, die Arme taten weh ... und vor allem sein Stolz tat weh.

»Es läuft nun folgendermaßen«, erklärte Taylor. »Sie werden mir alles sagen, was Sie getan und geplant und gedacht und gehört haben ... einfach alles ... und Sie werden exakt das tun, was ich Ihnen sage oder was einer dieser Offiziere Ihnen sagt. Wir werden Sie weiterhin gut behandeln, solange Sie nicht ungehorsam sind oder uns belügen. Aber jede Zurückhaltung von Informationen, jede Lüge und jeder Ungehorsam werden bestraft.«

Harlis nickte sprachlos und hoffte, dass sie ihn nicht noch einmal zwingen würden, »ja, Sir« zu sagen.

»Essen Sie zu Ende. Wir reden anschließend.«

Taylor sagte: »Wir brauchen Geld, und wir brauchen einen sicheren Stützpunkt. Sie haben uns beides versprochen, und jetzt können Sie Ihr Versprechen nicht einlösen.«

»Ich kann ... Ich habe schließlich das Geld; ich muss nur herankommen. Ich kenne den Zugangscode für das Familien-Ansible von Sirialis, was Ihnen die freie Kommunikation mit jedem eröffnet, den Sie sprechen möchten. Ich kenne die Zugangscodes für die Konten der Familie ebenso wie die meines eigenen Kontos. Außerdem finden Sie dort Informationen – gespeichert von Häschens Frau – über Geschäfte der Familie und andere Dinge. Und vor Ort finden Sie weiteres Geld.«

»Und Sie sind sicher, dass Sie diese Zugangscodes haben.«

»Natürlich bin ich mir sicher! Häschen war mein Bruder; ich kenne die Codes, seit ich in den Zwanzigern war. Sehen Sie, Sie sind wegen möglicher Verfolger besorgt, aber besteht denn irgendeine Gefahr, dass die Flotte vor uns auf Sirialis eintrifft?«

»Nein ...«

»Und selbst wenn, könnten Sie sich einfach verstecken. Sie haben ein ganzes Sonnensystem dafür ...«

»Genau deshalb können wir es eben nicht. Es ist zu leer. Wir haben jedoch die Option, einfach hindurchzubrausen, zu sehen, ob Ihre Codes funktionieren, Geld zu besorgen und wieder zu verschwinden.«

»Das wird nicht nötig sein«, erwiderte Harlis. »Ich sage es Ihnen immer wieder – ich bin Häschens Bruder. Jeder auf dem Planeten weiß, wer ich bin. Man wird Ihnen keinerlei Schwierigkeiten machen.«

Im Verlauf der nächsten Tage beantwortete Harlis Hunderte von Fragen nach ihm selbst, seiner Familie, seinem Vermögen und Sirialis. Taylor zeichnete alles auf, was er sagte. Harlis wusste, wie das auf die eigene Familie wirken würde, falls sie den Datenwürfel je in die Hand bekam. Er hatte gehört, dass die Helden in Abenteuerwürfeln immer einen Weg fanden zu beweisen, dass sie unter Zwang gehandelt hatten, und ihm fiel auch keine Ausflucht ein, die Taylor nicht erkannt und bestraft hätte.

Als sie Sirialis erreichten, rief Taylor ihn zu sich. »Wir brauchen jetzt den Zugangscode für das Ansible.«

Harlis nannte ihn, und Taylor gab ihn an einen seiner Funktechs weiter. »Holen Sie alle Aufzeichnungen heraus und prüfen Sie, inwieweit wir das Ansible steuern können«, sagte er.

»Sir.« Der Mann wandte sich ab und bediente eine Steuerung, die Harlis nicht sehen konnte. »Jemand ist tatsächlich darauf gekommen, dass wir auftauchen könnten. Wir haben da eine Sprachnachricht von Brun Meager; sie warnt die Bevölkerung, dass Harlis womöglich kommt, dass sie aber die Flotte nicht zu einer Aktion überreden konnte.«

»Eine Falle?«

»Womöglich«, sagte Taylor. »Wir bleiben aber nicht lange genug, um es herauszufinden. Verproviantieren können wir uns trotzdem – es ist ein Agrarplanet. Mit Geld darauf, alles an einer Stelle, nicht wahr, Harlis?«

Nach wie vor schmerzte Harlis, dass Taylor ihn mittlerweile nicht mehr Ser Thornbuckle oder auch nur Thornbuckle nannte. »Ja«, antwortete er langsam. »Den Hauptbankenzugang finden Sie im Hauptort.«

»Wie schick ist diese Residenz ausgestattet?«, erkundigte sich Taylor. »Findet man dort viel? Schmuck, den die Frauen zurückgelassen haben?«

»Das bezweifle ich«, sagte Harlis. »Sie werden ihn mitgenommen oder in der Bank deponiert haben.«

»Wir könnten trotzdem einen Blick riskieren«, sagte Taylor. »Admiral Lepescu erzählte, dieser Planet wäre sehenswert: Gärten, Wiesen, Ställe – Sie reiten doch, nicht wahr, Harlis?«

»Ich kann reiten, ja. Ich tue es aber nicht sonderlich gern.«

»Nicht sonderlich gern.« Seit kurzem verspotteten sie ihn auch noch, indem sie seine Ausdrücke wiederholten.

»Kommandant, ich erhalte keinen Zugriff auf den Sender des Ansibles. Mit seinem Passwort konnte ich den Signaleingang öffnen, aber der Sender ist gesperrt, und ich kann die Sperre nicht knacken.«

»Das könnte es schwierig gestalten, Ihre Gelder abzuheben, denken Sie nicht, Harlis?«

»Vielleicht verlangt das Ansible eine ID-Kontrolle – das tut es manchmal –, sodass ich im Terminal erscheinen muss.«

»Na, dann denke ich, dass wir ein Shuttle nach unten nehmen und uns davon persönlich überzeugen.«

Harlis, der nicht mal einen Druckanzug trug, fühlte sich zwischen all den anderen an Bord des Shuttles nackt, die mit PPUs und Panzerungen ausgerüstet waren. Sechs von ihnen waren neuroverstärkte Marineinfanteristen, die in ihren Gefechtspanzerungen riesig und unförmig wirkten. Auf Befehl der Meuterer rief er auf dem Landefeld an. Jemand reagierte darauf – er kannte den Namen nicht – und schaltete das elektronische Leitsystem ein. Harlis konnte nicht selbst hinausblicken; die Maschine hatte keine Fenster. Er spürte am Ruckeln, wie das Shuttle aufsetzte und ausrollte; dann ging die Luke auf, und der Duft von Sirialis rauschte herein und führte Harlis in eine Kindheit zurück, die jetzt wirklich sehr weit zurückzuliegen schien.

Mitten zwischen den Soldaten ging ein Harlis, der sich klein und verletzlich vorkam, über das Landefeld und fragte sich, warum niemand vortrat und sie begrüßte. Die Männer blickten sich gründlich um, schätzten die Lage ein und katalogisierten ihre Entdeckungen.

»Ein Zuckerschlecken«, fand jemand.

»Suchen Sie ein Transportmittel für uns«, befahl Taylor. Die Hangars und Unterstände waren jedoch leer. Im Büro ging das einzige Lebenszeichen vom leise summenden Steuerpult aus. Taylor grinste. »Sie spielen Verstecken, was? Möchten wohl eine Jagd.« Die anderen grinsten ebenfalls und nickten.

»Wir werden sehen. Sieht so aus, als müssten wir zu Fuß gehen – wo finden wir diese Bank, Harlis?«

Die Dorfstraße bot im Frühsommer ein Bild wie aus dem Reiseprospekt: die gepflegten Steinhäuser, die Töpfe voller Blumen, weitere Blüten an den Reben, die hier und dort an den Wänden emporkletterten. Eine orangefarbene Katze hob den Kopf von einer Türschwelle, um dann in einem Blumenbeet zwischen zwei Häuschen zu verschwinden.

»Wo stecken die alle?«, fragte Taylor. »Sind Sie einfach auf die Felder gerannt?« Einer der Neurosoldaten trat die Tür zur Bank ein. »Was für Sicherheitsvorkehrungen!«, spottete Taylor.

Sie trieben Harlis ins Bankgebäude. Sie trafen dort niemanden an, aber der automatische Schalter war in Betrieb, wie ja auch die Stromversorgung auf dem Landefeld funktioniert hatte. Harlis gab seine Zugangscodes ein, steckte seinen Kreditwürfel ins Laufwerk und wartete, dass die Bereitschaftslampe ansprang. Der Schalterautomat transferierte seinen Kontoinhalt auf den Würfel. Er zerbrach sich den Kopf nach Häschens Code – die Bank würde für zwei Stunden blockieren, falls er einen Fehler machte, aber der erste Versuch klappte schon. Häschens Kontostand betrug jedoch null.

»Gehen Sie an Ihre außerplanetaren Konten«, wies ihn Taylor an. Harlis gab den kompletten Zugangscode für Banküberweisungen per Ansible ein und wartete.

ANSIBLE-ZUGRIFF VERWEIGERT. GEBEN SIE DEN KORREKTEN CODE EIN.

»Sie haben die Codes geändert«, stellte Taylor fest. »Sie haben die *Codes* geändert!« Bei diesem Wort schlug er Harlis mit dem Handrücken ins Gesicht. »Und Sie hatten hier nur lausige zweihunderttausend ...« Er drehte den Kopf ruckartig zu den anderen um. »Gehen wir.«

»Ich kann mehr beschaffen!«, sagte Harlis. »Ich weiß, dass ich es kann, wenn ...«

»Bringen Sie ihn zum Schweigen«, sagte Taylor. Einer der Neurosoldaten drehte das Gewehr um und tippte Harlis damit auf die Schulter. Es schien nur eine leichte Berührung gewesen zu sein, aber Harlis hatte ein Gefühl, als wäre die Schulter gebrochen.

»Die Sachen im Haus, Kommandant?«, fragte einer der Männer.

»Kinkerlitzchen«, entgegnete Taylor. »Mehr ist dort wahrscheinlich nicht zurückgeblieben – die Zivilisten sind weggerannt wie die Kaninchen; bestimmt haben sie alle Wertsachen mitgenommen, die leicht zu transportieren waren. Es sei denn, Sie möchten Bettlaken und Kissenbezüge und andere Dinge, mit denen sie sich bestimmt nicht die Mühe gemacht haben ...«

Der Mann lachte. »Ich doch nicht, Sir.«

Harlis blickte die Straße hinauf, wo die oberen Stockwerke der Residenz über den Bäumen aufragten, die die Gärten säumten.

»Möchten Sie einen letzten Blick daraufwerfen, Harlis?«, fragte Taylor. »Denken Sie, dort findet man etwas Lohnendes, dass die Leute nicht mitgenommen haben oder dass sie eingeschlossen haben, damit Sie es nicht erhalten?«

»Bilder«, antwortete Harlis heiser. »Bücher, Tafelgeschirr, Möbel, Waffen ...«

»Waffen?«

»Jagdwaffen und antike Stücke.«

»Wertloser Plunder«, fand Taylor. »Ich hole mir keine Blasen, indem ich dort nach Souvenirs suche.«

Er ging voraus, zurück zum Shuttle; Harlis sah sich um und hoffte wider alle Chancen, dass jemand kam, um ihn zu retten. Zur Landungsgruppe gehörten nur zwanzig Meuterer; er wusste, dass die einheimische Miliz mehr aufbringen konnte. Sahen sie denn nicht, dass er ein Gefangener war?

Niemand tauchte auf, und die Neurosoldaten schubsten ihn an Bord des Shuttles, um in den Orbit zurückzukehren.

Auf dem Schiff wies Taylor zwei Mann an, Harlis auf die Brücke zu führen. »Ich denke, diese eingebildete kleine Kolonie braucht eine Lektion«, sagte er. »Wie unser Harlis hier. Wir schlagen ein paar Fenster ein und stürzen ein paar Schornsteine um.« Er sah Harlis an. »Wir fangen mit Ihrem Haus an, *Ser* Thornbuckle.« Er wandte sich dem Geschützoffizier zu. »Sie haben die Koordinaten – jagen Sie einen Schuss mitten hinein.«

Harlis spürte, wie trocken sein Mund geworden war. »Nein – tun Sie das nicht! Warum es zerstören?«

»Weil ich es möchte«, erklärte Taylor. »Weil ich es kann.«

»Aber – sie haben Ihnen nichts getan ...!«

»Das haben die Leute nicht«, bestätigte Taylor. »Aber Sie haben es. Sie haben mich belogen. Und das ärgert mich, und wenn ich verärgert bin, tobe ich das manchmal an Gegenständen aus.«

»Aber – es gehört *mir!*«, wandte Harlis ein. »Es gehört mir und hätte es schon immer tun sollen, und außerdem ist es schön.«

»Jetzt nicht mehr«, sagte Taylor. Er grinste. »Zeigen

Sie es uns, Leon.« Auf dem Bildschirm erschien die große Residenz, ruhig und schön inmitten der Gärten und Rasenflächen, leuchtend in der Frühsommer-Morgensonne, so schön, wie sie Harlis nur je gesehen hatte. Er roch beinahe die Rosen. Dann schlug die Rakete ein; das Haus expandierte, als schwellte ihm vor Zorn die Brust, und ging in einer brodelnden Wolke von Trümmern unter. »Guter Schuss!«, lobte Taylor. »So viel zu dem.«

Die sich ausbreitende Wolke der ersten Explosion verdeckte die Sicht auf den Stall, nicht jedoch auf die zweite Wolke, die dichter war und stärker brodelte. Harlis war schlecht; der Magen drehte sich ihm um. Er hatte Pferde nie sonderlich gemocht, ihnen aber auch nie etwas tun wollen, und er konnte sich die entsetzten Tiere vorstellen, die nicht sofort getötet worden waren, die gebrochenen Beine, das Blut ...

»Wir haben erreicht, wozu wir gekommen sind«, sagte Taylor. »Jetzt, wo wir das Geld haben.«

»Feuern wir noch ein paar Raketen?«, fragte ein anderer.

»Nein. Wir brauchen sie vielleicht für andere Ziele. Aber wir haben unsere Aussage gemacht. Niemand wird jetzt noch denken, wir würden nur spielen.« Sein Ton wechselte, wurde weich und süßlich und niederträchtig. »Ser Thornbuckle scheint sich nicht wohl zu fühlen, Smithers. Bringen Sie ihn in seine Kabine.«

Harlis lag da, starrte an die Kabinendecke, und konnte nicht schlafen, während die Bilder in seinem Kopf immer wieder neu abliefen. Das Haus – *sein* Haus – zerstört, völlig zerstört. Vernichtet. Die große Treppe, der Ballsaal, die Fechthalle, das Billard-Zimmer, die Bibliothek, das Frühstückszimmer, das Sonnenzimmer, die eigene Suite mit den persönlichen Schätzen ... innerhalb eines Augenblicks verschwunden, in einer Rauchwolke und einer Flammensäule. Grauen und Trauer und Angst umwölkten die Erinnerung an diesen Augenblick, und Furien des Entsetzens kreischten seinen Namen. Häschen hätte ihn dafür umgebracht... Häschen war tot... so viele waren tot... so viel Zerstörung ... wie hatte er das nur tun können? Wie nur? Und was konnte er jetzt noch tun? Er zitterte in langen, bebenden Zuckungen, als er sich an die harten Hände erinnerte, die ihm wehgetan hatten, die kalten Augen, die ihn forschend betrachtet und ihn für weich und verachtenswert befunden hatten, das grausame Lächeln, das sich an seinen Schmerzen ergötzte, seiner Angst, an seinem Grauen über ihre Fähigkeit zu vernichten.

RSS Fremantle

»Würden Sie sich das wohl mal anschauen, jetzt gleich?«, fragte Lt. Commander Coston, ohne sich damit gezielt an jemanden zu richten. Ein Patrouillenschiff ... zwei Patrouillenschiffe ... oder irgendetwas mit der entsprechenden Masse und Antriebssignatur... war gerade ins System gesprungen. »Erwarten wir jemanden?«, fragte er seinen Ersten Offizier.

»Nein, Sir.« Der Erste Offizier, ebenfalls Lieutenant Commander, grinste. »Endlich passiert mal was Aufregendes!«, sagte er.

»Eindeutig.« Bei dem Winkel, in dem die anderen Schiffe eingedrungen waren, hatten die Sensoren ihre Position in nur acht Lichtminuten Entfernung ausgemacht, und ein sich rasch verlängernder »Schweif« zielte in Richtung ihres Eintrittspunktes, während die Daten hereinströmten. »Funkfeuerdaten?«

»Kein Funkfeuer«, meldete der Scannertech. »Sie laufen ganz schön heiß...«

»Und wir auch...« Ihre Befehle lauteten zu verhindern, dass Meuterer Aethars Welt erreichten – sinnlose Befehle, hatte Coston gedacht, dieweil der Weltraum viel zu groß für eine wirksame Blockade war. Aber siehe da, jemand brauste direkt an seiner Wachposition vorbei, und die einzigen Schiffe, die ohne Funkfeuer unterwegs waren, waren solche, die nichts Gutes im Schilde führten. Er wies sich selbst daraufhin, dass eine Meuterei die Leute nicht verdummte, dass man sich an Bord jener Schiffe dort drüben auf jeden Trick verstehen würde, der auch ihm geläufig war – aber er hatte noch zwei Trümpfe im Ärmel: die *Gorgon* und die *Matchless* sowie einen taktischen Plan, der exakt für eine solche Situation entwickelt worden war.

»Falls ihnen nicht noch ein schwerer Kreuzer folgt, sind sie Hackfleisch«, fand Coston.

»Alle Signaturen bestätigen, dass wir es mit Patrouillenschiffen der Flotte zu tun haben«, meldete der Scannertech. »Kein Funkfeuer, aber sonst alles – die Waffen unter Strom und so weiter ...«

»Schön, Kris. Das macht es umso leichter.« Er nickte seinem Ersten zu. »Bringen Sie uns nach Plan in Stellung. Ich funke die mal an.«

Der Funkspruch war mehr fürs Logbuch gedacht als für irgendeinen anderen Zweck. Das konnten keine unschuldigen Handelsfahrer sein, und nur die größten Privatyachten erreichten auch nur annähernd eine solche Masse.

Ehe sein Funkspruch die anderen Schiffe erreichen konnte, feuerte eines von ihnen auf ihn.

»Gut«, fand Coston. »Das erleichtert alles. Wir brauchen nicht weiter zu warten ...«

Die *Fremantle* führte einen Mikrosprung aus und halbierte damit die Entfernung zu den Meuterern; dann sprang sie weiter auf fünf Lichtsekunden heran. Als sie aus dem zweiten Sprung auftauchte, hatten die Meuterer gerade eine Salve auf die vorherige Position der *Fre-*

mantle gefeuert. Ein dritter Mikrosprung führte die *Fremantle* auf weniger als eine Lichtsekunde vor den computerberechneten Kurs der Meuterer. Der eigene Kurs, durch die Folge der Mikrosprünge verzerrt, bot nur ein schmales Zeitfenster, um in den Rachen der Meuterer zu feuern – aber es war nur der erste Angriff dieser Art. Die *Fremantle* sprang davon, um von der *Gorgon* ersetzt zu werden, anschließend der *Matchless*. Die drei Schiffe führten einen präzise abgestimmten Tanz auf, der sicherstellte, dass sie nicht einander unter Feuer nahmen. Auf den Monitoren schwächte ein Treffer nach dem anderen die Abwehrschirme der Meuterer und auch ihre Fähigkeit zurückzuschlagen. Eines der beiden Feindschiffe versuchte zu fliehen und führte einen Mikrosprung über fünf Lichtminuten aus. In diesem Augenblick detonierte jedoch das andere Schiff, und bald erwischte das Trio der Loyalisten auch das flüchtige Fahrzeug und vernichtete es.

Coston grinste seinen Ersten Offizier an. »Das wird den Admiral glücklich machen. Falls wir jetzt noch etwas zur Identifizierung dieser Schiffe tun können …«

Hauptquartier, Sektor VII

Als Arash Livadhi von seinem ersten Geleitzug ins Hauptquartier von Sektor VII zurückkehrte und bei Admiral Serrano Meldung machte, nickte diese. »Gute Arbeit. Ich bin sicher, dass Sie jetzt eine gute Vorstellung davon haben, wie man Schiffsbesatzungen für den Geleitzugdienst ausbildet; ich möchte, dass Sie die Kommandanten, die auf den nächsten Konvoi warten, entsprechend instruieren, sobald Sie sie organisiert haben.«

»Natürlich, Sir.« Arash erläuterte seine Erfahrungen.

»Haben Sie schon die guten Nachrichten gehört?«

»Ich habe gar nichts gehört, Sir«, antwortete Livadhi. »Hat jemand ein Meutererschiff zurückerobert?«

»Nein, nicht zurückerobert, aber Heris hat das Meuterer-Flaggschiff, die *Bonar Tighe,* entdeckt und vernichtet. Wir konnten bestätigen, dass Solomon Drizh – man hatte ihn mal kurz zum Admiral Minor befördert, wie Sie – die eigentliche Speerspitze war.« Livadhis Magen drehte sich langsam. Er war Drizh jahrelang aus dem Weg gegangen. »Anscheinend war er einer der Schützlinge Lepescus, die wir übersehen hatten, und er hatte den Loyalen Orden der Jäger neu organisiert ...« Admiral Serrano musterte ihn scharf. »Sie wussten davon, nicht wahr?«

»Heris hat es mir erzählt«, sagte er rasch und spürte, wie ihm die Hände vor Schweiß rutschig wurden.

»Dieser Mistkerl hat jeden vergiftet, der mit ihm in Berührung kam«, sagte sie kopfschüttelnd. »Ich meine Lepescu. Anscheinend war Drizh jedoch genauso schlimm.«

Livadhi schluckte. Er musste es ihr erzählen; er musste erfahren, was sie wusste. »Ich habe ... einmal unter Admiral Lepescu – damals noch Commander – gedient, wissen Sie. Ich war noch ganz jung.«

»Ich weiß«, sagte sie. »Sie sind vielleicht die Ausnahme von der Regel. Sie können von Glück sagen, dass er Sie nicht leiden konnte. Er hat auch Heris verabscheut. Die jungen Leute, von denen er glaubte, sie wären viel versprechend ...«

Die jungen Leute, die er für viel versprechend hielt und in seinen Kreis eingeladen hatte. Denen er geschmeichelt hatte. Die er ausgebildet hatte. Die er gedrängt hatte, eine Elite zu bilden und so gut zu werden, wie sie nur sein konnten. Und dann ...

»Er hat sie ruiniert«, fuhr Admiral Serrano fort.

»Es ist eine Schande«, sagte Livadhi, dem nichts anderes einfiel.

»Falls er noch lebte, würde ich ihn persönlich erwürgen«, sagte Admiral Serrano.

»Ich auch«, pflichtete ihr Livadhi bei und meinte es ernst. Er war so jung gewesen, so naiv, so anfällig für Schmeichelei, so geehrt von der Aufmerksamkeit eines Commanders, der schon berühmt war für seinen Elan, seine kämpferischen Fähigkeiten, seine hohen Maßstäbe. Livadhi hatte Lepescu bewundert, hatte ihn nachzuahmen versucht, bis hin zu den Vorlieben in Musik und Speisen.

»Es ist schon erstaunlich«, fuhr Admiral Serrano fort, »wie viele Menschen ein einzelnes schwarzes Schaf beeinflussen konnte. Und doch muss es noch mehr Leute geben, die wie Sie zu seiner Umgebung gehörten, aber nicht zu seiner Clique, und was wir derzeit nun wirklich nicht gebrauchen können, ist eine weitere Hexenjagd auf alle, die unter ihm gedient haben, wie weit zurück es auch immer liegen mag.«

»Finde ich auch«, sagte Livadhi. Mit jeder Faser seines Wesens pflichtete er ihr bei.

»Heris scheint mit der alten *Indy* gut zurechtzukommen«, berichtete Admiral Serrano. »Wie kommen Sie mit der *Vigilance* klar?«

»Prima, Sir. Obwohl ich mir sicher bin, dass Heris' alte Mannschaft gern bei ihr wäre ...« War jetzt der richtige Zeitpunkt für den Vorschlag, die Leute zu versetzen?

»Nicht nötig, sich darüber den Kopf zu zerbrechen. Nicht angesichts eines bevorstehenden Krieges.« Sie fuhr fort: »Außerdem kommt sie nicht hierher zurück; sie ist mit den eingesammelten Wrackteilen nach Copper Mountain gefahren. Zwar steht nicht zu erwarten, dass man bei den Trümmern auch eine vollständige Personalliste der Meuterer findet, aber die Analytiker entdecken vielleicht trotzdem Brauchbares.«

»Copper Mountain ist in unserer Hand, nicht wahr?«

»Vorläufig. Die schlechten Nachrichten nun sind wirklich übel: Meuterer haben eine Kampfgruppe drüben in Sektor V angegriffen, ein Schiff hochgejagt und einen Kreuzer schwer beschädigt. Sie versuchen, einige Ratsfamilien zu erpressen, damit sie sie in ihren Sold nehmen – die uralte Schutzgeldmasche. Außerdem fanden sporadische Angriffe auf Orbitalstationen und sogar Planeten statt. Wir haben einfach nicht genug Schiffe, um überall aufzupassen, jedenfalls nicht, wenn wir die Grenzen noch schützen möchten. Ich erwarte jede Minute die Nachricht, dass die Benignität eine Invasion gestartet hat; mir ist ein Rätsel, warum es noch nicht geschehen ist.«

Kapitel einundzwanzig

RSS *Turbot*, unterwegs von Castle Rock nach Sektor VII

Esmay Suiza fand sich unter zahlreichen weiteren Offizieren wieder, die hinausfuhren, um das Kommando über ihre Schiffe zu übernehmen: ein paar Lieutenants wie Esmay selbst, der Rest Majors und ein Lieutenant Commander. Wie Esmay brachten die meisten von ihnen Stunden damit zu, die Daten ihrer künftigen Schiffe zu studieren.

Esmays Schiff, die *Rascal*, war ursprünglich ein normales Patrouillenschiff gewesen und inzwischen aufgerüstet worden – sie hatte Kundschafterdienste in einem Sektor geleistet, wo man auf Jahre hinaus mit keinerlei Zwischenfällen rechnete –, und die neuen Waffensysteme machten sie beinahe zu einem Minikreuzer. Um die nötige Energie für diese Bestückung zu erhalten, hatte man ihr gleich auch neue Triebwerke verpasst, aber trotz aller Ein- und Umbauten war das Schiff nach wie vor nicht übermäßig beengt, was die Unterbringung des Personals anging, und verfügte demzufolge über eine volle Besatzung. Esmay studierte von Castle Rock an sämtliche Daten, bis sie überzeugt war, jedes Detail erkennen und benennen zu können. Die Monate, die sie auf der *Koskiusko* verbracht und viel über Schiffsrümpfe und Triebwerke gelernt hatte, erleichterten das sehr; sie begriff sogar, welcher Umbau welches neue technische System unterstützte.

Jetzt stand sie im Begriff, ihr Schiff – *ihr* Schiff! – zum ersten Mal mit eigenen Augen zu sehen. Bei ihrer Ankunft in Sektor VII hatte sie sich gemeldet, und falls ihre Besatzung auf Draht war, rechnete sie mit ihrem baldigen Eintreffen; Esmay verwandte sogar ein paar Augenblicke in einem Passagiersalon darauf, ihre Haarfransen so ordentlich herzurichten wie nur möglich. Die vielen Wochen beschleunigten Wachstums hatten eine erstaunliche Haarfülle hervorgebracht, also nicht ganz das, was Esmay gewöhnt war. Vor sich erblickte sie jetzt die Docksnummer und den Namen *Rascal*.

Sie straffte die Schultern, tastete erneut in der Hosentasche nach dem Befehlsstab, der ihr die Schiffselektronik unterstellen würde, und näherte sich dem flott aussehenden Corporal, der die Luke zum Andockschlauch bewachte. Er erblickte sie, entdeckte das Kommandanten-Abzeichen auf Mütze und Ärmel und nahm Haltung an.

»Kommandant Suiza! Willkommen, Sir!« Er klang ganz so, als meinte er das ehrlich, und sein Gruß fiel forsch aus. Sie erwiderte ihn. »Kommt der Kommandant an Bord?«

»Ja«, sagte Esmay. Warum sonst war sie hier wohl erschienen? Vielleicht um nur mal zu prüfen, ob man sie erkannte?

»Sehr gut, Kommandant; ich habe gerade die Brücke informiert. Zur Zeit sind keine Offiziere an Bord; Master Chief Humberly führt das Kommando. Ihr Gepäck?«

»Wird geschickt, sobald der Transporter entladen ist«, antwortete Esmay.

»Kommandant Suiza, willkommen!« Das war Master Chief Humberly, ein schmaler älterer Mann, der das Haar so kurz trug, dass Esmay nicht erkannte, ob er nun eine Glatze bekam oder nicht. Er vermittelte den gleichen munteren, kompetenten, gut gelaunten Eindruck wie der Corporal. Esmay fand sofort Gefallen an ihm und bemerkte, dass er nichts von der Unkonzentriertheit ausstrahlte, die bei älteren Unteroffizieren von versagender Verjüngung gekündet hatte. »Tut mir Leid, dass Jig Turner nicht an Bord ist – er wollte Sie empfangen, wurde jedoch ins Büro des Admirals gerufen.«

»Ist schon okay«, sagte Esmay. Sie wusste bereits, dass die Empfangsformalitäten für Kommandanten, die im Rang unter einem Commander standen, nur minimal ausfielen. Humberly überraschte sie jedoch; er hatte die Besatzung auf dem ziemlich schmalen Hauptkorridor der *Rascal* aufgestellt, und Esmay ging an der Reihe vorbei zur Brücke, um sich einzulesen, und fühlte sich sehr geehrt.

Als das geschafft war und das Statuspult mit den Angaben »Kommandant: Esmay Suiza« und »Kommandant an Deck« leuchtete, fühlte sie sich sehr glücklich und sehr besorgt zugleich. Wie damals auf der *Despite* – sobald sie erst mal Kommandant war, trug sie die ganze Verantwortung, in jeder Hinsicht. Aber das hatte sie sich ja gewünscht. Sie würde es gut machen. Sie fing gleich damit an und wandte sich an Humberly.

»Wie steht es um unsere Bereitschaft, Chief?«

»Hat man Sie über die Umbauten und die Aufrüstung informiert?«

»Ja – neue Triebwerke, neue Geschützbatterien. Ich habe mir alles angesehen ... wir haben eine um vierunddreißig Prozent gesteigerte Feuerkraft, die Hälfte davon in Form von Strahlenkanonen, und ausreichend Triebwerke, um den Strom dafür bereitzustellen, ohne gleichzeitig die Abwehrschirme zu senken. Ich habe jedoch keine Angaben dazu gefunden, wie sich all das auf unsere Mikrosprungfähigkeit auswirkt, falls überhaupt.«

»Ah. Das haben wir noch nicht ausprobiert – hatten keine Gelegenheit dazu. Soweit ich abschätzen kann, halte ich es für möglich, dass es uns ein paar Prozent der Reaktionszeit kosten wird. Nicht gut, aber ...«

»Es lohnt die Sache, falls keine weiteren Auswirkungen bestehen«, sagte Esmay. »Wie steht es um die Besatzung? Ich weiß, dass derzeit eine Menge Schiffe mit zusammengewürfelter Crew besetzt sind …«

»Wir haben Glück«, sagte Humberly. »Weil die Leute an den Umbauten ausgebildet werden mussten, verfügen wir für Triebwerke und Geschütze über gründlich geschulte Leute. Ein Kommandowechsel war ohnehin vorgesehen, und etwa das halbe Personal der Umweltabteilung ist neu, aber da wir eine relativ kleine Besatzung haben, konnten wir die Spreu vom Weizen trennen.« Er wirkte selbstgefällig; Esmay lächelte ihn an.

»Sie sind auf Raubzug gegangen, nicht wahr?«, sagte sie. »Gut gemacht.«

»Patrouillenschiffe haben nicht viel Büropersonal – zum größten Teil nur der Stab des Kommandanten«, sagte er und musterte sie, um zu sehen, ob sie das schon gewusst hatte. Esmay nickte. »Wir haben ein paar Erbsenzähler vom Nachschub an Bord, die noch nie auf einem Kriegsschiff waren, aber sie dürften okay sein.«

»Vorräte?«

Er runzelte die Stirn. »In diesem Punkt haben wir Probleme – kleines Schiff, geschäftige Station, kein Kommandant an Bord. Jig Turner – er ist ein feiner junger Offizier, verstehen Sie das richtig, aber ein Jig hat einfach nicht den Einfluss der höheren Ränge, und er ist auch nicht der Typ, der sich aufgrund seiner Stellung als diensthabender Kommandant in die Brust wirft.«

»Wie schlimm ist es?«, wollte Esmay wissen.

»Nichts, was wir nicht innerhalb einiger Arbeitsschichten korrigieren können, jetzt, wo ein Kommandant an Bord ist – da bin ich sicher, Sir. Niemand wird *Ihnen* viel Schwierigkeiten machen.«

Das bezweifelte Esmay, aber sie wusste, dass sie sich wehren würde, falls man es probierte. Ihr Schiff würde nicht mit Vorräten oder Medikamenten in den Kampf ziehen, deren Haltbarkeit abgelaufen war. »Was haben wir an verzichtbaren Dingen an Bord?«, fragte sie und benutzte den höflichen Begriff für Schwarzhandelswaren.

»Nicht viel – nur ein paar Restbestände der Umrüstungsarbeiten. Ich habe einige davon aufbewahrt, falls in letzter Minute noch Probleme auftreten.«

»Gute Idee.«

Esmay stellte erstaunt fest, dass ihr Name und Bild auf dem Monitor bei den Leuten vom Nachschub wahre Wunder wirkten; prompt entluden sich ganze Container voller frischer Rationspakete, die tatsächlich den Etiketten auf den Containern entsprachen. Bei den Leuten von der Munitionierung hatte sie etwas mehr Schwierigkeiten; dort beharrte man zunächst darauf, Patrouillenschiffe bräuchten sich nicht mit Raketen, Mehrfachzündungen und Ersatzsprengköpfen vollzustopfen. Esmay musste schließlich persönlich dort erscheinen und dazu Kopien der Umbaupläne mitnehmen, um sich schließlich von Büro zu Büro bis zum verantwortlichen Admiral Minor hochzuarbeiten.

»Falls die Planer nicht dächten, wir würden in ernsthafte Gefechte geraten«, stellte sie fest, »dann wäre unsere Geschützbestückung nicht aufgebessert worden. Es macht keinen Sinn, nur die Geschütze zu haben und keine Munition ...«

»Haben Sie irgendeine Vorstellung davon, wie viel ein 347-Xa-Gefechtskopf kostet?«, fragte der Admiral Minor.

»Ja ...« Esmay nannte ihm die Zahl. »Und ich weiß, wie viel ein Patrouillenschiff kostet und wie viel die Fracht des nächsten Geleitzuges den Meuterern wert ist. Möchten Sie, dass ihnen diese Waffenlieferung an Sektor VIII in die Hände fällt, nur weil ich nicht die nötige Bewaffnung erhalte, um sie zu verteidigen?«

Er funkelte sie an, und sie funkelte zurück. Im Hinterkopf hegte sie den rebellischen Gedanken, dass das auf seine Art richtig Spaß machte. Er musste Widerstand leisten, sie musste auf der Lieferung bestehen ... es war ein Tanz oder so was Ähnliches.

»In Ordnung«, gab er schließlich nach. »Aber sagen Sie den übrigen Patrouillenkommandanten nichts davon – ich rücke nicht alles heraus, was wir haben, denn sonst bleibt für Sektor VIII gar nichts übrig.«

»Die haben ja nicht unsere Aufbesserungen«, sagte Esmay. »Warum also sollte ich ihre Habgier wecken?«

Er lachte in sich hinein und schüttelte den Kopf. »Lieutenant, ich bin froh, dass Sie keinen höheren Rang haben ... das war einer Serrano würdig! Die Sie, wie ich vermute, inzwischen sind, nicht wahr?«

»Ich weiß nicht recht, ob die Familie dem zustimmen würde«, erwiderte Esmay. Sie wollte dieses Thema lieber nicht vertiefen.

Sie hatte sich selbst namentlich beim Stab des kommandierenden Admirals gemeldet, nur um zu erfahren, dass für die Dauer der Krise das übliche Protokoll, dem Befehlshaber einen Besuch abzustatten, aufgehoben war. Zuerst fragte sie sich, ob das ihr persönlich galt, aber ein paar kurze Gespräche mit anderen Kommandanten machten klar, dass das nicht so war.

»Wir haben – wie viele eigentlich? Vier Admirale, die als Geleitzugkommandanten tätig sind, und wer weiß wie viele Schiffe und Kommandanten, die kommen und gehen. Viel zu viele für die förmlichen Besuche. Was der Admiral tut: Sie hält eine allgemeine Zusammenkunft ab, ehe ein Konvoi startet, und das zählt für alle Teilnehmer als Besuch.«

Die *Rascal* entfernte sich vorsichtig von der Station; sie hatte die Genehmigung erhalten, den Übungssektor des Sonnensystems anzufahren und dort vier Tage lang Manöver abzuhalten. Esmay verfolgte auf der Brücke mit, wie ihre Crew die Startsequenz absolvierte ... bislang fehlerlos. Sie wusste, dass hinter ihnen gerade eines der Schiffe, die gerade ihre Übungen abgeschlossen hatten, ins Dock fuhr, um letzte Vorräte an Bord zu nehmen.

Die Unterlichttriebwerke der *Rascal,* verstärkt auf das Niveau eines kleinen Kreuzers, trieben das Schiff mit Macht aus der Umgebung der Station und machten kurzen Prozess mit der Fahrt zum ersten Manöverschauplatz. Die meisten Patrouillenschiffe brauchten für diese Strecke 18 Stunden ... aber die *Rascal* schaffte sie bei gleicher Schubeinstellung in fünfzehneinhalb Stunden.

»Da frage ich mich glatt, ob einige unserer Proviantkisten leer sind.« Esmays Erster Offizier, Jig Turner, zeichnete sich durch einen trockenen Humor aus, an dem sie längst Spaß hatte.

»Hoffentlich nicht«, sagte sie. »Ich habe eigentlich vor, allen für die nächsten Monate regelmäßige Mahlzeiten zu gönnen.«

Commander Kessler führte vom Versorgungsschiff *Plexus* aus die Manöverregion mit eiserner Hand und ließ sich in keiner Weise davon behindern, dass er selbst in einem dicken, langsamen Frachtschiff hockte. Esmay meldete sich unverzüglich bei ihm: »RSS *Rascal,* Kommandant Suiza, ersucht um Genehmigung, Manöver aufzunehmen ...«

»*Rascal,* achten Sie auf den Verkehr in Sektor Gelb: die Patrouillenschiffe *Sitra, Scamp* und *Salute.* Bestätigen Sie ID-Übereinstimmung und senden Sie Signal zurück.« Esmays Senior-Scannertech unterlegte die Radarsignale auf seinem Monitor; die korrekten Funkfeuer-IDs wurden gemeldet, und er übermittelte der *Plexus* die Bestätigung, dass die Angaben übereinstimmten. »Verkehrs-IDs bestätigt. Keine Mikrosprünge in

Sektor Gelb! Machen Sie wie folgt weiter ...« Auf dem Hauptmonitor leuchtete der Kurs auf, dem sie zu folgen hatten. Der erste Abschnitt der Manöver sollte einfach nur sicherstellen, dass jedes Schiff einem angegebenen Kurs auch allein folgen konnte. Für danach waren die Formationsübungen angesetzt.

Die Arbeit des ersten Tages lief reibungslos; Esmays Crew beherrschte ihre Arbeit, und die *Rascal* reagierte sauber auf das Ruder, sobald die Steuerleute erst mal die Geschwindigkeitskorrektur für die neuen Triebwerke beherrschen gelernt hatten. Esmay zwang sich, zu Bett zu gehen, wurde aber mindestens stündlich wach.

Am nächsten Tag hatten sie Mikrosprünge in der Randzone des Sonnensystems zu üben, Lichtstunden von jedem anderen Fahrzeug entfernt. Esmay stellte fest, dass es ihre Nerven weit weniger strapazierte als befürchtet, denn diesmal hatte sie einen Navigationscomputer zur Verfügung, in den keine Löcher hineingeschossen worden waren wie auf der *Despite*. Sie spürte, wie die Moral der Brückenbesatzung stieg, als die *Rascal* einen Koordinatensatz nach dem anderen sauber erreichte. Als alle sechzehn Sprünge absolviert und alle Instrumente neu kalibriert waren, grinste sie die Leute an. »Gut gemacht, Leute! Ich brauche nicht erst auf die Ergebnisse zu warten, um zu wissen, dass wir diesen Test mit den besten Noten bestanden haben.«

In der folgenden Nacht schlief sie gut, während die *Rascal* mit Unterlichtgeschwindigkeit für die Formationsübungen des Folgetages ins Manövergebiet zurückkehrte. Formationsübungen stellten die Fähigkeiten der Brückenbesatzung fast ebenso sehr auf die Probe wie Mikrosprünge. Die Flotte hatte seit Jahrzehnten keine förmlichen Geleitzüge mehr eingesetzt, was hieß, dass niemand mehr mit den erforderlichen Formationen vertraut war. Commodore Admiral Minor Livadhi, der den Geleitzug kommandieren würde, wollte zuerst die eine, dann die andere Formation erproben. Sollten die Geleitschiffe größere Distanz wahren? Dichter aufschließen? Sollten Patrouillen- und Geleitschiffe im Wechsel aufgestellt werden oder in homogenen Gruppen?

Als die Übungen endlich abgeschlossen waren (und sich der Commodore anscheinend immer noch nicht schlüssig war), ging es zur Station zurück, um ein letztes Mal verproviantiert zu werden. Esmay fand, das eins sicher war: Sie verfügte über eine gute Besatzung, die rasch noch besser wurde.

Admiral Livadhi lud die Kommandanten sämtlicher Schiffe des Geleitzuges zum Abendessen auf sein Flaggschiff ein. Esmay, die die *Vigilance* zuletzt unter dem Befehl Heris Serranos erlebt hatte, fragte sich, wie viele aus ihrer alten Besatzung noch an Bord waren. Livadhi beeindruckte sie als kompetenter Offizier, der sie sehr an ihren Vater erinnerte; für jeden Offizier, dessen Hand er schüttelte, hatte er ein paar freundliche Bemerkungen parat.

»Sie sind hier als Letzte von Castle Rock gekommen«, sagte er, nachdem sie sich gesetzt hatten. »Lt. Suiza, erzählen Sie uns doch die neuesten Gerüchte.«

»Ich bin sicher, Sie kennen alle Nachrichten aus der Flotte, Sir, aber haben Sie schon von dem Flüchtling aus der Benignität gehört?«

»Ein Flüchtling? Nein, erzählen Sie uns davon.«

»Er fuhr auf dem Schiff mit, das ich von Trinidad nach Castle Rock nahm«, berichtete Esmay. »Ein Handelsschiff. Der Mann hatte die seltsamste Geschichte zu erzählen ...« Sie unterbrach sich. »Ich denke nicht, dass es schaden kann, wenn ich Ihnen davon berichte – jedenfalls jetzt nicht mehr, nachdem er auf Castle Rock eingetroffen ist.«

»Spannen Sie uns nicht auf die Folter, Lieutenant«, sagte Livadhi. Er nippte an seinem Wein.

»Ja, Sir – nun, ich kenne selbst nicht die ganze Geschichte, aber er behauptete, er wäre Priester in der Benignität und hätte fliehen müssen. Er sagte, man hätte ihn zum Ketzer gestempelt, aber das wäre ein Irrtum …«

»Bringt man in der Benignität denn Ketzer um?«, fragte jemand.

»Ich glaube es«, warf ein Dritter ein.

»Es ging nicht nur um Ketzerei. Ich weiß nicht, ob ich die religiösen Zusammenhänge alle richtig verstanden habe, aber er behauptete, die letzte Beichte einer wichtigen Person abgenommen zu haben, und seine Regierung fürchtete, dass er – ein Ketzer – weitergeben würde, was er dabei erfahren hatte.«

»Glauben Sie ihm?«, wollte Livadhi wissen.

Esmay überlegte und erinnerte sich dabei an ihre Gespräche mit dem farblosen, aber trotzdem leidenschaftlichen kleinen Mann. »Ich denke, *er* glaubte an das, was er sagte. Er wollte mit mir reden, weil ich von Altiplano stamme, und er dachte, wir hätten dort womöglich nützliche religiöse Archive.«

»Aber denken Sie, er kennt wirklich Staatsgeheimnisse?« Livadhi drückte die Frage in sorglosem Ton aus, und mehrere Leute lachten.

»Ich weiß nicht«, gestand Esmay. »Er sagte, er würde seine Kenntnisse ohnehin nicht preisgeben, weil er sich – Ketzer hin oder her – nach wie vor an das Beichtgeheimnis gebunden fühle.«

»Aber er ist jetzt auf Castle Rock, sagten Sie. Sicherlich wird es der Flottengeheimdienst doch aus ihm herausholen?«

Esmay zuckte die Achseln. »Er ist Zivilist und ein Priester und richtig besessen von einem Kult oder so was in der Benignität, der mit Schwertern oder Ähnlichem zu tun hat. Warum sollte sich der Geheimdienst so für ihn interessieren? Außerdem wollten sie ihn mit einem Diplomatenschiff zu den Guernesi bringen; vielleicht ist er schon dorthin abgereist.«

»Die Benignität hat ja unseren Sprecher ermordet«, warf jemand nachdenklich ein. »Vielleicht war das sein großes Geheimnis.«

»Wann haben Sie mit ihm gesprochen, Lieutenant?«, erkundigte sich Livadhi. Esmay versuchte zurückzurechnen, schaffte es aber nicht.

»Sir, ich bin dermaßen herumgekommen, dass ich es wirklich nicht mehr weiß. An Bord des Handelsschiffes ist er mir auch erst einige Zeit aufgefallen, nachdem ich schon dort war ... und dann hielten wir auf Zenebra ... tut mir Leid, Sir, aber ich kann mich nicht mehr erinnern, ob es davor oder danach war.«

»Es kommt nicht darauf an, denke ich«, sagte Livadhi. »Aber mal angenommen, er war Beichtvater ihres Staatsoberhauptes und wäre gleich zu uns geflüchtet; dann hätte er die Familias womöglich erreicht, ehe der Mordanschlag erfolgte.«

»Aber sie haben ja zugegeben, dass sie dahinterstecken«, gab Esmay zu bedenken. »Es ist kein Geheimnis mehr.«

»Jetzt nicht mehr ... aber *damals* vielleicht noch. Und wer weiß schon, wie viele Bomben er noch platzen lassen kann?«

»Na ja ... ich musste meine Sicherheitspässe erneuern lassen, also saß ich ein paar Stunden lang im HQ fest und hörte, wie dort jemand spekulierte, ob der Flüchtling vielleicht eine vollständige Liste von Agenten der Benignität oder so etwas hätte, aber das kann ich mir nicht vorstellen. Agenten einzuschleusen, das wäre womöglich eine Sünde, aber eine Namensliste wäre keine.«

»Bestehen wohl Sorgen über eine Infiltration durch die Benignität, was denken Sie?«

Esmay nickte. »Unter den gegebenen Umständen – die zeitliche Nähe von Meuterei und Attentat –, da denke ich schon, dass Grund zur Sorge besteht. Die Kombination der Ereignisse macht es der Benignität sicherlich leichter. Sie bestreitet jede Verwicklung in die Meuterei, aber jemand sagte, Bacarion und Drizh hätten sich wohlwollend über die Disziplin der Benignitäts-Raumstreitkräfte geäußert.« Sie lachte leise. »Natürlich gab es auch Leute, die mir verräterische Ideen unterstellten, als es ihnen in den Kram passte.«

»Also glauben Sie nicht daran?«

»Sir, ich weiß nicht genug darüber, um mir eine Meinung zu bilden. Ich weiß, dass Klatsch und Gerüchte für bare Münze genommen werden können, was womöglich ernste Konsequenzen für die betroffenen Personen nach sich zieht. Andererseits untermauert das, was ich in Gesprächen mit Simon, diesem Priester, über die Benignität erfahren habe, die Möglichkeit eines solchen Zusammenhangs. Die Meuterer behaupten, wir anderen wären undiszipliniert, weich und hedonistisch; in der Benignität tönt man genauso über die Familias. Ich habe noch nichts darüber gehört, dass die Meuterer sonderlich religiös wären, und Simon meint, die Benignität würde niemals diese Jagdpraxis gutheißen, aber – die Meuterer könnten denken, sie täte es.«

»Sie haben eine faire Haltung für jemanden, den man schon zweimal auf der Basis von Gerüchten geröstet hat, Lieutenant. Das spricht für Sie. Was denken die anderen hier?«

Esmay hörte ihnen zu und versuchte, sich aus den Gesprächen ein Bild zu formen, was für Kommandanten das sein würden, falls der Geleitzug in Schwierigkeiten geriet. Collingwood sagte mit einem Seitenblick auf sie: »Wo Rauch ist, findet man gewöhnlich Feuer, Sir. Ich meine – ich weiß wohl, dass Gerüchte nicht immer zutreffen, aber in wichtigen Fragen ist es wahrscheinlich so. Sollte die Benignität hinter der Meuterei stecken, dann brauchen dabei keine Sympathien für unsere Rebellen im Spiel zu sein; die Benignität könnte sie einfach aus der Ferne unterstützen.«

»Aber wir sollten hier keine Verschwörungstheorien wälzen«, warf Bondi ein. »Ich meine, was würde daraus entstehen, wenn man anfinge, nach allen zu suchen, die jemals unter Lepescu dienten oder irgendeinem der Leute, die heute die Meuterei führen, und dann noch nach jedem, der jemals einen Freund oder Verwandten aus der Benignität hatte, bis über zwei Generationen zurück? Als mein Großvater noch klein war, reiste er als blinder Passagier in die Familias ein; woher wollen Sie wissen, dass er nicht als Maulwurf oder so was kam und nicht nur als verängstigter Teenager, der anderswo ein besseres Leben suchte?«

»Daher haben Sie also Ihre komischen Ideen, Pete?«, fragte Collingwood mit einem schweren Akzent.

»Das ist nicht komisch ...!«, brauste Bondi auf, und sein Gesicht lief rot an.

»Gentlemen!« Livadhi mischte sich gewandt ein. »Ich kann mir kaum vorstellen, dass die Flotte eine weitere Hexenjagd einleitet. Sinnvolle Vorsicht, ja, aber Lieutenant Bondi hat eine ausgezeichnete Dienstakte, die – da bin ich sicher – jede unbedeutende Sorge hinsichtlich seines Großvaters überwiegt; bei mir tut sie es jedenfalls.«

»Danke, Sir«, sagte Bondi. »Verzeihung, dass ich das Thema zur Sprache gebracht habe.«

»Nein, es war eine vernünftige Frage. Und es ist nichts, worüber man scherzt, besonders derzeit nicht.«

»Nein, Sir. Entschuldigung, Sir, und Pete – es tut mir wirklich Leid. Ich hatte nicht vor, Sie in einer Zeit, wie wir sie gerade erleben, zu brandmarken. Humor an der falschen Stelle.«

»Ist schon in Ordnung.« Für Esmay klang diese Entschuldigung jedoch ein bisschen sehr zungenfertig, und Bondis Farbe war nach wie vor dunkler als normal.

»Gestatten Sie mir, Ihnen das Schiff zu zeigen«, sagte Livadhi. »Dabei lernen Sie die Leute kennen, mit denen Sie in Funkverbindung stehen werden – und für die unter Ihnen, die noch nicht auf einem Kreuzer gedient haben, besteht die Möglichkeit, sich damit vertraut zu machen ...«

Livadhi fing unten an, vielleicht, damit Grimm und Spannungen etwas Zeit fanden, sich zu legen, während sie alle die zahlreichen Leitern hinunterstiegen. Esmay bewunderte diese Art, mit schwierigen Beziehungen fertig zu werden; wären sie mit dem Offiziersfahrstuhl hinuntergefahren, hätten sie sich nicht bewegen und nur sich gegenseitig oder das Deckengitter anstarren können. Zuerst kam nun die Umweltabteilung an die Reihe, gefolgt von der Technik ein Deck höher, wo sie fast als Erstes Petris Kenvinnard antrafen, der Esmay erkannte.

»Lieutenant Suiza – schön, Sie wiederzusehen!«

»Sie kennen Suiza?«, fragte Livadhi.

»Ja, Sir; wir sind uns schon begegnet. Sie ist einer meiner Lieblingsoffiziere – einer von Heris' Lieblingsoffizieren.«

»Zweifellos nicht ohne Grund«, brummte Livadhi. »Lieutenant, Sie haben bereits auf Kreuzern gedient; falls Sie gern bleiben und mit Mr. Kenvinnard plaudern möchten ...«

»Lassen Sie sich von mir nicht aufhalten, Lieutenant. Aber ich habe gehört, dass man Ihnen die *Rascal* gegeben hat – meinen Glückwunsch! Bestellen Sie doch bitte Rudy – Master Chief Humberly – die besten Grüße von mir.«

»Gern«, sagte Esmay. »Das werde ich.« Sie ging weiter

und war stärker aufgemuntert, als sie sich selbst eingestehen wollte, weil eine dritte Person ihr gesagt hatte, wie viel Heris Serrano von ihr hielt. Heris hatte sich auf dem Familientreffen für sie eingesetzt, aber Kenvinnards Äußerung bewies eine schon länger gehegte Haltung.

Als sie die großen Generatoren erreichten, die den Strom für die Strahlenkanonen lieferten, und Livadhi die technischen Daten herunterrasselte, wurde Esmay klar, eine wie kräftige Aufrüstung die *Rascal* erhalten hatte. Die *Vigilance* verfügte nach wie vor über mehr Feuerkraft, aber die Lücke war merklich schmaler geworden. Esmay blieb ein Stück weit zurück und versuchte, den verbliebenen Unterschied präzise zu kalkulieren.

»Lieutenant Suiza!« Das war Methlin Meharry, wieder ein Mitglied von Heris Serranos »alter« Crew. »Wie ich höre, haben Sie sie kräftig durchgeschüttelt, die Serranos.«

»Gerüchte«, winkte Esmay ab. »Ich hoffe, das ist inzwischen geregelt.«

»Nichts ist jemals für immer geregelt«, behauptete Meharry und schloss sich ihr an. »Haben Sie die Sache mit meinem kleinen Bruder gehört?«

»Ich wusste noch gar nicht, dass Sie einen kleinen Bruder haben.« Esmay hätte erwartet, dass Meharry aus einem Artilleriegeschoss geschlüpft war, wäre das nur möglich gewesen. Sie konnte sich auch eine Klonlinie identischer Meharrys vorstellen, aber nicht, dass man auch nur einen davon in irgendeiner Form als »klein« hätte beschreiben können.

»Er war im Hochsicherheitsknast auf Copper Mountain stationiert. Genau dort, wo Lepescu mich und die anderen hineingesteckt hatte.« Sie schüttelte den Kopf. »Der Idiot! Ich vermute, er wollte mal sehen, ob er seine große Schwester besser verstehen lernen kann. Jedenfalls hat er sich ausgerechnet, dass dieses Miststück Bacarion nichts Gutes im Schilde führte, sie getötet und die Flucht ergriffen ... dabei entkommt niemand aus diesem Bau! Ich weiß immer noch nicht, wie er das angestellt hat; er muss es mir irgendwann in allen Einzelheiten erklären. Und dann warnte er die Behörden vor der Meuterei. Zu spät, denn sie hatte schon begonnen. Immerhin hat er es versucht, der Lausebengel.«

»Er ist Ihr Bruder.« Mehr fiel Esmay dazu nicht ein.

»Yeah. Ist er. Ein Meharry bis ins Mark.« Sie lächelte. »Ich bin wirklich sehr stolz auf den Kleinen, aber ich verrate es ihm lieber nicht, sonst wird er frech.« Sie deutete mit dem Kopf zum Ende des Korridors hinüber, wo die anderen gerade um die Ecke verschwunden waren. »Sie sollten sie lieber einholen, Lieutenant. Vergessen Sie nicht, Koutsoudas zu grüßen, falls Sie ihn auf der Brücke antreffen.«

Esmay legte ein flotteres Tempo vor, wurde aber erneut aufgehalten, diesmal von Oblo Vissisuan, der gerade die Leiter herunterstieg.

»Hatte gehofft, Sie noch zu erwischen, Lieutenant; wollte nur meinen Glückwunsch zu Ihrem neuen Kommando und zur Hochzeit ausrichten.«

»Danke«, sagte Esmay.

»Sie haben auf der *Rascal* wirklich eine ganz ordentliche Aufstockung der Feuerkraft erhalten«, fuhr er fort. »Ich bin mal an Bord gegangen und habe mir das angesehen, als sie eingefahren war. Und wenn man den technischen Daten glaubt, liegt sie auch gut in der Hand.«

»Das tut sie«, bestätigte Esmay.

»Obwohl sie in keiner Weise an die *Vigilance* heranreicht«, setzte Oblo hinzu. »Wie ich gehört habe, konnten Sie Ihre Probleme bei der Verproviantierung ausräumen ... Wissen Sie, Lieutenant, falls Sie je wieder ein Problem haben, könnte ich vielleicht helfen. Nichts gegen Ihren Versorgungsoffizier, aber Heris – Commander Serrano –, sie findet, ich hätte echtes Talent, was ...«

Esmay hatte Oblos Talent, das zu beschaffen, was eigentlich nicht zu erhalten war, schon anders beschrieben gehört, aber sie wusste, dass es wertvoll war. »Danke – ich denke, wir kommen jetzt klar, aber falls ich mal auf Schwierigkeiten stoße ...«

»Rufen Sie mich einfach an. Jeder Freund unserer ... von Commander Serrano ist auch unser Freund. Und ein Familienmitglied, sollte ich wohl ergänzen.«

»Sie wissen nicht vielleicht zufällig, warum Barin auf Copper Mountain ist, oder? Ich habe es über die Datenbank erfahren.«

»Hat man Ihnen das nicht erzählt? Scheiße, Lieutenant, er ist bei der Explosion verdammt knapp am Tod vorbeigeschrammt ... Nein! Er ist okay und schon wieder aus dem Krankenhaus; er wird wieder ganz auf der Höhe sein, sobald er erst mal neue Kraft aufgebaut hat. Ich habe es von einem Freund im Stab des Admirals gehört. Ich hätte eigentlich erwartet, dass man es Ihnen erzählt, wo Sie doch seine Frau sind und überhaupt.«

Esmay hätte ihm eins überbraten können, weil er sie so erschreckte – sie hatte einen Augenblick lang geglaubt, ihr bliebe das Herz stehen –, aber Oblo eins überzubraten ... da hätte sie genauso gut ein Zugpferd schlagen können: es hätte ihm nicht wehgetan, und er hätte womöglich zurückgeschlagen.

»Ich sollte die anderen wohl einholen«, sagte sie stattdessen und flüchtete die Leiter hinauf, wobei sie Sprosse für Sprosse Angst und Zorn abtrainierte.

Sie holte die Übrigen ein; niemand äußerte sich zu ihrem Fehlen, und sie hoffte, dass es niemand überhaupt bemerkt hatte. Sie setzten die würdevolle Prozession durch eine Sektion nach der anderen fort und erreichten schließlich die Brücke. Solange das Schiff noch im Dock lag, tat hier nur eine Rumpfmannschaft

Dienst. Esmay blickte sich um, entdeckte Koutsoudas jedoch nicht.

Als sie auf der *Rascal* zurück war, rief sie alle Informationen über Barins Schiff und dessen Gefecht auf, die sie nur fand. Nichts Hilfreiches, außer dass das Schiff als nicht mehr einsatzfähig ausgewiesen war. Nicht vernichtet, nur nicht mehr einsatzfähig.

Tags darauf lud Admiral Serrano zur Abschiedsfeier. Esmay trug eine ihrer neuen Galauniformen und war erneut ganz verblüfft, um wie viel besser sie saß als alles, was sie vorher gekannt hatte: es hatte den Anschein, als wäre sie regelrecht hineingenäht worden, und doch saßen die Sachen bequem und behinderten sie nicht in der Beweglichkeit. Sie schloss sich der Reihe von Offizieren an, die nacheinander vor Vida Serrano traten und ihr die Hand schüttelten. Einen Augenblick lang hatte Esmay das Gefühl, ihr drehte sich der Magen um, während der Blick des Admirals über sie wanderte, aber der Gedanke ans eigene Schiff gab ihr Kraft. Sie war hier; sie war Kommandantin; die *Rascal* war ein Schiff, worauf sie stolz sein konnte.

Als sie an der Reihe war, begrüßte Vida sie mit einem Lächeln. »Lieutenant, wie ich sehe, haben Sie einen wirklich guten Schneider gefunden. Meinen Glückwunsch zu Ihrer Rückkehr und zu den Ergebnissen beim Manöver. Ich erwarte, dass Sie den in Sie gesetzten Erwartungen gerecht werden.«

»Danke, Sir.« Esmay ging weiter und fragte sich verwirrt, welche Erwartungen das waren, die der Admiral angesprochen hatte.

Als sie später nachdenklich eine turmhohe Auslage von Appetithappen betrachtete und sich fragte, ob die kleinen braunen Dinger mit grünem Rand besser waren oder der grüne Aufstrich auf Kräckern, stellte sie fest, dass Admiral Serrano neben sie getreten war.

»Sicher wissen Sie inzwischen, dass ich es nicht war,

die Ihren Hinauswurf anordnete ...« Der Admiral nahm zwei von den braunen Dingern und einen Kräcker.

»Ja, Sir; man hat es mir gesagt.«

»Jetzt ist zwar nicht der richtige Zeitpunkt für eine Diskussion darüber, aber gestatten Sie mir, Ihnen zu sagen, dass ich mich aufrichtig freue, Sie wieder im aktiven Dienst und als Mitglied der Familie begrüßen zu dürfen.«

»Danke, Sir.«

»Diese Dinger in der zweiten Lage sind gentechnisch manipulierte Heuschrecken mit Frillik, in schwimmendem Fett gebacken; falls ich Ihren Vater richtig verstanden habe, ist das etwas, was Sie nicht essen dürfen.«

»Ja, Sir. Was ist mit dem grünen Aufstrich?«

»Pürierte Caskadar-Neokalmar-Leber mit Dill. Wieder etwas, was Sie nicht essen dürfen.«

»Ja, Sir.« Es hatte etwas Bizarres an sich, von einem Admiral Ratschläge zu den für Esmay altgewohnten Speisegesetzen zu hören, angewandt auf außerplanetarische Küche.

»Die scharf gewürzten Wachteleier müssten andererseits okay sein.«

»Das sind Wachteleier?« Esmay hatte in den kunstvollen kleinen Skulpturen nichts wiedererkannt, was seinen Ursprung in Eiern hatte.

»Ja ... es ist dieser seltsame kleine Mann vom Lebensmitteldienst. Ich hatte ihn jahrelang bei mir, konnte ihn aber nie davon überzeugen, irgendeine Speise so zu belassen, dass man sieht, womit man es zu tun hat.« Sie bedachte Esmay mit einem lausbübischen Seitenblick. »In boshaften Augenblicken genieße ich es zu sehen, wie Ensigns dahinterzukommen versuchen und dann würgen, wenn sie erfahren, was sie gerade verspeist haben. Ein ordinäres Vergnügen, wie ich gestehe.«

Esmay sagte nichts, da sie den Mund voll mit scharf gewürzten Wachteleiern hatte.

»Was halten Sie von Commodore Livadhi?«, fragte Admiral Serrano, nachdem sie höflich abgewartet hatte, bis Esmay schluckte.

Esmay fühlte sich wie eine Wachtel unter einem herabstoßenden Falken. »Nun, Admiral ... er ist ... er ist ...« Ein Admiral, und wenn ein Lieutenant Schwierigkeiten aus dem Weg gehen wollte, den tratschte er nicht mit einem Admiral über den anderen.

»Ich weiß, es ist unfair. Was mich wirklich interessiert: haben Sie eine Ahnung, wie die Crew meiner Großnichte mit ihm klarkommt? Das kann ein ganz schön wilder Haufen sein, und ich kann unmöglich mit ihnen reden, ohne dabei Livadhi auf die Füße zu treten.«

»Er hatte uns zum Abendessen eingeladen«, sagte Esmay. »Ich habe zufällig ein paar Leute getroffen, die ich kannte: Petris, Meharry, Oblo ...«

»Genau das Trio, das mir Sorgen bereitet«, stellte Admiral Serrano fest. »Ich bezweifle, dass Sie sie ganz zufällig getroffen haben. Welchen Eindruck hatten Sie von ihnen?«

»Einen vorzüglichen, Sir. Sie beglückwünschten mich zum eigenen Kommando ...« Und zu ihrer Ehe, aber jetzt schien kein guter Augenblick zu sein, um davon zu sprechen. »Meharry erzählte mir von ihrem jüngeren Bruder ...« Der Begriff »kleiner Bruder« war im Gespräch mit einem Admiral nicht angemessen. »Und Oblo erzählte mir, Barin wäre verletzt worden.« Bei diesen Worten konnte sie einen scharfen Unterton nicht vermeiden.

Admiral Serrano schloss für einen Moment die Augen. »Verdammt! Ich hätte daran denken müssen – es ist während des Zeitraums passiert, in dem Sie nicht erreichbar waren und wir nicht wussten, wo Sie steckten; danach bin ich einfach davon ausgegangen, Sie würden es beim Oberkommando erfahren. Es tut mir Leid – ich hätte dafür sorgen sollen, dass Sie auf jeden Fall im Bilde sind. Barins Schiff erlitt einen Rumpfschaden; er arbeitete an der Reparatur, und es kam zu einer Explosion – eine lange Geschichte; ich überspiele sie Ihnen nachher auf Ihre Konsole. Jedenfalls wurde er schwer verletzt; wir alle haben uns Sorgen gemacht, bis man ihn nach Copper Mountain brachte. Der letzten Meldung zufolge, die ich erhalten habe, hat er gut auf die Behandlung angesprochen und ist derzeit in der Rehabilitation. Man erwartet, dass er sich wieder ganz erholt, und er wurde für eine Auszeichnung vorgeschlagen. Falls Sie ihm eine Nachricht schicken möchten, übermitteln Sie sie vor dem Start morgen an mein Büro; ich gebe sie mit Priorität weiter.«

»Danke, Sir«, sagte Esmay.

»Es tut mir nur Leid, dass ich nicht früher daran gedacht habe, Sie deshalb anzusprechen. Aber ich setze jetzt lieber meinen Rundgang fort, oder Arash fragt sich noch, warum ich nur mit Ihnen schwatze. Er hat gute Arbeit geleistet, als er hier das Kommando führte, aber er ist trotzdem ein klein bisschen empfindlich. Wahrscheinlich die alte Familien-Rivalität.« Admiral Serrano entfernte sich und erschreckte einen weiteren jungen Offizier, wie Esmay bemerkte, als Vida plötzlich neben dem Mann auftauchte.

Esmay verspeiste noch zwei scharf gewürzte Wachteleier und gestattete sich ein Gefühl der Erleichterung, dass Barin nicht mehr in Gefahr schwebte.

»Ah, Lieutenant Suiza.« Das war Commodore Livadhi. »Das hier ist sicher üppiger als mein Abendessen.« Schwang darin Schärfe mit? Sie wusste es nicht recht.

»Aber es ist nicht so …« Sie brach ab und zerbrach sich den Kopf nach dem besten Begriff.

»Gemütlich vielleicht?« Gemütlich war nicht das Wort, an das sie gedacht hatte, aber man stritt nicht mit

Admiralen. Livadhi lächelte auf sie herunter, und sie wurde sich aufs Neue seines Charmes bewusst. »Ich habe gesehen, wie Admiral Serrano Sie am Wickel hatte, und wollte Sie retten .. aber wie ich sehe, sind Sie nicht darauf angewiesen.«

»Nein, Sir. Der Admiral ... Admiral Serrano erzählte mir nur gerade, dass mein ... dass Barin – ihr Enkel – in Sicherheit ist und sich gut erholt.«

»Ah ... natürlich. Sie waren auf Fahrt, und nicht alle Einzelheiten des Vorfalls werden publik gemacht.« Livadhi lud sich drei der genmanipulierten Heuschrecken auf den Teller und steckte sich eine in den Mund. Jetzt, wo Esmay wusste, was das für ein Nahrungsmittel war, erschien ihr das leise Knirschen, als er hineinbiss, obszön. Sie wusste, dass diese Reaktion albern war. »Ich wollte Sie gerade fragen, ob Sie sich noch an mehr Einzelheiten von diesem Burschen aus der Benignität erinnern – einen Priester nannten Sie ihn?«

Esmay zwang sich, die gedankliche Rezitation der Worte *Barin ist in Sicherheit, Barin ist in Sicherheit* abzubrechen und sich Livadhis Frage zuzuwenden. »Der Priester, Sir? Meist haben wir uns über Religion unterhalten. Er war neugierig auf mich, weil er dachte, die Menschen auf Altiplano hingen einem Zweig seiner Religion an und verfügten vielleicht über alte Texte, die er studieren könne.«

»Und ist das so?«

»Sir, ich weiß es nicht. Ich bin schon als Jugendliche von zu Hause fortgegangen und habe mich ohnehin nie für die Geschichte unserer Glaubensvorstellungen interessiert. Ich habe ihm empfohlen, sich an den Dozenten für Altiplano auf Castle Rock zu wenden, der ihm mehr dazu sagen könne.«

»Hmm. Nun, ich sehe Sie bei der abschließenden Einsatzbesprechung.« Livadhi spazierte davon. Esmay blickte ihm nach und hatte das Gefühl, etwas übersehen zu haben, ihn vielleicht irgendwie enttäuscht zu haben.

Kapitel zweiundzwanzig

Copper Mountain

»Ich hasse diese Inseln«, stellte Gelan Meharry fest. »Falls ich schon auf einem Planeten festsitze, dann wenigstens an einer Stelle, wo ich irgendwas tun kann!« Er stand mit hochgezogenen Schultern auf dem Hof; die Wintersonne fiel schräg herein, aber ein eisig-scharfer Wind raubte ihren Strahlen jede Wärme.

»Ich wünschte mir, jemand würde einen dieser Teleportationsstrahler erfinden«, sagte Barin. »Von hier aus direkt auf eine hübsche tropische Insel – das wäre toll.«

»Da haben Sie Recht, Sir. Ich habe mich inzwischen für den Borddienst beworben. Was ist mit Ihnen?«

»Weiß noch nicht. Ich bin immer noch nicht wieder ganz diensttauglich geschrieben. Falls sie damit lange genug warten, könnte ich genauso gut den nächsten Pflichtkurs belegen, solange ich ohnehin hier bin.«

»Ich hatte irgendwie gehofft, Sir, wir könnten auf demselben Schiff landen.«

Barin warf ihm einen kurzen Blick zu. »Oh? Weil Sie schon das Schlimmste von mir wissen?«

»Etwas in der Art, Sir, ja.« Meharrys Ton war ruhig, aber seine grünen Augen funkelten boshaft. »Meine Schwester sagte immer: Falls du mal einen Serrano findest, den du ertragen kannst, schließe dich mit ihm zusammen.«

»Oh«, wiederholte Barin, der sich aus unerfindlichem Grund freute. »Na ja, was für ein Schiff schwebt Ihnen denn vor?«

Sie diskutierten und verglichen die Vorzüge der diversen Schiffsklassen, bis der Transporter eintraf.

Der Flug zur Waffenforschungsbasis verlief trotz des klaren Tages rau genug, dass Barin sich wünschte, er hätte nicht gefrühstückt. Der Zielort wies weder Mauern noch Türme auf, nur niedrige Häuser auf einer windgepeitschten flachen Landschaft. Barin bemerkte, dass man alle Fenster herausgebrochen und zum Teil durch transparente Folien und Klebebänder wieder abgedichtet hatte. Er entdeckte die schwarzen Narben von Bränden und sonstiger Zerstörung. So trostlos der Anblick jedoch war, er fiel weniger deprimierend aus als auf der Gefängnisinsel; Barin machte es nichts aus, dass sie die nächsten Tage hier verbringen würden.

»Wer ist das?«, fragte er. Der stämmige Mann in der komischen Jacke und dem Filzhut, der ihm schon auf dem Flug vom Festland aufgefallen war, stapfte auf der verkohlten Erde herum, wo die Flugzeuge gestanden hatten.

»Das ist der Professor.« Meharry grinste. »Er war dabei, als sie mich aus dem Wasser zogen. Ich denke, er ist verrückt, wie alle Genies.«

»Er ist ein Genie?«

»Alle scheinen ihn dafür zu halten.«

»Na ja ... der Bart passt jedenfalls«, fand Barin.

»Seinetwegen ist auch Ensign Pardalt mitgekommen«, erklärte Meharry. »Sie war seine Leibwächterin, als er hinausflog, um die Meuterer an der Übernahme des Labors zu hindern. Ich habe gehört, dass er erneut um ihren Schutz gebeten hat.«

»Als ich sie fragte, wollte sie nicht mitkommen«, sagte Barin.

Am nächsten Morgen betrat Barin den Speisesaal, dessen zertrümmerte Fenster inzwischen mit Klarsichtfolie abgedeckt waren, und sah sich um. Ein Tisch war gänzlich mit Zivilisten besetzt, die schneller redeten, als sie aßen. An einem anderen Tisch saß der Mann in der gelben Lederjacke – zog er sie jemals aus? – neben Ensign Pardalt und beugte sich zu ihr hinüber.

Barin gefiel der Blick nicht, mit dem der Professor Margiu bedachte. Ihr schien es nichts auszumachen, aber ... sie war jung. Unerfahren. Genies dachten wahrscheinlich, dass sie alles tun konnten, was sie wollten, nur weil sie Genies waren. Barin war entschlossen, keine alten Fehler zu wiederholen und seine Leute falsch einzuschätzen.

Einen Augenblick lang dachte er an den lästigen Major auf dem Schiff zurück, auf dem er und Esmay nach dem Familientreffen gefahren waren, aber er verbannte diesen Gedanken wieder. Das war etwas anderes gewesen, und sei es nur, weil Esmay und er gleichaltrig waren.

Er ging hinüber und setzte sich neben Margiu. »Morgen, Ensign.«

»Guten Morgen, Sir.«

»Der junge Serrano stürzt sich wie ein Wolf auf die Herde – oder zumindest das Frühlingslamm ...«, sagte der Professor.

»Verzeihung?« Barin vermutete, dass es ein Zitat war, aber er kannte die Quelle nicht.

»Ich meinte damit nur, dass Sie sich – wie ich – für einen Platz neben dem hinreißendsten jungen Geschöpf im Raum entschieden haben.«

»Deshalb habe ich nicht ...«

»Tst tst, mein Junge. Deuten Sie einer Dame gegenüber niemals bescheidenere Absichten an. Worin auch immer Ihr tatsächliches Motiv besteht – vielleicht hat die Dame den einzigen Salzstreuer auf dem Tisch –, so ist es doch nur galant, wenn Sie ihr sagen, dass Sie von ihrer Schönheit angelockt wurden.«

»Professor ...« Margiu wirkte verlegen; Barin fand,

dass sie guten Grund dazu hatte. Was für ein wortreicher alter Schmeichler der Professor war, und dabei war er doch alt genug, um ihr Vater zu sein! Gar ihr Großvater.

»Meine Liebe, es geht nicht um Sie! Es sei denn, Lieutenant Serrano denkt, ich wäre eine Gefahr für Ihr Herz oder Ihre Sicherheit...« Der Professor sah ihn an, und Barin entdeckte plötzlich, was für ein offener, durchdringender Blick ihm aus diesen grauen Augen entgegenschlug, eine Direktheit, die ihn an seine Großmutter erinnerte. Dann senkte der Professor den Blick und spießte seine Waffel auf.

»Ich ... ich dachte, Ensign Pardalt würde sich womöglich nicht an ... an jüngerer Gesellschaft stören.«

»Vielleicht nicht, falls Sie alleinstehend wären«, gab der Professor zu bedenken. »Aber hier kursiert das Gerücht, Sie wären verheiratet. Tatsächlich gar mit Esmay Suiza. Oder irrt sich die Gerüchteküche?«

Er trieb ein schmutziges Spiel, entschied Barin und hüllte sich in Serrano-Würde. »Ja, ich bin verheiratet«, gestand er. »Und nein, ich versuche nicht, irgendein unangebrachtes Interesse an Ensign Pardalt auszudrücken...« Er zappelte wie ein Fisch auf dem Trockenen und war sich dessen bewusst; die Augen des Professors glitzerten boshaft und verrieten damit, dass der alte Mann Spaß an Barins Schwierigkeiten hatte. »Als Ranghöchster im Raum...«

»Er belästigt mich nicht, Lieutenant«, sagte Margiu leise. »Er ist irgendwie... verrückt... aber harmlos.«

Der Professor zog dramatisch die Brauen hoch. »Harmlos! Und das nach einem Leben, das ich den süßen Schönheiten gewidmet habe ... sie nennt mich *harmlos!«*

Barins Ärger verdampfte, ohne dass er dafür einen Grund hätte nennen können. Er lächelte. »Sie wirken nicht harmlos.«

»Danke für kleine Gunstbeweise. Und Sie, junge Frau, sollten nicht meinen Ruf ruinieren! Meine Kollegen würden mich gnadenlos foppen, falls sie dächten, ich verlöre meine Ausstrahlung.« Er sah wieder Barin an. »Eigentlich haben Sie mir einen Gefallen getan. Die anderen betrachten Ihre Herausforderung als Beweis meiner erbrachten Leistung und nicht nur des äußeren Anscheins. Jetzt werde ich mich davonmachen, als hätten Sie mich bedroht, und ihr zwei jungen Leute könnt das Frühstück genießen.«

Als der Professor gegangen war, sagte Margiu nichts weiter, sondern aß gleichmäßig.

»Tut mir Leid, falls ich Sie gestört habe«, sagte Barin schließlich.

»Nein ... es ist nur so ... zuzeiten macht er mir Spaß. Er erinnert mich in gewisser Weise an Zuhause.«

»Xavier?«, fragte Barin.

»Ja. Es ist nur ein Agrarplanet, aber wir haben tatsächlich eine Universität. Meine Eltern sind Bauern, aber nicht dumm ...« Sie sagte das in einem Ton, als rechnete sie mit Widerspruch. Als Barin schwieg, fuhr sie fort: »Vor der ... ehe die Benignität kam, hatten wir ein Haus mit großen Veranden, und jede Woche luden meine Eltern Leute ein. Wir Kinder spielten, und die Erwachsenen redeten in einem fort.«

»Haben Sie Ihr Zuhause verloren?«, erkundigte sich Barin.

»Oh ja! Aber wir haben es wieder aufgebaut, wenn auch nicht mehr so groß. Das kommt mit der Zeit. Dad sagt, er kommt einfach nicht ohne eine Veranda aus, auf der er sitzen und den Himmel über den Feldern betrachten kann. Jedenfalls ist der Professor viel gescheiter und gebildeter, aber manchmal erinnert mich sein Gerede an Zuhause. Das Hänseln und so was.« Sie klang wehmütig.

»Vermissen Sie es?«

»Xavier? Manchmal. Aber es gefällt mir auch bei der Flotte. Sir ... falls es Ihnen nichts ausmacht, würden Sie mich später mal mit Lieutenant Suiza bekannt machen? Ich würde ihr gern persönlich danken.«

»Natürlich«, versprach Barin automatisch. Ihm war nicht danach, ihr zu erklären, dass Esmay nicht mehr der Flotte angehörte. Er fragte sich, ob alle Welt ihn für den Rest seines Lebens nur als Esmay Suizas Anhängsel betrachten würde – auf die Art, wie die Familie den Ingenieur seiner Tante als »Heris' Petris« bezeichnete.

Sein Tischcomputer informierte ihn, dass heruntergeladene Nachrichten auf ihn warteten. Barin seufzte. Seine Eltern schickten ihm ungefähr einmal wöchentlich fröhliche kleine Genesungsbotschaften, aber das war nicht, was er lesen wollte. Was er sich wünschte ... das sah er jetzt direkt vor sich: PERSÖNLICH stand über der Nachricht, und ESMAY SUIZA-SERRANO darunter.

Ihm stockte der Atem. Sie war wieder da – alles war nur ein Irrtum gewesen und nicht die Schuld seiner Großmutter. Esmay war keine Landbraut mehr. Sie kommandierte jetzt ein Schiff. Sie liebte ihn. Sie hoffte, dass es ihm besser ging, und wollte ihm einen Würfel schicken.

Er wandte den Blick ab und blinzelte, um den Blick vom Tränenschleier zu befreien. Esmay ging es gut; sie war weder tot noch verletzt oder verloren; sie war nicht nach Altiplano zurückgekehrt. Er hätte wissen müssen, dass sie es schaffen würde. Esmay schaffte es immer. Am Ende lief immer alles in ihrem Sinn.

Während er ... er schüttelte heftig den Kopf. Sie liebte ihn; er liebte sie. Er war froh, dass sie wieder dazugehörte – natürlich freute ihn das! Er war froh, dass sie ein Schiff kommandierte – sie hatte es verdient. Mechanisch überschlug er im Kopf, wie lange es noch dauern würde, bis er auf ein Kommando hoffen konnte, und er stoppte die Überlegung rabiat. Darauf kam es nicht an ... wirklich nicht?

Er betrachtete sich im Bürospiegel und verzog das Gesicht. Sämtliche Narben waren verschwunden – die sichtbaren jedenfalls –, aber er wirkte immer noch abgezehrt und älter als zuvor.

Weil du erwachsen geworden bist!

War er? Waren seine Ruhelosigkeit, seine Unzufriedenheit Begleiterscheinungen des Erwachsenwerdens?

Er flüchtete vor dieser Frage und beschloss, dem Rat des Arztes zu folgen und wenigstens fünf Kilometer pro Tag spazieren zu gehen. Um den Trainingsplatz herum, die Hauptgebäude ... und hinab in die Q-Town, das reichte ungefähr. Als er die Q-Town erreichte, taten ihm die Beine weh, und er war froh, anhalten und sich ausruhen zu können. Welches Etablissement? Genauso gut konnte er hier auch zu Abend essen. Er kannte Name und Ruf jeder Kneipe und jedes Restaurants und schreckte vor dem Diamond Sim's zurück, wo irgendjemand bestimmt Kommentare zu seinen Erlebnissen abgeben würde. Mama Zee's andererseits servierte in seinem kleinen, überfüllten Speisesaal herzhafte Mahlzeiten.

Er war gerade mit dem Salat fertig und wartete auf den Hauptgang, als die Tür aufging und einen kalten Windstoß hereinließ. Barin blickte auf und begegnete dem neugierigen Blick des Professors.

»Lieutenant Serrano, welch angenehme Überraschung! Darf ich mich zu Ihnen setzen?«

Barin war eigentlich in der Stimmung, allein vor sich hinzubrüten, aber der Professor war der ältere von ihnen und eine distinguierte Erscheinung. »Natürlich«, sagte er.

»Ich möchte mich entschuldigen«, sagte der Professor. »Ich hätte Sie nicht auf diese Art vor Ensign Pardalt in Verlegenheit bringen dürfen. Da hat sich mein Instinkt für Boshaftigkeit Bahn gebrochen.«

»Ist schon in Ordnung«, wehrte Barin ab. »Es spielt keine Rolle.«

»Natürlich spielt es eine Rolle«, entgegnete der Professor. »Sie haben nur versucht, einen Ihrer Leute vor Gefahren zu schützen – wenn auch einer eingebildeten Gefahr.«

»Darf ich Ihnen etwas bringen?« Das war die Kellnerin, eine ältere Frau mit grauen Haaren. Sie reichte dem Professor eine Speisekarte.

»Ah ja.« Er bestellte rasch. Als die Kellnerin gegangen war, legte er den Kopf schief und sah Barin an. »Irgendwas bekümmert Sie doch, junger Mann. Sind Sie der holden Margiu verfallen anstelle Ihrer gefeierten Esmay Suiza?«

»Nein, das ist es nicht.« Barin schob den Salzstreuer hin und her. »Sie hat jetzt ein Schiff – Esmay, meine ich. Sie ist wieder dabei. Und sie sollte es auch sein.«

»Hmm?« Der Professor beschäftigte sich mit der Serviette und faltete sie präzise zu einem Dreieck, ehe er sie auf dem Schoß platzierte.

»Sie sind doch verheiratet, Professor, nicht wahr?«

»Ja.« Die Züge des Professors wurden weicher. »Kata. Wundervolle Frau ... Ich sage Ihnen was, junger Serrano: Mit zunehmendem Alter werden sie noch besser. Weicher. Abgeklärter. In jungen Jahren glich sie einem grünen Pfirsich, aber jetzt ...« Er schnalzte mit den Lippen. Barin stieß das ein wenig ab. Esmay war überhaupt kein Pfirsich. Und doch ... hier hatte er vielleicht den einzigen verheirateten Mann vor sich, mit dem er reden konnte.

»Wir hatten nur diese wenigen Tage«, erzählte Barin. »Und ich weiß nicht mal, wo sie steckt ...«

»Es tut mir Leid, ich kann Ihnen nicht folgen.« Der

Professor lehnte sich an die Felswand zurück. »Warum erzählen Sie es mir nicht von vorn?«

Barin begann damit, wie Esmay nach dem Streit mit Brun Meager in Ungnade fiel, und arbeitete sich bis zu dem Familientreffen vor und seiner hastigen, heimlichen Hochzeit.

»Sie sind einfach zu irgendeinem Friedensrichter gerannt? Wie ... charmant.«

»Wir konnten es einfach nicht mehr aushalten«, sagte Barin. »Die Meuterei, der Krach mit meiner Familie und all das ... Wir wollten endlich eine Verbindung zueinander herstellen ...«

»Und dann fing es erst recht zu dampfen an ...«

»Im Grunde nicht. Wir erreichten um Haaresbreite noch unser Schiff; der Kommandant putzte uns ein bisschen herunter, aber nicht allzu schlimm, und ... sie waren so wundervoll, diese Tage!«

»Diese Nächte, wollten Sie vermutlich sagen, es sei denn, Sie hätten die dritte Schicht gehabt«, sagte der Professor trocken.

»Nun ... ja. Im Grunde beides. Wir haben zusammen gearbeitet, mindestens zeitweise, und dann ...«

»... stellten Sie fest, dass Sie mit halb so viel Schlaf auskamen, wie Sie eigentlich geglaubt hatten. Ja. Auf diese Weise wird die Jugend zu einer wundervollen Zeit. Also, was ist dann passiert?«

»Esmay erhielt neue Befehle; sie sollte in Sektor V auf ein anderes Schiff wechseln und damit zu ihrem eigentlichen neuen Dienstposten fahren. Und das Nächste, was ich von ihr erfuhr: Ich fand sie nicht mehr in der Datenbank der Flotte. Man hatte sie hinausgeworfen, und ich wusste nicht mehr, wo sie steckte.« Barin kaute auf der Unterlippe, als er sich an seine Panik erinnerte. War es ihr genauso gegangen?

»Dachten Sie, sie wäre nach Altiplano zurückgekehrt?«

»Ich wusste es nicht. Und ich diente auf einem Kriegsschiff, einem Kreuzer; ich fand gar nicht die Gelegenheit, nach ihr zu suchen. Ich habe weiter gegrübelt ... mir Sorgen gemacht ... und dann wurden wir in einen Kampf verwickelt, und ich ...«

»Ich habe davon gehört«, sagte der Professor. Die Kellnerin tauchte mit einem Laib frischen, warmen Brotes und einem Schälchen Butter wieder auf. Der Professor brach sich ein Stück Brot ab und machte sich ans Essen. Mit dem Mund voller Brot sagte er: »Man war wild entschlossen, Ihr Leben zu retten, denn Sie hätten das Schiff gerettet – so habe ich es gehört.«

»Ich habe nicht mehr getan, als still dazustehen«, sagte Barin.

»Ja, nun, manchmal ist es genau das Richtige, einfach nur stillzustehen. Aber Sie schwafeln, junger Mann; kommen Sie auf den Punkt!«

Barin ertappte sich dabei, wie er alles hervorsprudelte, mehr, als er eigentlich hatte sagen wollen, und er schloss mit den Worten: »Und sie ist älter, und sie hat jetzt ein Schiff, und ich werde immer hinter ihr herhinken ...«

Der Professor hörte auf zu essen, faltete die Hände auf dem Tisch und sagte: »Sie ist kein Wettrennen.«

»Sir?«

»Sie ist kein Wettrennen. Die Ehe. Da gibt es kein ›hinterher‹ oder ›voraus‹. Sie sind keine Konkurrenten, sondern Partner.« Er legte den Kopf schief. »Lieben Sie diese Frau?«

»Esmay? Natürlich ...«

»Nicht ›natürlich‹ ... ich meine: lieben Sie sie wirklich, mit Herz und Seele und Körper?«

»Ja ... das tue ich.«

»Aber derzeit sind Sie eifersüchtig, nicht wahr? Sie denken, dass Esmay die Berühmtheit ist, die absolute Heldin, die Kommandantin eines feinen Schiffes –

denn weil sie die Kommandantin ist, wird es ein feines Schiff sein. Sie, Barin, möchten aber nicht nur ein Klunker an ihrer Halskette sein, ein Trophäengatte.«

Barin spürte, wie er rot wurde. »Es ist nicht wirklich Eifersucht.«

»Doch, genau das ist es. Barin, ich spreche jetzt mit Ihnen, als wären Sie einer meiner Söhne oder Enkel. Wahrscheinlich wird es Sie auch genauso ärgern wie die. Nun, für mich ist erkennbar, dass Sie ein feiner junger Offizier sind, ein richtiger Serrano. Aber Ihr ganzes Leben galt der Flotte und einem bestimmten Segment der Flotte. Dort sind Sie ein Prinz; Sie haben einen Namen geerbt und alles, was dazugehört. Das ist so weit ganz prima. Aber Ihre Frau ist nicht nur Mitglied der Flotte; Ihre Frau ist eine Landbraut – oder war es – und hat Verbindungen, die weit über die Flotte hinausreichen.«

»Das weiß ich«, sagte Barin.

»Ja, intellektuell wissen Sie es. Emotionell – haben Sie noch gar nicht angefangen, es zu verarbeiten. Ich wette: Als Sie Esmay das erste Mal begegneten, glaubten Sie, ihr einen Gefallen zu tun.«

Barin spürte, wie sein Gesicht wieder heiß wurde. »Ich habe sie bewundert!«, versetzte er ein bisschen zu heftig.

»Ja, aber ich wage zu behaupten, dass Sie sich in der Flotte besser auskannten und froh waren, ihr Ihren Sachverstand zu demonstrieren.«

»Vermutlich«, gestand Barin und griff selbst nach dem Brot. »Sie hat mir Fragen gestellt.«

»Ja. Und Sie haben sie großzügig unterwiesen. Und das ist so weit auch okay. Erzählen Sie mir, wie viel Kenntnisse von Altiplano Sie sich angeeignet haben.«

»Äh ... nicht viel.« Barin fiel auf, dass er nicht einmal daran gedacht hatte, mehr über Altiplano zu lernen.

»Sagen Sie mir – was ist mit diesen Frauen, die in den

Medien als Ihre neutexanischen Ehefrauen bezeichnet wurden? Was denkt Ihre Esmay über die?«

»Oh, die ... die sind kein Problem mehr.« Er hatte seit Monaten nicht mehr an sie gedacht, seit sein Sold nicht mehr für ihren Unterhalt abgezweigt wurde. Der Professor zog die Brauen hoch, und Barin erläuterte: »Eine Bekannte Brun Meagers hat für sie eine neue Heimat auf irgendeinem Kolonialplaneten gefunden.«

»Jemand ... irgendeinem ..? Das ist nicht besonders präzise. Empfinden Sie irgendeine Verantwortung ihnen gegenüber, diesen Frauen, die ihre Heimatwelt verlassen haben, weil sie Ihrem Wort vertrauten?«

So ausgedrückt, klang es, als wäre er ein verantwortungsloser junger Schlingel. »Ich habe nicht mehr richtig darüber nachgedacht, seit sie fort sind. Sie schienen recht glücklich über die neue Heimat.«

»Hmm. Aus der Flotte, aus dem Sinn? Sind nur Flottenstandards für Sie real? Ich vermute, dass Sie deshalb so besorgt sind, im Rang immer hinter Ihrer Frau herzuhinken.«

»So habe ich noch nie darüber nachgedacht«, räumte Barin ein. Er wollte diese Überlegungen nicht anstellen, und er war erleichtert, als die Kellnerin ihnen das Essen brachte. Er haute kräftig hinein und hoffte, der Professor würde das Thema vergessen. Der Professor griff es jedoch, kaum dass er auf halbem Weg durch sein Steak war, wieder auf.

»Falls Sie um Ihren Rang besorgt sind, Barin, machen Sie sich nur selbst klein – und Ihre Frau auch. Sie können nicht wachsen, indem Sie sie klein schneiden. Deshalb unterbreitete ich Ihnen ja den Vorschlag, sich eine breitere Basis zu suchen. Falls Sie alles durch die enge Brille des Flottenoffiziers betrachten, des Datums der Patenterteilung und all dessen, dann bleibt Ihnen nur das Bedauern, dass Sie erst nach Esmay auf die Welt gekommen sind. Aber falls Sie sich klar machen, dass

Sie beide in jede erdenkliche Richtung wachsen können ... was bedeutet dann noch die Rangfrage? Was für eine Art Mensch fragt in zwanzig Jahren noch danach, dass Sie Ihr Patent ein oder zwei Jahre nach Esmay erhalten haben? Und wer welche Abzeichen trägt?«

»Aber so haben wir doch ...« Er brach ab.

Der Professor schlug einen weiteren Nagel in diesen Sarg: »Rang bedeutet nicht Verdienst. Alter bedeutet nicht Verdienst. Nicht Jugend oder Alter, hoher oder niedriger Rang, nur das, was Sie tun, ob ehrenvoll oder nicht.«

»Sie zitieren wieder«, sagte Barin.

»Schuldig im Sinne der Anklage«, räumte der Professor lächelnd ein. »Es gehört zu meinem Job, alte Kultur zu pflegen. Barin, man findet Dutzende – wahrscheinlich Hunderte – von Hierarchien. Akademische Abschlüsse ... intellektuelle Stammbäume, die angeben, unter wem Sie gelernt haben ... Veröffentlichungen. Jede Organisation im Universum hat irgendeine Hackordnung und Leute, die sich erbärmlich fühlen, weil ein anderer höher eingestuft ist.«

»Halten Sie Konkurrenz für schlecht?«

»Natürlich nicht! Fragen Sie meine Kollegen – sie werden Ihnen bestätigen, dass ich ein richtiger Halsabschneider bin, wenn es um meine Karriere geht. Aber darin erschöpft sich nicht mein ganzes Leben, und Ihr Dienstgelöbnis sollte auch nicht Ihr ganzes Leben sein. Ein Mann, der nur Wissenschaftler oder nur Soldat oder nur Holzhacker ist, kann nicht als kompletter Mann betrachtet werden. Ich erkläre Ihnen mal, was ich unter einem Mann verstehe – und das ist keineswegs nur ein ungefiederter Zweibeiner oder irgendjemand, der zufällig menschliche DNA und ein Y-Chromosom aufweist. Ein Mann ist jemand, der sich selbst kennen gelernt hat – oder noch dabei oder dazu bereit ist; der die Wahrheit über sich selbst ertragen und weiterleben kann, der den richtigen Unterschied für die Welt ausmacht.«

»Die Wahrheit ist nicht immer leicht«, brummte Barin in seine Kartoffeln.

»Die Wahrheit ist niemals leicht«, sagte der Professor. »Und die Wahrheit über einen selbst ist immer die schwerste. Aber Männer lieben, sie beschützen diejenigen, die sie lieben, und bleiben ihrer Ehre treu. Das Gleiche gilt natürlich für Frauen – Kata würde mir mit einem ihrer Schnitzwerkzeuge eins überbraten, falls sie glaubte, ich wüsste das nicht –, aber hier und heute reden wir, da wir beide Männer sind, nun mal über Männer.«

»Aber was, wenn man ... einen schlimmen Fehler begeht?«, fragte Barin.

»Man biegt es wieder hin, so gut man kann«, erklärte der Professor. »Man räumt ihn ein, macht es wieder gut, versucht es aufs Neue. Ich habe ganz gewiss Fehler gemacht. Eine Menge. Auf diese Weise entwickelt man sich weiter.«

»Aber womöglich bezahlen andere Menschen den Preis für das, was einen selbst weiterbringt«, gab Barin zu bedenken.

»Ja, absolut. Und das ist furchtbar, eine Last, die man für den Rest seines Lebens tragen muss. Ihnen ist es so gegangen, nicht wahr?« Der Professor wartete nicht auf eine Antwort – das tat er selten, hatte Barin bemerkt –, sondern fuhr gleich fort: »Ihre Esmay hat diese Erfahrung auch gemacht oder wird es noch. Falls Sie sie schon gemacht haben, werden Sie Verständnis für Esmay haben, und sie wird Verständnis für Sie haben – nachts, wenn Sie um 3 Uhr früh wach werden und alles noch mal erleben.« Der Ton des Professors wies jetzt eine stählerne Schärfe auf, die Hinweis darauf gab, dass dieses Problem ihn selbst betraf.

»Sie, Sir?«

»Oh ja! Auch Klugscheißer von jungen Wissenschaftlern können tödliche Fehler begehen, Barin! Wir denken, wir wüssten mehr, als tatsächlich der Fall ist, und vergessen, dass zwischen Theorie und Apparat, zwischen Gleichung und Technik ... Unterschiede bestehen.« Er schüttelte den Kopf und widmete sich ganz dem Essen. Barin wusste nicht recht, ob er Fragen stellen oder einfach abwarten sollte, und entschied sich für den leichten Weg, selbst zu Ende zu essen.

Während sie aufs Dessert warteten, redete der Professor weiter. »Kata und ich sind seit zweiundvierzig Jahren verheiratet, und ich kann Ihnen sagen, dass wir auch stürmische Zeiten erlebt haben! Waffenforscher erhalten nicht viel Anerkennung, nicht mal von ihresgleichen, nicht von Anfang an jedenfalls. Kata hatte sich schon als Bildhauerin einen Namen erworben, noch ehe ich mit meiner ersten Forschungsarbeit nach dem Doktortitel fertig war. Sie reiste immer wieder zu Galerieausstellungen, und ich malte mir aus, wie diese reichen Männer um sie herumscharwenzelten. Sie liebt Shows; sie kam immer ganz erhitzt und glücklich zurück, und da hockte ich dann mit einem sauren Geschmack im Mund und einem Stapel Prüfungsarbeiten, die ich gerade benotet hatte, oder etwas ähnlich Glanzlosem.«

»Und was haben Sie gemacht?«, fragte Barin fasziniert.

»Eine Zeit lang habe ich zu viel getrunken«, erzählte der Professor. »Dann versuchte ich es damit, Kata herumzukommandieren, was immer eine schlechte Idee ist, besonders jedoch für den Ehegatten eines kreativen Menschen, weil ihn das seine Gabe kosten kann, zumindest zeitweilig. Kata versuchte, nach ihren Vorstellungen eine gute Ehefrau zu sein; der Galeriebesitzer kam uns besuchen und brüllte mich zwei Stunden lang an, ich wäre ein rückentwickeltes patriarchalisches

Mastodon, das Kata nicht verdient hätte und eigentlich mit einem Speer im Hintern in ein historisches Museum gehörte.«

»Und?«

»Ich drohte ihm, ich würde demonstrieren, wie stark ich mich rückentwickelt hätte, was mir eine Geldstrafe eintrug, sich aber langfristig als günstig erwies. Ich dachte über alles nach und schloss mich zusammen mit meinem Freund Barry der Gesellschaft für die Bewahrung der Altertumskunde an. Dort lernte ich viele faszinierende Menschen kennen, erfuhr eine Menge über historische Waffen – was sich später als nützlich erwies, obwohl ich Ihnen nicht sagen kann, warum –, und arbeitete meine Frustration bei Forschungsarbeiten im Freien ab. Ich brachte es bis zum Komtur der Weißen Brigade, was bedeutete, dass viele Leute um mich herumscharwenzelten, wenn sie nicht gerade versuchten, mir bei Turnieren den Schädel einzuschlagen. Für mein Ego hat das Wunder gewirkt.«

»Und Sie sind nach wie vor verheiratet«, sagte Barin.

»Und wichtiger noch: Wir *wollen* immer noch miteinander verheiratet sein. Ja, ich mache den Mädchen weiterhin schöne Augen, besonders den schüchternen, die es mehr brauchen, als Sie vielleicht denken, und ja, Kata schnurrt und putzt sich immer noch, wenn ihr irgendein alter Furz erklärt, wie talentiert sie ist ... aber Tatsache ist nun mal: wir sind füreinander die besten Freunde und Partner, und so ist es, war es und wird es bleiben.«

»Das klingt ... gut.«

»Es ist mehr als gut. Und was man dafür braucht, sind Charakter, Hingabe und Zeit. Man muss einen ehrlichen Partner finden – weil Lügen alles ruinieren, auch dann, wenn man sich nur selbst belügt. Man muss einen tapferen Partner finden, denn, seien wir mal ehrlich, das Leben ist schon beängstigend. Jemanden mit offenem Herzen, der sich nicht anklammert. Und dann die Verpflichtung eingehen – beide. Und falls Sie einen Menschen mit solchem Charakter finden und ihm treu bleiben, können Sie auch den Honig aus der Wabe ziehen.«

»Esmay hat Charakter ...«

»Das war es wahrscheinlich, was Sie anziehend fanden, neben den Hormonen. Sie entstammen schließlich einer ehrenvollen Linie. Und Sie wissen, dass Esmay mutig ist.«

»Ja ... aber ich weiß nicht recht, ob ich ihr das Wasser reichen kann.«

»Ah, da sind wir also wieder beim Konkurrieren. Es ist aber kein Wettkampf, kein Wettrennen. Alles, was Sie tun müssen: seien Sie ehrlich, tapfer und treu – etwas, worauf Sie ohnehin getrimmt sind, falls ich das beurteilen kann. Falls das zu viel verlangt sein sollte, können Sie es sich immer noch anders überlegen und entscheiden, dass die Heirat ein Fehler war. Sie können Esmay verlassen. Sie können auch diese Neutexanerinnen verlassen und nie wieder einen Gedanken an sie verschwenden. Aber falls Sie zu viele Ihrer Verantwortlichkeiten im Stich lassen, sind Sie kein Mann mehr, sondern ein Parasit. Es ist Sucht erzeugend, seine Aufgaben im Stich zu lassen.«

»Ich möchte Esmay nicht verlassen«, gestand Barin. »Ich weiß aber nicht, wie ich der sein kann, der ich sein sollte.«

»Dabei sind Sie es doch schon«, fand der Professor. »Sie sind kaum alt genug, um es zu verstehen, aber ich versuche trotzdem mal, es Ihnen zu verdeutlichen: Sie vergleichen sich mit Esmay und den übrigen Serranos. Sie brauchen aber niemand anderes zu sein, Barin. Sie brauchen nur Sie selbst zu sein, weil das reicht. Jeder – einfach jeder – kann genug sein: clever genug, tapfer genug, gut genug.«

»Sie scheinen davon so überzeugt!«

»Ich bin im Grunde kein Küken mehr; ich habe eine Menge Soldaten kennen gelernt. Ich habe Meharry in Ihrer Gesellschaft gesehen. Er ist nicht dumm; er wird seine Loyalität keinem Idioten schenken, keinem Feigling, keinem Tölpel.« Diese strahlenden Augen spießten ihn wieder auf. »Tatsache ist: Man erkennt den Baum an seinen Früchten, und die Früchte eines militärischen Befehlshabers sind die Taten seiner Leute. Sie legen fest, welches Band sie verbindet, welche Moral sie haben. Falls Ihre Leute bessere Menschen werden, sind Sie ein guter Befehlshaber; falls Ihre Leute zu schlechteren Menschen werden ... dann blicken Sie nur in den Spiegel. Meharry war fast schon ein Wrack, als wir ihn aufsammelten; ich weiß nicht, was ihn so schwer verletzt hat, aber ich weiß, wer ihn wieder in Form gebracht hat – Sie waren es.«

»Oh.« Barin verdaute das, während sie ihr Dessert verspeisten. »Falls ich also nicht im Wettstreit mit Esmay stehe, dann ... entwickeln wir uns sozusagen parallel weiter?«

»Präzise.« Der Professor strahlte ihn an. »Es wird einfacher, wenn Sie von einer breiteren Grundlage ausgehen. Etwas, das Ihnen bei Ihrer Karriere wie in der Ehe gleichermaßen weiterhelfen wird, ist, sich mit mehr unterschiedlichen Menschen vertraut zu machen. Mit wie vielen Zivilisten sind Sie befreundet?«

»Mit Zivilisten befreundet?«

»Ja. Wir sind nicht alles Tölpel. Man trifft eine Menge von uns an. Je mehr Sie über Zivilisten wissen – alle möglichen Zivilisten –, desto mehr erweitern Sie Ihre Perspektive. Je mehr Sie im Rang aufsteigen, desto mehr werden Sie ebenso politisch wie militärisch handeln müssen.«

»Daran habe ich noch nie gedacht.« Jetzt dachte Barin darüber nach. Ihm war nie in den Sinn gekommen, Zivilisten als etwas anderes zu betrachten als mehr oder weniger fügsame Schafe, die des Hirten bedurften. Erschrocken stellte er jetzt fest, dass er niemanden kannte ... dass er seine größte Nähe zu Zivilisten in dem Augenblick erlebt hatte, als er mit diesen deprimierten und verängstigten Frauen und Kindern von Unser Texas zu tun gehabt hatte. Sie hatten seine Hilfe gebraucht, seine Führung, seine Unterstützung ... genau das, was er von ihnen auch erwartet hatte.

»Streitkräfte beruhen immer auf dem Fundament einer Zivilbevölkerung«, sagte der Professor. »Sie ernähren sich nicht selbst, sie versorgen sich nicht selbst ... jemand erzeugt die Nahrung, die Sie verzehren, fertigt den Stoff für Ihre Kleidung, baut die Schiffe, die Waffen ... und dabei sind Handel, Unterhaltung und Kunst noch gar nicht mitgezählt. Fangen Sie am besten jetzt damit an, Verbindungen auf allen diesen Gebieten zu knüpfen.«

»Ich denke, ich könnte auf dem Gebiet der Wissenschaft mit Ihnen anfangen«, sagte Barin.

»Richtig, das könnten Sie.«

»Aber ...« Barin zeichnete mit der Dessertgabel Linien auf den Tisch. »Ich bin immer noch nicht sicher, ob ich in den Weltraum zurück möchte.«

»Nach der Explosion wundert mich das nicht. Und Sie brauchen ja auch nicht. Kein Rennen, vergessen Sie das nicht. Kein Wettkampf. Sie können auch dann ein ehrenvoller, anständiger Mann und guter Ehemann für Esmay sein, ohne je wieder auf einem Schiff hinauszufahren.«

»Hmm.« Das war ein neuer Gedanke und ein schwieriger. Ihn jedoch nur zu hegen, das linderte auf unerklärliche Weise Barins Angst. Wollte er wirklich den Rest seines Lebens auf einem Planeten verbringen? Eigentlich nicht. Er hatte einen Grund zur Angst und zahlreiche Gründe, wieder auf Raumschiffen zu fahren.

»Nicht, dass ich das für Ihren Weg halten würde; ich persönlich finde, Sie werden wieder ausfahren und eines Tages selbst einen Kreuzer befehligen. Aber was ich denke, ist nicht wichtig. Es ist Ihr Leben.«

»Das ist es.« Barin erblickte es jetzt – eine unsichere Vision, die sich aufspaltete und wieder zusammensetzte wie Spiegelungen auf einer Wasserfläche ... aber er sah Lebenswege vor sich – mehr als nur einen –, in denen er sich zu jemandem entwickelte, den er selbst respektieren konnte; und jemandem, den Esmay respektieren konnte.

»Falls ich Sie wäre, würde ich mich nach diesen Frauen erkundigen«, sagte der Professor und schob seinen Stuhl zurück. »Dann fühlen Sie sich besser.«

Barin nickte, aber seine Gedanken kreisten um Esmay. Jetzt empfand er die Freude für sie, die er ihr auch schuldete – sie hatte ein Schiff, ein eigenes Schiff. Ihr ging es prachtvoll.

Ihnen beiden würde es prachtvoll gehen.

Kapitel dreiundzwanzig

Castle Rock

Unterstützt von Kevil und Stepan, studierte Brun die Struktur des Großen Rates, Sitz für Sitz. Es konnte nicht überraschen, dass Stepan eine Datei über jedes Mitglied angelegt hatte, das alt genug war, um einen Ratssitz einzunehmen – ähnlich dem Dossier, das er über Brun angelegt hatte. Allmählich wirkte der Rat auf Brun wie ein riesiger, über jedes Maß hinaus gewachsener, weit verzweigter Baum aus komplizierten Beziehungen. An den Spitzen der Zweige fand man die Einzelpersonen – zum Teil leuchtende grüne Blätter, andere mit Schimmel bedeckt oder von Insekten halb zerfressen ... manche in gesundem Grün, andere ins Gelbe oder sogar Braune hineinspielend, kurz vor dem Abfallen. Hinter ihnen lag jede Menge Geschichte, persönliche Geschichte, aber auch die ihrer Eltern und Großeltern und Urgroßeltern, Tanten und Onkel, Kusinen und Vettern. Brun spürte ein konstantes Prickeln der Verblüffung über die schiere Zahl der Geheimnisse, die sie jetzt zu durchschauen lernte: warum dieser Onkel und jene Großtante nicht am selben Tisch sitzen wollten, warum diese kleine Familie vor siebzig Jahren zum Conselline-Clan übergelaufen war.

»Wir haben viele Fehler gemacht«, erklärte ihr Stepan. »Wir sind ein Clan, keine Versammlung mythischer Heiliger. Einzelpersonen und Familien, alle voller Nervosität auf ihren Platz in der Gesamtheit der Dinge bedacht, wie es Menschen schon immer gemacht haben.« Er schob einen weiteren Datenwürfel zu ihr hinüber. »Achte darauf, den hier nicht zu verlegen; darin findest du unsere Analyse des Clans Conselline.«

Und diese erwies sich als faszinierend, wenn auch weniger detailliert als das übrige Material. Brun hatte noch nicht mal gewusst, dass Hobart Conselline einen älteren Bruder hatte, geschweige denn, dass es sich dabei um einen Süchtigen handelte, der völlig von anderen abhängig war und den Hobart schon vertreten hatte, seit er volljährig geworden war. Auch Oskar Morrellines persönliche Schwächen waren neu für Brun, und sie fragte sich, ob das irgendwas mit Ottalas Benehmen in der Schule zu tun hatte.

Alles in allem war das einfach zu viel, um es innerhalb weniger Tage vollständig zu verarbeiten; sie hatte das Gefühl, als würde ihr Gehirn verstopft. Aber als Stepan dann mit ihr über Strategien diskutierte, stellte sie fest, dass sie sich doch mehr gemerkt hatte als erwartet.

»Ich stelle dir via Tischkom meine eigene Analyse zur Verfügung, aber das wird zwangsläufig etwas knapp ausfallen. Du wirst jedoch auch auf eigenes Urteilsvermögen zurückgreifen, und soweit es die jüngeren Mitglieder angeht, hast du womöglich Einblicke, die meinen überlegen sind.«

»Ich verstehe«, sagte Brun.

»Denkst du, du wirst auch Kevil Mahoney im Ratssaal brauchen? Er bringt sicherlich wertvolle Erfahrungen mit, obwohl er selbst keinen Sitz hat. Falls er sich zu dir setzt, kommt das schon einer Kundgabe gleich.«

Kevil verkörperte eine Verbindung zu ihrer behaglichen Vergangenheit, aber sie unternahm jetzt einen Sprung in eine ungewisse Zukunft. Trotzdem ... auch auf einer Fahrt ins Unbekannte nahmen kluge Leute Vorräte und Werkzeug aus ihrer Vergangenheit mit.

»Könnte er sich zu dir setzen? Wäre das zu auffällig?«

»Nein, aber es begrenzt unsere Kommunikationsmöglichkeiten, verstehst du?«

»Ja. Ich brauche ihn allerdings auch nicht für jede kleine Einzelheit – ich würde ihn gern um Klärung bitten, wo es um Gesetz und Ordnung geht.«

»Das klingt vernünftig. Ich kann ihn jedenfalls für eigene Zwecke als Gast einladen. Aber du darfst nicht vergessen, Brun, dass du dann ganz allein bist – deine Brüder und deine Schwester kommen nicht, oder?«

»Nein. Womöglich Kusinen und Vettern.«

»Ja, Harlis' Sohn. Ich habe vor zu beantragen, dass ihm der Ratssitz entzogen wird, weil sein Vater flüchtig ist und sich mit Meuterern eingelassen hat. Und du erhältst Personenschutz, Brun!«

Brun schüttelte den Kopf. »Schließe ihn nicht aus, Stepan. Das wird nur rachsüchtig und schwach wirken. Soll er ruhig kommen; er hat ein Recht abzustimmen, und wir haben keine Beweise, dass er in die Taten seines Vaters verwickelt war, oder?«

»Nein, aber – du hast doch das Dossier gelesen, Brun! Er ist unbeherrscht wie sein Vater und ganz von ihm geprägt. Wir wissen, dass er in mehr als einem Fall als Sendbote seines Vaters Hobart Conselline aufsuchte.«

»Trotzdem. Lieber hätte ich es, wenn er dort sitzt und mich finster ansieht, als dass er zu Hause hockt und darüber brütet, wie unfair man ihn behandelt hat.«

Stepan überlegte ausgiebig. »Hmm. Ich sollte nicht erst nach deiner Meinung fragen und sie dann ignorieren. Wie ich schon sagte – deine Einblicke könnten sich von meinen unterscheiden und doch wertvoll sein. Ich habe dich aufgrund deiner Fähigkeiten ausgesucht, und es wäre nur fair, wenn ich auch zulasse, dass du sie demonstrierst. In Ordnung, ich ziehe den Antrag zurück. Aber sei vorsichtig! Ich halte ihn für gefährlich.«

Sie wollte schon sagen, sie hätte keine Angst vor Kell, merkte aber, dass es töricht gewesen wäre. Unter den gegebenen Umständen sollte sie zumindest besorgt sein. »Ich denke nicht, dass er im Ratssaal gewalttätig wird«, sagte sie stattdessen.

»Wahrscheinlich nicht, aber wir gehen kein Risiko ein.« Er legte eine Pause ein, nahm einen Schluck aus dem Glas und sagte dann: »Hast du schon irgendwas von Sirialis gehört? Wie kommst du damit klar?«

»Von hier aus kann ich nichts tun, und hier werde ich gebraucht«, sagte Brun. »Ich hoffe – ich hoffe, die Meuterer sind gar nicht hingefahren, und falls doch, dass sie niemanden verletzen. Das ist naiv, ich weiß, aber – ich habe die Menschen dort angewiesen, die Ortschaften zu evakuieren, sich zu verstreuen, so gut es geht, und sich nicht um das Hab und Gut zu sorgen. Vielleicht bleiben die Schäden minimal, falls die Meuterer nicht die Zeit haben, sich richtig einzunisten.«

»Ich weiß, wie sehr du den Planeten liebst«, sagte Stepan. »Er war ein Paradies für deine Kinder.«

»Er war schön«, sagte Brun und verabscheute sich dafür, in der Vergangenheit gesprochen zu haben, sobald sie die Worte selbst gehört hatte. »Er ist schön«, korrigierte sie sich. »Aber er ist zu groß für nur einen Menschen oder eine Familie.«

Als sie sein überraschtes Gesicht sah, fuhr sie fort: »Sieh dir doch mal die Situation an. Unser Volk, das von uns Schutz und Fürsorge erwartet hat, schwebt in Gefahr – und wir können nichts unternehmen. Mit unserem ganzen Geld nicht und auch nicht mit unserem politischen Einfluss. Sollen wir die Herrschaft über etwas beanspruchen, was wir nicht schützen können? Ich denke nicht.«

»Hm. Und wem möchtest du die Macht übertragen? Oder möchtest du den Planeten lieber verkaufen?«

»Ich möchte die Macht denen geben, die dort leben, die unser Scheitern überleben müssen.«

»Diese Möglichkeit hast du sicherlich. Aber wir wissen noch gar nicht, ob Sirialis überhaupt angegriffen wird. Wann würden die Meuterer dort eintreffen, falls sie diesen Kurs genommen haben?«

»Ich weiß nicht recht«, antwortete Brun. »Die Flotte weiß es vielleicht. Zum einen hängt es davon ab, wo die Yacht die Kriegsschiffe der Meuterer getroffen hat. Ich schätze, in weiteren fünf bis zehn Tagen nach unserer Zeit, aber das ist sehr ungewiss.«

»Hmm. Und die Flotte konnte nichts tun?«

»Ich würde nicht *nichts* sagen, aber in der aktuellen Krise kann sie nicht für einen nennenswerten Zeitraum eine Streitmacht im Sirialis-System stationieren. Es bestehen vollkommen vernünftige Sorgen vor Angriffen der Meuterer auf stärker bevölkerte Welten, auf einen bedeutenden Verkehrsknotenpunkt – sogar hier auf Castle Rock – oder auf einen Abstecher über die Grenze in die Benignität oder zur Bluthorde.«

»Du hast die Flotte doch daran erinnert, dass Sirialis nur einen Sprung von der Bluthorde entfernt liegt, nicht wahr?«

»Das wusste sie schon. Ich denke, sie überwacht den Sprungpunkt.«

»Klingt sinnvoll, denke ich.« Stepan seufzte. »Ich konnte Sirialis nicht so oft besuchen, wie ich es gern getan hätte, aber es ist wirklich schön dort, und die Hand deiner Mutter hat es noch schöner gemacht. Wo ich gerade von deiner Mutter spreche: weißt du, wohin sie und Lady Cecelia sich gewandt haben?«

»Ich habe keine Ahnung«, antwortete Brun. »Als ich etwas hörte, waren sie schon weg, und seither habe ich nichts weiter erfahren.«

»Brun, meine Liebe – ich weiß, dass du beide Eltern sehr lieb gehabt und deinen Vater schon durch eine

Gewalttat verloren hast. Ist dir schon der Gedanke gekommen, dass die derzeitige Krise Miranda und Cecelia womöglich das Leben gekostet hat?«

»Natürlich – aber es hilft nicht, darüber nachzudenken.«

»Vielleicht nicht, aber es kann wichtig sein, sich auf schlechte Nachrichten vorzubereiten.« Stepan betrachtete sie unverwandt.

»Was – hast du etwas gehört?« Brun spürte, wie sich ihr das Herz zusammenzog.

»Nein, nicht direkt. Ich weiß jedoch, dass etwas im Verteidigungsministerium ganz schön für Aufregung gesorgt hat. Ich weiß nicht, ob das nur eine Raumschlacht irgendwo war – es ist fürchterlich, so was zu sagen, entschuldige bitte – oder ob womöglich deine Mutter dabei eine Rolle spielte. Die Consellines setzen der Flotte schon eine ganze Weile zu, nach ihr zu suchen; deshalb wollte ich dir vorschlagen, dich auf etwas vorzubereiten.«

»Danke«, sagte Brun. Sie hatte geglaubt, auf alles Mögliche gefasst zu sein, aber als sie sich jetzt gestattete, wirklich darüber nachzudenken, fühlte sich ihr Gesicht steif an und der Mund wurde trocken. Ihre Mutter tot? Lady Cecelia? Neben allem anderen – empfand sie das als eine gewaltige Last, die sich auf sie herabsenkte und sie zerdrückte.

»Vielleicht ist ja gar nichts passiert«, beruhigte sie Stepan.

Brun zwang sich, wieder praktische Überlegungen anzustellen. »Ich vermute, wir werden es bald erfahren«, sagte sie. »Danke für die Warnung.«

»Falls schlechte Nachrichten eintreffen, und falls es zu viel für dich wird, sag mir sofort Bescheid! Wir können dann für diese Ratssitzung noch anders planen ...«

»Nicht nötig«, sagte Brun. »Du hast die Probleme

bereits erläutert und damit auch, warum es für uns das Beste ist, wenn ich spreche. Ich tue es.«

Stepans Warnung hatte sie nicht ganz vorbereiten können, wie sie feststellte, als am Nachmittag vor der nächsten Sitzung des Großen Rates die Nachricht von Grand Admiral Savanche eintraf. Sie und ihre Mutter hatten sich bis nach dem Tod des Vaters nicht sehr nahe gestanden; die kühle Selbstbeherrschung der Mutter hatte Brun stets wie einen Tadel empfunden. Und jetzt – war keine Zeit mehr. Ihre Mutter war tot. War schon seit Tagen tot, seit Wochen ... sie konnte sich nicht auf interstellare Zeitverschiebung konzentrieren.

Sie holte tief Luft, während sie einen Schal unter den Kostümkragen stopfte. Sie konnte jetzt nicht weinen. Sie konnte sich in dieser Situation keine roten Augen und keine verschwollenen Wangen leisten. Sie atmete weiter tief, während sie sich im Spiegel betrachtete und verfolgte, wie die äußeren Spuren des inneren Aufruhrs verblassten, bis es fast die Gelassenheit ihrer Mutter war, die den Blick erwiderte.

Ein weiterer Stich: Hatte es Miranda auch so gemacht? Hatte sie unter der Fassade der Gelassenheit solche Qualen versteckt? Wahrscheinlich. Brun prüfte diese Reaktion, stellte die eigene Selbstbeherrschung auf die Probe. Konnte sie sich darauf verlassen, dass sie auch unter dem Druck der Ratssitzung so ruhig blieb? Sie gestattete sich, Bilder von ihrer Mutter, ihrem Vater, von Sirialis heraufzubeschwören. Das Gesicht im Spiegel blieb unverändert.

Der große, sternenüberdachte Saal hätte womöglich auf eigene Art Gelassenheit auf den Ameisenhügel hektischer Menschen unter der Kuppel ausgestrahlt, wären deren Reaktionen nicht durch schiere Gewohnheit abgestumpft. Bedacht auf die eigenen Sorgen und

Ambitionen blickten die meisten von ihnen nicht einmal kurz zu den aufgemalten Sternen hinauf oder auch zu den Familien-Mottos, die wie Wappen den Rand der Kuppel zierten. Brun traf früh ein und hatte damit sowohl die Zeit als auch die Neigung, sich umzusehen. Während sie verfolgte, wie die übrigen Abgeordneten nach und nach eintrafen, ging sie noch einmal die Punkte ihrer Rede durch. Wie wirkten sich ihre Worte wohl auf diese Menschen aus, von denen die meisten so reich waren, dass sie nicht mal wussten, wie viel sie besaßen – wie viele Planeten, wie viele Menschen, wie viele Dinge? Ob sie wohl schlicht die Achseln zuckten und behaupteten, es hätte mit ihnen gar nichts zu tun, was in zehn oder zwanzig Lichtjahren Entfernung geschah?

Die Consellines waren nach dem Verlust Hobarts ebenso verstört wie die Barracloughs nach Häschens Ermordung. Hobart hatte bei seinem Aufstieg zur Macht ein Dutzend tüchtige Conselline-Politiker systematisch zerstört. Führte das jetzt wohl zu einem konsolidierten Abstimmungsverhalten, weil die Consellines sich nur umso heftiger an alles klammerten, was sie für eigene Interessen hielten, oder brach es ihre Phalanx auf und machte sie empfänglicher für die Interessen der Familias als Ganzes?

Für Brun war das nicht zu erkennen; sie wusste nur, was Stepan ihr über die Lage des Clans Barraclough berichtet hatte. Sie sah, wie ihr Vetter Kell die Stufen herunterstieg und zögerte, als er den Tisch der Familie erreichte. Sie hoffte, dass es richtig gewesen war, in seinem Fall Gnade walten zu lassen, musterte ihn gleichmäßig und deutete mit dem Kopf auf seinen Stuhl. Er wirkte brummig, aber das tat er ja gewöhnlich.

»Ich weiß nicht, wo mein Vater steckt«, sagte er. »Du brauchst mich also gar nicht erst zu fragen.«

»Ich weiß es«, sagte Brun.

Seine Miene wechselte, zeigte jetzt Erschrecken.

»Wo? Hast du ihn ins Gefängnis werfen lassen oder was?«

»Er hat Meuterer angeworben, damit sie ihn nach Sirialis bringen.«

»Was?! Du lügst!«

»Nein«, sagte Brun, erstaunt über die eigene Gelassenheit. Sie fühlte sich beinahe so, wie Miranda stets gewirkt hatte, und nach Kells Gesicht zu urteilen, war es genau das, was er jetzt in ihr erblickte. »Ich lüge nicht; genau das hat er getan. Es war im Grunde sehr töricht von ihm. Es rückt uns in ein schlechtes Licht ...«

»Wie bitte?«

»Bei den übrigen Familien«, fuhr Brun fort. »Wenn ein Thornbuckle, ein Barraclough private Geschäfte mit Meuterern abschließt. Sehr schlecht.«

»Warum gestattet mir dann Onkel Stepan einen Ratssitz?«

»Er wollte es ja nicht«, erklärte Brun. Erneut musterte sie ihn ausgiebig. »Ich habe darauf bestanden. Ich möchte keine Fehde mit dir. Jetzt ist nicht der richtige Zeitpunkt für familieninterne Fehden.«

»Du hast ... dich verändert«, fand Kell.

»Ja. Entführt zu werden, Kinder zu bekommen, die Eltern zu verlieren – da verändert man sich«, sagte Brun. »Gefahr, heißt es, wirkt Wunder, was verstärkte Konzentration angeht.«

»Dad hatte nie eine Chance, oder?«, fragte Kell plötzlich.

»Im Grunde nicht; langfristig nicht«, bestätigte Brun. »Warum?«

»Er sagte immer, dein Vater hätte einen weichen Kern – er verdankte sein Prestige nur gewandtem Auftreten und Verbindungen.« Er zögerte und fuhr dann hastig fort: »Er sagte, deshalb hätte Häschen auch die Flotte auf die Suche nach dir geschickt ... und jeder, der dumm genug wäre, sich auf diese Weise entführen zu lassen, hätte im Grunde verdient, was er bekäme.«

»Dann wird ihn, hoffe ich, auch nicht erschüttern, dass wir nicht vorhaben, ihn vor den Meuterern zu retten«, sagte Brun knapp. Kell starrte sie an. »Kell, dein Vater hat einige der gefährlichsten Leute im Universum angeworben – und ist allein mit ihnen auf und davon. Denkst du, sie würden seine noble Herkunft respektieren und seinen Befehlen folgen, auch wenn sie ihnen nicht gefallen?«

»Aber ... aber er ist reich ...«

»Und mit Reichtum erwirbt man *Dinge,* Kell. Dinge! Die Loyalität von Menschen hat einen höheren Preis, den zu zahlen dein Vater nie gelernt hat. Er hat sich Leute ausgesucht, die keinen Respekt vor Reichtum haben – oh, sie wünschen sich Reichtum, aber das ist etwas anderes. Sie respektieren Stärke, persönlichen Mut, persönliche Fitness. Sie werden seine Reichtümer nehmen und ihn – falls er Glück hat – kurz und schmerzlos töten.«

Kell wurde bleich. »Meinst du das ernst? Denkst du wirklich ...«

»Ich habe das Dossier über den Mann gelesen, den er angeworben hat, und über einige seiner Crewmitglieder.«

»Kannst du nicht irgendwas tun?«

»Was zum Beispiel? Die Flotte anflehen, ihn zu suchen? Hör dir meine Rede an, Kell, und du wirst verstehen, warum das nicht geht.«

Kell blickte sich um. »Kommt irgendeiner von den anderen? Buttons? Dot?«

»Nein, sie haben Stimmvollmacht erteilt.«

Der große Saal war zu weniger als zwei Dritteln besetzt; viele Abgeordnete hatten nicht für eine weitere Sitzung zurückkehren können und stattdessen dem jeweiligen Familienvertreter Vollmacht erteilt. Brun verglich die besetzten Plätze mit ihrem Display. Stepan, der links von ihr und zwei Reihen weiter oben saß, lächelte und nickte ihr zu, als sie zu ihm hinaufblickte; sie erwiderte die Geste. Viktor saß neben Stepan und gab finstere Miene vor. Zur Rechten entdeckte Brun Ronnies Vater zwischen den übrigen Carruthers' und Ronnie selbst, viel älter, als sie ihn in Erinnerung hatte. Sie drückte die Funktaste und piepte ihn an. Er blickte auf.

»Ronnie – ich dachte, du würdest auf einer Kolonie festsitzen ...«

»Tue ich auch, aber zu dieser Sitzung musste ich einfach kommen. Hat dir meine Tante von den Problemen in der Kolonialverwaltung erzählt?«

»Zum Teil – ich bin froh, dass du erscheinen konntest.« Er stand von seinem Platz auf, kam herüber und hockte sich neben Brun.

»Hör mal, Brun, wir hatten von deiner Entführung überhaupt erst gehört, als du schon zurück warst. Raffa wünscht dir alles Liebe. Sie ist mein Vizegouverneur, also musste sie bleiben. Ich habe Gerüchte gehört, du würdest einen Aufstand der Generationisten führen – stimmt das?«

»Nicht ganz«, antwortete sie. »Ich erkläre es dir zwischen den Sitzungen, ja? Hast du gehört, was Stepan gemacht hat?«

»Nein, noch nicht.« Ronnie bedachte Kell mit einem argwöhnischen Blick. »Erzählst du es mir später?«

»Sicher. Mittagessen?«

»Ich gehe mit George und Veronica zum Essen. Du könntest mitkommen.«

»Ich versuche es«, sagte Brun.

Jetzt traten nacheinander die Minister ein und nahmen an ihrem Tisch Platz ... Brun wusste, dass Hobarts Verteidigungsminister in der Folge des Attentats und der Meuterei zu Gunsten von Irion Solinari abgedankt hatte, der in der Hauptstadt zurück war. Der Minister für Kolonialangelegenheiten, ebenfalls ein Conselline-Kandidat, wirkte besorgt und blickte mehrfach zum Tisch der Carruthers' hinüber.

Stepan summte sie an, und seine ruhige alte Stimme schnurrte ihr ins Ohr: »Brun ... heute sind mehr junge Leute da als üblich, und noch weitere haben Stimmvollmacht erteilt. Vergiss nicht, auch ihre Sorgen anzusprechen.«

»Ich habe gerade mit Ronnie Carruthers gesprochen – er ist persönlich erschienen.«

»Ausgezeichnet!«, fand Stepan. »Ich hatte seinen Vater noch vor der Ermordung Hobarts gedrängt, Ronnie zu einer Ratssitzung einzuladen.«

So hatte Ronnie also die Gelegenheit erhalten.

Der Interimssprecher, Jon-Irene Pearsall, klopfte sachte mit dem Zeremonienhammer, als fürchtete er, dessen Kopf könnte sich lösen. Etliche Wochen der Macht hatten ihm keinerlei Selbstbewusstsein vermittelt.

»Dem Rat liegen mehrere Anträge vor«, sagte er. »Zunächst einer, die Witwe des verstorbenen Lord Thornbuckles für den Tod von Außenminister Pedar Orregiemos zu tadeln. Dann: einen Sonderermittler zu berufen, der die Beziehung zwischen dem Tod von Pedar Orregiemos und dem Attentat auf Hobart Conselline untersucht. Weiterhin: einen Sonderermittler zu berufen, der den Grund für die Meuterei im Regular Space Service untersucht; einen Sonderermittler zu berufen, der die Beziehung zwischen der Benignität der Wohltätigen Hand und dem Clan Barraclough untersucht; auf Unterstützung für den loyalen Dienst des Regular Space Service ...« Er leierte eine Liste herunter, deren meiste Punkte Anträge waren zu ermitteln, zu tadeln oder zu unterstützen.

Brun hatte bereits ihren Antrag registriert, sich zu

bestimmten Punkten dieser Liste zu äußern. Ein Vertreter der Consellines, einer der Neffen Hobarts, war erster Redner zum ersten Punkt. Er war, wie Brun feststellte, ein Mann in den mittleren Dreißigern und nicht verjüngt. Er trug hastig und monoton einen vorbereiteten Text vor und warf seinen Zuhörern gelegentlich nervöse Blicke zu.

»Es wird deutlich, dass Pedar Orregiemos von Miranda Thornbuckle im Rahmen einer weit gespannten Intrige zum Sturz des Clans Conselline umgebracht wurde. Die Ausflucht, er wäre einem Fechtunfall zum Opfer gefallen, ist tatsächlich nichts weiter als eine Ausflucht, und wäre dieses Verbrechen nicht auf privatem Grund geschehen, weit von jeder unparteilichen Polizeidienststelle entfernt, wäre die Mörderin rasch zur Rechenschaft gezogen worden. Stattdessen gab sie ihre Schuld zu, indem sie floh – was Hinweis darauf gibt, dass selbst die zahme Miliz von Sirialis mit ihren Ausführungen nicht zufrieden war ...« Er fuhr mehrere Minuten lang in diesem Stil fort, malte dabei ein Bild von Barraclough-Intrigen mit dem Ziel, Hobart und Pedar zu ermorden, und brachte Andeutungen auf weitere Anschlagsversuche und eine generationistische Barraclough-Verschwörung vor. Endlich ging ihm die Luft aus.

Brun erhob sich und wartete, bis sich das Gemurmel gelegt hatte. Sie wusste, dass sie im Begriff stand, eine Bombe zu werfen, und wollte dieser nichts von ihrer Sprengkraft rauben. Als Stille eingetreten war und ein Spannungsniveau erreicht hatte, das sie in jedem Nerv spürte, ergriff sie das Wort.

»Mir ist klar, dass Cerion Conselline glauben möchte, alles, was schief geht, wäre unsere Schuld«, sagte sie. »Es wäre schon praktisch, wenn die Thornbuckles tatsächlich nur Dornen im Fleisch wären und man sich von allen Schwierigkeiten befreien könnte, indem man uns einfach herauszieht und ins Feuer wirft.« Ihr Tonfall forderte leises Lachen der Neutralen heraus, und sie erreichte es. »Aber solch schlichte Lösungen haben noch nie funktioniert, in der ganzen Menschheitsgeschichte nicht. Allerdings bin ich nicht hier, um menschliche Geschichte und Psychologie zu diskutieren ...« Wieder kursierte leises Lachen; diesmal redete sie schon weiter, ehe es ganz verklungen war. »... und auch nicht, um meine Mutter zu verteidigen. Dafür ist es zu spät ...« Diesmal ertönte erschrockenes Murmeln, und Brun fuhr mit gleichmäßigem Ton fort: »Meine Mutter ist tot.«

»Sie lügen!«, platzte Oskar Morrelline hervor. »Sie ist einfach geflüchtet.«

»Sie und Cecelia de Marktos waren unterwegs in die Guerni Republik«, sagte Brun. »Sie fuhren allein mit Lady Cecelias Yacht *Pounce*. Sie wurden von dem aufständischen Kreuzer *Bonar Tighe* aufgebracht – ja, genau dem Schiff, das man am Ursprung der Meuterei identifiziert hat –, als die Yacht unerwartet aus ihrer Überlichtfahrt gerissen wurde.« Jetzt genoss sie die volle Aufmerksamkeit der Versammlung, und es herrschte eine Stille, die schwer mit Entsetzen befrachtet war. »Mutter und Lady Cecelia wurden zusammen mit anderen Loyalisten in eine Arrestzelle an Bord des Kreuzers gesteckt. Wohl wissend, dass sie zum Tode verurteilt waren, unternahmen sie alle einen Fluchtversuch; meine Mutter gehörte zu einer Gruppe, die sich zu den Funkanlagen vorkämpfte und eine Meldung absetzte, in der auch die Position des Schiffes genannt wurde. Lady Cecelia schloss sich einer Gruppe an, die das Schiff so stark zu beschädigen versuchte wie nur möglich.«

»Sie erwarten von uns zu glauben, dass zwei reiche alte Damen ein Schiff außer Gefecht setzen könnten?«, brüllte Oskar. Pearsall forderte mit dem Hammer Ordnung, und Oskar bedachte ihn mit einem finsteren

Blick, warf sich auf seinen Stuhl und verschränkte dramatisch die Arme.

»Die gefangenen Loyalisten verfügten über die nötigen Sachkenntnisse«, erklärte Brun. »Mutter und Lady Cecelia waren es jedoch, die ihnen einen Fluchtweg eröffneten. Da sie Zivilistinnen waren und reiche Damen, gaben die Wachleute weniger Acht auf sie. So konnten sie die Wachleute überwältigen und die Zellen aufschließen.«

»Woher wissen Sie das alles?«, wollte ein weiterer Conselline-Gefolgsmann wissen.

»Ich wurde gestern von Grand Admiral Savanche informiert, der mir Erlaubnis erteilte, auch diese Versammlung ins Bild zu setzen. Der Regular Space Service übermittelt diese Informationen heute auch den Medien. Eine loyale Einsatzgruppe, die auf der Suche nach Meuterern war, entdeckte das Meutererschiff und vernichtete es. Während Lady Cecelia und einige der Loyalisten mit einem Truppentransporter entkamen, starb meine Mutter jedoch leider bei dem Versuch, anderen zur Flucht zu verhelfen. Sie zog das Feuer der Meuterer auf sich, damit die anderen fliehen konnten.« Brun holte tief Luft. »Die Flotte«, sagte sie, »betrachtet sie als Heldin. Ich verzichte darauf, von Ihnen allen das Gleiche zu fordern ... aber sollten Sie darauf bestehen, sie als Mörderin zu betrachten, so hat sie ihre Schuld doch getilgt, indem sie das eigene Leben für andere gab.«

»Wurden sämtliche Meuterer-Schiffe vernichtet?«, erkundigte sich ein junger Mann aus den oberen Reihen. Brun brauchte nicht erst auf ihrer Liste nachzusehen, um ihn als einen Kimberly-Dwight zu identifizieren, der in ihrem Alter war.

»Nein«, antwortete Brun. »Wir wissen mit Sicherheit, dass es weitere gibt. Aber man glaubt, dass die *Bonar Tighe* das Flaggschiff der Meuterer war.«

»Wie konnten die Gefangenen es außer Gefecht setzen?«, fragte jemand anderes.

»Ich kenne nicht alle Einzelheiten«, sagte Brun. »Admiral Savanche gab jedoch kund, es wäre einer der einfallsreichsten Pläne gewesen, die ihm je zu Ohren gekommen sind.«

»Welcher Kommandeur konnte den Kreuzer vernichten?«, wollte jemand wissen.

»Ich denke, das werden wir den heutigen Nachrichten entnehmen«, antwortete Brun. »Ich habe mich vor allem für das Schicksal meiner Mutter interessiert, wie Sie sich denken können. Es ist... Ich möchte nicht rührselig werden, aber der Tod meines Vaters liegt auch noch kein Jahr zurück.« Diesmal vernahm sie mitfühlendes Gemurmel ebenso wie neugieriges Summen. »Ich spreche mich jedoch gegen den Antrag aus, Ermittlungen gegen meine Mutter zu führen, da sie tot ist und sich dabei offenkundig Ehre gemacht hat.«

Cerion Conselline drängte sich mit älteren Consellines zusammen, darunter Oskar, und wandte sich schließlich an den Sprecher. »Ich ziehe den Antrag zurück«, gab er bekannt. »Ich tue dies aus Rücksicht auf Sera Meager-Thornbuckles kürzlichen Verlust. Ich gedenke jedoch, später erneut einen Antrag einzubringen, da nicht sämtliche der Beihilfe verdächtigen Personen tot sind. Nach wie vor stellt sich die Frage nach einer Verschwörung von Generationisten.« Diese tölpelhafte Drohung erzeugte vereinzeltes Gelächter.

»Ich halte es nach wie vor für eine Lüge«, verkündete Oskar Morrelline. »Sie konnten meine Tochter umbringen, Spione in unsere Fabrik einschleusen ...«

»Gehört das zur Tagesordnung?«, hielt ihm Brun entgegen. Oskar funkelte sie an, hielt jedoch ab jetzt den Mund.

»Der erste Antrag wurde vom Antragsteller zurückgezogen«, verkündete der Sprecher. »Wir wenden uns nun Punkt zwei zu, und ich erteile dem Verteidigungsminister das Wort.«

Irion Solinari, gewöhnlich ein rundlicher, fröhlicher und energischer Mann, wirkte heute grimmig und hatte die füllige Oberlippe eingezogen. »Ser Conselline und Ser Morrelline haben den Vorwurf einer generationistischen Verschwörung erhoben, meine Lords und Ladies. Leider wird das, was ich über mögliche auslösende Faktoren der Meuterei vorzutragen habe, ganz nach einer gegenläufigen Verschwörung klingen, und aus diesem Grund könnten Sie geneigt sein, meine Ausführungen abzutun. Ich bitte Sie jedoch, das nicht zu tun.« Stille; er nahm einen Schluck Wasser und eröffnete seine Rede mit der Geschichte gescheiterter Verjüngungen im Regular Space Service.

»Die ersten Fälle, freiwillige Verjüngungen führender Flaggoffiziere, bereiteten keine Probleme. Später boten wir den restlichen Flaggoffizieren das Gleiche auf freiwilliger Basis an, bis wir fanden, wir hätten ausreichend Daten über Sicherheit und Wirksamkeit des Verfahrens. Danach gingen wir zu Angeboten an die oberen Ränge der Unteroffiziere über, unser wertvollstes Personal im tatsächlichen Gefecht. Vor ein paar Jahren stellten wir zum ersten Mal fest, dass zunächst wenige, später mehr Senior-Unteroffiziere plötzlich mit neurologischen und kognitiven Symptomen zu kämpfen hatten. Mit der Zahl der Fälle wuchs auch die Besorgnis über die Ursachen, und als dann herauskam, dass einige kommerzielle Lieferungen von Verjüngungsmedikamenten fehlerhafte Ware enthielten, wurde das Scheitern solcher Behandlungen Gegenstand einer lebhaften Debatte. Wachsame Beamte ermittelten Zusammenhänge zwischen Medikamentenlieferungen und Fällen geistiger Umnachtung behandelter Personen. Leider entstammte die große Masse von Verjüngungsmitteln für die Flotte in den zurückliegenden sechzehn

Jahren einer einzelnen Quelle, weshalb auch sämtliche verjüngten Mannschaftsdienstgrade als gefährdet gelten müssen.«

»Das ist eine Lüge!«, platzte Oskar heraus.

»Leider ist es die Wahrheit«, entgegnete Solinari. »Eine Intrige der Benignität mit dem Ziel, die Führungsränge der Flotte senil zu machen, würde die Flotte sehr wirkungsvoll schädigen, ohne dass auch nur ein Schuss abgefeuert würde. Wir könnten nicht einmal sicher sein, dass nicht einfach nur ein Irrtum vorläge, eine Maßnahme zur Kostensenkung durch jemanden, der keine Ahnung von den Folgen seines Tuns hatte. Die Flotte leitete unverzüglich Ermittlungen zum Problem gescheiterter Verjüngungen ein; wir wollten natürlich eine Behandlungsmethode finden, um den Verlust an Personal und das Leiden der Betroffenen zu mildern. Ser Thornbuckle willigte in dieses Vorhaben ein, denn er begriff völlig, welche Risiken es mit sich brächte, bis zu einem Viertel des Flottenpersonals zu verlieren – noch dazu das erfahrenste Viertel.«

»Sind die jüngeren Leute nicht ebenso qualifiziert?«, fragte eine junge Stimme hinter Brun; sie wusste nicht, wer sich da zu Wort meldete.

»Qualifiziert sind sie, ja. In einem Krieg geht jedoch nichts über Kampferfahrung. Einer der Gründe, warum wir eine umfassende Verjüngung der älteren Unteroffiziere anstrebten, war, dass wir eine lange Zeit relativen Friedens erlebt haben und so die meisten jüngeren Unteroffiziere nie an einem Gefecht teilnahmen – außer einem Scharmützel hier und da. Wir wollten die entsprechenden Erfahrungen konservieren, um notfalls darauf zurückgreifen zu können.«

»Na ja, ich habe gehört, einer der Gründe für die Meuterei läge an mangelnden Karrierechancen für die jungen Leute«, warf jemand ein.

»Darauf komme ich noch«, sagte Solinari. »Diese Fragen hängen tatsächlich zusammen.« Er wartete, aber niemand sonst unterbrach ihn. »Die Menschen in der Raumflotte sind auch nicht anders als alle übrigen Menschen«, fuhr er fort. »Sie sind sich zum Beispiel nicht einig. Man trifft jüngere Offiziere und Unteroffiziere an, die glauben, die Verjüngung hätte alle Beförderungen eingefroren und hinderte sie an einer normalen Karriere. In gewisser Hinsicht stimmt das. Keine leistungsfähige Flotte kann nur aus Admirale und Master Chiefs bestehen. Verjüngungen von Führungspersonal führten natürlich zu weniger Beförderungsmöglichkeiten und zu längeren Dienstzeiten auf den unteren Rängen. Wenn Sie sich die Struktur über die zurückliegenden hundert Jahre ansehen, stellen Sie fest, dass Beförderungen in den letzten zehn Jahren erkennbar zurückgegangen sind. Ser Thornbuckle hatte vorgeschlagen, eine Langlebigkeitskomponente in die Besoldungsstruktur einzubauen, um so einen Ausgleich zu bieten, aber der Große Rat hatte es nie besonders eilig damit, Mittel für das Militär freizugeben.«

»Ich habe immer dafür gestimmt!«, brüllte jemand.

»Wenn es für neue Schiffe bestimmt war«, wandte ein anderer ein. »Ich habe gehört, was du über Soldzahlungen gesagt hast, Jas!«

»Jedenfalls«, fuhr Solinari fort, ohne sich um die Störung zu kümmern, »bestand gewiss Frustration bei einem nennenswerten Teil der jüngeren Flottenangehörigen. Ob allein das für eine Meuterei gereicht hätte, wissen wir nicht. Als sich jedoch die Nachricht von gescheiterten Verjüngungen bei Mannschaftsdienstgraden ausbreitete, führte das bei den mittleren und oberen dieser Ränge, die sich verjüngt hatten, beinahe zu einer Panik. Als dann Hobart Conselline die Forschungen und die finanziellen Mittel für eine Behandlung stoppte, nährte er damit die Angst, dass die Flotte absichtlich solche gescheiterten Verjüngungen herbeigeführt hätte, um die Karriereleiter neu zu öffnen.«

»Worin bestand denn die Behandlung?«, wollte jemand wissen.

»Einer sofortigen erneuten Verjüngung mit qualitativ einwandfreien Medikamenten«, antwortete Solinari. »Dadurch wurde die körperliche Verfassung auf dem jeweiligen Stand eingefroren. Falls das früh genug geschah, entwickelten sich die Symptome einer gescheiterten Verjüngung gar nicht erst. Aber das war teuer, und um die Qualität der Medikamente sicherzustellen, bezogen wir sie aus einer anderen Quelle als die, die uns die fehlerhaften Mittel geliefert hatte.«

»Angeblich fehlerhafte Mittel«, wandte Oskar ein. Diesmal erntete er damit nur hämisches Glucksen von den meisten anderen im Saal; alle hier wussten über die Probleme auf Patchcock Bescheid, zumindest die kürzlichen: Die Gerichte waren von Klagen verstopft.

»Neben Sorgen um Karrierechancen und gescheiterte Verjüngungen«, fuhr Solinari fort, »besteht ein dritter Grund für Unruhen. Jede militärische Organisation wirkt anziehend auf manche Leute, die ein ungesundes Verlangen nach bestimmten Formen von Macht haben. Da lässt sich Admiral Lepescu ins Feld führen, der zum Brennpunkt für Menschen wurde, die nur den härtesten militärischen Werten Bedeutung beimaßen. Als dann aufflog, dass er Gefangene als menschliche Jagdbeute missbrauchte, stellten wir fest, dass er überall in der Raumflotte Anhänger hatte. Wir eliminierten die von ihnen, die wir enttarnten, aber wir konnten ganz einfach nicht jeden verurteilen, der ihn jemals kennen gelernt hatte.«

»Warum haben Sie ihn nicht früher enttarnt?«, wollte Ser Carruthers wissen.

»Ich würde darauf gern antworten: Weil er vorsichtig war, aber wahrscheinlich waren außerdem seine Vorgesetzten unachtsam und geneigt, seine Tüchtigkeit hinzunehmen, ohne sich seine Methoden genauer anzusehen. Ich weiß, dass militärische Organisationen über alle historischen Epochen hinweg Personen auch dieses Schlages bereitwillig aufgenommen und zu hohen Rängen befördert haben. Wie dem auch sei, wir denken, dass die Meuterei von Menschen ausging, die mehreren der folgenden Kriterien entsprachen: Frustration über mangelnde Karrierechancen, Sorgen über den Missbrauch der Verjüngung und Mitgliedschaft in der Geheimgesellschaft, die Lepescu gegründet hat. Inzwischen liegen auch Beweise dafür vor, dass Solomon Drizh, Kommandant der *Bonar Tighe,* tatsächlich ein Schützling Lepescus war; wir wissen es von Loyalisten, die von Bord gerettet wurden.«

Auf diese Worte folgten Hektik und aufgeregte Gespräche zwischen den verschiedenen Abgeordneten. Solinari wartete, bis es im Saal wieder ruhig geworden war. »Sicherlich müssen wir diese Fragen weiter untersuchen, aber derzeit braucht die Flotte vor allem Ihre Unterstützung bei ihrem Versuch, die Meuterei niederzuschlagen. Dazu braucht sie nicht nur Geld, sondern auch Ihre Verpflichtung auf die Idee der Familias. Wir wissen, dass die Meuterer an einige von Ihnen herangetreten sind und Schutz angeboten oder Drohungen ausgesprochen haben. Wir wissen, dass sie womöglich versuchen werden, Ihre Privatplaneten als Schlupfwinkel oder Nachschubquellen zu nutzen. Wir müssen sicherstellen, dass der Große Rat die loyalen Kräfte der Flotte unterstützt und dass Sie keine Sonderabsprachen treffen ...«

»Na ja, falls Sie uns nicht schützen, müssen wir dort Hilfe holen, wo wir sie erhalten«, meldete sich jemand aus der obersten Reihe.

»Verräter!«, schrie ein jüngerer Barraclough; Brun sah, wie sich Viktor mit finsterer Miene zu ihm hinüberlehnte.

»Das ist nur eine Ausrede, um mehr Haushaltsmittel zu beantragen«, behauptete Oskar Morrelline. »Die ganze Geschichte ist inszeniert . . .«

Innerhalb eines Augenblicks explodierte die unterschwellige Anspannung im Saal zum reinsten Chaos; Abgeordnete sprangen auf, brüllten sich gegenseitig an und schüttelten die Fäuste. Dem Sprecher mangelte es eindeutig an Präsenz, um sie wieder zur Ordnung zu rufen, und er gab schließlich jeden Versuch auf. Brun spürte, dass aus dem Geschrei rasch eine Schlägerei entstehen konnte; sie stand auf und schritt die Stufen zum Zentrum hinab. Sie hatte gehofft, dass es nicht nötig werden würde, aber zur Sicherheit . . .

Sie bemerkte, dass die Leute ruhig wurden, an deren Tischen sie vorbeiging; ein paar sprachen sogar ihren Namen aus. Sie kümmerte sich nicht darum und schritt einher, wie es Miranda getan hätte, kühl und gelassen. Sie wusste, dass Bewegung Aufmerksamkeit weckte und eine Gangart wie ihre – gelassen und nicht bedrohlich – bereits durch den Kontrast zwingend wirkte. Der Lärm hatte schon beträchtlich abgenommen, als sie endlich die unterste Ebene erreichte.

Pearsall rang die Hände und war bleich geworden. Brun lächelte ihn an und streckte die Hand aus. »Darf ich, Ser Pearsall?«

»Es – es ist hoffnungslos«, sagte er. »Sie werden den Sicherheitsdienst rufen müssen, damit er den Saal räumt.«

»Womöglich«, versetzte Brun, »aber es ist einen Versuch wert, oder nicht? Wir mussten in über neunzig Jahren nicht zu einem solchen Mittel greifen.«

Er reichte ihr den Hammer und wich zurück. Brun schaltete sein Mikro ein und sah sich um. Die meisten Streithähne blickten jetzt zumindest ab und an zu ihr herunter, um zu sehen, was da vor sich ging, waren aber noch nicht bereit, ihr zuzuhören. Sie griff in die Nische unter dem Podium, wo – wie Kevil ihr verraten hatte – ein Megafon für Notfälle verstaut war, falls mal der Strom ausfiel. Sie nahm es zur Hand.

»Schluss mit diesem Unfug!« Der Lärm des Megafons brachte alle wenigstens für einen entscheidenden Augenblick zum Schweigen, während sie nachsahen, wer die Flüstertüte in der Hand hielt und was da geschah. Brun ließ die Beleuchtung blinken und fuhr in ruhigerem Ton fort, wenn auch weiter durch das Megafon: »Wir müssen über ernste Fragen diskutieren – und ich meine damit diskutieren und kein wütendes Gebrüll.«

»Wer hat Ihnen gesagt, dass Sie ...!«, legte Oskar Morrelline los.

»Setzen Sie sich, Ser Morrelline, und halten Sie den Mund. Falls Sie sich zu Wort melden möchten, ersuchen Sie durch den erforderlichen Schalterdruck um Redezeit.«

»Sie ...!« Er funkelte sie an, als wollte er gleich herunterspringen und sie niederschlagen, aber von beiden Seiten packten ihn jetzt Männer und drückten ihn auf seinen Stuhl, wobei sie ihm nachdrücklich ins Ohr flüsterten.

»Danke«, sagte Brun. Sie setzte das Megafon ab und stellte das Sprecher-Mikrofon auf mittlere Lautstärke. »Wie ich sehe, brennen zahlreiche Lampen. Bitte warten Sie, bis Sie an die Reihe kommen; bitte beschränken Sie Ihre Ausführungen auf Faktendarlegung oder eine kurze Feststellung der Unterstützung oder Zurückweisung des jeweiligen Vorschlags.« Sie rief die Redner in der Reihenfolge der Anmeldung auf, wie sie sie im Computer verzeichnet fand.

Die Ersten, die noch vor dem Tumult ihre Tasten gedrückt hatten, konnten sich jetzt nicht mehr so recht erinnern, was sie eigentlich hatten sagen wollen. Brun gab ihnen Zeit und drängte sie nicht. Als zehn Personen ausgeredet hatten, beruhigten sich die Übrigen allmählich wie ein störrisches Gespann, das jetzt eine feste Hand am Zügel spürte. Brun gab sich Mühe, nicht zu lächeln, nicht das Triumphgefühl zu zeigen, das sie hatte. Sie blieb ruhig und kühl und absolut fair, bis sich sogar die Consellines dazu überwanden, auf weiteren Sarkasmus zu verzichten und die Sachfragen zu diskutieren. Brun hatte ihrem Vater oft genug dabei zugesehen, wie er genauso handelte. Die Leute so zu langweilen, dass sie sich benahmen, so hatte er das genannt.

Als sich die Debatte über Generationisten und Verjüngte erneut erhitzte, mischte sich Brun ein.

»Das ist ein wichtiges Thema. Wir müssen ein neues Verständnis für unsere staatliche Verfassung entwickeln. Zum gegenwärtigen Zeitpunkt ist es jedoch vorrangig, dass wir überhaupt ein Staatswesen bleiben, ein Gemeinwesen mit funktionsfähiger Regierung. Wir sind damit konfrontiert, dass schwer bewaffnete Kriegsschiffe innerhalb unserer Grenzen umherfahren, jedes davon stark genug, um einen ganzen Planeten als Geisel zu nehmen. Mal angenommen, ein oder mehrere Kommandanten beschließen, einen Kolonialplaneten zu übernehmen? Manche Kolonien verfügen nicht mal über eine effiziente Kommunikation, die über das eigene Sonnensystem hinausreichen würde. Sie alle wissen selbst, dass seit einiger Zeit immer mehr Ihrer Kinder in die Kolonien abwandern; möchten Sie sie der Sklaverei ausliefern?«

»Nein ...«, wurde gemurmelt.

»Die meisten von uns halten Anteile an Handelskonsortien – wenn sie sie nicht gar vollständig besitzen –, die unsere Waren transportieren. Was würde Piraterie aus unseren Gewinnen machen?«

Nachdenkliche Stille trat ein.

»Wir müssen also unsere Grenzen sichern und uns von der Gefahr befreien, die von diesen Meutererschiffen ausgeht. Wir können nicht gebrauchen, dass sie auch noch zur Benignität oder der Bluthorde überlaufen ...«

»Niemand würde dorthin gehen ...«

»Nein? Warum nicht? Falls sie, wie Minister Solinari sagt, einem Kult anhängen, der auf Stärke durch Töten setzt – haben wir dann nicht eine ausgefeiltere Version der Überzeugungen vor uns, wie sie die Bluthorde hegt? Ich kann mir durchaus vorstellen, dass der eine oder andere Meuterer zur Bluthorde überläuft und dort erklärt, wie man die fortschrittliche Technik der gestohlenen Schiffe wartet und nutzt. Ich kann mir auch vorstellen, dass man in der Benignität außerordentlich nervös darüber ist, wie sorglos wir waren.«

Die nachdenkliche Stille hielt sich.

»Also – was schlagen Sie vor?« Das kam von Ronnies Vater.

»Dass wir zunächst der Raumflotte die nötige Unterstützung gewähren, wie Minister Solinari vorschlug, um die Meuterei niederzuschlagen und die Grenzen zu sichern. Sobald wir das getan haben – was nicht lange dauern dürfte –, müssen wir uns diesen übrigen Fragen zuwenden. Wir müssen unseren Nachbarn die Zusicherung geben, dass wir nicht planen, sie territorial zu bedrängen. Wir müssen eine Möglichkeit finden, wie wir mehr Bürgern Karrierechancen eröffnen, besonders den jungen Leuten, deren Entwicklung derzeit gebremst wird von Älteren, die sich wiederholt verjüngt haben; und nicht zuletzt denen, die nicht den Großen Familien angehören, den vielen, die bislang von allen Entscheidungen ausgeschlossen bleiben.«

»Was? Sie möchten den Großen Rat für Außenseiter öffnen?«

»Nicht *Außenseiter!* Menschen, die seit Generationen Bürger unseres Staatswesens sind ... die nur ignoriert wurden. Aber das sollten wir später diskutieren. Jetzt beraume ich erst mal die Abstimmung über Minister Solinaris Antrag an, dass Ermittlungen zunächst ausgesetzt bleiben und der Regular Space Service die nötige Unterstützung erhält.«

»Das können Sie nicht tun.«

»Ich habe es gerade getan.« Brun lächelte Cerion Conselline an. »Ser Conselline, wir wissen alle, dass das Plenum in Unordnung geraten war und es zu Beschimpfungen und nutzlosen Streitereien kam. Es war nötig, die Ordnung wiederherzustellen, und das habe ich getan. Damit habe ich auch die Vollmacht übernommen, über die zur Debatte stehenden Themen zu entscheiden – und gerade habe ich eine Abstimmung anberaumt. Sie können mich später kritisieren, aber derzeit stimmen Sie entweder ab oder enthalten sich der Stimme.«

Brun stand reglos und schweigend dort, während die Ergebnisse nacheinander hereinkamen. Ein Hagel von Neinstimmen der wichtigsten Conselline-Sitze, verstreute Jastimmen kleinerer Häuser und dann ein ganzer Block von Jastimmen der Barracloughs. Dann wieder eine Gruppe Neinstimmen etlicher kleiner Familien unter den Consellines. Brun hatte sich ein klareres Ergebnis erhofft, aber jetzt versprach es knapp zu werden. Plötzlich fiel ihr Unruhe unter den jüngeren Consellines auf. Wahlentscheidungen wurden geändert. Brun hob die Hand. Alle lehnten sich zurück und sahen sie an.

»Verzeihung«, sagte sie, den Blick auf die Displays gerichtet, nicht auf die Tische der Consellines. »Mir fällt auf, dass Entscheidungen revidiert werden – das ist legal, aber ich möchte sicherstellen, dass die Personen, die es sich anders überlegen, dies freiwillig tun, und nicht unter Zwang handeln.«

»Die Änderungen gehen in Ihre Richtung«, gab Oskar zu bedenken.

»Darum geht es nicht«, erwiderte Brun. »Ich bin

nicht hier, um zu gewinnen; ich bin hier, um darauf zu achten, dass Sie alle die Gelegenheit erhalten, nach Ihren tatsächlichen Überzeugungen abzustimmen. Darf ich um Bestätigung bitten?«

Einer der jüngeren Männer unter den Consellines stand auf; Brun nickte ihm zu. »Ich ändere meine Stimme aus eigenem Entschluss, weil ich denke, dass es Zeit wird für eine jüngere Führung.«

Zwei weitere standen auf und erklärten, ohne auf ein Signal zu warten: »Wir schließen uns Jamar an.« Brun nickte erneut und wartete, bis alle sich zu Wort gemeldet hatten, die ihre Entscheidung revidieren wollten. Cerion und Oskar waren weiß um die Lippen geworden, sagten aber nichts weiter.

Als alle Stimmen ausgezählt waren, hatte die Raumflotte ihre Unterstützung mit mehr als zwei Dritteln erhalten. Brun wandte sich an Solinari. »Ser Minister, wir vertrauen darauf, dass Sie der Flotte unsere volle Unterstützung übermitteln.«

»Ja, Sera.« Er lächelte nicht, aber seine Augen funkelten sie an.

In den nächsten Stunden, Tagen, Wochen mühte sich Brun ab, die Repräsentanten der Großen Familien davon zu überzeugen, dass das Wahlrecht erweitert werden musste, und eine Möglichkeit zu finden, wie man eine Gesellschaft organisierte, die langfristig aus nahezu unsterblichen Individuen bestehen würde. Die Erfolge der Flotte gegen die Meuterer halfen ihr; als die Nachrichten von der Vernichtung des Meuterer-Flaggschiffs und der übrigen Meutererschiffe eintrafen, wuchs Bruns Prestige. Als die Flotte auch meldete, welches Schicksal Harlis Thornbuckle ereilt hatte, überlegten es sich die Familien anders, die bislang überlegt hatten, ob sie nicht eigene Wege in der Beziehung zu den Meuterern gehen sollten – und auch das steigerte Bruns Einfluss.

Die jungen, noch nicht verjüngten Leute besaßen ein klares Verständnis von den Problemen, die mit der Verjüngung einhergingen, aber sie waren weniger empfänglich für den Vorschlag, Abgeordnete aufzunehmen, die keinen Großen Familien entstammten.

»Auch sie verjüngen sich«, erklärte ihnen Brun ein ums andere Mal. »Sie werden ebenso lange leben wie eure Eltern und Großeltern, und sie werden nach Macht verlangen. Wir können den Tiger der Verjüngung nicht wieder in die Schachtel zurückstecken. Er ist heraus, und er wird draußen bleiben. Was wir jetzt tun müssen: ein System entwickeln, mit dem die Menschen leben können, sowohl die Verjüngten als auch diejenigen, die gegen die Verjüngung eingestellt sind. Und im Augenblick haben wir dafür die nötigen Stimmen, falls ihr mit mir zusammenarbeitet. Noch findet man mehr nicht verjüngte als verjüngte Repräsentanten.«

Die jungen Consellines, erpicht darauf, von der Verjüngung zu profitieren, waren willens, über die Strukturen einer langlebigen Gesellschaft nachzudenken. Einige religiöse Gruppen widersetzten sich dieser Vorstellung grundsätzlich; Brun hörte sich ihre Einwände an und legte diese Argumente der Pro-Verjüngungs-Fraktion vor. »Es muss für alle funktionieren«, sagte sie, wieder und immer wieder.

Brun sprach auch mit den Verjüngten, die zu einem Gespräch mit ihr bereit waren, und unterstrich dabei ihre Überzeugung, dass wiederholte Verjüngung ihnen besondere Fähigkeiten und eine besondere Verantwortung gab, nicht nur Privilegien. »Sie können es sich leisten, sehr langfristig zu denken«, sagte sie. »Sie können sich selbst überlegen, wie Sie die gewonnene Zeit produktiv nutzen möchten, wie Sie zu den Ressourcen der Gesellschaft beitragen können, statt nur welche zu horten.« Nach ein paar solcher Begegnungen fragte sie sich allmählich, ob diese Leute nicht alle irgendwann schlechte Medikamente erhalten hatten, denn die meisten schienen nicht fähig zu begreifen, wie nötig Veränderungen waren. Ihnen gefiel das Leben, das sie führten; sie konnten einfach nicht glauben, dass ihnen ein Wandel unter Umständen gewaltsam aufgezwungen würde.

»Glauben Sie mir«, sagte Brun. »Wenn Sie erst ausreichend in der Minderheit sind, kommt es nicht mehr darauf an, welche Talente und Fähigkeiten Sie haben. Das habe ich auf Unser Texas gelernt.«

Die erste »Jugendabstimmung« im Rat war es dann, die viele von ihnen überzeugte. Monate harter Arbeit lagen noch vor Brun, aber falls die Flotte ihnen die nötige Zeit verschaffte, war Brun jetzt überzeugt, dass alle letzten Endes kooperieren würden.

Kapitel vierundzwanzig

RSS *Vigilance*

Commodore Admiral Minor Livadhi. Arash betrachtete mit einer Grimasse das eigene Gesicht im Spiegel. Er sah ganz gut aus – große und gepflegte Gestalt wie immer, schmales Gesicht wie gewohnt ... im Grunde richtig gut aussehend. Immer noch dasselbe rote Haar, nur an den Schläfen mit leichtem Silberglanz versehen. Jahrzehntelanger Dienst im Regular Space Service ... Kampferfahrung ... Auszeichnungen ... ein feiner, ehrenwerter Offizier.

Ein feiner, ehrenwerter Vollidiot. Ein Idiot, dessen Torheit ihm inzwischen dicht auf den Fersen war wie ein Jagdhund auf einer Fuchsfährte, wie ein Jäger auf der Spur des Wildes. Er schüttelte plötzlich den Kopf und sah sein Spiegelbild finster an. Zeit, mit der Zauderei Schluss zu machen, mit den Grimassen im Spiegel aufzuhören und etwas zu unternehmen!

Aber alles zu verlieren ... das tat weh. Die Jahre, die Freundschaften, das Vertrauen.

Die Gewissheit seines Schicksals, falls er nichts unternahm.

Im Grunde war alles schon dahin, ehe er es überhaupt bemerkt hatte. Es war in dem Augenblick dahin gewesen, als er sich mit seinen Sorgen über Lepescu an Jules gewandt hatte, war unwiederbringlich dahin, seit er Jules zum ersten Mal einen Gefallen getan hatte, der ihn auch nur um Haaresbreite über die Grenze führte.

Wie früher schon dachte er darüber nach, einfach

auf eigene Faust loszuziehen, aber da die Flotte in Kriegsbereitschaft war, konnte er diese Möglichkeit noch weniger in Betracht ziehen als sonst. Commodore Admiral Minor Livadhi, so gut bekannt, von so deutlicher Erscheinung, konnte nicht einfach auf einem Schiff eine Passage von der Station buchen, ohne dass es jemand meldete ... er musste seinen Geleitzug hinausführen, die ganze Zeit lang im klaren Bewusstsein, dass ihm die Hunde auf den Fersen waren und immer näher kamen.

Den Kontaktcode hatte er über die ganzen Jahre behalten, obwohl er den Kontakt nie selbst hergestellt hatte. Nach dem Fiasko mit dem Kronprinz hatte er es auch nie mehr vorgehabt ... hatte sich sogar bemüht, ihn zu vergessen. In seiner Not projizierte das Gedächtnis den Code jedoch auf die Leinwand des Bewusstseins, so deutlich wie am ersten Tag, den er ihn sich eingeprägt hatte. Vielleicht war er ja in Wahrheit jemand, wie er dank Jules nach dem Gesetz war.

Oder vielleicht blieb ihm das Glück ja treu und existierte auf dieser Station kein Antwortcode. Dann musste er sich in die Rolle des ehrenvollen Offiziers fügen und die naive Beute bleiben, die die Hunde nicht hörte, bis es zu spät war. Er musste die Enttarnung ertragen, die Schande, die Ruinen einer Lebenszeit des ehrenvollen Dienstes dank eines jugendlichen Irrtums. In gewisser Hinsicht wünschte er sich diese Unschuld.

Er nahm Zugriff auf die Datenbank der Station und suchte nach der Nummer, die er nicht zu finden hoffte.

Aber er fand sie. Wie nicht anders zu erwarten, handelte es sich um die Nummer eines unauffälligen Geschäfts, das jeder anrufen oder aufsuchen konnte: Andenken, Geschenke und Blumen. Er rief an und sprach die Worte, die ohne die Kenntnisse in seinem Kopf nichts bedeutet hätten.

Dann musste er auf Antwort warten, in stündlich wachsender Anspannung.

»Ich fürchtete schon, sie würde ohnmächtig«, sagte Oblo und streckte die Tasse aus, damit sie nachgefüllt wurde. »Weiß wie ein Laken ist sie geworden.«

»Du Idiot, Oblo«, sagte Meharry. »Vielleicht wusste sie doch noch gar nichts davon ...«

»Sie wusste tatsächlich nichts, aber das meinte ich nicht. Woher sollte ich es denn wissen?« Sein Tonfall gekränkter Unschuld klang dieses eine Mal echt.

»Du hast schließlich ein Hirn«, sagte Meharry knapp. »Ich wünschte, ich hätte Gelegenheit gehabt, mal mit ihr zu reden.«

»Worüber?«

»Copper Mountain ... Ich habe mich schon gefragt, ob sie mehr gehört hat als ich. Ich wünschte, ich könnte eine Versetzung dorthin erhalten. Mein Bruder ...«

»Deinem Bruder geht es gut, Methlin. Das hast du doch schon gehört ...«

»Mor'n, Oblo, Methlin«, sagte Petris. »Neues von deinem Bruder?«

»Nix«, antwortete Oblo. »Methlin möchte einfach nur losziehen und große Schwester spielen.«

»Eine Versetzung? Ich bezweifle, dass du damit im Moment durchkommst.«

»Ich weiß.« Methlin biss in ein Kuchenröllchen, als wäre es der Hals eines Feindes. »Ich habe schon gefragt. Es hieß nein.«

»Da bist du nicht die Einzige«, erzählte Petris. »Ich habe schon aus dem Büro des Admirals gehört – ich meine Admiral Serrano –, Commodore Livadhi hätte gefragt, ob Heris' alte Besatzung vielleicht gern zu ihr versetzt würde, wo Heris doch so nahe ist. Relativ nahe.« Er nahm einen Schluck Kaffee.

»Möchte uns wohl loswerden, wie?«, fragte Oblo finster.

»Ich denke, es war reine Höflichkeit«, sagte Petris. »Er ist – manchmal fast penibel höflich. Er arbeitet wohl noch dran. Nebenbei: Der Admiral hat abgelehnt.«

»Kein Wunder«, fand Oblo.

»Pass nur auf!«, versetzte Petris lächelnd. »Sie ist die Tante unserer Heris, nicht nur irgendein Admiral ...«

»Wildpferd«, sagte Meharry und lächelte ebenfalls.

»Bin ich auch. Mit allem, was dazugehört. Also, wie schneiden eure Abteilungen im Hinblick auf den nächsten Einsatz ab?«

»Besser«, antwortete Meharry. »Es ist immer noch nicht wieder so ... wie ich es gern hätte, mit den eigenen Leuten. Aber die Neuen sind nicht schlecht, und auf der ersten Fahrt haben sie sich richtig integriert.«

»Gut. Nach dem, was ich höre, können wir diesmal da draußen mit Ärger rechnen.«

»Habe ich auch gehört«, sagte Oblo, der über Quellen verfügte, die nur er selbst kannte. »Mir ist zu Ohren gekommen, dass einige Meuterer mit Freihandels-Unternehmen ins Geschäft zu kommen versuchen, sogar mit großen Konsortien. Jeder, der nicht unterschreibt, bezieht auf der nächsten Fahrt Prügel.«

»Der Commodore ist nicht übel«, sagte Meharry nachdenklich und rührte dabei ihren Kaffee um. »Ich habe gehört, er verfügte über ein gutes Gespür im Kampf. Nicht so gut wie Heris, aber ...«

»Das können wir nicht wissen, Methlin«, wandte Petris ein. »Seine Dienstakte ist gut. Und Heris hat ihn gemocht, auch wenn sie ihm nicht völlig über den Weg traute.«

»Er hat uns damals aber gerettet«, bemerkte Oblo.

»Yeah – war irgendwie komisch, dass er dort auftauchte, aber ich meckere nicht, wenn ich Glück habe.

Jedenfalls wäre es prima, wenn wieder alles glatt geht, die Crew ihre Arbeit macht und uns niemand aus einem unerwarteten Winkel angreift.«

»Das wird niemand, solange wir Koutsoudas an den Sensoren sitzen haben«, sagte Meharry.

Der Geleitzug folgte seinem Kurs, eine Reihe von Transportern und Frachtschiffen wie Perlen an einer Schnur, geschützt von der *Vigilance* und ihrer Schar aus Patrouillen- und Geleitschiffen. Der ursprüngliche Plan, jedem Konvoi zwei Kreuzer mitzugeben, war an zu wenig Kreuzern gescheitert. Das machte die verbesserte Geschützbestückung der *Rascal* besonders wertvoll, und Livadhi postierte sie ans Ende der Reihe, wo ein zweiter Kreuzer seinen Platz gehabt hätte. Der ganze Zug musste sich mit dem Tempo der langsamsten Schiffe begnügen, in diesem Fall zwei der Kugeltransporter, wie sie das Boros Konsortium benutzte, voll beladen mit Kriegsmaterial für die Grenzstationen. Esmays relativ junge Besatzung bekam reichlich Übung mit genau abgestimmten Sprungeintritten und -austritten und bei der Interpretation der Daten, die von den Fernsensoren geliefert wurden. Nach den ersten beiden Sprüngen fühlte sich Esmay allmählich nicht mehr wie ein Schauspieler, der seine Rolle spielte, sondern mehr wie ein richtiger Kommandant. Die Mannschaft schlug sich gut; Esmay hatte Zutrauen in sie.

Koutsoudas entdeckte Methlin Meharry in der Messe der Mannschaftsdienstgrade und setzte sich neben sie. »Meharry, kann ich mit dir reden?«

Sie bedachte ihn mit einem dieser Blicke. »Du hast doch eine Stimme, 'Steban, oder? Was ist los?«

»Ich weiß nicht, aber ich werde noch verrückt, wenn ich niemandem davon erzählen kann.«

»Hmm. Ist hier der geeignete Platz dafür?«

»Vielleicht nicht. Wohin gehen wir?«

»Hast du dienstfrei?«

»Ja.«

»Dann in zwei Stunden im Pausenraum für Geschützstellung drei. Bis dann!« Meharry schlug mit der flachen Hand auf den Tisch und ging ohne ein weiteres Wort. Sie machte ihre Runden, begegnete dabei wie üblich Oblo und deutete an, es wäre vielleicht besser, wenn er dazukam.

»Brauchen wir Petris?«, fragte er.

»Bezweifle ich«, sagte Meharry. »Wahrscheinlich setzt jemand den Kleinen wegen irgendwas unter Druck, und er möchte einfach Dampf ablassen. Du sollst nur zur Sicherheit kommen.«

»Verstanden.« Sie gingen ihrer getrennten Wege.

Zwanzig Minuten vor Ablauf der zwei Stunden schlenderte Meharry in die Pausenkabine und beugte sich über die Schultern der beiden Corporals, die gerade ein Kabelmodell der Strahlenhauptleiter studierten. »Da muss etwas poliert werden«, sagte sie.

»Sir? Was, Sir?«

»Finden Sie etwas«, empfahl ihnen Meharry. »Und polieren Sie es gründlich.«

Der Schlauere der beiden blinzelte und fragte: »Sir, irgendeine Vorstellung, wie lange wir daran arbeiten müssen?«

»Anderthalb Stunden müssten reichen«, antwortete Meharry. Die Corporals entfernten sich, und sie machte sich an die Arbeit. In fünf Minuten hatte sie die Kabinensensoren ausgeschaltet, die jeden Vorgang hier hätten aufnehmen sollen. Oblo tauchte acht Minuten später auf und kontrollierte ihre Maßnahmen, ehe er sich auf einen der Stühle setzte, der unter seinem Gewicht knarrte. Ein Pivot mit einem Becher in der Hand wollte eintreten, entdeckte sie und zog sich wortlos zurück.

Sie schwatzten über belanglose Dinge, bis Koutsoudas erschien. Er hatte seine Werkzeugtasche dabei und holte einen seiner Zylinder daraus hervor.

»Du traust uns nicht?«, fragte Oblo und zog eine Braue hoch.

»Sprich mit mir nicht über Vertrauen«, erwiderte Koutsoudas. Meharry konnte nicht erkennen, ob er wütend oder ängstlich war oder beides. Ehe sie etwas sagen konnte, fuhr er eilig fort: »Das ist alles noch ganz unklar, nichts wirklich Handfestes. Ich möchte auch nicht, dass da etwas Handfestes dran ist, aber ihr müsst unbedingt davon erfahren.«

»Kannst du uns dazu ein Hauptwort nennen?«, fragte Meharry in schleppendem Tonfall. »Ein Thema?«

Koutsoudas blickte zur offenen Luke hinüber, als erwartete er, dass ein Mörder hereinkäme. Dann wandte er sich wieder Meharry zu. »Die Brückencrew steht kurz davor, die Nerven zu verlieren.«

»Wieso? Wir haben doch keine Schlacht erlebt, ohne dass ich es mitbekam, oder?«

»Nein. Es ist – Livadhi. Der Commodore. Irgendwas stimmt da nicht; er ist nicht mehr, wie er früher war.«

Meharry empfand auf einmal ein Schlingern in der Magengegend, gefolgt von einem Gefühl der Zufriedenheit. Also doch. Alle Welt hatte ihr erzählt, wie toll er war, aber trotz völlig fehlender Beweise für das Gegenteil hatte sie ihn nie ins Herz schließen können. Und ihre Instinkte hatten Recht behalten.

»Was tut er denn?«, fragte sie und forderte Oblo mit einem Blick auf, erst mal den Mund zu halten.

»Schwer zu sagen. Vor allem ist er ... reizbar. Nervös. Alles läuft prima, aber er ist so angespannt, wie ich ihn noch nie erlebt habe. Ich sage es nur ungern ... ich kenne ihn seit Jahren und diente unter ihm, ehe er mich zu Commander Serrano schickte, und ich habe ihn noch nie so erlebt. Irgendwie habe ich das Gefühl, dass es nicht richtig ist, dir davon zu erzählen, aber ich habe auch das Gefühl, dass es nicht richtig ist, was immer da vorgeht.«

»Was sagt Kommandant Burleson dazu?«

»Er wird selbst immer nervöser, so, wie Livadhi auf jeden losgeht. Wir haben auf der Brücke inzwischen Angst, noch mehr zu sagen als nur ja, Sir und nein, Sir, und dabei war es dort schon ganz freundschaftlich zugegangen. Du weißt ja, wie das ist ...«

Das wusste Meharry tatsächlich. Alle ihre Instinkte waren aufgesprungen und fuchtelten mit den Armen. Sie sah Oblo an. Sein Gesicht verriet nichts, aber seine Augen – ja, auch seine Instinkte waren angesprungen.

»Hat Livadhi irgendwas getan – was auch immer –, das nicht richtig wäre? Irgendwelche fragwürdigen Befehle erteilt?«

»Nein. Ich kann gar nicht glauben, dass ich ihn dazu überhaupt für fähig halte, aber – falls er verjüngt wäre, würde ich mir Sorgen um ein Scheitern der Behandlung machen.«

»Irgendein interessanter Funkspruch?«, fragte Oblo.

»Was meinst du damit?«

»Hat er irgendeinen ungewöhnlichen Funkspruch abgesetzt? Über den Geleitzug hinaus, womöglich gar zu einem ungewöhnlichen Empfänger?«

»Ich überwache seinen Funkverkehr nicht«, wandte Koutsoudas rasch ein. Dann setzte er hinzu: »Ich finde es heraus. Falls du es für wichtig hältst.«

»Das könnte es sein.«

»Du gehst jetzt besser«, sagte Meharry zu Koutsoudas. »Wir sprechen uns wieder.«

»In Ordnung. Ich ... brauchte nur jemanden zum Reden.«

»Wir stehen dir bei, 'Steban. Wir lassen nicht zu, dass was Schlimmes passiert.«

Nachdem er gegangen war, wandte sie sich an Oblo. »Ich habe mich geirrt. Wir brauchen Petris doch. Falls da irgendwas vorgeht, falls dieser Mistkerl irgendwas gegen uns im Schilde führt ...«

»Er wird Heris nicht um ihr altes Schiff bringen«, stellte Oblo fest.

Einige Tage später übergab Koutsoudas Meharry einen Datenwürfel mit Livadhis komplettem Funklog, das sowohl die erhaltenen wie die gesendeten Nachrichten enthielt. Als sie den Würfel ins Lesegerät gesteckt hatte, fand sie heraus, dass Koutsoudas den einzelnen Einträgen Anmerkungen hinzugefügt hatte: hier eine Richtfunkmeldung an das eine oder andere Schiff im Geleitzug, dort eine Richtfunkmeldung an ein Flotten-Ansible mit einem Empfängercode, der aufs Oberkommando hindeutete. Eingehende Übermittlungen eines Flotten-Ansibles mit einem Herkunftscode, der fürs Oberkommando stand. So weit, so gut. Dann ein ziviler Herkunftscode ... Livadhis Frau, hatte Koutsoudas dort angemerkt. Alle paar Tage eine Nachricht von seiner Frau.

Meharry runzelte die Stirn. War Livadhi verheiratet? Irgendwie hatte sie ihn immer als Single eingestuft. Sie sah sich die Nachrichten kurz an; sie waren nicht verschlüsselt und drehten sich um Alltagsfragen. Seine Gattin ließ einen neuen Teppich verlegen; sie war überzeugt, dass er ihm gefallen würde, denn er hatte die gleiche Farbe wie der alte. Der Preis von Schneckenfischflossen war kometenhaft gestiegen; sie vermutete, dass die Meuterei daran schuld war. Sein Onkel, ein Admiral im Ruhestand, war zu Besuch gekommen und hatte eine Stunde lang über die politische Lage gesprochen; er war überzeugt, dass nichts von alldem geschehen wäre, läge die Macht noch beim alten König und bei Admiral Lepescu. Das jüngste Kind ihrer Schwester hatte einen Musikpreis gewonnen. Sie bedankte sich, dass er ihr ein Abschiedsgeschenk aus dem Hauptquartier von Sektor VII geschickt hatte, aber wusste er denn nicht, dass die Versandgebühren den Preis verdreifacht hatten? Sie wäre mit der üblichen Schachtel Süßigkeiten vom örtlichen Konditor zufrieden gewesen. Das emaillierte Kästchen war hübsch, aber seine Gattin verstand die Nachricht auf dem Papier im Inneren nicht; oder hatte das Geschäftspersonal sie nur zufällig darin liegen lassen?

Meharry stutzte und las diese Meldung noch einmal. Livadhi schickte normalerweise Süßigkeiten, hatte diesmal aber ein Kästchen gewählt? Na ja ... vielleicht dachte er, seine Frau freute sich über eine Abwechslung. Obwohl sich jede Frau, die sich bei einem neuen Teppich für exakt die gleiche Schattierung entschied, wie sie der alte gehabt hatte, wahrscheinlich auch keine neuartigen Geschenke wünschte. Und sicherlich wusste Livadhi das – auch wenn Meharry im Zuge einer langen Laufbahn zahlreiche Ehen auf den Untiefen der Ahnungslosigkeit hatte stranden sehen. Menschen kannten einander nicht allein deshalb besser, weil sie durch einen gemeinsamen Namen aneinander gebunden waren. Eine unverständliche Nachricht im Kästchen? Höchstwahrscheinlich, wie seine Frau dachte, nur ein Fehler des Geschäftspersonals.

Aber warum ein emailliertes Kästchen über solche Entfernungen verschicken? Warum dieses Kästchen? Wie lautete die unverständliche Nachricht?

Sie fuhr am Bildschirm hinunter und fand sie. Livadhis Frau hatte sie mitgeschickt, nur für den Fall, dass sie von ihm stammte und er bereit war, eine Übersetzung zu liefern. Eine Folge von Zahlen und Buchstaben. Das sah ganz nach einer Sprungpunkt-Adresse und einem Ansible-Zugriffscode aus. Koutsoudas' vorsichtige Anmerkung sagte, dass ein solcher Sprungpunkt und ein solcher Ansible-Code tatsächlich aktenkundig waren, aber er könne nicht nachweisen, dass der Verfasser sie mit dieser alphanumerischen Reihe hatte darstellen wollen.

Meharry ging das Log weiter durch. Da – Koutsoudas hatte den Hinweis hervorgehoben, dass der Konvoi einen Sprungpunkt mit genau den Koordinaten aus der Nachricht von Livadhis Frau passiert hatte ... und im dortigen Sonnensystem hatte Livadhi mit Hilfe des Codes eine Nachricht vom Ansible abgerufen. Diese Nachricht lautete im Klartext: »Ware nicht zustellbar; Empfänger an der genannten Adresse unbekannt. Rückerstattung im nächsten Hafen möglich.«

Recht harmlos, aber die Codes waren in einem Kästchen enthalten gewesen, dass man zugestellt *hatte.* Welche Waren konnten nicht zugestellt werden? Für das Kästchen galt das nicht. Etwas anderes? Warum kaufte Livadhi auf einmal im Hauptquartier von Sektor VII Geschenke und verschickte sie über Lichtjahre? Und kein Zivilist dürfte die Koordinaten der Sprungpunkte kennen, die der Geleitzug passierte; kein Zivilist dürfte in der Lage sein, eine Nachricht zu schicken, die den Konvoi erreichte. Oder dürfte wissen, welcher Hafen als Nächstes angelaufen wurde, um dort Geld zu erstatten.

Meharry las sich den Rest durch. Nichts weiter zu finden, was nicht gepasst hätte. Am Ende der Liste folgte noch Koutsoudas' Notiz, dass der nächste Hafen für den Geleitzug Station Mindon war. Meharry dachte darüber nach, zog den Würfel aus dem Lesegerät, steckte ihn sich in die Tasche und schlenderte zielstrebig los, um Oblo zu suchen. Sie wusste, dass er und Petris sich regelmäßig in der Turnhalle zum Sparring trafen.

Sie entdeckte ihn, als Petris gerade in wenigen Metern Entfernung die Leiter heruntergestiegen kam. »Machst du mit, Methlin?«, fragte Petris.

»Du solltest«, fand Oblo. »Wie lange hast du jetzt kein Sparring mehr mit mir gemacht?«

»Geht nicht«, lehnte Meharry ab. »Bin im Dienst. Hab euch gerade einen Unterhaltungswürfel mitgebracht – wonach ihr mich ja gefragt hattet.«

Petris musterte sie scharf. »Doch nicht *Brücke zum Mond?*«

»Nein ... das konnte ich nicht finden. Es ist *Enttarnung des Verräters* von Michelline-Hernandez mit diesem gut aussehenden Schauspieler – Simon irgendwas – in der Rolle des Generals.« Ein solcher Abenteuerstreifen existierte natürlich. Meharry hätte sich nie zu einer billigeren Fassade herabgelassen. Sie reichte Petris den Würfel und ging zurück an die Arbeit, wobei ihr eine Zeile des Stücks, das auf diesem Würfel gar nicht zu finden war, im Gedächtnis klang: *Es kann nicht sein, dass Ihr, mein General, uns verraten habt!*

»Wäre nicht zum ersten Mal«, brummte sie.

Als der Absprung in das Sonnensystem von Station Mindon erfolgte, deren komplizierte Geometrie mit dem Reif zahlreicher Ventilationsöffnungen glitzerte, hatten sowohl Petris als auch Oblo den Datenwürfel durchgesehen. Drei Tage, bevor sie die Station erreichten, trafen sie sich mit Koutsoudas in der Turnhalle.

»Was geht inzwischen da oben vor, 'Steban?«, fragte Petris.

Koutsoudas senkte den Blick. »Alles ganz schön ... angespannt. Die *Rascal* kam mit fünf Minuten Verspätung aus dem Sprung – ein gutes Stück innerhalb der erlaubten Grenzen, besonders da diese beiden Boros-Schiffe drei Minuten zu spät kamen und die *Rascal* schließlich hinter ihnen bleiben sollte, aber er hat Kommandantin Suiza zur Schnecke gemacht, als hätte sie irgendwas Schlimmes angestellt.«

»Wie hat sie es aufgenommen?«, wollte Oblo wissen.

»Was sollte sie schon sagen? Sie hat an den richtigen

Stellen ja, Sir oder nein, Sir oder Verzeihung, Sir gesagt. Sechs Stunden später hat er sie wieder angefunkt und den Netten gemimt: ob sie ihn wohl gern zum Höflichkeitsbesuch beim Stationskommandanten begleiten würde und so weiter. Sie reagierte ganz höflich und nannte ihm ihre geschätzte Ankunftszeit – natürlich hängt die *Rascal* hinter allen anderen zurück, gute vierzehn Stunden Minimum, ehe sie die Station erreichen kann, und er sagt, machen Sie sich nichts daraus, Sie können weiter draußen Patrouille fahren wie bislang schon.« Koutsoudas brach ab. Petris wartete. »Das sieht ihm gar nicht ähnlich, Sir. So habe ich ihn noch nie erlebt. Er war schon immer ein harter Hund und ein bisschen pingelig, ja. Aber jemanden unfair herunterzuputzen, dann sechs Stunden lang keinen Ton zu sagen und dann einen so dummen Fehler zu machen, als wüsste er gar nicht, wie weit sie zurückhängt ...«

»Was, wenn es gar kein Fehler war?«, gab Meharry zu bedenken. »Was, wenn er nie vorhatte, sie mitzunehmen, und es nur eine lahme Ausrede war?«

»Das sähe ihm auch nicht ähnlich«, wandte Koutsoudas ein. »Sieh mal – du weißt ja, wie ich mich fühlte, als er mich zu Commander Serrano schickte. Ich war sein Lieblings-Scannertech, seit ich die Grundausbildung hinter mir hatte und auf seinem Schiff gelandet war. Ich wollte ihn nicht verlassen ... aber ich musste einsehen, dass Commander Serrano ihm als Schiffskommandant verdammt gut das Wasser reichen konnte.« Er sah sich um und ergänzte verlegen: »Okay! Eine bessere Kommandantin sogar, aber nicht viel besser. Ich kenne Livadhi – den alten Livadhi –, von dem ihr gar keine Ahnung habt. Und er hat sich wirklich verändert.«

»Was sollen wir deiner Meinung nach unternehmen, 'Steban?«

»Mir sagen, dass ich mich irre«, antwortete er kläglich. »Mir sagen, dass ich mir alles nur einbilde, dass alles okay mit ihm ist, dass er unmöglich irgendwas im Schilde führen kann ...«

»'Steban«, sagte Meharry ungewohnt sanft. »Wir zweifeln nicht an deiner Loyalität. An irgendeiner Loyalität von dir. Aber du musst den Tatsachen ins Gesicht sehen, die dir nicht schmecken. Falls er sich verändert hat, falls irgendwas im Busch ist ... können wir es nicht ignorieren. Du kannst es nicht ignorieren.«

»Das weiß ich«, sagte er und blickte dabei aufs Deck. »Nur ... ich hasse es – besonders, da ihr ihn vorher nicht kanntet.«

»Ich habe ihn während des letzten Einsatzes kennen gelernt«, entgegnete Petris. »Da hat er sich ganz gut geschlagen. Natürlich halte ich Heris weiterhin für besser, aber du hast Recht – sie ist ihm nicht weit voraus. Ich halte ihn für einen guten Offizier. Ist es das, was du hören wolltest?«

»Ja. Ich musste mich an euch wenden; ich vertraue euch schließlich ... aber ich kann nicht ... Ich musste erfahren, ob ihr ihn nicht einfach nur ablehnt, weil er hier ist und Heris nicht.«

»Natürlich nicht!«, erwiderte Petris. »Mann, ich bin vielleicht Heris Serranos – Freund, aber trotzdem ein Profi. Ein guter Offizier ist ein guter Offizier.«

»Also okay. Was haltet ihr von dem Kommunikationslog?«

»Verheerend«, sagte Meharry und kam damit Petris knapp zuvor.

»Yeah, das denke ich auch. Ich habe mit keinem der Offiziere darüber gesprochen, aber Sim, einer der Komtechs, ist ebenfalls darüber besorgt.«

»Es könnte trotzdem ganz harmlos sein«, sagte Petris und spielte damit den Advocatus Diaboli. »Ich meine, mal angenommen, er hätte ... einfach nur so was wie eine Vorahnung und deshalb beschlossen, seinen

Bekannten spezielle Geschenke zu schicken, und eines davon war unzustellbar. Vielleicht ist man im Geschäft davon ausgegangen, seine Frau würde die Nachricht im Kästchen weitergeben.«

»Ohne Anleitung? Nur eine Liste aus Zahlen und Buchstaben?«

»Na ja, sie hat sie schließlich weitergegeben. Vielleicht ist so was früher schon passiert ...«

»Nicht während der letzten Fahrt«, wandte Koutsoudas ein. »Ich habe Sim gefragt.«

»Wie nimmt Kommandant Burleson das alles auf?«

»Er ist auch nervös. Er ist ein alter Livadhi-Mann wie ich, und das Gleiche gilt für unseren Ersten und Zweiten Offizier.«

»Ich wünschte, wir hätten Mackay an Bord«, sagte Petris. »Er kennt uns und wir kennen ihn ... Wir sind hier in einer heiklen Lage. So, wie wir reden, könnte man uns für Verschwörer halten ...«

»Wir sind nicht die, die hier Schwierigkeiten machen«, sagte Oblo.

»Doch, sind wir. Nach offizieller Sicht jedenfalls. Während eines Krieges oder einer Meuterei so kritisch über einen Kommandanten zu reden ... und das Letzte, was die Raumflotte braucht, ist eine weitere Meuterei an Bord eines Schiffes.«

»Das Letzte, was die Raumflotte braucht, ist ein weiteres Schiff, das zu den Meuterern überläuft«, hielt ihm Meharry entgegen.

»Oder zu jemand anderem«, sagte Koutsoudas.

»Was meinst du damit?«

»Ihr wisst schon ... Ich habe noch nie mit jemandem darüber gesprochen, warum Livadhi mich loswerden wollte. Ich weiß, dass er Commander Serrano sagte, ich hätte Probleme ...«

»Also?«

»Ich hätte gar nicht mehr daran gedacht, wäre jetzt

nicht diese Geschichte im Gang. Wollte nie mehr darüber reden ...«

»'Steban, falls du nicht endlich damit herausrückst, quetsche ich jeden Tropfen aus dir heraus!«, drohte Oblo.

»Es geschah gleich, nachdem ich diese Sensoren-Erweiterung ausgetüftelt hatte, die mir bei Absprung-Messungen einen kleinen Vorsprung verschafft. Plötzlich befahl uns Livadhi, Kurs auf den *Schacht* zu nehmen, als wollten wir die Schwerkraft-Anomalie dieses Sprungpunkts nutzen, um umzuschwenken, aber dann flogen wir direkt hinein. Wie sich herausstellte, taten wir es, um Commander Serrano und die *Sweet Delight* zu retten ...«

»Und was ist damit?«

»Na ja, damals hattet ihr den Prinzen bei euch, erinnerst du dich?«

»Ich entsinne mich«, sagte Petris und warf Oblo einen Blick zu.

»Na ja, nachdem wir diesen Benignitäts-Schiffen eins übergebraten hatten – und glaubt mir, wir haben ganz schön geschwitzt dabei, sie auf ihrem eigenen Gebiet anzugreifen! –, fand ich Gelegenheit, mir zu überlegen, woher Livadhi gewusst hatte, wo er nachsehen sollte.« Er holte tief Luft. »Ich hatte damals einen Kumpel am Funk, und wir haben uns die Sache von allen Seiten angeschaut, um herauszufinden, woher er es wusste oder ob er einfach nur Glück gehabt hatte. Dann sagte ich eines Tages direkt etwas zu Livadhi, und er ging auf mich los und sagte mir, ich sollte die Klappe halten, falls ich Wert auf meine Freiheit legte. Er hätte geheime Befehle gehabt, von denen niemand etwas wissen dürfte; außerdem sollte ich vielleicht besser für einige Zeit von Bord gehen, während er versuchte, meinen Schnitzer unter den Teppich zu kehren. Ich weiß nicht, was er euch sagte ...«

»Er hätte gehört, uns lägen schlechte Daten von Rotterdam vor ...«

»Könnte er nicht gewusst haben. Wir waren nie in der Nähe von Rotterdam«, sagte Koutsoudas.

»Möchtest du damit sagen, dass ...«

»Ich dachte mir damals, es wären Geheimbefehle. Ich hatte keinen Hinweis auf etwas anderes. Aber heute ...«

»Die Benignität«, sagte Oblo.

»Hoffentlich nicht!«, meinte Petris, aber eine tiefe Unruhe in ihm sagte, dass seine Instinkte in diese Richtung gingen. »Was für ein Mist das wäre!«

»Das ist es«, sagte Oblo. »Gestehe es dir ruhig ein ...«

»Das tue ich«, sagte Petris. Die Folgerungen breiteten sich wie eine knospende Blüte vor seinem geistigen Auge aus. »'Steban, als du uns bei Naverrn eingeholt hast ... *hattest* du auch dafür Befehle?«

»Natürlich«, antwortete Koutsoudas. »In Anbetracht der Tatsache, dass der Prinz an Bord war ... oder zumindest einer der Klone.«

»Na ja, das ist eine Erleichterung.« Allerdings keine große. Petris ging die ihm bekannten Namen durch. Arkady Ginese und Meharry in der Geschützabteilung, Oblo und Issigai Guar in der Navigation, Koutsoudas an den Sensoren, sein Kumpel Sim am Funk, er selbst in der Technik ... bei weitem nicht genug Leute. Andere, die auch zu Heris' Mannschaft gehört hatten, schenkten ihnen vielleicht ihr Vertrauen, ein Vertrauen aus zweiter Hand, aber wie viele? Falls Livadhi zum Verräter wurde, was unternahm er wohl?

»'Steban, wir behalten die Dinge zunächst nur im Auge. Nach wie vor haben wir keinen echten Beweis. Sobald er zu dem Höflichkeitsbesuch von Bord geht, sag uns unbedingt Bescheid!«

»Klar, Sir.« Koutsoudas wirkte jetzt entspannter, nachdem er sein Problem jemandem mitgeteilt hatte, der

Verantwortung übernehmen konnte. Petris wünschte sich wieder mal, er hätte auch jemandem, dem er diesen Schlamassel hätte vorlegen können. Als Koutsoudas gegangen war, wandte er sich an Meharry.

»Informiere Arkady und überleg dir, wem du sonst noch traust und wer dir traut. Oblo, du sprichst mit Issi und tust das Gleiche. Ich kümmere mich um Padoc. Wir müssten unsere Dienstzeiten so wechseln können, dass jederzeit jemand aufpasst, sobald wir erst mal wissen, wer auf unserer Seite steht.« Damit erkaufte er sich Zeit, um nachzudenken.

»Ich frage mich, was sie wohl sagen würde«, stellte Meharry fest. Sie alle wussten, wen sie damit meinte.

»Ich mich auch«, sagte Petris. Er hatte sich noch nie so allein gefühlt.

»Er ist von Bord gegangen«, murmelte Oblo in sein Kom-Gerät. »Ich hab die erste Schicht in der Navigation, und Keller ist auf der Brücke. Burleson begleitet den Admiral.«

»Okay. Wer übernimmt die Ehrengarde?«

»Niemand von uns.« Oblo las den Dienstplan vor. Keiner von Heris' alter Mannschaft, überhaupt nur einer, der unter ihr gedient hatte.

»In Ordnung. Halte uns auf dem Laufenden.«

Petris wandte sich von seinem Kom-Gerät ab. »In Ordnung, Leute, der Admiral ist unterwegs zur Station, um seinen Höflichkeitsbesuch abzustatten. Sie kennen den Drill: Der systeminterne Antrieb läuft weiterhin warm, während wir die Überlichttriebwerke untersuchen. Ich muss mich an die Meldung setzen; Sie kennen ja meinen Code, falls Sie mich brauchen.«

»Klar, Sir.« Chief Coggins nickte.

Petris piepte Meharry an. Weder sie noch Ginese hatten derzeit Dienst, was die Sache erleichterte. Hoffte er jedenfalls.

Sie trafen sich in der Pausenkabine der Technikabteilung. Petris schaltete den Computer ein und startete seinen Bericht; Meharry kümmerte sich um die Sensoren, obwohl sie vermutete, dass Oblo deren Daten auf der Brücke abfangen konnte.

»Irgendwas Neues?«, fragte Petris über die Schulter.

»Oblo und Sim haben Daten aus dem Kommunikationsnexus der Station gesaugt«, antwortete Koutsoudas. »Dazu gehört eine Nachricht an Livadhi. Sie ist verschlüsselt.«

»Ursprung?«

»Nicht sicher zu ermitteln. Diese Station entfernt automatisch die Herkunftskennung.«

Arash Livadhi begegnete dem Repräsentanten der Flotte – einem weiteren kürzlich beförderten Admiral Minor – und dem zivilen Stationsmeister. Die Begrüßungsrituale, der Austausch höflicher Floskeln, das Servieren leichter Erfrischungen gingen ihm stärker auf die Nerven als je zuvor. Die förmliche Übertragung der Verantwortung für den Geleitzug, die unvermeidlichen Stunden, in denen man über die aktuellen Nachrichten schwatzte, die Wahrscheinlichkeit von Milizeinsätzen hier draußen, die kürzlichen Schwankungen im zivilen Handel – um 47 Prozent gesunken, was ausgerechnet zu einer Knappheit an Säuglingsbedarf geführt hatte ... all das trieb Livadhi beinahe zum Wahnsinn. Was scherte er sich um Säuglingsbedarf? Menschen hatten schon jahrhundertelang überlebt, da war er sicher, ehe jemand Wegwerfwindeln und -fläschchen erfand.

Admiral Minor Ksia lud ihn zum Abendessen ein, und Stationsmeister Corfoldi drängte ihn zu einem Besuch der Stationsgärten ... »Wir sind sehr stolz auf unsere Sammlung an Orchideen; Sie werden feststellen, dass sie einzigartig ist.« Livadhi nahm die Einladung an – es wäre seltsam gewesen, hätte er es nicht getan – und willigte ein, sich bis dahin in den Gärten die Beine zu vertreten.

»Und ich könnte ja auch mal Ausschau halten, ob ich nicht etwas für meine Frau finde.«

»Aber Commodore, es ist schon so, wie ich sagte ... da es den Handel so schwer getroffen hat ...«

»Ich bin überzeugt, dass ich etwas finde«, entgegnete Livadhi. »Sie freut sich über jedes kleine Souvenir von Orten, die ich besucht habe.«

Endlich konnte er aus dem Büro verschwinden und spazierte nun durch eine Station, auf der es viel weniger belebt zuging als auf den meisten. Kommandant Burleson war auf das Schiff zurückgekehrt, was auch korrekt war. Livadhi überlegte, ob er seine Eskorte nicht auffordern sollte, ihn allein weitergehen zu lassen, aber das wäre ganz ungewöhnlich gewesen, und er konnte es sich nicht erlauben, so aufzufallen.

Die Gärten wirkten düster auf ihn, aber die blühenden Orchideen – luftige Kaskaden weißer Blüten, die an den Zweigen hingen, oder seltsam dornige gelbe Formen, die sich darunter über den Boden zogen – fesselten kurz seine Aufmerksamkeit.

Die Einkaufspassage hinter den Gärten war fast leer. Livadhi spazierte in Miers Feines Porzellan und suchte ziellos in den Gängen herum. Hinter einem Ladentisch hervor betrachtete ihn teilnahmslos eine Angestellte, als wüsste sie schon, dass er nicht vorhatte, etwas zu kaufen. Als Nächstes suchte er Charlottes Süßwaren auf und erstand dort eine Kiloschachtel mit verschiedenen Trüffeln, um sie als Gastgeschenk zum Dinner mitzunehmen. Ein kurzer Blick genügte für die Feststellung, dass die Kom-Nummer jedes Geschäfts auf der Ladenfront aufgemalt war ... und so schlenderte er weiter und suchte dabei kurz fast jedes der Geschäfte auf, bis er die gesuchte Nummer entdeckte. Micasio war eine Kunstgalerie. Perfekt.

Zu diesem Zeitpunkt war seine Eskorte, wie er vermutete, bereits fußwund und müde. Er wandte sich zu den Leuten um. »Ich sehe mal nach, ob ich dort alte Drucke finde«, sagte er. »Meine Frau ist verrückt nach Sid Grevaire, und manchmal findet man in diesen Grenzgalerien alte Sachen, die sie im eigenen Sonnensystem nicht verkaufen konnten. Wahrscheinlich brauche ich eine Stunde, um mich dort umzusehen – warum suchen Sie sich nicht was zu trinken, und dort finden Sie auch eine hübsche Sitzgruppe ...« Er deutete mit dem Kopf auf die andere Seite des Fußwegs, wo Bänke und Tische eine gute Aussicht auf den Eingang der Galerie boten.

»Falls Sie sicher sind, Admiral ... aber es macht uns nichts aus, Sie zu begleiten.«

»Ich denke, ich kann so weit rufen, falls ich Sie brauche«, erklärte Livadhi und rang sich dazu ein Lächeln ab. »Und ich habe schließlich auch den Notfallsummer dabei.«

»Klar, Sir. Danke.«

Er wartete, bis sie sich auch wirklich gesetzt hatten, ehe er tiefer in die Galerie hineinging und dem Mann hinter dem Ladentisch seinen Namen nannte.

Diesmal war es eine lange und detaillierte Nachricht, die auf ihn wartete, und er spürte, wie sich in Kopf und Herz riesige kalte Höhlen öffneten. Er konnte doch unmöglich ... aber er konnte es auch unmöglich verweigern ...

Jules, du Mistkerl!, dachte er. Jules hatte sogar seine, Livadhis, dringlichste Sorgen vorhergesehen und gewusst, was ihm an Loyalität verblieben war. Er hatte, so gut es mit Worten ging, auch den letzten Knackpunkt unwirksam gemacht – Livadhis Sorge um die eigenen Leute.

Mit Hilfe des Galerie-Besitzers durchstöberte er die Vorräte an Drucken und tauchte 45 Minuten später mit einem Paket und einer Quittung für zwei Sid-Grevaire-Zeichnungen und eine ungerahmte Muly-Tyson-Gouache wieder auf. Während des ganzen Abendessens bei Admiral Minor Ksia diskutierte er lebhaft über Trends in der modernen Kunst. Ksia erwies sich, wie es Livadhi erwartet hatte, als ästhetischer Trottel, der nicht die Spur von Verständnis für die anspruchsvollen Theorien aufbrachte, die Tysons eigenartigen Perspektiven zu Grunde lagen.

Kapitel fünfundzwanzig

Livadhi kehrte mit der Gelassenheit einer gefällten Entscheidung auf die *Vigilance* zurück.

»Der Admiral fühlt sich besser«, murmelte jemand aus der Eskorte Arkady Ginese zu, der inzwischen Brückendienst hatte.

»Das ist gut«, fand Arkady.

»Nicht mehr so nervös«, erläuterte der Sergeant.

»Nicht so vorlaut«, mahnte ihn Arkady. »Ich bin im Dienst.« Der Sergeant zuckte die Achseln und ging. Einige Minuten später kam der Admiral auf die Brücke. Er wirkte ganz ähnlich wie immer, wenn auch – wie der Sergeant berichtet hatte – weniger angespannt. Das konnte auf einen guten Wein zum Abendessen zurückgehen. Oder auch nicht.

»Es läuft letztlich darauf hinaus, dass wir eigentlich nichts unternehmen können, ohne womöglich noch mehr Schaden anzurichten ...« Petris fuhr sich mit einer Hand durchs Haar.

»Noch mehr Schaden, als von ihm über die Grenze geführt zu werden?«, fragte Meharry.

»Können wir irgendjemandem unter den Brückenoffizieren trauen?«, wollte Petris wissen.

»Sie sind nicht an seinem Plan beteiligt«, antwortete Oblo im Brustton der Überzeugung. »Was immer da vorgeht, sie haben nichts damit zu tun. Aber sie vertrauen Livadhi. Falls er ihnen irgendein Märchen erzählt, glauben sie es.«

»Also ... wir müssen uns vorbereiten, aber auf was?« Meharry schien bereit, ein Messer zu ziehen und jemanden niederzustechen. Womöglich täuschte dieser Eindruck nicht.

»Wir müssen Heris informieren«, meinte Petris. »Sie weiß bestimmt eine Lösung.« Er ganz sicherlich nicht.

»Wir sind hier, und sie ist dort ... wo immer das ist. Wir müssen das Problem aber hier lösen.«

»Wir *können* es nicht hier lösen. Jedenfalls nicht gänzlich.« Petris schwirrte der Kopf von Verwicklungen, die alle miteinander zusammenhingen und von denen keine lösbar war, ohne hundert weitere aufzuwerfen. »'Steban, Oblo, könnt ihr eine Nachricht zu Heris absetzen?«

»Ohne dass der Admiral davon erfährt? Nein, nicht direkt. Sobald wir ein Signal ans Ansible schicken, erfährt es die Station. Wir könnten lediglich eines der übrigen Konvoi-Schiffe erreichen, ohne Argwohn zu wecken.«

»Da wäre ja noch Suiza«, gab Oblo zu bedenken.

Sie alle blieben einen Augenblick lang still und dachten darüber nach.

»Falls sie uns glaubt«, sagte Petris, »könnte sie es tun – eine Nachricht an Heris weiterleiten.«

»Aber es fällt auf, wenn sie das Ansible benutzt ...«, wandte Koutsoudas ein.

»Vielleicht, aber sie ist weiter draußen, fährt Patrouille im Umfeld.«

»Es ist einen Versuch wert«, fand Petris. »Machen wir es.«

Oblo nickte und schlenderte auf und davon, so gelassen wie immer.

»Wie soll sie erfahren, wohin Livadhi uns geführt hat?«, fragte Meharry. »Mit absoluter Sicherheit wird er einen Überlichtsprung hier heraus vornehmen.«

»Mit Oblo und Issi am Nav-Computer können wir Suiza alle Navigationsdaten übermitteln, sodass sie in der Lage ist, unserem Kurs zu folgen. 'Steban braucht nur die Sensorendaten irgendwie zu manipulieren.« Er sah Koutsoudas an, der nickte.

»Ich kann es tarnen. Keine Sorge.« Ein vergeblicher Wunsch. Petris hatte das Gefühl, in Sorgen zu ertrinken.

»Er kann nicht die ganze Zeit an den Sensoren sitzen ... Livadhi wird noch Verdacht schöpfen.«

»Na ja ... zwei der jüngeren Scantechs gehören zu uns, und 'Steban hat sie ausgebildet. Er hat den Richtstrahler mit der Sensorenkonsole verknüpft, und er hat zwei der Funktechs eingeweiht.«

»Das sind zu viele«, fand Meharry, eine Furche zwischen den Brauen. »Livadhi ist nicht dumm, und ein Geheimnis ist nach einiger Zeit kein Geheimnis mehr.«

»Eine gute Begründung?«, fragte Petris. Meharry war gut, was Begründungen anging; er selbst machte sich zu viele Sorgen, um an etwas anderes zu denken, als Livadhi niederzustrecken.

»Yeah ... mal überlegen ... sieh mal, wie wäre es mit einer Erprobung neuer Tarn- und Sensorenanlagen? Die Kommandanten wurden nicht informiert, weil ... ich denke mir noch einen Grund aus.« Sie zeigte dieses schläfrige Gesicht, wie immer, wenn sie sich konzentrierte.

»Es soll ein fairer Test der Anlagen werden«, sagte Petris nach einer plötzlichen Eingebung. »Nicht einer der taktischen Fähigkeiten eines Kommandanten. Sie wissen, dass ein guter Kommandant den Test verfälschen könnte, ohne dass er die Absicht hat. Die Ergebnisse sollen erst nach der Rückkehr ans Sektor HQ übermittelt werden. Sie installieren diese Tarndinger zuerst auf den kleinen Schiffen, und die großen Schiffe sollen versuchen, die kleinen noch zu entdecken, wenn sie von ihnen beschattet werden. Ein paar Angehörige der technischen Crew sind eingeweiht. Ich könnte davon wissen, da ich zur Technik gehöre. Auch Scanner und Kommunikation. Das klingt irgendwie sinnvoll.«

An Bord der *Rascal* hätte Esmay Suiza am liebsten auf den Fingerknöcheln gekaut, wäre das für die Crew nicht zu leicht erkennbar gewesen. Erst machte Livadhi sie für etwas zur Schnecke, was nicht ihre Schuld war, und dann bemühte er sich tolpatschig um Wiedergutmachung. Das sah dem weltmännischen, charmanten Commodore gar nicht ähnlich, dem sie zuletzt im HQ von Sektor VII persönlich begegnet war, aber jeder konnte mal einen schlechten Tag haben. Dann traf diese seltsame Nachricht von Heris' alter Mannschaft ein. Esmay hatte keine Ahnung, was da vorging, aber sie hatte die Nachricht, die von der *Vigilance* stammte, an Heris Serrano weitergeleitet. Jeder hatte schon von deren alter Mannschaft gehört; Esmay kannte diese Leute selbst nicht besonders gut, aber sie war ihnen schon begegnet, zuletzt gerade, als Livadhi die Kommandanten des Geleitzuges für einen letzten Toast vor der Abfahrt an Bord des Kreuzers eingeladen hatte. Esmay fragte sich, wie Petris sich dabei fühlte, wenn er unter einem anderen Befehlshaber diente, aber das brachte sie auf Barin, also verbannte sie diesen Gedanken.

Jetzt sah sie sich mit der Notwendigkeit konfrontiert, eine Kommandoentscheidung zu fällen. Admiral Minor Livadhi hatte ihr befohlen, in diesem Sonnensystem die Stellung zu halten, während er zurückfuhr, um einen weiteren Geleitzug zu holen. Esteban Koutsoudas – selbst eine Legende an technischem Sachverstand – hatte Petris Kenvinnards Bitte weitergegeben, Esmay möge Livadhi verfolgen, ihn beschatten und alle Navigationsdaten per verschlüsselten Ansible-Kurzmeldungen an Serrano übermitteln.

Der Befehl eines Admirals gegen die Bitte eines Warrant Officers – die Abwägung hätte leicht fallen müssen. Esmay drehte sich der Magen um. Warum überlegte sie überhaupt? Falls gar nichts im Busch war, falls Serranos Freunde einfach nur übertrieben auf eine persönliche Marotte ihres neuen Kommandeurs reagierten, dann hatte Esmay keinerlei Entschuldigung parat für das, was sie zu tun erwog. Falls es niemand herausfand ... Aber natürlich flog es auf, wenn auch erst später; dann das Kriegsgericht, die Schande, und wenn sie an die Situation zu Hause dachte ... Sie bemühte sich, diesen Gedanken zu verbannen, zumindest zur Seite zu schieben.

Falls sie den Befehl verweigerte, ohne dass Livadhi etwas Übles plante, landete sie vor dem Kriegsgericht ... das war der schlimmste Fall. Nein – sie korrigierte sich: falls Meuterer in diesem System auftauchten, ohne dass die *Rascal* noch zur Stelle war, dann war das eine schlimme Entwicklung, die ebenfalls aus Esmays Entscheidung resultierte.

Aber falls Livadhi nicht mehr ganz bei Trost war, falls er verrückt geworden oder im Extremfall gar zum Verräter geworden war, dann half sie ihm, wenn sie seinem Befehl Folge leistete. Falls sie ihn aus eigenem Antrieb beschattete und dabei nicht entdeckt wurde, dann konnte sie seine Pläne durchkreuzen. Falls er sie entdeckte, würde die *Vigilance* Konfetti aus der *Rascal* machen. Vielleicht nicht ohne Mühe, aber unausweichlich.

Wo lag das größere Risiko? Sicherlich in einem Verrat Livadhis, wenn er mit einem voll bestückten Kreuzer sein Unwesen trieb. Und die Crew, die zumindest teilweise loyal war! Was wurde aus diesen Menschen, falls Livadhi zu den Meuterern oder vielleicht zur Benignität überlief?

Hätte Heris Serrano um Hilfe gebeten, hätte ihr

Esmay ohne zu zögern den Gefallen getan. Heris Serrano vertraute Petris Kenvinnard, Methlin Meharry und Oblo Vissisuan. Esmay zupfte in Gedanken an dieser Kette des Vertrauens, um selbst zu erproben, ob sie stark genug war für das Risiko, das einzugehen sie diese Menschen baten. Konnte sie das gleiche Vertrauen aufbringen wie Heris Serrano, nur weil Heris Serrano dieses Vertrauen hatte?

Esmay mochte Commodore Livadhi. Er hatte sich bislang, so weit sie ausreichend Erfahrung für ein solches Urteil aufbrachte, als fähiger Kommandeur erwiesen. Er hatte sich Kommandant Timmons' Einwände gegen das Arrangement des Geleitzuges respektvoll angehört; er formulierte seine Befehle präzise, und seine Truppe hatte den Konvoi sicher zum Ziel geführt. Konnte er tatsächlich ein Meuterer oder Verräter oder Verrückter sein?

Sie hielt sich nicht an Bord seines Schiffes auf, hatte es seit Wochen nicht mehr getan. Dinge änderten sich. Menschen änderten sich. Hatten sich Heris Serranos Freunde verändert?

Esmays Magen beruhigte sich. Nicht Oblo. Bei Petris, der Heris Serrano liebte, konnte Esmay sich vorstellen, dass er einem Trugschluss über Livadhi erlag, weil er Heris liebte und Livadhi nun einmal nicht Heris war. Methlin Meharry reagierte vielleicht übertrieben, weil sie sich um ihren Bruder sorgte. Aber der durchgeschüttelte und narbige Oblo, den keinerlei Umstände zu erschüttern vermochten ... sie konnte sich nicht vorstellen, dass er sich verändert hatte. Womöglich irrte er sich, aber verrückt wurde er nicht, und sein Instinkt für Probleme, für Dinge, die im Argen lagen, war legendär.

Heris vertraute Oblo; Esmay vertraute Heris; also gedachte sie, auch Oblo Vertrauen zu schenken. Sie ignorierte die formalen logischen Fehler dieser gefühlsmäßigen Schlussfolgerung.

Jetzt ging es darum, die eigenen Offiziere davon zu überzeugen, dass *sie selbst* weder verrückt geworden war noch Verrat im Sinn hatte. Ob sie ihr die Wahrheit glaubten? Oder sollte sie lieber eine clevere Ausrede austüfteln? Mal angenommen, es ginge um ein geheimes Manöver, in ... sagen wir mal ... Tarntechnik? Sie grübelte über diese Idee nach, zupfte an ihr, erprobte ihre Haltbarkeit und versuchte auf einen logischen Grund zu kommen, warum ein Patrouillenschiff entgegen der Befehle eines Admirals einen Kreuzer beschatten sollte.

»Können Sie feststellen, wohin er uns führt?«, fragte Petris Lieutenant Focalt. Er und seine Freunde redeten inzwischen mit den Brückenoffizieren und versuchten, diese auf mögliche Schwierigkeiten vorzubereiten.

»Nein, letztlich nicht. Wir springen auf den unterschiedlichsten Routen in Systeme hinein und wieder heraus ... jemand, der uns nachzuspüren versuchte, hätte sehr bald mehr mögliche Spuren, als er überhaupt verfolgen könnte. Trotzdem sind wir nach wie vor im Raum der Familias; Livadhi sagt, er hätte Geheimbefehle. Falls nicht gerade Sie Bedenken hätten, würde ich ihm auch glauben ...«

Petris hörte Zweifel aus dem Tonfall des Mannes heraus. »Falls ich falsch liege, Lieutenant, lege ich ein vollständiges Geständnis ab. Aber ich glaube nicht daran. Der Commodore hat einem Ansible im gerade durchquerten Sonnensystem eine Richtstrahlnachricht geschickt, und der Funkwache zufolge ging diese Nachricht an eine der Meldeadressen von einer Liste, die Livadhi erhielt, kurz bevor wir das Sektor HQ verließen.«

Focalt fluchte. »Ich kann gar nicht glauben, dass er so dumm ist!«

»Ich denke, er ist verzweifelt«, sagte Petris. »Ich kann

mir aber auch den Grund nicht vorstellen. Wir müssen jedoch sehr vorsichtig sein.«

»Das werde ich«, versprach der Lieutenant. »Ich hoffe, dass uns Ihre Freundin noch auf den Fersen ist.«

»Ich ebenfalls«, sagte Petris.

Esmay spürte die wachsende Spannung der eigenen Crew, während sie der *Vigilance* durch einen Sprung nach dem anderen folgten.

»Ich verstehe das nicht«, sagte ihr Funkoffizier. »Wohin fahren die?«

»Das wissen wir nicht«, antwortete Esmay. »Aber wir finden es heraus.«

»Dieser Kurs ist einfach lachhaft. Welches Ziel könnte er haben?«

Esmay verriet ihm nicht, was Petris ihr von seinem Verdacht erzählt hatte, obwohl sie seine Nachricht für die nächste Richtfunkmeldung codierte, die sie zu senden gedachte.

Ein weiterer Sprung, der diesmal in ein unbewohntes System führte. Die *Vigilance* fuhr mit geringer relativer Geschwindigkeit hinein und bremste noch weiter ab. Nach ein paar Stunden, in denen Esmay die neuen Daten weitergeleitet hatte, schüttelte sie den Kopf. »Bislang ist er immer nur kurz hineingesprungen und war nach spätestens siebzig Minuten wieder draußen. Ich frage mich, worauf er diesmal wartet.«

»Wir sind hier an der Grenze, Kommandant«, stellte ihr Navigationsoffizier fest. Nach seinem Gesicht zu urteilen, dachte er neu über ihre ursprüngliche Erklärung wie auch Livadhis Kurs nach. »Er kann von hier aus mit einem Sprung die Benignität erreichen, falls das sein Ziel ist.«

»Wir dürfen das einfach nicht zulassen!«, sagte Jig Turner mit entsetzter Miene. »Damit bekämen sie einen unserer modernsten Kreuzer und seine Besatzung in die Hand!«

»Wir wissen nicht sicher, was Livadhi vorhat«, sagte Esmay. »Derzeit unternimmt er gar nichts. Die Möglichkeit besteht jedoch.«

»Geht es schon die ganze Zeit darum, Kommandant?«, erkundigte sich der Navoffizier. »Hatten Sie schon einen Verdacht?«

»Ich hätte ihn nicht gehabt«, sagte Esmay, »ohne Informationen von Heris Serranos alter Besatzung an Bord der *Vigilance* erhalten zu haben. Sie haben mit Richtfunk Kontakt aufgenommen und erklärt, Livadhi benähme sich seltsam; sie verstünden es nicht, wären aber besorgt.«

»Ausreichend besorgt, um das Kriegsgericht zu riskieren – ich hoffe, dass Sie Recht behalten, Kommandant.«

»Ich hoffe das Gegenteil«, versetzte Esmay. »Ich würde mich lieber irren und dafür Ärger bekommen, als mit einem verräterischen Admiral an Bord eines solchen Schiffes konfrontiert zu werden.«

»Was tun wir also?« Ihr fiel der Wechsel von »Ihnen« zu »uns« auf. »Falls er springt und wir ihm über die Grenze folgen ...«

»... könnte das einen Krieg auslösen. Ich weiß.« Esmay drehte sich um. »Geschützabteilung, haben wir etwas, was uns eine Chance gegen die *Vigilance* geben würde?«

»Gegen einen Kreuzer? Gegen diesen Kreuzer? Und überleben? Unmöglich, Kommandant. Falls die dort wirklich keine Ahnung von unserer Präsenz haben, können wir ihnen vielleicht ein paar Schüsse hinten hineinjagen, wie es Ihnen bei Xavier gelungen ist. Allerdings wurden die Heckschilde seitdem verstärkt – und wir bekommen womöglich nicht mal eine Salve hindurch, in welchem Fall die *Vigilance* uns wegpusten und davonfliegen würde, wie es ihr gefällt.«

»Hmm. Und falls wir auf Docksdistanz heranpirschten und uns anzuklammern versuchten, falls sie in den Sprung geht, würde uns das auch hochjagen. Arbeiten Sie daran – wir werden dieses Schiff auf irgendeine Art stoppen, und ich würde mein Vorgehen lieber vor Gericht rechtfertigen, als dass ein Tribunal über einem Haufen Trümmer und Leichen zusammentritt.«

»Sie könnten direkt mit Livadhi Verbindung aufnehmen ...«

»Das denke ich nicht. Hätte ich noch ein weiteres Schiff hier, um ihn damit in die Zange zu nehmen, würde ich es versuchen. Aber er ist ein Admiral Minor. Mal angenommen, er entschließt sich umzukehren – er könnte es als Admiral tun, der einen ungehorsamen Untergebenen anschleppt, und dann ein anderes Mal mit einem anderen Schiff überlaufen.« Esmay schüttelte den Kopf. »Nein, sobald er Kurs auf einen Sprung nimmt, stelle ich ihn notfalls und schieße auf ihn.«

»Was, falls er durch Mikrosprünge beschleunigt?«

»Wir sind beweglicher und schneller«, antwortete Esmay. »Das Problem besteht nicht darin, ihn einzuholen, sondern ihn festzuhalten, sobald wir ihn eingeholt haben. Ich hoffe nur, dass er hier nicht auf Verstärkung wartet – auf irgendein Schiff der Benignität, das ihm Geleitschutz gibt. Wir müssten ein Schiff ausreichend beschädigen können, um es am Sprung zu hindern, aber zwei – das wird schwieriger.«

Die Stunden vergingen. Esmay bemühte sich, ruhig zu bleiben und nachzudenken, aber ihre Nerven spannten sich mit jeder Minute stärker an. Livadhi sprang womöglich einfach hinaus: im Gegensatz zu einem zivilen Schiff konnte die *Vigilance* durchaus in solcher Entfernung von einem Sprungpunkt blind springen und hoffen, irgendwo unweit des gewünschten Ziels wieder im Realraum zu erscheinen. Livadhi musste sich doch wegen möglicher Verfolger sorgen, musste mit dem Instinkt des Kommandeurs spüren, dass er in Gefahr schwebte. Was, wenn er gar nicht auf einen Kontakt wartete? Was, wenn er einfach nur eine bestimmte Zeitspanne abwartete und nach ihrem Ablauf jetzt jederzeit wieder verschwand?

Esmays Augen fühlten sich körnig an vor lauter Schlafmangel, aber sie wagte nicht, die Brücke zu verlassen und ein Nickerchen zu machen. Wann immer Livadhi etwas unternahm, musste sie sofort reagieren. Was sollte sie tun?

Commodore Admiral Minor Livadhi beugte sich tief über die Sensorenpulte; Koutsoudas nahm den leichten Geruch seines nervösen Schweißes wahr. »Sind Sie *sicher,* dass da draußen niemand ist?«

»Sir, ich finde nichts«, antwortete Koutsoudas. Die Sensorencomputer waren mit der Angabe gefüttert, dass die *Rascal* nicht existierte; alle paar Stunden brachten sie eine Anfrage vor, und alle paar Stunden beruhigte er sie: da ist nichts, ignoriert es. Er hatte sich gerade wieder mit dieser Anfrage auseinander gesetzt, als Livadhi die Brücke betrat.

»Ich habe so ein Gefühl«, sagte der Commodore. »Kennen Sie auch dieses Jucken zwischen den Schulterblättern, wenn Sie wissen, dass jemand sie ansieht?«

»Ja, Sir.«

»Ich möchte nicht in irgendeine Falle der Meuterer tappen«, sagte Livadhi.

»Nein, Sir. Ich auch nicht. Und ich finde keinerlei Anzeichen von Meutererschiffen oder anderen Fahrzeugen. Das System ist frei, Sir.«

Livadhi seufzte. »Sie sind der Beste, Koutsoudas; falls da jemand wäre, wüssten Sie es.« Er legte eine Pause ein. »Wie lange sind Sie jetzt im Dienst?«

»Sir, Sie sagten, Sie wären besorgt, also habe ich meine Schicht frühzeitig angetreten ... Ich war auch zu jedem Eintritt und Absprung hier, nur für alle Fälle.«

»Ah. Guter Mann!« Livadhi wandte sich ab.

Koutsoudas beschäftigte sich mit den Sensoren. Suiza war immer noch da, ja, aber falls Livadhi irgendwelche Abmachungen mit der Benignität hatte, wollte Koutsoudas nicht erleben, wie eine Flottille des Schwarzen Teufels direkt auf ihre Köpfe sprang. Er hatte es im Xavier-System miterlebt; einmal war genug.

Die Stunden vergingen, und Livadhi ordnete keinen weiteren Sprung an. Stattdessen lief er auf und ab, auf und ab. Er verließ die Brücke immer nur für Augenblicke. Koutsoudas ging ebenfalls, um ein Nickerchen zu machen, konnte aber nicht richtig schlafen. Als er zurück auf der Brücke war, starrte er das Display an und fragte sich, was wohl als Nächstes geschah. Er wünschte sich, dass Livadhi es sich noch anders überlegte, dass er sich als der Mann erwies, für den er ihn immer gehalten hatte, ein feiner Flottenoffizier, freundlich und tüchtig und gründlich.

Da erstarrte er. Dort, weit entfernt vom kartografierten Sprungpunkt des Systems, zeigten die Sensoren ein seltsames Kräuseln, als hätte jemand ein kleines Steinchen in die hinterste Ecke eines Teichs geworfen. Er legte die entsprechenden Eingaben aufs eigene Pult.

»Sir!«, rief er.

»Was ist?« Livadhi blieb auf der anderen Seite der Brücke, wo er sich Meldungen der technischen Abteilung angehört hatte, aber Keller, der Erste Offizier, kam herüber, um sich die Sache anzusehen.

»Da kommt etwas, Sir, allerdings nicht vom Sprungpunkt her. Wenigstens denke ich es – es ist noch zu weit entfernt. Könnte die Spur eines Überlichttriebwerks sein.«

»Richtung?«, fragte Livadhi, der jetzt näher kam.

»Unklar. Die Spur alterniert – eindeutig eine Überlichtspur, jemand mit einem schlecht eingestellten Triebwerk; er prallt sozusagen immer wieder von der Oberfläche des Normalraums ab.«

»Können Sie irgendwas zur Masse sagen?«

»Noch nicht.« Koutsoudas behielt die Monitore im Auge; die beiden anderen Scannertechs, die Dienst taten, beugten sich zu ihm herüber. Er knurrte sie an: »Benally, Vince – achten Sie auf die eigenen Bildschirme! Es besteht immer die Möglichkeit, dass mehr als eine Sache passiert. Ich kümmere mich hierum.«

Der Sensorenoffizier der *Rascal,* der nicht Koutsoudas persönliche Nachrüstung zur Verfügung hatte, identifizierte das anfliegende Schiff Minuten nach Koutsoudas. »Da kommt jemand, Kommandant«, meldete er.

Esmay blickte auf den Sensorenbildschirm und erblickte das vertraute Muster eines schlecht eingestellten Überlichtantriebs, der im Prallverfahren vorbeifuhr. War dieses Sonnensystem überhaupt sein Ziel? Dieses Fahrzeug führte jedenfalls nicht den sauberen Absprung durch, wie Esmay ihn von einer Serrano erwartet hätte.

Womöglich war es ein Schiff der Benignität, das Livadhi abholen wollte. Sie musste etwas unternehmen. »Bringen Sie uns auf roten Alarm«, sagte sie zur Brückenbesatzung. Die Sirenen heulten. Wer gerade an einer Arbeitsstation saß, beeilte sich, in den Raumanzug zu kommen, während sein Nachfolger im Dienstplan derweil den Posten besetzt hielt. Esmay hörte, wie Spinde geöffnet wurden, und Chief Humberly reichte ihr den Druckanzug. Sie stieg rückwärts hinein. Die Dienstbesatzung kehrte jetzt in Raumanzügen an ihre Posten zurück, und die Vertreter gingen, um sich Anzüge zu holen. »Geschütze bereit.« Jetzt leuchteten natürlich die Sensorendisplays der *Vigilance* auf. Wenigstens hatte die *Rascal* ihre Abwehrschirme schon hochgefahren. Esmay wandte sich an den Funkoffizier.

»Ich möchte eine Richtstrahlverbindung zur *Vigilance«*, sagte sie.

Koutsoudas versuchte gerade noch, die wirren Sensorensignale in etwas aufzulösen, was er identifizieren konnte – wobei er sehr hoffte, kein Schiff der Benignität vor sich zu sehen –, und reagierte erschrocken, als die roten Warnlampen hochgefahrene Geschütze in der Nähe zeigten, wo die Sensoren keinerlei Schiff vermuteten.

»Was ...?«, fragten er und Livadhi fast gleichzeitig. Zu nahe für das anfliegende Schiff, zu nahe und ohne Schiffs-Icon ... Suiza. Es musste Suiza sein, die ihre Geschütze unter Strom gesetzt hatte. Aber warum?

»Was haben Sie ...«, begann Livadhi, aber der Funkoffizier gab ihm ein Signal.

»Commodore – wir erhalten eine Richtstrahlmeldung von der RSS *Rascal* unter dem Kommando von Suiza.«

»Suiza!« Livadhi war weiß bis auf die Lippen, und das rote Haar hob sich in starkem Kontrast dazu ab. »Diese dumme ... was glaubt sie eigentlich, was sie da tut?« Dann zischte er Koutsoudas wütend an: »Sie sind vom Dienst entbunden – ich weiß nicht, ob Sie nur erschöpft sind oder ein Lügner, aber Sie haben zugelassen, dass Ihnen eine Wanze von Lieutenant auf den Buckel gekrochen ist! Verziehen Sie sich in Ihr Quartier; ich kümmere mich später um Sie.« Und zum Funkoffizier sagte er: »Legen Sie die Verbindung in mein Büro.«

Koutsoudas war stärker erschüttert als je zuvor im Leben und bedachte seine Ablösung – zum Glück jemand von der alten Mannschaft – mit einem Kopfschütteln. »Ich habe sie nicht gesehen«, sagte er. »Ich schwöre, dass ich nichts gesehen habe. Da war einfach nichts ...«

»Geh lieber, 'Steban. Du bist erschöpft. Das wird schon wieder.«

Livadhis Gesicht auf dem Funkmonitor von Esmays Brücke wirkte gründlich empört und wütend.

»Lieutenant Suiza, Sie stecken in ernsten Schwierigkeiten. Was denken Sie sich eigentlich dabei, wenn Sie Befehle missachten und im Universum herumgondeln?«

Esmay hatte sich überlegt, was sie in einer solchen Situation sagte, um damit Verdacht von der Besatzung der *Vigilance* abzuwenden.

»Sir, darf ich fragen, ob die Brückencrew des Admirals die *Rascal* entdeckt hat, ehe wir die Richtfunkmeldung absetzten?«

»Nein, das dürfen Sie nicht fragen. Antworten Sie auf meine Frage, verdammt!« Das war nicht mehr der weltmännische, nette Befehlshaber, den sie beim Dinner kennen gelernt hatte.

»Sir, der Admiral weiß sicher, dass die *Rascal* mit neuer Geschützbestückung versehen wurde ...«

»Ja, und was ist damit?«

»Und einer neuen Tarnung, Sir. Man sagte mir, Sie wären darüber nicht informiert, als ich den Befehl erhielt – einen Geheimbefehl – sie unter realistischen Bedingungen zu erproben. Präziser, bei der Verfolgung eines anderen Schiffes. Als der Admiral also aufbrach, hielt ich mich an den Geheimbefehl und folgte seiner Spur. Da sich der Admiral bislang nicht gemeldet hatte, vermute ich, dass wir nicht entdeckt worden sind.«

»Das wurden Sie nicht«, sagte Livadhi, und es war inzwischen ein Knurren. »Nicht bis Sie Ihre Geschütze unter Strom setzten. Würden Sie mir das bitte erklären?«

»Sir, wir sind unweit der Grenze zur Benignität. Ich vermute, der Admiral weiß, dass ein weiteres Schiff im Begriff steht, ins System einzudringen. Da die Möglichkeit besteht, dass es feindlich ist, habe ich die Geschütze aktiviert und Kontakt zu Ihnen aufgenommen, damit Sie sich keine Sorgen machen, wenn wir scheinbar aus dem Nichts auftauchen.«

»Ich wusste gar nichts von einer solchen Tarnvorrichtung«, sagte Livadhi.

»Natürlich nicht, Sir. Es ist alles hoch geheim ...« So geheim, dass es überhaupt nicht existierte; Esmay verbannte diesen Gedanken rasch.

»Und das hat man einer frisch ernannten Kommandantin mit bewegter Vergangenheit gegeben, einer Altiplanerin? Irgendwie zweifle ich daran, Landbraut Suiza ...«

»Ich bin nicht mehr Landbraut«, entgegnete Esmay. »Ich bin offiziell und vor Zeugen davon zurückgetreten ... Das erzählte ich Ihnen bereits bei jenem Abendessen, Sir.«

»In der Tat. Trotzdem kann ich mir genauso gut vorstellen, dass Sie irgendwie jemanden aus meiner Mannschaft dazu gebracht haben, Ihre Anwesenheit zu vertuschen ... Suiza, Sie mischen sich hier in etwas ein, was Sie nicht verstehen.«

»Da haben Sie Recht, Admiral«, sagte Esmay. »Ich verstehe nicht, was Sie tun, und es besorgt mich, dass Sie allein hier draußen an der Grenze unterwegs sind ...«

»Sie sind nicht die Einzige, die Geheimbefehle haben kann, Suiza. Ich bin nicht auf Vergnügungsfahrt hier. Falls wir jetzt Ihretwegen in einen ausgewachsenen Krieg hineinrutschen ...«

»Nicht meinetwegen, Admiral«, sagte Esmay. Sie wagte nicht, sich mit einem Blick davon zu überzeugen, ob ihr Sensorenoffizier das anfliegende Schiff identifiziert hatte. Falls sie Livadhi beschäftigen konnte, damit er die *Vigilance* nicht einfach in einen Sprung führte ...

»Ziehen Sie sich zurück, Suiza! Das ist ein Befehl. Ziehen Sie sich zurück und fliegen Sie nach Hause, und falls ich Sie wäre, würde ich den Mund halten ...« Mit jedem Wort, das er aussprach, verstärkte sich ihre Überzeugung, dass er tatsächlich ein Verräter war.

»Nein, Sir.« Esmay holte tief Luft. »Ich traue Ihnen nicht ganz, Sir.«

»Sie sind ja völlig verrückt! Möchten Sie sich und Ihre Crew um Kopf und Kragen bringen? Ist Ihnen eigentlich klar, dass die *Vigilance* Sie wie Seidenpapier zerfetzen könnte?« Im Augenwinkel bekam sie mit, wie eine Welle der Bestürzung durch ihre Brückenbesatzung lief. Sie selbst fühlte sich jetzt sicherer, nachdem er sie offen bedroht hatte.

»Sir, mich haben schon ranghöhere Admirale angeschrien – und mit allem gebührenden Respekt, Sir: Es wird nicht funktionieren. Erklären Sie mir lieber, was Sie hier machen und warum, oder ich bleibe hier und behalte Sie im Blick, bis ich es selbst herausgefunden habe.«

»Nein, das werden Sie nicht, weil ich direkt über Sie hinwegfahre und hinausspringe. Verdammt, Suiza, haben Sie der Flotte nicht schon genug Schaden zugefügt? Ziehen Sie sich zurück, oder ich tue genau das, was ich gesagt habe.« Er holte tief Luft. »Sie möchten wissen, was ich hier tue? Ich habe den Befehl erhalten, einen illegalen Sprung in den Raum der Benignität auszuführen und einen sehr wichtigen Überläufer abzuholen. Man hat mir gesagt, dass es äußerst wichtig ist. Jetzt, wo Sie Ihre Nase hineingesteckt haben, können Sie mir auch gleich den Rücken freihalten.«

RSS *Indefatigable* im System von Copper Mountain

Heris Serrano schlief in ihrer Kabine, als der Funkoffizier sie ansummte. »Kommandant – wir haben eine dringliche Nachricht erhalten, die über Ansible weitergeleitet wurde; sie stammt von Kommandant Suiza.«

»Codiert?«

»Ja, Sir, codiert.«

Heris runzelte die Stirn, während sie die Füße in die Schuhe steckte, um sich auf den Weg zur Brücke und zum Entschlüsselungspult zu machen. Esmay Suiza war zurück in der Flotte und gleich auch Kommandantin? Das war gut, aber was war jetzt wieder passiert?

Sie setzte sich an die Konsole, führte den Kommandostab ein, tippte den Autorisierungscode ein und verfolgte mit, wie sich die Meldung in Klarschrift verwandelte. DRINGEND DRINGEND DRINGEND ... In Ordnung, sie hatte es verstanden. PETRIS KENVINNARD AN BORD DER VIGILANCE MELDET VERDÄCHTIGE AKTIVITÄT VON ADMIRAL MINOR LIVADHI. ER HAT RASCAL ERSUCHT, NACHRICHT AN SIE WEITERZUGEBEN UND VIGILANCE ZU BESCHATTEN. MELDUNG ERFOLGT VIA ANSIBLE.

»Kommandant, eine weitere Nachricht aus derselben Quelle liegt vor, wurde aber auf anderem Weg übermittelt ... Ich war gerade dabei, alle Nachrichten für unser Schiff herunterzuladen ...«

»Sehen Sie mal nach, wie viele es insgesamt sind«, sagte Heris. »Leiten Sie alle auf meine Konsole weiter. Wir haben wohl ein Problem.«

Die nächste Nachricht nannte einen Satz Navigations-Koordinaten. VIGILANCE FOLGT DIESEM KURS. WIR FOLGEN UND BERICHTEN WEITER.

Die dritte, vierte und fünfte Nachricht sahen auch so

aus. Heris konnte sich den großen Kreuzer richtig vorstellen, wie ihm das kleine Patrouillenschiff folgte, durch einen Sprungpunkt nach dem anderen, auf Zickzackkurs durch den Raum der Familias. Was führte Livadhi im Schilde? Und warum bemerkte er nicht, dass ihm Suiza auf den Fersen war und Meldungen über ihn absetzte?

Petris musste Koutsoudas überzeugt haben, wie ihr klar wurde.

»Navigation!«, rief sie. »Ich lese Ihnen ein paar Sprungpunkt-Koordinaten vor. Zeigen Sie mir die optische Darstellung, und dann sehen wir mal, ob wir uns ausrechnen können, wohin da jemand unterwegs ist.« Sie las die Koordinaten laut vor – auch wenn sie die Brückencrew derzeit noch nicht vollständig einweihen wollte –, und während die Nav-Abteilung an der optischen Darstellung arbeitete, schrieb Heris selbst einen kurzen Bericht ans Sektor HQ. Was immer Livadhi im Schilde führte, sie war überzeugt, dass er dabei nicht auf Befehl handelte.

»Kommandant, eine dringende Nachricht des HQ ist ohnehin schon in der Warteschleife ...«

»Herüber damit.« Sie verfolgte auf dem Monitor, wie die Nachricht dort auftauchte. AN ALLE SCHIFFE, ALLE SCHIFFE: MELDEN SIE JEDEN KONTAKT MIT KREUZER VIGILANCE ODER PATROUILLENSCHIFF RASCAL. BEIDE SCHIFFE HABEN SICH NICHT MEHR NACH PLAN GEMELDET. VERMUTLICHE POSITION 389.24.005. WER DIESEN SPRUNGPUNKT PASSIERT, MELDE SOFORT TRÜMMERFELDER ODER SONSTIGE HINWEISE AUF EINEN FEINDSELIGEN ZWISCHENFALL.

Klar. Jemandem war aufgefallen, dass die genannten Schiffe nicht mehr dort waren, wo sie zu sein hatten. Heris verschlüsselte die eigene Meldung, wies den Funkoffizier an, sie ans Ansible zu senden, und blickte auf, als der Navoffizier die optische Darstellung auf den Hauptbildschirm legte.

Der Kurs wirkte wie das Beispiel einer Zufallsstrecke in einem Mathematikbuch. Etwas daran nagte jedoch an Heris' Verstand.

»Was für Sprungpunkte?«, erkundigte sie sich.

»Alles Mehrfachpunkte. Nichts unter dreien. Überwiegend jedoch Systeme von geringer Dichte.«

Also keineswegs zufällig, sondern ein Versuch, Verfolger abzuschütteln.

Und abgesehen von zwei Sprüngen zu Anfang führten alle zur Grenze der Benignität.

»Zur Hölle mit dem Kerl!«, sagte Heris. Köpfe drehten sich zu ihr. »Verzeihung«, sagte sie. »Wir haben da ein Problem: ein Kreuzer der Raumflotte scheint zur Benignität überlaufen zu wollen. Ich habe gerade eine Nachricht ans Sektor HQ übermittelt, aber bis sich dort jemand überlegt hat, was zu tun ist, dürfte es viel zu spät sein.«

»Folgen wir ihm?«

»Das tun wir. Allein, denn wir dürfen nicht alle Schiffe aus diesem System abziehen. Uns liegen Hinweise vor, dass die Kreuzerbesatzung – oder ein Teil davon – sich eines möglichen Problems bewusst ist, aber nicht weiß, worum es genau geht. In Anbetracht der echten Meuterei ist unwahrscheinlich, dass die Leute dem Kommandanten Schwierigkeiten machen ...« Obwohl ihr die Hoffnung blieb, dass Meharry oder Oblo trotzdem eine Möglichkeit fanden, Livadhi eins überzubraten.

»Aber ...« Der Navigationsoffizier wirkte besorgt. »Aber Sir, wie sollen wir ihn finden? Er könnte überall stecken. Und wir dürfen die Grenze nicht überqueren – damit würden wir einen Krieg starten.«

»Wir haben eine Spur«, antwortete Heris. »Ein sehr gescheiter Junioroffizier hat die Initiative ergriffen und meldet jeden Sprungpunkt. Sobald wir wissen, welchen Punkt an der Grenze sie inzwischen erreicht haben ...«

»Aber man wird den Verfolger entdecken«, sagte jemand. »Das ist einfach zwangsläufig; schließlich haben sie Sensoren ...«

»Ja, aber daran sitzen Scannertechniker, die loyal sind. Sie decken den Verfolger. Wir müssen jetzt näher an die Punkte heranfahren, die sie wahrscheinlich ansteuern werden.«

»Wissen Sie, wessen Schiff das ist?«, fragte der Erste Offizier.

Heris nickte. »Es ist meines – oder war es. Admiral Minor Livadhi kommandiert es jetzt. Es war meine Crew, die einen Weg fand, wie sie Informationen hinausschmuggeln konnte.«

Es blieb lange still, während die anderen das verdauten.

»Aber dank der Meuterei und der daraus resultierenden Zerstreuung von Mannschaften war ein großer Teil der Crew vorher noch nicht an Bord und hat wahrscheinlich keinen Schimmer.«

»Wie wollen Sie – wie sollen wir sie stoppen, falls wir sie finden?«

»Das überlege ich mir, wenn wir sie gefunden haben«, antwortete Heris. Die leichteste Antwort war eine, über die sie lieber nicht nachdachte. »Zuerst müssen wir ihren Standort ermitteln.«

»Soll ich eine Nachricht an die *Rascal* in die allgemeine Ansible-Post geben, Sir? Denken Sie, dass man dort Nachrichten empfangen kann, oder halten die sich dafür zu stark bedeckt?«

»Sie halten sich bedeckt, denke ich, und ich möchte Livadhi nicht alarmieren, indem ich einem Verfolger Nachrichten schicke, von dem er, wie wir hoffen, keine Ahnung hat.«

»Klar. Für Kommandantin Suiza muss es hart sein.«

»Auch nicht härter, als sie es früher schon erlebt hat«, wandte Heris ein. Trotzdem konnte sie sich die Anspannung des jungen Offiziers richtig vorstellen ... sie verstieß gegen Befehle, sie pirschte hinter einem Schiff her, das sie vernichten konnte, falls es sie entdeckte ... sie hing an einem sehr dünnen Faden weit draußen. Trotzdem, Suiza hatte es sich zur Gewohnheit gemacht, in Notlagen gute Entscheidungen zu treffen. Mach weiter so!, sagte ihr Heris in Gedanken. Bleib ihm auf der Spur, bis ich da bin.

Heris folgte nicht den ersten Etappen des verschlungenen Pfades der *Vigilance*; sie nahm schnurstracks Kurs auf den Standort, den Suizas jüngste Nachricht angab. Indem sie die *Indefatigable* bis an die Grenze trieb, konnte sie die dazwischenliegenden Sprungpunkte rasend schnell passieren, und sie hoffte, dass sie nicht weiter als einen Sprungpunkt zurückhing, wenn sie erst mal wieder in den Normalraum übertrat und dort Suizas neueste Meldung empfing. Heris' Schiff wies immer noch dieses lästige Vibrato im Überlichtantrieb auf, das eine Signatur durch alle Sonnensysteme zog, die sie durchquerten. Aber auch das hatte einen Vorteil – auch wenn Koutsoudas nicht wusste, dass es Heris war, würde er nicht übersehen, was für ein Brummer da kam.

Die *Indefatigable* rollte mit einem letzten, Übelkeit erregenden Schlingern aus der Überlichtfahrt, und Heris wünschte sich, sie hätte jetzt Koutsoudas dabeigehabt, damit er die unscharfen Balken diverser Wahrscheinlichkeiten auf den Sensorendisplays für sie deutete. Falls sich irgendjemand in diesem Sonnensystem aufhielt, dann wahrscheinlich Livadhi und seine Verfolgerin.

Koutsoudas konnte sich, als er den Absprungtransit entdeckte, kaum ein triumphierendes Pfeifen verkneifen. Die anderen hatten ihm Bescheid gesagt, aber er hatte nicht richtig geglaubt, dass irgendetwas davon funktionieren würde – dass Heris Serrano sie finden konnte, ehe Livadhi sie über die Grenze führte, in sichere Gefangenschaft und wahrscheinlich in den Tod. Das Funkfeuer des Neuankömmlings verkündete jedoch laut und deutlich die Identität: RSS *Indefatigable.* Sie hatte die Abwehrschirme hochgefahren, wie er erfreut feststellte. Die Geschütze standen unter Strom – na ja, heute fuhren alle mit heißen Waffen durch die Gegend. Die *Indefatigable* war in gerade mal zehn Lichtminuten Entfernung aufgetaucht; die daraus resultierenden Sensorenstörungen verzogen sich rasch wieder. Er drückte den Schalter, der die anderen über Heris' Ankunft informierte.

»Sir«, wandte er sich an Livadhi. »Es ist ein Kreuzer der Flotte, die *Indefatigable.* Sie fährt wie wir mit hochgefahrenen Schilden.«

»Verdammt!« Livadhi trat hinter ihn. »Wie nahe?«

»Zehn Lichtminuten beim Eintritt, Sir. Es war ein unsauberer Absprung; ich bin überzeugt, dass mit ihrem Überlichtantrieb etwas nicht stimmt.«

»Wie lange noch, bis ihre Sensoren wieder klar sind?«

»Na ja, wenn man das Triebwerksflattern berücksichtigt, dann dauert die Fluxbrechung womöglich länger als normal. Ich würde sagen: mindestens drei Minuten, vielleicht vier, nicht mehr als fünf.«

»Können wir vorher springen?«

»Nicht bei dieser Kurskombination, Sir.«

»Hmm. Warum, denken Sie, ist dieses Schiff ins hiesige System gekommen?«

»Instabiler Überlichtantrieb«, sagte einer der technischen Offiziere weiter unten in der Reihe. »'Steban, falls du diese Sensorendaten zu uns herüberlegst, kann ich sie mal kontrollieren, aber ich denke, ein solches Flattern könnte sogar einen Kreuzer aus der Überlichtfahrt reißen.«

»Ich würde das gern glauben«, sagte Livadhi langsam. »Aber sagen Sie mal, Koutsoudas, wissen Sie, wer das andere Schiff befehligt?«

»Ich kann es nachschlagen«, sagte Koutsoudas.

Jemand anderes gab Antwort: »Commander Serrano, nicht wahr? Es war früher Wistons Schiff, aber Serrano war schneller greifbar, als die Meuterei ausbrach ...«

»Ich kann nicht glauben«, sagte Livadhi, »dass Commander Serrano es akzeptieren würde, mit einem so schlecht eingestellten Überlichtantrieb zu fahren.«

»Wurde vielleicht im Kampf beschädigt«, überlegte dieselbe Stimme.

»Das denke ich nicht«, sagte Livadhi, und in seinem Ton schwang etwas mit, wobei sich Koutsoudas die Armhärchen aufrichteten. »Ich denke, dass Commander Serrano aus dem gleichen Grund hier ist wie wir. Was nun die Frage angeht, woher sie es wusste ...« Sein Blick schweifte über die Brücke. Niemand sagte etwas. »Ich bin in meinem Büro«, verkündete er. »Ich rechne in Kürze mit einer Nachricht; stellen Sie sie dorthin durch.«

Kapitel sechsundzwanzig

RSS *Rascal*

Esmay Suiza hatte einen weiteren Anfall von Zweifeln erlebt, wie sie sie im Zusammenhang mit Commodore Livadhi schon mehrfach befallen hatten. Hatte er vielleicht wirklich Geheimbefehle erhalten, oder war sein Anspruch so erfunden wie ihrer? Es kam schon vor, dass Schiffe im Geheimauftrag die Grenze überquerten, und es geschah in beiden Richtungen. Aus der Benignität kamen tatsächlich auch Überläufer zu ihnen; sie war selbst einem begegnet. Und Livadhis Zorn wirkte so echt, so geradlinig: keinerlei Spur von Schuldgefühlen, nur die verständliche Verärgerung des Befehlshabers über einen Untergebenen, der wieder mal Pfusch gemacht hatte.

Dem stand nur die Richtstrahlmeldung von Oblo gegenüber und das eigene tief sitzende Gefühl, dass an Livadhi irgendwas nicht mehr in Ordnung war, nicht mehr im Lot, wie er es vorher nicht ausgestrahlt hatte. Esmay war auf einem sehr langen, sehr dünnen Ast weit hinausgeklettert, weit entfernt von jedem, der ihr einen Rat geben oder Hilfe hätte leisten können, und das anfliegende Schiff konnte der Feind sein.

Ihr Sensorenoffizier meldete sich zu Wort. »Es ist ein Flottenschiff – der Masse nach ein Kreuzer –, und hier haben wir die Funkfeuerdaten. Die *Indefatigable,* Kommandant.«

Esmay empfand tiefe Erleichterung. Heris Serrano war da; jetzt würde alles in Ordnung kommen. Sie hatte keine Ahnung, wie Heris Commodore Livadhi überreden wollte, nicht auszureißen, falls er das plante, aber Esmay war überzeugt, das Schlimmste hinter sich zu haben.

»Lieutenant«, sagte Livadhi, »ich befehle Ihnen, unseren Sprung zu decken. Gestatten Sie diesem Verräter nicht, uns zu folgen ...«

»Verräter, Sir? Meine Sensoren sagen, dass es die *Indefatigable* unter dem Befehl von Heris Serrano ist ...«

»Lieutenant, wir haben keine Zeit mehr – ich muss jetzt verschwinden, ehe sie meinen Einsatz kompromittiert; und Sie möchten vielleicht darüber nachdenken, woher sie wusste, dass sie hierherkommen musste ...«

Weil ich es ihr gesagt habe. Die Worte blieben Esmay im Hals stecken.

»Die *Vigilance* ist gefechtsbereit«, meldete ihr Geschützoffizier. »Sie hat uns und die *Indy* anvisiert.«

Die Abwehrschirme der *Rascal* konnten einen direkten Treffer durch die *Vigilance* nicht verkraften, nicht aus solcher Nähe. Esmay konnte zwar einen Mikrosprung auf sichere Distanz ausführen, aber dann hätte Livadhi springen können, ehe Serrano dicht genug an ihn herangekommen war.

Petris, der dienstfrei hatte, sagte sich gerade zum vierzigsten Mal, dass er besser etwas schlief, als sein Kom-Gerät das Drei-eins-drei-Signal abgab, mit dem Koutsoudas meldete, dass er Heris' Schiff entdeckt hatte. Petris wälzte sich aus der Koje und gab das gleiche Signal an Oblo und Meharry weiter. Dann in die Kleider, die Schuhe, ein kurzer Sprung auf die Toilette. Das Gesicht im Spiegel wirkte seltsam, eine Maske tiefer Konzentration. Er summte Slater und Cornelian an. Sein Magen drehte sich; er nahm einen Schluck Wasser und nahm Kurs auf die Triebwerksabteilung.

»Ist sie da?«, erkundigte sich Chief Potter.

»Ja. Bereiten wir die Leute allmählich vor. Ich denke

nicht, dass er durchs Schiff spazieren wird, aber versuchen Sie, sie aus den Hauptkorridoren fern zu halten.«

Hinunter aufs Truppendeck. Chief Sikes empfing ihn am Fuß der Leiter. »Hat sie es geschafft?«

»Ja. Ich weiß auch nicht mehr, aber machen Sie alles bereit.« Das Truppendeck würde, wie er wusste, am schwierigsten zu organisieren sein: mehr Menschen und mehr Nichteingeweihte. Falls Livadhi das Richtige tat und kapitulierte, war alles in Ordnung, aber man musste damit rechnen, dass der Bursche es nicht tat. Er würde versuchen zu feilschen, Heris mit ihrer alten Mannschaft zu erpressen.

Und es würde nicht funktionieren. Petris kannte Heris tiefste Überzeugungen so gut wie die eigenen: niemals würde sie hinnehmen, dass jemand ihr Schiff und ihre Mannschaft – besonders die Mannschaft – dem Feind auslieferte.

Eher brachte sie sie eigenhändig um. Sie waren zwar sicher vor der Schande, jetzt, wo ihnen Heris Serrano auf den Fersen war, aber es konnte durchaus den Tod für sie bedeuten.

Viel hing davon ab, wohin sie zielte und aus welcher Distanz. Da sie nun mal Heris war, würde sie versuchen, so viele Menschenleben zu retten wie möglich, aber Livadhi musste nicht unbedingt dazugehören. Und Quartier und Büro des Kommandanten lagen, wie die Brücke, tief im Innern des Kreuzers. Heris musste schwere Treffer im Zentrum landen, um die *Vigilance* außer Gefecht zu setzen, oder sie riskierte den vollständigen Verlust des Schiffes und möglicherweise des eigenen, wenn Livadhi zum Gegenangriff ansetzte.

Petris hatte mit denen unter seinen Vertrauten gesprochen, die die meiste Kampferfahrung aufbrachten, und sie hatten einen Plan ausgetüftelt, der vielleicht – nur vielleicht – den meisten Menschen an Bord das Leben rettete, die nicht unmittelbar in die Trefferzone eines Geschützes gerieten. Leider erforderte dieser Plan, dass sich mindestens hundert Crewmitglieder gegenseitig absprachen. Der Shuttlefuhrpark der *Vigilance* (sechs Truppentransporter, das Shuttle des Admirals, das Shuttle des Kommandanten, das Versorgungsshuttle) nahm insgesamt 541 Personen auf, falls sich die Leute stehend hineindrängten, und bot sechs Stunden Lebenserhaltung für diese Anzahl. Aber Shuttles ohne Kenntnis des Kommandanten zu starten war nahezu unmöglich – und sollte es auch sein.

Wie viel Zeit blieb ihnen noch?

Hinunter in die technische Abteilung. Was plante Livadhi? Was probierte er als Erstes? Was plante Heris? Zielte sie zuerst auf das Herz des Schiffes oder auf die Triebwerke? Wie lange verhandelten sie wohl dort oben, ehe etwas geschah?

Auf der Brücke der *Vigilance* hatte der Junior-Waffentech wie befohlen die *Rascal* ins Visier genommen. Sein Finger schwebte über dem Auslöseschalter.

Arkady Ginese blickte zum Geschützoffizier hinüber, der ausgesprochen unglücklich aussah. »Tun Sie das nicht«, wies er seinen Untergebenen an. »Sie ist zu nahe. Wir müssen erst noch die Optionen ändern, wenn sie so nahe bleibt.« Dann sagte er zu dem Offizier: »Wir haben die taktische Lösung, Sir, aber dazu müssen wir noch die Zündoptionen ändern. Erlaubnis, mit der Abschusscrew Kontakt aufzunehmen?«

»Einverstanden«, sagte der Offizier. Seine Augen wanderten zum Brückeneingang. »Falls – ich meine, das wird etliche Minuten dauern, nicht wahr?«

»Ja, Sir, das wird es.« Arkady hatte bereits Meharry ein Signal gegeben, eine Serie von Klicks, die ihr mitteilten, über welche Abschusscrew sie herfallen musste. Jetzt sprach er ins Mikrofon seines Kopfhörers: »Abschuss vier, unser Ziel, die RSS *Rascal,* befindet sich innerhalb des Verzögerungsradius. Wechseln Sie die Zeitzünder und die Zündoptionen für ein nahes Ziel ...«

Im Kopfhörer ertönte die erschrockene Stimme des Sergeants, der die Abschusscrew leitete. »Was? Wir feuern auf ein Flottenschiff? Das ist kein Meuterer; die *Rascal* gehört zu unserer Eskorte ... ich werde nicht ...«

Jetzt mischte sich Meharrys Stimme ein. »Arkady, was geht da vor?«

»Livadhi hat uns befohlen, Suiza und Serrano anzuvisieren. Gib das weiter.«

»Was ist mit den Brückenoffizieren?«

»Bislang halten sie zu ihm – aber die Sache steht auf der Kippe.«

»Idioten« Meharry benutzte ihr Lieblingsschimpfwort für dumme Offiziere und schaltete sich aus.

Arkady blickte erneut zum Geschützoffizier und dann zum Brückenoffizier hinüber, der sich gleichermaßen unwohl zu fühlen schien. Der Mann bewegte die Lippen – er musste mit Livadhi sprechen, denn sein Gesicht verwandelte sich in eine Maske der Trauer. Dann drehte er sich um und sah Arkady an. »Ginese – der Commodore erwartet Sie in seinem Büro. Sie auch, Vissisuan, Koutsoudas. Und informieren Sie auch Meharry, Kenvinnard, Guar ...« Die Liste umfasste Heris Serranos komplette alte Mannschaft. Arkady wurde kalt zumute. Was immer Livadhi im Schilde führte, es konnte nichts Gutes sein. »Er möchte Ihnen ein paar Fragen nach Ihrer früheren Kommandantin stellen; er ist über deren Pläne besorgt ...«

Das klang gar nicht gut. Arkady stand unter den Augen seines Vorgesetzten langsam auf und wagte dabei nicht, Oblo oder Koutsoudas anzusehen. Sicherlich wussten es Meharry und Petris und die anderen besser, als der Aufforderung zu folgen. Sicherlich unternahmen sie *irgendetwas.*

Issi Guar sah Meharry an, als sein Name aus den Lautsprechern dröhnte. »Klingt das für dich nach einer guten Nachricht?«

»Nein. Geh ja nicht hin! Ich tue es. Falls der Mistkerl Geiseln haben möchte, braucht er uns ja nicht alle zu bekommen. Mach mit dem Plan weiter. Pack die Leute in die Shuttles, so schnell du kannst ...«

Sie stieg die Leitern hinauf und aktivierte dabei ihren Positionsmelder, damit Petris sie aufspüren konnte. Sie trafen sich ein Deck unterhalb des Kommandodecks. »Er hat es bemerkt«, sagte Petris.

»Fürchte ich auch. Oder so was. Ich hab Issi gesagt, er soll nicht kommen. Denkst du, wir könnten Livadhi überwältigen?«

»Nicht, falls er Leute vom Bordsicherheitsdienst dabeihat, und ich kann mir gut vorstellen, dass es so ist. Oder auch seine eigenen Waffen.« Petris holte Luft. »Methlin – geh wieder hinunter und steig in eines dieser Shuttles.«

Sie schnaubte. »Ich werde nicht die sein, die unserer Kommandantin deinen Tod meldet. Und mein kleiner Bruder würde mich für einen Waschlappen halten.«

»Das bezweifle ich. Und ich bin nicht bereit, deinem kleinen Bruder zu sagen, ich wäre weggerannt und hätte dich umkommen lassen.«

»Das ist lächerlich! Während wir uns hier zanken, sammelt er Oblo und Arkady und 'Steban ein ...«

»Also vergeuden wir lieber keine Zeit.«

Meharry nahm ihn beim Wort und traf Anstalten, die letzte Leiter zu betreten; Petris packte sie an der Schulter und konnte mit knapper Not dem Hieb ausweichen, den sie nach ihm zielte.

»Ich könnte dir den Befehl geben«, gab er zu bedenken.

»Oh, klar! Spiel nur deinen Rang aus, aber ich lasse

meine Freunde auch nicht eher als du in der Gewalt dieses Mistkerls zurück. Also komm schon!«

Als sie das Kommandodeck erreichten, sahen sie Oblo, Arkady und Esteban den Korridor von der Brücke herabschlendern, und das mit der Langsamkeit eines Gletschers.

»Was jetzt?«, brummte Oblo. »Stürzen wir uns auf ihn oder ...«

»Ihr verschwindet«, sagte Petris. »Ich gehe allein zu ihm.«

»Heris wird begeistert sein«, fand Oblo.

»Du«, sagte Petris, »gehst auf die Brücke und brichst Streit vom Zaun. Wir müssen dafür sorgen, dass dieses Schiff nicht das Feuer auf irgendein anderes eröffnet und dass es nicht springt. Während du Ärger machst, schaltet Arkady die Geschütze aus. Falls sie nicht mehr unter Strom stehen, wird uns Heris weniger schnell wegpusten.«

»Falls wir das erreichen können, warum möchtest du dann, dass wir von Bord gehen?«, wollte Meharry wissen.

»Sein Daumen«, erklärte Petris, dem dieser Gedanke erst beim letzten Sprint die Leiter hinauf gekommen war. Einen Augenblick lang starrten ihn alle verständnislos an.

Dann sagte Meharry: »Das tut er nicht.«

»Doch, tut er, falls er sich ausreichend in die Enge getrieben fühlt. Verschwindet jetzt – er kann jede Minute auf dem Korridor erscheinen und nach uns Ausschau halten.«

Als sie außer Sicht waren, marschierte Petris zackig zur Luke, die ihn zur Kommandosektion des Admirals führte, und gab seine Anwesenheit bekannt.

Er war gar nicht überrascht, als ihn Admiral Livadhi mit einer sehr tödlichen Waffe in der Hand empfing und nichts in seiner Miene auf irgendeine Hemmung hindeutete, sie auch zu gebrauchen. Außerdem war die Schutzabdeckung seiner Kommandokonsole aufgeklappt, und die große rote Taste der Selbstzerstörungsanlage des Schiffes trat deutlich zutage. Ringsherum vermittelten Zweitausgaben der Brückendisplays dieselben Informationen, die auch die Brückencrew erhielt.

»Hätten Sie sich nicht eingemischt«, sagte Livadhi im Plauderton, »wären Sie ungeschoren aus der Sache herausgekommen. Man hätte Sie nach Hause zurückgeführt; das hat man mir versprochen.«

»Und das haben Sie geglaubt?« Petris empfand keine Angst um sich selbst; wie die Bilder eines Abenteuervideos sah er in Gedanken winzige Figuren durch die Korridore laufen und stehen bleiben, um zu diskutieren ... dann die Shuttles im Hangar besteigen ... sie vollstopfen ... und ob das wohl überhaupt funktionierte?

»Mir gegenüber haben sie immer zu ihrem Wort gestanden«, sagte Livadhi. »Ich hätte nie etwas unternommen, was Ihnen wehtäte – am wenigsten Heris' alter Mannschaft. Es sind gute Leute ...«

»Dann lassen Sie uns gehen. Lassen Sie die Crew gehen.«

»Das kann ich nicht tun – ich kann das Schiff nicht allein steuern.«

»Heris wird nicht zulassen, dass Sie das Schiff entführen«, wandte Petris ein. »Eher jagt sie es hoch.«

»Ich hoffe nicht«, sagte Livadhi. »Ich vertraue darauf, dass sie es nicht tut. Allerdings bin ich überzeugt, dass Sie den anderen geraten haben, nicht herzukommen ...«

»Richtig.«

»Ich könnte den Sicherheitsdienst anweisen, sie zu bringen, mal vorausgesetzt, dass Sie den Sicherheitsdienst nicht ebenfalls auf Ihre Seite gezogen haben. Ich vermute, dass Sie etwas unternommen haben, um Angriffe auf Serrano und Suiza zu sabotieren.«

»Ich glaube doch, ja.«

»Was für eine Verschwendung«, fand Livadhi. »Ihnen ist doch klar, dass ich jeden hier umbringen kann ...«

Sollte er ihm verraten, dass die Crew in diesem Augenblick in die Shuttles stieg, um von Bord zu gehen? Nein. Petris wartete, während sich Livadhi im Sessel zurücklehnte, dabei aber Acht gab, ihn weiter mit der Waffe anzuvisieren. »Sie möchten bestimmt nicht alle umbringen, Admiral«, sagte Petris, der das gern geglaubt hätte.

»Nein, aber mir bleibt womöglich keine andere Wahl.« Er winkte leicht mit der freien Hand. »Setzen Sie sich.«

Petris zögerte – wenn er sich setzte, nahm er sich damit die Chance auf einen raschen Angriff –, aber jede Sekunde, die er Livadhi beschäftigte, rettete vielleicht einem anderen Menschen das Leben. Er setzte sich behutsam auf die Kante eines Stuhls.

Livadhi lächelte. »Erzählen Sie mir mal – wie war sie?«

»Verzeihung?«

»Heris Serrano. Sie haben mit ihr geschlafen, wie ich weiß. Wie war sie?«

Petris war einen Augenblick lang vor Schreck sprachlos. »Ich habe nicht vor, *darüber* zu reden ...«

»Warum nicht? Wir haben sie beide geliebt; Sie lieben sie womöglich nach wie vor. Mir hat sie nie die Freuden ihres Körpers geschenkt, aber Sie – sie hat Sie für ihr persönliches Vergnügen vom Mannschaftsdienstgrad zum Offizier befördert ...«

»Nicht nur deshalb«, presste Petris zwischen den Zähnen hervor.

»Oh, ich denke doch.« Livadhis lässiger Gesprächston klang unter diesen Umständen obszön. »Sie sind nicht wirklich aus dem Holz geschnitzt, aus dem Kommandeure bestehen, wissen Sie? Ganz anders als Heris. Oder auch als ich.«

»Ich bin jedenfalls nie zum Verräter geworden«, wandte Petris ein. Die Zweifel über seine Beziehung zu Heris, die ihn so oft befielen – die auch ihre Liebe beeinträchtigt hatten, obwohl er sich diesem Gedanken nicht stellen wollte –, stiegen jetzt wieder auf und sprangen ihm ins Gesicht. Sie hatte wirklich das Zeug zum Kommandeur, er hingegen – er liebte sie, war aber nicht aus dem gleichen Holz geschnitzt.

»Nein, Sie sind nicht zum Verräter geworden. Das ist aber auch nicht der Punkt, und Sie wissen es.« Livadhi nahm einen Schluck aus der Flasche. »Sie sind ein guter und loyaler Mann, Petris Kenvinnard. Tüchtig in Ihrem Beruf – aber kein Befehlshaber. Wären Sie einer, säße ich jetzt nicht hier und hätte die Kontrolle über das Schiff. Heris hätte mich irgendwie ausgeschaltet; an Ihrer Stelle hätte auch ich einen verräterischen Admiral ausgeschaltet. Sie jedoch haben gezaudert. Haben abgewartet. Sie haben eine Gelegenheit nach der anderen verpasst.«

»Ich ...« Ihm war klar, dass er genau so gehandelt hatte. Er hatte darauf gewartet, dass Heris kam, dass sie die Entscheidungen traf. Aber woher wusste es Livadhi? Petris war wie gelähmt vor Scham.

»Und Ihretwegen muss unsere geliebte Heris nun die Wahl treffen, ob sie uns alle wegpustet oder mich entkommen lässt. Sie sind ihrer nicht wert, Petris. Ich war es, aber sie wollte mich nicht. Sie entschied sich für Sie – ich vermute, Sie taten ihr Leid.«

»Das ist nicht wahr!« Oder doch? Er dachte an die Zeit ihrer Liebe zurück – die Zeit, in der sie sich ihre Liebe eingestanden hatten, von Sirialis bis in die Gegenwart. Sicherlich war die Tiefe seiner Liebe wichtiger als die Frage, ob er das gleiche Zeug zum Kommandeur hatte. Die gemeinsame Leidenschaft – er kniff die Augen einen Moment lang zu, als er sich an ihre Berührung erinnerte, das Gefühl ihres Körpers, den Duft …

»Doch, ist es«, fuhr Livadhi fort. »Aber ich schätze, das würde sie Ihnen nie sagen. Ich bin überzeugt, sie tat sogar ihr Bestes, es nicht mal wahrzunehmen …«

Petris verschwamm vor Wut das Bild vor Augen. Es war nicht … Sie hatte ihn geliebt, hatte es bewiesen. Falls er in diesem einen Punkt weniger begabt war als sie, so war es ihr egal gewesen. »Sie versuchen nur, mich in Wut zu bringen«, sagte er mit einer heiseren Stimme, die er kaum noch als die eigene erkannte. »Sie möchten, dass ich etwas Dummes anstelle.«

»Nein«, entgegnete Livadhi. »Ich weiß, dass Sie nicht dumm sind. Aber Sie müssen einsehen, welche Gefühle ich dabei habe – wie ich es empfinde, Ihretwegen zurückgewiesen zu werden. Wie lange hatten Sie eine heimliche Beziehung, ehe Heris sich offen zu Ihnen bekannte?«

So vieles stimmte an diesen Worten nicht, so viele falsche Annahmen lagen ihnen zugrunde, dass Petris gar keine Antwort einfiel. »Wir hatten gar keine Beziehung, ehe sie – ehe eine richtige daraus wurde«, sagte er.

»Da bin ich sicher«, sagte Livadhi, und die Erheiterung spitzte seinen Tonfall zu. »Na ja, vielleicht nicht. Aber sie hatte von Anfang an ein Auge auf Sie geworfen, da bin ich sicher. Und Sie haben, wie ich vermute, das Deck angebetet, über das sie schritt …« Er schlug dabei einen angewiderten Ton an; Petris bemühte sich, seine Wut zu beherrschen.

»Ich habe sie bewundert«, formulierte Petris sorgfältig, »weil sie ein herausragender Offizier war.«

»Ich würde sie ausgezeichnet nennen, nicht direkt herausragend, aber ein bisschen Übertreibung kann … bei Liebenden nicht überraschen.« Livadhi legte den

Kopf schief. »Ja. Eindeutig ein Fall von Heldenverehrung, die sich als sexuelle Leidenschaft maskiert.«

»Es ist möglich, jemanden auch zu bewundern, den man liebt, Admiral, obwohl ich nicht vermute, dass Sie eine solche Erfahrung gemacht haben.«

»Oh doch, gewiss! Hätte sie meine Zuneigung nur erwidert, dann hätte ich sie sowohl geliebt als auch bewundert. Aber sie hat es nun mal nicht, sehen Sie? Wir sind bis zu dem Stadium vorgedrungen, in dem man sich die Haare zerzaust und sich küsst, aber dann verweigerte sie jede weitere Zärtlichkeit. Deshalb ja auch meine Frage ... sah sie nackt so gut aus, wie ich immer dachte? War sie so gut im Bett?«

»Besser«, antwortete Petris. Er hätte nicht darauf eingehen sollen, wie er wusste, aber er konnte einfach nicht anders. Etwas Älteres als militärisches Protokoll und Ehre war hier am Werk, und obwohl er diesem Mann vielleicht auf Gnade oder Ungnade ausgeliefert war, hatte er immer noch etwas, was Livadhi fehlte. »Sie hat mir gehört, und Sie ahnen ja nicht mal, wie gut es war ...«

Livadhis Lächeln wurde breiter. »Ausgezeichnet! Dann denke ich, sind Sie tatsächlich der beste Hebel, den ich hier ansetzen kann. Entweder lässt sie mich ziehen, oder sie muss zusehen, wie Sie sterben.« Er hob die bislang freie Hand und hielt jetzt darin eine weitere Waffe, in der Petris eine Pistole mit Beruhigungspfeilen erkannte.

RSS *Indefatigable*

»Was geht da drüben vor?«, fragte Heris.

»Ihre Zielerfassung ist zusammengebrochen, ihre Geschütze – werden heruntergefahren, Kommandant.« Ihr eigener Geschützoffizier klang erleichtert, und das konnte nicht verwundern.

»Ist es ein Trick?«, fragte Seabolt.

»Sie haben dort Koutsoudas an Bord«, antwortete Heris, »aber er steht auf unserer Seite – er deckt die ganze Zeit schon die *Rascal.* Ich kenne niemanden außer ihn, der unsere Sensoren über den Status ihrer Geschütze täuschen könnte.«

»Ein Richtspruch von der *Rascal«,* meldete ihr Funkoffizier.

»Her damit«, sagte Heris.

»Hier Kommandant Suiza ... unsere Sensoren zeigen, dass die *Vigilance* uns nicht mehr anvisiert und ihre Geschütze heruntergefahren wurden.«

»Das können wir bestätigen«, sagte Heris. »Irgendwelche Funkmeldungen von der *Vigilance?«*

»Nein, Sir. Warten Sie ... wir empfangen da etwas ... aus dem Shuttlehangar ...«

»Wir erhalten es auch«, gab Heris bekannt, die die Veränderungen auf den eigenen Sensorenbildschirmen betrachtete. »Wir können bestätigen, dass sich die Tore des Shuttlehangars öffnen.« Das war verrückt – wollte Livadhi mit Shuttles einen Angriff auf die *Rascal* führen?

»Shuttle taucht auf, *Indy«,* gab Suiza durch. »Unsere Sensoren zeigen die Masse eines Truppentransporters – warten Sie ... Wir empfangen ein Signal ...«

»Richtfunk? Rundspruch?« Haris gab der eigenen Funkbesatzung einen Wink, aber sie schüttelten die Köpfe.

»Richtfunk, Sir; ich gebe es weiter ...«

Über die Vermittlungsstelle meldete sich die Stimme von Esteban Koutsoudas. »*Rascal* – Kommandant Suiza, feuern Sie nicht! Wir evakuieren das Schiff. Commodore Livadhi versucht überzulaufen ...«

Sie evakuierten das Schiff? Heris bekam einen Augenblick lang kaum Luft. Es war gar nicht möglich, alle von Bord zu bringen – es sei denn, sie entluden die

Shuttles und fuhren noch einmal. Reichte die Zeit dafür?

»Habe ich die Erlaubnis, das Shuttle anzudocken und die Truppen aussteigen zu lassen?«, unterbrach Suiza den übermittelten Funkspruch.

»Fahren Sie einen Schlauch aus«, befahl Heris. »Sagen Sie ihnen, sie sollen rasch aussteigen – und, falls Druckanzüge vorhanden sind, am besten gleich herüberschwimmen.«

Eine längere Verzögerung trat ein, dann meldete sich Suiza zurück. »Druckanzüge bei dieser Fuhre vorhanden. Schlauch wurde ausgefahren; Ankunft in vier Komma zwei Minuten geschätzt.«

Heris übersetzte das in reale Entfernung; die *Rascal* schmiegte sich beinahe an die Flanke des Kreuzers. »Wenn Sie so dicht herangefahren sind, Kommandant Suiza, hatten Sie eigentlich vor, ihn am Sprung zu hindern?«

»Falls nötig«, antwortete Suiza. »Und ich hatte dadurch freie Schussbahn auf Kernschussweite.«

»Ja ... das sehe ich. Weitermachen. Wenn Sie diese Personen an Bord haben, sollten Sie Koutsoudas an die Sensoren setzen. Und falls welche von meiner alten Mannschaft dabei sind, würde ich gern mit ihnen reden.«

»Ja, Sir. Ein zweites Shuttle fährt aus ...«

Die Sekunden tickten vorüber, aber Heris brauchte kaum auf die Uhr zu blicken, um jede einzelne davon zu spüren, jeden Meter zu spüren, den die Shuttles in Richtung auf die *Rascal* gutmachten. Eins nach dem anderen ... der gesamte Fuhrpark wie Perlen auf einer Schnur. Die *Rascal* war jeweils in dem Augenblick am meisten verwundbar, wenn sie die Luke öffnete, um ein Boot aufzunehmen, aber Suiza hatte nicht mal vorgeschlagen, auf eine sichere Distanz zurückzuweichen. Heris nahm sich für später vor, ihre Zufriedenheit mit Suiza auch wirklich zu empfinden.

RSS *Rascal*

Das erste Shuttle fuhr dicht ans äußere Ende des Transferschlauchs heran und ließ die Luft an der anderen Bordwand ab, um sich durch den Druck sachte an den Schlauch zu schmiegen. Bei offener Shuttleluke war der Transferschlauch mit seinen Handgriffen aus Seilen leicht zugänglich. Einer der Chiefs streckte die Hand aus und nahm die an einem der Rahmensegmente des Schlauchs hängenden Sicherungsleinen ab, um sie nach hinten weiterzureichen. Jeder hielt sich daran fest; dann traten die Personen, die der Luke am nächsten standen, in die Schwerelosigkeit hinaus und zogen sich zur *Rascal* hinüber; der Pilot lenkte das Shuttle derweil wieder vom Schiff weg, und die noch an Bord befindlichen Personen wurden dabei durch die Sicherungsleinen herausgezogen.

Koutsoudas war der Dritte an der Leine; mit den beiden Personen vor ihm durchquerte er die Luftschleuse und betrat die *Rascal*. Nach der *Vigilance* empfand er die Umgebung hier als beengt; er erreichte die Brücke schneller, als er erwartet hatte.

Suiza hielt schon nach ihm Ausschau. »Hier drüben«, sagte sie und reagierte nur mit einer knappen Handbewegung auf seinen militärischen Gruß und die Bitte, die Brücke betreten zu dürfen. »Und Commander Serrano möchte von einem Mitglied ihrer alten Mannschaft einen Bericht hören. Wer ist an Bord?«

»Ich war der Einzige auf diesem Shuttle. Issi Guar kommt vielleicht mit dem nächsten. Arkady, Oblo und Meharry sind auf die Brücke gegangen, um die Geschütze auszuschalten.« Er öffnete seinen Druckanzug und zog eine kleine graue Box aus einer Innentasche. »Nur eine Sekunde, Sir, während ich das hier in Gang setze …«

Das Sensorenbild verschwand vom Monitor, löste sich in buntes Durcheinander auf, um sich dann deutlicher als vorher neu zu bilden. »Da«, sagte Koutsoudas. Er sah seinen neuen Kommandanten an. »Kommandant, da drüben ist wirklich was los. Die Brückenoffiziere stehen zu Livadhi, sind aber nicht an seinem Verrat beteiligt – sie glauben, was er ihnen sagt. Geheimbefehle, sagt er, und Serrano wäre die Verräterin, oder sie hätte ihm nicht nachspüren können.« Er drückte einen Schalter, und eine Nahaufnahme von der Flanke der *Vigilance* mit der offenen Shuttleluke kam auf den Bildschirm. »Sie werden allerdings nervös, und ich vermute fast, dass unsere Leute sie überzeugt haben, da die Geschütze heruntergefahren wurden.«

»Und – denken Sie, dass sie Commodore Livadhi verhaften werden?«, wollte Suiza wissen.

»Nein, Sir – er hat den Auslöser der Selbstzerstörungsanlage geöffnet.«

»Der Selbstzerstörungsanlage?«

»Ja, Sir. Zumindest glauben wir das. Er hält sich im Flaggbüro auf, wo er Zweitausgaben sämtlicher Displays hat, aber auch diesen Schalter.«

»Aber er möchte doch das Schiff nicht sprengen«, sagte Suiza. »Er möchte zur Benignität überlaufen.«

»Was er nicht tun kann, solange Sie ihm so dicht auf dem Hals sitzen und sich Commander Serrano mit einem Kreuzer in müheloser Schussdistanz aufhält. Besonders nicht, wenn ihm auch klar wird, wie viele seiner Crew wir von Bord holen. Wir denken, dass er mit der Sprengung drohen wird, um Serrano zu erpressen, dass sie ihn ziehen lässt.«

»Darauf geht sie niemals ein«, sagte Suiza im Brustton der Überzeugung. Koutsoudas sah sie an. Sie hatte einen weiten Weg zurückgelegt von dem erschöpften, verängstigten jungen Offizier, der sie bei Xavier alle gerettet hatte. Sie zeigte jetzt einen Blick, wie er ihn mit Serranos in Verbindung brachte – auch mit Livadhi, ehe er sich auf die falsche Seite geschlagen hatte. Suiza wandte sich von ihm ab und wies ihren Ersten Offizier an, die Neuankömmlinge unterzubringen, damit sie niemandem in die Quere kamen – auf einem Patrouillenschiff keine leichte Aufgabe.

Das nächste Shuttle dockte am Transferschlauch an und führte das gleiche Ausstiegsmanöver aus wie die vorherige Maschine. Das erste Shuttle fuhr derweil wieder in den Hangar der *Vigilance* ein; das dritte und vierte befanden sich in der Warteschleife für den Andockschlauch. Koutsoudas fragte sich, wie viele Menschen noch warteten ... wie viele man hatte überzeugen können ... na ja, das konnte er herausfinden: er schaltete sich in den Funkverkehr ein und sondierte die bordinterne Kommunikation auf der *Vigilance*. Oblo hatte versprochen, sie auf volle Stärke hochzufahren.

Da ...

»Aber das ist Meuterei!«, wurde die Stimme von Kommandant Burleson vernehmbar.

»Ja, Sir, und eine wilde Flucht. Das stimmt.« Das war Oblo, kein Zweifel. In dem geduldigen Ton, wie er ihn zuzeiten gegenüber weniger intelligenten Pivots anschlug, fuhr er fort: »Und falls wir uns irren, dann wird der Admiral nichts weiter tun, als dort sitzen und mit Commander Serrano verhandeln, und sobald sie überzeugt ist, kehren wir alle auf unsere Posten zurück und werden zur Schnecke gemacht. Aber das ist immer noch besser, als wenn man sich als Gefangener der Benignität wieder findet, denken Sie nicht?«

»Er würde nie ...«

»Sir, das hat er schon. Dafür liegen Indizien vor. Die

Sache ist die: Wir werden keine Kampfhandlungen gegen loyale Flottenschiffe aufnehmen, und wir werden auch nicht nur herumsitzen und zulassen, dass uns der Admiral hochjagt. Sie haben die Wahl, Sir: entweder kommen Sie freiwillig mit, oder ich und Methlin schleifen Sie mit.«

»Er wird nicht gehen«, sagte Suiza. »Er ist Kommandant – er wird bleiben wollen.«

»Die anderen von Ihnen – kommen Sie schon ...« Das war wieder Oblo, diesmal ein bisschen außer Atem. Koutsoudas überlegte, dass Suiza wohl Recht behalten hatte und sie den dickköpfigen Flaggkommandanten bewusstlos hatten schlagen müssen. »Alarmzustand ... probieren wir es ...«

RSS *Vigilance*

Livadhi zeigte immer noch dieses giftige Lächeln, als er die Richtfunkmeldung an die *Indefatigable* abschloss. »Commander Serrano ... zu schade, dass Sie die ganze Strecke vergebens zurückgelegt haben.«

»Ich würde es nicht direkt vergebens nennen.« Heris' Stimme vermittelte Petris Festigkeit, aber Livadhis wissendes und anzügliches Grinsen schmerzte trotzdem. Petris spürte, wie er im warmen, dunklen Teich des Tranquilizers versank; er wollte etwas sagen, wusste aber nicht, wie er es anstellen sollte. »Wenn in Kriegszeiten ein Admiral und sein Schiff verschwinden, merken das die Menschen.«

»Du erreichst nichts weiter«, wandte Livadhi ein, »als dass Hunderte unschuldiger Menschen umkommen. Sie wären in Sicherheit gewesen, hättest du dich nicht eingemischt. Sie könnten immer noch sicher sein, falls du nur tust, was ich sage.«

»Und das wäre?«

»Lass mich gehen. Zieh dich mit Suiza zurück und lasse mich gehen. Ich weiß, was ich tue.«

»Ich denke nicht, dass du es weißt, Arash«, erwiderte Heris.

»Es sind deine Leute, Heris. Menschen, die du liebst. Menschen, denen du schon einmal wehgetan hast – möchtest du sie jetzt umbringen?«

»Ich habe nicht vor, sie umzubringen, Arash ... du warst es, der sie in den Untergang führen wollte.«

»Sie wären repatriiert worden«, sagte Livadhi. »Jules hat es mir versprochen ...«

»Jules?«

»Vergiss es. Das ist jetzt unwichtig. Wichtig ist, dass deine Leute auf Gedeih und Verderb von deiner Entscheidung abhängen, Heris. Ich habe Petris hier bei mir ...«

»Und du wirst ihn umbringen, falls ich dich nicht gehen lasse, und dann bringt ihn die Benignität um? So läuft das nicht, Arash.«

Natürlich läuft es so nicht, dachte Petris. Das hätte ich dir gleich sagen können. Eine tolle Frau; er wünschte nur, er hätte ihr sagen können, dass er sie liebte. Er entspannte sich und ließ zu, dass der dunkle Teich über ihn hinwegschwappte.

»Du hast mich nicht ausreden lassen«, sagte Livadhi. »Du hast die Leute schon immer gern unterbrochen. Hör mir zu.«

RSS *Indefatigable*

»Arash – tu das nicht!«, sagte Heris. Sie fühlte sich nutzlos; sie hatte früher schon Verräter zu überreden versucht, dass sie von ihrem Tun abließen, und damals war es ihr auch schon nicht gelungen. »Du kommst nirgendwohin; du bringst dich nur um Kopf und Kragen ...«

»Du kannst mich nicht aufhalten«, wandte er ein. »Im günstigsten Fall wird man mich für den Rest meines Lebens immer verdächtigen. Warum sollte ich mir das zumuten?«

»Weil ...« Weil sie einmal Freunde gewesen waren. Er hatte ihr Koutsoudas überlassen, als sie ihn brauchte; er hatte sie mit den Klonen des Prinzen ziehen lassen, als er sie genauso gut hätte wegpusten können. Sie versuchte nicht, ihn daran zu erinnern; er wusste es ohnehin.

»Ich möchte ein solches Leben nicht, Heris. Ich möchte nicht so leben, mit all diesen bedeutungsvollen Blicken.«

»Also läufst du lieber zum Feind über, obwohl wir dich brauchen?«

»Du brauchst mich nicht. Du liebst mich nicht mal ...«

»Dich lieben! Geht es hier darum?«

»Nein. Na ja, nicht nur jedenfalls. Jetzt, wo ich fortgehe ... tut es mir Leid, dass wir nie zusammengefunden haben. Ihr Serranos seid – besondere Menschen.« Das süffisante Grinsen auf seinem Gesicht brachte sie zum Wahnsinn; sie hätte es am liebsten mit einer Schaufel weggeprügelt.

»Wir Serranos sind dickköpfig, arrogant und unhöflich, Arash. Es hätte dir nicht gefallen, falls du mit mir geschlafen hättest, selbst wenn ich Lust dazu gehabt hätte. Aber jetzt mal im Ernst – du warst immer ein guter Offizier. Denk nach! Du bist jetzt nicht fair zu deiner Mannschaft.«

»Das Leben ist nicht fair, Serrano. Das solltest du besser wissen als jeder andere.«

»Warum bringst du dich nicht einfach selbst um und lässt deine Leute ziehen?«

»Warum sollte ich? Heris ... sieh mal, ich habe Lepescu nicht nahe gestanden und mich nie an einer seiner dummen Jagden beteiligt. Aber ich wusste von ihnen. Und dadurch wurde ich hineingezogen – sie hatten mich in der Hand, weshalb ich ...«

»Arash ... du bist mir mal zur Hilfe gekommen und hast zwei Schiffe der Benignität weggepustet; du kannst doch nicht ernsthaft vorhaben ...«

»Heris, du bist ja so arglos! Warum, denkst du, war ich überhaupt dort, nahe genug, um deinen Funkspruch zu empfangen? Hättest du nicht entschieden zu kämpfen, und hätte dieser Idiot in der Benignität nicht entschieden, dich völlig zu vernichten, hättest du nie von meiner Anwesenheit vor Ort erfahren. Du hattest etwas bei dir, was die Benignität unbedingt haben wollte, und der Plan bestand ursprünglich darin, dein Schiff zu entern, dieses Etwas herunterzuholen und dich dann in irgendeinen abgelegenen Sektor zu schleppen, damit du dir von dort aus den Rückweg suchst, falls überhaupt möglich.«

»Du warst – hinter dem Prinzen her? Du wolltest den Prinzen entführen?«

»Ja, natürlich! Und die Klone. Die Benignität glaubte, damit ein wirksames Druckmittel in die Hand zu bekommen... Ich wollte nicht, dass du dabei zu Schaden kommst oder diese alte Dame. Ihre Vergiftung war kein Plan der Benignität; deshalb haben sie den Giftmischer ja auch umgebracht.«

»Aber Arash ...« Es war sinnlos. Falls er glaubte, in der Benignität ein gutes Leben zu finden... Sie kniff die Augen zu. Sie war so froh gewesen, als sie erfuhr, dass Petris auf Livadhis Schiff war – sie hatte darauf vertraut, dass Livadhi sich so um die Mannschaft sorgte, wie sie, Heris, es tat. Und jetzt ... jetzt führte er diese Menschen in den sicheren Tod, auf die eine oder andere Art.

Sie probierte es aufs Neue. »Warum nimmst du nicht das Shuttle? Ich würde dir freien Abzug gewähren; du wärst in Sicherheit; man würde mich dafür feuern, aber das kenne ich ja schon von früher. Und deine Crew …« *Meine Crew!* »… wird ebenfalls in Sicherheit sein. Du kannst dich darauf verlassen, dass ich nicht das Feuer auf dich eröffne.«

»Nein«, sagte Livadhi. »Ich brauche den Kreuzer und seine Besatzung. Das ist meine Fahrkarte nach Hause.«

Noch immer konnte sie kaum glauben, wie kaltblütig er war. »Komm schon«, sagte sie. »Du bist ein Admiral; sie würden dich sogar in Unterwäsche freudig empfangen.«

»Nein, Heris, das würden sie nicht.« Er schien die Worte auszuwählen, als pflückte er Beeren aus einem Dornengestrüpp. »Sie sind der Meinung, dass ich bislang ihre Investition in mich nicht gerechtfertigt habe. So haben sie sich fast wörtlich ausgedrückt. Ich muss den Kreuzer und seine Besatzung mitbringen – sie möchten die Besatzung nicht, aber sie möchten sichergehen, dass der Kreuzer nicht in eine Sprengfalle verwandelt wurde.«

Abseits der Mikrofone murmelte jemand »Kommandant …«, und als Heris hinüberblickte, hielt er eine Tafel mit der Anzahl der Personen hoch, die bereits evakuiert waren. Heris wandte sich erneut Livadhi zu.

»Was ist mit der Besatzung, Livadhi? Hast du dir überlegt, wie sie wohl darauf reagiert, dass du sie an die Benignität verkauft hast? Kannst du sie wirklich unter Kontrolle halten, bis du dort eintriffst? Denkst du, sie werden dir das Schiff ohne Kampf überlassen?«

»Dank dir und Suiza wahrscheinlich nicht. Verdammt, Serrano, es ist sowieso alles deine Schuld.« Er war wieder auf den Punkt gekommen, an den er sich bis zuletzt klammern würde, erkannte sie.

»Ist Petris bei dir in der Kabine?«, fragte sie.

»Oh ja. Alles andere wäre mir nicht sicher genug

gewesen«, antwortete er. »Möchtest du ihn sehen?« Und ehe sie antworten konnte, hatte er die Videoaufnahme gedreht. Petris saß ihm gegenüber zusammengesunken auf einem Stuhl am Schreibtisch. Sein Gesicht war so leer und ausdruckslos, so völlig unpassend zu seiner üblichen unbekümmerten Miene, dass Heris nicht verhindern konnte, entsetzt nach Luft zu schnappen.

»Ein Hauch pharmazeutischen Friedens«, sagte Livadhi; er drehte die Aufnahme wieder zu sich herum und zeigte ein wildes Grinsen. »Er ist zu gefährlich, und außerdem hatte ich schon meinen Spaß dabei, ihn aufzuziehen. Er ist ganz in dich vernarrt, weißt du? Obwohl er dir nicht das Wasser reichen kann.«

Ihr Mund war trocken; sie bekam kein Wort hervor. Mehr als die halbe Besatzung war inzwischen von Bord der *Vigilance* gegangen und steckte wie Salzheringe in den Kabinen und Korridoren der *Rascal*. Die Shuttles nahmen derzeit die nächste Fuhre an Bord und mussten mit ihr die größere Entfernung zur *Indefatigable* überbrücken, damit sie nicht letztlich am Transferschlauch der *Rascal* hängen blieben. Heris wusste, dass Livadhi den roten Schalter unter seinem Daumen gedrückt hätte, wäre sie mit einem Mikrosprung näher herangegangen. Vielleicht tat er es ohnehin.

Petris war schon so gut wie tot. Sie wusste nicht, wie sie ihn hätte herausholen können – Livadhi konnte den Schalter drücken, ehe irgendjemand in die Kabine eindrang, selbst wenn überhaupt jemand greifbar gewesen wäre, der es probierte. Sie tobte innerlich über die Leute in der Umweltabteilung dort drüben – hätten sie nicht auf die Idee kommen können, Betäubungsgas hineinzupumpen? Andererseits verfügten die Flaggbüros wohl über eine eigene Ventilation, komplett mit zugriffssicheren Sauerstofftanks, nur um solchen Möglichkeiten vorzubeugen.

Ihr blieb nichts weiter übrig, als dafür zu sorgen, dass Livadhi weiterredete, während die langsamen Shuttles hin- und zurückfuhren und dabei jeweils nur kleine Gruppen Menschen beförderten. Vielleicht – vielleicht blieb Petris ja der einzige Unschuldige, der ums Leben kam.

Aber noch während sie diesen Gedanken nachhing, wandte Livadhi den Blick von ihr zu einem der Bildschirme neben ihm, die außerhalb von Heris' Blickfeld lagen. Seine Augen weiteten sich, und er wurde bleich. »Sie fliehen! Sie evakuieren! NEIN! Ich lasse nicht zu, dass du gewinnst, Serrano!«

Und er senkt den Daumen.

»Ich bedaure, Ihnen mitteilen zu müssen ...« Die alte Formel ermöglichte es, die Tatsache auszusprechen, aber sie machte es nicht leichter. »Commodore Livadhi hat gerade die *Vigilance* gesprengt. Die *Rascal* lag viel näher an ihr, sodass sie vielleicht beschädigt wurde. Wir hoffen, noch Überlebende zu finden; wir stehen gerade im Begriff, einen Rettungseinsatz zu starten.

Ich bitte Sie alle, ruhig zu bleiben und weiter Ihren Pflichten nachzugehen; sobald wir Informationen über Überlebende haben, werden Sie informiert. Für die Dauer des Rettungseinsatzes werden die Barkassenhangars und die Krankenstation von der internen Kommunikation getrennt; falls Sie ein gesundheitliches Problem haben, wenden Sie sich an den Kommandeur Ihrer Abteilung, der sich dann mit der Brücke in Verbindung setzt.«

»Kommandant, wir haben eine Verbindung zur *Rascal* ...«

»... nur geringfügige Schäden, Kommandant Serrano. Wir können hier jedoch niemanden mehr aufnehmen. Mir liegen inzwischen Bahnbeschreibungen der Wrackteile vor ...«

»Danke, Kommandant Suiza. Können Sie eines der Shuttles sehen?« Die gepanzerten Kampfshuttles sollten dergleichen eigentlich überleben, falls sie nicht von einem zu großen Wrackteil getroffen wurden. Die Offiziersshuttles jedoch ...

»Ja, Sir. Eine Maschine zumindest scheint ganz zu sein, trudelt aber steuerlos. Die anderen haben wir bislang nicht entdeckt ... Warten Sie ... Koutsoudas sagt, er hätte sie.«

»Wir fliegen an, aber langsam ...« Die Schilde hochgefahren, um Schäden durch Wrackteile zu vermeiden, und viel langsamer, als Heris lieb war. Bitte, bitte, lass sie am Leben sein! Mehr von ihnen! Die meisten von ihnen! Sie alle, falls es möglich ist, bitte ...

Sie wartete ein paar Augenblicke auf der Brücke, ob Anfragen seitens der Sektionskommandanten eintrafen, was aber nicht geschah. Also begab sie sich, nachdem sie dem Ersten Offizier zugenickt hatte, in ihr Büro am Korridor gegenüber. Dort kopierte und versiegelte sie die Sensorenaufzeichnungen und machte sich an einen detaillierten Bericht für die Raumflotte, während sie auf die ersten Meldungen vom Rettungseinsatz wartete. Petris war tot. Livadhi hatte »Spaß« mit ihm gehabt – sie konnte sich vorstellen, was er zu ihm gesagt hatte und wie Petris sich dabei gefühlt haben musste. Und sie selbst war zu spät gekommen, hatte kein Wunder wirken können, hatte keine Gelegenheit mehr gefunden, ihm zu sagen, was sie empfand.

Die Stunden schleppten sich dahin. Sie bestätigte den Empfang der ersten Erfolgsmeldung: man hatte das trudelnde Shuttle geentert und die Überlebenden – meist schwer verletzt – so gut wie möglich stabilisiert. Ein weiteres Shuttle hatte man mit geöffneter Luke aufgefunden (war man dort zum Zeitpunkt der Zerstörung gerade eingestiegen?), und alle an Bord waren tot. Auf einem dritten hatten alle überlebt; der Funkmast war zerstört, aber der Pilot hatte die Maschine trotzdem zur *Rascal* lenken können.

Heris' Kom-Gerät piepte; sie nahm das Gespräch an, während sie sich gleichzeitig auf Punkt 16 (f) ihres Berichts zu konzentrieren versuchte, und eine Stimme sagte: »Kommandant, möchten Sie im Büro zu Mittag essen oder hier drüben?«

Sie wollte schon ablehnen, überhaupt etwas zu essen, aber alle Erfahrung lehrte, dass man entweder zeitig aß oder später den Preis dafür zahlte. »Suppe und Brot«, beantwortete sie die nicht gestellte Frage. »In meinem Büro.«

»Dann in fünf Minuten, Skipper.«

Die Suppe schmeckte nicht, das Brot war schal. Sie aß trotzdem, wohl wissend, dass es wichtig war, und wechselte jeweils zwei Löffel Suppe und einen Bissen Brot ab. Er war tot. Für immer tot. Er hatte sie im Augenblick vor seinem Tod nicht hören können, nicht sehen können. Alles, was er hörte, waren Livadhis giftige Worte; alles, was er sah, war Livadhis arrogantes Gesicht.

Jemand klopfte an ihre Tür. »Herein«, sagte Heris, froh über alles, was sie aus dieser Stimmung riss. Die Tür ging auf, und dort stand Methlin Meharry in einem zerknitterten Raumanzug.

»Tut mir Leid, Kommandant«, sagte sie. »Ich konnte ihn nicht herausholen ...«

»Ich weiß«, sagte Heris. Ihre Augen füllten sich mit Tränen, aber sie blinzelte sie weg. »Ich weiß.«

»Ich hätte diesen Schlammwurm umbringen sollen, sobald ich dieses flaue Gefühl im Bauch bekam«, sagte Meharry. »Das hätte uns eine Menge Kummer erspart.«

»Du hast dein Bestes getan«, sagte Heris.

»Das erschien mir damals so, aber jetzt – du weißt ja, wäre es nicht zu der Meuterei gekommen ... Wir wollten lieber keine Unruhe auf dem Schiff stiften, für den Fall, dass wir in ein Gefecht verwickelt würden ...«

»Es war nicht deine Schuld«, sagte Heris.

»Ich weiß. Aber verdammt, Kommandant – ich weiß doch, was du für ihn empfunden hast.«

»Ja, und ich werde über diesen Verlust noch trauern und weinen … aber ich hatte das Glück, von ihm geliebt zu werden, und daran werde ich mich stets erinnern. Ich werde nicht hinnehmen, dass mir ein Verräter diese Erinnerung raubt, und er wird mein Leben nicht ruinieren.« Sie sagte das, um Meharry zu trösten, aber trotzdem fühlte sie sich selbst gleich besser. Das würde nicht von Dauer sein, wie sie wohl wusste – der Schmerz würde sich zurückmelden, der Verlust –, aber dieser Augenblick der Erinnerung an sein lachendes Gesicht im Sonnenlicht, vor all diesen Jahren auf Sirialis, brachte nur Freude.

Kapitel siebenundzwanzig

Der Winterregen war schließlich über den Hauptstützpunkt der Raumflotte auf Copper Mountain hereingebrochen, und eine Front nach der anderen warf eine Ladung Schnee auf die höheren Lagen und einen kalten, durchdringenden Regen auf die tieferen. Die Q-Town glitzerte in der Festbeleuchtung der Kneipen und Restaurants und Geschäfte; die Straßen waren sauber gewaschen von einem weiteren Regenguss und gefegt von einem bitterkalten Wind, der die Leute von der Straße und unter sichere Dächer trieb.

Im Diamond Sim's war der Hauptsaal gedrängt voll von Männern und Frauen in Flottenuniformen; fast alle Tische waren voll besetzt, und eine Reihe Menschen standen an der Theke.

»Genau das, was wir brauchen«, fand Oblo. »Ein Politiker, der sich in unsere Feier hineindrängt. Bis unsere Offiziere hier eintrudeln, liegen wir längst alle am Boden.« Flottenpersonal von Copper Mountain und umliegenden Stützpunkten hatte sich diese Kneipe für eine gemeinsame Feier ausgesucht. So voll sie schon war, es würde noch schlimmer kommen – nur noch Stehplätze, sobald die Trinksprüche an die Reihe kamen.

»Der Sprecher ist nicht einfach nur irgendein Politiker.«

»Politiker sind Politiker«, behauptete Oblo. Es war nicht der erste Krug, der halb geleert neben seinem Ellbogen auf dem Tisch stand. Methlin Meharry, die ihm gegenübersaß, schüttelte den Kopf. Ihr jüngerer Bruder Gelan saß neben ihr, frisch befördert und ausgezeichnet für seinen Anteil am Sieg über die Meuterer. Er gab sich in Gesellschaft von Methlins Schiffskameraden noch immer etwas steif.

An einem Ende der langen Theke drängten sich einige Zivilisten um einen älteren Mann, dem allmählich die Haare ausgingen und der eine alberne gelbe Lederjacke trug, die an ein Theaterkostüm erinnerte.

»Nehmt nur den da«, sagte Oblo und deutete mit dem Bierkrug hinüber. »Was tut er eigentlich hier, in diesem Aufzug? Ist das eine Kostümparty oder eine anständige Totenwache?«

»Er hat mir das Leben gerettet«, erzählte Gelan und beugte sich vor. »Er ist Wissenschaftler – und er und die anderen haben den Meuterern einen Truppentransporter gestohlen, um das geheime Material aus dem Waffenforschungslabor auf Stack Three wegzubringen. Sie haben ihre Feier verdient.«

»Falls du das sagst«, versetzte Oblo.

»Wer ist der Rotschopf?«, erkundigte sich Methlin.

»Ensign Pardalt. Sie war auch in dem Flugzeug, das mich aufgesammelt hat – die Leibwächterin des Professors. Ich habe von den anderen gehört, sie hätte ihm das Leben gerettet. Außerdem hat sie eine Art Signalsender zusammengebastelt, der die Nachricht über die Meuterei absetzte.«

»*Sie* war das? Woher stammt sie? Welches ist ihr Spezialgebiet?«

»Von Xavier. Hat später ein Flottenstipendium erhalten. Sie ist als Juniorausbilderin hier.«

»Eine Vergeudung von Talent«, fand Oblo. »Sie klingt ganz nach einer zweiten Suiza.«

»Nur hübscher«, meinte Methlin.

»Vorsichtig!«, mahnte Oblo und deutete mit dem Kopf auf einen jungen Offizier am Nachbartisch. »Der junge Serrano würde das nicht gern hören.«

»Der junge Serrano würde es nicht mal bemerken«,

erwiderte Methlin. »Er ist viel zu verliebt. Aber sie sieht wirklich toll aus, diese Ensign Pardalt. Und dieser fette alte Mann weiß es.«

»Er ist wohl einer von dem Schlag, was?«

»Nein ... ich denke vielmehr, er benutzt sie als Honig für seinen Köder, um mit anderen Leuten ins Gespräch zu kommen. Oh sicher, er flirtet mit ihr, aber ich vermute, dass er fest mit jemand anderem verbunden ist.«

Die Außentür ging ein weiteres Mal auf, und eine neue Gruppe Besucher stand dort und blinzelte sich den Regen aus den Augen. Oblo, der mit dem Gesicht zur Tür saß, stieß einen Jubelschrei aus: »*Da* ist sie ja! Kommandant, hier drüben!« Aber noch ein weiterer Jubelruf ertönte und riss diesmal den Serrano-Tisch auf die Beine. »Suiza! Suiza!«

Heris Serrano und Esmay Suiza betraten die Kneipe Seite an Seite, gefolgt von einer Phalanx aus Serrano-Admirale, die eine blonde Frau in zivilem Kleid und einen Rotschopf in Uniform umringten.

Oblo sperrte den Mund auf. »Was ist denn?«, fragte Meharry.

»Es ist ... Brun!«, sagte er. »Brun Meager-Thornbuckle. Sie ist – sie muss wohl zum Stab des Sprechers gehören oder so was ... und Lady Cecelia.«

Methlin drehte sich um. »Mensch, wirklich! Und ... Oblo, sieh nur, Heris hat ihre Sterne erhalten!«

»Pff ... und uns haben sie nicht mal zur Beförderungszeremonie eingeladen!«

Die versammelte Serrano-Admiralität, inzwischen einen Kopf stärker, erzeugte eine Woge aus Stille, die sich von den umstehenden Tischen bis in die hintersten Winkel ausbreitete, sodass die Worte des letzten, der noch redete – eines Ensigns, der erläuterte, wie er eine Schlacht gewonnen hatte –, lauter klangen als geplant: »Und dann sagte der Erste Offizier: Wäre ich nicht da gewesen und hätte mich daran erinnert, das ARTI-Ventil zu schließen, dann wüsste er nicht, was noch passiert wäre, aber auf jeden Fall nichts Gutes ...« Er brach ab und reckte den Hals, um zu sehen, warum es so still geworden war.

Ein Serrano-Admiral, ein großer Mann mit Hakennase und einer Narbe, die von der Wange bis zum Kinn lief, unterbrach die Stille: »Ein ARTI-Ventil? Wie groß war das Loch in der Leitung?«

Der junge Mann war auf den Beinen und schluckte. »Ein – ein – nur ein winziges Loch, Sir, wie später herauskam.«

»Na ja, hätten Sie das Ventil nicht geschlossen, dann wäre eine Flüssigkeit mit hohem Druck herausgeschossen und hätte alles Mögliche durchschnitten. Zum Beispiel irgendeinen Ihrer Schiffskameraden, der ihr in die Quere kam.«

Der junge Mann sagte nichts weiter. Admiral Vida Serrano trat vor. »Dürfen wir uns Ihnen anschließen?«

»Gewiss, Sirs.« Das war Sim, dessen Schwebestuhl durch Engpässe manövrieren konnte, die für Menschen zu Fuß schwierig waren. »Sie sind uns hoch willkommen.« Er legte den Kopf schief und sah Heris an. »Feiern wir auch eine Beförderung?«

»Ja«, antwortete einer der Senioradmirals. »Wir haben mit Arash Livadhi schließlich einen Admiral Minor verloren und entschieden, dass wir einen neuen brauchen.«

»Meinen Glückwunsch«, sagte Sim.

Heris reichte ihm ihren Kreditwürfel. »Das Traditionelle«, sagte sie.

»Klar, und danke, Admiral.«

Als die Gruppe tiefer in den Raum ging, blieb Brun zurück. Sie sah den narbigen Mann auf dem Schwebestuhl offen an. »Sie sagten mir, ich hätte noch viel zu lernen«, erinnerte sie ihn. »Sie hatten Recht.«

»Ich habe davon gehört«, sagte er. »Es tut mir Leid, dass ich so grob zu Ihnen war, bei all dem, was Ihnen danach widerfuhr.«

»Nein ... Sie hatten Recht, und es war wichtig, dass ich es zu hören bekam. Zu schade, dass ich es nicht früher gelernt habe. Menschen sind deswegen gestorben.« Sie fischte in ihrer Handtasche. »Hier sind Splitter der Yacht, auf der ich fuhr, als ich entführt wurde, und wo die Männer meines Vaters bei dem Versuch starben, mich zu verteidigen. Wäre es ... Wäre es möglich, ihn hier aufzubewahren?«

»Es ist mir eine Ehre«, antwortete er. »Haben Sie die Namen der Männer?«

»Ja – hier ist ein Würfel mit den Namen und Bildern und allem, was Sie für Ihre Datenbank brauchen. Sie sind es wert, dass man sich ihrer erinnert.«

»Jeder ist es wert, Sera.«

»Ja. Inzwischen weiß ich es.«

»Ich glaube, das tun Sie.« Sein früher so herausfordernder Blick wurde weicher. »Sie sind hier willkommen, Sera. Sie haben sich dafür in jeder Hinsicht qualifiziert.«

Sie spürte, wie ihre Wangen heiß wurden, erwiderte seinen Blick aber standhaft. »Danke. Ich tue mein Bestes, damit es auch so bleibt.«

»Ich glaube, das wird es.« Er wog die Trümmer, die sie ihm gegeben hatte, in den Händen. »So – gesellen Sie sich doch jetzt zu Ihren Freunden; es ist mir ein Vergnügen, Sie hier wieder zu begrüßen.«

Brun schob sich zwischen den voll besetzten Tischen hindurch zu den Serranos hinüber, gerade noch rechtzeitig, um Barin und Esmay in einer heftigen Umarmung zu sehen, die dem halben Saal bewundernde Pfiffe entlockte. Der Anblick versetzte Brun einen Stich: sie hatte noch nie jemanden so geliebt, und sie wusste nicht, ob sie es je tun würde. Ihr Sinn für Mode meldete sich nörgelnd zu Wort und beanstandete aufs Neue Esmays Frisur; die Haare waren allerdings immer noch so kurz, dass wenig Raum für ihre Gestaltung blieb. Brun wusste jedoch, dass das für Esmay oder Barin oder sonst alle Menschen hier keinerlei Bedeutung hatte. Wieder vereinte Liebende, Helden in Höchstform … Brun blickte zu Heris hinüber, die nicht wieder mit ihrer Liebe vereint war, aber diesen beiden trotzdem ein Lächeln schenkte. »Was für ein Paar! Ein Blick auf den anderen, und jede professionelle Haltung ist dahin.«

Esmay drehte sich um. »Eine professionelle Haltung ist für den Dienst an Bord, Sir. Hier sind wir in einer Kneipe.«

Alle lachten, Heris eingeschlossen. »Esmay, du passt wirklich gut in unsere Familie.«

»Esmay, mir tut so Leid, dass ich dir diese ganzen Schwierigkeiten bereitet habe«, sagte Vida. »Alte Admirale sollten sich nie erst ärgern und dann langweilen; das bringt ihnen nur Probleme ein.«

»Was die Geschichte angeht …«

»Damit sollen sich Historiker befassen«, entgegnete Vida entschieden. »Ja, wir müssen sie studieren und uns darin auskennen, aber immer gibt es einen Zeitpunkt, an dem man die Frage aufgeben muss, wer eigentlich Schuld hatte, und damit auch allen Streit und die Schießereien, um sich lieber seinen aktuellen Aufgaben zuzuwenden. Nach meiner Meinung ist jetzt vorrangig, dir und Barin eine anständige Hochzeit zu ermöglichen, gefolgt von einem Empfang, auf dem wir – deine Familie und unsere und so viele Freunde, wie nur Platz finden – alle essen und trinken und Geschichten erzählen können.«

»Hört, hört!«, ertönte es von Tischen, wo die Leute nicht mal richtig wussten, worum es überhaupt ging, wohl aber die Worte »essen und trinken und Geschichten erzählen« deutlich verstanden hatten.

In diesem Augenblick öffneten sich die Türen zur Küche, und Kellner machten sich daran, Teller von Hand zu Hand zu geben, von der Rückwand der Kneipe bis ganz nach vorn, bis die Tische mit Speisen voll gepackt waren.

»Du hast doch wohl nicht von jetzt gesprochen!«, sagte Esmay.

»Nein – deine Familie ist ja nicht hier. Heute feiern wir nur Heris' Beförderung. Zuerst füttert sie uns und dann trinkt sie uns unter den Tisch …«

»Falls ich es schaffe«, gab Heris zu bedenken. »Falls das Geld reicht.«

»Betrachte es als Generalprobe«, sagte Sabado und bedachte Esmay mit anzüglichem Grinsen. »Das vermittelt dir eine Vorstellung davon, wie es für deine Familie sein wird, den Empfang zu veranstalten.«

»Kein Problem«, versetzte Esmay. »Falls ihr alle nach Altiplano kommt. Wir sind gut im Feiern, und wir haben reichlich Platz.«

»Da hast du dir eine ganz Tapfere ausgesucht, Barin«, sagte Sabado.

»Ich weiß«, sagte Barin. »Aber das war nicht der einzige Grund …« Esmay wurde rot, und die anderen brüllten vor Lachen. »Aber es ist *ein* Grund!«, rief er über das Gelächter hinweg, um dann Esmay ins Ohr zu flüstern: »Sie sind unmöglich. Sie sind entschlossen, uns in Verlegenheit zu bringen.«

»Rote Wangen bringen uns nicht um«, sagte Esmay. »Ich laufe nicht vor ihnen weg.«

»Gut. Habe ich dir schon erzählt, wie stolz ich auf dich bin – darauf, wie du Livadhi geschnappt hast?«

»Ich habe es nicht allein geschafft …«, begann Esmay.

Barin schnaubte. »Esmaya, fang nicht damit an! Natürlich bist du nicht auf nackten Füßen und ganz allein durch den interstellaren Raum getappt …«

Sie kicherte zu ihrer eigenen Überraschung.

»Aber du hast zugehört ... hast verstanden ... und gehandelt.«

»Ich musste.«

»Ja. Deshalb liebe ich dich so. Du übernimmst immer die harten Aufgaben, die sich dir stellen. Darauf kann ich mich bei dir verlassen.«

Sie drückte ihn erneut. »Und du – ich habe auch von deinen Erlebnissen gehört. Ich war so besorgt ...«

»Ich hatte Angst«, sagte Barin. »Anschließend war ich zu beschäftigt, um noch Angst zu haben.« Jetzt spürte er weder Angst noch Eifersucht, stellte er fest. Er blickte zur Theke hinüber, fing den Blick des Professors auf und nickte ihm zu.

Cecelia hatte nicht gezögert; egal, was die anderen dachten, sie sorgte sich nicht darum, womöglich nicht willkommen zu sein. Sie kannte nicht sämtliche Serranos, aber sie kannte Oblo und Meharry. Sie bahnte sich den Weg zu deren Tisch. Oblo stemmte sich hoch, drängte die Reihe von Menschen zu seiner Rechten mit einem finsteren Blick zur Seite, rückte seinen Stuhl für Cecelia zurecht und bot ihn ihr damit an. Dann hockte er sich neben sie in den freien Raum, den er geschaffen hatte.

»Lady Cecelia, Ma'am, wieso tragen Sie eine Flottenuniform mit Admiralssternen? Sie können mir doch nicht weismachen, dass man Sie zum Admiral ernannt hat!«

»Nicht ... ganz.« Cecelia lächelte. Diese Geschichte würde Oblo gefallen. »Erinnern Sie sich an Xavier, als dieser junge Lieutenant auf der *Sweet Delight* dachte, ich müsste ein verdeckt arbeitender Offizier sein?«

»Ja ...«

»Na ja, Miranda und ich sind von den Meuterern entführt worden ...«

»Was?!«

»Alles in Ordnung mit Ihnen, Mylady?«, erkundigte sich Meharry.

»Mir geht es gut. Miranda ist tot. Ich wollte Ihnen erzählen ...«

»Tschuldigung, darf ich mich zu euch setzen?« Cecelia blickte auf und sah Chief Jones, die schon einen Krug in der Hand hielt.

»Natürlich!«, antwortete sie. »Du kannst mir dabei helfen, diese Geschichte zu erzählen. Du kennst doch Oblo Vissisuan, nicht wahr? Und Methlin Meharry?«

»Ich habe von ihnen gehört«, sagte Jones. »Heris Serranos Mannschaft, nicht wahr? Und Sie haben eine kleine Auseinandersetzung mit diesem Admiral Minor Livadhi überlebt?«

»Richtig«, antwortete Oblo. »Sie haben Lady Cecelia geholfen, nicht wahr?«

»Sie hat uns aus dem Gefängnis befreit«, erzählte Jones. »Mach schon, erzähle es ihnen. Das ist dein Teil der Geschichte.«

Alle am Tisch beugten sich vor, um besser zu hören, als Cecelia zu der entscheidenden Stelle mit den Moppgriffen kam; jemand platzte los und schluckte das Lachen gleich wieder herunter.

»Dann«, warf Jones ein, »zerrten die beiden den Toten zurück zu den Zellen, um mit Hilfe seiner Fingerabdrücke die Schlösser zu öffnen.«

»Wie sind Sie vom Schiff entkommen?«, wollte Meharry wissen. »Die *Bonar Tighe* – wo war auf diesem Typ das Schiffsgefängnis untergebracht? Gab es dort nicht noch die alte Gefechtszentrale, die die ganze Konstruktion verpfuscht hat?«

»Richtig. Was wir also gemacht haben: wir knackten die Spinde der Reparaturabteilung und fingen an zu improvisieren.«

Eine kurze Weile blieb es still am Tisch, während

jeder im eigenen Gedächtnis danach stöberte, welche Ausrüstungsgegenstände in solchen Spinden zu finden waren. Ehe sich jemand zu Wort melden konnte, erzählte Jones weiter. Cecelia bewunderte ihr erzählerisches Talent; sie verstand sich einfach darauf, die Geschichte richtig aufzubauen. So klang sie besser, hier in einem Raum voller freundlich gesinnter Menschen mit all dem Lärm ringsherum. Jones hielt alle im Bann, bis zu der Stelle: »Und da hockte sie dann, brach Sensorenblätter ab und warf sie weg, während sie rezitierte: *Sie bringen uns um ... sie bringen uns nicht um ...*«

»Und dann haben sie mich mit dem Fesselwerfer außer Gefecht gesetzt«, warf Cecelia ein, »und sie mussten mich dann wie ein Postpaket mitschleppen.«

»Yeah, aber die Uniform«, sagte Oblo. »Nicht, dass ich kleinlich wäre oder so, ihr kennt mich ja, aber ...« Er berührte den Stern auf Cecelias Schulter. »Das ist echt.«

»So ist nun mal Ihre Heris«, sagte Cecelia. »Sie brauchte ein ... ah ... bisschen mehr Befehlsgewalt, als sie selbst hatte. Also ... schlug sie das vor. Unsere Jones hier hat mich entsprechend eingewiesen.«

»Cecelia hatte schon diese befehlsgewohnte Ausstrahlung, wenn sie nur wollte«, fand Jones. »Wir brauchten also nicht mehr zu tun, als sie zu überreden, dass sie nicht alles in Begriffen der Pferdehaltung ausdrückte.«

»Das ist meine Deckung«, sagte Cecelia.

»Wann hat man sie befördert?« Oblo deutete mit dem Kopf auf Heris. »Warum hat sie uns nichts davon erzählt?«

»Was den Zeitpunkt angeht: vor etwa zwanzig Minuten drüben in der Schulverwaltung. Warum unter Ausschluss der Öffentlichkeit: sie wusste, dass Sie schon hier drüben waren, jeder, aus dem sie sich etwas machte, aber selbst wenn ein Serrano seinen Stern erhält – es geht nicht in einer Kneipe. Sie war verärgert.«

»Das klingt ganz nach ihr«, behauptete Oblo. »Sie weiß, wie es sein sollte.«

Cecelia sah Methlin Meharry an und den jungen Mann neben ihr… »Ist das ein Verwandter von Ihnen?«

»Mein kleiner Bruder«, antwortete Meharry. »Gelan. Er war hier, als alles anfing. Er hat Bacarion getötet.«

»Wen?«

»Sie hatte das Gefängnis übernommen, jenes Gefängnis, wo sie früher mich und Oblo hineingesteckt hatten. Hätte Gelan auf seine große Schwester gehört, wäre er nicht in den ganzen Schlamassel verwickelt worden, aber wenigstens ist ihm eingefallen, was er dagegen zu unternehmen hatte.«

Gelan wurde rot. »Methi…«

»Methi«, sagte Cecelia. »Ist das Ihr Spitzname?« Sie wartete auf die Explosion, die sich dort zusammenzubrauen schien.

»Nicht einmal ich nenne sie so«, sagte Oblo im Tonfall falscher Tugendhaftigkeit.

»Siehst du, was du angerichtet hast?« Methlin gab ihrem Bruder einen Klaps auf den Kopf. »Frecher Schlingel.« Aber sie lächelte, und das gefährliche Glitzern verbarg sich wieder in diesen verschlafenen grünen Augen.

Heris beugte sich auf einmal über Cecelia. »Methlin, gut – du hast deinen Bruder gefunden. Ich habe viel Gutes von Ihnen gehört, junger Mann. Denken Sie, Sie möchten irgendwann mal wieder Dienst auf einem Schiff leisten?«

»Ja, Sir! Ich hatte gehofft, auf das gleiche Schiff wie Lieutenant Serrano zu kommen, Sir.«

»Oh.« Heris wirkte erschrocken. »Na ja, ich schätze, ein Meharry reicht auch. Oblo, könntest du die übrigen

Überlebenden der *Vigilance* für mich ausfindig machen? Es wird Zeit.«

»Klar, Sir.« Oblo schob sich an ihr vorbei.

Heris beugte sich näher heran. »Cecelia, wir haben eine kleine Tradition, was frisch gebackene Admirale angeht … Ich hoffe, du schließt dich uns an. Du bist schließlich ein frisch gebackener Admiral.«

»Ich wusste, dass mir das Schwierigkeiten einbringen würde«, versetzte Cecelia.

»Oh, wir stecken gemeinsam drin«, sagte Heris. »Komm jetzt …« Sie reichte ihr die Hand.

»Ich bin nicht altersschwach«, sagte Cecelia und kämpfte sich durch die immer dichter werdende Menge. »Nur alt.«

»Gut. Wir müssen nach draußen gehen.«

»Wieso? Es regnet, es ist kalt, und es …«

»Tradition«, stellte Heris fest. »Und hier …« Sie reichte ihr einen Beutel, in dem etwas Schweres klimperte.

»Was ist das? Was geht hier vor?«

»Falls meine Beförderungszeremonie anständig verlaufen wäre, bräuchten wir das jetzt nicht zu machen, aber sie mussten es ja überstürzen … so ist das nun mal. Du weißt ja – du weißt es wirklich, denn ich erkläre es dir bereits –, dass ein Offizier, der befördert wurde, dem ersten Mannschaftsdienstgrad, der vor seinem neuen Rang salutiert, einen Gutschein schuldet.«

»Wirklich? Das klingt ganz nach dem Eigentümer, der den Stallknechten Trinkgeld gibt, nachdem …«

»Denk jetzt nicht an Pferde, Cece! Das ist ernst.«

Es war auch ernst, wenn man den Stallknechten kein Trinkgeld gab. Cecelia betrachtete Heris' angespannten Unterkiefer und sagte nichts weiter.

»Bei Beförderungen an Bord erhält der Beförderte eine Anzahl Getränkegutscheine, die er verteilen kann – jeweils in gleicher Stückzahl für eine beförderte

Gruppe. Im Hafen sind es gewöhnlich Geldgutscheine – auch wenn die meisten Kneipen die gar nicht annehmen und lieber einen Kreditwürfel belasten. Von Admiralen wird jedoch etwas mehr verlangt. Nun habe ich mich zwar schon um die Ausgabe der Lebensmittel gekümmert, aber den Teil mit dem Salutieren müssen wir erst noch hinter uns bringen. Das hier sind Gutscheine, die ich für einen anderen Anlass erfunden habe, aber sie werden reichen. Wie alt bist du eigentlich?«

»Wie *alt* ich bin?«

»Ja. Sieh mal, Admirale bezahlen nach Jahren. Du musst so viele so genannte ›erste Grüße‹ honorieren, wie dein Alter in Jahren angibt.«

Cecelia überlegte schnell. »Auf welchem Planeten?«

»Sei ernst. Betrüge deine Leute niemals!«

»Ich weiß es ehrlich nicht. Achtzig irgendwas – vielleicht inzwischen neunzig ...«

»Sagen wir neunzig. Dir wird der Arm müde werden.« Heris blieb stehen und blickte zurück. »Du weißt doch, wie man salutiert, nicht wahr?«

»Nein.« Das war das lachhafteste von den vielen lachhaften Dingen, die passiert waren, seit die adrette kleine Frau in der Purpuruniform auf der *Sweet Delight* erschienen war, um als Kommandantin einer Yacht neu anzufangen. »Ich weiß nicht, wie man salutiert. Ich bin schließlich undercover tätig.«

»Nein, derzeit nicht. Du stehst im Begriff, an einem einzigen Abend befördert und in den Ruhestand versetzt zu werden. Komm mit.«

Draußen hatte der kalte Regen eine Pause eingelegt und lag glitzernd auf dem Bürgersteig. Cecelia schrak an der Tür kurz zurück. »Ich sehe nicht ein, warum wir dazu nach draußen gehen müssen ...«

»Weil das hier eine Kneipe ist«, erklärte Heris. »Komm schon – es dauert nicht lange.«

»Alle sind drinnen«, wandte Cecelia ein. »Es wird Stunden dauern, neunzig Leute zu finden, die vor uns salutieren.« Dabei würden sie nass werden und frieren und die ganze Party versäumen. Sicherlich war das nicht die richtige Idee.

»Komm schon«, wiederholte Heris. »Admirale trödeln nicht an Eingängen herum.«

Murrend folgte ihr Cecelia die Straße entlang. Welcher Gedanke auch immer bei der Gestaltung von Admiralsuniformen Pate gestanden hatte, es war nicht das Warmhalten in kaltem und windigem Regenwetter gewesen. »Wohin *gehen* wir denn nun?«

»Weit genug, damit ich dir zeigen kann, wie man salutiert, ohne dich oder die anderen in Verlegenheit zu bringen.«

»Welche anderen?«

»Ich kann wirklich feststellen, dass du ein Admiral bist, Cecelia, weil nur Admirale so viele Fragen stellen. Jetzt gib Acht!« Heris zeigte es ihr. Cecelia ahmte die Geste nach, und nach einigen Wiederholungen erschien sie ihr beinahe vertraut. Beinahe.

»Irgendwie verpfusche ich es«, behauptete sie.

»Nein, das tust du nicht. Es ist die gleiche alte Noblesse oblige, nur mit einer Handbewegung.«

Als sie sich umwandten, machte Cecelia mit knapper Not eine Doppelreihe Gestalten aus, die im kalten Regen standen. Ihr schauderte, und es lag nicht an der Kälte.

»Von der *Vigilance*«, erklärte Heris. »Sie haben ein Recht darauf.«

Zunächst war es ein peinliches Gefühl, und es kam Cecelia albern vor, wie eine Travestie ... Heris war hier der echte Admiral, dem die Grüße gebührten. Cecelia war nur eine alte Dame, die ein Spiel spielte, die zu helfen versuchte, aber nicht wirklich dem entsprach, was die Uniform suggerierte. Oblo spielte jedoch keine

Spiele; sein militärischer Gruß schenkte ihr Festigkeit. Methlin Meharry würde nie eine Travestie zur Aufführung bringen und auch ihren Bruder nicht dazu anleiten. Chief Jones war nicht albern. Koutsoudas ... und andere von der *Vigilance*, schließlich die weiteren Überlebenden der *Bonar Tighe*. Cecelia spürte, dass ihr mehr als nur Regen auf den Wangen brannte. Sie hatte es nicht verdient ... aber jetzt musste sie dem gerecht werden.

Ihr war der Arm schon sehr müde geworden, als sie die letzten der Gutscheine verteilte, die ihr Heris gegeben hatte; dann kehrten sie in die Kneipe zurück.

Dort war man gerade zu den Trinksprüchen übergegangen. Cecelia konnte das Protokoll nicht erkennen, das die Reihenfolge der Trinksprüche festlegte, aber sie erkannte wohl, dass es eines geben musste. Sie schob sich eine Antoxpille unter die Zunge. So brauchte sie zumindest nicht die Folgen dessen zu erleiden, was eine lange Nacht zu werden versprach. Die Tische waren dicht besetzt; also schob sie sich auf die Theke zu, wo der Mann in der gelben Jacke nach wie vor seine Stellung hielt.

Oblo und Meharry gesellten sich zu ihr, und Oblo meldete sich zu Wort. »Wie lange müssen wir noch auf den Politiker warten?«

»Welchen Politiker?«

»Es hieß, wir müssten auf einen warten – er wollte eine Rede halten. Der Sprecher.«

Cecelia grinste ihn an. »Wir brauchen nicht zu warten«, sagte sie. »Der Politiker ist schon da.«

Oblo blickte sich um. »Wer? Es muss ein Zivilist sein, nicht wahr? Sie wollen mir doch nicht sagen, dass der Dicke in der gelben Jacke unser neuer Sprecher ist?! Methlins Bruder sagt, er wäre Wissenschaftler ...«

»Nein, *sie* ist keine Wissenschaftlerin«, sagte Cecelia. Oblo funkelte sie an, und Meharry lächelte.

»Wer ist es dann?«

»Sehen Sie sich mal um«, schlug Cecelia vor und deutete mit dem Kopf zu dem mit Serranos besetzten Tisch, wo sich Esmay an Barin schmiegte und Brun ernst mit Vida redete.

»Doch nicht ... sie? Brun? Diese Ausgeflippte?

»So ist sie heute nicht mehr, Oblo.«

»Na ja ... ich ... will ...«

Worauf immer das hatte hinauslaufen sollen, es ging in einem Gebrüll unter, einer rhythmischen Wiederholung von »Rede! Rede!«, als ein Admiral, in diesem Fall kein Serrano, auf die Theke hämmerte. Cecelia verfolgte mit, wie Vida aufstand und darauf wartete, dass es wieder still wurde.

»Ich habe die Ehre, Ihnen die Sprecherin des Großen Rates vorzustellen, die von Castle Rock hierhergekommen ist, um zu uns zu sprechen.«

Brun stand auf, sah sich im gedrängt vollen Raum um und wandte sich dann an jemanden neben ihr. Ein Serrano räumte das Ende des Tisches und half ihr hinaufzusteigen. Dort hatte jeder freien Blick auf sie.

»Ich habe einen persönlichen Grund, Ihnen zu danken«, sagte sie mit leicht rauchiger Stimme; die Menge musste ganz still werden, um sie zu verstehen. »Als ich noch eine junge Idiotin war und mich selbst in Schwierigkeiten brachte, sind Sie gekommen und haben mir herausgeholfen. Manche haben eingewandt, dass das falsch war, dass mein Vater nicht von Ihnen hätte verlangen dürfen, Ihr Leben für mich aufs Spiel zu setzen. Manche haben sogar gesagt, dass dadurch die kürzliche Meuterei ausgelöst wurde, dass dieser Missbrauch von Macht einige von Ihnen – einige Ihrer früheren Kameraden – dazu gebracht hat, sich von uns zu lösen. Aber ich bin sehr froh, dass Sie damals gekommen sind.« Ihr Tonfall lud an dieser Stelle zum Lachen ein, und manche nahmen die Einladung an.

»Seit seiner Gründung war der Regular Space Service unser Schutz vor äußeren und inneren Feinden. Damit hatten Sie im Verlauf der Jahrhunderte die schwierigste Mission überhaupt, haben versucht, Militär und Polizei gleichzeitig zu sein, ausgewachsene Invasionen abzuwehren und sich mit Fällen gestohlener Schiffe und Piraterie auseinander zu setzen, und Sie haben dabei gute Arbeit geleistet. In jüngster Vergangenheit haben Sie uns vor den Verwüstungen Ihrer abtrünnigen Exkameraden gerettet. Sie mussten dazu harte Entscheidungen fällen und auf alte Freunde schießen, die ihren Eid Ihnen gegenüber gebrochen hatten. Sie haben bei all dem gute Arbeit geleistet, und kein Lob kann dem gerecht werden, was Sie geschafft haben.

Traditionellerweise hätte die Regierung Ihnen eine Auszeichnung verliehen – und das wird auch in diesem Fall wieder geschehen –, aber was ist schon eine Medaille im Vergleich zu dem, was Sie in den zurückliegenden Jahren durchgemacht haben? Wir werden noch etwas anderes tun.« Brun legte eine Pause ein; die Stille knisterte jetzt richtig.

»Sie haben sicher schon Gerüchte über Veränderungen im Großen Rat gehört; ich bin gekommen, um Ihnen ein paar Fakten zu erläutern. Die jüngeren Mitglieder der Großen Familien, der Gründungsfamilien haben sich zur Kooperation bereit erklärt ... für wie lange, weiß niemand ...« Damit erzeugte sie leises Lachen. »Deshalb bin ich Sprecherin geworden. Wir öffnen den Rat für die gewählten Vertreter von Gruppen außerhalb der Ratsfamilien. Besonders sind wir darauf bedacht, jungen Menschen mehr Möglichkeiten zu eröffnen; wir möchten verhindern, dass die Technik der Verjüngung zu einer Last wird, die den Rest von uns erdrückt.«

»Aber Sie sind reich – Sie können sich verjüngen!«, schrie jemand aus dem Hintergrund.

»Nein«, entgegnete Brun. »Ich habe geschworen, es nicht zu tun, und falls ich diesen Schwur breche, verliere ich alle Macht, sowohl im Großen Rat wie im eigenen Clan. So – ich könnte noch viel mehr sagen, und ich bleibe für mehrere Tage hier und werde mit vielen von Ihnen reden – aber jetzt ist nicht der Zeitpunkt für lange politische Reden. Bei dieser Feier geht es nicht um mich oder frisches Blut im Großen Rat. Hier geht es um Sie – um das, was Sie getan haben und was es Sie gekostet hat. Jetzt ist der Zeitpunkt, um Ihnen Dank zu sagen, den Dank aller Menschen auszurichten, denen Sie gedient haben – danke aus dem Grund unserer Herzen. Wir können Ihnen nicht zurückgeben, was Sie verloren haben – wir können Ihnen nur unsere Bewunderung anbieten und unsere Dankbarkeit.« Sie streckte die Hand aus, und einer der Admirale reichte ihr ein Glas. »Auf die Flotte!«

Sie traf Anstalten, vom Tisch zu steigen; Oblo stieß nun selbst einen Ruf aus: »Auf Brun!«

»Auf Brun!! Auf die Sprecherin!! Auf den Rat!!«

Darauf jagte ein Trinkspruch den anderen, bis sich nach einem Toast, den der dienstälteste Serrano-Admiral vorgebracht hatte, unbehagliche Stille ausbreitete. Cecelia hörte, wie mit Füßen gescharrt wurde und Stoff raschelte. Sie fragte sich, ob man jetzt darauf wartete, dass die zivilen Gäste Trinksprüche ausbrachten.

Aber dann reckte Heris Serrano ihr Glas hoch. »Auf abwesende Freunde!«, sagte sie. Und ein Tosen war die Reaktion darauf, diesmal mit den Namen, einer ganzen Kakofonie von Namen, und Cecelia ertappte sich dabei, wie sie selbst eine Liste vortrug.

Als es wieder leiser wurde, hob erst eine Stimme, dann eine weitere zu singen an, ein quälend schönes Lied, das Cecelia noch nie gehört hatte.

Ein Lied für die Freunde, die wir einst hatten
Und uns ein Leben der Liebe und Freude boten.
Ein Lied für die Freunde, die nicht mehr sind
Die nicht mehr in unserem Kreis erscheinen.

Nie vergessen wir, solang wir leben
Die Toten und ihr Werk des Ruhms.
Zu ihrer Stätte gehen wir auch bald
In die Dunkelheit und in das Feuer.

So uns're Pflicht getan, erstehen wir
frei von allem Schmerz und allem Leid.
Über alles Streben schwingen wir uns auf
Und halten hoch die Ehre, die uns teuer.

Dann steh'n sie alle neben uns
Die wir geliebt und auf die wir gehofft.
Und sie stimmen an ein frohes AMEN
Um diesen letzten Sieg zu feiern.

»Mein Gott«, sagte der Mann in der gelben Jacke laut genug, dass sie es hörte, »das ist wirklich alte Musik! Parrys Vertonung der Verse von Blake: ›Jerusalem‹, das Kriegslied der anglikanischen Messe, zweihundert Jahre vor dem Aufbruch der Menschen von der Alten Erde. Aber die Worte ...« Ihm versagte die Stimme, und er schüttelte den Kopf. Cecelia hatte keine Ahnung, wovon er redete, und gelangte zu dem Schluss, dass er kein Antox genommen hatte.

Nach einer Pause sangen einige Stimmen weiter:

Bringt mir den Bogen aus brennendem Gold

»Das ist richtig«, sagte der Mann mit gedämpfter Stimme.

Bringt mir die Pfeile des Verlangens

»Das auch.«

Bringt mir mein Schiff – oh Wolken, teilet euch

»Es ist kein Schiff, sondern ein Speer ...«

»Halten Sie die *Klappe,* Dummkopf!«, zischte Cecelia ihn an. Er warf ihr über die Schulter einen erschrockenen Blick zu, öffnete den Mund, sah kurz Oblo an, wandte sich wieder seinem Getränk zu und wahrte barmherziges Schweigen.

Bringt mir den Wagen aus Feuer.

Nie wir enden uns're treue Wacht
Noch schläft das Schwert jemals in uns'rer Hand.
Bis wir über alle Stern' hinausgegangen sind
Um einzugehen ins schöne unsterbliche Band.

Die letzten Stimmen verklangen. Der Mann in der gelben Jacke drehte sich zu Cecelia um; sie entdeckte Tränen in seinem Gesicht und spürte sie auch im eigenen.

»Verzeihung«, sagte er. »Es war nur – ich hatte das bislang nur von historischen Aufnahmen gehört. Die Musik war da schon machtvoll genug ... aber im wirklichen Leben ... ist sie überwältigend.«

»Nicht so schlimm«, sagte Cecelia.

»Zivilisten bekommen es meist nicht mit«, warf Oblo ein.

Meharry trat zu dem Mann in der gelben Jacke und tippte ihn auf den Arm. »Mein Bruder sagt, Sie wären Wissenschaftler und hätten ihm das Leben gerettet.«

»Meharry – dieser junge Mann, den wir vom Floß geholt haben? Ich denke nicht, dass ich ihm das Leben gerettet habe ...«

»Aber Sie haben diesen schrecklichen Major schlafen geschickt«, bemerkte eine junge Frau. Sie lächelte Meharry und Oblo an. »Ich bin Ensign Pardalt; ich war auch dabei. Ich denke, der Professor hat ihm eine Menge Probleme erspart, falls nicht gar das Leben gerettet.«

»Sie sind von Xavier, richtig?«, fragte Oblo.

»Ja ... Ist das dort drüben nicht Commander Serrano?«

»Inzwischen Admiral Serrano. Aber ja, falls Sie die Serrano meinen, die bei Xavier gekämpft hat. Lieutenant Suiza ist auch hier.«

Die junge Frau machte große Augen. »Sie sind beide hier? Ich sollte ... ich sollte mich bei ihnen bedanken ...«

»Dann kommen Sie mit«, sagte Meharry. »Ich bringe Sie hinüber.« Der Professor seufzte und lächelte bedauernd, als Cecelia ihn anblickte.

»Es sind nicht mal nur die Jungen und Gutaussehenden, die mit mir wetteifern können. Wie schade, ich bin nur ein nutzloser alter Schwätzer ...« Er seufzte wieder und grinste. »Aber Sie, ein weiterer prachtvoller Rotschopf ...«

»Heute redet man nicht mehr so geschwollen«, gab Cecelia zu bedenken. »Und ich bin nicht ... ich bin älter als Sie.«

»Sind Sie sicher? Ich bin über fünfzig ...«

»Mein Äußeres täuscht«, sagte Cecelia. Sie konnte es einfach nicht verhindern; allein mit ihm zu reden, das schien ihr bereits den eigenen Anteil an einem schlechten Dialog zu entreißen.

»Oh, na dann. Da Sie Sterne auf der Schulter tragen, vermute ich, dass Sie ein Admiral sind, und vielleicht können Sie mir sagen, wann ich endlich nach Hause zu meiner Frau fahren kann.«

»Tut mir Leid«, sagte Cecelia. »Ich gehöre nicht zur

richtigen Abteilung. Es müsste allerdings bald so weit sein. Ich bin auch froh, wenn ich endlich nach Hause komme.«

»Sie ist ein sehr gescheites Mädchen, diese Margiu Pardalt«, sagte der Professor und blickte ihr nach, »aber kein Ersatz für eine Ehefrau. Zumindest nicht meine Frau.«

Eine Bö eisig kalten, nassen Windes fegte herein, als eine Gruppe Menschen in Uniformen die Türen aufstieß. Cecelia kniff die Augen zusammen, um sie gegen das Licht abzuschirmen; sie erkannte niemanden von den Neuankömmlingen. Nach der plötzlich eintretenden, angespannten Stille zu urteilen, tat es jedoch jemand hier.

»Wer ist das?«, fragte sie Oblo.

»Livadhis«, erklärte Oblo. »Jede Menge Livadhis ...«

»Livadhi – aber war das nicht der ...«

»Ja.« Cecelia spürte Oblos Anspannung und warf einen Blick zu dem Tisch mit den Serrano-Offizieren hinüber. Auch sie hatten die Livadhis entdeckt. »Und was tun sie jetzt hier?«

»Admiral Serrano«, sagte der Mann, der der Gruppe vorausging. Er trug, wie Cecelia bemerkte, Sterne auf den Schultern. Mehr als jeder andere.

»*Welcher* Admiral Serrano?«, brummte Oblo, gefolgt von einer Bemerkung, die Cecelia geflissentlich überhörte.

Alle Serrano-Admirale standen auf, und Cecelia fühlte sich plötzlich an die Konfrontationsszene in einem schlechten Historiendrama erinnert, in der sich zwei rivalisierende Banden gegenseitig einzuschüchtern versuchten. Sabado Serrano traf Anstalten, etwas zu sagen, aber Heris hob die Hand.

»Wir bedauern Ihren Verlust«, sagte sie in die Stille hinein.

»Sie ...« Das war der Livadhi-Senior, aber ihm

erstickte die Stimme. Er schüttelte den Kopf und fuhr dort: »Wir sind gekommen, um uns bei Ihnen zu entschuldigen. Für das, was er getan hat.«

»Ich habe ihn gegrüßt«, sagte Heris. »Als einen abwesenden Freund.«

Cecelia empfand einen Schmerz in der Brust; *ihr* war noch nie in den Sinn gekommen, einen Verräter als abwesenden Freund zu betrachten oder um einen Feind zu trauern.

»Ist es zu spät, ihn mit einem Lied zu begleiten?«, fragte der Livadhi-Senior.

»Es ist nie zu spät«, antwortete Heris, »das Gute im Leben eines Menschen zu ehren und seinen Verlust zu betrauern.« Sie nickte den übrigen Serranos zu und begann erneut das Lied; weitere Stimmen fielen ein.

Ein Lied für die Freunde, die wir einst hatten ...